안녕, 우리들의 시간

HAPPILY EVER BEFORE vol. 2 (你好,舊時光)

일러두기
1. 이 책의 외래어 표기는 국립국어원의 외래어 표기법을 따랐습니다.
2. 책 제목은 『 』, 시, 단편은 「 」, 영화, TV 프로그램, 노래 제목은 〈 〉로
   표기했습니다.
3. 각주는 모두 옮긴이 주입니다.

바웨칭안 지음 강은혜 옮김

안녕,
우리들의 시간

你好，舊時光 2

달다

차례

아름다운
신세계

소중한 추억 5 ——

5.
미쳐 날뛰는 단추

번번과의 재회로 오랫동안 가라앉았던 위저우저우의 기분이 단번에 들떴다.

헤어진 지 여러 해가 지나 다시 극적으로 재회하는 건 결코 드라마에서만 벌어지는 어처구니없는 상황이 아니었다.

어쩌면 극적인 재회보다는 그들이 아직 서로를 기억하고 진심으로 그리워하는 것이야말로 어처구니없는 상황인지도 모른다. 다시 만나는 우연보다 옛 친구를 그리워하는 마음이 더 부족한 사람들이 많으니 말이다.

위저우저우는 번번에게 하고 싶은 말이 너무도 많았다. "넌 그동안 어느 초등학교에 다녔어? 집은 어디야? 우린 지금도 여전히 이웃일까? 넌 어쩌다 그런 애들이랑 어울리게 된 거야……." 그러나 어디서부터 이야기해야 할지 몰라 그저 바보같이 웃기만 했다. 어쨌거나 이 꼬마 친구는 곁에 있었고, 앞으로 시간도 많을 테니 천천히 이야기를 니눠도 상관없었다.

"넌 2반이었구나." 위저우저우가 웃었다. "그런데 왜 이제껏 한 번도 못 봤지."

"난 몇 번 보긴 했어. 너네 반이 주번이었을 때, 네가 아침 자습 시간에 우리 반에 와서 위생 검사를 했잖아. 하지만 그땐 넌 줄 몰랐어. 어릴 때랑은 너무 많이 달라져서." 번번의 검정 크로스백이 걸을 때마다 한 번, 또 한 번 그의 엉덩이를 때렸다.

"그래?" 위저우저우가 눈이 가느다랗게 휘어지도록 웃자, 번번이 기뻐하며 그녀의 얼굴을 가리켰다. "하지만 웃을 땐 똑같네."

위저우저우도 그 말을 듣고 번번의 모습을 진지하게 뜯어보기 시작했다. 키가 위저우저우보다 머리 절반 정도는 더 컸고…… 물론 이런 건 쓸모없었다. 번번은 여전히 하얗고 깨끗한 얼굴에 눈동자가 유난히 반짝였다. 어릴 때와 비교하면 이목구비가 훤해졌지만, 시종일관 좀 허약하고 창백해 보였다.

"넌 어릴 때랑……." 위저우저우는 말을 반쯤 하고 나서야 자신에겐 비교할 자격이 없다는 걸 깨달았다. 번번의 어릴 때 모습이 가물가물했으니 말이다. 어린 시절 늘 자신의 뒤를 쫓아다니던 더없이 친한 꼬마 친구는 일찍이 하나의 기호가 되었고, 어려운 일을 겪을 때마다 그리워하고 슬퍼하는 이유가 되었다.

하지만 최소한 이건 알 수 있었다. 그는 자랐다. 아주 많이 자랐다.

시간의 마법사는 모자 속에서 갑작스레 하얀 토끼를 꺼내는 걸로 갈채를 받는 것이 아니라, 오히려 평범하기 이를 데 없는 모자를 여러 해 동안 먼지가 쌓이게 내버려 둔다. 우리는 그 모자를 전혀 신경 쓰지 않다가, 어느 날 문득 돌아보고 나서야 활짝 핀 꽃 한 송이가 모자 안에 단단히 뿌리를 내린 걸 발견한다.

위저우저우는 기쁨이 가득한 얼굴로 말했다. "번번, 너 많이 컸다."

번번은 코를 문지르며 나지막하게 말했다. "날 번번이라고 부르는 사람이 없어진 지도 아주 오래됐어."

위저우저우는 약간 서글펐으나 문득 진짜로 중요한 일이 떠올랐다. "번번……, 근데 너 이름이 뭐야?"

"무룽천장."

"뭐?"

"성이 무룽慕容이고, 이름은 '침몰' 할 때의 천沈, '나무 목木' 변의 '녹나무 장樟' 자를 써서 무룽천장이야."

위저우저우는 약 2초간 돌처럼 굳었다.

"하하하하하……." 그러다가 허리가 굽어질 정도로 웃어 댔다.

"왜 그래?" 번번은 살짝 얼굴을 붉히며 영문을 모르겠다는 듯 눈살을 찌푸렸다.

"너 그거……." 위저우저우는 거친 숨을 몰아쉬었다. "그거, 닉네임이야?"

"뭐가 닉네임이라는 거야? 내 이름이 바로 이거라니까!" 번번이 황급히 해명했다. "왜, 듣기에 별로야?"

"좋아, 듣기 좋아." 위저우저우는 고개를 끄덕였지만 얼굴에 떠오른 짓궂은 웃음기는 아무리 해도 감춰지지 않았다. "그런데 살면서 이런 이름을 가진 사람이 있다는 걸 들어본 적 없긴 해. 좋은 이름이야. 진짜로…… 아주 듣기 좋아."

번번은 살짝 낙심했다. 건달 무리와 소년에게 이렇게 강렬한 이름이 얼마나 중요한지 설명할 길이 없었다. 다들 그의 이름이 아주 멋지다고 하는데, 어째서 위저우저우는 이렇게까지 웃는 걸까?

"알았어." 그는 하는 수 없이 손을 내저었다. "넌 그냥…… 날 번번이라고 불러. 그치만, 절대로 다른 사람들 앞에선 부르지 마."

옛날에 쓰던 아명을 은근히 싫어하는 번번의 모습에 위저우저우는 약간 의아했지만, 그런 사소한 불쾌감은 곧 흩어졌다. 그들은 마침 사거리에 서 있었다. 위저우저우는 앞쪽 신호등을 가리켰다. "난 여기서 이쪽으로 가야 해. 우리 집은 하이청 단지에 있는데, 넌?"

번번은 웃었다. "우리 집은 아주 멀어."

"아주 멀다고?" 이상했다. 호적지를 따라서 가까운 학교에 입학한 거 아니었나?

"응, 시정부 쪽이야."

"그럼 학교 앞에서 버스 타야 했잖아. 나랑 같이 이렇게 멀리 걸어왔으니 다시 돌아가야 할 텐데……."

번번은 웃으며 고개를 저었다. "이 근처에 볼일이 있어서. 저우저우, 넌 얼른 가."

위저우저우는 번번의 회피하는 듯한 표정에서 위험한 냄새를 감지했다. 그녀는 뭐라고 하고 싶었지만, 저 멀리 차량에 가린 한 무리의 소년들 중에 그날 본 3학년 남학생들 몇 명이 있는 걸 어렴풋이 알아봤다. 그들은 서로 시시덕거리며 이쪽으로 다가오고 있었다.

위저우저우는 망설이지 않았다.

"그래, 그럼 난 갈게. 안녕."

위저우저우는 고개를 숙이고 신호도 무시한 채 후다닥 길을 건너 맞은편 인도에 서서, 여전히 가슴이 진정되지 않은 채로 뒤를 돌아봤다. 번번의 모습은 이미 그 무리 속으로 잠겨 들었다. 다행히 손에 무기 비슷한 것들을 들고 있지 않은 걸로 봐서 싸우러 가는 건 아닌 듯했다.

살짝 아쉬웠다. 아직 하고 싶은 말이 많은데, 자신은 번번에 대해 아무것도 몰랐고 번번도 자신에 대해 아무것도 몰랐다.

다행히 아직 시간이 있었다. 그들은 어릴 때처럼 낯선 사람에서 익숙한 사이가 될 수 있을 것이다. 다만, 위저우저우가 잊은 게 있었다. 친구 사귀기가 갈수록 어려워지는 게 바로 성장의 부작용 중 하나라는 걸.

위저우저우는 환하게 웃으며 번번의 뒷모습을 향해 손을 흔들었다.

"학교에서 그 불량스러운 애들이 다시 널 귀찮게 하진 않았어?" 엄마가 밥을 뜨며 물었다. 위저우저우는 접시에 담긴 게딱지와 씨름하느라 질문을 제대로 듣지 못했다.

"엄마가 묻잖아, 그 불량한 애들이 귀찮게 굴지 않았냐고."

"아니!" 위저우저우는 기쁘게 고개를 들었다. "엄마, 그거 알아? 나 오늘 번번 만났어!"

"번번?" 엄마는 한참 후에야 비로소 반응했다. "아, 그때 집 철거돼서 세 들어 살았을 때 이웃집 꼬마?"

"응."

"걜 어떻게 알아봤니? 어릴 때 모습 그대로였어?"

위저우저우는 입을 벌렸지만 뭐라고 말해야 할지 난감했다. 지금의 번번은 불량 학생이었다.

위저우저우는 얼굴을 찌푸리며 만년필을 손에서 몇 바퀴나 돌렸지만 한 글자도 쓸 수 없었다. 그녀는 얼마 전에 짝꿍 탄리나에게 펜 돌리는 법을 배웠다. 탄리나는 엄지, 검지, 중지로 펜을 손 위에서 시계 방향이든 시계 반대 방향이든 자유롭게 돌릴 수 있었고, 새끼손가락에서부터 돌려서 엄지와 검지 사이로 끼웠다가 다시 반대 방향으로도 돌려 내려갈 수 있었다. 그걸 계속 되풀이하면 마치 잠자리가 날개를 빠르게 진동하며 손등 위를 나는 것처럼 보였다. 이렇게나 손이 민첩한 탄리나는 제자 위저우저우의 서툰 손놀림에 몇 번이나 가르침을 포기할 뻔했지만, 그래도 위저우저우는 자타공인 근면한 학생이었다. 그녀는 열심히 노력했고 수시로 연습했다. 다행히 자습 시간은 늘 시끌벅적해서 아무도 책상에 펜이 툭툭 떨어지는 소리를 듣지 못했고, 만년필 뚜껑이 날아가며 주변으로 튀기는 파란 잉크도 주의하지 않았다.

"젠장!" 위저우저우는 펜을 내려놓았다. 만년필 뚜껑을 닫는 걸 깜빡해서 방금 펜을 떨어뜨릴 때 또다시 종이 위에 인정사정없이 줄이 찍 그어졌다.

주간 일기. 매주 300자 이상의 주간 일기 한 편과 펜글씨 연습 다섯 장을 제출해야 했다. 위저우저우는 작문이 두렵진 않았지만, 선생님에게 보여줘야 하는 주간 일기를 쓰는 건 늘 난감했다.

"천안 오빠, 참 재미있는 거 같아. 선생님은 우리가 쓴 걸 보고 싶어 하는데, 난 굳이 선생님에게 보여주고 싶지 않거든. 그런데 오빠는 내 편지를 보고 싶어 하지 않는데도 난 일단 쓰기 시작하면 끝없이 쓰게 돼. 아, 그렇다고 투덜거리는 건 아니고. 나 진짜 불평하는 거 아냐."

실은 위저우저우도 모든 걸 천안에게 알리고 싶진 않아

서, 너무 여자애들 같은 일은 최대한 적지 않으려고 노력했다. 예를 들면 예쁜 노트에 대한 집착이라든가, 각종 문구류에 열광하는 모습이라든가.

위저우저우는 오케스트라 연습을 마치고 쉬는 시간에 창가에 서 있는 천안을 본 적 있었다. 낡은 연습실의 채색 유리를 투과한 햇살이 그의 몸 위로 알록달록한 빛 그림자를 드리웠다. 그는 고개를 숙인 채 책을 보는 데 열중했고, 책장 사이에는 평범하디평범한 볼펜이나 샤프가 무심히 끼워져 있었다. 천안의 책가방에 들어 있는 건 평범한 필통 하나뿐이었다. 안에는 볼펜 두 자루와 만년필과 샤프 각각 한 자루, 지우개 하나가 들어 있었다. 수학 문제나 물리 문제를 풀 때 그래프를 그려야 할 텐데도 자는 쓰지 않았다.

위저우저우는 학습 성적과 어떤 펜을 쓰느냐는 아무런 관계가 없다는 걸 잘 알았지만, 어쩌다 보니 예쁜 문구를 모으는 게 취미가 되었다. 디자인이 독특한 샤프를 사면 수학 문제를 풀 때 머리가 빠릿빠릿 돌아갔고, 무광 표지의 연회색 그리드 공책을 쓰면 영어 수업 때 더욱 집중해서 필기할 수 있었다.

이런 취미는 서서히 일종의 괴벽이 되어 위저우저우는 혼자 주변 문구점들을 돌아다니며 보물 캐는 걸 즐기게 되었다.

금요일 아침, 다음 주에 있을 개교 40주년 행사를 위해 전교생은 30분 일찍 등교해서 연습을 해야 했다. 너무 일찍 도

착해서 따분해진 위저우저우는 슬그머니 문구점으로 들어
갔다.

무심코 선반에 놓인 '전차이眞彩'와 '천광晨光' 브랜드 볼
펜을 하나씩 꺼내 하얀 종이에 테스트해보고 있는데, 별안
간 옆에서 한 여자아이가 다급하게 친구에게 큰 소리로 호
들갑 떠는 소리가 들렸다.

"진짜 미치겠어. 아까 딱 봐도 지각할 거 같은데 엄마가
내 셔츠 단추를 꼭 달아줘야겠다는 거야. 엄마가 나보고 단
추 좀 들고 있으라고 했는데 난 손에 잼을 들고 있어서 하는
수 없이 입에 물었다? 그런데 아빠가 갑자기 신바람이 나서
내가 준비해놓은 교복을 다시 옷걸이에 거는 거야. 완전 일
을 더 번거롭게 만들지 않냐? 당황해서 아빠를 부르려다가
그만 단추를 삼켜버린 거 있지! 야, 나 어떡하면 좋냐?!"

"칼로 째서 꺼내야지. 목구멍에서 배꼽까지 길게 갈라서
자세히 뒤적거리다 보면 찾을 수 있을 거야."

뒤 문장은 마치 귓속말 같았다. 단추를 삼킨 여자아이는
여전히 큰 소리로 툴툴거렸고, 칼로 째자고 제안한 여자아
이는 옆에서 아주 작은 목소리로 혼잣말을 하고 있었다.

신메이샹.

쭈글쭈글한 교복, 느슨하게 묶은 말총머리, 마치 머리 빗
을 시간조차 없었던 것처럼 보였다. 신메이샹은 조용히 혼
잣말을 하며 어렴풋한 미소를 지었다. 옆에 돌처럼 굳은 위
저우저우가 있다는 걸 전혀 알아채지 못한 채, 무척이나 흥

미로운 표정으로 전차이 전문 코너에 꽂힌 색색의 볼펜을 검지로 스윽 훑었다.

위저우저우는 침을 꿀꺽 삼키고 조용히 말했다.

"사실 나 그 뒷얘기 들었는데, 그 단추…… 화장실 가자마자…… 나왔대."

그 말에 깜짝 놀란 신메이샹은 삽시간에 미소를 거둔 무표정한 얼굴로 위저우저우를 뚫어져라 바라보며 볼펜에는 손도 대지 않았다.

두 사람은 잠시 서로를 멀뚱멀뚱 바라봤다. 위저우저우는 그 죄 없는 단추를 놓아주기로 결심하곤 다시 볼펜에 시선을 집중해 가필드가 그려진 연청색 펜을 빼냈다. 그런데 시험 삼아 종이 위에 몇 번 긋는다는 것이 귀신에라도 홀렸는지 동그랗고 구멍이 네 개 난 단추를 그려버렸다.

위저우저우는 민망한 듯 펜을 다시 집어넣으며 어색하게 웃었다. "볼펜인 줄 알았는데 중성펜이네. 하하, 하하."

"난 중성펜이 좋더라." 신메이샹이 조용히 말했다. 목소리에 특색이 없는 데다 말도 거의 없어서 위저우저우는 그녀의 목소리가 잘 기억나지 않았다.

"그리고 사실 난 노트를 더 좋아해." 신메이샹은 약간 탐욕스러운 눈빛으로 뒤쪽 테이블 위에 놓인 각양각색의 한국제 수입 노트를 훑어보며 다시금 고개를 절레절레 흔들었다.

"나도 그래!" 위저우저우가 지극히 기쁜 웃음을 지으며 만화 캐릭터 표지가 좋은지 풍경 표지가 좋은지 물어보려는데, 막상 입 밖으로는 다른 말이 나왔다. "단추가 배 속에 들어가면 칼로 째야 한다는 말은 누구한테 들은 거야?"

막상 말해놓고 무척 후회가 들었다. 미쳐 날뛰는 단추 같으니라고.

신메이샹은 멍하니 반응이 없었다. 수업 시간 때처럼 입을 꾹 다물고 있나 보다고 위저우저우가 생각하고 있을 때, 신메이샹이 갑자기 입을 열었다.

"우리 엄마한테 들은 거야."

그러고는 웃음을 터뜨렸다.

두세 살 때, 신메이샹도 단추를 삼킨 적 있었다. 그녀는 혼날까 봐 구석에 숨어 하루 종일 사상투쟁을 벌이다가 결국 전전긍긍하며 엄마를 찾아가 눈물을 뚝뚝 흘리며 말했다. "엄마, 나 단추를, 단추를 삼켰어."

그날 이상하리만치 너그러웠던 엄마는 버럭 소리를 지르지도 않고 그저 음산한 얼굴로 말했다. "칼로 배를 째야지. 여기서부터 여기까지." 그러면서 손가락으로 신메이샹의 배위를 인정사정없이 그었고, 손을 떼기도 전에 겁에 질린 신메이샹이 와아앙 울음을 터뜨렸다.

엄마는 그녀를 안아 다정하게 머리를 토닥이며 말했다. "안 무서워, 안 무서워. 우리 가서 변기 위에 쭈그려 앉아 있자. 잠깐이면 돼. 착하지, 울지 말고."

그건 신메이샹이 기억하는 엄마가 가장 다정했던 순간이

었다. 이전에도 없었고 이후에도 없는.

신메이샹은 그 말을 마치고 잠시 멍하니 있다가 훌쩍 몸을 돌려 밖으로 나갔다. 옆 탁자 위에 한 줄로 놓인 신상 스누피 노트가 그녀의 책가방에 부딪히며 비뚤어졌다.

혼자 남은 위저우저우는 제자리에 서서 문 앞 그 두 여자아이가 계속해서 큰 소리로 배 속에 들어간 단추를 어떻게 꺼낼지 토론하는 걸 들었다.

그 주의 주간 일기는, 오후 내내 펜을 돌려봐도 선생님에게 털어놓을 만한 일이 떠오르지 않았다.

월요일 아침, 위저우저우는 국어 반장에게 변명을 늘어놓았다. 아침에 유탸오*랑 순두부를 먹다가 주간 일기 노트를 순두부가 담긴 접시에 빠뜨렸다고 말이다.

"정말이지 어떻게 꺼내볼 수가 없었어." 표정이 이보다 더 진실할 수 없었다.

다음 주에 새 노트로 바꿔야지, 미키 마우스가 그려진 그 파란 노트를 사는 거야. 위저우저우는 새 노트를 쓰면 영감이 떠오를지도 모른다고 생각했다.

그런 생각을 하며 그녀는 문득 구석에 웅크려 무슨 생각에 빠져 있는지 모를 신메이샹을 돌아봤다.

---

* 油條, 밀가루 반죽을 발효시켜 튀긴 빵.

6.
닭 머리와 봉황 꼬리

위저우저우는 무척이나 어이없는 별명을 갖게 되었다. 바로 '위얼얼'*.

중학교 1학년 2학기 중간고사 때 위저우저우는 또 전교 2등을 했다. 모든 성적이 나온 후, 위저우저우는 자리에 앉아 장민이 건네주는 학급 중간고사 성적 등수표를 받고 고개를 푹 숙였다. 부끄러워서가 아니라, 장민이 말할 때 주체할 수 없이 튀어나오는 침방울과 입 냄새 때문이었다. 위저우저우는 선생님의 설교를 들으며 그녀가 아침과 점심으로 뭘 먹었는지 판단할 수 있었고, 심지어 가끔 역겨움을 느끼는 것 때문에 자책하기도 했다.

물론 전교 2등은 무척 자랑스러워할 만한 거였다. 늘 학

---

* 二二, 중국에서 '얼(二)'은 '숫자 2' 외에 '바보 같다'는 의미도 있다.

년 평균 점수를 깎아먹는 6반에서 위저우저우는 선생님들이 애지중지하는 학생이었다.

"천안 오빠, 그거 알아? 난 내가 아주 즐겁게 사는 것 같아. 약간 비현실적이기도 해. 중학교 수학은 하나도 안 어렵더라니까, 하나도. 초등학교 때 담임선생님이 여자애들은 머리가 나빠서 중학교에 가면 공부를 따라가기 어려울 거라고 겁을 줬었는데, 알고 보니 정말 거짓말이었지 뭐야. 물론 어쩌면 내가 너무 일찌감치 말하는 걸 수도 있고."

위저우저우는 자신도 모르게 신중히 생활하는 습관이 들었다. 열세 살의 끝에 선 위저우저우는 이 변화무쌍한 삶 속에도 규율과 금기가 있지 않을까 하는 의문을 조심스레 품기 시작했다. 예를 들면 단언해서는 안 된다든지, 시험을 아주 잘 봤어도 남들이 물으면 고개를 숙이고 "그럭저럭"이라고 대답한다든지…….

마치 뽐내는 웃음 사이로 행복이 빠져나갈까 봐 두려워하는 것 같았다.

"나 시험 꽤 잘 봤어. 하지만 그건 우리 학교 수준이 평범해서야, 오빠도 알잖아. 그리고 나도 새 친구가 생겼어. 감히 친구라고 할 수 있을지는 모르겠는데, 최소한……." 뭐라고 설명해야 좋을지 몰라 그녀는 코를 문질렀다.

위저우저우는 쉬즈창이 자신에게 욕을 퍼부을 때 고개를 움츠리고 감히 나서지 못한 소위 '친구'라는 애들을 다시는 상대하지 않을 줄 알았다. '순수한 우정'에 대한 높은 요구치 때문에 한때 모든 사람을 멀리하고 싶다는 생각도 들었다. 하지만 얼마 지나지 않아 자신이 버텨내지 못한다는 걸 깨달았다.

엄마 말이 맞았다. 많은 일에 진지하게 임하며 자신의 준칙을 고수한다는 건 굉장히 어려운 거였고, 자신도 그렇게 높은 잣대로 남들을 평가하는 건 불가능했다. 그래서 위저우저우의 교우관계는 서서히 그 일이 발생하기 전 상태로 회복되었다. 다시금 여자애들과 수다를 떨었고, 웃긴 새해 카드를 사서 서로 주고받았고, 짝꿍 탄리나에게 펜 돌리기를 배웠다.

"결국 난 내가 원하는 진정한 친구를 찾지 못했어. 엄마가 그러는데 진정한 친구와 연인을 찾는 건 모두 무척 힘든 일이래. 물론 엄마가 나한테 한 말은 아니야. 엄마가 외할머니랑 통화하는 걸 몰래 엿들은 거거든. 엄마가 그랬어. 자기는 다른 사람들처럼 평생 기다렸지만 젊었을 때 꿈꿨던 이상적인 친구와 사랑하는 사람을 못 찾았다고. 하지만 젊었을 때는 이럴 줄 전혀 몰랐다는 거야. 남은 시간은 아주 많고 자신은 특별하다는 생각에 줄곧 기다렸는데, 이제 와서야 결국 운명을 받아들였다고. 자신은 조금도 특별하지 않고 자신이 원하는 사람은 찾을 수 없다는 걸 말야."

"엄마 말로는 대부분 사람들은 그럭저럭 한평생을 살아간대. 그럭저럭 지내는 친구는 하나가 오면 하나가 떠나고, 평범한 결혼은 티격태격하면서도 이혼의 대가를 짊어지지 못한다고."

"그래서 다들 허무맹랑한 영화나 드라마를 좋아하는·거래. 우리 인생은 남에게 의지해야만 비로소 기복이 생긴다고."

사실 위저우저우는 엄마의 말에 담긴 뜻을 완전히 이해하지 못했지만, 어린 짐승처럼 그 말에서 어떤 냄새를 맡아낼 수 있었다. 그래서 기억해놓고 고민을 억지로 토로해야 하는 사춘기의 슬픔에 위안을 삼았다.

"천안 오빠, 난 오빠가 평범한 사람이 아니라는 거 알아. 난 오빠를 보면 영화를 보는 것 같거든."

이 우수한 소년의 이야기를 보여주는 영화는 천안이 순조롭게 베이징대에 합격함으로써 해피엔딩을 맞이했다. 나중에 어떻게 되었는지 관객 위저우저우는 알 길이 없었다.

위저우저우는 자신이 마치 따뜻한 물속에 담긴 개구리처럼, 이렇게 아름다운 봄날의 오후에 빠져들어 헤어 나오지 못할 것만 같았다. 그녀는 완벽하지 않은 친구 관계를 받아들이기 시작했고, 만년 2등에 만족하기 시작했고, 이렇게 평탄하고 한가로운 학습 생활에 만족하기 시작했다. 무척 만족스러웠다.

모든 게 아주 좋았다. 가장 좋은 건 아니었지만, 그래도 아주 좋았다.

이렇게 만족스럽고 고요한 느낌은 위저우저우가 선선을 본 그 순간 끝났다.

학년별 수학 중간고사가 끝나고 위저우저우와 학습위원, 그리고 수학 반장은 함께 수학과 사무실로 가서 점수 합계와 답안지 분류를 도왔다. 한 사람이 끈으로 한데 묶은 답안지를 한 장 한 장 넘기며 빨간 펜으로 표시된 점수를 부르면, 나머지 두 사람은 각각 계산기를 들고 빠르게 더해 총점을 말했고, 점수를 부르는 사람이 해당 총점을 답안지 맨 위에 적었다.

위저우저우가 기계적으로 점수를 부르며 어느 답안지를 넘겼을 때 별안간 심장이 빠르게 뛰었다. 딱 봐도 자신의 글씨체였다. 그녀는 숨을 깊이 들이마시고 나머지 두 사람이 총점을 말해주기를 기다렸다.

120점 만점에 118점. 위저우저우는 입꼬리를 슬쩍 올렸고, 다른 두 사람이 자신을 축하할 때는 쑥스럽게 웃으며 황급히 손을 내저었다. "일하자, 일."

다시 점수를 부를 때 그녀의 목소리는 아까보다 훨씬 맑고 유쾌했다.

그들 셋 말고 다른 반 학생들 일고여덟 명도 같은 작업을 하고 있었다. 모든 고사장의 답안지 합계가 끝난 후, 그들은 선생님의 지휘하에 가위로 묶음선과 비닐 끈을 자른 후, 책상 두 줄에 각각 지정받은 학급 구역에 해당하는 답안지를 분류하기 시작했다.

위저우저우는 책상 사이를 즐겁게 오가며 품에 안은 답안지를 한 장씩 각각의 책상에 내려놓으며, 110점 이상의 답안

지를 보면 웃으면서 속으로 감탄했다. '음, 정말 잘 봤네.'

'잘 봤다'라는 뜻은, 아주 잘하긴 했어도 자신보다는 시험을 못 봤다는 뜻이었다.

그런데 고개를 숙인 찰나, 손에 들린 답안지에 빨갛게 120점이라고 쓰여 있는 게 보였다.

흠칫 놀란 위저우저우는 무의식적으로 고개를 돌려 세로로 쓰여 있는 학급 번호와 이름을 확인했다. 2반, 선……?

위저우저우는 그대로 얼어붙어 얼굴을 살짝 붉혔다. 옆에 있던 여자아이를 불러 두 번째 글자를 어떻게 읽냐고 묻고 싶었지만, 이 답안지를 보여주기가 망설여졌다. …… 아마도 자신이 이 120점을 얼마나 신경 쓰는지 남들에게 알리고 싶지 않아서일 것이다.

그래서 재빨리 2반에 해당하는 책상 앞으로 가서 답안지를 내려놓은 다음, 잠시 사방을 둘러보곤 다시 슬쩍 답안지를 들어 답안지 뭉치 사이에 끼워 넣었다. 그 답안지가 맨 위에 놓여 눈을 찌르게 하고 싶지 않았다.

질투심은 전혀 들지 않았다. 다만 자신이 너무 일찍 득의양양했던 게 너무 부끄러웠다. 비록 아까 다른 학생들 앞에서 기쁨을 드러내진 않았지만, 자신에게 너무 민망했다.

모든 답안지 분류가 끝나자, 그녀는 비로소 아무렇지도 않게 고개를 돌려 수학 반장에게 말했다. "있잖아, 그 '산山'이 두 개 합쳐진 글자는 어떻게 읽는 거야……?"

수학 반장이 멍하니 고개를 저었다. "그건 왜 물어?"

위저우저우는 황급히 고개를 저었다. "아무것도 아냐."
그러고는 잠시 생각하다가 애써 감추려는 듯 덧붙였다. "방
금 이런 생각이 들어서. '물水'이 세 개 합쳐진 글자는 '먀오
森, 묘'라고 읽고, '돌石'이 세 개 합쳐진 글자는 '레이磊, 뢰'라
고 읽잖아. 그럼……."

여기까지 말했을 때, 별안간 2반 수학 선생님이 괄괄하게
외치는 소리에 사무실에 있던 사람들 모두 흠칫 놀랐다.

"선선, 너도 참 문제 출제한 선생님 체면을 안 살려주는구
나. 또 120점이니?"

위저우저우는 장민의 얼굴이 순간 어두워지는 걸 포착했
다. 그녀는 입을 삐쭉이며 웃는 듯 마는 듯 2반 수학 선생님
을 보더니, 몸을 돌려 보온병을 들고 머그잔에 물을 따랐다.

선婶, 성조는 평평하게. 선선, 이 이름은 약간 '아주머니'*
를 부르는 것처럼 들렸다.

이름이 불린 선선은 마침 사무실에 함께 있었다. 위저우
저우는 그녀가 고개를 숙이고 자기 반 답안지를 모아 책상
위에 가지런히 정리하는 걸 지켜봤다. 선생님이 과장되게
뽐내는 말을 듣고도 잔머리를 귀 뒤로 살짝 넘길 뿐, 얼버무
리듯 웃으며 계속해서 고개를 숙인 채 이미 아주 가지런한
답안지 더미를 계속해서 정리했다.

"아, 쟤구나. 예전에 들어본 적 있어. 아주 미쳤대. 맨날

---

* 중국어로 숙모 또는 아주머니를 뜻하는 '선선(嬸嬸)'과 발음이 같다.

자기는 전화고 아니면 안 갈 거라고 한다나." 수학 반장은 그제야 알았다는 듯 선선 쪽을 주시하며 입을 삐죽거렸다.

아주 평범해 보이는 여자아이였다. 높이 솟은 광대뼈, 여드름이 가득 난 이마, 위저우저우와 똑같은 말총머리를 하고 은백색 안경을 끼고 있었다. 그곳에 서 있으니 온몸이 연두색 벽면에 녹아든 것처럼 보였다.

그러나 뭔가 날카로움이 있었다. 위저우저우는 그런 날카로움은 자신만이 느낄 수 있을 거라 확신했다. …… 어쩌면 그 자리에 있던 사람 중에 오직 자신이 가장 예민하고 마음이 켕겨서일지도 모른다.

"천안 오빠, 그거 알아? 그 애의 그 표정, 아니지, 실은 아무 표정도 없었어. 하지만 걔는 거기 서서 온몸으로 기운을 발산하면서 나한테 말하는 것 같았어. 전교 2등은 대단할 거 없다고, 118점도 우습다고. 왜냐하면 120점을 맞고 전교 1등을 한 선선의 웃는 얼굴에는 딱 한 가지 의미밖에 없었거든. 그건 바로 13중이랑 자신이 얻은 전교 1등이라는 점수를 깔보고 있다는 거야."

위저우저우는 자신이 생각이 너무 많은 건 아닌지 확신할 수 없었다.

하지만 그때부터 '닭 머리와 봉황 꼬리'에 대한 고민이 시작됐다. 사대 부중 꼴찌는 13중 1등보다 훨씬 뛰어나지 않을까? 물론 너무나도 멍청하고 극단적인 생각이었지만, 위저우저우는 멈출 수가 없었다.

결론이 나지 않았다. 닭 머리의 득의양양하고 유유함에는 늘 좁은 경지에서 비롯된 불편한 마음이 있으나, 구차한 봉황 꼬리는 집단에 붙어서 자신의 신분을 드러내야 하니 더욱 슬프지 않을까? 많은 사람들은 평생 이렇게 선택 속에서 방황한다. 그들은 봉황의 목을 차지하기 위해 대담하게 한방 겨루는 법을 배우지 못하고, 지족하며 기꺼이 닭 머리로 사는 법도 배우지 못한다.

그러나 이 나이의 위저우저우에게 생각의 결론은 그다지 중요하지 않았다. 중요한 건 생각이라는 행위 자체였다. 선선은 마치 고드름처럼 위저우저우의 평온하고 미지근한 생활을 깨뜨렸고, 안일하고 만족하는 생활에 부끄러움을 느끼게 했다.

위저우저우는 불현듯 예전에 반드시 전화고에 합격할 거라고 천안에게 말했던 걸 떠올렸다.

우리는 '반드시'라고 말할 때, 그 말 뒤에 담긴 진정한 뜻을 알까?

선선은 매일 쉬는 시간에도 자리에 앉아 단어를 외웠고, 영어 실력은 중학교 1학년 수준을 넘어선 지 오래였다. 영어와 국어는 자투리 시간에 공부하기 적절했다. 예를 들면 10분간의 쉬는 시간이라든지, 화장실에 가서 쭈그리고 앉아 있을 때라든지(비록 다들 이런 병적인 방법이 변비를 초래할 거라고 히죽거렸지만). 왜냐하면 이 과목들의 지식 체계는 비교적 잡다하고 각 단어들은 서로 독립적이며, 옛 시들도 굳이 연관 지어 사고할 필요가 없기 때문이었다. 그리고 다른 통 시간, 예를 들어 자습 시간은 수학 공부에 적합했다. 오랜 시간 깊이 사고할 수 있으니 말이다…….

물론 이런 것들은 모두 위저우저우가 평소 소소하게 캐묻고 남들 말을 엿들어 모은 정보였다. 정보의 주요 출처는 선선과 같은 2반인 번번, 아니, 무릉천장이었다.

위저우저우는 여전히 번번의 본명을 받아들일 수가 없었다. 그 네 글자를 소리 내어 말할 때마다 자꾸 웃음이 나왔다.

하지만 오직 번번 앞에서만 위저우저우는 선선에 대한 관심과 호기심을 감출 필요가 없었다.

다른 학생들이 수군거리는 선선에 대한 소문과 서술은 모두 뒤죽박죽이었다. 그들은 복잡한 감정과 표정으로 선선의 행동을 평가했다. 예를 들면 쉬는 시간에도 나가서 놀지 않는다는 둥, 하루 종일 얼굴을 찌푸리고 있다는 둥, 모두를 깔본다는 둥, 문제집을 마치 엄마 보듯이 반가워한다는 둥, 매일 자리에 앉아서 꼼짝도 하지 않고 영어책을 본다는 둥…….

"2반에 선선이라고 알아? 그 여자애 엄청 지독하대. 모든 문제집을 죄다 풀어버리는 게 목표라나."

"와, 어쩐지, 그래서 맨날 1등을 하는구나. 기껏해야 문제 푸는 거였네? 솔직히 난 좀 게을러서 엄마한테 늘 한소리 듣거든. 근데 꼭 그럴 필요가 있어? 휴, 대체 어떻게 그렇게 살지……."

"사람은 저마다의 뜻이 있는 법이니까, 쯧쯧."

이것이야말로 위저우저우가 무척 두려워하는 상황이었다. 줄곧 조심스럽게 학급 친구들에게 웃는 낯으로 대했고, 모두가 자신에 대해 좋은 인상을 갖기를 바라면서, 되도록이면 자신의 성적과 공부에 관련된 그 어떤 일도 언급하지 않길 바랐으니까. 그녀는 한편으로는 선선에 대해 깊은 동정심이 들었다.

다른 학생들이 그러듯이, 열심히 공부하는 책벌레 선선 학생은 사는 게 얼마나 따분하고 서러울까 하는 동정은 아니었다.

다만 매일 자신과는 지향하는 바가 다른 한 무리의 샘 많은 여학생들 사이에 끼어 살아야 하는 선선이 무척 쓸쓸하겠다고 느낄 뿐이었다.

"하지만 아닐지도 몰라. 선선은 선선이고, 나는 나니까. 만약 걔가 전혀 개의치 않는다면 난 걔를 더욱 마음에 들어 할 거야."

위저우저우는 호기심과 경의를 품고 선선에 관한 풍문을 곱씹으며 상대방이 그렇게 하는 이유가 뭘까 추측했다.

어쩌면 그녀가 추리한 선선의 학습 방식은 당사자의 생각과는 무척이나 동떨어져 있을 수도 있다. 하지만 위저우저우는 증명할 수 없었기에 그저 고개를 파묻고 나름대로 노력할 수밖에 없었다.

"천안 오빠, 난 전교 1등이 되려고 혈안이 된 게 아냐. 그저 그 애의 근면함에 무척 부끄러웠을 뿐이야. 난 내가 꽤 괜찮은 줄 알았거든."

위저우저우는 의식하지 못했다. 닭 머리와 봉황 꼬리의 선택지 중에서 자신은 이미 답을 내렸다는 걸 말이다.

7.
봄 운동회(상)

 문예위원과 체육위원이 함께 커다란 갈색 종이 박스를 밀며 교실로 들어서자 모두 흥분해서 난리가 났다.

 학급 회의 때 길고 긴 입씨름과 주제 이탈을 거쳐 모두는 마침내 결정을 내렸다. 4월 말에 있을 봄 운동회 때 학급 열병대오는 하얀 셔츠와 청바지, 하얀 운동화를 신고 검은색 야구모자와 하얀 장갑을 착용하기로 말이다. 위저우저우는 그런 차림새가 너무나도 '오레오'스럽고, 다소 장례 행렬 같아 보인다는 생각이 들었지만, 장민은 아주 단정하고 활기차게 보일 거라고 장담했다.

 이보다 더 중요한 의제는 당연히 응원단 도구였다. 다들 초등학교 때 이미 관중석에서 문예위원의 지휘하에 단체로 빨갛고 노란 주름 종이를 접어 만든 바보 같은 커다란 꽃을 흔들어봤기에, 이번만큼은 응원 도구에 중학생의 지성과 품위를 드러내자고 했다.

문예위원은 요 며칠 신경을 곤두세우고 다른 학급이 어떤 도구를 쓰는지 염탐하고 있었다. 자기 반 학생들에게는 절대로 비밀을 누설해서는 안 된다고 엄숙하게 경고하며 다른 반이 따라 하지 못하도록 막으면서, 한편으로는 다른 반이 쩨쩨하게 쉬쉬한다며 불평을 늘어놓았다.

"너네 반이 뭐 하는지 누가 궁금하대? 나중에 우리 반 꽁무니 뒤에서 그럴듯하게 따라만 해도 대단한 거지." 모두가 잇달아 맞장구쳤다.

우리는 모두 이중 잣대를 가지고 태어난다. 아무리 물방울만 한 작은 일이라도 두 가지 다른 얼굴이 비춰진다.

그러나 위저우저우는 각 학급이 뭘 하고 있는지 아주 잘 알고 있었다. 물론 번번이 말해준 거였다.

1반 학생들은 하얀 직사각형 판지를 대량으로 구입해 양면에 각각 빨간색과 노란색 스티커를 붙이고는, 반 전체가 종종 자습 시간에 지휘에 따라 판지 뒤집는 연습을 했다. 그러면 단상에서 봤을 때 아주 질서정연하게 눈길을 사로잡는 효과를 낼 수 있었다. 물론 디자인을 가미해 집단 연출을 통해 도안을 표현하는 것도 가능했다. 예를 들면…… 노란 바탕에 두드러지는 빨간 하트라든지 말이다.

2반 학생들은 거대한 나무 팻말을 만들었다. 위에는 아주 거대한, 엄지를 세운 손이 그려져 있었다.

3반 학생들은 화환을 만들었다. 사실 위저우저우는 자

신이 속한 6반만이 그렇게 할 만한 자격이 있다고 생각했
다……. 화환을 높이 들고 걸어가는 장례 행렬, 화환에는 '우
정은 첫째, 경기는 둘째, 생명을 소중히 여기자. 분노는 몸을
상하게 한다'라고 쓰여 있고 말이다.

그러나 위저우저우의 6반은 아몬드 음료 두 박스를 구매
했다. 한 사람당 하나씩 2분 안에 꿀꺽꿀꺽 마신 다음, 빈 캔
을 모아 그 길고 가느다란 캔 안에 콩을 채웠다. 캔 바깥쪽은
노란색과 보라색의 매끄럽게 반짝이는 포장지로 단단히 감
싸고 캔 양쪽 끝에 길게 남은 부분은 가닥가닥 잘라서 술로
만들었다. 이렇게 만든 캔 통을 양손에 하나씩 잡고 살짝 흔
들면 촤르르르 소리가 나면서 선명한 색깔로 반짝이는 포장
지가 햇빛 아래에서 눈부신 빛을 반사했다.

"이거 아무한테도 말하면 안 돼. 다시 말하는데, 다 만든
사람은 도구를 앞에 있는 박스에 넣어. 운동회 당일 아침에
다시 나눠줄 테니까. 가장 중요한 건 비밀 유지야. 들었지?
비밀 유지!"

문예위원은 목이 쉴 정도로 외쳐댔다. 뒷줄에 앉은 쉬즈
창 무리도 무척 흥미로워하며 만들다가, 곧 콩알이 든 캔을
시끄럽게 흔들어 교실 규율을 어지럽히는 데 꽂혔다.

"천안 오빠, 듣자 하니 고등학생들은 운동회 때 이런 응원
도구 안 만든다던데, 그렇지?"

고등학생의 필통에는 간단하게 펜 몇 자루만 들어 있고,
고등학생의 열병대오는 복장을 신경 써서 통일하지 않을 것

이고, 고등학생에게는 매일 다 풀지도 못할 시험지가 있고, 고등학생에게는 양위링과 젠닝이 있고, 고등학생은 열일곱 살에 울지 않을 것이다.

위저우저우는 하품이 나왔다. 응원 도구 만들기에 흥미가 없었던 건 아니었다. 최소한 아몬드 음료를 마실 때만 해도 열정이 넘쳤는데, 만들다 보니 서툰 손재주 때문에 흥미가 사라졌을 뿐이었다. 그녀는 이보다 더 흉할 수 없는 반제품을 내려다보며 탄식했다. "정말 유치해, 너무 유치해."

떠들썩한 교실 안에서 모두의 손에서 춤을 추는 반짝이는 포장지를 돌아보던 위저우저우는 문득 구석에 앉아 있는 신메이샹의 입가에 웃음기가 걸린 걸 봤다.

이렇게나 즐겁게 웃는 건 처음 보는 것 같았다. 환하진 않아도 편안하게 이어지는 미소. 마치 뭔가를 떠올리곤 자기만의 세계에 빠져 있는 것 같았다.

위저우저우는 저도 모르게 자리에서 일어나 어수선한 교실을 가로질러 신메이샹 곁으로 다가갔다.

신메이샹의 짝꿍은 무척이나 화끈한 여자아이였는데, 멀지 않은 곳에서 쉬즈창 무리와 서로 콩을 던지며 놀고 있어서 위저우저우는 아예 신메이샹 옆자리에 앉아 책상에 놓인 샛노란 완성품을 집어 들고 자세히 뜯어보기 시작했다.

"정말 예쁘다." 위저우저우가 경이로운 듯이 말했다.

인사치레가 아니었다. 신메이샹의 솜씨는 무척이나 정교했다. 이렇게 반짝이고 난잡한 응원 도구는 얼핏 보기에는 별 차이 없어 보이지만, 신메이샹의 작품은 양면테이프로 붙인 부분이든 술의 너비든 모두 딱 알맞게 되어 있었다.

신메이샹은 불쑥 등장한 위저우저우 때문에 깜짝 놀라 벌떡 일어났다가, 몇 초 후에야 비로소 쑥스러운 듯 고개를 흔들었다. 입가에 걸린 미소는 어느새 사라져 입을 꾹 다물고 침묵할 뿐이었다.

"정말 너무 예뻐. 못 믿겠으면 내가 만든 걸 봐."

신메이샹은 위저우저우의 작품을 받아 들고 살펴봤다.

흡사 꽁지깃이 듬성듬성 빠진 수탉 같은 모양새였다.

"…… 정말 못생겼다." 신메이샹은 말수는 적어도 늘 직설적이었다.

위저우저우는 코를 문지르며 쑥스럽게 웃었다.

"내 거 써." 신메이샹이 밑도 끝도 없이 말했다.

"무슨 뜻이야?"

"쟤네들이 이따가 짤그락 봉을 다 거둬갈 거야." 위저우저우는 '짤그락 봉'이 신메이샹이 응원 도구에 붙인 이름이라는 걸 깨닫는 데 시간이 걸렸다. "운동회 때 다시 나눠준다니까 네가 만든 건 누구 손에 들어갈지 모르지……." 신메이샹은 여기까지 말하고 잠시 멈췄다. 위저우저우는 그녀의 담담한 표정에서 뒤 구절의 의미를 읽어냈다. 즉, 누가 운이 나쁠지는 아직 모른다는 거였다.

"하지만 내가 만든 이건 네가 남겨둬. 몰래 책가방에 넣었다가 운동회 날에 쓰면 되잖아."

위저우저우는 작은 도구 하나 때문에 이렇게까지 수고를 해야 하나 생각했지만, 신메이샹이 베푼 호의였기에 그래도 매우 기쁜 표정을 지으며 말했다. "좋아, 그럼 내가 가져갈게. 다른 애들한텐 말하지 마."

몇 걸음 걷다가 다시 뒤를 돌아보니 마침 또 신메이샹과 눈이 마주쳤다.

신메이샹은 웃고 있었다. 이번 미소는 아까처럼 흐릿하지 않았다.

위저우저우는 손에 든 '짤그락 봉'을 꽉 쥐고 그녀에게 고개를 끄덕여 보였다.

"이제 맞은편에서 1학년 6반 열병대오가 입장합니다. 하얀 상의에 파란 바지, 늠름한 자태로 단상을 향해 발맞춰 걸어옵니다. 보십시오! 의기양양한 모습, 손에 오색 봉을 들고 발걸음도 정연합니다. 들립니까! 하늘을 찌를 듯 우렁차게 외치는 구호를! '우정은 첫째, 경기는 둘째, 힘써 싸우고 용감히 나아가자……..'"

위저우저우를 비롯한 6반 학생들은 체육위원의 "앞으로 ~ 가! 하나! 둘!" 구령 소리에 맞춰 단체로 행진하며 단상 쪽으로 고개를 돌려, 일렬로 앉아 있는 학교 지도자들을 멍하니 바라봤다. 손으로는 발걸음 리듬에 맞춰 '짤그락 봉'을 흔들었고, 입으로는 전혀 창의적이지 않은 구호를 외쳤다.

"천안 오빠, 난 우리가 너무 바보 같더라."

모든 열병대오는 경기장 중앙 풀밭에 서서 선수 대표 연설과 심판 대표 연설, 교장 연설, 부교장 연설, 교학 주임 연설, 체육과 연구팀 팀장 연설 등이 끝나기를 기다렸다…….

"천안 오빠, 아주 어렸을 때부터 느낀 건데 지도자들은 말에 끝이 없어. 그 사람들도 사실은 말하기 싫을 거고 우리도 듣고 싶지 않은데, 대체 누가 우리를 이렇게 서로 괴롭히게 만든 걸까?"

국기게양식이 끝나고 열병대오도 퇴장했다. 모두들 자기 반 진영으로 뿔뿔이 달려가는 와중에 급하게 뛰어가지 않는 사람은 각 반의 팻말을 드는 여자아이들뿐이었다. 다들 예쁘게 꾸미고 짧은 치마를 입고 있어서 남들처럼 거리낌 없이 내달릴 수가 없었다.

위저우저우는 굉장히 빠르게 달려갔다. 화장실이 너무 급해서, 더는 참지 못할 정도였기 때문이었다. 아침에 문을 나서기 전, 엄마가 우유를 꼭 다 마시고 가라고 한 게 화근이었다. 위저우저우는 조금만 마셔도 바로 배출되어서 물 마시는 걸 무척 싫어했다.

"천안 오빠, 난 줄곧 이해가 안 되는 문제가 있어. 아주 어렸을 때부터 생각한 건데 지금도 여전히 의문이야……. 부디 비웃지 말아줘……."

위저우저우의 편지는 갈수록 거침없어졌다. '천안 오빠'라는 호칭은 이미 아무 의미 없는 첫머리가 되었고, 편지지에 깨알같이 적힌 내용도 마치 계속 이어지는 혼잣말처럼 점점 제멋대로가 되어갔다. 이제는 어떤 화제든 너무 바보 같다거나 민망하다는 생각도 들지 않았다.

"실은 오빠한테 묻고 싶었어. 한밤중에 일어났을 땐 먼저 화장실에 가야 해, 아니면 먼저 물을 마셔야 해? 먼저 물을 마시면 내 체질상 곧…… 다시 나올 거야. 하지만 화장실에 먼저 가면, 물을 마신 후에 또 신경질적으로 다시 화장실에 가고 싶어지니…… 정말 선택하기 어렵다니까."

다 쓰고 나서는 혼자 바보같이 웃었다.

그러나 천안이 이 질문을 보고 무슨 표정을 지었는지 영원히 알 길이 없었다. 상대방이 자신의 편지를 볼지부터가 문제였으니 말이다.

위저우저우가 관람석의 6반 구역으로 달려가 장민에게 허락을 받은 후 단상 아래쪽 공중화장실로 뛰어가려는데, 별안간 등 뒤에서 장민의 날카로운 외침이 들렸다. "넌 또 왜 덩달아서 그래?"

잠깐 망설이다가 뒤를 돌아보니, 장민 앞에 서 있던 신메이샹이 귀까지 새빨개진 채 무안한 듯 몸을 돌려 계단을 올라가 자기 자리에 앉았다.

화장실에서 돌아온 위저우저우는 문예위원에게 이끌려 함께 '짤그락 봉' 지휘를 하게 되었다.

"내가 이따가 먹으라고 했잖아! 다들 먹을 거 내려놔. 연습 끝난 다음에 다시 먹게 해줄게. 뭐가 그렇게 급해? 이따가 학교 지도자들이 돌아볼 때 연습하면 늦다구!"

문예위원이 애써 저지했지만, 다들 책가방과 주머니를 열어 각종 간식 봉지를 꺼내 서로 자랑하며 바꾸기 바빴고 부스럭거리는 봉지 소리가 시끄럽게 퍼졌다.

"먼저 먹으라고 해." 위저우저우는 하품을 하며 문예위원을 끌고 관람석 위로 올라갔다. 문예위원은 내키지 않는다는 듯 한숨을 내쉬면서도 남학생들 몇 명에게 한소리 하는 걸 잊지 않았다. "똑바로 앉아. 앞줄 애들이랑 줄이 맞아야지. 삐뚤빼뚤하게 앉으면 저쪽 단상에서 봤을 때 눈에 확 보인다구. 조심해!"

위저우저우는 저도 모르게 피식 웃었다. 학급 명예 의식이 강한 문예위원의 행동에서 초등학교 시절 산제제와 쉬옌옌이 보이는 듯했다. 산제제와는 연락이 끊긴 지 오래라 산제제가 사대 부중에 갔는지 다른 학교에 갔는지 알지 못했다. 외할머니 집에 가도 위팅팅을 보기 어려웠다. 늘 보충반에 가 있었기 때문이었다.

예전의 친구는 하나씩 사라져 보이지 않았다. 그러나 운명의 배치를 안심하고 따랐다. 붙잡을 수 없는 건 가게 두고, 돌아오는 것에 대해서는 고마워하며 말이다.

예를 들면 번번처럼.

위저우저우는 자리에 앉아 목을 쭉 빼고 2반 쪽을 바라봤지만 잘 보이지 않았다.

사실 그 후로는 번번과 만나 이야기를 나눌 기회가 거의 없었다. 단 몇 번의 만남에서는 선선에 대해, 각 학급의 운동회 준비에 대해 이야기하느라 서로에 대해서는 거의 언급하지 않았다.

번번은 매번 볼 때마다 쉬즈창 같은 남학생 무리와 함께 있었다. 위저우저우는 소위 그 '형제들' 앞에서의 그의 체면을 이해했기에 그를 모르는 척하며 눈길도 돌리지 않았고, '번번'이라고 부르지도 않았다. 이런 상황은 좀 답답하긴 했다. 때로는 남학생 무리 속 번번을 관찰하며 속으로 지금의 그와 예전의 그를 비교해보기도 했다.

사실 딱히 비교할 것도 없었다.

왜냐하면 예전의 번번은 그저 모호한 그림자만 남아 있기 때문이었다.

위저우저우는 관람석에 멍하니 앉아 있다가 불현듯 한 가지 이치를 깨달았다. 때로 자신이 기억하는 건 상대방 자체가 아니라, 단지 상대방과 함께 있었을 때의 느낌이라는 걸. 편안하고, 즐겁고, 친밀하면 바로 친구였다. 비록 상대방은 이미 변했어도 예전의 기억을 근거로 마음의 온기를 따라 과거를 더듬을 수 있었다.

위저우저우가 자연스럽고 홀가분하게 굴고, 옆에 아무도 없는 것처럼 재잘재잘 떠들 수 있는 건 사실 과거의 번번을 향한 거였다. 그녀는 자기기만 하듯 곁에서 걷는 이 남자아이를 여전히 여섯 살처럼 대했고, 그가 '번번'이라고 부르는 걸 좋아하지 않는다는 걸 모른 척했다.

꽉 쥐고 놓지 않는 건 때론 의리 때문이겠지만, 때론 단지 자신에 대한 의리를 중요시해서였다.

위저우저우는 갑자기 이유 없이 답답해졌다. 이때 곁눈질로 앞줄 오른쪽 밑에 앉은 신메이샹이 자신을 돌아보는 게 보였다. 약간 괴로워하는 표정이 도움을 요청하는 듯했다.

"왜 그래?" 위저우저우가 궁금한 표정으로 입모양으로 묻자, 신메이샹은 재빨리 고개를 돌리더니 방금 전의 그 초조한 표정을 짓지 않은 척했다.

위저우저우는 어깨를 으쓱하곤 책가방을 열어 안에 가득 든 간식을 보며 잠시 생각하다가, 시즈랑* 과일 젤리 한 봉지를 꺼내 포장을 뜯어 주변 친구들에게 나눠주면서 그들로부터 초콜릿 웨하스와 건매실 캔디를 획득했다.

젤리 한 봉지는 금세 털려서 두 개밖에 남지 않았다. 별안간 주변 아이들이 갑자기 비명을 질렀다. 가장 윗줄에 앉아 있던 쉬즈창 무리의 코카콜라 캔이 발에 차이면서 콜라가 상류에서 홍수가 난 것처럼 아랫줄로 콸콸 쏟아진 것이다. 모두 황급히 방석을 들고 피하느라 난리법석이었다. 문예위원은 어두워진 안색으로 단상 쪽을 바라봤다. 자신의 학급이 운동회 정신문명상 경쟁에서 자격을 잃었다는 걸 예감한

---

* 喜之郎, 중국의 컵젤리로 유명한 브랜드.

듯했다.

비록 사건이 벌어진 지점과 비교적 멀리 떨어져 있긴 했지만, 위저우저우도 몸을 일으켜 당황하며 피하는 아이들에게 자리를 비켜주었다. 일어난 김에 살짝 얼얼해진 엉덩이를 문지르며 혼자 덩그러니 앉아 있는 신메이샹 옆으로 다가가서는 손바닥을 펼쳐 마지막 남은 과일 젤리 두 개를 들이댔다. "펑리*, 망고. 어떤 맛이 좋아?"

"뭐?"

"과일 젤리 말이야. 딱 두 개 남았어. 너랑 나랑 하나씩 나눠 먹자."

신메이샹의 표정은 여전히 괴이한 것이 뭘 참고 있는 건지 알 수 없었다. 그녀는 고개를 숙이고 조그맣게 물었다. "펑리가 뭐야?"

위저우저우는 자기 머리를 툭툭 치며 웃었다. "하, 다들 '펑리'라고 부르는 걸 오래 듣다 보니 나도 습관이 됐나 봐. 실은 파인애플이랑 똑같은 거야."

"난 망고." 신메이샹은 손을 뻗어 위저우저우의 손바닥에서 주황색 젤리를 가져갔다. 위저우저우는 그 손가락이 얼음장처럼 차가운 걸 느끼고 허리를 숙여 작은 소리로 물었다. "너 괜찮은 거지? 많이 추워?"

신메이샹은 마침내 고개를 들어 쭈뼛쭈뼛 말했다. "화장

---

* 鳳梨, 대만에서 나는 파인애플 품종.

실 가고 싶어. 더는 못 참겠어."

"장 선생님한테 다녀오겠다고 말하지!"

"말했어……."

위저우저우가 화장실로 달려갈 때, 열병대오에 참여하지 않고 줄곧 관람석을 지키던 신메이샹은 용기를 내서 장민에게 자신도 화장실에 가고 싶다고 말했다. 원래부터 신메이샹을 좋아하지 않았던 장민은 그녀에게 덩달아 난리라며 혼냈고, 관중석이 질서정연하게 보이려면 화장실은 한 사람씩만 다녀와야 한다고 말했다. 즉, 앞 사람이 갔다 와야 다음 사람이 갈 수 있다는 거였다. 장민에게 한바탕 혼난 신메이샹은 줄곧 기회를 기다렸지만, 여학생이든 남학생이든 하나씩 장민에게 달려가 다녀오겠다고 하는 걸 보며 나약한 그녀는 줄곧 꾹 참을 수밖에 없었다.

신메이샹은 말없이 그저 위저우저우만 빤히 바라봤다. 영문을 몰랐던 위저우저우의 가슴속에 오랫동안 침묵하던 여협의 호방한 기운이 솟았다. 그녀는 신메이샹의 손을 잡고 말했다. "가자. 장 선생님한테 배가 아프다고 말하는 거야. 내가 같이 가줄게."

신메이샹은 깜짝 놀라 손을 빼내려 했지만, 위저우저우는 고집 센 황소처럼 끄떡도 하지 않았다. 그 기세에 장민도 깜짝 놀랐다. 양산으로 쓰던 보라색 우산과 한창 씨름 중이던 장민이 멍하니 고개를 끄덕이자, 위저우저우는 로켓처럼 쌩하니 튀어나갔다.

그녀는 뒤도 돌아보지 않고 줄곧 앞으로 달렸기에 뒤따라오던 신메이샹의 복잡한 눈빛은 보지 못했다.

마침내 해탈한 표정의 신메이샹이 약간 부끄러운 듯 문 앞에서 기다리던 위저우저우 곁으로 걸어왔다. 물론 그녀의 부끄러움은 보통 무표정하게 눈을 내리까는 걸로 표현되었다.

"멀쩡한 사람이…… 참다가 죽을 수야 없잖아. 다음엔 그러지 마." 위저우저우는 신메이샹의 소매를 잡아당겼다.

"미안."

"뭐가?"

"방금 화장실에서 손에 쥐고 있던 과일 젤리를 변기 안에 빠뜨렸어."

위저우저우는 웃으며 남은 젤리 하나를 건넸다. "그럼 이거 너 줄게. 파인애플 맛이야."

신메이샹은 젤리를 받아 겉의 얇은 비닐 막을 코끝에 대고 살살 문지르더니 마침내 웃었다.

"아침에 물을 많이 마셔서 그래. 난 매번 물을 많이 마실 때마다 꼭 이렇더라." 신메이샹이 천천히 말했다.

위저우저우는 눈을 동그랗게 떴다가 다시 초승달처럼 휘며 웃었다. "있지, 물어보고 싶은 게 있는데, 넌 한밤중에 일어나면 먼저 물을 마셔, 아니면 화장실부터 가?"

신메이샹은 한참을 멍하니 있다가 느릿느릿 말했다. "난 밤중에 일어날 때마다 그 문제를 오랫동안 고민해."

"너도 차이즈중의 『장자설庄子設』 봤어? 그 사람 정말 그림 잘 그리는 거 같애!"

"응, 나도 일본 만화랑 애니메이션 좋아해."

"너 〈샤먼킹〉 봐?"

"보지. 하지만 난 그래도 〈슬램덩크〉가 가장 좋더라."

"그럼 전국 대회 부분 봤어?"

신메이샹은 가볍게 고개를 끄덕였다.

위저우저우는 줄곧 '전국 대회 부분의 결말을 봤는가' 같은 유치한 기준으로 자신과 같은 부류인지를 구분했다. 그녀는 당장 달려들어 신메이샹을 껴안을 뻔했다.

신메이샹도 '다위의 신비롭고 기이한 이야기大宇神秘惊奇' 총서 시리즈를 봤고, 류창과 다위가 커플이라고 생각했다. 또한 그녀와 똑같이 결말과 단서가 다양한 외국 '묘지 학교 시리즈(Graveyard School)'의 무서운 이야기가 훨씬 재미있다고 생각했으며, 그중에서도 특히 『목숨 건 게임장』을 좋아했다. 신메이샹도 어릴 때 송충이를 잡아서 토막토막 으깬 다음, 옆에 쭈그리고 앉아 찐득거리는 녹색 액체가 흘러나오는 것을 진지하게 관찰하는 걸 좋아했다. 신메이샹도 돋보기로 햇빛을 모아 개미를 태웠었고, 신메이샹도 복숭아 맛 양매楊梅*를 좋아했고, 랑웨이셴浪味仙 감자칩과 얼굴 모양

---

* 소귀나무 열매로 산딸기와 비슷하다.

막대 아이스크림을 좋아했다. 게다가 분유를 물 없이 먹는 것도 좋아했다……

"나랑 친구하자."

위저우저우는 저도 모르게 신메이샹의 차가운 손을 꽉 쥐었다.

"혹시 어릴 때 색칠 놀이 노트 사본 적 있어? 〈미소녀 전사 세일러 문〉에 색을 칠하는 노트 말야. 어제 갑자기 그게 생각나서 한 권 사려고 했는데 파는 곳이 없더라. 휴, 나도 이젠 늙은 것 같아."

위저우저우는 그럴싸하게 얼굴을 찌푸리며 손으로 턱을 받쳤다. 그저 신메이샹을 웃게 만들고 싶었을 뿐이었다. 하지만 상대방은 시종일관 표정이 거의 없었고, 간혹 웃을 때만 눈동자에 뜨겁고 열정적인 빛이 번쩍였다. 위저우저우는 그걸 보고 그녀도 이런 이야기를 즐거워한다고 확신할 수 있었다.

신메이샹은 위저우저우가 짐짓 괴로운 듯 탄식하는 말을 듣고 아무런 반응이 없다가, 몇 초 후에야 비로소 가만히 말했다. "만약 그게 늙는 거라면 달갑지 않은데."

여러 해가 흐르고, 위저우저우는 이 약간 시기적절하지 않은 이상한 말이 신메이샹이 한 말인지, 아니면 자신이 그 모든 걸 겪고 당시의 신메이샹 대신 만들어낸 기억인지 기억나지 않았다.

하지만 그녀는 확실히 기억했다. 신메이샹의 눈에 담긴

달갑지 않음을 말이다.

그것은 마치 깊이 잠들어 있는 젊은 화산 같았다.

8.
봄 운동회(하)

"천안 오빠, 그거 알아? 운동회에서 가장 즐거웠던 건 우리 반 선수들을 응원하는 것도, 앉아서 계속 간식을 먹는 것도, 바보처럼 응원 도구를 흔들면서 학교 지도자들의 시찰을 맞이하는 것도 아니었어. 다 아니었어.

난 풀밭 한가운데 앉아서 선수들이 트랙을 한 바퀴, 또 한 바퀴 돌며 맹렬히 달려가는 거랑 흥분한 관중들이 구호를 외치는 모습을 보는 게 좋았어. 여자애들이 어정쩡하게 투창을 던져서 땅에 꽂히지도 않는 거랑 남자애들이 젖 먹던 힘까지 써서 투환을 던지는데도 코앞에 떨어지는 걸 구경하는 것도 좋고…… 아, 남들 우스꽝스러운 모습만 본 건 아냐. 고개를 들면 아주 파란 하늘을 볼 수 있었어. 주변에는 높은 빌딩도 없었고, 모든 학생들이 멀리서 보면 흐릿한 점처럼 보였지.

그 순간 내가 바로 세상의 중심이라고 느꼈어."

신메이샹은 처음엔 무척이나 안절부절못했지만, 위저우저우는 자유롭게 발길 닿는 대로 3학년 관람 구역을 지나가며 신메이샹의 소매를 잡아당기면서 놀라 외쳤다. "봐, 다들 무릎 위에 문제집을 놓고 풀고 있잖아! 어쩐지, 곧 고등학교 입학시험이잖아. 이런저런 핑계를 대면서 운동회 불참하는 사람이 많다더라."

고입시험, 전화고, 선선.

말하고 나니 위저우저우의 마음도 별안간 철렁 내려앉았다. 그녀는 웃음을 거두고 신메이샹의 손을 잡은 채 트랙 바깥을 따라 2반 진영으로 달려가다가, 거의 다 가서 발걸음을 늦췄다.

"위저우저우, 너……."

위저우저우는 신메이샹의 의문에 신경 쓸 겨를도 없이, 살금살금 2반과 가깝지도 멀지도 않은 위치를 찾아 더는 다가가지 않고 목을 쭉 빼고 바라봤다.

한 무리의 사람들 속에서 잘 알지도 못하는 선선을 찾아내기란 쉽지 않았다. 마침내 찾아낸 선선은 뒤에서 두 번째 줄 구석에 앉아 고개를 숙이고 뭔가를 하고 있었다.

그게 뭐든, 위저우저우는 상대방이 분명 문제집을 풀고 있으리라고 확신했다.

틀림없었다.

별안간 가슴속에서 웅대한 포부가 솟았다. 눈앞의 파란

하늘과 하얀 구름과 햇살과 풀밭은 어느새 사라지고, 열심히 문제집 속표지를 눌러 바람에 날리지 않도록 하는 3학년 학생들도 사라졌다. 그녀는 개학식이 열리는 강당에 서 있었다. 가슴에는 커다란 붉은 꽃을 달고 원고를 들고 겸손한 웃음을 지으며 말했다. "모교에 감사합니다. 제가 이런 성적을 얻을 수 있었던 건 모두 선생님의 보살핌과 격려 덕분이었습니다……."

후배들이 몰려와 어떻게 공부했냐며 재잘재잘 물어보고, 장민과 다른 과목 주임 선생님들은 바깥에 서서 그녀를 흐뭇하게 바라보며 기쁘게 말한다. "쟤가 바로 우리 학교에 백 년에 한 번 나올까 말까 한 학생이에요. 얼마나 열심히 노력하는지, 내가 쟤 입학할 때부터 잘될 줄 알았다니까요……."

이런 상상에 위저우저우는 저도 모르게 고개를 숙이고 바보처럼 웃었고, 웃다가 얼른 다시 겸손하고도 단정한 표정으로 돌아와 선량함과 열정이 가득 담긴 눈빛으로 주변의 자신을 존경하는 후배들 앞에서 그들의 질문에 차근차근 하나씩 대답했다.

"위저우저우……, 너 괜찮아?"

위저우저우는 흠칫 놀랐다. 얼굴이 순식간에 화끈 달아올랐다.

괜찮아. 위저우저우는 신메이샹을 이끌고 성큼성큼 자리를 떠났다. 2반 진영 앞을 지날 때는 일부러 신메이샹을 돌아보고 웃으면서 날씨에 관한 따분한 말도 건네며 지극히 자연스럽게 굴었다.

"천안 오빠, 그 전혀 현실적이지 않은 상상은 나한테 굉장한 즐거움을 주고 순식간에 사라졌어. 남은 건 지극히 큰 슬픔이었고."

위저우저우는 낙심한 채 책가방을 노려봤으나 그 안에는 문제집이나 참고서가 한 권도 없었다. 차이는 결코 조금이 아니었다.

"아니면, 내가 가져온 간식 먹자!"

신메이샹은 위저우저우가 책가방 속에 좋아하는 간식이 없어서 한숨을 내쉰 거라고 생각했다. 위저우저우가 일부러 다른 사람과 자리를 바꿔 옆에 앉아준 게 고마웠던 그녀는 약간 부끄러운 듯 자신의 책가방을 열어 위저우저우에게 보여주었다.

위저우저우는 그 순간 고개를 살짝 기울여 신메이샹을 진지하게 쳐다봤다. 신메이샹은 그녀의 맑은 눈동자 속에 비친 자신의 그림자를 볼 수 있었다.

"천안 오빠, 난 이제껏 감히 전교 1등을 하고 싶다고 말하지 못했어. 등수에 연연해하지 않는 척해야 했고, 다른 애들이 나한테 잘 보이려고 '선선은 너보다 예쁘지도 않고 성격도 괴팍해. 고개 파묻고 공부할 줄만 안다니까'라고 말할 때 그저 민망한 듯 웃으며 모두에겐 각자의 장점이 있다고 말할 수밖에 없었어. 오빠는 내가 왜 〈슬램덩크〉를 좋아하는지 말한 거 기억나? 왜냐하면 거기 나온 사람들은 '난 널 이기겠어'라는 말을 대놓고 하거든. 설령 성공하지 못하더라도 그들을 비웃는 사람도 없고.

난 그게 바로 청춘인 것 같아."

이런 말을 하고 보니 좀 고리타분한 것 같았지만, 용감하게 이기거나 지고, 큰소리로 선전포고하는 자신감이야말로 확실히 청춘이라 불릴 자격이 있는 것 같았다.

그 순간, 위저우저우는 신메이샹의 눈을 보며 말하고 싶었다. 그거 알아? 난 선선을 살짝 질투하고 있어. 걔가 다른 사람 시선을 신경 쓰지 않고, 인간관계도 신경 쓰지 않으면서 시시각각 공부에만 전념하며 적극적으로 노력하는 게 질투 나. 난 걔를 무척 이기고 싶어.

하고 싶은 말이 마음속에 맴돌았지만, 위저우저우는 그래도 고개를 숙이고 신메이샹의 책가방을 벌리며 물었다. "맛있는 거 뭐 가져왔어? 보여줘."

나이가 들수록 금기가 많아진다. 위저우저우는 마음에 숨기는 법을 배웠고, 가정사는 더는 유일한 금기가 아니게 되었다. 마음속에 감춘 포부와 욕망은 조심스럽게 감싸서 아무에게나 열어 보여주지 않았다. 안 그랬다간 비아냥만 받을 뿐이었다.

신메이샹의 책가방에 들은 간식은 적지 않았지만, 상표를 보건데 무척 오래된 것처럼 보였다. 위저우저우는 학교 부근에서도 사기 힘든 마이리쑤* 한 봉지를 집어 들고 어느 가게에서 사 온 거냐며 물으려다가 자기 손에 먼지가 잔뜩 묻은 걸 발견했다.

어떻게…… 이렇게 더럽지…….

그러나 위저우저우는 그 말을 입 밖으로 내지 않았고, 심지어 얼굴을 찌푸리지도 않은 채 바로 웃으며 말했다. "마이리쑤 먹어본 지도 정말 오래됐네. 초등학교 1, 2학년 때 우리 반은 수업 끝날 때마다 생활위원이 모두한테 먹고 싶은 간식을 적으라고 한 다음 아래층으로 내려가서 사 왔거든. 돈은 나중에 내고. 그때 다들 마이리쑤를 아주 좋아해서 가끔은 여러 명이 돈을 모아서 사기도 했어. 그러다 나중에 다들 캐드버리, 르꽁뜨, 도브 초콜릿을 먹기 시작하면서 아무도 마이리쑤를 먹겠다고 하지 않았지."

신메이샹은 무척 예민하게 반응했다.

"나도 갑자기 그게 생각나서 가게를 한참 뒤지다가 겨우 발견했어. 봐, 좀 지저분하지." 그녀가 조그맣게 말했다.

위저우저우는 초코볼 하나를 입에 물고 태연하게 빨간 포장 봉지를 뒤집어 봤다.

더러울 뿐만 아니라 유통기한까지 지나 있었다.

하지만 그녀는 그래도 삼켰고, 그로써 자신은 무척 위대하다고 생각했다.

---

* 麥麗素(Mylikes), 초코볼 제품명.

하지만 그때는 아직 몰랐었다. 자신은 더 위대해질 수 있다는 걸.

문예위원은 자진해서 여자 1500미터 경주에 나갔다. 그건 여학생 종목 중에서 가장 긴 장거리 달리기였다. 그러나 오전 내내 학교 지도자들에게 검사를 받기 위해 햇볕 아래에서 응원봉 지휘를 하느라 딱히 먹은 게 없었고, 그러다 보니 점심때가 되자 자연스럽게 안색이 나빠지고 말았다. 탈진한 것이다.

위저우저우는 체육위원의 간절한 눈빛 앞에서 저도 모르게 침을 꿀꺽 삼켰다.

그리하여 오후 2시, 체육위원은 위저우저우의 가슴과 등에 핀으로 선수 번호를 달았다. 그녀는 2000년에 입학한 중학교 1학년 6반 13번 선수여서 번호는 00010613이었다.

위저우저우는 천천히 달리기만 해도 된다고, 어차피 자신이 순위에 드는 걸 아무도 기대하지 않는다고 스스로를 안심시켰다. 그러나 선수 등록처의 체육 선생님이 그들을 각각 배정된 출발선으로 안내했을 때, 그녀는 발밑에 깔린 붉은 트랙을 바라보며 심장이 마구잡이로 쿵쿵 뛰는 소리를 들을 수 있었다. 아직 출발하기 전인데도 벌써 다리에 힘이 풀린 것 같았고, 귓가에는 혈관 속 피가 콸콸 흐르는 소리가 들렸다.

"각자 위치로, 준비―"

총성이 울리는 순간, 위저우저우는 별안간 딴생각이 들었다. 어렸을 때 썼던 작문 제목이 '운동회'였는데. 선생님은 모범 작문에서 좋은 표현을 골라 칠판에 적었다. '범과 용처럼 씩씩한, 끈질기게 포기하지 않고 용감하게 앞을 다투어……'

그러나 가장 적절한 표현은 아마도 '출발 신호탄이 울렸다. 학생들은 마치 고삐 풀린 야생마처럼 앞으로 달려나갔다'가 아닐까 싶었다.

고삐 풀린 야생마 1호 위저우저우 학생은 트랙 가장 안쪽에서 달리며 경기에서 가장 유리하다는 위치를 낭비했다. 달리는 속도는 다들 빠르지 않았다. 네 바퀴 넘게 달려야 하니 체력을 아껴야 했기 때문이었다. 위저우저우는 관람석의 6반 앞을 지날 때 뇌를 어디 빼놓은 것처럼 자기 반 진영을 향해 손을 흔들었고, 그 익살맞은 행동에 반 전체가 들끓었다. 모두 그녀에게 호응하며 극성스러운 팬에 걸맞은 광기 어린 표정을 지었고, 심지어 쉬즈창마저도 기괴한 말투로 "위저우저우, 파이팅!" 하고 외쳤다.

대중의 사랑을 받는 건 참으로 즐거운 일이었다. 위저우저우는 이미 입으로 숨을 쉬기 시작했고, 입꼬리를 옆으로 끌어당기려고 노력하면서 계속해서 암담한 심정으로 달렸다. 가슴과 목구멍이 터질 것처럼 화끈거리며 아팠다.

두 바퀴째는 억지로 버텨냈다. 그녀의 속도는 이미 걷는 것과 마찬가지였지만, 여전히 뒤뚱뒤뚱 달리는 자세를 유지했다. 주변 여자아이들이 하나둘 경기를 포기했다. 위저우저우는 내내 속으로 '100미터만 더 달리고 포기하자, 딱 100미터만……'이라고 생각하며 세 바퀴째까지 버텨냈다.

그럼 마지막 한 바퀴를 포기하고 달리지 않으면 너무 밑지는 거 아닐까? 비록 인생은 과정이 중요하다지만 그 말은 결과가 암담한 사람을 위로할 때 쓰일 뿐이다. 만약 좋은 결과를 얻을 수 있다면 과정이 아무리 꼴불견이라도 상관없었다. 왜냐하면 방관자들이 관심을 갖고 기억하는 건 영원히 결과뿐이기 때문이다.

불현듯 링링 언니가 생각났다. 천안이 즐겁게 베이징대 학생 생활을 누리고 있을 때, 링링 언니는 재수를 하고 있었다.

"천안 오빠, 만약 오빠가 그때 시험을 망쳤으면 어떻게 됐을까? 12년 동안 공부하면서 오빠는 그 누구보다도 뛰어났어. 하지만 시험을 망친 거야……. 그럼 오빠는 운명에 분노했을까?"

운명은 그 누구도 아랑곳하지 않는 법이다.

그리하여 링링 언니는 아무리 울고불고 내키지 않더라도 그저 마음을 가라앉히고 계속 재수를 해야 했다. 이마 가득 여드름이 난 채로 펜대를 깨물며 해석기하학과 끝까지 싸워야 했다.

분노해도 아무 소용없을 때, 우리는 조롱과 무시를 당했다는 민망함에 그저 웃으며 "됐어, 난 괜찮아"라고 말할 수밖에 없다.

부득이한 상황에서 악수하고 화해하는 것이다.

위저우저우는 마지막 한 바퀴를 돌며 인생을 연상했다. 딴생각을 하는 건 숨 쉴 때의 통증과 종아리의 뻐근함을 가셔주지 않았다. 그녀의 시야에 차츰 고장 난 텔레비전 화면 같은 하얀 반점들이 속속 등장하며 시선 속 붉은 트랙을 잠식해나갔다.

그러나 아직 한 바퀴가 남았다. 딱 한 바퀴 남았다. 끝까지 달리지 못한다면 영원히 선선을 이길 수 없을 것이다.

아주 오랜 시간이 흐른 후, 위저우저우는 이 일을 회상하며 1500미터 경주의 마지막 한 바퀴가 대체 선선과 무슨 관계가 있었는지 도무지 이해가 가지 않았다.

어쩌면 그저 그 나이의 종잡을 수 없는 뒤죽박죽 논리인지도 모른다.

위저우저우가 반쯤 눈을 감고 기계적으로 앞으로 달리면서 가슴이 아파 거의 숨도 못 쉴 지경일 때, 별안간 왼쪽 귓가에 가벼운 웃음소리가 들렸다.

"저우저우, 너 아직 살아 있어?"

9.
행복이란

"살아 있지 않으면 죽은 사람이라는 거야?" 위저우저우는 헐떡이며 대꾸하고 나서야, 비로소 고개를 돌려 곁에 불쑥 등장한 사람을 바라봤다.

"그런 단어가 있잖아……. 어, 산송장이라고……."

머리 위로 찬물 한 바가지가 쏟아지며 위저우저우의 기쁨과 감동은 순식간에 사라졌다.

번번 학생은 그녀 왼쪽 풀밭을 느릿느릿 걸으면서도 시종일관 달리는 중인 그녀와 동일한 수평선을 유지하고 있었다.

"내 달리기가…… 그렇게 느려?"

번번이 그녀를 보며 웃었다. "어."

위저우저우가 반박하려 하자, 번번이 한마디 덧붙였다. "남자 3000미터 경기는 아직 시작도 못 했어. 이게 다 네가 여기서 길을 막고 있어서라고. 우리 모두 네가 얼른 기권하기를 바라고 있어······."

위저우저우는 씁쓸하게 한숨을 내쉬었다가 문득 숨을 쉴 때 목과 가슴이 그다지 아프지 않다는 느낌이 들었다. 다리도 해방된 것처럼 더는 묵직하게 가라앉지 않았다. 자신도 모르게 생리적인 극한을 뛰어넘은 것일까. 체육 선생님이 항상 말하던 것처럼 딱 그 고비를 넘기고 버티니까 그 뒤는 그렇게 힘들지 않았다.

"그럼 넌 왜 온 건데? 나보고 기권하라고?" 위저우저우는 목소리에 담긴 기쁨을 애써 억눌렀다.

"네가 우리 반 앞을 지나갈 때 내가 딱 알아봤지 뭐야. 곧 죽을 것 같길래 보러 온 거야. 다들 아는 사이긴 하지만 아무래도 내가 가장 먼저 나서서 네 시체를 수습해야 할 거 아냐!"

"내가 곧 죽는다고 누가 그래?" 위저우저우의 목소리가 별안간 높아졌다. 마침 단상 부근을 지나고 있었고, 양쪽에는 모두 고개를 파묻고 문제집을 푸는 3학년 학생들이 앉아 있었다. 이제 막 자유자재로 해방된 위저우저우의 호흡과 발걸음에는 마치 오랫동안 기다려온 것처럼 그 순간 힘이 가득 실렸다.

맞아서 이가 부러지고 계속해서 피를 토하던 세이야는 대체 어떻게 다시 일어나서 상대방에게 치명적인 일격을 가한 것일까? 예전에 위저우저우는 번번 앞에서 중상을 입은 세이야 역할을 할 수없이 맡으면서도, 그 정도로 다치면 얼마나 아플지 전혀 알지 못했다.

"천안 오빠, 난 그 순간 문득 깨달았어. 사람들은 궁지에 몰렸다가 반격하는 틀에 박힌 영웅을 비웃을지라도, 막상 자신이 진짜 그런 상황에 놓이면 그런 틀에 박힌 상황을 완성할 용기와 능력이 없는 경우가 많다고 말야. 그렇기 때문에 우린 모두 평범한 사람인 거야.

공부든 달리기든, 다 시련이 될 수도 있고 짧은 만화영화 또는 영화가 될 수도 있어. 다만 모험은 방대한 이야기만이 아니라는 걸 우리가 의식하지 못했을 뿐이지. 때로 상상과 삶은 서로 멀리 떨어져 있지 않은 것 같아. 내가 해야 하는 건 마지막 한 바퀴를 끝까지 달리는 것뿐이야."

위저우저우는 그렇게 생각하며 별안간 손을 뻗어 단상과 목석처럼 앉아 있는 3학년 관람석을 향해 있는 힘껏 손을 흔들었다.

"너 미쳤어?" 번번은 그녀의 열정 넘치는 돌발 행동에 펄쩍 뛰었다.

"회광반조*야." 위저우저우가 웃었다.

번번이 '회광반조'라는 네 글자의 뜻을 몰라 어리둥절해 하는 사이, 위저우저우는 갑자기 속도를 내더니 약 300미터 떨어진 결승점을 향해 성큼성큼 돌진했다.

마치 한 마리의…… 고삐를 벗어난 들개 같았다.

번번은 자신의 얼빠진 표정을 신경 쓸 겨를도 없이 큰 소

---

* 回光返照, 죽을 무렵에 잠시 정신이 맑아지는 것.

리로 "너 무슨 짓이야, 기다려!"라고 외치며 재빨리 그 뒤를 쫓아갔다. 두 사람의 느닷없는 고함 소리와 엉덩이에 불이라도 붙은 듯 빠르게 달려나가는 모습은 단상과 3학년 전체의 시선을 끌었다. 많은 사람이 경이로움에 자리에서 일어났고, 작은 불씨가 들판을 태우듯 갈채가 터져 나왔다.

위저우저우는 아무것도 들리지 않았다.

그저 햇살이 너무 눈부시고 눈앞이 흐릿하게만 보일 뿐이었다. 마치 뜨거운 눈물이 마주 불어오는 바람에 흩날리는 것 같았다.

옆에서는 또 다른 사람이 달리며 나는 숨소리가 들렸다. 그건 무룽천장이 아니라 번번이었다. 번번을 잃어버린 줄 알았는데, 그는 어릴 때와 똑같았다. 마치 한 번도 변한 적 없는 것처럼.

그러니 태양을 향해 달려가자. 종점은 없어.

"천안 오빠, 그 순간 난 내가 태양을 향해 날아가는 것 같았어."

위저우저우는 번번이 어디로 갔는지 알지 못했다. 1500미터 달리기를 마치니 결승점 부근에 있던 체육 선생님들이 마치 이 신입생이 어리바리한 반려동물이라도 되는 듯 그녀의 머리를 쓰다듬으며 칭찬을 해줬다. 그러면서 지금 바로 풀밭에 앉아 쉬면 몸이 상한다며 위저우저우에게 트랙을 따라 천천히 걷도록 했다. 정신이 쏙 빠진 위저우저우가 겨우 숨을 고르고 사방을 둘러봤을 때, 번번은 이미 보이지 않았다.

마치 물 한 방울처럼, 햇빛 아래에 찬란한 무지개를 만들어내 위저우저우의 달리는 발걸음을 어지럽혔다. 그런 다음 찰나에 증발해 그림자조차 남기지 않았다.

역시, 나랑 함께 등장하고 싶지 않았던 걸까?

위저우저우는 가까스로 웃으면서 두 무릎을 휘청거리며 6반 진영을 향해 발걸음을 옮겼다. 두 손을 높이 들고 얼굴 가득 웃음을 띠며 모두의 뜨거운 박수 소리를 맞이했다.

최종적으로 체육 특기생이 많은 3반이 총점 1등을 차지했고, 문예위원이 가장 노리고 있던 '정신문명상'은 굉장히 아이러니한 방식으로 6반 모두의 손에 쥐여졌다. 2반이 '최고 정신문명상'을 받고, 다른 몇 반이 나란히 '정신문명상'을 받은 것이다. 얼굴을 찌푸린 채 대열에 선 위저우저우는 문득 미리 퇴장해버린 문예위원 대신 무척이나 불공평함을 느꼈다.

여러 해가 지나면 심지어 생각나지도 않을 학급 명예를 위해 한 여자아이가 탈진할 정도로 노력했다. 위저우저우는 문예위원이 대체 왜 그리 집착하는지 이해할 수 없었다. 반 전체 56명에게 주는 상인데 55명은 신경도 쓰지 않았으니 말이다.

운동장에 올 때와는 달리, 돌아가는 길에는 다들 버스에 앉아 노래도 부르지 않았다. 각자 패잔병의 모습으로 햇빛과 모래먼지 속에서 하루 종일 시달린 크고 작은 짐을 든 채 무표정하게 흔들릴 뿐이었다.

위저우저우는 신메이샹 옆자리에 앉았다. 하루 종일 힘내라고 소리치느라 목이 칼칼해서 아무 말도 하고 싶지가 않았다. 그래서 그저 창밖의 햇빛에 물든 황금빛 거리 풍경만 멍하니 주시했다.

모두 해산할 때, 그녀는 신메이샹을 불렀다. "너 집이 어디야? 우리 같이 갈래?"

착각인지는 모르겠지만, 신메이샹은 얼굴에 한 줄기 당황한 빛이 스치더니 대답 대신 조용히 반문했다.

"넌 어디 사는데?"

"하이청 단지."

"우린 방향이 달라."

위저우저우는 살짝 체면이 상했지만, 신메이샹이 뭔가 감추는 모습에 민망함도 잊어버렸다. 상대방이 몸을 돌려 가는 순간, 그녀는 문득 미친 생각을 떠올렸다.

위저우저우는 책가방을 메고 방석을 담은 비닐봉지를 든 채, 약 십여 미터의 거리를 두고 슬그머니 신메이샹 뒤를 따라갔다. 가는 길에는 집으로 돌아가는 학생들이 많을 테니 미행을 눈치채지 못할 거라는 확신이 있었다.

5분 후, 구불구불한 건물 사잇길과 금방이라도 무너질 것 같은 집들을 지나니 눈앞의 새로 지은 건물들이 무척 눈에 익숙했다. 심지어 풀밭 주변에 아직 깨끗하게 치우지 못한 건축 잔토도 유달리 친근하게 느껴졌다.

딱 봐도 하이청 단지였다.

위저우저우는 점점 흥분과 긴장감이 들었다. 비록 온몸이 지쳐 있었지만, 마치 먹이를 찾는 어린 표범처럼 집중력을 발휘해 살금살금 다가가 앞쪽의 몸집이 약간 비대한 여자아이를 뚫어져라 바라봤다.

"천안 오빠, 남의 비밀을 엿보는 건 나쁜 행동이라는 거 알아. 하지만 어째선지 그렇게나 흥분되더라?"

신메이샹은 위저우저우가 사는 건물을 돌아 하이청 단지를 가로질러 마침내 단지 바깥의 지어진 지 20년 넘은 낡은 건물 앞에 멈췄다.

그리고 낡은 회백색 건물 1층 상가 구멍가게로 들어갔다.

위저우저우는 멀리서 조용히 기다렸다. 좀 이상했다. 운동회 내내 간식을 주워 먹느라 입안이 아직도 새콤하고 찐득거리는데, 어째서 신메이샹은 운동회가 끝나자마자 구멍가게로 간 걸까?

종아리가 뻣뻣해지고 책가방 끈이 어깨를 짓눌러 숨이 턱턱 막힐 때쯤에야 비로소 큰 깨달음을 얻었다.

고개를 드니 컴컴한 구멍가게 위쪽에 지저분하고 낡은 간판이 걸려 있는 게 보였다.

메이샹식품점.

위저우저우는 깜짝 놀라 입을 다물지 못했다. 사실 집에서 식품점을 하는 게 딱히 환상에서만 가능한 건 아니지만,

위저우저우는 왠지 저 간판이 마치 우주에서 지구로 떨어진 운석처럼 희한하게만 느껴졌다.

천천히 구멍가게로 걸어가는 길에 보니 주변에 사람이 적지 않았다. 늦봄 무렵이었지만 오늘 날씨는 이상하리만치 무더웠다. 위저우저우는 화단 옆에 앉아 모습을 숨긴 채, 구멍가게 입구에서 웃통을 벗고 바둑을 두고 마작을 하는 어른들과 그들 곁에 놓인 차가운 맥주가 식은땀을 뚝뚝 흘려 바닥에 물 자국이 번지는 걸 조용히 살펴봤다. 심지어 구멍가게 여주인이 그녀의 남편을 쫓아가 때리며 길에 먼지를 날리는 것도 봤다. 그 식품점 여주인은 바로 개학식 날 신메이샹의 팔뚝을 꼬집으며 끌고 가던 신메이샹의 엄마였다.

그리고 그 도둑놈처럼 흉악하고 느끼하고 옹졸하게 생긴, 여주인에게 등을 꼬집히며 욕을 먹으면서도 마작 테이블에서 시선을 떼지 못하는 남자는 바로 신메이샹의 아빠일 것이다.

"이 우라질 것아, 운동회 한다고 새로 산 방석을 잃어버렸어? 너네 신씨 집안 씨들은 왜 다 이 지랄이야? 내가 전생에 너네한테 빚이라도 졌냐?"

신메이샹의 엄마는 남편에게 욕을 퍼붓고 나서는 다시 안으로 들어가 신메이샹을 혼내기 시작했다. 위저우저우는 컴컴한 구멍가게 입구를 바라봤다. 안쪽에서 대체 무슨 일이 벌어지는지는 모르겠지만, 우당탕 부딪히는 소리와 계속해서 이어지는 욕설을 들으니 신메이샹의 상황이 좋지 않으리라는 걸 알 수 있었다.

위저우저우는 책가방과 방석을 들고 고개를 숙인 채 조용히 자리를 떠났다.

"천안 오빠, 난 정말 모르겠어.

걔네 엄마는 엄청 사나워 보이고, 걔랑 그 아무 능력도 없으면서 먹기만 하고 죽는 날만 기다리는 아빠를 — 미안, 일부러 이렇게 말한 건 아냐 — 굉장히 미워하는 것 같아. 그런데 애초에 신메이상을 낳은 걸 한스러워할 정도로 원망했으면서, 왜 구멍가게 이름을 '메이상식품점'이라고 지었을까?

삶이 그 아줌마의 초심을 바꾼 걸까, 아니면 아줌마 스스로 삶에서 진정 중요한 게 뭔지 잊어버린 걸까?"

위저우저우가 집으로 돌아왔을 때 엄마는 아직 퇴근 전이었다. 그녀는 책가방을 내려놓고 엄마 방으로 달려가 엄마의 속옷을 모두 세숫대야에 담그고 투명한 비누로 살살 문질렀다. 혹시라도 깨끗해지지 않을까 봐 맑은 물로 네다섯 번을 헹군 후 세심하게 작은 집게에 걸어 발코니에 널었다. 남은 여유 시간에는 서둘러 방을 정리하곤 슬리퍼를 문가에 가지런히 놓은 다음, 조용히 엄마가 돌아오기를 기다렸다.

위저우저우는 줄곧 '엄마, 아빠를 위해 발 씻을 물을 떠놓기'처럼 환심을 사는 종류의 가정 숙제에 반감이 있었다. 엄마에게 사랑한다고 말하는 게 부끄러웠고, 가족 구성원들 사이에서 가장 아름다운 정은 표현이 아니라 날마다 반복되는 생활 속에서 나오는 자연스러움과 척척 맞는 호흡에 있다고 여겼다.

지금도 엄마에게 뭔가를 고백하고 싶은 건 아니었다.

다만 마음속에 말로 하지 못할 고마움이 있을 뿐이었다.

고마워, 엄마.

아무리 힘든 상황에서도 그런 엄마로 변하지 않아줘서 고마워.

위저우저우는 자신이 느끼는 감사함과 다행스러움에 실은 신메이샹에 대한 잔인함이 포함되어 있다는 걸 알았다.

그러나 그녀는 자신이 힘든 상황에서도 무사히 지내왔다는 것에 가슴을 쓸어내리며 감개무량해하지 않을 수 없었다.

우리는 늘 남들의 아픔 속에서 행복을 배우는 법이니까.

10.
침전

외할머니가 병이 났다.

위저우저우는 병원 복도 한편에 묵묵히 서서 자신도 못 느낄 정도로 숨소리를 가라앉히려고 애써 노력했다. 그래야 소독약 냄새를 최저한으로 흡입할 수 있었기 때문이었다.

위저우저우는 아픈 일이 드물었고 가끔 감기에 걸려도 약을 좀 먹으면 금방 회복되었다. 병원에 대한 인상은 아주 어릴 적 예방접종을 맞은 것과 학교에서 단체로 신체검사할 때를 빼면, 구 할아버지가 돌아가시던 그날 밤뿐이었다.

"천안 오빠, 난 병원이 싫어. 난 노인은 아파도 병원에 가면 안 된다고 생각해. 병원 문을 들어서서 소독약 냄새가 나는 공기를 들이마시는 건 사신과 낯을 익히는 거랑 마찬가지인 것 같아."

이렇게 불효하고 불길한 말을 그녀는 그저 뱃속으로 삼켜야 했다. 어른들이 외할머니를 병원으로 데려가는 걸 막고 싶었지만 입을 열 수 없었다.

위저우저우는 미신을 믿는 편이 아니었고, 같은 반 여자 아이들이 열중하는 분신사바와 별자리와 혈액형에도 딱히 흥미가 없었다. 그러나 생활 속에 존재하는 몇 가지 불길한 규칙들은 믿었다. 예를 들어 시험이 술술 풀릴 때면 복습을 하지 않아도 아주 순조롭게 상위권을 차지할 수 있는 반면, 일단 운이 틀어지면 아무리 노력해도 소수점 같은 작은 것에 걸려 넘어져서 30~40등에 주저앉았다. 사람은 자신도 모르게 운명의 궤도로 빠져드는 경우가 많은 법이니까.

엄마의 인맥은 아주 넓었다. 외할머니가 병원에 입원한 후부터 지금까지, 위저우저우는 줄곧 엄마를 만나지 못했다. 아마도 잘 아는 주임 의사를 찾으러 바쁘게 뛰어다니는 것 같았다.

위저우저우와 위팅팅은 나란히 서 있었다. 어째선지 병원 복도의 하늘색 플라스틱 의자에는 앉고 싶지가 않았다. 그 의자의 저쪽 끝에는 두 여자가 앉아 있었다. 겉모습으로 봐서는 농촌에서 도시로 진찰을 받으러 온 것처럼 보였고, 눈빛에는 옅게 경계하는 기색이 담겨 있었다.

"진찰 받을 돈이 있을까?"

위팅팅이 불쑥 내뱉은 말에 위저우저우는 어안이 벙벙했다. 남을 깔보는 분위기는 전혀 담겨 있지 않았지만, 무슨 의

미에서 그런 말을 한 건지 이해가 되지 않았다.

"나 4학년 때 어린이병원에서 치료받느라 돈이 굉장히 많이 들었거든. 기억나? 그거 조금 아픈 거 가지고 엄청 비쌌잖아. 네가 봤을 때 저 사람들은 그만한 여유가 될 거 같아? 농촌에서 도시까지 온 거면 분명 큰병일 텐데, 입원비도 못 내겠지?"

위저우저우는 고개를 저었다. "나도 몰라."

"만약에 네가 병에 걸렸어. 아주 심한 병이라서 치료하려면 전 재산을 털어야 하고, 그것도 완전히 낫게 하는 게 아니라 수명을 몇 개월 더 연장하는 것뿐이야. 그럼 넌 엄마한테 널 치료해달라고 할 거야?"

위저우저우는 저도 모르게 고개를 돌려 위팅팅을 진지하게 바라봤다. 사실 그들은 무척 오랜만에 만난 거였다. 무척 가까운 친척이었고 한때 같은 초등학교에 다녔지만, 만화영화와 〈황제의 딸〉을 함께 본 것 말고는 공통의 화젯거리가 딱히 없었다. 위저우저우는 이사 간 후 거의 반년간 매주 토요일마다 외할머니를 보러 갔지만 위팅팅을 마주치는 경우는 거의 드물었다. 위팅팅은 늘 보충수업 중이었다. 위팅팅이 다니는 8중은 사대 부중만큼 유명하진 않아도 꽤 좋은 중점학교였기 때문이었다.

지난번에 만난 건 아마 설쯤이었던가? 시끌벅적한 섣달 그믐밤, 온 가족이 둘러앉아 설 특집방송을 보다가 〈지팡이 팔기〉라는 상황극에서 자오번산*이 판웨이**에게 "당신은 날 만나지 못해서 그래요. 날 일찍 만났으면 일찍 절름발이가 되었겠지"라는 대사를 칠 때 서로 마주 보며 웃었다.

자신보다 반년 일찍 태어난 어린 이종사촌 언니는 키는 여전히 위저우저우와 비슷했지만, 몸에서 어떤 분위기가 발산되려 하고 있었다. 그것이 뭔지는 뭐라 설명하기 힘들었지만 느낄 수는 있었다. 위저우저우는 아주 어릴 적 외할머니 집에서 살았을 때의 위팅팅이 어떤 모습이었는지 기억나지 않았다. 양 갈래로 머리를 땋았었나? 말총머리였나? 아니면 단발머리였을까? 하지만 어찌 됐든 당시 자신은 늘 위팅팅 앞에서 아주 암울했고, 위팅팅이 시끄럽게 구는 것과 뽐내는 걸 아주 싫어했다는 건 기억했다.

그랬다. 그 시절 위팅팅은 아까처럼 그런 말을 할 수 있는 꼬마 아가씨처럼 보이지 않았다.

위저우저우는 병원에서 나는 소독약 냄새를 깊이 들이마시며, 마침 수액병 일고여덟 개를 한 손에 들고 지나가는 건장한 간호사를 주시하다가 별안간 웃음을 터뜨렸다.

시간이 그들의 몸에 무슨 마법을 건 걸까? 위저우저우는 거울을 보며 묻고 싶었다. 그럼 난? 난 변했어?

"나 아직도 기억나." 위저우저우가 웃었다. "4학년 때, 네

---

*   趙本山, 중국의 희극인.
** 范偉, 중국의 희극인.

가 늘 숨이 차고 심장이 두근거린다고 했잖아. 어, 그래서 난 네 병을 통해서 '부정맥'이랑 '기외수축'이라는 의학용어를 알게 됐어."

그들은 함께 웃었다. 위팅팅은 한 걸음 뒤로 물러나 회백색 벽에 뒤통수를 기댔다.

"그 학년에 심근염을 앓는 애들이 많았어. 사실 그렇게 큰 병은 아니지만, 어린이병원에서 야간 당직 서는 전문의들이 돌아가면서 쉬는 바람에 매번 와서 검사할 때마다 결과가 다 달랐지. 처음에는 나보고 위염이라며 수액을 사흘 동안 맞게 하더니, 나중에는 심근염이라잖아. 심근염 확진을 받고 나서도 의사마다 제시하는 치료 방법도 다 달랐어. 기억하기론 그때 무슨 마이신이라는 약이 있었는데, 매번 그걸 수액으로 맞을 때마다 팔뚝이 저리고 얼얼해서 병원에 안 올 거라고 울며 난리를 쳤었어……."

"아, 맞아. 그러다 하루 종일 심전도 검사기를 달고 있기도 했지. 반창고를 가슴이랑 등 곳곳에 붙이고 말야. 나중에 나온 심전도 데이터를 보고 의사 선생님은 네 병세가 위중하다고, 새벽 2시에 심장 기외수축이 심했다고 하니까 네가 의사 선생님한테 이렇게 말했잖아……."

위저우저우는 잠시 말을 멈추고 웃기 시작했다.

"자다가 악몽을 꿔서 그렇다고, 어떤 곰이 널 쫓아왔다고……."

위저우저우가 그 이야기를 꺼내자, 위팅팅은 포복절도하

며 웃어댔다. 위저우저우는 문득 이 어린 이종사촌 언니도
웃을 때 자신처럼 앞이 안 보일 정도로 눈이 초승달처럼 휘
어지는 걸 발견했다.

기억 속 위팅팅은 딱 두 가지 표정뿐이었다. 어릴 때의 거
만하고 우쭐한 표정과 좀 더 큰 후에『꽃의 계절, 비의 계절』
에 묶인 우울하게 찌푸린 미간과 슬픈 표정.

그런데 지금 이 모습이야말로 그녀의 어린 이종사촌 언니
였다!

"사실 그때 난 네가 무척 부러워서 나도 아팠으면 좋겠다
고 생각했어. 그럼 학교에 안 가도 되잖아." 위저우저우는 코
를 문지르며 쑥스럽게 웃다가, 나중에야 비로소 정신이 들어
얼른 한마디 덧붙였다. "네가 꾀병 부렸다는 뜻은 아냐!"

"그치만 말야." 위팅팅은 웃음을 거뒀다. "어떤 일은, 네
가 크게 아파보지 않으면 알 수 없어."

위저우저우는 입을 벌렸지만 조용히 위팅팅의 다음 말을
기다렸다.

"그때 내가 오랫동안 휴학을 했잖아. 처음에는 애들이 자
주 전화해서 안부를 묻곤 했어. 나랑 특히 친하던 여자애들
몇 명이랑 학급 간부들이 반 친구들을 대표해서 우리 집으
로 문병도 왔었고. 아, 그때 넌 학교에 가서 없었구나."

위저우저우는 그날 저녁 학교 끝나고 집에 왔을 때, 위팅
팅이 자기 앞에서 친구들이 가져온 과일과 장난감을 의기양
양하게 자랑했던 걸 떠올렸다. 4학년 위팅팅은 여전히 그렇

게나 환하고 자부심이 높았으며, 자신의 빛나는 모든 것을 보여주고 싶어 안달하고 있었다.

그런데 어쩌다가 갑자기 지금의 이런 모습으로 변한 걸까? 위저우저우는 그제야 위팅팅의 시간축에 자신이 줄곧 의식하지 못했던 거대한 단층이 있다는 걸 깨달았다.

"나중에는 전화도 뜸해지고, 집에 찾아오지도 않았지."

위팅팅은 고개를 숙이고 발끝으로 바닥 타일을 툭툭 쳤다.

"낮에는 집에 나랑 할머니뿐이었어. 심심할 때면 발코니에 서서 종이비행기를 접어 밑으로 날렸는데, 나중에 주민위원회 주임이 집에 찾아와서는 나보고 쓰레기를 함부로 버린다고 혼내더라. 그러다 중간에 증상이 좀 호전돼서 사흘간 학교에 다시 가서 수업을 들었어."

위팅팅은 잠시 멈추더니 알 수 없는 쓴웃음을 지었다.

쓴웃음 짓는 걸 그들은 언제 처음 배운 걸까?

"교실 문을 들어섰을 때, 모두가 날 쳐다보는 눈빛은 마치 내가 거기 등장하면 안 된다는 것 같았어. 어떤 애는 내가 실은 꾀병을 부린 거라고 수군거렸대. 왜냐하면 걔네가 날 보러 왔을 때 난 아픈 사람 같지 않게 굉장히 활발했거든. 걔네들 대화에 난 끼어들 수 없었고, 내가 무슨 말만 하면 썰렁해졌어. 수업 시간에는 질문에 대답도 할 수 없었고. 마치 이 교실엔 나라는 사람이 이미 없는 것 같았지."

위저우저우는 손을 들어 위팅팅의 미간에 어렴풋이 담긴 난처함과 분노를 어루만져 주고 싶었다.

"나중엔 정말로 학교 가기가 싫어졌어. 그래서 아픈 척했지. 숨이 잘 쉬어지지 않는 척하면서. 어쨌든 심근염 증상은 내가 다 아니까. 아, 체온계를 거꾸로 흔들면 온도가 올라가, 진짜야. 나중에 너도 아픈 척하고 싶으면 한번 해봐. 열이 난다고 하면서 말이야."

위저우저우는 그녀의 조언에 몸 둘 바를 몰라 했다. "나 저번에 체온계를 뜨거운 물에 넣었다가 터져버린 거 있지."

"바보." 위팅팅이 간단명료하게 말했다. "정말 바보구나."

그들은 잠시 조용히 있었다. 위저우저우가 그 화제는 이미 끝났겠거니 생각할 때, 갑자기 위팅팅이 가볍게 한숨을 내쉬는 소리가 들렸다.

"그래도 린양이 있어서 다행이었어."

위저우저우는 간호사가 들고 있는 수액병이 서로 쨍그랑하고 부딪히는 소리를 들었다. 그녀는 고개를 숙여 신경 쓰지 않는 척하면서 하마터면 "린양이 누구야?"라고 불쑥 내뱉을 뻔했다.

그러나 불현듯 자신이 이렇게 억지로 감추는 게 무척 이상한 것 같아 아예 침묵을 택했다.

"걔는 매주 나한테 전화를 해줬거든. 수학 시간에 선생님이 숙제로 내준 문제 번호도 알려주면서 나보고 혼자 예습 복습을 하고 매일 숙제도 하라더라. 그래야 다시 학교로 돌아왔을 때 많이 힘들지 않을 거라고, 모르는 문제가 있으면 자기한테 전화를 걸어도 된다고 말야. 난 그러겠다고 했지만, 처음에는 책도 보지 않았고 숙제도 하지 않았어. 나중에 걔가 전화해서 날 한바탕 혼냈지. 나보고…… 뭐라고 그랬더라. 아, 그래, 자포자기하거나 자신을 방치하지 말라고. 맞아, 바로 그렇게 말했어."

위저우저우는 고개를 들었다. 위팅팅이 멀지 않은 곳의 하늘색 의자를 바라보며 미소 짓는 옆모습이 시야에 들어오며 잔잔한 물결을 일으켰다.

넌 영원히 내 마음속 가장 우수한 대대장이야.

눈밭의 보랏빛 크리스털 사과는 그 회색 겨울을 잠깐 스치고 지나간 색채였다.

그러나 위저우저우가 기억하는 건 위팅팅이 『꽃의 계절, 비의 계절』을 품에 안은 채, 몽환적이고도 내려다보는 듯한 성숙한 자태로 우린 그냥 친구라고 말하던 모습이었다.

"아주 좋네." 위저우저우가 조그맣게 말했다.

"뭐라고?"

위저우저우가 웃으며 대답했다. "내 말은, 걔가 너한테 정말 잘해줬다고."

위팅팅의 얼굴에 홍조가 떠올랐지만 금방 사라졌다.

"난 걔가 어떻게 생겼는지도 잊어버렸어. 진짜야. 걘 이사를 갔는지 전화번호도 다 바뀌었더라고. 휴, 초등학교 동창이 다 그렇지. 결국엔 다 흩어지는걸."

위팅팅의 목소리는 마치 방금 그 이상한 분위기에서 단

숨에 빠져나온 것처럼 쾌활했다. 그녀는 스스럼없이 의자에 앉아 다리를 쭉 폈다. "검사 아직 안 끝났나? 정말 힘드네."

위저우저우는 목을 쭉 빼고 복도 끝을 바라봤다. "아직인 가 봐."

외할머니는 식사를 마치고 일어나다가 갑작스레 소파 위로 고꾸라졌다. 마치 신이 손가락을 튕겨 최면 마술을 선보인 것 같았다.

"저우저우, 있잖아, 할머니가 설마…… 심각한 건 아니겠지?"

위저우저우는 아주 냉정하게 말했다. "내 생각에는 아마 중풍 같아."

병증이라든지 독약에 대해 아는 건 탐정소설을 너무 많이 읽은 후유증이었다.

사람들이 오가는 복도에 켜진 눈부신 하얀 등불이 새하얀 벽에 쏟아졌다. 두 아이는 마치 병약한 성에 버려진 것처럼 그저 기다리고만 있었다. 위저우저우는 눈을 깜빡거렸다. 복도 끝에 몇 사람이 보이는 듯했다. 큰외삼촌이 휠체어를 밀고 있었고, 휠체어에 앉아 있는 병약하고 창백한 노인은 놀랍게도 외할머니였다.

나중에 위저우저우는 수없이 곤경에 빠져들면서도 판단력을 잃고 일이 어쩌다 이렇게 된 거냐고, 우리는 어쩌다 이런 지경이 된 거냐고 뒤돌아 묻는 경우가 거의 없었다.

왜냐하면 그 순간 운명의 전환점을 본 것 같았기 때문이었다. 휠체어 하나가 천천히 노인을 태우고 다가왔다. 비몽사몽으로 의식이 흐릿한 노인은 병색으로 창백하고 홍조를 띠었으며, 늘 깔끔하고 흐트러짐 없던 반백의 단발머리는 힘없이 귓가에 늘어져 있었다.

나중에 그들의 삶은 어쩌다 그렇게 변한 걸까? 위저우저우는 이 길고 환한 복도를 기억했고, 이 모든 것의 시작점과 종점을 기억했다.

11.
인생이 오직 첫 만남 같다면

"어떻게 내가 돌보기 싫어서 피한다는 말이 나와? 내가
안 돌보겠다고 한 것도 아닌데, 일자리 찾는 것도 못 해? 어
차피 난 백수니까 나 혼자 짊어지면 된다는 거야? 내가 취직
을 해도 다들 예전처럼 교대로 같이 돌봐드리면 돼. 내가 일
하지 않았으면 한다고? 이게 대체 내가 피하려는 거야, 나
한 사람 부려먹으면서 자기네들만 쏙 빠지려는 거야?!"

외할머니가 병원에 입원한 지 7일 째, 다시 토요일이었다.
엄마는 의사와 이야기하러 가고, 위저우저우는 혼자 병실
쪽으로 걸어갔다. 고요한 복도를 지나 문 앞에 다다랐을 때,
안쪽에서 별안간 외숙모의 목소리가 들렸다.

셋째 외숙모는 위링링이 고등학교에 들어가던 해에 퇴직
하고 무직 상태가 되었지만, 대학입시를 앞둔 딸을 잘 돌보
겠다는 생각으로 서둘러 일을 구하지 않았다. 어차피 외삼

촌 혼자 일해도 생활비와 위링링의 재수 비용을 감당할 수 있었고, 회사에서 배정받은 집 인테리어가 전혀 되어 있지 않긴 해도 건강하고 정정한 시어머니 댁에 얹혀살며 잠시 걱정을 덜 수 있었다.

그러나 지금 시어머니는 건강하지 않았다.

위저우저우는 이틀 전, 셋째 외숙모가 갑자기 사립 미술 학교 기숙사 문서 수발실에서 교대 근무를 하게 되었다는 소식을 들었다.

엄마는 가볍게 한숨을 쉬었다. "놀라기는."

노인을 보살피는 일이 몽땅 무직인 자신에게 떨어질까 봐 신속히 벗어난 것이다.

입원비와 다른 의료비는 모두 외할머니가 모아놓은 퇴직금에서 나갔고, 외할머니가 예전에 일하던 대학에서도 의료비를 일부 부담해줬다. 그러나 위저우저우는 여전히 엄마와 외삼촌, 외숙모 사이의 이상한 분위기를 느낄 수 있었다.

돈은 참으로 신기한 것이다. 우정, 혈육의 정, 사랑, 견고해서 깨지지 않고 오랜 세월이 지나도 변하지 않을 것 같은 갖가지 감정은 결국 돈에 의해 부식되어 사라진다. 이익 때문인 게 분명한데도 사람들은 인정하지 않고 "난 돈 때문에 이러는 게 아냐"라면서, 돈의 이면에 있는 품질 문제 때문이라는 걸 필사적으로 증명하려 애쓴다.

그 시절 집안 분쟁을 떠올릴 때마다 위저우저우는 무척 곤혹스러웠다.

자녀를 양육해 노후에 대비한다는 말이 있다. 그러나 노화는 아무도 막을 수 없고, 자식들이 얼마나 많은 시간과 돈을 내어 시간의 세찬 물살을 가로막을 수 있느냐는…… 모든 부모가 잔뜩 기대한다 해도 결코 단정할 수 없었다.

위저우저우는 밖에서 힘차게 문을 두드렸다.

외숙모의 원망 소리가 뚝 그쳤다. 위저우저우는 무표정하게 안으로 들어갔다가 외삼촌의 난처한 표정을 봤다. 외숙모는 얼른 화제를 돌렸다.

"저우저우, 오늘 학교 안 갔니?"

"오늘은 토요일이에요."

외숙모는 억지로 빙그레 웃으며 가방을 들고 "가서 밥 사 올게"라는 말과 함께 밖으로 나갔다.

외삼촌이 한마디 당부했다. "잘 지켜봐. 수액이 얼마 남지 않으면 얼른 간호사 불러서 바늘 빼달라고 하고."

위저우저우는 아주 어릴 때부터 외할머니가 수액 맞는 것에 익숙했다. 그 시절 가장 큰 재미는 바로 간호사가 바늘을 꽂고 빼는 모습을 구경하는 거였다. 바늘 빼는 과정을 보는 걸 너무 좋아한 나머지 수시로 방으로 뛰어 들어가 언제 줄어드나 하고 수액병을 바라보곤 했었다.

외삼촌은 몇 마디 당부한 후 말이 없었다. 아내의 원망이 그를 난처하게 했다. 형제자매 앞에서 뭐라 할 수도 없고, 감히 아내를 막을 수도 없었다.

외삼촌은 늘 유약한 성격이었다. 위저우저우는 어릴 때 외삼촌과 외숙모가 위링링을 데리고 놀이공원에 다녀오는 걸 본 적 있었다. 외삼촌은 도날드 덕이 그려진 캡모자를 쓰고 있었는데 너무 꽉 끼어서 귀가 눌려 내려온 모습이 마치 귀가 축 늘어진 강아지 같았다.

위팅팅이 히죽거리며 외삼촌의 귀를 가리키며 말했다. "셋째 큰아빠, 큰아빠 귀는 정말 부드럽네요."

위링링은 웃었고 위저우저우도 무척 재미있었지만, 외숙모의 안색이 변한 것과 외할머니의 씁쓸한 미소를 보고 말았다.

"난 나가서 담배 한 대 피우고 올 테니까, 저우저우 넌 수액병을 잘 지켜보도록 해." 외삼촌은 다시 잔소리를 늘어놓곤 외투를 들고 일어나 밖으로 나갔다.

위저우저우는 의자 가장자리에 앉아 평온하게 잠든 외할머니의 얼굴을 바라보며 가볍게 한숨을 내쉬었다.

외할머니, 너무 오래 아프면 안 돼요. 꼭 최대한 빨리 회복하셔야 해요.

긴 병에 효자 없다잖아요.

열네 살 위저우저우는 이미 유치하고도 완곡하게 냉혹해지는 법을 배웠다.

외할머니가 쓰러진 사건을 위저우저우는 천안에게 편지로 써서 보냈다. 자잘한 실랑이에서부터 말다툼에 이르기까지, 집안의 시시콜콜한 흠을 들춰 비난했다. 때로는 '외부인' 앞에서 집안사람의 결점을 들추는 게 상당히 민망하기도 했다. 그러나 설날에 무척이나 화목하던 대가정에 이제껏 감춰졌던 얼룩이 드러나자 아직 '어른'을 담담하게 바라볼 수 없는 위저우저우는 마음속에 걱정거리가 쌓였고, 어쩔 수 없이 천안에게 쓰는 편지에 그것들을 털어놓으며 모든 울적함을 펜 끝에 흘려보낼 수밖에 없었다.

편지에는 더 이상 단편적인 소감만 담기지 않았다. 위저우저우는 전후맥락을 최대한 상세하게 정리했다. 그래야 대체 누가 맞는 것인지 알 수 있을 것만 같았다.

예를 들어 셋째 외숙모는 교대로 돌보는 걸 강력하게 반대하며 보모나 간병인을 두자는 입장을 고수했고, 큰외삼촌은 자녀들이 이렇게 많은데 굳이 외부인에게 맡겨야 하냐며 남들이 알면 웃을 거라고 했다.

둘째 외숙모는 큰외삼촌네 위차오가 유일한 손자이니 나중에 집의 소유권이 그쪽으로 넘어갈 것을 걱정했다.

엄마는 셋째 외숙모가 이 중요한 상황에 일자리를 구해서 상황을 벗어난 행위에 상당한 반감을 표했다. 그들 세 식구는 외할머니 집에 상주했고 외할머니는 손수 위링링을 키우기까지 했으니, 나가서 고작 몇백 위안 월급 받는 일을 하느니 차라리 외부인을 고용하고 모두가 매달 셋째 외숙모에게 수고비를 주는 것이 어떻겠냐는 생각이었다. 그러나 셋째 외삼촌은 아내 편을 들며 그 문제는 성격이 다르다고 했다.

뭐가 다른지에 대해서는 아직까지 결론을 내지 못하고 있지만 말이다.

그리고……

"천안 오빠, 가족들이 계속 싸우다간 나까지 초췌해질 거 같아."

음, 바로 이 단어였다. 지친다는 말로는 부족한, 초췌함.

마침내 외할머니는 상태가 많이 호전되어 정신이 또렷해졌지만, 거동이 불편해서 여전히 침대에 누워 있어야 했다. 위저우저우는 안팎으로 억눌린 다툼 소리가 혼수상태였던 외할머니의 귀에 대체 얼마나 전해졌을지 알 길이 없었다. 외할머니의 얼굴은 시종일관 차분했다. 외할머니는 침대 머리맡에 놓인 푹신한 쿠션에 기대어 허리 뒤에 푹신한 베개를 추가로 받친 다음 아들딸을 모두 불러 모았다. 그들의 말다툼에 대해서는 한마디도 언급하지 않았다.

"간병인을 구하도록 해라. 아무래도 전문가일 테니까. 그럼 니들도 시간 허비하지 않아도 되잖니. 난 짐이 되고 싶진 않구나."

"어머니, 왜 짐이라고 생각하세요?" 큰외삼촌의 얼굴이 더욱 어두워졌다. "아무리 전문 간병인이라도 어머니 자식들보다 정성을 다하진 않을 거라고요. 만약에 일은 안 하고 노인을 괴롭히는 그런 사람이라도 걸리면……"

위저우저우는 셋째 외숙모가 다급히 반박하려는 표정을 보며 속으로 큰외삼촌의 제안에 가위표를 쳤다.

"나 아직 말도 하고 움직일 수도 있다. 눈도 잘 보이고 치매도 아닌데 어떻게 괴롭힘을 당한다는 거야?" 외할머니는 큰외삼촌을 보며 미소를 짓더니 다시 정색하며 말을 이었다. "나 죽으려면 아직 멀었어."

마지막 그 한마디는 아주 가벼웠지만 현장의 모든 사람의 표정을 복잡하게 만들었다.

"네 아버지가 남긴 돈이랑 내 수중에 있는 돈, 그리고 퇴직금하고 양로보험금 합치면 꽤 오랫동안 버틸 수 있을 거다. 너희가 돈을 낼 필요는 없어. 정 안 되면 이 집도 있으니까."

그날 외할머니는 많은 말을 하지 않았지만 말을 마친 후에는 매우 지쳐 보였다. 외할머니는 다시금 침대에 누웠고 어른들은 각기 다른 표정으로 방을 나갔다. 위저우저우는 외할머니의 말에 여러 의미가 숨어 있는 것 같았지만 그게 뭔지 정확히 알아듣지는 못했다.

"천안 오빠, 하지만 나도 한 가지는 이해했어.

외할머니는 유산으로 어른들을 견제하는 거 같아.

난 늘 외할머니를 굉장히 숭배했거든. 그런데 지금 난 외할머니가 너무 불쌍해. 자기가 기른 자식들인데 결국에는 이런 방식을 써야만 조용히 말을 듣잖아. 가장의 위엄처럼 보여도 실제로는 너무 무력한 것 같아. 가장 많은 걸 쏟은 부모가 가장 슬프잖아. 자식은 부모에게 빚을 지고, 그 자식들은 또 부모에게 빚을 지고…… 이렇게 우리는 대대로 빚의 굴레를 따라 끊임없이 번성하지.

자식을 키우는 건 대체 뭘 위해서일까? 이 길의 끝이 이런 결과로 이어질 수 있다는 걸 좀 더 일찍 알게 된다면, 이 길을 계속 가야 할 이유는 뭘까?"

위저우저우는 펜을 멈췄다. 자신이 대체 왜 이러는지 알 수 없었다. 마치 일찍 철이 들어 평온한 그녀의 마음속에서 분노와 조급함의 씨앗이 싹을 틔워 흙을 파헤치고 나오려고 발버둥 치는 것 같았다.

성장은 바로 이렇게 모방과 모방을 거절하는 과정이었다.

위저우저우는 또래에게서 지금 자신의 모습을 볼 수 있었고, 천안과 엄마에게서 자신이 미래에 되고 싶거나 되기 싫은 모습을 선택할 수 있었다. 하지만 결국, 구 할아버지와 외할머니에게서 똑같이 죽음과 무력함을 볼 수밖에 없었다.

외할머니는 눈꺼풀을 움찔거리더니 곧 잠에서 깨어났다.

시간제로 일하는 리 아주머니는 사과를 깎고 있었다. 위저우저우는 아무도 눈치채지 못하게 철제 걸이에 걸린 수액 병을 보다가 바늘을 뽑아냈다. 어릴 때 외할머니가 아플 때 줄곧 옆에서 간호사가 바늘을 뽑는 걸 눈으로만 보다가, 드디어 이번에 실천해볼 기회가 생긴 것이다.

"저우저우 왔니? 오늘이 토요일인 걸 깜빡했지 뭐니. 중간고사는 끝났어?"

"끝났어요. 이제 곧 기말고사예요." 위저우저우가 웃었다.

"내 기억력 좀 봐라. 갈수록 정신이 없구나."

위저우저우는 고개를 저었다. "아니요, 기말고사랑 중간 고사 간격이 너무 짧아서 그래요. 사실 며칠 차이도 안 나서 할머니 말이 틀린 건 아니에요."

외할머니는 웃더니 별안간 고개를 돌려 다정하고도 자상 한 눈빛으로 위저우저우를 바라봤다. 위저우저우는 심지어 외할머니의 약간 혼탁한 두 눈에 자신의 그림자가 비치는 것도 볼 수 있었다.

"눈 깜빡할 사이에 벌써 이렇게 컸구나. 네가 간호사한테 안겨서 분만실에서 막 나왔을 때가 기억나는구나. 조산이라 서 그렇게나 작았었는데." 외할머니는 힘겹게 두 손을 들어 약 이삼십 센티미터 정도 길이를 표시해 보였다.

위저우저우는 속으로 당시의 크기를 가늠해보며 자신이 어떻게 살아남았는지 의구심이 들었다.

"첫눈에 난 우리 저우저우가 커서 미인이 될 거라는 걸 알 았지."

됐어요, 다들 갓 태어난 아이는 원숭이랑 똑같이 생겨서 서로 바뀌는 경우가 종종 있다던데요. 하지만 위저우저우는 그래도 쑥스러운 듯 웃었다.

위저우저우는 외할머니가 처음 자신을 봤을 때의 상황이 어땠는지 영원히 모르겠지만, 자신이 처음으로 '외할머니' 라는 단어를 기억하게 된 어느 비 오는 날을 영원히 잊지 못 할 것이다.

그 전에도 어렴풋한 인상이 있긴 했다. 외할머니네 집, 한 노인과 많은 친척들, 언니와 오빠……. 그러나 아이의 기억 속에 이 모든 건 오래된 흑백사진처럼 색채가 없었다.

엄마는 그녀를 외할머니 집으로 데려가는 일이 드물었다. 위저우저우는 심지어 세 살이 넘어서야 비로소 해마다 외할머니 집으로 가서 설을 쇠기 시작했다. '집으로 돌아가는 것'에 대한 엄마의 저항을 위저우저우는 어느 정도 자란 지금에야 비로소 살짝 이해할 수 있었다.

그러던 네 살 때 가을, 어느 비 오는 오후.

그들은 또 이사를 해야 했다. 허름한 셋집에서 또 다른 셋집으로. 위저우저우는 자투리 목재 더미 옆에 쭈그리고 앉아 엄마와 삼륜차꾼이 흥정을 하다가 격렬한 말싸움을 하는 걸 보고 있었다. 엄마의 목 쉰 소리와 강경한 말투는 무서웠다. 음침한 하늘, 구경하는 이웃과 행인, 그리고 점점 차가워지는 바람.

날씨가 금방 추워졌는데도 위저우저우는 여전히 민소매와 반바지만 입고 있었고, 며칠 동안 씻지 못해서 온몸이 꾀죄죄했다.

가장 공포였던 건, 엄마가 그녀를 잊어버렸다는 거였다.

그날 엄마는 무척 초췌했고 유난히 예민했다. 아침에 위저우저우가 좁쌀죽을 쳐서 바닥에 쏟자, 엄마는 위저우저우를 눈물이 쏙 빠지도록 혼냈다. 그래서 엄마가 말싸움 끝에 다른 삼륜차로 바꿔 타고 자잘한 가구를 든 채 '새 집'으로 출발했을 때, 위저우저우는 무서워서 감히 소리치지도 못했다. 엄마, 그럼 난 어떡해?

그녀는 제자리에 쭈그리고 앉아 하염없이 기다렸다. 얼마나 기다렸을까. 결국 너무 추워서 바람이라도 피해보려고 일어나려는데 다리가 이미 얼어 완전히 펴지지가 않았다.

마침내 아이를 잃어버린 걸 깨달은 엄마는 다급하게 큰외삼촌에게 전화를 걸었다. 보슬비가 흩날리기 시작할 때, 위저우저우는 고개를 들었다가 잔뜩 굳은 얼굴의 큰외삼촌과 그 뒤에 있던 더벅머리 소년 위차오를 봤다.

위차오는 걸으면서 아주 커다란 휴대용 게임기로 테트리스를 하고 있었다. 위저우저우는 가까이 다가가서 구경을 하고 싶었지만, 위차오가 얼굴을 찌푸리며 밀어냈다. "귀찮게 하지 마. 내 목숨 세 개가 다 죽을 거 같다고."

위저우저우는 진심으로 말해주고 싶었다. 나한텐 목숨이 하나뿐인데 나도 곧 죽을 거 같다고 말이다.

그러나 진짜로 난감했던 건 외할머니 집에 도착해서였다. 거실의 커다란 탁자에 낯선 사람들이 둘러앉아 있었다. 밥을 먹던 그들은 젓가락을 손에 든 채 일제히 그녀에게 시선을 돌렸고, 말소리도 그와 함께 뚝 끊겼다. 불쌍하게 쳐다보는, 또는 약간 경멸하는 듯한 눈빛이 스포트라이트처럼 쏟아지며 그녀를 제자리에 못 박았다. 위저우저우는 고개를 숙이고 쭈글쭈글한 민소매를 잡아당기며 어떻게든 평평하게 만들려고 애썼다. 참고로 그 일이 있은 뒤로 그녀는 아무리 더운 여름이라도 여자아이들이 좋아하는 시원한 반바지와 민소매를 입지 않았다.

위저우저우는 그런 차림새가 두려웠을 뿐, 이유는 없었다.

그런데 외할머니가 일어나 다가오더니 위저우저우를 힘겹게 안아 들고 자신의 방으로 데려가는 걸로 그녀를 '스포트라이트'로부터 구해냈다.

"흙투성이 원숭이 녀석아, 추워서 죽는 줄 알았지?"

"안 추워요……. 외할머니, 나 안 추워요." 위저우저우는 처음으로 의식적으로 외할머니를 불렀다. 이 단어는 그 후로 확실하게 따스한 의미를 지니게 되었다. 더는 설을 쇨 때 어른들이 억지로 시키던 "이종사촌 언니, 새해 복 많이 받으세요", "사촌 언니, 새해 복 많이 받아" 같은 무의미한 말이 아니었다…….

위저우저우는 추억 속에서 빠져나와 외할머니 귓가의 흰 머리를 가만히 쓸어 넘겼다.

"외할머니."

12.
열매 없는 꽃

어른들은 외할머니의 기억력이 갈수록 떨어지고 있다고 했다.

그러나 위저우저우는 외할머니가 몇 분 전에 했던 말이나 있었던 일을 기억하지 못하는 건 단지 기억하기 귀찮아서 같다는 느낌이 들었다.

사실 외할머니는 기억력이 아주 좋았다.

외할머니는 위저우저우가 좋아하는 간식과 위저우저우가 저지른 우스꽝스러운 일들과 그리고 진짜로 중요한 일들을 굉장히 많이 기억하고 있었다.

예를 들면 위저우저우는 외할머니 집에 올 때마다 각 방의 베개 커버와 침대 시트를 모두 모아 머리와 얼굴과 허리에 두르고 절세미인 행세를 했다.

그리고 위저우저우는 다른 사람의 귀에 자신의 목소리가

대체 어떻게 들리는지 들어보겠다며 가장 안쪽 작은 방에 서서 "외할머니—" 하고 크게 외치고 재빨리 외할머니가 있는 주방으로 달려가 정신을 집중해 기다렸지만, 아무 소리도 듣지 못했다.

또 위저우저우와 외할머니는 오후가 되면 으레 포커 카드로 '낚시 게임'을 했다. 카드 두 장 이상으로 14점을 만들면 생선을 낚는 거였다. 스페이드는 생선 한 마리, 하트는 4분의 3마리, 클로버는 반 마리, 다이아몬드는 4분의 1마리로 계산되었다. 각 생선은 1마오였고, 시합이 끝나고 생선 마릿수를 계산해 진 사람이 이긴 사람에게 해당하는 돈을 지불해야 했다. 외할머니는 위저우저우가 가진 동전을 죄다 따갔다. 사실 원래도 외할머니가 빌려준 돈이었다. 그러나 위저우저우는 외할머니가 꽃에 물을 주는 틈을 타서 외할머니가 동전을 넣어두는 철제 박스에 마수를 뻗쳤다가, 현장에서 잡힌 와중에도 여전히 생글거리며 침착하게 말했다. "돈을 훔치려던 거 아니었어요. 외할머니, 진짜예요. 전 그냥…… 대신 세어드리려고요."

이 밖에도 위저우저우는 외할머니가 꽃에 물주는 걸 돕겠다며 물을 너무 많이 줘서 가장 예쁜 그 재스민 화분을 죽여버렸다.

……

위저우저우는 오후의 따스한 햇볕을 쬐며 외할머니와 주거니 받거니 빛바랜 지난 일을 이야기하는 걸 좋아했다. 늘

이 시간이 되면 위저우저우는 외할머니의 눈이 맑게 빛나는 걸 볼 수 있었다. 마치 조금도 늙지 않은 것처럼, 마치 잠깐 피곤한 거여서 푹 쉬면 바로 일어나 발코니의 군자란 화분 몇 개에 물을 줄 수 있을 것처럼 보였다.

"하지만 서서히 깨달았어. 노인과 옛일을 추억하는 건 얼마나 잔혹한 일인지 말야."

위저우저우가 마음속에 꾹꾹 누른 감정은 천안에게 털어놓을 때만 비로소 터져 나왔다. 그렇게 굉장히 집중해서 빠르게 편지를 써 내려가는 동안, 그녀는 옆에 있는 탄리나가 이미 편지를 처음부터 끝까지 다 읽었다는 걸 전혀 눈치채지 못했다.

"그런데 왜 난 너한테 답장이 오는 걸 못 봤을까? 우편함에 네 편지가 들어 있던 적은 한 번도 없었어."

종종 우편함에 가서 편지를 확인하는 탄리나는 초등학교 6학년 때부터 '소년소녀'라는 제목의 인터넷 채팅방을 개설해 '몽환천사'라는 대화명으로 활동하고 있었다. 위저우저우는 인터넷에서 채팅할 수 있는데 왜 펜팔까지 하는지 이해가 가지 않았다.

"넌 몰라. 편지 쓰는 느낌이랑 타자 치는 느낌이 어떻게 똑같냐?" 탄리나는 아주 무시하듯이 콧방귀를 뀌었다. "그치만 솔직히 말해봐. 대체 누구한테 편지를 쓰는 거야? 매일 쓰잖아. 일기보다 더 부지런히 쓰는데 상대방은 답장도 안 해주고 말야. 설마 라디오 디제이? 아니면 연예인? 아, 맞다,

너 쑨옌쯔* 좋아하지? 아니면 왕페이**?"

위저우저우는 펜 뚜껑을 물고 잠시 생각하다 대답했다.
"어떤 오빠한테."

탄리나의 얼굴이 대번에 '너 같은 책벌레가 제법인데' 하는 표정으로 바뀌었다. 위저우저우는 황급히 해명했다. "아니, 아니야!"

"뭐가 아냐? 내가 뭐래?" 탄리나가 의미심장하게 웃었다. "네가 좋아하는 사람이야?"

위저우저우도 '너 참 촌스럽다'라는 표정으로 고개를 숙이고 편지지를 접으며 대꾸하지 않았다.

"그 사람이 너한테 답장을 안 하는 건 너무 바빠서일까, 네가 귀찮아서일까?"

위저우저우는 움찔했다. "날 귀찮아할 리 없어."

왜 그렇게 확신하는지는 하늘만이 알 것이다.

그러나 탄리나의 생각은 달랐다. "그 오빠 몇 살인데?"

"나보다 여섯 살 많아. 대학생이거든." 위저우저우는 우쭐해하면서도 '베이징대'라는 네 글자를 뱃속으로 삼켰다.

"그럼 더더욱 널 상대할 리 없겠다야."

"왜?" 위저우저우는 살짝 짜증이 났다.

"생각해봐. 만약 지금 초등학교 1학년 여자애가 너한테

---

* 孫燕姿, 싱가포르 출신 가수.

** 王菲, 중국의 가수 겸 영화배우.

편지를 보내면서 국기계양식이 너무 길다고, 새로 산 신발이 너무 못생겼다고, 아침에 도시락을 보일러실에 두고 왔다고, 어째서 두 줄짜리 계급장을 단 학급 간부에 난 포함되지 않았을까 하면서 툴툴거리면…… 답장은 둘째 치고, 넌 그런 편지를 읽고 싶겠어?"

위저우저우는 한참을 멍하니 있었다. 인정하기 싫다는 생각이 끓어올랐지만, 그래도 솔직하게 고개를 저었다.

"읽기 싫겠지."

"그럼 됐네." 탄리나가 손을 풀었다. "내 예전 펜팔 친구도 그랬어. 난 걔한테 답장하지 않았는데 걔가 끝도 없이 편지를 보내는 바람에 엄청 귀찮았다구. 아는 사람이 아니라 다행이었지, 만약 아는 사람이었으면 이렇게 답장을 하지 않는 건 잘못이라고 양심의 가책을 느꼈을 거야. 양심의 가책을 느낄수록 걔가 더 짜증스러웠을 거고……."

탄리나가 주절주절 이야기를 늘어놓는 동안, 위저우저우는 아직 다 쓰지 않은 마지막 편지를 조용히 챙겨 넣었다.

위저우저우의 집에는 주소를 쓰고 우표까지 붙여놓은 편지봉투가 아주 많았다. 그녀는 가장 예쁜 우표가 붙은 편지봉투를 꺼내 이 맺음말도 낙관도 없는 편지를 흑녹색 우체통에 넣어 부쳤다.

원래는 정중하게 작별 인사를 쓸 생각이었다. 예를 들면 "천안 오빠, 이건 내가 오빠한테 쓰는 마지막 편지야. 앞으로 다시는 오빠에게 편지를 쓰지 않을 거야. 오빠가 답장을 보내지 않아서 화가 난 게 아냐. 내가 예전에 오빠한테 답장할 필요 없다고 했으니까. 하지만……."

하지만 뭐? 뒷말이 떠오르지 않았다. 그래서 이 심하게 투정을 부리는 것 같은 작별 인사 단락을 아예 생략해버렸다.

실은 알고 있었다. 진정한 이별에는 작별 인사가 없다는 걸. 진정으로 기꺼이 원해서 하는 작별은 굳이 말할 필요도 없이 이미 신이 나서 새로운 생활로 달려간다. 마침표를 찍고자 하는 건 아쉬움의 표현이었다.

갈색 편지봉투가 그녀의 시선 속에서 녹색 우체통의 좁고 긴 입으로 삼켜져 어둠 속으로 사라졌다.

만년 2등. 기말고사 때도 변함없이 전교 1등 선선 학생에게 11점이나 뒤쳐졌다.

그러나 이번에 그녀는 받아들일 수 없었다. 왜냐하면 시험 전 한 달 동안 정말로 아주 열심히 공부했기 때문이었다.

위저우저우는 불현듯 반에서 늘 6등을 하는 체육위원 원먀오가 이해되었다. 여선생님들은 늘 그의 머리를 헝클며 칭찬 반 꾸지람 반으로 말하곤 했다. "네가 좀 더 분발해서 열심히 공부하면 위저우저우를 따라잡는 건 문제도 아냐!"

원먀오는 그저 헤헤 웃어넘기며 여전히 매일 건들건들, 히죽히죽거렸고 가끔 숙제를 안 해서 선생님의 안타까운 꾸지람을 듣기도 했지만, 시험만 보면 늘 학급 6등을 차지했다.

남에게 가뿐히 뛰어넘을 수 있는 예시가 되어버린 학급 1

등 위저우저우는 체면이 말이 아니었다. 그러나 그녀는 여전히 미소를 지으며 선생님과 똑같이 그를 좋게 보는 척해야 했고, 그저 가끔 이를 악물고 체육위원을 노려봤다가 얼른 눈빛을 거둘 수밖에 없었다.

그런데 기말고사가 끝나고 성적표와 겨울방학 숙제를 수령하기 위해 학교에 나왔을 때, 위저우저우와 원먀오는 좁은 복도 길에서 딱 마주치고 말았다.

원먀오는 여느 때처럼 그녀를 보고 헤벌쭉 웃었다. 하얀 이가 여드름 밭에서 유난히 빛났다.

"반장, 또 2등이야?"

위저우저우는 애써 표정을 자제했다. "넌? 또 6등?"

"응." 원먀오는 아주 만족스러워 보였다.

위저우저우는 그와 인사치레 말을 나누는 것에 딱히 흥미가 없었기에 평소 선생님과 학생들이 닳고 닳게 했던 말로 대꾸했다. "넌 그다지 공부도 하지 않으면서 항상 6등을 유지하고 있잖아. 좀 더 노력하면 분명⋯⋯." 그녀는 "나보다 잘할 수 있을 거야"라는 자신을 낮추면서도 거만하게 들리는 말을 꾹 참고 침을 꿀꺽 삼켰다. "분명 시험에서 대박날 거야."

"농담은 그만해. 반장, 그 말 진짜 믿는 건 아니지?"

"뭐가?"

원먀오의 표정은 더는 시시껄렁하지 않았다. 그는 다소 진지하게 천장을 바라보며, 그보다 키가 머리통 절반은 작은 위저우저우에게 화려한 동태눈깔을 선보였다.

"만약에 노력했는데도 여전히 6등이라거나 심지어 등수가 떨어지면, 젠장, 그럼 쪽팔려 죽으라는 거잖아?"

이게 무슨 개논리지.

위저우저우는 고개를 저었다. "그럴 리가, 넌 똑똑하잖아. 노력만 하면……." 말을 마치기도 전에 원먀오의 시큰둥한 눈빛을 본 그녀는 원래 하려던 만병통치약 같은 말을 접었다.

모범생들은 서로 우는소리 하는 걸 가장 좋아한다. 위저우저우 같은 학생들은 훤히 알았다. 시험이 끝나거나 성적이 나와서 서로 어땠는지 물어볼 때, 시험을 아주 잘 본 사람은 "그럭저럭 봤어"라고 하고, 그저 그렇게 본 사람은 "망쳤어"라고 하고, 진짜로 망친 사람은 성적에 신경 쓰지 않는 척하면서 "게임하느라 시험공부를 아예 못 했어", "영어 시험 때 배가 아파서 시험지 뒷장은 그냥 찍고 엎드려서 잤지 뭐야" 같은 말을 주저리주저리 떠들며 체면을 세우려고 한다는 걸…….

그러나 다른 사람에게는 그것이 진심이든 거짓이든 상관없이 온 힘을 다해 상대방이 둥실 떠오를 정도로 칭찬을 늘어놓았다. 어차피 떨어질 때 아프거나 말거나 자신과는 상관없는 일이었으니 말이다.

위저우저우가 말을 멈추자, 그들은 서로를 멀뚱히 바라봤다. 복도에 기이한 침묵이 감돌았다.

됐어, 정말 따분하네.

위저우저우는 돌연 이 상황이 따분해졌다. 너무 재미없었다.

사실 위저우저우는 줄곧 반에서 10등 안에 드는 남학생들에게 적의를 품고 있었다. 예를 들면 수학 성적이 아주 좋은 원먀오라든지. 위저우저우는 "중학교에 가면 남학생들은 뒷심이 좋아서 여학생들을 금방 앞지른다"는 말도, 5, 6학년 때 농노에서 해방되어 기쁨의 노래를 부르던 쉬디 같은 사람도 결코 잊을 수 없었다. 지금 원먀오는 비록 6등에 불과했지만, 선생님들이 종종 그를 자신과 비교하는 말을 들을 때마다 위저우저우는 경계심 많은 고양이처럼 등의 털이 쭈뼛 서는 것 같았다. 심지어 반에서 맨날 2, 3등 하는 여학생들은 안중에도 없이 늘 귀를 쫑긋하고 원먀오의 상황에 신경을 곤두세웠다.

때로는 원먀오가 영원히 각성하지 않았으면, 분발하지 말았으면 좋겠다는 생각이 들었다. 마치 중국인이라면 다 자랑스럽게 생각하는 '중국은 잠자는 사자다, 중국이 깨어나면 세계를 뒤흔들 것이다'라는 나폴레옹의 명언 뒤에, 사실은 '하지만 신께 감사드린다, 계속 잠들어 있도록 깨우지 마라'라는 뒤 구절이 있는 것처럼 말이다.

하지만 가끔 뜨거운 피가 끓어오를 때면 상대방도 목숨 걸고 노력했으면 좋겠다는 생각도 들었다. 그럼 당당히 이겨서 선생님들에게 똑똑히 보여줄 것이다. 자신은 무작정 공부만 하는 멍청이처럼 아무나 노력하면 쉽게 넘어설 수 있는 사람이 아니라고.

원먀오는 위저우저우가 갑자기 말을 뚝 그치자 한참 동안 바닥 타일만 멍하니 바라보다가, 밑도 끝도 없이 한숨을 쉬며 고개를 설레설레 젓고는 교무주임 할머니 같은 모양새로 그녀 곁을 지나쳐 갔다.

희망이 있기 때문에 노력하는 것이다.

노력하기 때문에 실망하는 것이다.

천안에게 보내는 편지든, 한 달 동안의 필사적인 시험공부든, 위저우저우는 희망을 품은 채 열심히 노력했다.

그래서 결과에 만족하지 못했다.

반면, 원먀오는 그녀보다 훨씬 똑똑했다. 노력해도 시험을 잘 본다는 보장이 없기에 차라리 이렇게 편안하게 지내며 그의 총명함과 침착한 태도에 대한 칭찬과 안타까움을 누리는 것일지도 모른다. 얼마나 좋은가.

위저우저우의 선택은 꼭 다른 사람이 원하던 게 아닐 수도 있었다.

자신의 길을 가되, 다른 사람에게 길을 가르쳐주지 마라. 그들이 당신과 똑같이 로마에 가고 싶어 하는지 어떻게 확신할 수 있는가?

세월은 물처럼
굽이굽이 돌고

소중한 추억 6 ──

1.
끝없는 여름

어찌 되었든 여름방학이 시작되었다.

위저우저우는 매일 아침 일찍 일어나 『신개념 영어』를 독학했다. 사실 이런 기세는 순전히 새로 산 노트와 새로 산 '부부가오步步高' 어학기 덕분이었다. 낮에는 공부하고 영화 보고, 의미가 있거나 없는 다양한 심심풀이 책을 읽었다. 오후에는 첼로를 연습했다. 애초에 식칼로 첼로를 쪼개서 장작으로 쓰려다 말았는데, 오랫동안 첼로를 켜지 않다 보니 첼로 연주를 진짜로 좋아하게 되어버렸다. 위저우저우는 이로써 '인간의 천성은 뻔뻔하다'는 뉴턴의 3대 법칙 중 하나를 깊이 이해할 수 있었다. 저녁 식사 전에는 석양을 맞으며 한바탕 달리기를 하고 왔다. 일종의 운동회 1500미터 경주 후유증이었다. 달리다가 어느 임계치를 넘으면 오히려 힘들어지지 않는 느낌은 아주 중독성이 있었고, 흐르는 땀이 초조함을 가라앉혀 주었다. 저녁 식사를 마친 후에는 도서 대여점으로 달려가 신간 만화책을 빌려와서는 자기 방에 틀어박혀 10시까지 책을 보다가 씻고 잠을 잤다.

사흘에 한 번은 외할머니를 보러 갔고, 주말 저녁에는 엄마와 함께 쇼핑을 하러 가거나 산책을 했다.

위저우저우는 여름방학 생활이 너무 건전해서 천인공노할 지경이라고 생각했다.

"천안, 있잖아, 그 대협들은 낭떠러지 밑으로 떨어진 후에도 죽지 않고 비급을 발견해서 홀로 수련을 하잖아. 혹시 그러면서 굉장히 평온하고 아름답지 않았을까?

너무나도 평온해서 결국에는 낭떠러지를 기어 올라가 다시금 강호에 등장해야 한다는 걸 잊어버리진 않을까?

사실 내가 지금 그래. 문득 느낀 건데, 난 더 이상 꾹 참고 있지 않고, 그때 그 선생님과 애들 생각도 거의 안 해. 심지어…… 나중에 꼭 성공해서 엄마가 날 자랑스러워하면 좋겠다거나 아빠랑 그 할머니 앞에서 잘사는 모습을 뽐냈으면 좋겠다는 생각도 하지 않아. 갑자기 그런 것들이 너무 시시해졌어.

가끔은 엄마랑 같이 나가서 만화책을 새로 빌려오거나 같이 달리기를 하는데, 엄마는 몸이 예전 같지 않아서 얼마 뛰지도 않고 천천히 옆에서 걸으며 내가 뛰는 걸 보곤 해.

황혼 무렵의 바람은 참 시원해. 여름인데도 덥지 않아. 석양은 아주 아름답고, 엄마도 특히나 예뻐.

난 지금 이렇게 지내는 게 아주 좋아. 그냥 이렇게, 시간이 여기서 멈추면 안 될까?"

그러면 안 될까?

위저우저우는 더 이상 천안에게 편지를 보내지 않는 대신 일기장 한 권을 샀다. 소박한 연회색 격자무늬 표지에는 간단한 영어 단어 몇 개가 쓰여 있었다. 'The spaces in between(둘 사이의 거리).' 그녀는 일기장을 '천안'이라고 불렀다.

외할머니 집에서 시간제로 일하는 리 아주머니는 일솜씨가 빠릿빠릿했지만, 먹을 걸 자주 훔쳐 먹곤 했다. 집에 사놓은 과일은 원래부터 다 먹지도 못할 양이어서 다들 매번 리 아주머니에게 같이 먹자고 불렀는데, 아주머니는 늘 거절하면서 한 입도 대지 않았다.

그러면서 뒤로는 몰래 봉지에 담긴 과일을 훔쳐 먹었다.

낮에는 대부분 위저우저우 혼자 집에 있었고 가끔은 위팅팅도 함께였다. 리 아주머니는 그들 앞에서는 행동을 삼가지 않는 편이라 그들은 리 아주머니의 그런 행동을 여러 번 목격했다. 엄마가 사 온 복숭아랑 셋째 외삼촌이 사 온 복숭아는 한 봉지에 각각 여덟 개, 일곱 개가 들어 있었는데, 리 아주머니는 그것들을 봉지 하나에 함께 섞어놓아서 아무도 복숭아가 하나씩 사라지는 걸 눈치채지 못했다.

"왜 그러는 걸까? 법을 어기는 것도 아닌 일을 굳이 안 한다고 해놓고서는, 왜 남들 몰래 좀도둑질을 하는 걸까?"

세상에는 도무지 납득할 수 없는 동물이 있는데, 바로 '어른'이라고 불렸다.

1학기 학급 업무 노트를 정리하며 만든 연락망에는 반 아이들 모두의 전화번호가 적혀 있었다. 위저우저우는 불현듯 자신에게 번번의 전화번호가 없다는 사실을 깨달았다.

창밖에서는 뙤약볕이 내리쬐었고 풀숲에서는 여치가 시끄럽게 울어댔다. 갑자기 짜증이 난 위저우저우는 책상에 놓인 주간 일기를 덮었다. 방학 동안에 주간 일기 여덟 편을 써야 하는데, 벌써 2주나 안 쓰고 넘어갔다.

게다가 해서체 쓰기 숙제도 한 무더기가 있었다. 하루에 깍두기 노트 한 페이지씩 써야 하는 걸 위저우저우는 단숨에 삼십여 페이지를 썼다. 처음에는 또박또박 가로로 한 줄씩 채워서 쓰다가 나중에는 세로로 한 줄씩 썼고, 그러다가 한 줄에 한 자씩 쓰다가 결국에는 아예 칸을 띄워가며 아무렇게나 쓰기 시작했다. '황제의 딸', '쑨옌쯔', '황용' 그리고 각종 가사와 만화책에 나온 대사를 죄다 해체해서 아무 칸에나 적어 넣었고, 깍두기 노트는 결국 가로세로 낱말 퀴즈처럼 되어버렸다.

좀 심심했다.

그러다 곁눈질로 신메이샹의 전화번호를 흘끔 쳐다봤다.

사실 전화가 "뚜 — 뚜 —" 하고 길게 신호음이 갈 때 위저우저우는 약간 안절부절못했다. 전화를 받은 여자는 목소리가 높고 말이 빨랐으며 말투가 거친 것이, 딱 들어도 신메이샹의 엄마라는 걸 알 수 있었다.

"여보세요, 누구 찾아요?"

"아, 아주머니 안녕하세요, 신메이샹 집에 있나요?"

"넌 누군데?" 신메이샹 엄마의 말투는 여전히 조금도 나아지지 않았다. 하지만 다소 의외와 놀람이 섞인 걸로 보아 이제껏 신메이샹에게 전화를 건 사람이 아무도 없는 것 같았다.

위저우저우는 침을 꿀걱 삼켰다. "전 같은 반 친……." 위저우저우는 잠시 멈췄다가 말을 바꿨다. "전 걔네 반 반장인데요, 학급에 일이 생겨서 부르려고요."

"무슨 일인데?"

"과목 주임 선생님이 저한테 모두 학교에 집합하라고 전하라고 하셨어요. 무슨 행사가 있는 것 같아요."

거짓말까지 할 필요는 없었지만, 위저우저우는 신메이샹이 밖에 나오기 쉽지 않으리라는 직감이 들었다.

"기다려." 아주머니는 수화기를 내려놓았다. 위저우저우는 전화 저편에서 어렴풋하게 외치는 소리를 들었다. "전화 받아, 얼른!"

위저우저우는 길게 한숨을 내쉬었다.

"여보세요?" 신메이샹의 약간 주눅 들고 망설이는 목소리가 수화기에서 들려왔다.

"괜찮아? 나와서 놀지 않을래?"

그들은 영화관에도 가지 않고 놀이공원에도 가지 않았다.

위저우저우와 신메이샹은 교문 앞에서 만났고, 신메이샹은 난처한 듯 위저우저우의 모든 제안을 거절했다. 한참을 캐물은 끝에 위저우저우는 비로소 난감한 진실을 알게 되었다.

신메이샹은 주머니에 딱 3위안밖에 없었던 것이다.

"그럼 어떡하지……." 위저우저우가 무심코 내뱉은 탄식에 신메이샹은 고개를 푹 숙였다. 위저우저우는 얼른 손을 내저으며 생글생글 웃어 보였다. "어디 그늘로 가서 수다 떨자. 어차피 오늘 이렇게나 더운데 놀이공원에는 사람도 많아서 가봤자 더위 먹기 딱이라구. 원래부터 가서는 안 될 곳이었어."

신메이샹은 들릴락 말락 하게 "응" 하고 대답했다.

그들은 아예 학교 뒤 운동장의 늙은 느릅나무 그늘에 책상다리를 하고 앉아, 말없이 눈을 반쯤 감은 채 운동장에 아찔하게 쏟아지는 눈부신 햇살을 함께 바라봤다.

위저우저우는 조금 미안해졌다. 거짓말이 발각될 위험도 불사하고 사람을 불러내서는 고작 이렇게 나무 밑에 함께 앉아 있다니. 석가모니가 성불할 때 같이 있어줄 짝이 필요했나?

"너 노래하는 거 좋아해?" 위저우저우가 밑도 끝도 없이 물었다.

정작 묻고 나서는 자신의 질문이 참 따분하다고 느꼈다. 신메이샹은 말하는 것조차 좋아하지 않아서 평소 목소리 듣기도 어려운데, 하물며 노래라니.

머릿속에서 땀방울이 스멀스멀 흘러내리는 게 느껴졌다. 마치 작은 벌레처럼, 귀밑머리에서부터 간질간질하더니 슬금슬금 아래턱까지 내려갔다.

"좋아해."

"사실 나도 그렇게 특별히 좋아하는 건 아냐……." 위저우저우는 느릿느릿 대답하다가 상대방의 대답이 긍정이라는 걸 퍼뜩 깨달았다.

"조, 좋아하는구나……. 너, 넌 누구 노래를 좋아해?"

신메이샹은 고개를 들고 잠시 생각했다. "특별히 좋아하는 건 없어. 듣기 좋은 노래는 다 좋아."

위저우저우는 이 기회가 특히나 소중해서 조심스럽게 물었다. "예를 들면?"

풀숲에서 여치가 노래하며 오후의 후끈한 운동장을 고요하게 만들었다.

신메이샹은 한참이 지나도록 입을 열지 않았다. 아무래도 속으로 격렬한 사상투쟁이라도 하는 듯했다. 위저우저우는 '마음이 평온하면 자연스레 시원해진다'는 말을 깊이 체험할 수 있었다. 신메이샹과 함께 있으니 자신도 과묵하게 가라앉는 것 같았다.

위저우저우가 멍하니 운동장을 바라보고 있을 때, 별안간 귓가의 시끄러운 여치 울음소리 속에 약간 허스키하면서도 수줍은 노랫소리가 들려왔다.

"나와 너의 사랑은 수정과 같아. 부담도 비밀도 없이 깨끗하고 투명하지."

런셴치*와 쉬화이위**가 듀엣으로 부른 〈수정〉, 위저우저우가 초등학교 때 유행했던 노래였다.

예전에 꼬마 제비 잔옌페이가 동경하듯 말한 적 있었다. 사람들은 저마다 마음속에 품고 있는 한 사람과 함께 이 노래를 부르고 싶을 거라고 말이다.

위저우저우는 런셴치를 좋아하지 않았다. 그의 노래는 늘 힘이 잔뜩 들어가 있어서 변비에 걸린 것처럼 느껴져서였다. 물론 그런 표현은 한때 런셴치를 좋아하는 남녀 학생들에게 단체로 공격을 받았었다.

하지만 이 노래는 확실히 듣기 좋았고 아주 순수했다. 만약 그 당시 마음속에 누군가 있었다면 진짜로 그와 함께 이 노래를 부르고 싶어졌을지도 모른다……. 그럴 기회는 절대 없었겠지만.

더구나 그 나이에 멋대로 용감하게 손에 손을 잡고 〈수정〉을 함께 부른다면, 그 감정은 수줍고 투명하다고 할 수도 없을 것이다.

신메이샹의 노래에는 그다지 자신감이 없었다. 음정을 틀리진 않았지만 새끼 양처럼 목소리가 심하게 떨렸다. 그러나 위저우저우는 마치 지금 진짜로 손에 수정을 받쳐 들고

---

   * 任賢齊, 대만의 가수 겸 영화배우.

 ** 徐懷鈺, 대만의 가수 겸 영화배우.

있는 것처럼 숨을 죽인 채 진지하게 귀를 기울였다.

나와 너의 사랑은 수정과 같아.

사랑을 몰라도 미소 짓는 데는 지장이 없었다.

노래를 마치고 얼굴이 귀까지 빨개진 신메이샹이 위저우저우를 흘끔 봤다. 위저우저우는 웃으며 진심을 담아 말했다. "정말 잘 부른다."

그리고 그들은 함께 노래하기 시작했다. 지금 유행하는 노래가 아니라, 아주 어릴 때 들어서 어렴풋이만 알고 있는 홍콩과 대만의 유행가들이었다. 위저우저우가 원로간부활동센터에서 망쳐버린 〈통쾌하게 해보자〉부터 〈선택〉, 〈내가 살며시 너의 눈을 가렸을 때〉, 〈비바람 속 그리움〉, 〈이번 생에 뭘 더 바라랴〉, 〈철혈단심〉 등…….

어렸을 때는 이 노래들이 뭘 노래하는지 전혀 모르면서도 식사 자리에서 큰 소리로 부르며 분위기를 띄우고 어른들의 환심을 샀다.

그러다 지금 두 사람은 이 노래들을 다시 불러보면서 비로소 가사의 의미를 깨달았다.

"메리(Mary)에서 써니(Sunny), 아이보리(Ivory)까지 있는데 끝내 내 이름은 나오지 않아."

"내가 잃은 건 어째서 나의 모든 것일까."

간혹 절반쯤 부르다가 목이 메기도 했다. 그 애절한 내용에 그들은 서로 마주 보며 웃었고, 고개를 돌려 수줍게 입을 벙긋거릴 수밖에 없었다.

　나중의 나중에, 위저우저우는 그날 오후에 그들이 무슨 이야기를 나눴는지는 기억나지 않았지만, 기억 속 그날에는 눈부시게 환한 순백색과 가장 뜨거운 오후 2시의 햇살과 귓가에 끝없이 들리던 여치 울음소리가 있었다.

　말문이 터지자 신메이샹도 점차 활발해지기 시작했다.

　"네가 말한 그런 게 아니라, 큰 봉지에 들어 있는 산각酸角 말이야. 한 봉지에 서너 개 들은 거 말고."

　"난 작은 봉지에 들은 게 더 맛있던데. 건살구, 건매실이랑 무화과는 다 작은 봉지에 들은 게 맛있다구."

　위저우저우는 화가 나서 눈을 흘겼지만, 큰 봉지와 작은 봉지 중에 뭐가 더 맛있는지에 대해 그 집요하고 침착한 신메이샹을 도저히 말로 이길 수 없었다.

　"그래서 난 사실 틱시도 가면이 좋아하는 건 세라가 아니라 프린세스 세레니티라고 생각해."

　"난 세라를 좋아하는 거 같은데, 프린세스 세레니티가 아니라."

　"만약 세라의 전생이 프린세스 세레니티가 아니라면 어떻게 세라를 사랑할 수 있었겠어? 세라랑 프린세스 세레니티는 그렇게나 다른데?!" 위저우저우는 자신이 이러다 사람을 물지도 모른다고 생각했다.

　그러나 신메이샹은 여전히 묵직하게 고개를 저을 뿐이었다.

　"그렇지 않아."

진정하자. 위저우저우, 넌 반드시 진정해야 해. 위저우저우는 자신에게 경고하며 화제를 다시 끌어 올렸다. "봐, 프린세스 세레니티는 얼마나 다정하고 상냥해. 근데 세라는…… 굳이 말하지 않을게. 너도 알 테니까. 걔네들은 딱 봐도 두 사람이잖아. 턱시도 가면은 어떻게 동시에 완전히 다른 두 사람을 사랑할 수 있어? 이건 아예 말도 안 돼."

신메이샹은 순간 멈칫했다가 천천히 입을 열었다. "걔네들은 한 사람이야……. 다만 나중에 변한 것뿐이지."

위저우저우는 머리를 긁적였다. "만약 네가 좋아하는 사람이 나중에 변해도, 넌 계속 똑같이 좋아할 거야?"

그 질문을 할 때 위저우저우의 마음은 더없이 순결했다. 그녀가 떠올린 사람은 번번이었다.

프린세스 세레니티는 세라로 변했다. 마치 두 사람처럼 말이다.

'좋아하는 사람'이라는 말에 신메이샹은 대번에 안색이 변했다.

그러나 위저우저우는 여전히 대담하게 의식의 흐름대로 말을 늘어놓았다.

"있잖아, 선생님이랑 부모님은 우리한테 조기 연애를 못하게 하잖아. 혹시 그건 우리가 자라고 있고 상대방도 변하고 있기 때문이 아닐까? 우리 자신도 빠르게 변하고 있으니 마음도 변하기 쉬워서?"

신메이샹은 즉시 이보다 더 정확할 수 없는 답을 제시했다. "공부에 방해되니까 그런 거야."

의기소침해진 위저우저우는 고개를 돌렸다.

신메이샹은 정말이지 사람을 너무나도 좌절하게 했다.

2.
수용소

"그나저나, 너 그 사탕 먹어본 적 있어?"

"뭔데?"

위저우저우가 턱을 괴고 천천히 말했다. "립스틱 사탕. 지금은 어디서 구할 수도 없어."

아주 작고 빨간 그 사탕은 딱 손가락 한 마디 크기였다. 어른들이 쓰는 립스틱이랑 똑같은 모양으로 포장되어 있어서, 아랫부분을 살살 돌리면 사탕이 립스틱처럼 튀어나왔다. 여자아이들은 어른들이 하는 것처럼 그걸 조심스럽게 입술 위에 슥슥 문지른 다음 혀로 살짝 입술을 핥았다. 그 싸구려 단맛은 이 진짜 같은 겉모양 때문에 특히나 유혹적으로 변했다. 그러나 엄마는 위저우저우가 다른 여자아이들처럼 그런 사탕을 사는 걸 허락하지 않았다. 그 이유는 줄곧 알 수 없었다. 위생적이지 않아서? 아니면 자신이 너무 일찍 멋

부리는 걸 배울까 봐? 이해가 되지 않았다.

그런데 옆에 있던 신메이샹이 불쑥 말했다. "먹고 싶어?"

위저우저우는 깜짝 놀랐다. "있어?"

신메이샹은 바로 대답하지 않고 미간을 찌푸리며 곰곰이 한참을 생각하더니, 고개를 들고 결연한 표정으로 말했다. "있어."

위저우저우는 그 순간 신메이샹이 립스틱 사탕 하나를 찾는데도 이렇게나 정의롭고 늠름하며 죽음을 불사할 것처럼 구는 것에 어리둥절했다.

그러다 신메이샹을 따라 구불구불한 길을 지나 '메이샹식 품점'에 거의 다다랐을 무렵, 위저우저우는 비로소 상황을 파악할 수 있었다. 그러나 신메이샹은 뒤따라오는 위저우저우가 이미 모든 걸 훤히 안다는 걸 모른 채, 자기 집 근처 모퉁이에서 멈춰 서더니 진지하고도 엄숙하게 말했다. "여기서 기다려. 나 따라오지 말고."

위저우저우는 신메이샹의 얼굴에 떠오른 모순된 표정을 평생 잊지 못했다.

비밀이 발각될 위험을 무릅쓰고 립스틱 사탕을 찾으러 가다니.

위저우저우는 갑자기 감동이 몰려와 힘껏 고개를 끄덕였다. "응."

심지어 왜 그러냐고 묻지도 않았다.

그리하여 신메이샹은 몸을 돌려 떠났다.

립스틱 사탕은 아주 오래된 군것질거리여서 사방을 돌아다녀도 파는 곳이 없는데, 신메이샹네 구멍가게에 있다는 건 결국 딱 한 가지 이유 때문이었다.

재고가 쌓인 것이다. 팔리지 않은 재고품.

예를 들어…… 예를 들어 신메이샹이 운동회 때 꺼낸 마이리쑤는 먼지가 가득 내려앉은 데다가 유통기한도 지나 있었다.

이런 작은 구멍가게는 새로 생긴 물건 좋고 가격도 저렴한 종합 슈퍼마켓에 밀려 장사가 갈수록 되지 않았으리라. 유일하게 슈퍼마켓보다 우위에 있는 건 간장, 기름, 식초 그리고 맥주뿐일 것이다. 왜냐하면 이웃들끼리 서로 잘 알기 때문에 가끔 외상으로 맥주 두어 병 가져가도 문제 될 게 없기 때문이다.

위저우저우의 기억 속에는 굉장히 붐비는 구멍가게가 하나 있다. 그때는 번번과 이웃하고 살던 시절이었다. 구멍가게는 조명이 어둡고 안에서는 곰팡이 냄새가 났다. 물건 파는 아주머니는 늘 험악했고 목청이 컸으며, 허구한 날 욕을 섞어 위저우저우에게 호통을 쳤다. 거기서 산 빵은 대부분 너무 느끼하거나 바싹 말라 있었고, 대부분이 얇은 비닐로 포장된 불법 제조 식품이었으며 곰팡이가 핀 걸 몇 번이나 보기도 했다. 그 시절 사람들은 소비자 의식이 없었고 '3월 15일'*에 대해서는 들어보지도 못했으며, 이 도시에는 아직 슈퍼마켓이 없었고 맛있는 사탕을 애들에게 나눠주는 자상한 가게 주인도 없었다. 오히려 곰팡이가 피고 유통기한이 지난 걸 아이들이나 바보에게 팔기나 했다.

하지만 위저우저우는 여전히 그것들이 정말 맛있었다고 생각했다. 산각, 양매, 건살구, 새우스낵, 부부싱*, 밀크캔디, 아이스바, 한 봉지에 5마오인 색소로 만든 오렌지 얼음물 등등.

지금 다시 먹어보면 그렇게까지 맛있진 않겠지?

뭐든 추억 속에 있을 때가 가장 좋은 법이다. 영원히 그랬다.

잠시 후, 신메이샹이 달려 나오더니 슬그머니 그녀의 손에 연분홍색 플라스틱 튜브를 쥐여주었다. 그것은 마치 엄지 굵기의 피리 한 토막처럼 보였다.

위저우저우는 무척이나 흥분했다. 두 사람은 구석에 숨어 마치 마약을 거래하는 두 명의 건달처럼 수상쩍게 사방을 흘끔거렸다. 위저우저우는 힘겹게 립스틱 사탕을 돌려 안쪽의 그 장밋빛 사탕이 진짜 립스틱처럼 머리를 쏙 내미는 걸 보다가, 조심스럽게 아무도 없는 곳에 숨어 살짝 혀를 대보곤 얼굴을 찌푸렸다. 약간의 실망감이 스쳤다. 정말 너무 맛없었다.

단지 한 가지 소원을 이루기 위해서였다.

* 세계 소비자 권리의 날.
** ㅏㅏ兔, 80년대에 유행한 유탕 처리 과자.

그런데 이렇게 수상쩍게 움직이는 건 설마 엄마를 피하려는 걸까? 위저우저우는 잠시 생각하다가 푸흡 웃음을 터뜨렸다.

  "맛없어?" 신메이샹은 마치 자신이 직접 립스틱 사탕을 만든 것마냥 아주 긴장한 표정이었다.

  "아니, 아주 좋아. 나한테 주라." 위저우저우는 아주 소중하다는 듯 립스틱 사탕을 바지 주머니에 넣었다. "고마워, 메이샹."

  신메이샹은 어색하게 웃으며 고개를 숙였다. "그럼 난 집으로 갈게."

  위저우저우가 손을 흔들었다. "그럼, 안녕."

  신메이샹은 약간 구부정하게 몇 걸음 걷다가, 별안간 고개를 돌려 위저우저우에게 더없이 다정한 미소를 지었다.

  "저우저우?"

  "응?"

  "고마워."

  그리고 말하지 못한 한마디가 있었다. "고마워. 이제껏 아무도 나보고 놀자고 한 적 없었고, 이제껏 아무도 우리 집에 전화를 걸어준 적 없었거든."

  위저우저우는 아무것도 모른 채 신메이샹이 모퉁이로 사라지는 모습을 지켜봤다.

  개학 무렵 위저우저우의 영어 회화와 듣기 실력은 장족의 발전을 이뤘다. 책도 많이 봤고 장거리 달리기도 갈수록 익숙해져 진짜로 소협이 된 것 같은 감개무량함을 느꼈다.

유일한 문제는 여름방학 숙제를 아직 다 못 했다는 거였다.

그 옛 시 빈칸 채우기, 작문, 퀴즈, 과학 지식 및 수학 복습 테스트를 망라한 커다란 여름방학 숙제집은 아직도 하지 않은 부분이 많았다. 위저우저우의 반발 심리 때문에 하루에 한 페이지씩 하기란 상당히 힘들었다. 여름방학 마지막 며칠 동안 그녀는 만화책을 넘기며 자신의 미루기 습관과 불성실함을 욕했지만, 결국엔 그래도 다 하지 못했다.

위저우저우는 침착하게 심호흡을 했다.

그런 다음 손을 뻗어 중간에 미처 쓰지 못하고 공백으로만 남겨놓은 작문 부분 네다섯 페이지를 찢어냈다. 아주 깨끗하게, 조그마한 찢긴 조각 하나도 남겨놓지 않았다.

숙제를 검사할 때 선생님은 그저 처음부터 끝까지 휘리릭 넘길 뿐, 페이지 수까지 자세히 살피지 않을 게 뻔했다. 위에 정책이 있으면 아래에는 대책이 있는 법, 법을 어기고 기율을 어지럽히고 법률의 허점을 파고드는 행위는 모두 이렇게 어릴 때부터 길러졌다.

개학 후 첫 시간, 모두는 여름방학 숙제집과 주간 일기, 펜글씨 연습장과 영어 문제집을 하나하나 맨 앞줄로 전달했다. 각 분단 첫째 줄 학생은 각각 권수를 세어 부족한 수량을 선생님에게 보고했다.

많은 학생들이 깜빡 잊고 안 가져왔다고 했다.

장민은 교실 문을 가리켰다. "집에 가서 가져와. 한 시간 안에 못 가져오면 숙제 안 한 걸로 칠 테니까."

교실은 순식간에 학생의 3분의 1이 비었다. 쉬즈창 무리는 건들건들 교실을 나갔다. 위저우저우는 그들이 아마 돌아오지 않을 거라고 생각했다.

30분 후, 원먀오가 가장 먼저 교실로 돌아왔다. 첫 시간이 끝나자마자, 위저우저우는 기지개를 켜며 신메이샹 곁으로 다가가 『코난』 단행본 있냐고 물어보다가, 원먀오가 사방으로 스테이플러를 빌리는 걸 봤다.

저번에 그 애를 앞에 두고 몽유병처럼 홀쩍 자리를 떠난 일로 약간 미안한 마음이 있었기에 이번에는 그녀가 먼저 말을 걸었다. "원먀오, 숙제 노트가 낱장으로 흩어진 거야?"

원먀오의 표정은 아주 이상했다. 그는 씨익 웃으며 고개를 끄덕이더니, 손에 든 깍두기 노트를 흔들었다. 페이지가 펄럭거리는 것이 마치 하얀 파도처럼 보였다.

그는 스테이플러를 있는 힘껏 두 번 누른 후, 만족스럽다는 듯 다시금 숙제 노트를 흔들었다.

그러고는 대뜸 그녀 곁으로 다가와 귓가에 대고 조용히 말했다. "이 노트, 특히나 두꺼운 것 같지 않아?"

위저우저우는 그의 갑작스런 귓속말에 깜짝 놀라 얼른 몸을 피했다. "그게 뭐 어떤데?"

원먀오는 주변을 살펴보다가 목소리를 낮춰 웃으며 말했다. "저번 학기 숙제 노트를 다 낱장으로 분해했거든. 위에 빨간 펜으로 표시되지 않은 페이지만 겨우겨우 추려서 방학 숙제 분량만큼 모았는데, 이걸 다시 묶어야 하니까 나도 참 고생이지 않냐?"

그 말을 듣자마자 위저우저우는 부끄럽게도 자신이 공백 페이지를 찢어낸 행위는 정말이지 너무 수준 낮고 너무 하찮게 느껴졌다.

원먀오는 이마에 새로 난 작은 여드름을 꾹꾹 검지로 누르며 진지하게 물었다. "넌 여름방학 시작하자마자 숙제 다 끝낸 거 맞지? 넌 열심히 하는 사람이니까……."

위저우저우는 갑자기 욕을 하고 싶어졌다. 열심히 하는 건 너잖아, 너네 다 열심히 하면서!

심지어 그 순간 원먀오에게 크게 선포하고 싶었다. 사실 난 숙제집의 중요한 몇 페이지를 찢어버렸다고, 난 게으름을 피웠다고…….

그런데 바꿔 생각해보니 이상했다. 열심히 한다는 건 부정적인 말이 아니었다. 정확히 말하자면 긍정적인 표현이었다. 대체 언제부터 열심히 노력한다는 칭찬이 아둔하고 잠재력이 없다는 말로 꼬아서 들리게 된 걸까?

솔직히 말해, 잠재의식 속에서 자신이 충분히 똑똑하지 않다고 여겨야만 겉으로 그럴듯하게 행동하며 똑똑한 아이들의 장난기와 나태함을 모방할 것이다. 마치 그래야 자신이 무턱대고 공부에만 매달리는 게 아니라는 걸 증명하듯이 말이다.

이 가련한 나이에는 늘 다른 사람에게 증명한 후에야 조심스럽게 자신을 긍정하곤 한다.

불현듯 원먀오에게 흥미가 생긴 위저우저우는 눈을 휘둥그레 뜨고 코끝이 그의 턱에 닿을락 말락 할 정도로 바짝 다가갔다. 이번에는 원먀오가 깜짝 놀라 뒷걸음질을 쳤다.

"너…… 뭐 하는 거야?"

"펜글씨 연습 말고 다른 숙제는 다 했어?"

원먀오가 눈을 끔뻑거렸다. "영어 단어 쓰기는 내가 외운 단어는 빼고 썼어……. 아마 선생님은 모를걸. 여름방학 숙제집도 다 안 했어. 재미있어 보이는 문제만 좀 풀고, 나머지는 아무렇게나 썼지. 어차피 선생님도 자세히 안 보잖아. 봤을 때 꽉 차 보이게만 하면 되니까……."

위저우저우는 문득 원먀오가 중복되는 노동에는 절대로 시간 낭비를 하지 않는 사람이라는 걸 깨달았다. 예를 들면 이미 머릿속에 훤히 꿰고 있는 단어를 베낀다든지, 펜글씨를 연습한다든지.

원먀오는 입이 바싹 마르는 걸 느끼며 제자리에 그대로 서서, 위저우저우가 다시금 자신의 얼굴을 뚫어져라 바라보며 딴생각에 빠진 채 기이한 미소를 짓다가, 아득한 눈빛을 하고 자신의 어깨를 스치며 지나가는 걸 멍하니 바라봤다.

모범생들은 다 머리가 이상하다니까. 원먀오는 그렇게 중얼거리며 얼굴이 살짝 발그레해진 것도 눈치채지 못한 듯 계속해서 고개를 숙이고 깍두기 노트 묶음을 만지작거렸다.

신메이샹은 눈을 들어 원먀오와 위저우저우의 뒷모습을
잠시 보다가 다시금 고개를 숙였다.

중학교 2학년이 되니 세 가지 변화가 생겼다.

새로운 과목, 물리.

월례고사.

그리고 토요일의 보충수업.

보충수업 형식은 아주 간단했다. 전교에서 240등 안에 드
는 학생들을 A, B, C, D, 네 개 반으로 나누고, 모든 것은 엄
격하게 등수에 따라 결정되며, 종합 시험이 끝나면 반과 자
리가 새로 배치되었다.

위저우저우는 긴장과 흥분에 휩싸여 무슨 말을 해야 할지
몰랐다.

심지어 선선과 어떻게 인사를 할지도 몇 번이나 연습했
다. 자리에 앉아서 아무렇지도 않게 상대방이 먼저 인사할
때까지 기다려야 할까, 아니면 열정적으로 미소를 지으며
"난 위저우저우야. 너 성적이 굉장히 좋다는 얘기 들었어.
우리 알고 지낼래?"라고 말할까.

드디어 토요일이 되었다. 위저우저우는 일찌감치 A반 교
실로 가서 칠판에 쓰여 있는 간략한 자리 배치도에 따라 문
가 바깥쪽 책상에 앉았다.

9월의 하늘은 티 없이 맑고 깨끗해서 보기만 해도 기분이
절로 상쾌해졌고, 모든 걸 정리하고 다시 새롭게 시작하는

착각이 들었다.

창밖 하늘을 바라보며 실실거리고 있을 때, 별안간 귓가에 냉랭한 한마디가 들려왔다. "좀 비켜줄래? 나 들어가야 하는데."

위저우저우는 깜짝 놀라 벌떡 일어났고, 그런 갑작스런 움직임에 책상이 살짝 앞으로 밀렸다.

책상 다리가 시멘트 바닥에 쓸리며 귀를 찌르는 날카로운 소리가 났다. 민망해진 위저우저우는 옆에 있는 이 안경 낀 냉담한 여자아이를 빤히 쳐다봤다. 미리 계산했던 인사말과 미소는 완전히 먹통이 되었고, 밑도 끝도 없는 한마디가 불쑥 튀어나왔다. "돌아왔구나, 그럼 들어가."

선선은 그 말을 듣고도 딱히 반응이 없었고, 오히려 위저우저우가 자신이 선택한 새색시 같은 말투에 놀라 몇 초간 굳어 있다가 멋쩍게 고개를 숙이고 살짝 옆으로 비켰다.

갑자기 교실 문 앞에서 고소하다는 듯한 웃음소리가 들렸다.

B반으로 배정된 원먀오가 무슨 일인지 문 앞에 나타나 있었다. 아무래도 지나가다가 우연히 재미난 상황을 구경하게 된 것 같았다. 위저우저우는 침을 꿀걱 삼켰다. 원먀오는 별안간 선선 앞으로 성큼 다가오더니, 얼굴에 철판을 깔고 책상을 두드렸다.

"네가 바로 유명한 전교 1등이구나. 시험에서 한 번도 실수하지 않다니 대단해, 대단해, 정말 대단해……."

선선은 눈을 들어 그를 보더니 상대도 하지 않고 고개를 숙여 커다란 가방에서 필통과 연습장, 문제집을 꺼냈다.

위저우저우는 속으로 히죽거렸다. 치, 이거 봐, 앤 널 거들떠도 안 보잖아!

그런데 원먀오는 다른 꿍꿍이가 있었는지, 고개를 삐딱하게 기울이고 바짝 다가왔다. 그 실실 웃는 얼굴이 위저우저우 앞에서 몇 배나 더 커졌다.

"위얼얼, 아니, 위저우저우, 너도 꽤 대단해. 매번 2등을 하면서 한 번도 실수한 적 없잖아. 대단해, 대단해, 정말 대단해……."

그의 웃음은 위저우저우가 당황하는 동안 더욱 환해졌다.

위저우저우는 화가 머리끝까지 솟았지만, 잠시 그 말을 음미하더니 별안간 웃음을 터뜨렸다.

그녀는 눈을 가늘게 뜨고 입꼬리로 거만하고도 위험한 곡선을 그렸다.

"별말씀을 다 하십니다, 여섯째 나리?"

3.
은혜를 갚다

그 달콤한 '여섯째 나리'라는 말에 원먀오는 질겁하며 황급히 뒷걸음질하다가 문에 부딪힐 뻔했다.

쯧쯧, 여섯째 나리는 무슨, 기껏해야 여섯째 꼬맹이겠지. 위저우저우는 속으로 하찮은 듯 코웃음 치며 겉으로는 여전히 생글거렸다.

원먀오는 반박하려는 듯 입을 벌렸지만, 결국 얼굴이 귀까지 새빨개진 채 고개를 숙이고 모양 빠지게 줄행랑을 쳤다. 걸을 때마다 크로스백이 엉덩이에 퍽퍽 부딪히는 것이, 마치 정의의 이름으로 그를 용서하지 않는 것 같았다.

상대방이 예상외로 이렇게 쉽게 투항하자, 위저우저우는 얼굴에 웃음이 그대로 굳은 채 어색하게 서 있었다. 옆에 있는 선선은 아무것도 보지도 듣지도 못한 것처럼 이미 고개를 숙이고 수학 문제집을 풀고 있었다.

이렇게 되니 오히려 수고가 덜어졌다. 따로 인사할 필요도 없이 '위얼얼'이라고 이름이 밝혀졌으니 말이다.

위저우저우는 고개를 돌려 창밖의 맑고 화창한 하늘을 바라보며 한숨을 내쉬었다. 쳇, 무슨 날씨가 이래.

지고 싶지 않아서 문제집을 꺼내 억지로 풀어봤지만, 방금 원먀오의 얄미운 얼굴을 떠올리니 자못 패배감이 들었다. 똑똑하지만 노력하지 않는 녀석 앞에서 노력하지 않는 척하고, 또 꾸준히 열심히 노력하는 선선 앞에서는 공부하는 척하고…….

위저우저우, 넌 그냥 나가 죽자. 그녀는 자리에 멍하니 앉아 천천히 한숨을 내쉬었다.

그리하여 조금도 눈치채지 못했다. 곁에 있던 선선의 손에 힘이 과도하게 들어가서 샤프심이 똑 하고 부러진 걸. 선선은 멈칫하곤 고개를 돌려 자기만의 세계에 빠진 위저우저우를 흘끗 봤다. 눈동자에 약간 복잡하고도 당혹스러움이 감도는가 싶더니, 곧 다시금 수학 문제에 집중하기 시작했다.

모두들 속속 교실로 들어와 앉아 서로를 흘끔거렸고, 친한 학생들끼리는 벌써 수다를 떨기 시작했다. 13중학교 학생들은 대부분 인근 하이청초등학교에서 진학했기에 지금은 다른 반이라도 예전에 서로 아는 사이였던 학생들이 많았다. 위저우저우는 재잘재잘 떠드는 소리를 들으며 문득 초등학교 친구들이 살짝 그리워졌다.

산제제는 어떻게 됐을까? 내가 인사도 없이 떠나서 13중에 왔으니 분명 무척 화가 났겠지. 그리고 잔옌페이, 새로운 학급 친구들은 걔가 꼬마 제비였다는 걸 알아볼까? 그 애들은 걔를 우러러볼까, 아니면 괴롭힐까? 편지 쓰겠다고 약속했는데 아직까지 펜조차 들지 않았네. 하긴 무슨 할 말이 있을까? 그리고 리샤오즈, 아직도 그렇게 말없이 조용히 바른 생활을 하고 있을까? 쉬옌옌은 여전히 제멋대로이려나? 걔가 그 성격을 좀 고치면 좋겠는데, 안 그랬다간 정말 미움을 받을지도 몰라…….

사실 이들의 얼굴은 다 조금씩 흐릿해졌다.

위저우저우는 자신이 그리워하는 건 이들 자체가 아니라, 그 시절의 분위기라는 걸 알고 있었다. 마치 고개를 들면 초등학교 교실의 새하얀 책상보와 짙은 붉은색 커튼, 그리고 빛을 투과하는 커튼 사이로 비스듬히 쏟아져 들어오는 햇살이 마침 책상 위에 엎드려 자고 있는 쉬디와 산제제의 책상 위를 비추는 광경을 볼 수 있을 것처럼 말이다. 각종 공연 활동에 참가해야 하는 잔옌페이의 자리는 늘 비어 있어서 그녀의 짝꿍은 그곳에 어지럽게 물건을 늘어놓곤 했다. 예를 들면 도시락 주머니를 책상에 쌓아둔다던가…….

그때는 그렇게나 단호하게 도망치면서 영원히 아쉬워하지 않을 줄 알았다.

그 오후의 햇살이 반투명한 짙은 붉은색 커튼을 투과하며 교실 가득 채운 휘황찬란한 빛은 위저우저우가 무슨 수를 써도 철제 박스에 넣어 간직할 수 없었다.

무슨 수를 써도 불가능했다.

방금 원먀오가 히죽거리며 트집을 잡던 표정은 위저우저우의 심장을 1초 엇박으로 뛰게 했다. 마치 위팅팅이 설명해 준 그 기외수축 같았다.

그 모습은 누군가와 무척 닮아 있었다.

그 녀석은 지금 아주아주 잘 지내고 있겠지?

위저우저우는 웃으며 고개를 숙였다. 자신도 느끼지 못한 그 부드러운 미소에 곁에 있던 선선의 샤프심이 또 툭 하고 부러졌다.

선선은 다시금 괴물을 보는 듯한 표정으로 위저우저우를 쳐다봤다. 자리에 멍하니 앉아 아무것도 하지 않고 멍하니 딴생각에 빠져 바보처럼 실실거리는 이 애가 시험 때마다 자신의 점수를 바짝 따라붙는 전교 2등이라니.

문득 분노와 불만이 엄습했고, 그보다 더 큰 건 두려움이었다.

더 노력할 수밖에. 선선은 고개를 숙이고 문제집 맨 뒤쪽을 펼쳐 답을 맞춰보기 시작했다.

더 노력할 수밖에.

이제껏 한 번도 묻지 않았다. 어째서 남들은 쉽게 할 수 있는 걸 난 왜 이렇게 많은 노력을 쏟아야 할까?

앞으로도 묻지 않을 것이다.

위저우저우는 마침내 정신을 차렸다. 옆에 앉은 선선은 시종일관 불상 같은 모습이었다. 고여 있는 물처럼 차분히 앉아 펜 끝만 종이 위를 스치며 사각사각 소리가 났다.

이렇게 대단한 여자아이라니.

똑똑함과 재능만 믿고 자신은 게을러서 노력하지 않는다는 사람은 모두 바보였다.

왜냐하면 노력과 부지런함도 일종의 똑똑함이고, 꾸준함이라 불리는 귀한 재능이기 때문이다.

선선은 하나의 산이었다. 위저우저우는 깊이 한숨을 내쉬었다. 그녀는 아마 영원히 넘지 못할 산일 것이다.

두 여자아이는 아무도 몰랐다. 그들은 한마디도 나누지 않았지만 서로의 아침에 먹구름을 잔뜩 불러왔다는 걸.

A반 각 과목 담당 선생님들은 학년 연구팀에서 가장 우수한 선생님으로, 각 학급에서 선발되어 배치되었다. 첫 교시는 영어였다. 칠판에 쓰여 있는 예제는 하나같이 교묘하고 까다로운 전치사 용법 문제로 아리송하기 짝이 없었다. 위저우저우는 영어에 대해서는 늘 실생활에 활용하는 게 중요하다는 입장을 유지해왔는데, 진지한 전치사 빈칸 채우기 문제를 만나자 바로 망해버렸다.

스무 개 문제 중에서 위저우저우는 일곱 문제를 틀렸고, 선선은 세 문제를 틀렸다.

위저우저우는 눈에 불을 켜고 각 문제에 대한 선생님의

설명을 열심히 노트에 받아 적었다.

그런데 이상하게도 선선은 다른 학생들처럼 발표와 질문에 열중하는 것 같지 않았다. 선선은 줄곧 고개를 숙이고 한눈을 파는 것 같으면서도, 다른 사람의 말에 담긴 핵심을 신속하고도 재빠르게 노트에 적었다.

공부 방법은 단순히 '수업을 잘 듣고 숙제를 열심히 하는 것' 하나뿐이 아니었다. 윈먀오는 자기만의 습관이 있었고, 선선도 자기만의 비결이 있었다. 위저우저우는 책상 위에 엎드려 얼굴을 차가운 책상 위에 딱 붙인 채 다시금 한숨을 내쉬었다.

"천안, 공부해야 할 게 정말이지 너무 많아. 하지만 다른 애들은 흔쾌히 나한테 알려주지 않겠지. 그러니 좀도둑처럼 옆에서 관찰하면서 기회를 봐서 행동할 수밖에."

오늘의 첫 번째 수확은 선선이 푸는 수학 문제집 제목이 『가볍게 30분』이라는 거였다.

둘째는, 선선은 필기할 때 노트의 오른쪽 면, 그러니까 글씨 쓸 때 가장 편안한 쪽만 쓴다는 거였다. 어떤 노트는 왼쪽 면이 계속 들려서 팔로 눌러 써야 하기 때문에 무척이나 불편했다. 그러나 사실 왼쪽 면도 낭비하는 건 아니었다. 노트를 정면으로 펼쳤을 때 오른쪽 면에는 옛 시를 적고, 노트를 뒤집어 맨 뒷장부터 펼치면 원래의 왼쪽 면이 오른쪽이 되어 거기에는 영어 필기를 했다. 그래서 노트를 펼치면 좌우양쪽은 완전히 거꾸로 된 글씨와 다른 내용이 나왔다. 필기할 때 아주 편할 뿐더러 자연스럽게 내용도 분리되어 어수선하게 뒤엉키지 않았다.

위저우저우는 주먹을 꽉 쥐었다. 좋은 방법이야. 이 방법의 좋은 점은…….

이렇게 그녀는 또다시 새 노트를 살 핑계를 찾았다…….

오전 수업 네 과목이 모두 끝나고 다들 책가방을 챙겨 학교를 나설 준비를 했다. 위저우저우는 오전 내내 이 입정에 든 노스님 같은 짝꿍과 말하고 싶은 걸 꾹 참고 조금 울적하게 교실을 나섰는데, 하교하는 학생들 물결 속에 번번의 얼굴이 보였다.

따분해 죽겠다는 표정이었다.

"번……." 위저우저우는 첫 마디를 반쯤 내뱉었다가 바로 삼키곤, 학생들을 헤치고 다가가 그의 등을 살짝 두드렸다.

번번은 뒤를 돌아봤다가 위저우저우를 보고 기쁜 표정을 지었다가, 별안간 시선을 돌려 복도 끝을 바라보며 조그맣게 말했다. "너였구나!"

위저우저우는 어리둥절했다. "그래!"

두 사람은 앞뒤로 걸으며 아무 말도 하지 않았고, 붐비는 인파로 그다지 눈에 띄지 않았다. 주변에 둘씩 나란히 걷는 학생들과 비교하면 그들은 서로 모르는 사이처럼 보였다. 위저우저우는 느닷없이 무척 화가 났지만, 이런 분노가 대체 어디서 비롯된 건지는 설명할 수가 없었다.

자신은 한시도 잊지 않았는데, 상대방은 줄곧 마음에 두지 않은 것 같았다.

마침내 인파로부터 멀리 벗어났다. 위저우저우는 계속해서 번번을 따라 정거장 방향으로 걸어갔다. 뒤에서 그를 부르지도 않고, 그저 묵묵히 따라만 갔다. 번번은 비로소 발걸음을 멈추고 정거장 표지판을 바라보고 다시 사방을 둘러보다가, 곁눈질로 등 뒤에 있는 여자아이를 보고 깜짝 놀랐다.

"너 왜 날 따라온 거야?"

위저우저우는 번번의 얼굴을 무표정하게 주시했다. 눈도 깜빡이지 않고 약 30초간 그렇게 있다가, 말없이 몸을 돌려 성큼성큼 떠났다.

장민은 요즘 큰 위기를 겪었다.

13중의 교학 수준과 관리 수준이 사대 부중과 차이가 많이 나긴 해도, 그게 모든 학생들이 멍청하다는 걸 의미하진 않았다. 물론 학생들 학부모도 말이다.

6반의 평균 성적은 줄곧 학년 중하위권에 머물러 있었다. 중간고사가 끝나고 열린 학부모 회의에서 장민은 학부모들의 질문 공세를 제대로 막아내지 못했고, 나중에는 또 담임을 교체해달라는 작은 학부모 집회가 연이어 열렸다. 위저우저우는 이런 상황이 전혀 놀랍지 않았다. 애초에 추첨으로 뽑힌 영어 선생님을 장민으로 바꿔버렸으니, 지금도 충분히 장민을 다른 선생님으로 교체할 능력이 있지 않을까. 6

반 학부모 중에는 확실히 대단한 인물들이 있었다.

위저우저우는 턱을 괴고, 강단 위에서 눈에 띄게 초췌하고 초조해 보이는 장민을 바라봤다. 장민은 자신이 '맞꼭지각의 각도는 서로 동일하다'라는 정리를 벌써 다섯 번이나 끝도 없이 되풀이했다는 것도 전혀 모르고 있었다.

물론 장민도 가만히 앉아서 당하진 않았다. 그녀는 일부 학부모들과 타협한 후 가장 먼저 대대적인 자리 조정을 실시했다. 학부모들 다 자기 아이가 앞줄에 앉지 못해서, 성적 좋고 규율 잘 지키는 모범적인 짝꿍이 없어서 성적이 나쁜 거라고 여겼기 때문이었다.

위저우저우도 덩달아 비난을 받았다. 탄리나의 아빠는 자기 집 딸이 공부를 열심히 하지 않는 건 바로 너무 이기적인 짝꿍 때문이라고 말했다고 한다. 혼자 몰래 공부하면서 평소 수업 시간에는 만화나 소설을 보면서 게으른 척하며 자기 딸을 오도했다는 것이다.

말할 것도 없이 탄리나가 PC방에 갔거나 만화책을 몰래 보다가 걸려서 위저우저우를 방패막이로 내세운 게 분명했다. "우리 반 1등도 맨날 수업 시간에 밑으로 몰래 만화책 본단 말야!"

위저우저우는 무척 짜증이 났지만 반박할 수도 없었다. 어쨌거나 그 말은 사실이었으니까.

아주 여러 해가 지난 후, 위저우저우는 책에서 한 구절을 보고 문득 어릴 때의 자리 바꾸기 소동을 떠올렸다.

우리는 세상을 바라볼 때 자신이 우주의 중심에 서 있다고 여기면서 관찰한 모든 것이 완전하고 정확하다고 생각하지만, 가장 큰 맹점은 사실 중심에 서 있는 자신이라는 걸 잊고 만다.

탄리나의 아빠는 위저우저우만 봤지 자신의 딸은 보지 못했다.

당시 거만하고 자율적이며 득의양양하게 질주하던 학급 1등 위저우저우 학생은 성적이든 다른 일이든 모두 자신이 통제할 수 있다고 굳게 믿었고, 다른 사람은 바꿀 능력이 전혀 없다고 생각했다. 마찬가지로, 자신도 누군가에게 영향을 미칠 능력이 없다고 여겼다. 상대방이 마땅히 기꺼이 영향받기를 원하지 않는 이상 말이다.

다들 거기서 거기였다. 인간은 하나같이 너무 자부심이 강했다.

위저우저우는 여러 해가 지나고 나서야 비로소 세상에 마땅히 기뻐해야 할 사람은 아주 많다는 걸 깨달았다.

장민은 결국 위저우저우에게 난처한 눈빛을 던졌다. 맨 뒷줄 자리 배치를 정하기 전, 그녀는 위저우저우를 사무실로 불러 면담을 했다.

장민의 사무실 책상은 천인공노할 정도로 어지러웠다. 위저우저우는 애써 장민의 표정에 주의력을 집중하려고 했지만, 상대방이 말하면서 튀는 침방울에 정신이 이미 아찔해졌다.

"어쨌든 선생님은 네 집중력이 뛰어나다고 보니까 잠시만 널 섭섭하게 해야겠구나. 하지만 이건 약속하마. 만약 걔가 널 귀찮게 하면 개한테 즉시 자퇴하라고 할 거야!"

위저우저우는 내색 없이 침방울 사정거리 바깥쪽으로 물러난 다음, 고개를 들어 장민의 부어오른 눈 밑과 코 양쪽의 거칠어지고 어두워진 피부를 보며 속으로 가볍게 한숨을 내쉬었다.

초등학교 때는 키가 작았어도 뒤에서 두 번째 줄 자리에 앉아야 했다. 그런데 지금은 키가 큰데도 첫째 줄에 앉았다. 온통 혼란에 빠진 눈앞의 담임선생님은 예전에 그녀에게 똑똑하다고 칭찬을 했었고, 수학 시간에 위저우저우가 사고력 문제에 대해 내놓은 간단한 셈법을 높이 평가했으며, 만년 전교 2등이라는 데 대해 줄곧 그 어떤 압박도 주지 않았다.

위저우저우는 어릴 때 공평하지 않은 대우를 받아봤기 때문에 다른 사람이 자신에게 조금 잘해주기만 하면 몇 배의 따스함으로 보답해주고 싶었다.

"괜찮아요, 누구랑 같이 앉든 문제없어요. 선생님께서 알아서 배정해주세요!"

4.
사춘기

위저우저우는 예상했던 것처럼 맨 뒷줄로 옮겨가지 않았다. 그녀는 셋째 줄에 앉았고, 짝꿍은 탄리나에서 한 남학생으로 바뀌었다.

남학생 이름은 마위안번*이었다. 이름에 담긴 뜻이 부모의 적나라한 기대와 사랑을 또렷이 드러내고 있었다. 다만 마위안번의 지금 상태를 봤을 때, 그런 기대와 사랑은 그저 이름을 짓던 3분간의 열정에 불과한 듯했다.

마위안번 어깨에 내려앉은 큼직한 비듬과 이미 닳아서 기름때로 번들거리는 옷소매를 본 위저우저우는 장민의 사무실에서 보답하기로 마음먹었던 게 살짝 후회되기 시작했다. 마위안번의 원래 짝꿍은 연약하고 가냘픈 여자아이였다. 여자

---

* 馬遠奔, 말이 멀리 달린다는 뜻.

아이는 마위안번이 하얀 수정액으로 머리카락 끝을 칠해놓자 훌쩍거리며 자신의 엄마, 아빠에게 전화를 했고, 화가 난 학부모는 하마터면 장민 사무실의 천장까지 뒤집을 뻔했다.

위저우저우는 무심한 표정으로 아랑곳하지 않는 척 책상 밑으로 만화책을 넘기며 주변의 자리 변동을 살폈다. 마위안번은 뒤에서 둘째 줄에서 건들건들 걸어와 퉁명스러운 표정으로 책가방을 책상 위에 던졌다. 자신의 자리가 앞으로 옮겨진 데 대해 강렬한 불만을 표시하는 거의 유일한 사람이었다.

위저우저우는 좀 의아하긴 했지만 눈꺼풀도 들지 않았다.

자리 조정이 끝나고, 영어 선생님이 교실로 들어와 수업을 시작했다. 위저우저우는 옆자리의 마위안번이 마치 상사병이라도 걸린 것처럼 연신 뒤를 돌아보며 맨 뒷줄의 멋을 잔뜩 부린 남학생과 늘 히죽히죽 그를 친구라고 부르며 심부름을 시키던 예쁜 여학생을 찾는 걸 봤다. 심지어 그들의 온갖 웃긴 행동을 관찰하며 반짝이는 눈으로 흥겹게 맞장구까지 쳤다.

그 애들이 늘 눈에 띄는 행동을 하며 하루 종일 모두의 관심을 끌려고 하는 것도 이해가 갔다. 보라, 멀리 떨어진 셋째 줄 구석에도 이렇게 본분에 충실한 관객이 있지 않은가.

위저우저우는 마위안번에게 이런 고도의 직업윤리와 귀속감이 있을 줄은 생각지도 못했다. 그녀의 머릿속에 박힌 마위안번은 그저 쉬즈창이 부려먹는 졸개, 또는 줄곧 괴롭힘을 당하면서도 그걸 전혀 깨닫지 못하는 녀석이었으니 말이다. 불결하기 짝이 없는 마위안번은 늘 6반의 쉬즈창을 중심으로 한 불량소년소녀 무리 곁을 어슬렁거리며 어수룩하게 그들의 심심풀이 상대가 되어주었고, 이상한 목소리 때문에 그들에게 놀림을 당하면서도 그들에게 음료수를 사다주고 쪽지를 전해주고 누명을 썼다.

어쩌면 그들은 마위안번을 싫어하는 게 아닌지도 모른다. 그들은 그의 단순함과 의리를 극찬하면서, 조금도 거리낌 없이 그에게 5위안을 주며 매점으로 내려가 먹을 걸 사 오라고 시켰다.

졸개 노릇도 중독이 되는 걸까? 위저우저우는 이해가 가지 않았다.

위저우저우는 인간관계가 아주 좋은, 맨 앞줄에 앉는 모범생이었지만 한 번도 이 학급에 대한 강렬한 소속감을 느껴본 적이 없었다. 교실에서 아무리 재미있는 일이 벌어져도 그저 슬쩍 돌아보고 맞장구치듯 웃거나, 하찮다는 듯 입을 삐쭉거리며 계속해서 고개를 숙이고 만화책을 보고 문제집을 풀었다.

모범생의 예의 바름과 침묵과 미소와 소원함은 건방지고 도도하다고 보이거나, 또는 활기가 없는 걸로 보일 수 있었다. 그건 다른 학생들이 그를 숭배하느냐, 질투하느냐 또는 불쌍하게 보느냐에 달려 있었다. 위저우저우는 자신이 다른 학생들과 지내는 모습이 누군가와 매우 비슷하다는 걸 전혀 눈치채지 못했다.

아주 여러 해 전에 소년궁 무대 밖 복도에서 봤던, 오케스트라 선배들에게 둘러싸여 희미하게 웃고 있던 천안.

예전에 그렇게나 부러워했던, 천재의 화신이자 그렇게나 멀어서 닿을 수 없었던 천안 말이다.

시간은 그녀를 바꿔놓았지만 그녀는 전혀 느끼지 못했다.

지금의 이런 위저우저우의 눈에 비친 마위안번의 행동은 그저 이 한마디로만 표현할 수 있었다.

"그의 불행은 안타깝게 생각하지만, 노력하지 않는 것에는 분노한다."

유일하게 그녀가 걱정하는 건 신메이샹이었다.

신메이샹은 뒤에서 첫째 줄로 자리가 옮겨졌고 새로운 짝꿍은 바로 쉬즈창이었다.

자리가 옮겨진 것 때문에 언짢아서 똥 씹은 표정이 된 쉬즈창 말이다.

신메이샹은 여전히 고개를 푹 숙인 채, 옆에 있는 쉬즈창과 다른 애들이 자신을 조롱하고 혐오하는 말을 못 들은 척했다.

위저우저우는 심히 염려스러운 눈길로 그녀를 돌아보다가, 엉겁결에 뒤에 앉은 원먀오의 눈빛과 마주치고 말았다.

그녀는 깜짝 놀랐다. 두 사람의 얼굴은 굉장히 가까워서 위저우저우는 원먀오의 이마에 의기양양하게 솟은 여드름이 몇 개나 되는지 셀 수 있을 정도였다. 붉은색이 마치 초원을 불태울 기세로 삽시간에 윈먀오의 목에서부터 귓불과 두 뺨까지 물들였다. 그는 고개를 숙이고 영어책에 그려진 릴리와 루시 삽화를 바라보며 조그맣게 물었다. "뭘 봐? ……왜 날 그런 눈빛으로 보는데?"

위저우저우는 그의 뜬금없는 반응에 그저 눈을 흘기며 고개를 돌렸다.

그런데 윈먀오는 등 뒤에서 여전히 구시렁거렸다.

"내가 뭐 볼 게 있다고?"

위저우저우가 다시 뒤를 돌아보며 웃었다. "넌 확실히 딱히 볼 거 없어."

두 가지 의미가 담긴 말이었다. 표정 관리에 실패한 윈먀오가 낮게 으르렁거렸다. "내가 못생겼다고 누가 그래?"

위저우저우는 그에게서 등을 돌리고 사악한 꼬마 여우처럼 웃었다.

겨울이 소리 없이 다가왔다.

위저우저우는 체육 시간이 끝나자마자 서둘러 교실로 뛰어 들어와 난방기 위에 손을 녹였다. 실외 스케이팅 수업이었는데 검정 캐시미어 외투만 입고 장갑과 목도리는 깜빡해서 줄곧 목과 손을 움츠리고 마치 등골이 부러진 것처럼 빙판 위에 볼품없이 서 있었다.

불현듯 구 할아버지 생각이 났다. 두 사람이 나란히 난방기 위에 손을 녹이던 그 겨울날 아침을 다시 추억해보니, 위저우저우는 더는 마음이 쓸쓸하지 않고 오히려 따스함이 끊임없이 솟았다. 구 할아버지의 얼굴도 안개에 뒤덮인 것처럼 그저 어렴풋한 미소만 남아 있었다.

시간은 기억을 모호하게 만들고 상처를 희석시켜 아름답고 매끄러운 부분만 남겨놓았다.

그나마 다행인 건 외할머니의 병세가 꾸준히 좋아지고 있다는 거였다. 비록 여전히 많은 약을 먹어야 했지만 이제는 수액을 맞을 필요가 없었고, 가까스로 부축을 받아 걸을 수도 있었다.

탄리나와 몇몇 학생들이 옆으로 끼어들었다. 위저우저우는 곁눈질로 탄리나가 검은색 스키니진 위로 신은 새하얀 가죽 부츠를 보고 슬쩍 웃었다. 저건 엄마, 아빠랑 오랫동안 투쟁한 끝에 얻어낸 생일 선물이겠지?

풋풋한 초등학교 여자아이들이 소리 없이 소녀로 자라났다. 겨울이었지만 여전히 씨앗이 땅속에서 움트는 소리를 들을 수 있었다. 그래서, 봄은 아직 먼 걸까?

여학생들은 남학생에 대해 이야기할 때 더는 초등학교 때처럼 짐짓 아무 관심도 없는 척하지 않았다. 손톱에 알록달록한 매니큐어를 바르기도 하고, 새로 산 치마를 입으면 남들이 알아보기를 기대하면서도 나댄다고 지적받는 걸 두려워하는 복잡한 심정이 들었다. 한편, 뒷줄에 앉은 많은 남학생들도 조그만 거울을 보며 머리에 정성껏 헤어젤을 바르고, 심혈을 기울여 여드름을 짜기 시작했다. 선생님의 질문을 받으면 긴장하면서도 아무렇지도 않은 척하며 입을 꾹 다물고 있다가, 불쑥 모두가 즐거워할 만한 답을 내놓곤 했다…….

가끔 위저우저우는 식탁 앞에서 엄마에게 수다를 늘어놨다. 반에서 또 어떤 학생이 선생님한테 대들었고, 어떤 남학생이 여학생이랑 몰래 손을 잡았고, 어떤 학생이 수업을 땡땡이쳤고…….

위저우저우는 호박 한 조각을 집어 들고 눈앞에서 자세히 살펴봤다. "엄마, 다들 변했어. 대담해졌고."

엄마는 그저 웃기만 했다. "사춘기라 그래."

보건 과목 선생님은 교탁 앞에 앉아 신문을 봤고 아래쪽 학생들은 시시덕거리며 소곤거렸다. 이번 시간에 배워야 할 내용은 바로 사춘기의 발육이었다. 남녀의 2차 성징, 생리 구조, 월경…….

"이번 시간은…… 각자 책을 보렴." 보건 선생님은 교실에 들어와서 딱 이 한마디만 했다.

당연히 위저우저우처럼 단정하고 수줍음 많은 학생들은 선생님의 분부대로 보건 교과서를 탐구하지 않았다. 위저우저우는 살짝 얼굴을 붉히며 아무 흥미 없는 척, 영어 문제집을 펼쳐 객관식 문제를 풀기 시작했다.

뒷줄의 남녀 학생들은 수시로 웃음을 터뜨렸다. 쉬즈창

이 보건 교과서를 들고 뭐라고 읽자, 옆에 있던 여학생이 빨개진 얼굴로 웃으면서 그의 어깨를 두드렸고, 마위안번조차 바보 같은 웃음을 지으며 멀리서 그 모습을 바라봤다. 부끄러움과 즐거움이 공존하는 '독학 분위기' 속에서 오직 신메이샹만 아무것도 들리지 않는 것처럼 고개도 들지 않았다.

위저우저우는 미간을 살짝 찌푸린 채 고개를 돌려 그 모습을 바라봤다. 반년의 시간이 지나는 동안 신메이샹은 갈수록 말수가 적어졌고 성적도 늘 그렇듯 엉망이었다. 장민은 매번 종합시험 또는 월례고사 성적이 나올 때마다 딱 두 사람만 혼냈다. 한 명은 신메이샹, 다른 한 명은 마위안번이었다.

성적이 나쁜 사람은 이들 두 사람만이 아닌데도 말이다.

위저우저우는 한숨을 내쉬다가, 언뜻 코앞에 있는 원먀오가 흥미진진하게 보건 교과서 내용을 탐독하는 모습이 눈에 들어왔다. 펼쳐진 페이지에는 남성의 생리 구조가 개미집처럼 그려져 있었다. 사실 위저우저우는 개학하고 새 교과서를 받았을 때 몰래 보건 교과서의 그 몇몇 챕터를 미리 훑어봤었다. 그렇지 않고서야 그 그림이 봐도 뭔지 모르겠다는 걸 어떻게 알겠는가? 물론 자신은 그 사실을 절대로 인정하지 않을 테지만.

"너……." 위저우저우가 입을 벌렸다.

원먀오가 당황하며 고개를 들었고 얼굴이 순식간에 새빨개졌다.

"선생님이…… 선생님이 우리보고 각자 책을 보라고……."

위저우저우는 고개를 끄덕였다. "기말고사에 포함되지도 않는 보건 과목을 이렇게 열심히 보다니, 넌 과목을 편식하지 않는구나. 원먀오, 넌 정말 전면적으로 발전하는 훌륭한 소년이야."

원먀오의 얼굴이 파래지기 시작했다.

"난 당연히 분발해서 노력해야지. 게다가 선생님은 항상 우리한테 널 보고 배우라고 하잖아. 사실 난 지금부터 노력해도 이미 늦었어." 원먀오는 씨익 웃으며 '멜론 보이' 캐릭터가 그려진 자를 들어 책에 '월경 기간 주의 사항'이라고 까맣고 굵게 쓰여 있는 제목을 툭툭 쳤다. "우리의 본보기 위얼얼은 늘 미리 예습하잖아!"

가뜩이나 속으로 켕기던 위저우저우는 정곡을 찔려 말문이 막힌 채 원먀오를 한참 동안 노려보며 눈만 깜빡거리다가 더듬더듬 대꾸했다. "나, 난 안 봤어!"

원먀오는 말없이 그저 눈썹을 치켜올리며 얄밉게 웃었다. 반년을 같이 지내오면서 그는 줄곧 위저우저우와 사흘에 한 번씩 작은 말다툼을 하고 닷새에 한 번씩 크게 말다툼을 벌였다. 겉으로는 얌전하고 온화해 보이는 위저우저우는 사실 신랄한 입담과 악랄한 수단의 소유자였다. 그들은 수학 문제의 더 간단한 풀이법이 뭔지부터 〈어두운 밤〉이랑 〈연〉 중에서 어느 노래가 더 좋냐며 입씨름을 벌였고, 심지어 몰래 상대방의 신발 끈을 책상 다리에 묶어놓는 비열한 수단까지 썼지만 매번 지는 건 원먀오였다. 이번에는 마침내 남학생의 타고난 뻔뻔함에 힘입어 한 판을 만회할 수 있었다.

그가 여전히 득의양양해하고 있을 때, 위저우저우가 자신의 책을 뚫어져라 바라보는 게 느껴졌다. 그의 자는 공교롭게도 '몽정'이라는 까맣고 굵은 글자 위에 꽂혀 있었다.

위저우저우는 고개를 숙여 책을 보다가 다시 고개를 들어 그를 봤다. 또 고개를 숙여 책을 보고 다시 고개를 들어 그를 봤다.

여자아이들에게는 이미 거의 '상식적인 관례'가 되어버린 월경과 비교했을 때 확실히 그 두 글자의 살상력은 훨씬 더 컸다. 그대로 뻣뻣하게 목이 굳은 원먀오는 민망해서 말도 나오지 않았고, 그저 가련하게 눈빛으로만 위저우저우에게 용서를 구할 수밖에 없었다.

사람이 뻔뻔하면 천하무적이 된다. 역전승을 거둔 위저우저우는 웃으면서 고개를 돌리고 무거운 짐을 내려놓은 듯 책상 위에 엎드렸다. 귓불과 두 뺨이 불타는 듯 놀랄 만치 뜨거웠다.

실은 둘 다 진 거였다.

5.
우린 달라

물리 선생님은 에너지가 넘치는 젊은 여교사로, 물리 연구팀에서도 기세가 아주 대단하기로 유명했다. 물리 과목은 6반과 2반이 같은 선생님에게서 배우는 유일한 과목이기도 했다.

위저우저우는 턱을 괴고 물리 선생님의 성 전체 공개수업 대회에 대한 설명에 열심히 귀를 기울였다. 이번 공개수업 대회는 학교 차원에서 무척 중요한 거라 각 학년마다 교사 한 명을 선발해 참가시켰다. 모두가 물리 선생님이 성적이 좋은 2반을 선택할 것이냐, 비교적 활발한 6반을 선택할 것이냐 수군거리고 있을 때, 강단 위의 물리 선생님이 선포했다. 대회에는 6반과 2반에서 태도가 적극적인 학생들로 구성해 참가할 거라고 말이다.

"이건 누가 봐도 부정행위잖아." 원먀오가 뒤에서 조그맣게 꿍얼거렸다.

위저우저우가 그를 돌아보며 조그맣게 대꾸했다. "어릴 때 공개수업 안 해본 것도 아니잖아. 다 이렇지 않아?"

학습 지도안과 전체적인 흐름이 짜이고 각종 교구 준비와 각 질문에 대답할 적절한 사람이 정해지면, 대회 며칠 전부터는 마치 연극을 하듯 대사를 외워야 했다. 선생님은 친절하고 상냥하게 차근차근 설명하고, 학생들은 민첩하게 사고하며 적극적으로 수업에 임하는 것이다. 선생님이 어떤 질문을 하든 반 전체 모두가 손을 든다. 물론 그중에서 손을 아주 높이 든 학생들을 주목해야 한다. 그들이야말로 질문에 어떻게 대답해야 하는지 진짜로 아는 학생이기 때문이다.

수업의 핵심 부분을 설명한 물리 선생님은 안경을 벗어 찌그러진 낡은 안경 케이스 안에 넣고 대충 위저우저우의 책상 위로 던진 후, 다시 교탁 앞으로 걸어가 칠판에 글씨를 쓰기 시작했다. 옆자리의 마위안번이 갑자기 손을 뻗어 안경 케이스를 집어 들고 몇 번 쓱쓱 만지작거리자, 찌그러진 안경 케이스가 책상 위에 안정적으로 거꾸로 섰다.

위저우저우는 놀라 눈썹을 치켜올렸다. "와, 어떻게 한 거야?"

그녀도 손을 뻗어 여러 번 시도했지만, 안경 케이스는 매번 쓰러져서 책상 위에 부딪히는 시끄러운 소리가 났다.

"바보." 오른쪽과 등 뒤에서 이구동성으로 말했다.

한때 위저우저우는 마위안번을 투명인간으로 여기기로 결심했지만, 애들처럼 유치하게 히죽거리는 마위안번의 태도는 시간이 흘러도 잠잠해지지 않았다. 그는 수업 시간에 기괴한 발음으로 중얼거리며 전후좌우를 소란스럽게 했고, 쪽지나 라면땅 부스러기를 위저우저우 쪽 책상에 가득 뿌렸고, 책상 밑으로 위저우저우의 새 신발을 밟기도 했다.

원먀오는 종종 두 손을 머리 뒤에 받치고 잔뜩 약이 오른 위저우저우를 쌤통이라는 듯 구경하면서 한두 마디 비꼬는 말을 던지기도 했다.

그러나 이 두 남학생은 위저우저우가 보통내기가 아니라는 걸 잊고 있었다. 온몸을 불살라 주변을 환히 밝히는 조명탄 같은 위저우저우의 기질이 활성화되자, 마위안번은 비로소 사태의 심각성을 깨달았다.

그저 발을 뻗어 위저우저우를 밟는 시늉만 했을 뿐인데, 위저우저우에게서 돌아온 건 한 번 맞으면 절름발이 해적 선장이 될 정도로 강력한 발길질이었고, 그 발길질은 마위안번이 처절하게 울부짖으며 "선생님, 위저우저우가 저 괴롭혀요!"라고 외칠 때까지 계속됐다. 위저우저우의 필기도구가 책상 가득 뿌려진 종잇조각에 뒤덮인 걸 원먀오가 히죽거리며 비웃을 때, 위저우저우는 종잇조각을 모조리 한데 모으며 한마디도 하지 않았다. 그러다 원먀오가 체육 시간이 끝나고 돌아와 책가방을 열어보니 그 안의 교과서가 온통 새하얀 종잇조각에 파묻혀 있었다. 고개를 들자 앞줄의 위저우저우가 뒷짐을 지고 눈웃음을 치며 그에게 인사를 했다. 목소리조차 달콤했다.

"세어봐, 한 조각도 빠진 거 없을걸!" 위저우저우가 생긋 웃었다.

그리고 지금, 물리 선생님의 안경 케이스를 쥐고 있는 위저우저우가 가볍게 고개를 돌려 마위안번을 째려봤다. 상대방은 즉시 상황을 파악하고 책상에 고개를 묻고 자는 척했다.

"너 남자 맞냐!" 원먀오가 뒤에서 어이없다는 듯 포효했다.

"선생님이 어제 앞에서 실험을 이끌 학생 명단을 대략적으로 정했어. 우리 반에서 누가 참가하는지는 아직 미확정이지만, 우리 반과 2반 학생들이 절반씩 들어갈 거니까 절대적으로 공평할 거야."

실험? 위저우저우의 흥미가 안경 케이스에서 다시 물리 선생님에게로 옮겨갔다.

이번 공개수업은 확실히 예전보다 재미있게 설계되었다. 물리 선생님은 심혈을 기울여 여러 개의 재미난 실험을 준비했고, 교과서를 완전히 벗어나 '과학 기초 탐색'이라는 멋진 이름까지 붙였다.

그리고 물리 선생님의 은근히 열정적인 눈빛이 위저우저우와 원먀오 쪽으로 쏟아졌다.

위저우저우는 심지어 뒤에 앉은 원먀오가 긴장해서 침을 삼키는 소리까지 들을 수 있었다.

문예위원이 감탄하며 위저우저우에게 속삭였다. "이번 공개수업 굉장히 재밌네. 심사위원들은 이런 혁신적인 수업을 아주 중요하게 볼 거야. 새로운 교육과정 목표인 자율성을 보여주잖아." 위저우저우와 원먀오는 아무 내색 없이 눈빛을 교환하며 한숨을 내쉬었다.

그저 형식이 좀 새로워지고 난이도가 좀 높아졌을 뿐이었다. 실험은 학생들이 직접 설계한 게 아니었고 결과마저도 이미 계산된 거였다. 심지어 수업 시간에 실험 과정과 결과에 대해 질문할 학생도 이미 다 정해져 있었다.

이번 공개수업은 위저우저우에게 기쁨 반, 근심 반이었다. 기쁨이라면 여러 지루한 수업, 예를 들면 보건이나 노동 기술 시간 그리고 중간 체조, 눈 건강 체조 등에서 도망칠 핑계가 생겼다는 것이다. 물리 실험실은 이미 위저우저우의 공식 피난소가 되었고, 그녀는 자신이 맡은 작은 실험에 대해 전에 없던 열정으로 충만했다.

위저우저우의 실험 파트너 원먀오 역시 수업 땡땡이를 좋아했지만, 이 녀석이 위저우저우와 유일하게 갈리는 지점은 바로 노동 기술 시간이었다. 원먀오는 노동 기술 과목을 좋아했고 만들기 숙제를 좋아했다. 위저우저우는 여성스럽지도 않은 남학생이 노동 기술 수업을 이렇게나 좋아할 수 있는지 이해가 가지 않았다. 그러나 실험 파트너로서 그들은 반드시 말을 맞추고 함께 행동해야 했기 때문에, 원먀오가 노동 기술 수업을 듣겠다고 고집을 부릴 때 위저우저우는 결국 버럭 하고 말았다.

"너 남자 맞아? 그런 과목도 좋아하게? 우린 연습을 해야 한다고, 연습!"

원먀오는 하품을 했다. "연습은 무슨! 우리가 하는 실험에는 그다지 심오한 기술이 필요하지도 않아. 넌 실험실에 틀어박혀 만화책이나 볼 생각이잖아? 사실 난 수업 시간에 들킬까 봐 조마조마하면서 보는 편이 더 자극적이라고 생각하는데, 안 그래?"

위저우저우는 그럴듯한 이유를 댈 수 없었다. 확실히 그들이 하는 실험은 아주 간단하고 간단한, '모의 일출'이었기 때문이었다.

기본적인 원리는 빛이 굴절하는 성질을 이용한 것이다. 필요한 도구는 사각 상자 하나와 손전등 하나, 그리고 유리병, 좀 더 자세히 말하자면 라벨을 떼어낸 수액병이었다. 태양을 대표하는 손전등이 있고, 지평선을 대표하는 사각 상자의 높이가 마침 뒤쪽의 손전등 불빛을 가려서 강단 아래의 학생들에게는 아무것도 보이지 않는다. 그러나 손전등과 상자 사이에 물을 가득 채운 수액병을 두면 강단 아래 학생들은 손전등의 빛을 볼 수 있게 된다. 수액병이 대기층 역할을 하며 손전등의 불빛을 굴절시키기 때문이다. '여명은 진정한 일출 전에 온다'는 말이 바로 이렇게 증명된다.

원먀오의 말로 표현하자면, 이런 시시한 실험은 여섯 살짜리 어린애도 할 수 있었다. 물리 선생님의 요구 사항은 줄곧 이것뿐이었다. "대사는 너희들이 직접 다듬도록 해. 무대 위에서 목석처럼 더듬거리면서 선생님 쪽팔리게 하지 말고!"

다만 원먀오가 이해하지 못한 게 있었다. 두 사람이 처음 실험실에서 실험 기구를 준비할 때였다. 그가 손전등에 AA 건전지를 끼우고 있을 때, 개수대에서 수액병에 물을 넣고 있던 위저우저우가 느닷없이 바보처럼 웃음을 터뜨린 것이다.

슬그머니 다가가 보니, 위저우저우는 물이 가득 찬 유리병을 바라보며 빙그레 웃고 있었다. 무슨 즐거운 일을 추억하는 건지는 알 수 없었다.

그녀는 병을 들더니 조그맣게 혼잣말을 했다. "하아, 얼른 성수를 가져가!"

"무슨 성수?"

생각이 도중에 끊겨버린 위저우저우는 외마디 비명을 질렀고, 유리병이 손에서 미끄러지며 바닥으로 떨어져 산산조각 났다.

옆에서 어항과 철제 거치대를 닦고 있던 선선은 고개를 돌려 그 두 광대를 냉랭하게 바라봤다.

위저우저우는 지금까지도 토요일 A반에서 선선과 한마디도 나눠보지 못했다. "좀 비켜줄래? 화장실 좀 다녀올게" 같은 말을 빼면 아무런 교류도 없었다. A반 자리는 매번 월례고사 성적에 따라 바뀌었지만, 위저우저우와 선선이 앉은 책상은 마치 우뚝 솟은 두 개의 산처럼 꿈쩍도 하지 않았다.

위저우저우는 어렴풋이 자신이 전교 2등을 하는 데 습관이 된 것 같다고 느꼈다. 나쁠 것 없었다. 소소한 생활이 여전히 유유히 계속되었다. 공부를 하면서 만화도 좀 보고, 배드민턴을 치고, 달리기를 하고. 그리고 엄마는 설을 쇨 때 컴퓨터도 사준다고 했다…….

반면 선선은 팽팽하게 당겨진 현이었다. 그녀는 위저우저우가 아니었다.

심지어 위저우저우는 저도 모르게 원먀오의 생활신조에 가까워지고 있었다. 마치 원먀오의 성씨인 '따뜻할 온溫'처럼 따스하고 온화한 나날 말이다.

천안의 '주인공 게임'과 사대 부초에서 있었던 지난 일들은 서로 뒤섞이며 유리병 바깥에 모호하게 흐릿한 그림자를 만들어냈다.

선선은 그때 물리 선생님 앞에 등장한 이후로 다시는 실험실에 나타나지 않았다. 위저우저우가 신나게 수업을 빼먹는 사실에 대해, 원먀오는 내내 "야, 전교 1등을 좀 봐. 공부 더 하겠다고 물리 선생님 공개수업도 안중에 없잖아. 넌 평생 재 뒤에 있어도 싸!"라며 위저우저우를 자극했다.

위저우저우는 의기소침해하면서도 원먀오에게 쏘아대는 걸 잊지 않았다. "넌 참 관심이 많구나? 그럼 넌 어떤데? 네 학습 태도는 나보다 더 별로거든?"

원먀오는 생각해보지도 않고 느릿느릿 대꾸했다. "그치만 위저우저우, 우린 달라."

위저우저우는 별안간 머릿속이 멍해졌다.

들어본 듯한 말이었다.

기억이 세차게 밀려왔지만 결국에는 아무 성과 없이 돌아갔다.

교실로 돌아왔을 때는 마침 주말 과제용 영어, 수학, 물리 시험지와 국어 우수 작문을 나눠주고 있었다. 맨 앞줄부터 뒷줄로 전달하느라 교실 안에는 삽시간에 시끌벅적한 하얀 물결이 일었다. 각 과목 반장들이 강단 앞에 서서 외쳤다. "국어 시험지 없는 사람? 못 받은 사람 없어?"

"나, 나 없어!" 문예위원이 손을 들고 소리치자마자 주변 무리가 웃음을 터뜨렸다.

뒷문으로 들어오던 위저우저우는 신메이샹이 전후좌우에 앉은 남학생과 여학생 대신 시험지를 순서대로 가지런히 정리해 몇 부씩 만드는 걸 봤다. 비록 그 아이들은 시험지를 풀지도 않을 테지만.

압정 하나로 벌어진 유혈 사건. 지난번 신메이샹이 불의를 참지 못하고 나선 데 대해 위저우저우는 지금도 어떻게 갚을 길이 없었다. 그런데 지금 신메이샹이 괴롭힘을 당하고 있는데, 위저우저우는 그녀에게 다가가 시험지를 낚아채 쉬즈창 무리에게 던질 용기가 없었다.

자리로 돌아와서는 마위안번이 자기 대신 시험지를 과목별로 순서대로 가지런히 정리해놓은 걸 봤다.

위저우저우는 살짝 감동했다. 뒤죽박죽으로 섞인 한 무더기의 시험지 앞에서 어쩔 줄 모르는 원먀오를 보니, 마음이 저절로 따스해져 마위안번에게 웃으며 말했다. "고마워!"

마위안번은 늘 헤헤거리는 것이 ADHD(주의력결핍 과잉행동장애)가 있는 아이 같았다. 그러나 위저우저우가 오래전에 발견한 바에 따르면, 상대방이 무슨 표정이든 마위안번의 눈은 언제나 텅 비어 있었고 눈동자의 움직임이 거의 없었으며, 흰자가 지나치게 많고 뭐든 빤히 쳐다봤다. 만약 그의 얼굴 아랫부분을 가리고 눈만 본다면 표정을 결코 추측할 수 없을 것이다.

마위안번은 고맙다는 인사를 듣고도 그녀를 바라보지도 웃지도 않으며 그저 살짝 붉어진 얼굴로 귀찮다는 듯 대꾸했다. "시험지 잘 챙겨. 앞으로 맨날 내 책상 서랍에서 꺼내 가지 말고!"

위저우저우는 쑥스럽다는 듯 코를 문질렀다. 항상 시험지 가져오는 걸 깜빡하는 위저우저우는 수업 시간에 선생님이 시험지 문제를 설명할 때마다 마위안번의 책상 서랍을 뒤지곤 했다. 그의 시험지는 보든 안 보든 늘 서랍 안에 어지럽게 들어가 있어서 어떻게든 필요한 시험지를 찾을 수 있었기 때문이었다.

"참, 방금 물리 선생님이 와서 대회에 나갈 학생 명단을 발표했어. 이따가 2반 애들이랑 같이 실험실에 가서 연습을 한다나 봐."

좋아, 대사를 외워야겠군. 위저우저우는 하는 수 없이 『이누야샤』를 가방 안에 넣었다.

"그리고." 마위안번이 불쑥 말했다. "이번 주말 지나면 바로 대회래. 사대 부중에서 한다는 것 같아."

"어." 위저우저우는 고개를 끄덕였다가 느닷없이 고개를 들었다. "뭐라고?"

6.

벽을 밀어서 벌어진 일

"저우…… 위저우저우, 왜, 긴장돼?"

원먀오는 줄곧 대범하고 태연하던 위저우저우가 오늘 아침 유난히 차분하고, 걸을 때도 땅만 보면서 가는 것이 평소랑은 너무 달라서 저도 모르게 걱정이 되었다. 그래서 불쑥 입 밖으로 나온 말이 아주 친밀하게도 '저우저우'여서 하마터면 혀를 깨물 뻔했다. 그는 얼른 다시 성을 붙여 호칭을 수정했다.

위저우저우는 고개를 들어 끄덕거리더니, 다시 가로저었다.

원먀오에게 어떻게 설명해야 할까? 그녀는 공개수업 때문에 긴장한 게 아니었다.

12월 24일 아침, 하늘은 회색이었다. 위저우저우를 비롯한 학생들은 물리 선생님과 교학 주임 선생님을 따라 버스에서 내려 스산한 찬바람을 맞으며 사대 부중 교정에 들어

섰다. 운동장은 방금 눈을 쓸었는지 유난히 깔끔했다. 마침 1교시 수업 시간이었기 때문에 가는 길에는 다른 학생들을 거의 마주치지 않았다.

위저우저우는 자신이 대체 무슨 생각을 한 건지 알 수 없었다. 사대 부중의 교정이 두려웠다. 너무 두려워서 차를 타고 갈 때도 유난히 말이 없었고 머릿속까지 새하얘질 정도였다. 그런데 막상 텅 빈 교정에 들어서니 또 약간의 허탈감이 들었다.

"야, 뭐가 두렵냐? 내가 있잖아! 네가 대사를 잊어버리면 내가 대신 말해줄게!" 원먀오는 일부러 큰 소리로 말하며 팔꿈치로 위저우저우의 등을 살짝 찍었다. 마치 그렇게 해야 이 웬수를 힘이 나게 할 수 있는 것처럼 말이다.

위저우저우는 미소 지었다. "아, 걱정 마. 난 괜찮아. 그리고…… 앞으로 날 저우저우라고 불러."

원하는 바를 이룬 원먀오는 즉시 얼굴을 돌렸다. "나랑 친한 척하지 마."

위저우저우는 원먀오가 긴장하고 있다는 걸 눈치챘다.

벌써 네 번이나 화장실로 달려간 것이다.

줄곧 무표정하던 선선도 자신의 왼쪽에 앉아 고개를 숙이고 중얼거리고 있었다. 실험 시작 멘트를 다시 점검하느라 분주한 듯했다. 대사를 외우는 압박감이 커질수록 정신을 놓고 머릿속이 하얘지기 쉽다. 선선은 시작 멘트 연습을 벌써 여섯 번째 하고 있었지만, 계속 똑같은 곳에서 막혀 산산이 부서졌다.

지금 마음이 편해진 건 오히려 위저우저우였다. 눈을 들어 앞을 보니, 물리 선생님조차 학생주임과 이야기하며 웃는 표정이 그렇게나 경직되어 보였다. 앞에서 '공연' 중인 선생님과 학생들의 목소리가 마이크를 통해 13중 학생들 머리 위로 쩌렁쩌렁 울려 퍼졌고, 모두 점점 말이 없어졌다. 이런 상황은 위저우저우의 기분을 무척 가라앉게 했다.

너무나도 걱정스러웠다.

초등학교를 졸업한 후로 죽어버린 줄 알았던 학급 명예욕이 이 순간 다시금 뜨겁게 타오르기 시작했다. 위저우저우의 투지는 50여 년 전 중국인들과 마찬가지로 더 이상 물러날 수 없는 위급한 순간에야 비로소 깨어났다.

놀라 까무러칠 만큼 압도적으로 꾸며진 강당에 서야 한다니 다들 긴장을 안 하려야 안 할 수가 없었다.

무대에는 책걸상, 칠판, 교탁, 프로젝터와 스크린이 놓여 있었다. 추첨이 끝난 후 각 학교 대표팀은 순서에 따라 무대에 올랐다. 그리고 심사위원을 비롯해 참가팀 학교 선생님과 학생들은 모두 무대 아래쪽 자리에 앉아서 대회를 참관했다. 새까맣게 앉은 사람들이 무대 위 참가자들을 이글거리는 눈빛으로 뚫어져라 바라봤다. 이렇게 공포스럽고 텅 빈 '교실'에서 진행되는 수업이라니, 마치 법원, 검찰, 경찰에게 둘러싸여 조사를 받는 듯한 느낌이 들었다.

이렇게 음침한 대강당에서 수면 부족과 불안에 휩싸인 아침이라니.

위저우저우 옆에 앉은 원먀오는 화장실에서 돌아와 잠시 멍하니 있다가, 고개를 들어 무대 위에 걸린 빨간 바탕에 하얀 글씨가 쓰여 있는 플래카드를 주시하더니 씨익 웃었다.

아이러니하게도 플래카드에는 이렇게 적혀 있었다. '신나는 새 교육과정'.

"신나기는 개뿔." 원먀오가 이를 갈며 욕을 하자, 위저우저우가 푸흡 웃음을 터뜨렸다.

"정말 긴장하지 마. 내가 하는 말 잘 듣고." 예전에 알던 사람들을 한 명도 마주치지 않아서 완전히 긴장이 풀린 위저우저우는 얼굴에도 웃음이 돌아왔다. 수시로 이리저리 두리번거리는 그 모습은 마치 13중 대표팀에서 유일하게 살아 있는 사람 같았다.

원먀오는 반신반의하며 그녀를 바라봤다. 눈앞의 위저우저우는 엄숙한 표정에 진실한 눈빛으로 말하고 있었다. "원먀오, 이따가 넌 우리 반 애들을 보면서 말하면 돼. 무대 아래 관객들을 그냥 모조리 돼지라고 생각해버려."

의아해진 원먀오가 자기 코를 가리키며 말했다. "그럼 지금 무대 위 사람들한테는 우리가 돼지인 거 아냐?"

위저우저우가 고개를 끄덕였다. "맞아, 저 사람들에게 우리는 멍청한 돼지겠지."

원먀오는 어이가 없었다. "그게 무슨 긴장 해소 방법이야? 자신을 돼지라고 욕하는 게?"

"이 말 기억해놔." 위저우저우는 여전히 웃음기 없이 진지했다. "이따가 무대에 올라가서 우리 둘이 실험 기구를 늘어놓을 때 이 말을 진지하게 세 번 하는 거야. 반드시 소리 내서 말해야 해!"

원먀오는 위저우저우의 대단히 엄숙한 표정에 충격을 받아 더는 왜냐고 묻지 않고 그저 고개만 끄덕였다.

위저우저우는 그의 어깨를 살짝 토닥이곤 고개를 돌려 무대 위에서 잔뜩 굳은 미소와 낯간지러운 말투로 '공연' 중인 딴 학교 국어 선생님을 바라봤다.

위저우저우는 아까 그 말이 누구를 욕하는 게 아니라는 걸 원먀오에게 알려주고 싶었다. 그녀에게 그 말을 알려준 여자아이는 지금 아직도 무대 위에 있을까.

잔옌페이가 무척 그리웠다.

그해에 위저우저우가 이야기 콘테스트에서 일약 유명해지긴 했지만, 처음으로 잔옌페이와 함께 짝을 이뤄 중대 활동 진행자로서 성省 전체 소년선봉대 중대 활동 대회에 참가했을 때는 그녀도 굉장히 긴장했었다. 진행자 멘트는 마치 설 특집방송처럼 아무런 의미 없는 거창한 수식어로 가득했고, 위저우저우는 이야기를 할 때처럼 실력을 마음껏 발휘할 수 없었다. 그녀는 한 문장이라도 잘못 외웠을까 봐 혼자 앉아서 중얼중얼 멘트를 외웠다. 지금의 선선과 원먀오처럼 말이다.

그때 바로 잔옌페이가 그녀의 손을 잡고 말해줬었다. "다 괜찮을 거야. 기억해, 무대 아래에 있는 건 죄다 꿀꿀이야."

고작 1학년이었던 꼬마 제비, 또래에게는 없는 성숙함과 침착함, 새하얗고 귀여운 뺨에 떠오른 옅은 보조개, 보송보송하고 부드러운 손을 가진 꼬마 제비가 위저우저우에게 말했다. "무대 아래에 있는 건 모두 꿀꿀이야." 마지막 단어를 발음하며 입술이 비죽 튀어나온 것이, 정의롭고 늠름한 기세가 살포시 느껴졌다.

이건 잔옌페이가 독창적으로 개발한 긴장을 푸는 비결이었다. 위저우저우는 반신반의하며 여전히 고개를 숙인 채 신경질적으로 멘트를 외웠다.

드디어 무대 앞에 서서 곧 시작할 준비를 할 때, 잔옌페이는 다시금 그녀의 손을 잡고 조용히 말했다. "자, 우리 같이 말하는 거야."

"무슨 말?"

"무대 아래에는 죄다 꿀꿀이라고."

위저우저우는 더듬거리며 사방을 둘러봤다. "지금?"

"얼른!"

두 여자아이는 마이크를 내려놓고, 상대방만 들을 수 있을 정도로 이구동성으로 말했다.

무대 아래에는 죄다 꿀꿀이야!

이런 자극적이고도 황당한 행동에 위저우저우는 순간 웃음을 터뜨렸다. 그제서야 긴장감이 웃음소리와 함께 흩어져 사라졌다는 걸 깨달았다.

"선포합니다. 사대 부속초등학교 1학년 7반은 '선생님을 칭송합니다'라는 주제로 중대 활동을 시작하겠습니다!"

추억 속에서 걸어 나온 위저우저우는 고개를 들어 강당의 아치형 천장에 달린 크리스털 샹들리에를 보며 웃었다. 그녀는 잔엔페이로부터 태연자약한 자태를 배웠다. 그들은 무대 위에서 한 번도 무대 아래를 주시하지 않았다. 뜬구름 잡는 멘트, 화려한 불빛, 그리고 뜨거운 박수, 그런 건 하나같이 중요하지 않았다. 중요한 건, 그들이 무대 위에서 모든 걸 무시했다는 것이다.

무대 아래에 있는 사람들은 다 꿀꿀이다.

위저우저우는 원먀오가 줄곧 옆에서 자신을 주시하는 줄도 모른 채, 완전히 자기만의 세계에 빠져 눈을 살짝 감고 달콤하게 웃었다.

원먀오는 가볍게 한숨을 내쉬었다.

이때 강당에 의례적인 박수 소리가 울려 퍼졌다. 아까 그 국어 선생님이 학급 학생들을 이끌고 퇴장했고, 다음 참가 학급이 무대 오른쪽에서 줄줄이 입장했다.

"다음 참가자는 사대 부중의 고급 영어 교사 메이리원 선생님과 2학년 1반 총 61명 학생입니다."

위저우저우는 눈을 든 순간 자리에 그대로 얼어붙었다.

위저우저우의 학급이 앉은 위치는 무대와 무척 가까운 데다가, 그녀는 시력도 좋아서 학생들의 착석을 지휘하고 선생님을 도와 프로젝터를 조정하는 그 남학생의 하얀 셔츠에 단추가 몇 개나 달렸는지도 똑똑히 볼 수 있었다.

"저우저우, 너 괜찮아?" 원먀오는 처음으로 공명정대하게 성을 떼고 위저우저우의 이름만 부르는 게 왠지 겸연쩍었다.

"내, 내, 내가 뭐?" 고개를 돌려 그를 바라보는 위저우저우의 뻣뻣한 미소는 방금 퇴장한 그 국어 선생님과 비슷했다.

원먀오가 뭐라고 말하려는 순간 강당 안에 신나는 음악이 울려 퍼졌다. 사람들은 다시금 무대 위를 주목하기 시작했다. 무대 위의 사대 부중 2학년 1반 학생들이 모두 일어나 박자에 맞춰 손뼉을 치면서 한목소리로 듣기 좋은 영어 노래를 부르고 있었다. 잔뜩 가라앉았던 대회장 분위기는 단번에 달아올라 무대 아래쪽의 선생님과 학생들도 따라서 손뼉을 쳤다.

"이거 무슨 노래야?" 원먀오가 위저우저우의 귓가에 대고 조그맣게 물었다.

위저우저우는 어깨를 으쓱했다. "제목은 모르겠고 〈사운드 오브 뮤직〉에 나오는 노래라는 건 알아. 어, 그러니까 '도레미파솔라시도'를 노래하는 거야."

그 가사 중 한 구절을 위저우저우는 아주 똑똑히 기억했다. "Far, is long long way to run."

사대 부중의 공개수업 수준은 앞의 학급보다 확실히 뛰어났고, 어두운 대회장은 무대 위의 신나는 분위기로 훨씬 밝아졌다. 그들은 진짜로 매우 편안해 보였다. 선생님이든 학생이든 어색하게 연극하는 느낌이 전혀 없이 아주 당당했는데, 그건 결코 홈그라운드라는 우세 때문이 아니었다.

모두가 아직도 프로젝터를 주로 사용하고 있을 때 그들은 파워포인트로 아주 멋진 학습 지도안을 만들었다. 호주 출신 외국인 강사와 자연스럽게 소통했고, 4인 1조로 곧 다가올 2002년 월드컵을 소개한 학생들의 발표 실력도 굉장히 뛰어났다.

위저우저우는 무대에서 시선을 거두다가 주변의 6반 학생들이 모두 눈을 휘둥그레 뜨고 무대를 주시하는 걸 봤다. 특히, 수업 시간에도 습관적으로 고개를 숙이고 있던 선선마저 지금은 눈을 반짝이며 무대를 보고 있었다. 안경에 흐릿하게 반사된 빛은 약간 공포스럽기도 했다.

그건 불복이자 승복이었고, 동경이자 무시였다.

선선처럼 포부를 가진 여자아이는 진짜 명문 학교 학생들과 겨뤄보고 싶었을 텐데, 이번에 마침내 그들의 실력을 볼 기회가 왔으니 신경 쓰는 것도 당연했다.

그러나 선선의 표정에서는 뭔가 다른 것도 느껴졌다. 심지어 결코 약하지 않은 미움까지 담겨 있었다. 어째서 미움일까?

생각이 너무 많았나. 위저우저우는 고개를 저었다.

하지만 어떻게 생각이 많을 수 있을까? 지금 6반은 처음보다 긴장과 압박감이 열 배는 더 늘어나 있었다. 이 상태로 무대에 올랐다가는 공개수업을 무사히 마치는 게 더 이상할 정도였다.

국가와 백성을 걱정하던 위저우저우는 다행히 원먀오가 팔꿈치로 꾹 찌른 덕분에 현실로 돌아와 고개를 들었다. 무대 조명은 어느새 어두워졌고 두 줄기 스포트라이트가 중앙의 두 사람을 비추고 있었다.

역시 홈그라운드라서 그런지 조명도 대대적으로 활용했다.

무대 중앙의 여자아이는 연청색 제복을 입고 구불구불한 머리카락을 늘어뜨린 채 환하게 웃고 있었다. 위저우저우는 그 모습을 보고 퍼뜩 떠오르는 게 있었다.

그리고 위저우저우 방향을 등지고 서 있는 남자아이는 하얀 망토와 하얀 중절모를 쓰고 있었다. 위저우저우는 부드러운 배경음악 속에서 마주 보고 있는 두 사람을 보며 원먀오에게 물었다. "코스프레야?"

"뭐가?"

"그러니까…… 저거 '괴도 키드' 아니냐고?"

원먀오가 그녀를 흘겨봤다. "가서 똥이나 먹어! 쟤네들 지금 『로미오와 줄리엣』 연기 중이잖아. 미니 연극 중이라고!"

위저우저우는 한숨을 쉬었다. 사랑에 미친 로미오가 왜 저런 의적 로빈 후드 같은 옷을 입었을까.

그러나 남자아이가 입을 열었을 때 위저우저우는 더는 뒤에서 비방할 수 없었다. 표준 영국식 발음의 그 익숙한 목소리. 위저우저우는 그 녀석의 진지한 말소리가 그다지 익숙하지 않았다. 기억 속 이 목소리의 주인은 잔뜩 약이 올랐거나 득의양양했고, 어색해하면서도 진실했으며, 친절했고 아름다웠다.

그러나 부인할 수 없었다. 이 녀석은 늘 이렇게 무대 위에 서서 모두를 호령했고, 눈부시게 빛나는 능력을 지니고 있었다. 그와 함께 서서 처음으로 교과서 본문을 읽었을 때, 그녀는 그 점을 특히나 분명히 알 수 있었다.

그가 진지해지기만 하면 말이다.

로미오와 줄리엣의 대사는 알아듣는 사람이 거의 없었다. 원먀오가 연극에 푹 빠져 있을 때, 위저우저우가 옆에서 툭 한마디 했다. "셰익스피어도 참 말이 많네."

스포트라이트가 꺼지고 무대가 다시금 밝아지자 강당 안에 박수 소리가 터져 나왔다. 괴도 키드가 줄리엣의 손을 잡고 중절모를 벗어 장난스럽게 관객들을 향해 허리 숙여 인사했다. 원먀오는 감탄과 부러움이 섞인 미소를 지으며 곁눈질로는 무거워진 표정으로 어딘가에 시선을 고정한 위저우저우를 흘끔거렸다.

이제껏 위저우저우의 눈에서 그런 불꽃이 이글거리는 걸 그는 한 번도 본 적이 없었다.

사대 부중의 공개수업이 끝나자 강당 안은 처음으로 작은 절정을 맞이했다. 2학년 1반 학생들은 싱글벙글하며 허리 숙여 인사하고 퇴장했다. 그 뒤를 이어 무대에 오른 학급은 잔뜩 풀이 죽어 실수를 연발했고 그럭저럭 평범하게 마무리했다.

그리고 두 학급의 순서가 끝나면 위저우저우네 차례였다. 모두들 두 시간 가까이 차례를 기다리며 잔뜩 긴장했고 사기도 바닥으로 떨어졌다. 원먀오는 갈수록 더 긴장했다. 자신이 아까 그 로미오를 살짝 질투하고 있다는 걸 위저우저우에게 알리고 싶지 않았다. 평생 처음으로 열등감과 쪽팔림을 느꼈다. 아직 무대 위에 올라가지도 않았는데 말이다.

상관없어. 원먀오는 속으로 되뇌었다. 그는 이제껏 모든 일은 그저 적당히 하면 된다고 자신에게 말해왔다.

정말 괜찮을까? 그냥 이 정도로만?

선선은 얼음처럼 차가운 눈빛으로 바닥을 주시하며 중얼중얼 대사를 외웠지만, 또 똑같은 곳에서 걸리고 말았다. 어둡고 서늘한 강당 안인데도 이마에서는 미세한 땀방울이 솟았다.

꿈에서 깨어난 위저우저우가 별안간 벌떡 일어났다.

선선과 원먀오 모두 깜짝 놀랐다. 위저우저우가 그들을 보며 살짝 인상을 찌푸리는 것이, 마치 형장으로 데려갈 것 같은 분위기였다.

"저우저우……."

"가자, 나랑 같이 화장실 가자."

"뭐라고?" 선선은 처음으로 위저우저우에게 "비켜줘"가 아닌 다른 말을 했다.

"내 말은." 위저우저우가 반박을 용납하지 않는 위엄 있는 표정으로 아까 한 말을 되풀이했다. "너희 둘, 나랑 화장실 가자고!"

원먀오는 남자 화장실에서 나와 여자 화장실 입구 쪽 벽에 기대어 기다렸다. 여학생에게 이끌려 같이 화장실에 온 건 난생처음 있는 일이었다. 다행히 같은 화장실로 끌려가진 않았지만.

'위저우저우는 미쳤어.' 그는 속으로 심술궂게 툴툴거렸다.

화장실에서 나온 위저우저우가 그들 두 사람의 소매를 잡고 말했다. "일단, 가지 마."

"대체 뭘 하려는 거야?" 선선의 표정에 살짝 짜증이 떠올랐다. 원래라면 옆에서 "와아아, 1등이랑 2등이 싸운다!"라고 법석을 떨었어야 하는 원먀오는 그 두 사람을 주시할 힘조차 없었다.

"너희 둘 되게 긴장했지?"

"아닌데." 선선이 고개를 돌렸다. "긴장할 거 뭐 있어."

그러나 원먀오는 지극히 솔직하게 고개를 끄덕였다. "긴장돼. 이따가 손이 미끄러져서 유리병을 깰까 봐 걱정이야."

위저우저우는 그들의 소매를 꽉 쥐고 놓지 않았다. "그러니까 자, 우리 같이 벽을 밀자."

"뭐야? 할 일이 그렇게도 없어? 내가 보기에 넌 긴장은 안 했어도 정신이 이상해진 것 같아!" 원먀오는 그녀의 손을 뿌리치고 씩씩거리며 대회장 쪽으로 걸어가려고 했다.

"난 진심이라구." 위저우저우는 짜증 내지 않고 침착하게 설명했다. "예전에 책에서 본 적 있어. 활 쏘는 자세로 서서 두 손으로 벽을 힘껏 밀면 아랫배의 근육이 수축돼서 긴장을 효과적으로 억제할 수 있대. 진짜야!"

위저우저우는 간절한 표정으로 원먀오를 바라보며 선선이 있는 방향으로 눈짓을 해 보였다. 선선이 맡은 '각기 다른 재질의 액체 속에서 빛의 굴절률 연구' 실험은 그들의 공개 수업의 첫 번째 실험이었고, 원먀오는 그 첫 시작을 성공하느냐 망치느냐가 전체 분위기에 영향을 미칠 거라는 걸 잘 알았다.

그래서 위저우저우의 이 미친 행동이 조금은 이해가 되었다. 이제껏 쑥스러워서 선선에게 말도 못 붙이던 위저우저우가 이번에 대담하게 나서다니, 혹시 사대 부중의 활약에 자극을 받아서일까.

"그래⋯⋯." 원먀오가 고개를 끄덕이며 선선을 보고 웃었다. "우리 애 체면 좀 세워주자. 긴장은 되는데 혼자 벽을 밀기 쑥스러우니까 우리까지 끌고 온 거잖아⋯⋯. 어차피 여긴 아무도 없으니까, 그냥⋯⋯ 한번 밀어볼까⋯⋯."

젠장맞게 바보 같네. 원먀오는 말을 마치자마자 고개를

돌려 위저우저우의 감격한 눈빛을 거들떠보지도 않았다.

그리하여 세 사람은 수상쩍게 사방을 두리번거리다가 복
도에 아무도 없는 걸 확인한 후, 위저우저우를 가운데 두고
양쪽에 서서 두 손을 앞으로 나란히 들고 새하얀 벽 앞으로
걸어갔다.

"반드시 온몸의 힘을 다 실어야 해. 이 벽을 진짜로 무너
뜨릴 것처럼 말야. 잊지 마. 있는 힘껏 밀어야 한다고!"

위저우저우는 가장 먼저 벽으로 달려가 밀기 시작했다.
원먀오는 입을 쩍 벌렸다. 그는 선선의 놀란 눈빛에서 한 단
어를 봤다.

멍청이.

그러나 위저우저우는 주변을 전혀 신경 쓰지 않은 채 온
정신을 벽을 미는 데 몰두했다. 힘을 주느라 얼굴이 일그러
지고 두 뺨이 빨개진 모습이 그들의 마음을 움직였다. 원먀
오가 웃으며 위저우저우 곁으로 달려가 런지 자세로 고개를
숙여 있는 힘껏 벽을 밀었다. 무심코 옆을 보니 선선도 묵묵
히 벽을 밀고 있었다. 침착한 얼굴은 위저우저우처럼 험상
궂게 일그러지진 않았지만, 태양혈 근처에 불끈불끈 솟아오
르는 핏줄이 그녀가 진짜로 무척이나 힘을 주고 있다는 걸
보여주고 있었다.

"아이고, 안 되겠어, 안 되겠어." 위저우저우가 가장 먼저
뒤로 빠지며 이마에 맺힌 땀을 닦았다.

그러고는 눈앞의 두 사람이 여전히 계속해서 벽을 미는 걸 흐뭇하게 바라봤다. 그들은 마치 아까의 그 긴장감과 열등감을 모조리 벽 안쪽으로 밀어 넣으려는 것 같았다.

마침내 미는 걸 끝낸 선선이 거친 숨을 몰아쉬며 위저우저우에게 웃어 보였다. 아주 짧은 순간이었지만 무척이나 다정한 미소였다.

한편, 원먀오는 진짜로 다시 태어난 것 같은 가뿐함을 느꼈다. 가슴을 짓누르던 우울한 기분이 싹 사라져 입을 벌려 함박웃음을 지었다.

"야, 저우저우." 원먀오도 갈수록 그 호칭이 입에 붙었다. "정말 효과가 있구나. 넌 어디서 이런 이상한 방법을 배워 온 거냐……."

원먀오가 우뚝 멈춰 섰다. 그들 세 사람 뒤에는 하얀 중절모를 안고 망토를 든 잘생긴 소년이 서 있었다. 빳빳한 하얀 셔츠, 시원스러운 이목구비, 그리고…… 싸늘한 표정.

아까 그 로미오였다.

"너네 거기서 뭐 해?"

선선이 곧장 고개를 숙였다. 부끄러워서인지 다른 이유 때문인지는 알 수 없었다. 원먀오는 위저우저우가 마치 수박 서리를 하다가 현장에서 걸린 표정으로 심지어 좀 과하게 당황하며 입을 쩍 벌리는 걸 봤다.

"우린……."

원먀오가 해명하려고 입을 열었다. 어쨌거나 남의 학교에서 소란을 피운 것이라 무슨 말을 해도 이유가 달렸다.

그러나 소년은 그저 위저우저우만 바라봤다. 마치 그와 선선은 아예 존재하지도 않는 것처럼.

게다가 그 눈빛은 굉장히 흉악하고 음침했다.

쳇, 자기네 학교 벽 좀 밀었다고 이렇게 험악하게 나오시 겠다? 가서 방귀나 뿡뿡 뀌시지! 원먀오가 위저우저우의 앞을 막고 서서 쏘아붙이려는데, 소년이 고개를 숙이더니 약간 쓸쓸한 목소리로 말했다.

"위저우저우, 너한테 묻는 거야. 벽은 왜 민 건데?"

조용한 복도는 기나긴 시간의 터널처럼, 끝에 딱 하나 나 있는 창문을 통해 희미한 회백색 빛이 투과해 들어왔다. 소년은 역광으로 서 있어서 아무도 그의 표정을 또렷하게 볼 수 없었다.

원래 아는 사이였구나. 원먀오는 문득 자신이 이 복도 벽처럼 희끄무레하게 옅어진 것 같았다. 약간의 서늘함이 감도는 침묵의 공기가 네 사람을 부드럽게 감쌌다.

그 공기를 깬 건 원먀오의 뒤쪽에서 걸어 나온 위저우저우였다.

위저우저우는 알랑거리면서 지극히 진실하지 않은 표정으로 왼손을 뻗어 마치 커다란 강아지를 쓰다듬듯이 조심스럽게 벽을 어루만졌다.

"우린 그냥 지나가는 김에 좋은 일을 하고 있었어……."

소년의 얼굴에 비웃음이 걸렸다. 마치 "이 거짓말쟁이, 어디 한번 계속 지어내 봐!"라고 말하는 것 같았다.

"그래? 대체 무슨 좋은 일이길래 세 사람이 같이 벽을 밀어야 했던 거야?" 소년이 눈썹을 치켜올리며 웃었다.

위저우저우는 침착하게 웃으며 대뜸 벽을 가리켰다.

"너네 학교 벽이 좀 기울어진 것 같아서."

7.

원수는 외나무다리에서 만난다

"위저우저우, 그냥 나가 죽지 그래……." 원먀오의 목소리는 모기처럼 작았다. 이를 악물고 있어서인지는 알 수 없었다.

"난 왜 벽이 기울었다는 것도 몰랐지?!" 린양은 마침내 로미오의 그 슬픈 얼굴을 집어던졌고 목소리도 더는 우아하지 않았다. 위저우저우는 홀연히 마음이 편안해졌다.

이게 바로 그녀가 아는 그 린양이었다.

"왜냐하면……." 위저우저우는 고개를 갸웃하며 똑바로 선 하얀 벽을 바라봤다. "왜냐하면 방금 우리가 벽을 제대로 다시 세웠으니까……."

그 순간 위저우저우는 린양이 달려들어 자신을 물어뜯을 것 같은 느낌이 들었다.

위저우저우는 매번 린양을 볼 때마다 마음이 복잡하고 당황스러워서, 입 밖으로 나오는 말과 하는 행동들은 죄다 정상 궤도를 벗어나 버렸다. 어쩌면 그녀가 일부러, 일부러 화젯거리를 최대한 먼 쪽으로 이끄는 것일 수도 있다. 그래야 그들 사이에 놓인 태산 같은 근심거리를 피할 수 있는 것처럼 말이다.

예전에도 매번 그랬듯이 도시락, 생리대, 축복의 말이 한 문장 빠진 동창 노트, 그리고 각종 기이한 우연이 시간의 틈을 메우고 맨 처음 만났을 때처럼 서로를 함께 붙여놓았다.

위저우저우는 원먀오의 경멸하는 눈빛도 선선의 경악하는 표정도 보지 못했다. 그녀는 여전히 아무렇지도 않게 웃으면서 눈으로는 살짝 긴장한 채 눈앞의 린양을 바라봤다.

린양은 웃지 않았다. 기나긴 침묵 속에서 그는 마치 상처 입은 작은 짐승처럼 잔뜩 곤두선 털과 튀어나온 발톱을 조금씩 거두며, 눈을 가늘게 뜨고 조금은 매서운 기색으로 태연하게 위저우저우와 대치했다.

위저우저우가 아는 그 잔뜩 약이 오른 린양의 모습은 몇 초 후 기울어진 벽 속으로 잠겨 사라졌다.

"넌 이러는 게 재밌어?" 린양은 웃었지만 그 웃음은 조금도 환하거나 따스하지 않았다.

위저우저우는 눈썹을 치켜올렸다. 가슴이 꽉 막힌 듯 답답했지만 반박하지 않았다.

"몇 살인데 아직도 그런 핑계를 대? 네가 아직 초등학생인 줄 알아? 인사도 없이 그렇게 감쪽같이 사라져서는, 지금은 또 어느 구석에서 튀어나와서 그깟 잔머리로 사람을 속이고 괴롭히는 건데?"

린양이 팔짱을 끼고 벽에 기대어 서서 한 마디 한 마디 차분하게 말했다. 심지어 좀 가소롭다는 미소까지 띠고 있었지만, 미세하게 떨리는 말끝이 그의 진짜 기분을 조금 드러내주었다.

원먀오는 어안이 벙벙했다. 3분 전만 해도 여왕처럼 상황을 진두지휘하던 위저우저우가 지금은 얼굴이 빨개진 채 고개를 숙이고 있었다. 표정은 보이지 않았고, 그저 높이 묶은 말총머리가 흔들리는 것이 마치 결코 패배를 인정하지 않는 까치처럼 보였다.

그는 로미오와 위저우저우가 서로 아는 사이라는 걸 알고 눈치껏 침묵하고 있었지만, 지금은 더는 참을 수가 없었다.

"우리가 너네 학교 벽을 밀어서 무너뜨린 것도 아닌데, 벽을 밀든 말든 네가 뭔 상관이야? 아이씨, 우리가 밀겠다는데 왜 괜한 참견이냐고? 중절모 쓰니까 주제 파악도 안 되냐? 오늘 너 딱 보자마자 눈에 거슬렸어, 이 자식아……."

"원먀오!"

위저우저우가 원먀오를 붙잡았다. 차갑고 땀으로 축축해진 손가락이 소매를 걷어붙인 원먀오의 팔뚝에 닿았다. 원먀오는 움찔했고, 절반 정도 분출했던 화도 순식간에 사그라들었다.

"그만해. 가자." 위저우저우가 원먀오를 보며 고개를 젓더니 눈을 내리깔고 린양을 지나 대회장 쪽으로 걸어갔다. 두 사람이 스치는 순간, 린양이 위저우저우의 손목을 거칠게 잡았다.

"내 말 아직 안 끝났어. 네 맘대로 갈 수 있을 거 같아?" 린양의 얼굴은 살짝 붉게 달아올랐고, 눈은 무서울 정도로 밝게 빛났다.

옆에 있는 원먀오가 인상을 찌푸리며 달려들려 하자, 그는 담담하게 손을 내저었다. "이봐, 진정해. 이건 우리 사이의 일이지 너랑은 관계없어."

원먀오가 내디딘 발은 바닥에 닿기도 전에 그대로 허공에 멈춰버렸다. 얼굴에 떠오른 표정도 까칠함 반, 민망함 반이었다.

린양은 키가 위저우저우보다 머리 하나 정도 컸기에 위저우저우도 더는 발버둥 치지 않고 그저 고개를 들어 이제 갓 푸릇푸릇하게 자라난 소년을 잔잔히 바라봤다. 아주 많이 변해 있었다. 낯설게 느껴지는 건 그녀가 올려다봐야만 하는 키만이 아니었다.

그러나 한참이 지나도록 린양은 아무 말도 하지 않았고 아무것도 묻지 않았다.

왜 사대 부중에 오지 않았어? 왜 나한테 연락하지 않았어? 넌 대체 어디로 갔던 거야?

위팅팅에게 전화를 걸었다면 그녀를 찾을 수 있었겠지

만…… 그는 그러지 않았다. 자신도 왜 그랬는지 알 수 없었다.

위저우저우가 사라진 건 마치 꿈같았고, 애초부터 그녀의 존재야말로 꿈같기도 했다.

그런데 아무 예고도 없이 위저우저우가 나타났다. 링상첸이 화장을 지우고 옷을 갈아입는 게 오래 걸려서 기다리기 지루해진 그는 혼자 미술 선생님 사무실에 도구와 옷을 반납하러 가다가 이 기상천외한 광경을 보게 된 것이다. …… 대체 벽을 왜 미는 거지? 정신병 환자가 탈옥이라도 하려는 건가?

다음 순간, 가운데 있던 여자아이가 뒤로 물러서서는 땀도 나지 않은 이마를 과장되게 닦더니 생글거리며 말했다. "아이고, 안 되겠어, 안 되겠어. 힘들어 죽겠네. 너희 둘은 계속 힘내!"

아주 익숙한 목소리였지만 아주 낯선 낭랑함이 섞여 있었다. 웃고 있는 옆모습도 그렇게나 낯이 익었다. 초승달처럼 구부러진 눈은 처음 봤을 때와 똑같았지만, 린양은 위저우저우가 이렇게 별생각 없는 아이처럼 웃는 걸 본 적이 없었다. 심지어 약간 정신 나간 것처럼 보이기까지 했다.

그렇게나 자연스럽고 즐거운 모습이었다.

열다섯 살도 되지 않은 린양은 처음으로 가슴속에서 뭔가가 끓어오르는 걸 느꼈다. 한데 뒤섞여서 어지럽게 엮인 채로, 시간이 촉박해서 그 매듭을 세세히 풀 시간이 없어서 하는 수 없이 가장 눈에 띄는 실 하나만 분별할 수 있었다.

새빨간 색의, 분노.

"넌 아직도 내가 네 헛소리를 허허 웃으며 들어줄 것 같아? 네가 날 괴롭히도록 그냥 둘 것 같냐고!" 린양의 목소리는 차분했지만 손에 힘을 주체하지 못했다. 위저우저우는 손목이 꽉 죄어들어 눈살을 찌푸렸지만 아무 소리도 하지 않았다.

한참 후, 그녀가 고개를 들었다.

"네가 날 봐주고 있다는 거 알아."

살짝 의아해진 린양이 입을 쩍 벌리며 손에도 힘을 풀었다.

"걱정 마. 다신 널 괴롭히지 않을 테니까."

위저우저우가 그의 손을 뿌리쳤다. 린양의 당황한 표정이 눈앞에 스쳐 지나갔고, 그녀는 뒤도 돌아보지 않고 대회장 입구로 성큼성큼 걸어갔다.

"있잖아, 너 정말 괜찮아?"

위저우저우가 고개를 끄덕였다. "괜찮아."

그녀는 원먀오가 아무것도 묻지 않는 것이 무척이나 고마웠다. 로미오가 대체 누구냐는 걸 포함해서 말이다.

위저우저우가 자리로 돌아온 지 5분쯤 지난 후에야 원먀오와 선선이 돌아왔다. 선선의 표정은 무척 음침했고, 원먀오는 뭔가 생각에 잠긴 듯한 모습이었다.

위저우저우는 살짝 마음이 무거워져 멋쩍게 웃었다. "미안해, 내가 너무 멋대로 굴어서 방금 너희도 참 난처했을 거야. 지금 보니까 효과가 하나도 없네. 역효과만 난 거 같아."

원먀오는 전혀 그렇지 않다는 듯 손을 내저었다. "난 이제 긴장 안 해, 진짜야." 그러더니 별안간 목소리를 낮췄다. "그리고 선선이 지금 저러는 건 네 탓이 아냐. 방금 다른 사람이랑 싸웠거든."

"선선이? 싸워?" 그 두 단어는 아무리 해도 하나로 연결되지 않았다.

"응." 원먀오가 고개를 끄덕였다. "어떤 남학생이랑. 네가 가자마자 어떤 남학생이랑 여학생이 그 로미오를 찾아왔거든. 그런데…… 걔네들이 뭔 말을 그렇게 짜증 나게 하는지, 나도 선선 대신 몇 마디 하긴 했는데, 결국엔……." 원먀오는 말을 멈추고 어깨를 으쓱했다.

그는 오지랖쟁이들처럼 말다툼한 내용을 위저우저우에게 전해주고 싶지 않았다. 어쨌거나 만약 자신이 그 자존심이 변태적으로 강한 선선이라면, 그 악랄하게 헐뜯는 말이 남에게 전해지는 걸 절대로 듣고 싶지 않을 테니 말이다.

"나중엔 그래도 네가 아는 그 로미오가 우리를 뜯어말렸어. 걘 그래도 이치가 통하는 사람이더라고. 진짜로. 네가 가고 나서 걘 혼이 빠진 것 같았다니까." 원먀오는 말을 마치고 위저우저우의 표정을 조심스럽게 관찰했지만 아무것도 발견해내지 못했다.

위저우저우는 얼른 화제를 돌렸다. "선선의 기분에는 딱히 문제없지?"

원먀오는 다시 어깨를 으쓱하며 선선이 있는 쪽으로 턱짓을 했다.

선선은 입을 꾹 다물고 더는 아까처럼 입이 닳도록 대사를 암기하지 않았다. 위저우저우는 어떻게 위로를 해야 할지 몰라 아예 왼손을 뻗어 선선의 오른손을 덮었다. 손가락이 아주 차가웠지만 최소한 손바닥은 뜨거웠다. 뜨거운 손바닥이 차가운 손등 위에 닿자 선선을 혼란스러운 표정 속에서 성공적으로 소환해낼 수 있었다.

선선은 위저우저우의 말을 기다리는 듯 빤히 바라봤지만, 위저우저우는 아무 말도 하지 않았다.

얼마나 시간이 흘렀을까. 선선이 느닷없이 뚱딴지같은 말을 던졌다.

"넌 전화고에 가고 싶어?"

위저우저우는 멈칫했다가 결연하게 고개를 끄덕였다.

조금도 망설이지 않았다.

이런 질문을 받아보지 않은 건 아니었다. 시험 성적이 나오면 아이들이 아첨하면서 하는 말은 늘 '전화고의 새싹' 어쩌고 하는 거였다. 위저우저우는 늘 겸손하게 웃으며 신경 쓰지 않는 척하며 말했다. "난 전화고 시험 볼 생각 전혀 없어. 사대 부고만이라도 들어갈 수 있으면 좋겠는데……."

어쨌거나 13중 역대 졸업생들 중 전화고에 합격한 학생은 조상 묘에 큰불이 나는 것처럼 흔치 않아서 한두 명 있을까말까 했으니 말이다.

그러나 오직 선선에게만 솔직하게 대답했다. 위저우저우는 그들이 대등하다고, 어깨를 나란히 하고 달릴 수 있는 사람이라고 믿었고, 상대방의 목표가 너무 멀다며 비웃지 않았다.

"난 전화고에 가고 싶어. 너랑 똑같이."

선선은 손을 돌려 위저우저우의 손을 잡고 정중하게 고개를 끄덕였고, 저 멀리 어느 지점으로 시선을 던졌다.

"난 기필코 전화고에 합격해야 해."

위저우저우는 감동했다. 선선과 다퉜다는 애는 대체 무슨 말을 했길래, '기필코'라는 심각한 표현을 쓰게 된 걸까?

생각할 시간이 없었다. 선생님이 옆에서 모두에게 한 줄씩 일어나서 무대 뒤쪽에 줄을 서라고 지시하고 있었다. 이제 무대 위로 올라갈 준비를 해야 했다.

위저우저우는 그저 선선의 손을 꽉 쥔 채 묵묵히 일어날 수밖에 없었다.

살기.

위저우저우와 임시 짝꿍 원먀오는 눈을 마주치곤 서로의 눈에 담긴 걱정스러움을 봤다. 무대 위 선선은 온몸에서 평소보다 열 배는 차가운 살기를 내뿜고 있었다. 다른 학생들은 그저 좀 이상하다고 느끼며 선선이 긴장해서 그러는 줄 알았지만, 오직 그 두 사람만이 선선의 진짜 기분을 분명히 판단할 수 있었다.

미세하게 떨리는 목소리와 지나치게 빠른 말.

실험이 끝나고, 선생님이 미리 관객 역으로 지정한 위저우저우가 손을 들고 질문했다. "이 실험에서 광원은 왜 손전등이 아닌 레이저 봉을 사용한 건가요?"

"왜냐하면……." 선선의 실험 파트너는 뚱뚱한 남학생이었는데, 제대로 대답하기도 전에 선선이 그의 모기만 한 목소리를 덮어버렸다.

"레이저 봉에서 나오는 레이저 광선은 비교적 집중되어 있어서 유리병에 비추면 하나의 붉은 점만 남아서 데이터를 기록하기 쉽습니다. 또한 레이저의 붉은 빛은 손전등 불빛과 비교했을 때 투과성이 더 강합니다. 그래서 우리가 식용유 같은 투명도가 떨어지는 액체로 실험을 할 때도 점의 위치를 또렷하게 기록할 수 있습니다."

속사포처럼 쏟아지는 대답은 놀랄 만큼 유창하고 빨랐다.

"가…… 감사합니다. 이해했어요." 위저우저우는 어색하게 웃으며 자리에 앉았고, 선선은 이미 손을 들어 질문하는 다른 학생의 이름을 불렀다.

"쟤 폭탄이라도 삼킨 거야?" 원먀오가 조그맣게 물었다.

위저우저우는 잠시 생각하다가 쓸쓸하게 웃었다. "아마도 지금 관중석에 어떤 도화선이 앉아 있나 보지."

원먀오는 이해가 잘 가지 않아 그저 웃을 뿐이었다. "야, 너넨 그러면 피곤하지도 않냐?"

우리? 위저우저우는 의아했다. 나와 선선이, 많이 닮았나?

두 번째 실험은 위저우저우와 원먀오의 차례였다. 그들이 앞으로 나갈 때, 선선은 실험 기구를 정리하는 중이었다. 위저우저우는 "힘내"라는 환청과도 같은 아주 조그만 소리를 들었다.

원먀오는 웃음이 나오지 않았다. 진짜로 무대 위에 서서 무대 아래의 새까맣게 앉아 있는 사람들을 보는 느낌은, 책상 앞에 앉아 있을 때와는 완전히 달랐다.

"시작하자." 그는 깊이 숨을 들이마셨다. 살면서 이런 경험은 처음이었고, 지금껏 무대에 서볼 기회가 없었기에 원먀오는 진짜로 약간 떨렸다.

"급할 거 없어." 위저우저우가 웃었다. "우리 아직 안 한 말이 있다구."

"무슨 말을 해? 다들 우릴 기다리고 있잖아!" 원먀오는 놀라서 안색까지 변했다.

"돼지." 위저우저우는 차분하고 느긋하게 말했다. "어차피 시작 멘트는 내가 하잖아. 네가 말하지 않으면 나도 시작 안 해."

다급해진 원먀오는 2초간 멍하니 있다가 무대 아래에 빼곡히 들어찬 인파를 어쩔 수 없다는 듯 뻣뻣하게 바라보며 조그맣게 말했다. "무대 아래는…… 죄다 돼지들이야."

"무대 아래는 다 돼지들이야."

"무대 아래는 다 돼지들이야."

별안간 예고도 없이 웃음이 터져 나오며 굳었던 얼굴이

풀렸다. 중요한 건 전략적으로 관객을 깔보는 게 아니라, 이렇게 모두가 주목하는 상황에서 이런 말을 하는 거였다. 두렵고도 짜릿한 느낌, 정확히 말하자면 두려움을 미리 체험하고 나면 뒤쪽의 실험은 식은 죽 먹기가 되는 이치였다.

고개를 돌리자 옆에 있는 파트너 위저우저우가 꽃처럼 환하게 웃고 있었다. 눈에 격려와 칭찬이 가득 담겨 있었다.

원먀오는 마음속으로 흘러드는 따스한 기운을 느끼면서 동시에 깊은 실의에 빠졌다.

옆에 있는 이 녀석은 대회장 분위기를 손쉽게 따스하게 바꿔놓았고, 무대에서 말을 할 때도 평소처럼 자연스럽고 유창하며 친절하고 거침없었다. 간혹 짧은 농담으로 무대 아래에 웃음소리를 불러일으키기도 했다. 원먀오는 불현듯 이렇게 눈부신 위저우저우가 6반이나 13반 사람들과 전혀 다른 나라에 속한 것만 같았다.

그래서 조만간 날아가 버릴 것 같았다.

"지구는 둥글잖아요. 그런데 지평선으로 왜 사각 상자를 쓴 건가요?"

위저우저우는 속으로 움찔했다. 애초부터 계획에 없던 질문이라 그녀도 잘 알지 못했던 것이다. 딴생각에 빠져 있는 원먀오를 팔꿈치로 쿡 찔렀지만 반응이 없자, 그녀는 난처한 웃음을 지으며 말했다. "아주 재미있는 질문이네요. 하지만 설명하기 어렵진 않아요. 제 조수가 그 질문에 대한 답을 드릴 거예요!"

그제야 정신이 퍼뜩 난 원먀오가 어리둥절하게 물었다. "뭐야, 내가 언제부터 네 조수가 된 건데?"

관중석에서 웃음이 터져 나왔다. 이런 웃긴 상황은 결코 계획에 없던 거였다. 물리 선생님과 학생들은 그저 바보같이 멍하니 상황을 바라봤고, 그 어려운 질문을 한 학생도 무척 부끄럽다는 듯 자리에 앉아 선생님에게 혼날 준비를 했다.

원먀오의 얼굴이 확 달아올랐다. 모두의 웃음소리 속에서 그는 막막한 표정으로 위저우저우를 마주 봤다.

그런데 위저우저우가 푸흡 웃음을 터뜨리는 게 아닌가.

그녀는 책상을 두드리며 큰 소리로 말했다. "웃지 마세요, 조용!"

웃음소리가 차츰 잦아들며 모두는 눈을 크게 뜨고 그녀가 대체 뭘 하려는지 지켜봤다.

"과학 연구자로서 우리는 두 가지를 마음속 깊이 기억해야 합니다."

원먀오는 속으로 울부짖었다. 위저우저우가 또 헛소리를 시작하는구나.

"첫째, 우리는 공명과 이익만을 추구해서는 안 됩니다. 누가 조장이고 누가 조수인지가 관심의 초점이 될 수는 없어요. 가장 중요한 건 과학 정신이에요. 절대로 잊지 마세요. 진실은 언제나 하나! 조장이든 조수든 모두 진실에 책임을 져야 합니다."

말을 마치고는 원먀오에게 시위하듯 웃어 보였다.

흥! 원먀오는 마음속으로 위저우저우를 뻥 하고 걷어찼다.

"둘째, 모든 실험이 처음부터 완벽한 건 아니에요. 문제점과 부족한 점을 맞닥뜨렸을 때는 즉시 멈추고 겸허하게 의견을 수용해서 목적과 반대로 진행되는 걸 막아야 합니다. 그러므로 포용성이 매우 중요하지요. 아까 학우께서 하신 질문에 대해 솔직히 저희 둘은 잘 모르겠습니다. 실험이 끝나면 꼭 진지하게 연구해서 답을 찾아내겠습니다. 물론 지금 이 자리에 답을 아는 학우가 있다면 모두의 궁금증을 해소해주시면 좋겠습니다."

"제가 알아요. 답은 아주 간단합니다."

위저우저우의 말이 끝나자마자 무대 밑에서 누군가 호응하는 소리가 들렸다. 마치 사전에 미리 짠 것처럼 아주 자연스럽고 완벽한 시간차였다. 원먀오가 관중석을 보니 맨 앞줄 가장자리에 서 있는 그 남학생은 뜻밖에도 로미오였다.

"지구가 구체에 가까운 건 사실이지만, 우리는 위성에 서서 멀리 바라보는 게 아닙니다. 지구는 표면적이 매우 넓어서 지구 위에 서 있는 사람은 상대적으로 너무나도 작습니다. 게다가 시야도 정면 앞쪽 범위에 제한되어 있어 지구의 아주 작은 한 부분의 면적만 볼 수 있죠. 즉, 사람은 지표면 전체를 볼 수 없는데 어떻게 지구의 곡률을 알 수 있을까요? 만약 우리가 원을 정n각형이라고 가정하고 아주 작은 한 구간을 잘라낸다면, 그 구간은 직선 구간으로 보일 겁니다. 똑같은 이치로, 지구에서 아주 작은 평면을 잘라낸다면 그 평면에는 곡률이 없겠죠. 그래서 실험에서 사각 상자로 지평선을 대체하는 데는 아무 문제가 없습니다."

남학생은 말을 마치고 웃음을 거두어 진지한 눈빛으로 위저우저우를 바라봤다.

위저우저우는 가볍게 대꾸했다. "정말 훌륭한 대답이었어요. 대단히 감사합니다."

로미오는 여전히 집요하게 시선을 떼지 않다가 마지막에 조그맣게 말했다. "미안."

아무도 이 뜬금없는 사과를 신경 쓰지 않았지만, 원먀오는 위저우저우가 살짝 움찔하는 걸 느낄 수 있었다.

위저우저우는 몸을 돌려 환하게 웃으며 다시 실험으로 화제를 돌려서는, 이제야 알겠다는 표정을 짓는 모두 앞에서 당당하게 마무리 요약을 했다. 그녀의 위기 대처 능력과 무대 아래 로미오의 특별 협조에 대해 현장의 관객들은 연신 뜨거운 박수로 찬사를 보냈다.

원먀오는 무대에서 내려오며 공허함과 슬픔만 느꼈다. 위저우저우가 "어쨌거나 얼렁뚱땅 넘겼네"하고 다행이라는 듯 가슴을 토닥일 때, 원먀오는 이상하리만치 조용했다.

무대 위에서 어눌하게 군 건 이미 슬퍼할 가치도 없었다. 정작 슬픈 건, 자신이 어눌하게 굴었는지 신경 쓰게 된 것 자체였다.

이런 강렬한 패배감은 그 두 사람이 눈부시게 팽팽히 맞서는 걸 본 후로 불쑥 튀어나오더니 회오리처럼 솟구쳤다.

아마 아주 오랜 시간이 지난 후 이번 공개수업을 회상하면 딱 두 가지 순간만 떠오를 것이다.

하나는 위저우저우가 무대 앞에 느긋하게 서서 "무대 아래는 죄다 돼지, 돼지, 돼지들이야!" 하고 웃으며 말하던 순간.

다른 하나는 하얀 셔츠를 입은 소년이 위기의 순간에 나서서 당당하게 발표한 후, 마지막에는 주변을 의식하지도 않고 새까맣게 앉은 관객들 앞에서 위저우저우를 뚫어져라 바라보며 "미안"이라고 말하던 순간.

원먀오는 조금 슬퍼졌다. 사실 위저우저우가 아무리 친절하고 우호적으로 권한다 한들, 자신은 이미 "무대 아래에 있는 사람들은 다 돼지야"라고 말할 자격이 없었다.

그들의 무대 위에서 자신이야말로 그 돼지였다.

8.

할 수 있는 일

"선생님이 밥 사주신다고?"

"응, 지금 벌써 오후 2시가 넘었잖아. 다들 배고파서 죽을 지경이라고. 다른 학생들은 먼저 학교로 돌아가고, 물리 선생님이 실험에 참여한 우리 여덟 명을 근처 KFC로 데려가신대."

위저우저우는 잠시 생각하다 대답했다. "원먀오, 선생님한테 말 좀 해줘. 내가 일이 있어서 집에 가야 한다고. 꼭…… 가야 할 일이 있다고."

"집에 간다고?"

원먀오의 말이 끝나기도 전에 위저우저우는 어느새 몸을 돌려 달려나갔다.

사대 부중과 사범대학은 나란히 붙어 있어서 정거장으로 달려가는 길에 사범대학 정문을 지나가게 되었다. 위저우저우는 발걸음을 늦췄다. 문득 어느 흐린 날 아침 이곳에서 시끌시끌 북적거리던 학부모와 학생들, 그리고 그들의 눈에 가득 차 있던 기대감이 생각났다.

그 사람들은 지금 다 어디에 있을까? 처음의 동경과 충만한 패기는 십 년 후에 얼마나 남았을까?

멍하니 있던 위저우저우의 귓가에 별안간 박자와 음정을 무시한 얼후 연주 소리가 들렸다.

뭔가가 마음속 현을 건드린 느낌이었다. 위저우저우는 모퉁이를 돌아 전혀 어렵지 않게 예전과 똑같은 옷차림에 선글라스를 낀 육교 밑 늙은 거지를 찾아냈다.

"…… 어떻게 아직도 여기 계세요?"

게다가 얼후 연주도 여전히 그렇게나 엉망이었다. 위저우저우는 뒷말을 그대로 뱃속으로 삼켰다.

늙은 거지는 예전처럼 고개를 숙이고 선글라스 위쪽 틈새로 그녀를 바라봤다. 그 바람에 이마에 깊은 주름이 잡혔다.

한참을 뜯어보던 그는 별안간 웃음을 터뜨렸고, 활짝 벌린 입안에는 금빛 찬란한 누런 이가 가득했다.

"오, 꼬마야, 기억나는구나."

위저우저우가 웃었다. 또 한 번의 겨울이 왔다. 그해에 수학 올림피아드와 진로 문제로 울던 꼬마 아가씨는 시간의 물결 속으로 사라졌다. 비록 지금 와서 생각해보면 그 시절의 걱정은 하나같이 유치했고, 그녀가 사대 부중에 입학할 수 없었던 것도 아니었다. 그러나 위저우저우는 자신을 가

혹하게 탓하는 건 아무 소용없다는 것과 돌이켜 보면 별일 아니라는 걸 잘 알고 있었다.

문득 도라에몽의 타임머신을 빌려 타고 돌아가고 싶다는 생각이 들었다. 그 시절의 자신을 만날 수 있을지는 모르겠지만…… 설마 그 시절의 위저우저우는 계속해서 눈물과 절망 속에서 살고 있을까?

"내가 직접 쓴 곡을 또 듣고 싶으냐?"

위저우저우는 고개를 저었다 "저 돈 안 가져왔어요."

늙은 거지가 입을 삐죽거렸다. "속일 생각 마라. 돈 아까우면 관둬. 내 곡은 기꺼이 돈 내고 들을 사람에게만 연주해 주는 거니까. 꼬마가 물건 볼 줄을 모르네."

위저우저우는 웃었다. "옛날에 제가 바보짓 했던 거 빼고, 할아버지의 그 이상한 곡을 5위안이나 주고 들을 사람이 어디 있어요?"

늙은 거지는 알쏭달쏭하게 웃었다. "이건 모를걸? 작년 겨울에 어떤 녀석이 50위안을 내고 여기서 20분 동안 가만히 서서 네가 들었던 그 곡을 들었단다."

"네?" 위저우저우는 깜짝 놀랐다.

"그 녀석이 무슨 노래를 듣고 싶어 하는지 내가 어떻게 알겠냐? 연주하는 곡이 수두룩한데 말이야. 그러니까 그 녀석이 여기 서서는 나한테 한참을 설명하더라." 늙은 거지는 그 남학생의 말투를 따라 했다. "그러니까 그때 할아버지한테 얼후 연주를 해달라고 돈을 줬던 꼬마 아가씨요. 키는 이 정도에 머리는 말총머리로 묶었고, 검정 코트에 빨간 목도리를 맸고요…….”

그러더니 짓궂게 헤헤 웃었다. 금빛 찬란한 누런 이가 위저우저우 눈앞에 아른거렸다. 위저우저우는 문득 코끝이 찡해졌다. 아까 린양의 냉담하고 매몰찬 태도 때문에 가슴이 콱 막혔지만, 애써 억누른 그 섭섭함이 순식간에 풀려버렸다.

“말했잖냐, 넌 듣기 싫을지 몰라도 이 곡의 가치를 아는 사람은 분명 있다고…….”

늙은 거지가 주절주절 자랑을 늘어놓다가 고개를 드니, 눈앞에는 어느새 아무도 없이 텅 비어 있었다.

위저우저우는 황급히 집으로 돌아왔다. 오늘 저녁은 무척 중요해서 일찌감치 집으로 돌아와 ‘준비’를 해야 했다. 엄마가 크리스마스이브에 한 아저씨를 소개하고 싶다고 했기 때문이었다.

엄마 곁에는 늘 구애하는 아저씨가 있었지만 엄마는 이제껏 그 누구도 소개해주지 않았고, 그 아저씨들도 툭하면 사라졌다.

어렸을 때는 물어봤었다. “XX 아저씨는 왜 전화 안 와?”

그러면 엄마는 그녀의 머리를 쓰다듬으며 말했다. “안 보이면 안 보이는 거지. 없었던 사람이라고 치면 돼.”

그러므로 오늘 이 아저씨는 분명 마음대로 사라질 사람은 아닐 것이다.

엄마가 중요하게 생각하는 사람이니 위저우저우는 더욱 중요하게 생각해야 했다. 그녀가 크면서 두 모녀는 때로 수다를 떨다가 이쪽 방면의 문제를 언급하기도 했는데, 여기에는 일부 금기시된 지난 일도 포함되어 있었다.

그래서 위저우저우는 특히나 강렬하게 엄마가 행복하기를 바랐다. 세상에는 위저우저우가 엄마에게 줄 수 없는 행복이 있었다. 자신이 아무리 부지런하고 철이 들어도 불가능한 거였다.

단정하게 차려입고 엄마 손을 잡고서 회전 레스토랑 입구에 도착했을 때, 그녀는 왠지 좀 긴장되었다. 엄마의 손은 여전히 부드럽고 따스했고, 끊임없이 힘을 전해주고 있었다.

"치 아저씨, 안녕하세요." 위저우저우는 고개를 들어 눈앞에 있는 키 큰 중년 남자를 보며 달콤하게 웃었다.

"저우저우, 안녕." 치 아저씨는 커다란 손으로 마치 작은 동물을 쓰다듬듯이 그녀의 머리를 살살 다독였다.

치 아저씨는 테이블 앞에 앉아 미간을 찌푸리며 메뉴판을 한참 진지하게 들여다보다가 별안간 쾌활하게 웃음을 터뜨리더니 쑥스러운 듯 머리를 긁적였다. "저우저우, 너랑 엄마가 골라보렴. 아저씨는 아무거나 먹어도 돼."

위저우저우는 좀 의아해서 몸을 앞으로 기울이며 물었다. "그럼 아저씨는 특별히 좋아하는 음식 있으세요?"

"있지." 치 아저씨의 웃는 얼굴은 황르화* 버전의 곽정 대협과 약간 비슷했다. "난 네 엄마가 만들어주는 자장면이 좋더라."

"실없기는." 엄마가 그를 흘겨봤다.

위저우저우는 순간 어안이 벙벙했다가 연신 고개를 끄덕였다. "저도 좋아해요. 아저씨도 정말 입맛이 고급이시네요."

치 아저씨는 예전의 그 세련된 아저씨들과는 달랐다. 허세를 부리지도, 거드름을 피우지도 않았고, 웃으면 약간 바보 같아 보이면서도 따스한 느낌이 들었다.

따스한 느낌. 진짜 아버지 같은 따스함이었다.

게다가 아저씨는 만화영화와 무협소설과 탐정소설을 좋아했다. 더 중요한 건, 직업이 엔지니어여서 수학을 굉장히 잘한다는 거였다……

집으로 돌아온 후 엄마는 목욕물을 받았다. 위저우저우는 욕실 문에 딱 붙어 뻔뻔하게 웃었다. "치 아저씨 아주 귀엽더라."

마흔두 살 남자에게 귀엽다고 하는 건 칭찬일까.

"너 오후 수업 빼먹었지? 퇴근하자마자 왔더니 집에 있더라."

"헤헤." 위저우저우는 화제를 돌리는 전술을 썼다. "나 컴퓨터 사러 갈 때 치 아저씨한테 같이 가달라고 하면 안 돼?"

엄마는 한숨을 내쉬며 샤워기를 잠갔다. 쏴아아 쏟아지던

---

* 黃日華, 중국 영화배우.

물소리가 뚝 끊겼다.

"저우저우, 너 정말 그 아저씨가 마음에 드니?"

위저우저우는 눈을 들었다. 아직 화장을 지우지 않은 엄마의 얼굴에는 세월의 흔적이 거의 보이지 않았고 여전히 티 없이 매끄러웠다. 그 가면 밑에 부어오른 아래쪽 눈두덩과 눈꼬리의 미세한 주름을 알고 있는 건 오직 위저우저우뿐이었다. 엄마가 슈퍼우먼처럼 10센티미터 하이힐을 신고 집과 사무실을 오갈 때, 위저우저우가 할 수 있는 건 그저 부담을 주지 않는 것뿐이었다. 그래서 그녀는 진정으로 엄마의 부담을 줄여줄 수 있는 사람이 나타나기를 간절히 바라고 바랐다.

누구든 괜찮았다. 그저 꼿꼿한 등과 탄탄한 가슴, 따스한 미소만 있으면 되었다.

위저우저우는 엄마의 재혼을 조금도 개의치 않는 듯 짐짓 너그럽게 받아들이는 척하는 걸 엄마가 바라지 않는다는 걸 모르진 않았지만, 그녀는 정말로 개의치 않았고 심지어 아주아주 기대하기까지 했다.

"난 아저씨가 좋아. 엄마가 좋아하는 사람이면 난 다 좋아." 위저우저우가 정중하게 말했다.

엄마는 멍한 표정으로 손을 들어 위저우저우의 흐트러진 앞머리를 넘겼다. 손가락에 맺힌 뜨거운 물방울이 위저우저우의 촘촘한 눈썹 위로 떨어지며 시선이 흐릿해졌다.

"저우저우, 넌 굳이……."

"단, 조건이 있어." 위저우저우는 생긋 웃으며 엄마의 슬픈 감정을 도중에 끊었다. "앞으로 나한테 남자친구가 생기면, 엄마도 똑같이 이런 마음을 가져야 해."

1초 전만 해도 뺨을 쓰다듬던 손이 방향을 돌려 힘껏 꼬집었다. 위저우저우가 과장되게 비명을 지르며 뒤로 물러나자, 엄마가 웃으며 꾸짖었다. "요 계집애, 혹시 누구 있는 거야? 그래서 나한테 예방주사를 놓으려고?"

위저우저우는 어색하게 웃으며 고개를 저었다. "부처님도 말씀하셨잖아. 말할 수 없다, 말할 수 없다고."

확실히 어떤 말은 감히 할 수가 없었다. 어렵게 찾아온 행복인데, 입 밖에 냈다간 질투의 신선이 다시 빼앗아 갈까 봐두려웠다.

엄마, 행복해야 해.

위저우저우의 흐뭇한 마음속에 따뜻한 눈물 한 방울이 미끄러졌다.

특등상 3등.

물리 선생님이 이 소식을 전했을 때 반 전체가 뜨겁게 끓어올랐다. 위저우저우가 가장 먼저 든 생각은, 선선이 이 소식을 들으면 좀 기뻐하지 않을까였다.

그 공개수업 이후로 처음 맞이하는 토요일 보충수업 시간, 위저우저우와 선선은 여전히 아무 일도 없었던 것처럼서로 거의 말을 하지 않았다. 말을 한다면 그저 "잠깐 비켜줄래? 좀 나갈게"나 "응" 뿐이었다. 그러나 위저우저우에게 선선은 더 이상 신비롭거나 냉담한 여자아이가 아니었다. 이 아이의 마음속에 끓어오르는 간절한 꿈은 위저우저우와 같았고, 13중의 다른 학생들 앞에서는 말하고 싶지도 감히 말할 수도 없는 거였다.

비록 공개수업 단체상 하나를 받았을 뿐이었지만, 위저우저우는 이 결과로 선선의 마음이 좀 나아지기를 진심으로 바랐다. 13중도 그렇게 떨어지는 학교가 아니라는 걸, 그들과 사대 부중 학생들은 그렇게까지 큰 차이가 없다는 걸 어느 정도 증명할 수 있을 테니 말이다.

물론 그저 어느 정도의 증명일 뿐이었다. 원먀오를 비롯해 모두 사대 부중의 영어 수업을 보며 그 차이를 여실히 체감했다. 단순히 성적의 차이가 아니었다. 그런 자신 있고 당당한 태도는 단순히 성적에서 비롯된 게 아니었다.

공개수업 이후 원먀오도 이상하게 한동안 침묵했다.

그가 위저우저우를 바라보는 눈빛도 늘 이상했다. 위저우저우는 평소대로 뒤를 돌아보며 그와 투닥거렸지만, 돌아오는 건 늘 따분한 반응이었다. 그렇게 오래 지나다 보니 위저우저우도 이제는 원먀오 앞에서 히죽거리는 행동을 알아서 삼가게 되었다.

크리스마스이브 아침, 그 무대에서 받은 심리적인 충격은 그리 쉽게 지나가지 않았다.

유일하게 변하지 않은 건 신메이샹과 마위안번뿐이었다.

마위안번이 자습 시간에 기상천외한 소음을 만들어낼 때마다 위저우저우는 늘 그를 호되게 꼬집었고, 그러면 웃음기와 울음기가 섞인 "망할 여편네"라는 한마디가 돌아왔다. 반대로 위저우저우를 두려움에 떨게 한 건 바로 마위안번의 비듬이었다. 찬란한 햇살 아래에서 반짝반짝 빛나는 비듬. 하지만 그걸 지적했다가는 상대방을 상처 입힐 수 있으니 뭐라고 할 수도 없었다. 간혹 기분이 좋을 때면 위저우저우는 그에게 광둥어廣東語 버전의 "축하해, 너네 집 홍수 났다며"를 불러주었고, 그러면 마위안번은 암탉이 알을 낳을 것처럼 꺽꺽거리며 웃어댔다. 물론 매번 나눠주는 시험지는 그에 의해 가지런히 번호가 매겨졌고, 건망증이 심한 위저우저우는 수시로 그의 책상 서랍에 마수를 뻗쳐 백지 시험지나 연습장을 찾아 뒤적거렸다. 쪽지시험이 있을 때면 마위안번은 책상에 엎드려 위저우저우 대신 간단한 계산 문제를 검토했다. 그녀가 안심하고 뒤쪽의 주관식 문제를 풀 동안 그는 계산 단계에 따라 순서대로 소수점을 하나하나 살폈다. 국어 시험지를 풀 때면 그는 책을 펼쳐 위저우저우의 고문古文 빈칸 넣기 문제를 가리키며 말했다. "이 글자 틀리게 썼어."

간혹 위저우저우도 쉬즈창 무리가 그에게 심부름을 시킬 때면 조용히 그에게 말했다. "걔네들한테 좀 세게 나가면 안 돼? 안 간다고 말하면 되잖아?"

그럴 때면 마위안번은 괴물 보듯 위저우저우를 바라봤다.

"걔네들은 내 형제야." 그의 태도는 정중했다.

걔들은 그냥 널 가지고 노는 거라고. 그러나 위저우저우는 그 말을 마음속에 묻었다. 어떤 일은 밝혀봤자 상대방을 더욱 힘들게 할 뿐이었다.

어쩌면 마위안벤은 기쁘게 아래층으로 달려가 간식이나 담배를 사면서 속으로 누군가 자신을 필요로 한다는 즐거움으로 가득했을지도 모른다. 그녀는 그런 즐거움을 빼앗을 권리가 없었다. 설령 그것이 착각이라도 말이다.

마위안벤도 종종 위저우저우에게 물었다. 왜 장민은 늘 자신과 신메이샹을 혼내면서도 쉬즈창 무리가 낙제하는 것에 대해서는 한 번도 추궁을 하지 않느냐는 거였다. 학급 평균 점수를 깎고 있는 건 다 똑같지 않나?

위저우저우는 어깨를 으쓱했다. "왜냐하면 넌 구제불능이 아니니까."

그녀는 장민이 아무리 사리 분간을 못해도 마위안벤에게 착하고 소박한 소년의 마음이 있다는 건 똑똑히 알 거라고 믿었다.

다만 위저우저우는 신메이샹 얼굴에 든 멍이 무척 걱정스러웠다. 지금은 모든 수업 시간에 맨 앞줄부터 차례로 발표하는 '기차 운행'을 할 때면 선생님과 학생들 모두 묵인하듯 그녀를 돌아서 지나갔다. 한번은 맨 뒷줄에 앉은 신메이샹이 막 일어나자마자 다른 분단 첫째 줄 여학생이 이미 새로운 '기차'를 출발시켰다. 신메이샹은 제자리에 서서 말없이

1분간 멍하니 있다가 소리 없이 다시 앉았다.

그 후로 그녀는 다시는 일어나지 않았다.

그리고 그 얼굴에 든 멍은 굳이 물어보지 않아도 그녀의 엄마가 만든 작품이라는 걸 알 수 있었다.

"천안, 가끔은 이런 생각이 들어. 사실 신메이샹에게는 태어나지 않는 편이 더 행복하지 않았을까?"

위저우저우가 책상에 엎드려 일기를 쓰고 있을 때, 문득 등 뒤에서 다급한 비명과 욕설이 들려왔다.

"씨부럴, 내가 책가방 내놓으랬잖아! 귀 먹었냐, 이 등신아!"

9.
주인공 게임

위저우저우는 고개를 돌리자마자 쉬즈창이 욕지거리를
퍼부으며 구석에 있는 여학생의 팔을 냅다 걷어차는 광경을
목격했다. 발길질을 당하면서도 여전히 집요하게 구석에 웅
크린 채 책가방을 꽉 쥐고 있는 여학생은 바로 신메이샹이
었다.

한 무리의 남학생들이 달려들어 쉬즈창을 붙잡고 설득했
다. "화 풀어 새끼야, 미쳤냐? 왜 바보같이 굴어? 그러다 잘
못되면 병원비 물어줘야 한다구……."

대경실색한 위저우저우가 얼른 달려갔다. 욕을 퍼부으며
속박에서 벗어나려고 발버둥 치는 척하는 쉬즈창을 지나,
그녀는 신메이샹 곁에 쭈그리고 앉아 다급하게 물었다. "아
파? 발에 맞아서 다친 거 아냐? 뭐라고 말 좀 해봐!"

위저우저우는 신메이샹의 어깨에 손을 올렸다가 그녀의

몸이 격렬하게 떨리는 걸 느꼈다. 신메이샹은 번데기처럼 몸을 웅크렸다. 그 꾀죄죄한 짙은 남색 책가방을 몸으로 꽁 꽁 감싸고 얼굴도 깊이 파묻었다.

"네가 뭔데 사람을 때려?" 화가 나서 얼굴이 시뻘겋게 달 아오른 위저우저우는 두려움도 잊은 채 쉬즈창을 향해 큰 소리로 외쳤다.

"이 몸이 그러고 싶으니까! 쌍, 이 도둑년이 내 여자친구 물건을 훔쳤다고! 내가 씨발 가만 안 둬⋯⋯."

쉬즈창의 상스러운 욕설은 듣는 사람도 귀를 막고 싶어질 정도였다. 분노가 가슴까지 치밀어 오른 위저우저우가 벌떡 일어나 한마디 하려는데, 갑자기 원먀오가 뛰어들어 그녀를 막아섰다.

"충동적으로 굴지 마. 쟤네들이 쉬즈창을 막고 있잖아. 넌 얼른 신메이샹 데리고 나가서 어디 다친 데 없는지 살펴봐!"

위저우저우는 온 힘을 다해 자제한 끝에 비로소 마음을 가 라앉히고 다시 쭈그려 앉아 신메이샹의 머리를 다독였다. "메 이샹, 메이샹. 나랑 같이 양호실로 가자. 일어날 수 있겠어?"

신메이샹은 마치 저주에라도 걸린 것처럼 그저 덜덜 떨면 서 고개를 들지도 대답을 하지도 않았다. 위저우저우는 심 지어 그녀가 진짜로 귀가 들리지 않게 된 건지 의심스럽기 까지 했다.

"메이샹, 메이샹?" 원먀오도 쪼그리고 앉아 부드럽게 그 녀의 이름을 불렀다. "너 일어날 수 있어?"

신메이샹은 그제야 살짝 고개를 들었다. 원래도 작은 눈은 울어서 퉁퉁 붓는 바람에 아예 가느다란 틈새가 되어버렸고, 입술은 쉬지 않고 달싹거렸다. 하지만 위저우저우는 그녀가 무슨 말을 하는지 전혀 알아들을 수가 없었다.

그래서 하는 수 없이 무릎을 꿇고 신메이샹에게 더욱 바짝 붙어 시끄러운 주변 환경 속에서 그녀의 목소리를 분간해내려고 애썼다.

한참을 집중한 끝에 위저우저우는 마침내 그녀가 계속해서 반복하며 읊조리는 말을 알아듣고야 말았다.

"죽여버릴 거야."

"야, 우리 이러는 거 수업 땡땡이치는 거냐?" 원먀오가 하품을 했다. 위저우저우와 단독으로 함께 있어본 지도 아주 오래되었는데, 그나마 지금은 단독이라고 할 만했다. 옆에 있는 신메이샹은 처음부터 그저 배경색이라고 봐도 되었으니 말이다.

위저우저우는 대답하지 않고 신메이샹과 똑같이 침묵했다.

그녀는 젖 먹던 힘을 쏟은 끝에 신메이샹을 끌고 나와 학교 본관 건물 옥상으로 올라갔다. 자물쇠가 늘 걸려만 있지 잠겨 있진 않은 옥상은 위저우저우가 혼자 누리는 비밀기지였다.

10분 후, 원먀오도 따라 나와서 자초지종을 들었다.

수업이 끝나자, 쉬즈창 무리는 신메이샹을 쫓아내고 쉬즈창의 여자친구를 신메이샹 자리에 앉혀 수다를 떨었다. 그 여학생은 나갔다가 갑자기 다시 돌아와서는 자신이 〈당다이 거탄當代歌壇〉*을 자리에 놔두고 갔다고 했고, 쉬즈창은 신메이샹의 책상을 한참 뒤져도 그 알록달록해서 눈에 확 띄는 잡지를 찾을 수 없었다.

그는 신메이샹이 잡지를 훔쳐 책가방에 넣었을 거라고 확신하곤 어떻게든 신메이샹의 가방을 뒤지려고 했다. 줄곧 침묵하며 괴롭힘을 당하던 신메이샹은 이번에는 평소와 달리 강경하고도 집요하게 굴며 책가방을 죽어도 손에서 놓지 않았다. 한창 실랑이를 벌이던 신메이샹은 벌떡 일어나 책가방을 안고 문밖으로 달려나가다가 쉬즈창에게 뒷덜미를 잡혔고, 그가 거칠게 잡아당기는 바람에 바닥에 엉덩방아를 찧으며 뒤통수를 책상 모서리에 부딪히고 말았다.

위저우저우가 들었던 그 비명 소리는 바로 넘어지던 순간에 난 거였다.

신메이샹은 허겁지겁 구석으로 가서 몸을 웅크린 채, 쉬즈창의 발길질에도 끝까지 버티며 책가방을 안은 두 팔을 풀지 않았다.

"메이샹, 우리 양호실에 가보는 게 어떨까? 너 어디 아픈 데 없어? 다친 곳은 없는지 가서 살펴보자, 응?"

위저우저우가 나지막하게 속삭이는데도 신메이샹은 뭔

---

* 중국의 연예잡지명.

가에 홀린 것처럼 멍한 눈빛으로 원한 속에 잠겨 있었다.

"야, 너도 계속 이렇게 있을 수는 없잖아. 걔를 찌르고 싶으면 지금 바로 칼 가지러 가자고. 뭘 그렇게 우물쭈물하는 거야!" 원먀오의 인내심이 마침내 한계에 달했다. 위저우저우는 몇 번이나 그를 노려봤지만 죄다 무시당하고 말았다.

신메이샹은 아무 말도 못 들은 듯 그저 고개를 숙인 채, 가끔 입가에 약간 득의양양한 미소를 지었다.

원먀오가 놀란 눈으로 위저우저우를 바라봤다. "얘 혹시…… 미친 거 아니겠지?"

위저우저우도 놀라서 한참 생각하다가 별안간 웃음을 터뜨렸다.

"설마 너도 미친 거야?" 원먀오는 뒷걸음질을 쳤다. "전염병이라는 말은 하지 말아줘……."

위저우저우는 고개를 저었다. 웃는 표정은 아까보다 부드러워졌지만 좀 슬픈 느낌이 더해져 있었다.

"원먀오, 만약 네가 아주아주 하고 싶은 일이 있는데 능력이 너무 달려서 못하는 상황이라면……, 넌 어떻게 할 거야?"

원먀오는 머리를 긁적이며 말없이 고개를 숙여 발끝만 보며 더는 호들갑 떨지 않았다.

위저우저우에게는 말하고 싶지 않았다. 그날 공개수업이 끝나고, 그는 잠들기 전 이불 속에 누워 낮에 있었던 장면들을 다시금 떠올렸다. 실제와 다른 점이라면 그 신들린 듯한 로미오 학생의 역할을 이번에는 그가 맡았다는 거였다. 그는 눈을 감고 지평선에 관한 설명을 한 문장도 빠짐없이 머릿속으로 되새겼다. 심지어 얼굴 표정도 의식하지 못한 사이에 그가 상상하는 장면에 따라 생동감 있게 변했다.

우리는 무력해질 때 백일몽을 꾼다.

다만 어떤 사람은 백일몽에서 평생토록 깨어나지 않는다.

위저우저우는 한숨을 내쉬었다. "아무래도 신메이샹은 지금 쉬즈창을 발로 밟는 광경을 상상하는 것 같아."

원먀오는 침묵하며 호응하지 않았다.

위저우저우는 신메이샹 옆에 앉아 가만히 그녀의 어깨를 감쌌다. 찬바람이 매서워서 얼굴에는 이미 감각도 없었다.

사흘 후면 기말고사다. 이렇게 또 하나의 학기가 끝나려 하고 있었다.

자신도 한때는 잠들기 전마다 전화고에 합격해 위풍당당하게 사대 부속초등학교로 위 선생님에게 '인사'하러 가는 걸 상상했던 것 같다. 상대방의 다양한 반응 — 가식적으로 웃으며 "네가 잘될 줄 진작 알았단다"라고 말하거나, 예전엔 자신이 보는 눈이 없었다며 민망하게 인정한다거나, 또는 폄하했던 행동을 후회한다거나 — 에 대한 대책도 다 세워졌다. 진짜로 전화고에 합격하는 게 얼마나 어려운지는 생각할 필요 없었다. 백일몽을 꾸는 동안 그녀는 여왕이 되어 하고 싶은 걸 실컷 했으며, 만족스러운 미소를 띠며 꿈나라로 빠져들었다.

깨어났을 때 창밖에는 잔혹한 현실과 나른한 아침 햇살이 있었다. 아무리 고귀한 여왕이라도 어쩔 수 없이 일어나 아침 자습을 해야 했다.

세 사람이 얼마나 오랫동안 서 있었을까. 원먀오가 얼음 조각처럼 얼어붙었을 무렵, 신메이샹이 별안간 입을 열어 조용히 물었다.

"너네는 어릴 때부터 모범생이었어?"

"천안, 그거 알아? 신메이샹이 양호 선생님을 따라서 어깨가 탈구됐는지 검사하러 갔을 때, 나랑 원먀오가 몰래 그 애의 책가방을 뒤져봤어.

그 잡지가 정말로 걔 책가방 속에 있더라.

원먀오는 무척 놀랐지만 난 처음부터 알고 있었어. 신메이샹한테는 책을 훔치는 버릇이 있었거든. 책만. 처음에 그 『17세는 울지 않아』도 걔가 도서 대여점에서 훔친 거였어. 걔한테는 책을 빌릴 돈이 없었거든. 정확히 말하자면 보증금을 낼 수 없었던 거지. 걔가 본 그 많은 만화책과 소설은 다 슬쩍한 거였는데, 그래도 다 본 후에는 다시 돌려놨어. 아, 그 책이 재미없다는 전제하에 말이지……

이유는 모르겠지만, 아마도 걔가 너무 불쌍해서일까, 난 걔가 그런 행동을 하는 걸 이해할 수 있었어. 어쨌거나 얻어야 하는 걸 걔는 하나도 얻지 못했으니까.

난 걔가 우리한테 왜 그런 질문을 했는지 알아. 나도 여러

번 생각했거든. 만약 내 성적이 좋지 않아도 장민은 날 좋아
할까, 엄마는 나한테 이렇게 많은 만화책을 볼 수 있는 자유
를 줬을까, 반 애들은 이렇게나 날 감싸주고 좋아해줄까…….

사실 답은 이미 알고 있어. 아니라는 거. 초등학교 6학년
때 그 수학 올림피아드가 알려준 거야. 성적이 좋지 않으면
난 아무것도 아니라고.

신메이샹은 성적이 좋으면 우리가 가진 모든 걸 얻을 수
있다고 생각했을 거야. 비록 난 사랑은 무조건적이어야 한다
고 생각하지만, 실제로는 그렇지 않거든. 성적이 좋아지면 그
애도 즐겁고 행복해질 수 있을지는 모르겠어. 하지만 그게 어
쩌면 그 애가 시도할 수 있는 유일한 길이라는 건 알아."

유일한 기회.

신메이샹이 교실로 돌아가는 길에 위저우저우는 조그맣
게 '주인공 게임'에 대해 말해줬다.

예전에 천안이 알려준 게임 규칙이 지금은 또 다른 여자
아이를 구하기 위해 사용되었다.

그들 중 하나는 예전에 총애를 잃은 적 있었고, 하나는 한
번도 총애를 얻은 적 없었다.

신메이샹의 이글거리는 눈빛이 원먀오는 살짝 두려웠다.

"내가 도와줄게." 위저우저우는 그녀가 자리로 돌아갈 때
조그맣게 약속했다.

"뭔 고생이람." 원먀오가 등 뒤에서 고개를 절레절레 흔
들었다.

"넌 몰라."

"내가 왜 몰라?" 그가 위저우저우를 진지하게 바라봤다. "넌 사대 부속초등학교 다녔지? 거기서 멀리 떨어진 이 구린 학교로 온 건 네 그 개코같은 게임 규칙을 위해서 아냐? 모두에게 네가 아주 능력 있고 전화고에 합격할 수 있다는 걸 보여주려고 속으로는 잔뜩 벼르고 있잖아, 아니야?"

"그게 뭐 잘못됐어?" 위저우저우는 살짝 흥분했다.

"딱히 잘못된 건 없지." 원먀오가 고개를 저었다. "없어."

그래서 그는 위저우저우에게 말했다. 우린 다르다고.

그 순간, 공개수업 때문에 원먀오의 머리 위를 덮고 있던 열등감과 혼란으로 얽힌 먹구름이 서서히 사라졌다. 원먀오는 자리에 앉아 미소를 지으며, 책상 위에 엎드려 열심히 복습 중인 위저우저우의 뒷모습을 주시했다.

왜냐하면 그들은 다르기 때문이었다.

10.

How time flies

위저우저우는 갑자기 분발해서 노력하다가, 며칠 지나면 다시금 서서히 태만해져 결국엔 원래대로 게을러지는 학생을 본 적 없진 않았다.

심지어 마위안번도 한때는 조그만 격려에 힘입어 다시 전열을 새롭게 가다듬기도 했다.

신경질적이면서도 착한 지리 선생님은 학생들에게 '신기한 할머니'라고 불렸다. 그녀는 어느 날 수업 시간에 마위안번을 호명해 일으키더니 질문을 던졌다. 칠판에 그려진 두 개의 선 중에 어느 것이 장강長江이고 어느 것이 황하黃河일까?

마위안번은 아무렇게나 대답했는데 답을 맞혔다.

반 전체 학생들이 열렬하게 손뼉 치며 호들갑을 떨었다. 어쨌거나 마위안번이 답을 맞혔다는 것 자체로 기적이기 때문이었다. 그는 발그레해진 얼굴로 앉아서 흐뭇해했다. 위저우저우도 미소를 지으며 말했다. "아주 똑똑하네."

가끔 위저우저우는 대체 어느 포인트가 무심코 마음을 건드린 건지 정말 알 수가 없었다. 마위안번은 갑자기 아주 열심히 공부하기 시작했고, 종이 위에 삐뚤빼뚤 글씨를 쓰더니 수줍은 표정으로 말했다. "아, 오랫동안 글씨를 안 썼더니, 하하, 이것 참, 잘 안 써지네."

그러던 어느 쉬는 시간, 국어 선생님이 교실로 들어와 말했다. "마위안번, 너 대체 염치가 있는 거니 없는 거니? 우리 반에서 너랑 신메이샹만 낙제야. 네가 평균 점수를 몇 점이나 깎았는지 알아?"

펜 쥐는 법부터 다시 연습하던 마위안번은 별안간 자리에서 벌떡 일어나 두 눈을 붉혔다. 그러더니 다시 자리에 앉았다.

짧은 분발은 이렇게 끝나버렸고, 마위안번은 다시 원래의 시시덕거리는 모습으로 돌아왔다. 비록 위저우저우는 그때 국어 선생님이 등장하지 않았더라도, 그런 상처 주는 말을 하지 않았더라도 마위안번이 오래 버티지 못했을 거라는 걸 알고 있었다. 하지만 잠시나마 희망이 있었고, 그는 바로 그 희망 때문에 국어 선생님의 평소와 다름없는 꾸짖음에도 그렇게나 강렬하게 반응했다.

더 많은 사람들이 단지 자신의 나태함 때문에 학습 계획을 포기한다.

그러나 위저우저우는 전혀 생각지도 못했다. 신메이샹이 그 과정을 버텨낼 줄이야.

신메이샹은 마치 모든 미움을 책상 위에 쏟아내려는 듯 펜 끝에 잉크를 묻히고는 고개를 파묻은 채 오랫동안 끄적거렸다. 기말고사가 끝난 뒤 설 전까지의 기간에 학교에서는 2, 3학년을 대상으로 집중 보충학습을 실시했다. 위저우저우는 매번 신메이샹 곁을 지날 때마다 그녀가 고개를 숙이고 열심히 뭔가를 쓰는 걸 볼 수 있었다.

위저우저우는 아주 오래전부터 미움이 사랑보다 훨씬 힘이 세다고 확신했다. 사랑은 우리를 나태하고 게으르며 즐겁고 만족스럽게 만들고, 오직 미움만이 우리를 역경 속에서 버텨나가게 만든다.

그건 이를 빠득빠득 갈며 포기하지 않는 것이다.

이런 증오는 결코 쉬즈창 무리의 계속되는 괴롭힘 때문에 생긴 것만은 아닐 것이다. 신메이샹의 성장 과정은 수수께끼였다. 침묵의 껍질이 덮고 있는 모든 것이 수수께끼였다.

그녀의 상황이 유달리 비참한 것일까, 아니면 그녀가 유달리 상처에 민감하고 쉽사리 털어내지 못하는 것일까?

위저우저우는 그런 의문을 품고 열정적으로 도움의 손길을 내밀었다. 신메이샹은 그녀의 모든 공부 방법과 학습 노하우를 공유할 수 있었다. 위저우저우가 약간의 이기심을 품고 남들에게 말해주지 않은 요령과 내용 정리가 간결하고도 문제 유형이 풍부한 참고서, 문제집도 모두 신메이샹에게 바쳐졌다.

신메이샹은 마치 블랙홀 같았다. 한 번도 고맙다고 하지 않았고 사양하지도 않았다. 위저우저우가 어느 부분의 지식 체계를 어떻게 요약해서 정리해야 하는지 주절주절 설명할 때, 그녀는 그저 침묵할 뿐 고개를 끄덕이며 열심히 듣고 있다는 표시도 하지 않았다. 그렇지만 사실상 그녀가 필사적으로 뒤쫓고 있다는 건 사실로 증명되었다. 신메이샹의 생활 패턴은 어느 경지에 이르렀다 할 정도로 기이했다. 매일 학교를 파하고 집에 오면 곧장 잠자리에 들었다. 마치 부모와 식품점의 소란스러움이 공부를 방해하는 걸 막으려는 것처럼. 그렇게 6시간을 꼬박 자고 나서 밤 11시 정도에 일어나 남은 밤 시간에 공부를 했고, 하늘이 어렴풋이 밝아올 때면 찬바람을 맞으며 밖으로 나가 다이어트를 위한 달리기를 했고, 일찌감치 학교에 도착해 아침 자습을 했다.

신메이샹의 이 열정에 위저우저우는 절로 고개가 수그러졌다.

매번 위저우저우가 신메이샹에게 문제를 설명해줄 때마다 원먀오는 줄곧 턱을 괸 채 그들을 주시했다. 처음부터 끝까지.

"넌 개한테 정말 잘해주는구나." 원먀오의 말투에서는 감정이 느껴지지 않았다.

위저우저우는 한가할 때면 원먀오에게 신메이샹에 관한 이야기를 하기도 했다. 물론 어두침침한 구멍가게와 제정신이 아닌 듯한 엄마 같은 부분은 제외했다. 위저우저우는 원 먀오에게 그 애는 사실 책 읽는 걸 무척 좋아해서 내면이 무척 풍부하다고, 자신이 쉬즈창에게 괴롭힘을 당할 때 나서줬고, 수정 같은 마음씨를 가지고 있다고 말했다. 또 비록 예쁘지는 않아도 〈수정〉을 아주 잘 부른다고.

원먀오는 줄곧 침묵하며 이따금씩 고개를 끄덕일 뿐 가타부타 말이 없었다.

위저우저우는 원먀오가 그러는 건 신메이샹의 태도가 맘에 들지 않아서라고 여겼다. 은혜에 보답할 줄 전혀 모르는 그런 태도 말이다.

"올해 설을 쇨 때 걔가 우리 집에 전화를 걸어서 새해 복 많이 받으라고 인사해줬어. 걘 그저 내향적일 뿐이야. 듣기 좋은 달콤한 말을 못하는 건 나쁜 게 아니잖아. 난 그 애를 도와주고 싶어. 걔가 어떻든 상관없이……."

원먀오가 고개를 저었다. "난 그 얘기가 아냐."

"…… 설마 걔가 너보다 성적이 좋아질까 봐 두려운 거야?" 위저우저우가 떠보듯 물었다.

원먀오가 어이없다는 듯 대답했다. "무슨 생각 하는 거야? 넌 걜 걱정할 시간 있으면 차라리 날 먼저 걱정하지 그래."

위저우저우가 코웃음을 쳤다. "됐어, 내가 널?"

원먀오는 두 손으로 뒷머리를 받친 채 웃을 뿐이었다.

"저우저우, 네가 경계심을 내려놓고 누군가에게 진심으로 잘해주고 싶어질 때, 넌 장님이 되는 거야."

또 하나의 새 학기가 시작되었다.

위저우저우는 토요일과 일요일에 신메이샹과 함께 학교 근처 베이장취도서관에서 자습을 하기로 했다. 낡은 열람실에는 돋보기안경을 쓰고 신문을 보는 할아버지 한 분을 제외하면 그들 두 사람뿐이었다. 신메이샹의 침울함에 좀 지루해진 위저우저우는 원먀오도 억지로 끌어들였다.

원래는 원먀오가 주말에 놀 시간을 빼앗기게 되어 거절할 줄 알았는데, 그는 의외로 흔쾌히 수락했다.

"우리 엄마한테 전화 좀 해주라. 나 지금 집에 갇혀서 아무 데도 못 가고 무척 답답했거든. 우리 엄마처럼 무지몽매한 전업주부는 너처럼 공부 잘하는 여학생을 철석같이 믿어서 나한테 매일 향을 피우고 세 번 절하게 만들고 싶은 마음이 굴뚝같을 거야. 좋은 일 하는 셈 쳐. 나도 너네 그 필사적인 스터디에 들어갈게. 마침 밖으로 나갈 핑계도 없었는데……."

위저우저우는 눈을 흘기며 어쩔 수 없이 원먀오의 엄마에게 전화를 걸었다.

이튿날 아침 자습 시간, 그녀는 뒤를 돌아보며 펜 끝으로 원먀오의 책상을 툭툭 쳤다. "네가 어쩌다 이런 꼴로 자라났는지 마침내 알게 됐지 뭐야."

원먀오 엄마의 목소리는 소박하고도 정이 넘쳐서 위저우저우가 생각하는 전통적인 어머니의 모습을 보는 듯했다.

예전에 학부모 회의 때 본 원먀오의 아빠는 온화하고 호쾌한 사람이었고, 원먀오에게 특히나 너그럽고 자유롭게 풀어두는 스타일이었다.

이런 가정이니까 원먀오 같은 녀석이 나올 수 있는 거겠지!

"난 너처럼 작은 복에 만족하면서 빈둥거리는 것도 딱히 나쁜 거 같지 않아." 위저우저우는 일부러 늙은이 같은 말투로 말했다. "넌 참 행복하게 사는구나."

원먀오는 부인하지 않고 반문했다. "그럼 넌 행복하지 않다는 거야?"

그 말에 한 방 얻어맞은 것처럼 멍해진 위저우저우는 최근의 생활을 곰곰이 돌아봤다. 평범하고 따분했으며 고민거리는 없었다.

처음에 자신을 괴롭게 했던 분노와 두려움은 이미 시간과 함께 흘러가 버린 것만 같았다.

"아주 행복해." 그녀는 잠시 생각하다가 다음 말을 덧붙였다. "하지만 나랑 신메이샹은 어느 정도 닮았는……."

"안 닮았어." 원먀오가 별안간 그녀의 말을 끊었다. "조금도 안 닮았다구."

그러나 겉보기엔 신메이샹을 무척이나 싫어하는 것 같은 원먀오도 결국 주말의 도서관 스터디에 참여했고, 회원 숫자는 순식간에 네 명으로 늘어났다. 그 할아버지까지 포함시킨다면 말이다.

"How time flies(시간이 얼마나 빠른지)!" 원먀오가 영어 교과서에서 짐이 리레이에게 쓴 편지 부분을 큰 소리로 과장되게 읽었다.

"쉿!" 위저우저우가 눈을 부라렸다. "도서관에서는 큰 소리로 떠들면 안 돼!"

원먀오가 곁눈질로 신문 보는 할아버지를 흘끗 보곤 웃었다.

"열람실에 우리 넷밖에 없잖아. 한 명은 귀가 심각하게 어둡고, 한 명은 기본적으로 귀가 들리지 않는 장애가 있고, 그럼 남는 건 네가 나한테 불만이 있다는 건데, 난 원래부터 네 의견은 신경 쓰지 않았어." 그리하여 그는 다시금 교과서를 들고 혀를 잔뜩 굴리며 느끼한 발음으로 큰 소리로 읽었다. "How time flies!"

열람실의 낡은 나무 책상은 무척 폭이 좁았다. 위저우저우는 다리를 뻗어 인정사정없이 원먀오를 걷어찼다.

그러나 원먀오는 아무 느낌도 없는지 아랑곳하지 않고 물었다. "야, 저우저우, 한메이메이가 리레이를 좋아하는 것 같지 않냐?"*

위저우저우는 하마터면 혀를 깨물 뻔했다. 곁눈질로 신메이샹을 흘끔 보니 그녀는 여전히 비열, 결정, 녹는점과 싸우면서 그들의 대화는 못 들은 듯했다.

그리하여 그녀도 목을 쭉 빼고 원먀오에게 바짝 붙어 조

---

* 한메이메이, 리레이, 짐, 릴리, 루시, 모두 중국 중학교 영어 교과서에 등장하는 인물명이다.

그렇게 말했다. "근데 난 리레이가 쌍둥이 릴리랑 루시를 좋아하는 것 같은데……"

"괜찮아, 난 짐이 한메이메이를 좋아하는 것 같거든. 너 나무에 올라가 사과를 따던 본문 기억나? 짐이 나무 밑에서 한메이메이한테 조심하라고 계속 소리치는데, 한메이메이는 걜 거들떠보지도 않고 리레이랑 '헬로, 헬로' 인사하잖아. 딱 봐도…… 삼각관계지!"

위저우저우는 책상에 얼굴을 쾅 박았다.

"악연이야." 원먀오는 굉장히 마음 아픈 듯이 고개를 저었다. "제1과에서부터 리레이가 중간에 서서 말하잖아. 'Jim, this is Hanmeimei. Hanmeimei, this is Jim(짐, 이쪽은 한메이메이야. 한메이메이, 얘는 짐이야).' 이때부터 세 사람이 엮이는 건 정해진 거라구……"

위저우저우는 고개를 숙이고 그를 상대하지 않았다. 한참후, 원먀오가 너무 조용한 것 같아서 고개를 들어보니, 그는 샤프를 들고 영어책 위에 신나게 낙서를 하고 있었다.

원래는 머리만 그려져 있던 리레이와 한메이메이는 원먀오의 스케치 덕분에 몸이 생겼고, 게다가 서로 손까지 잡고 있었다.

위저우저우는 얼굴을 붉히며 별안간 뭔가가 떠오른 것처럼 그에게 바짝 붙어 물었다. "원먀오, 너 사춘기야?"

원먀오가 공책을 던지며 버럭 화를 내며 소리쳤다. "위저우저우! 사춘기를 아무 데나 갖다 붙여도 되는 거냐?"

그들은 아무도 몰랐다. 신메이샹이 얼굴이 새빨개져서는 17번 문제 번호에 펜을 멈춘 채 오랫동안 움직이지 않았다는 걸.

할아버지가 보는 신문이 가볍게 한 장 넘어가며 조용한 열람실에는 신문지가 바스락거리는 소리만 났다. 봄빛이 때마침 좋았다. 밖에서 바람을 따라 흔들리는 버들가지에는 새싹이 움텄다. 단지 하룻밤 사이에 벌어진 일이었다.

여러 해가 지난 후, 위저우저우를 비롯한 그들은 짐이 리레이에게 쓴 편지에 무슨 내용이 적혀 있었는지 잊어버렸지만, 다만 그 한 문장, 'How time flies'는 모두 마음속에 깊이 새겼다.

시간은 참 빠르게 흘러간다. 오직 리레이와 한메이메이만이 해마다 웃음 가득한 얼굴로 서로 인사를 나눴다. "How are you?"

오직 그들의 청춘만이 영원했다.

11.

5월, 하늘은 높고 사람은 들뜬다

5월, 늦봄과 초여름의 바람이 따스하고 부드럽게 얼굴에 불어와, 하품을 하고 몸을 웅크린 채 지붕 위 고양이와 함께 일광욕을 하면서 낮잠을 자고 싶은 마음이 절로 들었다. 중학교 2학년 2학기 세 번째 보충반에서 신메이샹은 어느새 B반 세 번째 줄 학생이 되어 있었다.

사정을 모르는 아이들은 이러한 거대한 변화가 어느 날 오후 아무런 예고도 없이 찾아왔다고 여겼다. 국어 시간에 차례대로 일어나 본문을 암송할 때였다. 신메이샹의 차례가 되었을 때, 늘 그랬듯이 신메이샹 앞의 여학생이 자리에 앉는 순간 옆 분단 첫째 줄 여학생이 자리에서 일어났다.

"왜 날 넘어가는데?"

신메이샹의 목소리는 크지 않았지만 매섭고도 굳건했다.

국어 선생님과 첫째 줄 여학생이 멍하니 있는 사이, 신메이샹은 어느새 일어나 암송을 시작했다. 위저우저우는 신메이샹의 목소리에서 굉장히 복잡한 감정을 들을 수 있었다. 가냘프고 떨리는 목소리에는 긴장과 흥분으로 감싸인 용기가 있었다.

위저우저우는 원먀오를 돌아보며 의기양양하게 눈을 깜빡였다. 마치 자신의 비범한 작품인 신메이샹이 마침내 세상에 나온 것처럼 말이다.

그러나 원먀오는 신메이샹의 행동에 아무런 흥미도 없는 듯 여전히 나른한 표정이었다.

이 짧은 4개월의 시간 동안 대체 무슨 일이 있었는지 아무도 알지 못했다. 신메이샹은 마치 번데기를 뚫고 나온 호랑나비처럼 초여름이 되자 경쾌한 날갯짓을 시작했다. 살도 빠졌다. 꾸준히 장거리 달리기를 해서인지 피부는 건강한 구릿빛이 되었고, 이목구비는 또렷하고 입체적으로 변했다. 게다가 입는 사람의 나이를 짐작할 수 없는 싸구려 옷도 더는 입지 않았다.

모두 불현듯 신메이샹이 원래는 꽤 괜찮게 생긴 여학생이라는 걸 깨달았다. 앙상한 어깨와 야윈 턱에서는 날카로움이 배어나왔다.

위저우저우도 사실 신메이샹이 쏟은 노력을 전부 다 아는 건 아니었다. 예전의 자신으로부터 벗어나고 싶다면 뼈가 부서질 정도로 노력해야 한다. 위저우저우도 그간 다양한 어려움을 겪어왔지만, 어쨌거나 그것들은 모두 외재적인 압박과 난항이었기에 그저 마음을 가라앉히고 기회를 기다려 다시금 일어나기만 하면 되었다. 자신을 많이 바꿀 필요는 없었고, 설령 바꿔야 한다 해도 시간의 흐름에 따라 소리없이 조금씩 변해가면 되었다. 아무도 신메이상처럼 그렇게까지 독하게 굴지 않았다.

단지 좀 더 나은 모습으로 변하기 위해서일까?

자신감이 생긴 신메이상은 위저우저우가 문제를 설명할 때 침묵하지 않았다. 가끔은 날카롭게 말을 끊으며 이 방법은 너무 번거롭다고, 더 간단한 계산 방법이 있다고 직설적으로 말하기도 했다.

그럴 때면 원먀오는 옆에서 냉소를 지었다.

면박을 받은 위저우저우는 머리를 긁적이며 웃을 뿐이었다. "어? 그럼 나한테 설명해줄래?"

신메이상은 넷째 줄로 자리를 옮겨서 위저우저우와 원먀오의 분단 옆에 통로 하나를 두고 인접해 있었다. 많은 아이들이 신메이상과 이야기를 나누기 시작했다. 모두들 놀라움이 가시고 나자 이 변화를 신속하게 받아들인 것 같았고, 예전에 자기들끼리 수다를 떨며 이 여자아이를 비웃었다는 사실도 까맣게 잊은 듯했다.

위저우저우가 조용히 원먀오에게 말했다. "봐, 성적은 확실히 총애를 불러온다구."

원먀오는 책상 위에 엎드려 팔에 얼굴을 반쯤 묻은 채 눈만 데굴데굴 굴렸다.

"그치만 그렇다면 좀 불쌍하지 않아?"

위저우저우는 인정하고 싶지 않았지만, 신메이샹에게는 예전에 못 본 것이 늘어나 있었다.

예를 들면 입꼬리에 걸린 냉소라든지.

6월 말 어느 아침, 위저우저우와 원먀오는 함께 반 모두의 물리 숙제 노트를 안고 행정구역 복도를 지나 교실로 가다가, 마침 맞은편에서 똑같이 숙제 노트를 안고 걸어오는 선선을 마주쳤다. 위저우저우가 씨익 웃으며 인사를 하려는데 문득 멀리서 벨소리가 들려왔다. 옆의 제4직업고등학교의 교학동에서 울린 것 같았다.

벨소리는 오랫동안 울렸다. 위저우저우는 그 학교의 벨소리가 이렇게 대대적으로 사방으로 울려 퍼지는 걸 이제껏 들어본 적이 없었다.

"지금 9시잖아. 몇 교시 종을 치는 거야? 문서 수발실 영감이 술에 취하기라도 했나?" 원먀오가 연신 창밖을 바라봤다.

위저우저우는 문득 떠오르는 게 있었다. "고등학교 입학시험! 4직업고는 고입시험 고사장이잖아. 오늘이 시험 첫날이지?"

그들 세 사람은 모두 조용해졌다. 창밖에는 딱히 볼 만한 게 없었다. 푸른 하늘과 하얀 구름 아래에는 4직업고 교학동의 뒷모습이 아무렇지도 않게 서 있었다.

내년이면 바로 그들의 차례였다!

위저우저우는 불현듯 며칠 전에 들은 정보가 생각났다.
"얘기 들으니까, 사대 부고에서는 고입시험 전에 시 전체 학력평가에서 100등 안에 든 학생들이랑 계약을 논의한다나 봐. 계약을 맺은 학생은 사대 부고에만 지원할 수 있는 대신 입학 커트라인을 10점 낮게 적용받을 수 있대. 전화고에 가고 싶지만 떨어질까 봐 두려운 학생들은 결국 계약서를 쓰고 절충해서 안전빵으로 지원한다고."

원먀오가 고개를 끄덕였다. "나도 들어본 적 있어."

위저우저우는 잠시 생각하다가 조용히 물었다. "그럼 만약 너희들이라면 계약할 거야?"

어쨌거나 13중 학생이 전화고에 지원하는 건 모 아니면 도였고, 사대 부고도 마찬가지로 아주 좋은 학교였다.

원먀오와 선선이 동시에 대답했다.

"당연히 하지!" "절대로 안 해."

세 사람은 서로를 보며 웃음을 터뜨렸다.

"저우저우, 넌?"

위저우저우는 어깨를 으쓱했다. "모르겠어."

갑자기 전화고에 대해 그렇게까지 집착이 들지 않았다.

너무 행복해서일까?

그해 여름, 〈용기〉라는 제목의 노래가 남녀 학생들 사이에서 주구장창 불렸다. 학교가 끝난 후 몰래 손을 잡고 PC방에 가서 '카운터 스트라이크'를 하는 어린 연인들은 약속이

나 한 듯 "사랑은 정말로 용기가 필요해, 근거 없는 소문들에 맞서야 하니까……"라는 가사를 흥얼거렸다.

그해 여름, 네 명의 꽃미남 때문에 모든 학생들은 미친 듯이 앞다퉈 VCD와 연예잡지를 사들였다. 단지 그들 중 누군가의 소식을 보기 위해서였다. 여자아이들은 이제 "너 우리 반 남자애들 중에 누가 좋아"를 묻는 대신 단도직입적으로 파벌을 나눴다. "야, 넌 다오밍쓰*가 좋아, 아니면 화쩌레이**가 좋아?"

심지어 원먀오조차 위저우저우를 빤히 보며 물었다.

위저우저우는 얼굴을 붉히며 대답했다. "나 〈유성화원〉도 다 안 봤어……."

원먀오가 놀랍다는 듯 눈썹을 치켜올렸다. "왜?"

위저우저우는 고개를 저으며 한사코 대답하지 않았다.

원먀오에게 뭐라고 말해야 할까? 위저우저우가 거실에서 텔레비전을 보고 있을 때 엄마는 옆에 앉아서 과일을 깎았고, 치 아저씨는 소파에 기대어 신문을 봤다. 별안간 텔레비전에서 산차이***의 비명 소리가 들렸다. 두 어른은 일제히 텔레비전을 바라봤고, 마침 화면에서는 다오밍쓰가 산차이를 벽에 밀고 옷을 찢으며 강제로 키스하는 장면이 나오고

---

  * 道明寺, 대만 드라마 〈유성화원(流星花園)〉의 등장인물. 한국판에서는 구준표 역.

  ** 花澤類, 대만 드라마 〈유성화원(流星花園)〉의 등장인물. 한국판에서는 윤지후 역.

  *** 杉菜, 대만 드라마 〈유성화원(流星花園)〉의 여자 주인공. 한국판에서는 금잔디 역.

있었다.

산차이의 어깨 부분 옷이 쫙 찢어지며 위저우저우의 체면도 쫙 찢어져 버렸다.

위저우저우는 귀까지 새빨개진 채 텔레비전을 껐다. 치아저씨는 옆에서 웃었고, 줄곧 위저우저우의 방과 후 생활에 간섭하지 않던 엄마는 이번에 현장을 딱 목격하곤 사과를 내려놓고 위저우저우의 머리를 가만히 토닥거렸다. "이게 다 무슨 난장판이니, 앞으로는 보지 마!"

위저우저우는 정말이지 울고 싶었다. 이 망할 놈의 다오밍쓰!

그래서 모두가 드라마 내용과 스토리와 감정 흐름에 대해 열띤 토론을 벌일 때, 위저우저우는 고개를 파묻고 괜스레 종이 위에 동그라미만 그렸다.

학교에도 각양각색의 F4 그룹이 생겼다. 물론 개중에는 평범함을 거부하고 '4대 재주꾼', '13중의 네 도련님' 등의 이름을 붙인 것도 있었지만, 어쨌거나 '4'라는 숫자에서 벗어나지 않았다.

위저우저우는 탄리나에게서 그들 학년에도 F4가 있다는 것과 쉬즈창이 '다오밍쓰'라는 소식을 들었다.

쉬즈창의 그 말상을 떠올리니 째려보고 싶은 충동이 솟았지만, 위저우저우는 가슴을 꾹 누르며 물었다. "어째서?"

"아마도 걔가 가장 제멋대로라서……?"

"그럼 '화쩌레이'는 누구야?"

탄리나는 갑자기 몸을 배배 꼬더니 한참 후에야 머뭇머뭇 말했다. "나도 잘 모르겠어. 듣기로는 2반의 무룡천장이라는 데…… 쳇, 걔가 뭐가 멋있다고…….."

위저우저우는 속으로 차갑게 웃었다. 어디가 멋있는지는 네가 가장 잘 알겠지.

번번을 생각하고 싶지 않았다. 차라리 만나지 않는 편이 더 나았을 번번. 어쩌면 진작에 그는 번번이 아닌, 화려한 성과 이상한 이름을 가진 불량소년일 뿐이었는지도 모른다.

위저우저우는 그 순간 교실 가득 자욱하게 넘쳐흐르는 핑크빛 분위기 속에서 크게 외치고 싶었다. "너네들 다 사춘기지?!"

그러나 사춘기 청소년의 정신 보건은 위저우저우가 고려할 차례가 아니었다. 정작 걱정해야 하는 건 그녀 자신이었다.

여자친구와 헤어진 쉬즈창이 다시금 위저우저우에게 구애를 시작한 것이다.

신메이상의 변화는 쉬즈창에게 위저우저우와 있었던 몇 번의 마찰을 상기시켰다. 바로 앞에서 고자질을 하고, 자신의 고백을 거절하고, 또 그를 막고 서서 "네가 뭔데 사람을 때려"라고 소리치고……. 13중의 '다오밍쓰'로서, 그는 최대한 빨리 '산차이'를 찾을 의무가 있었고, 그의 눈빛은 위저우저우에게 단단히 고정되었다.

꽃을 보내고, 점심 도시락을 사주고, 간식을 보내고, 졸개

들을 시켜 두 사람이 친하게 지낸다는 소식을 퍼뜨리자 순식간에 다른 반 학생들까지도 쉬는 시간에 몰려와서는 '산차이'가 어떻게 생겼는지 보려고 교실 문 앞을 어슬렁거렸다.

심지어 학교 끝나고 집에 갈 때도 추격과 포위가 붙었다. 그녀가 짜증 나 죽든 말든 쉬즈창과 졸개 하나가 졸졸 따라왔던 것이다.

"가자, 앞으로는 내가 집에 데려다줄게."

원먀오의 걱정스러운 말에 위저우저우는 감격해서 웃음으로 화답했지만, 그것이 원먀오를 무척이나 위험한 지경에 빠뜨릴 줄은 생각지도 못했다. 곧 쉬즈창은 스무 명을 보내 원먀오를 강냉이 털리도록 손봐주겠다는 의사를 밝혔다. 그렇게 안 하면 자신이 성을 갈겠다고 말이다.

원먀오는 평소처럼 학교에 나왔고, 위저우저우에게서 쉬즈창의 선언을 전해 듣고도 그저 웃을 뿐이었다.

사실 긴장하지 않는 건 아니었다. 위저우저우는 눈치챌 수 있었다. 그러나 원먀오는 여전히 억지로 버티면서 아무렇지도 않게 웃는 얼굴로 두려움을 감췄다.

위저우저우는 문득 마음이 너무 아팠다.

체육 시간은 자유 활동이었다. 위저우저우는 멀리서 원먀오가 한 무리의 모르는 남학생들에게 에워싸인 걸 봤다. 6반의 다른 남학생들은 다들 자기와는 상관없다는 듯 멀리서 구경만 하며 잔뜩 움츠러들어 있었다. 피가 머리 위로 솟구친 위저우저우는 곧장 남학생들 무리로 돌진했고, 전혀 어렵지 않게 원먀오를 찾아내 그 앞을 막아섰다.

무리를 앞장선 쉬즈창은 팔짱을 끼고 눈을 가늘게 뜬 채, 한쪽 입꼬리만 삐딱하게 끌어 올려서는 건달처럼 이쑤시개를 물고 있었다.

"너랑은 상관없는 일이니까 비켜. 저 자식은 오늘 이 몸한테 혼 좀 나봐야 돼. 짜증 나게 눈치 없이 굴잖아!"

다른 사람을 보호할 필요가 있을 때마다 위저우저우에게는 무한한 용기가 솟았다. 심지어 그 순간 엉뚱한 상상에 빠지기까지 했다. 적에게 맞서서 경맥이 다 끊어진 세이야도 머릿속에 가족과 친구를 떠올릴 때면 코스모 대폭발을 일으키잖아. 주인공의 힘은 늘 다른 사람을 사랑하고 보호하는 거로부터 나오는 거야, 안 그래?

그녀는 살짝 흥분에 찬 미소를 지었다. 위저우저우, 봐. 넌 역시 주인공의 운명이야.

"쉬즈창, 경고하는데, 계속 이렇게 시비 걸면 내가 용서하지 않을 거야!"

"오, 날 어떻게 용서하지 않을 건데?" 쉬즈창은 얼굴 가득 비열한 웃음을 지었고, 주변의 졸개들도 맞장구치듯 웃어서 순식간에 화목한 분위기가 조성되었다.

"원먀오는 내 가장 친한 친구야. 네가 감히 얘 털 끝 하나라도 건드리면 내가, 내가······." 위저우저우는 한참을 더듬었지만 적절한 말을 찾지 못해서, 자신이 낼 수 있는 최대한

의 힘을 실어 소리쳤다. "내가 선생님한테 이를 거야!"

주변에 3초간 정적이 흘렀다.

그러더니 졸개들이 웃겨 죽겠다는 듯 운동장이 떠나가라 웃어댔다. 위저우저우가 뒤를 돌아보니, 위기에 빠진 원먀오마저도 어이없다는 듯 '나랑 아는 척하지 마' 같은 표정을 짓고 있었다.

그러나 쉬즈창은 아주 흐뭇한 표정으로 그녀를 바라보며 기이하게 웃었다. 위저우저우는 다시금 1년 반 전에 그가 그녀의 손을 잡고 했던 그 애틋한 고백이 떠올랐다.

"나의 산차이가 되어줄래?" 쉬즈창의 눈빛이 이글거렸다.

모두가 그녀를 바라보고 있었다.

위저우저우가 또박또박 말했다. "산차이는 개, 뿔!"

12.

보호하고 싶은 사람은 너뿐이야

쉬즈창의 안색이 바뀐 순간, 주변 구경꾼들 사이에서 그림자 하나가 느닷없이 뛰어들더니 위저우저우와 쉬즈창 사이를 막고 섰다.

위기일발의 순간에 영웅이 미인을 구하는 건 많은 사람들에겐 평생 겪을까 말까 한 일일 텐데, 위저우저우는 자신이 그런 행운아일 줄은 몰랐다.

번번이 왼손으로 쉬즈창의 어깨를 밀며 오른손으로는 위저우저우의 손목을 잡고 아주 침착하게 말했다. "내 얼굴 봐서라도 화 풀어. 충동적으로 굴지 말라고!"

화쩌레이가 모두의 앞에서 다오밍쓰 앞으로 뛰어들어 산차이를 보호했다. 그 점을 의식한 쉬즈창은 흥분해서 어쩔 줄을 몰랐다. 이런 천재일우의 기회라니, 화가 나지 않아도 화를 내야 했다!

그는 두말없이 주먹을 날렸다. 무방비 상태의 번번은 곧장 그의 주먹에 날아가 어느 졸개 위로 쓰러졌다.

그 뒤의 일은 위저우저우와 상관없었다. 위저우저우와 원먀오는 슬금슬금 사람들 사이를 빠져나갔다. 옆에 있던 졸개들 중에는 쉬즈창의 부하가 아닌 사람도 있었고 번번과 사이가 좋은 사람도 꽤 있어서, 자신들이 나서서 도와야 하는 건지 말아야 하는 건지 몰라 서로 얼굴만 마주 봤다. 두 사람의 맞짱 대결은 곧 서로 목을 조르며 바닥을 뒹구는 상황으로 격해졌다.

마치 텔레비전 드라마 같았다.

그제야 깨달았다. 옛날에 다정하고 예의 바르다는 이유로 안뜰에서 한 무리의 남자아이들에게 괴롭힘을 당해 위저우저우가 나서서 보호해야 했던 꼬마가 어느새 싸움을 잘하는 소년으로 자라났다는 걸 말이다. 여전히 창백하고 연약하게 보였지만, 주먹을 휘두를 때는 전혀 망설임 없이 맹렬했고 휙휙 바람 소리까지 났다.

번번이 쉬즈창의 몸에 올라타 한 번, 두 번, 계속해서 주먹을 휘두르자, 옆에 있던 졸개들이 마침내 적절하게 달려들어 두 사람을 떼어놓았다. 얼굴이 퉁퉁 부어오른 쉬즈창은 코가 시퍼렇게 멍이 들고 입가에 피가 범벅인데도 여전히 지지 않고 욕지거리를 해댔고, 번번은 시종일관 한마디도 하지 않았다.

"어쭈, 형제를 이런 식으로 대하다니 새끼 제법이네……."

번번이 웃었다. "누가 네 형제래?"

어안이 벙벙해진 위저우저우는 한참 후에야 인정할 수밖에 없었다. 번번이 몸을 돌려 훌쩍 떠나는 모습은 아주 멋졌다.

위저우저우가 원먀오에게 나지막하게 말했다. "얼른 피해. 교실로 돌아가."

사내대장부는 눈앞의 손해를 보지 않는 법, 원먀오는 고집을 부리지 않았다. 그는 고개를 끄덕이며 자리를 떠나려다가 그녀를 돌아보며 물었다. "저우저우, 넌? 넌 교실로 안 가?"

위저우저우가 웃으며 대답했다. "난 가서 번번이 다치지 않았는지 봐야겠어."

"번번?"

위저우저우가 뒤를 돌아보며 방긋 웃었다. "응, 번번."

"야!"

4직업고 운동장과 13중 운동장 사이를 갈라놓은 울타리에는 커다란 구멍이 나 있어서 다들 종종 이곳을 통해 두 운동장을 드나들곤 했다. 4직업고 운동장 한쪽은 넓은 관람석이었다. 번번은 관람석 맨 위 구석에 앉아 뭔가를 보고 있다가, 위저우저우가 부르는 소리를 듣고 비로소 잔잔하게 웃었다. 그러고는 곧장 아파서 이를 악물며 얼굴을 찡그렸다.

다친 게 분명했다.

"양호실에 안 가봐도 돼?" 위저우저우가 그의 곁에 앉았다.

"며칠 지나면 괜찮을 거야, 필요 없어."

"고마워."

번번이 미소 지었다. "고맙긴 뭘, 당연한걸."

위저우저우는 고개를 저으며 알면서도 일부러 물었다. "그게 왜 당연한 건데?"

번번은 그 질문에 멀뚱히 있다가 한참 후 천천히 반문했다. "저우저우, 저번에 내가 모른 척해서 화났어?"

비록 눈앞의 번번은 낯설었지만, 옛날의 친근함 때문에 위저우저우는 여전히 그 앞에서 거리낌 없이 굴었고, 기쁨도 슬픔도 감출 필요가 없었다.

만약 누군가의 앞에서 조금도 거리낌 없이 솔직하게 말할 수 있다면, 우리는 반드시 그 누군가를 소중히 여겨야 한다. 왜냐하면 그 사람 앞에서 나는 나 자신이기 때문이다.

"화난 게 아니라 너무 속상했어. 네가 변한 거 같아서. 어릴 때 일을 넌 기억도 못 하잖아."

번번이 고개를 갸웃했다. "확실히 기억이 잘 안 나."

"어떻게 그래?" 위저우저우는 그의 소맷자락을 잡아당겼다. "너 맨날 애들 괴롭히던 까맣고 키 큰 샤오하이 기억해? 그리고 웨웨랑 단단, 그리고…… 우리 맨날 같이 외팔이 대협의 뒤뜰에 가서 돌을 훔쳤잖아. 예쁜 돌멩이 줍겠다고 오후 내내 뒤지고……."

번번이 어깨를 으쓱했다. "나 정말로 딱히 기억나는 게 없어. 기억 속 그 대잡원에 있던 사람들은 다 똑같이 생겼는걸."

번번의 약간 쓸데없다는 듯한 말투에 이제 막 피어오른

위저우저우의 희망은 다시 꺼져버렸다.

위저우저우는 고개를 들었다. 오후의 햇빛이 번번의 더부룩한 짧은 머리카락에 아름다운 금빛 윤곽을 그려주었고, 그의 입가에 든 멍도 젊고 낯선 느낌을 발하고 있었다. 조금 당혹스러웠다. 자신은 눈앞에 있는 사람을 똑똑히 기억했지만 그를 알아보지 못했다. 그런데 그는 자신을 알아봤지만 지난 일을 기억하지 못했다.

번번이 불쑥 한마디 덧붙였다. "난 너만 기억해."

"응?"

"넌 어릴 때랑 조금도 안 변했어. 내가 상상했던 것처럼 아주아주아주 좋은 여자애가 되었고." 그는 잠시 생각하다가 또 덧붙여 말했다. "내가 아는 여자아이 중에 가장 좋은 여자애."

번번과 위저우저우는 똑같은 습관이 있었다. 진심으로 누군가를 칭찬하고 싶을 때면 항상 어휘가 부족해져서 '좋다'는 말을 계속해서 반복하는 것이다.

넌 아주아주 좋은 여자애가 되었어.

"그럼 왜 날 아는 척 안 하는 건데?"

너 왜 나 아는 척 안 해. 이건 자존심도, 자세의 높낮이도 신경 쓰지 않는 어린애들이나 물어볼 수 있는 질문이었다. 아이들은 커갈수록 차츰 자신을 보호하는 법을 배우고, 다른 사람과 멀어지기 전에 먼저 움직이고 다른 사람이 냉담해질 때 한 술 더 떠서 무심해지며, 얻어도 얻지 못할 때는

"난 원래부터 갖고 싶지 않았어!"라고 큰 소리로 외쳤다.

번번은 손을 뻗어 위저우저우의 말총머리를 잡아당겼다. 어릴 때 하던 대로 말이다.

"왜냐하면 내가 너한테 문제를 일으킬 수 있거든. 난 모범생이 아니니까 넌 나한테서 멀리 떨어져 있는 편이 나아. 넌 계속 노력하도록 해. 계속 지금처럼 뛰어난 사람으로 있거나, 더욱 뛰어난 사람이 되는 거야. 난 그저 멀리서 지켜보기만 하면 돼. 내가 너 때문에 얼마나 기쁜지 모르지? 진짜야."

위저우저우는 목이 멜 듯한 충동을 느꼈다. 그녀는 고개를 가로저으며 얼른 제 딴에는 아주 중요한 질문을 던졌다.

"그럼 왜…… 왜 넌 모범생이 되지 않는 건데?"

번번은 가볍게 대답했다. "왜냐하면 불량 학생 노릇 하는 게 더 쉬우니까. 넌 왜 모범생이 되려고 해?"

위저우저우는 자신이 어째서 꼭 모범생이 되어야 하는지 몰랐다. 그건 이제껏 생각해볼 가치도 없는 질문이었고, 핏속에 흐르는 일종의 준칙이었다. 물고기가 자신이 어째서 강물을 거슬러 올라가는지 전혀 고민하지 않는 것처럼. 안 그런가?

초여름 오후, 침묵조차도 따사로웠고 시간은 마치 십 년을 거꾸로 흐른 것 같았다.

아주 오랜 시간이 지나고 나서야 번번은 천천히 입을 열었다. "아마도…… 아마도 내가 우리 집 사람들을 싫어해서 그럴 거야."

위저우저우는 그제야 자신이 처음에 물어봤어야 할 말을 떠올렸다. "너네 아빠가 아직도 널 때려? 집은 어디야? 잘 지냈어?"

번번의 그 술주정뱅이 양부는 번번이 초등학교 5학년 때 공사장 승강기에서 시멘트 연못에 곤두박질치고 말았다.

양부의 발인식 때, 번번은 자신이 울게 될 줄은 생각지도 못했다.

신비로운 친부모가 등장할 줄은 더더욱 상상도 못 했다. 마치 한바탕 꿈을 꾼 것처럼, 얼떨떨해하는 사이에 그에게 는 새로운 이름과 가정이 생겼다. 옛 이웃들은 뒤에서 쯧쯧 혀를 차며 애가 참 운도 좋다며 조상 묘에 상서로운 연기라 도 피어올랐나 보다고 수군거렸다. 하지만 다들 잊고 있었 던 사실은, 이것들은 원래부터 그의 것이었고, 그는 그저 원 래 자신의 집으로 돌아간 것뿐이었다.

집 안에 값나가는 물건이라고는 서랍 속에 돈을 넣어두던 신발 상자뿐이었다. 책가방을 메고 신발 상자를 품에 안은 번번이 친부모 앞에 등장했을 때, 얼굴에는 양부가 때려서 생긴 상처가 아직 아물지 않은 상태였다.

그 엉망진창인 초등학교에서 주먹으로 자신을 보호하는 법을 배운 번번은 가끔씩 툭 내던지는 "빌어먹을"이라는 말 로 그보다 두 살 많은 형을 깜짝 놀라게 했고, 국을 마실 때 소리를 내는 것도 형의 비웃음거리가 되었다. 번번이 주먹 을 들어 친형에게 휘두르려고 하자, 그들은 마침내 처음으로 정식 가족회의를 열었다.

번번은 고집스레 호적을 바꾸지 않았다. 해변 도시에서 성도省都로 되돌아온 부모는 그를 사대 부중에 보내고 싶어 했지만, 역시나 그의 격렬한 거부에 부딪혔다. 형은 그저 냉소를 지으며 그에게 배은망덕한 놈이라고 욕할 뿐이었다.

"저우저우, 넌 왜 13중에 온 거야?"

"내 이유는 너랑은 다른 것 같아."

13중은 위저우저우에게는 쉬어가는 정거장이었지만, 번번에게는 소속감을 느끼게 하는 곳이었다.

"처음엔 날 가지고 감정의 빚을 갚더니, 나중에는 또 날 데려가 모범생으로 개조시키려고 하잖아. 마치 내가 엄청 더럽고 엄청 나쁘다는 것처럼 말야. 내가 왜 그 사람들 말을 들어야 해? 내가 왜 우리 형 같은 녀석으로 고분고분 변해야 하냐고?"

번번은 이런 말을 하면서도 전혀 흥분하지 않았다. 연약해 보이는 이 소년의 몸 안에는 강인하고 굳건한 힘이 있어서 양부의 폭행과 욕설을 견딜 수 있었고, 친부모의 개조 작업을 꿋꿋이 거절할 수 있었다.

"번번, 네가 영원히 이럴 수는 없어."

"그럼 난 어떻게 해야 할까?" 번번이 미소 지었다. "저우저우, 넌 앞으로 어떤 사람이 되고 싶어?"

"아주 강한 사람. 우리 엄마를 행복하게 해줄 수 있는 아주 뛰어나고, 아주 강한 사람." 그녀는 잠시 생각하다가 덧붙였다. "내가 좋아하는 모든 사람을 행복하게 해줄 수 있는 사람."

특히 너.

번번은 고개를 끄덕였다. "참 좋네. 네가 가질 법한 꿈이야."

"넌?" 위저우저우가 집착하듯 추궁했다.

"나?" 번번은 웃었다. "너랑 똑같지!"

위저우저우는 여기서 멈추지 않았다. "그러면 넌 어째서 같이 노력하지 않는 거야? 우리……."

"저우저우." 번번이 그녀의 말을 끊었다. "좋은 고등학교와 좋은 대학을 가야만 사랑하는 사람을 보호할 수 있는 건 아냐. 봐, 아까 난 널 보호할 수 있었잖아. 그리고 하마터면 맞을 뻔한 그 남학생은 그렇지 못했고. 게다가……."

"게다가 뭐?"

위저우저우의 눈에 비친 번번은 이미 금빛 실루엣으로 모호해졌다. 코앞의 가까운 거리인데도 손을 뻗어 잡을 수가 없었다.

"게다가 내가 보호하고 싶은 사람은 아주 적거든."

13.
이별곡의 전주

위저우저우는 교실로 들어가려다가 또 그 코를 찌르는 소독약 냄새를 맡았다. 숨을 참고 교실로 달려 들어가 재빨리 문제집과 필통을 꺼내 발버둥 치듯 빠져나와서는 문 앞에서 헉헉거리며 숨을 몰아쉬었다.

중3 겨울, 사스*가 오싹한 귀신 이야기처럼 널리 퍼지며 사람들을 예민하게 만들었다. 그러나 위저우저우는 하나도 두렵지 않았고, 오히려 이 갑작스러운 전염병이 고마울 따름이었다.

사스 때문에 더는 보충수업을 하지 않았다. 토요일의 A, B, C, D 막바지 대비반은 이미 중단되었고, 매일 저녁 5시에 딱 맞춰 모든 수업이 끝났다. 오랫동안 기다려온 이틀의 주

---
* SARS, 급성호흡기증후군

말 연휴가 손에 들어오니 말할 수 없을 정도로 기뻤다.

많은 학부모들은 보충수업이 연이어 중단되는 것이 내년 6월 고입시험에 영향을 주진 않을까 걱정했지만, 위저우저우는 딱히 불안하지 않았다. 하늘이 무너지면 모두 다 죽는 거였고, 자신과 원먀오, 신메이샹, 선선처럼 혼자서도 공부를 잘하는 학생들에게는 자신이 직접 배분할 수 있는 시간이 많아지는 게 꼭 나쁘다고 할 수는 없었다.

도서관 스터디는 여전히 토요일과 일요일 오후에 꿋꿋이 계속되었다. 원먀오와 신메이샹의 관계도 예전처럼 냉랭하지만은 않았다. 외모와 성적 변화 덕분에 신메이샹은 갈수록 자신감이 붙었고 말도 차츰 많아지기 시작했다.

위저우저우는 그런 모습을 보는 게 좋았지만 속으로는 아쉽기도 했다. 신메이샹은 예전의 그 고개를 파묻고 『17세는 울지 않아』를 보던, 자신에게 '짤그락 봉'을 주던 여자아이가 아니었다.

이런 걸로 아쉬워하는 건 너무 속 좁은 거야, 라고 위저우저우는 자신에게 말했다. 그녀는 단지 그 겁 많고 유별난, 자신의 동정을 필요로 하던 신메이샹과 헤어지기 아쉬울 따름이었지만, 신메이샹 본인에게는 지금 이 모습이야말로 아주 훌륭했다. 더구나 위저우저우의 그 순진한 호감을 만족시키기 위해 더 우수해질 가능성을 포기해야 할 의무는 전혀 없었다.

위저우저우는 가끔 복도에서 번번을 마주치면 웃으며 눈

빛을 교환하면서 서로 겉으로는 모르는 사이인 척했다. 그녀는 자신과 번번이 변하지 않았다는 것만 기억하면 된다고 생각했다.

선선의 얼굴에는 여드름이 가득 솟아나기 시작했다. 원먀오의 여드름은 어느새 서서히 가라앉아 보이지 않았기에, 위저우저우는 원먀오에게 여드름 치료약이 있냐고 남몰래 물어보기도 했다. 약을 구해 익명으로 선선의 책상 서랍에 넣어둘 생각이었다. 아무리 외모를 꾸미는 일이 드문 위저우저우라도 여자아이의 외모가 매우 중요하다는 건 모르지 않았다.

그러나 원먀오는 어깨를 으쓱할 뿐이었다. "일부러 치료하진 않았는데 이유 없이 갑자기 좋아지더라. 어쩌면 발육이 끝나서 그런 걸지도."

"뭐?" 위저우저우가 어리둥절해서 물었다. "벌써 발육이 다 끝난 거야?"

얼굴이 새빨갛게 달아오른 원먀오가 발차기를 하자, 위저우저우는 잽싸게 몸을 피하며 헤헤 웃어댔다.

선선은 정말로 심한 스트레스를 받고 있었다. 위저우저우는 선선이 스트레스에 짓눌려 무너질까 봐 조금 걱정이 되었다.

그렇게 남 걱정을 너무 많이 한 결과, 그녀 자신이 화를 입고 말았다. 12월 첫날, 위저우저우는 고열이 나기 시작했다. 하룻밤 쉬고 일어나 보니 귓불에 조그맣고 반투명한 수

포가 나서 굉장히 간지러웠다.

엄마의 표정이 어두워졌다. "저우저우, 수두에 걸렸구나."

학교에는 보름간 병가를 냈다. 원먀오는 매일 저녁 전화를 걸어왔고, 이삼일마다 집으로 찾아와서 수업 시간에 나눠준 시험지와 자신이 정리한 표준 답안지를 전해줬다. 늘 느릿느릿 게으름을 부리는 원먀오가 이렇게까지 하니, 위저우저우는 그를 너무 고생시키는 것 같아 미안해졌다.

"고마워." 위저우저우가 전화로 말했다.

"고마워할 거 없어. 나 혼자 한 거 아니니까. 시험지는 네 짝꿍이 정리한 거고, 표준 답안지는 절반은 내가 썼고 절반은 신메이샹 거 베꼈어."

위저우저우는 코끝이 찡해졌다. 그녀는 손을 뻗어 머리를 긁었다. 일주일간 머리를 감지 않아서 머릿기름 냄새가 아찔할 지경인 데다, 두피에 아직 딱지가 앉지 않은 수포가 빽빽하게 나 있어서 미치도록 간지러웠다.

"다들 고마워." 그녀가 조그맣게 말했다.

"됐어, 그런 말은 작작하고, 얼른 나아서 학교 와서 시험이나 봐! 1차 모의고사가 곧 시작된다구."

"언제부터 이렇게 시험을 신경 쓴 거야?"

"나야 당연히 신경 안 쓰지. 근데 넌 신경 쓰잖아!"

위저우저우는 울적해졌다. "그래, 최대한 빨리 나을게."

"내가 이 말은 꼭 하고 싶었는데, 넌 정말 짱인 거 같아! 중학교 3학년이 돼서야 수두를 앓다니, 사춘기가 늦어지는 건가?"

"수두 아니거든?" 몹시 화가 난 위저우저우는 아무 말이나 던지다가 자신도 벙찌고 말았다. 수두가 아니면 뭘까?

전화 저편에서 원먀오의 얄미운 웃음소리가 들려왔다.

"그래, 그래, 수두 아냐, 수두 아냐. 넌 온몸에 여드름이 난 거니까!"

1차 모의고사를 볼 때 위저우저우는 삼면이 유리창인 문서 수발실에 격리되었다. 시험지는 선생님들이 직접 가져다줬고 종소리가 울리면 다시 거둬 갔다. 영어 듣기 문제를 풀 때는 고사장 밖에서 확성기 소리에 의지해 힘겹게 문제를 풀었고, OMR 카드를 마킹할 때는 한 줄을 밀려 쓰기까지 했다.

가장 즐거웠던 건 쉬는 시간이었다. 위저우저우는 유리 상자 안에 앉아 투명한 창문을 통해 밖에 한 줄로 선 친구들에게 실없이 웃으며 소리쳤다. 얼굴에 수포가 너무 많이 나서 목도리로 얼굴 전체를 감싸고 두 눈만 밖으로 내놓은 상태였다. 원먀오는 눈썹을 씰룩이며 각종 기괴한 표정을 지어 위저우저우를 웃기고는 그녀의 두 눈이 반달처럼 휘는 모습을 만족스럽게 바라봤다. 마치 동물원 아기 판다에게 먹이를 주는 듯한 만족감이 들었다.

그리고 여전히 눈빛은 냉담하지만 표정은 풍부한 마위안번, 보기 드문 미소를 띤 신메이샹, 그리고 바쁜 와중에 어렵게 시간을 내 찾아온 선선.

위저우저우는 웃고 웃다가 어느새 눈물이 그렁그렁했다.

정말이지 평생 헤어지고 싶지 않았다. 자신을 열다섯 살 겨울에 영원히 묶어두고 싶었다. 고입시험 스트레스를 받으며 다 함께 분투하면서, 그것이 영원히 오지 않는다는 걸 모른 채 말이다.

그럼 얼마나 좋을까.

위저우저우가 다 나아서 교실로 돌아왔을 때, 그녀를 정면으로 후려친 사건이 벌어졌다.

1차 모의고사에서 반 2등에 그친 것이다.

1등은 신메이샹이었다.

신메이샹에 대한 장민의 대대적인 칭찬에는 다른 뒤떨어진 학생들도 이를 본보기 삼아 기적을 만들 수 있으리라는 희망이 담겨 있었다. 하지만 너무 도가 지나쳐서 오히려 위저우저우의 입장이 무척 난처해졌다. 누군가 1등을 너무 많이 하다 보면 1등을 하는 건 더 이상 즐거움이나 영예가 아닌 일종의 족쇄가 되고, 그러다 1등을 놓치게 되면 그는 곧 아무것도 아니게 된다. 설령 그것이 단 한 번의 뜻밖의 결과라 할지라도 사람들은 대세가 기울었다는 눈빛으로 바라볼 것이다……

원먀오가 뒤에서 그녀의 등을 살살 찔렀다. 위저우저우는 그를 돌아보며 약간 가식적으로 웃었다.

"뭔데?"

"너 괜찮아?"

"괜찮아."

안 괜찮을 게 뭐 있어? 난 그렇게 옹졸한 사람이 아니라고. 난 신메이샹의 결과에 진심으로 기뻐하고 있어. 그 성적은 내가 걜 도와줄 때 바라던 거였는데, 기쁘지 않을 게 뭐 있어?

신메이샹은 줄곧 평온하게 자리에 앉아 있었다. 위저우저우는 혹시라도 그녀가 다가와 자신을 위로할까 봐 줄곧 걱정했다. 그럼 얼마나 민망하겠는가. 그러나 자신이 바라던 대로 상대방의 태도가 냉담한 걸 보니 왠지 모를 실망감이 들었다.

위저우저우는 고개를 돌려 책상 위에 엎드렸다. 갑자기 무척 피곤했다. 수두가 지나가니 몸이 약해졌는지 걸핏하면 피곤해졌다. 물론 이번에는 마음도 아주 피곤했다.

그런데 원먀오는 끈질기게도 그녀의 등을 다시 쿡쿡 찔렀다. "내 질문 아직 안 끝났어!"

"또 뭔데?"

"너 다음에 5등 할 수 있어?"

"뭐라고?"

"5등. 넌 내가 맨날 6등을 하는 게 아주 신기하지 않아? 이건 1등을 유지하는 것보다 훨씬 어렵다고. 1등을 하려면 죽기 살기로 높은 점수를 받으면 되지만, 6등을 유지하려면 기술이 필요해. 1점을 더 받으면 5등이 되고, 1점을 덜 받으면 7등이 되니까. 이게 바로 진정한 실력이지!"

위저우저우는 마침내 웃음을 터뜨렸다. "실력은 개뿔, 네 운명이 그런 거야!"

원먀오가 눈썹을 치켜올렸다. "내가 너한테 이렇게 잘해주니까 다행이지, 5등을 너한테 양보했잖아. 그것도 내 앞에 말야……."

사실은 그냥 내 체면을 세워주려는 거겠지, 위저우저우는 생각했다. 혹시라도 내가 다음 시험을 앞두고 지나치게 스트레스를 받을까 봐 5등을 구실로 내세운 거야. 만약 다음 시험도 망치면, 난 5등을 하려고 갖은 방법을 다 썼지만 사람의 계획은 하늘의 뜻을 벗어나지 못한다며 둘러댈 수 있으니까…….

위저우저우가 다정하게 웃으며 진심을 담아 말했다. "원먀오, 고마워. 넌 참 좋은 애야."

원먀오는 얼굴을 돌리고 아무 말도 하지 않았다.

그리고 또 하나는 마위안번과 관련된 일이었다. 마위안번은 수업을 너무 많이 빼먹었다. 장민은 위저우저우에게 마위안번이 수업 땡땡이친 횟수를 기록하라고 신신당부했다. 규정 횟수를 초과하면 퇴학시킨다고 말이다.

마위안번이 쉬즈창 무리를 따라 PC방에 가서 '스타크래프트'와 '카운터 스트라이크'를 한 지도 벌써 1년이 넘었다.

학교에서의 즐거움은 갈수록 줄어들었고, 아침 자습 시간부터 수학, 국어, 영어, 물리, 화학 시간표가 꽉 짜여 있었다. 예전에 아무리 놀고 장난치는 걸 좋아하는 학생이었더라도 지금은 다들 책을 보고 문제를 푸는 데 집중하기 시작했다. 그래서일까, 웃음을 유발하는 마위안번의 많은 행동들은 관객을 잃고 말았다. 가끔 다들 고개 숙여 공부만 하면서 그의 행동은 거들떠보지도 않을 때, 위저우저우는 심지어 마위안번의 얼굴에 약간의 두려움이 떠오르는 것도 볼 수 있었다.

위저우저우는 마위안번이 학교에 없는 데 익숙해졌고, 곁에 있는 이 말썽꾸러기가 종종 너무나 그리웠다.

"사실 걔도 계속 공부할 필요는 없어."

위저우저우는 자기만의 생각에서 빠져나와 고개를 들고 장민을 바라봤다. "네?"

장민이 한숨을 쉬었다. "따지고 보면 진짜로 나쁜 애는 아냐. 그냥 집안 상황이…… 할아버지와 할머니가 초등학교 교문 앞에서 좌판 장사를 하면서 마위안번을 길렀대. 부모님이 이혼한 후로는 엄마가 도망가서 어디 있는지 모르고, 아빠는 지금 후두암 말기란다. 이런 생활을 어떻게 계속 견딜 수 있겠니? 일찌감치 학교를 떠나서 돈을 버는 게 그나마 집안에 부담을 덜어주겠지. 걘 학교에서 공부는 하나도 안 하고 맨날 그런 애들하고만 어울려 PC방으로 달려가면서 문제집 비용이며 보충 학습비는 계속 내고 있잖아. 그 돈도 진작에 절약할 수 있었을 텐데."

위저우저우는 고개를 끄덕였다가 다시 가로저었다. 자신도 무슨 생각인지 알 수 없었다.

마지막 교시 자습 시간에 마위안번은 교실로 돌아왔다. 그는 한겨울에 얇고 낡은 외투 하나만 입고 꽁꽁 얼어서는 교실에 들어서자마자 난방기 위에 손을 녹였다. 손에 들고 있는 간식과 잡동사니 봉지가 멀리서도 굉장히 눈에 띄었다.

"마위안번?"

"왜?" 그는 여전히 이상한 목소리로 대답하곤 자리로 돌아와 앉았다. 위저우저우는 멀리 떨어져 있어도 그의 몸에서 퍼져 나오는 냉기를 느낄 수 있었다.

"밖에 추워?" 뭐라고 물어봐야 할지 몰라서 괜히 에둘러 잡담만 던졌다.

"추워, 오늘 진짜 춥다!" 마위안번은 조심스럽게 비닐봉지를 책상 서랍에 넣고 연신 손을 비볐다.

"또 PC방 갔었어? 이건 또 누구 주려고 가져온 간식이야?" 위저우저우는 미간을 찌푸리며 그의 책상 서랍을 바라봤다.

"뭔 소리야!" 마위안번이 별안간 목소리를 높여 심술부리는 애처럼 소리쳤다, "이건 우리 엄마가 나한테 준 거라고! 엄마가 아주 멀리 있다가 왔는데, 아침에 왔다가 오늘 저녁에 바로 떠난대."

위저우저우는 어안이 벙벙했다. "너 엄마 보러 나갔던 거야?"

고개를 끄덕이는 마위안번의 표정은 약간 침울해 보였다.
"외삼촌이 그러는데 엄마가 일 보러 나가셨다고, 그래서 못
만났어." 그러다 위저우저우의 동정 어린 눈빛을 보고는 얼
른 덧붙였다. "하지만 이건 엄마가 아주 멀리서 가져온 거
야. 나 주려고 특별히 챙겨온 거라고!"

위저우저우는 자신도 의식하지 못한 엄숙한 눈빛으로 비
닐 포장 안에 들어 있는 걸 유심히 살폈다. 상하오자上好佳,
펀황汾皇 건살구, 만디커滿地可······.*

멀리서 아들 주러 이런 걸 가져왔으면서도 만나지 않았다
고?

마위안번은 이상한 점을 전혀 눈치채지 못했는지 자습 시
간 내내 엄마가 줬다는 체크무늬 목도리를 너무나도 소중하
다는 듯 쓰다듬었다. 얇은 원단에 가장자리에는 올이 풀려
실밥이 삐져나온 목도리였다. 위저우저우는 차마 계속 보고
있을 수가 없어 고개를 다른 쪽으로 돌렸다. 눈물이 국어 문
제집 위로 툭, 툭 떨어지며 천년을 뛰어넘어 활자로 인쇄된
옛 시의 애수을 적셨다.

위저우저우는 말하지 않았지만 장민은 늘 그랬듯 마위안
번을 따로 불러 면담을 했다. 학교 측에서 졸업장을 발급해
준다고 했으니 그는 이제부터 학교에 계속 나올 필요가 없

---

* 상하오자, 펀황, 만디커, 모두 중국의 스낵 브랜드.

었다.

마위안번은 책상을 남김 없이 깨끗이 치웠다. 예전에 가득 쌓여 있던 시험지들은 모두 정리해 위저우저우에게 주었다.

"연습장으로 써."

위저우저우는 씁쓸하게 웃었다. "엄청 비싼 연습장이네. 이거 다 네가 돈 낸 거잖아."

마위안번이 웃으며 대꾸했다. "돈을 내야 너랑 짝꿍 할 수 있잖아!"

갑자기 시큰한 느낌이 코끝을 찔렀다. 코가 찡해서 눈물이 그렁그렁해진 위저우저우는 고개를 숙이고 물었다. "이제 가는 거야?"

마위안번은 책가방까지 어깨에 뗴면서 갑자기 다시 자리에 앉았다.

"수업 하나만 더 들을래." 그가 웃었다.

국어 시간, 모두가 한목소리로 「출사표出師表」를 암송했다. 위저우저우는 불현듯 월드컵 때 있었던 일이 떠올랐다. 당시 6반과 옆의 5반의 축구 시합은 마침 시기도 적절하게 '잉글랜드와 브라질 경기'라고 불렸는데, 다만 그들의 이미지가 실력파 브라질인지 아니면 잘생긴 선수들이 운집한 잉글랜드인지를 정하는 문제가 원먀오를 포함한 많은 팀원들을 골치 아프게 했다. 그들의 말에 의하면, 외모도 멋지고 실력도 갖춘 건 정말이지 비극이라 했다.

원먀오가 영어 시간 내내 출전 진영을 짜서 득의양양하게 손에 든 하얀 종이를 흔들었다. "완벽해, 완벽함이 뭐냐고 묻는다면 이게 바로 완벽함이야! 전략에서 전술, 그리고 그림 솜씨에 이르기까지, 어느 것 하나 흠잡을 게 없어!"

위저우저우가 웃으며 말했다. "제목이 빠졌는데."

줄곧 배운 것도 없고 재주도 없는 걸로 유명한 마위안번이 이제 막 잠에서 깨어 잠이 덜 깬 눈으로 맞받아쳤다. "그럼 '출사표'로 하자."

그리하여 원먀오가 그린 전술도는 '출사표'라는 이름이 붙었다.

그리하여 그들은 제갈량처럼 깨끗하게 지고 말았다.

눈 깜빡할 사이에 또 1년이 지났다. 마지막 1년이었다.

낭랑한 암송 소리 속에서 마위안번은 눈을 지그시 감고 마치 척추가 없는 고양이처럼 자리에 웅크린 채 만족스럽게 하품을 했다.

위저우저우가 기억하기로 마위안번은 학교 다니는 게 좋다고 했다. 밖에서 '카운터 스트라이크'를 하다 보면 중간에 꼭 가슴이 두근거리면서 교실로 돌아가고 싶은 생각이 든다고 했다.

마치 피터 팬의 네버랜드처럼, 교실에서는 자라지 않아도 될 것 같다고 말이다.

위저우저우와 다른 친구들은 졸업하면 또 다른 학교에 가야 하지만, 마위안번은 반드시 자라야 했다.

국어 선생님은 마위안번 옆을 지나가면서 결국 참지 못하고 눈살을 찌푸리며 몇 마디 혼을 냈다.

"처마 끝 잡상처럼 하루 종일 빈둥거리는구나. 너 지금 이런 모습으로는 아무것도 안 돼. 앞으로 무슨 일을 할 수 있겠니?"

마위안번은 화를 내는 대신 오히려 웃었다.

"아무것도 아니라고요? 그럼 딱 좋네요, 저도 선생님이 될 수 있을 테니까요!"

반 전체가 웃음을 터뜨렸고, 국어 선생님의 얼굴은 붉으락푸르락했다. 이제 곧 학교를 떠날 학생이 그녀를 속수무책으로 만들었다.

그 심각하지 않은 반항적인 농담 한마디에 위저우저우는 짠하게 웃었다.

줄곧 다른 아이들의 웃음을 유발하기 위해 노력하던 마위안번은 마침내 가장 화려한 퇴장을 하게 되었다.

수업이 끝나자, 그는 책가방을 들고 위저우저우에게 웃으며 손을 흔들었다.

"시험 잘 봐, 전화고에 합격해!" 그는 위저우저우가 한 번도 말하지 않은 목표를 큰 소리로 외쳤다. "내 생각에 우리 학교에서 그럴 능력이 있는 사람은 너밖에 없는 것 같아."

위저우저우는 얼굴이 온통 새빨개졌다. "넌 가면서도 내가 잘 지내길 바라는구나."

마위안번이 정색하며 말했다. "난 진심이야."

"알아." 위저우저우가 미소 지었다.

"그리고 날 꼭 기억해줘야 해."

"응."

"넌 아주 대단한 사람이 될 거야. 네가 날 기억해주면 난 헛산 게 아니게 되겠지."

이런 이상한 논리에 위저우저우는 무척 웃고 싶었지만 눈물이 눈가에 가득 고였다.

마위안번은 고개를 끄덕이며 멀리 쉬즈창의 자리를 바라봤다. 자리에 없는걸 보니 또 어디 PC방에 간 것 같았다.

원먀오가 마위안번을 살짝 토닥이며 말했다. "건강하고."

마위안번은 원먀오와 위저우저우에게 씨익 웃어주고는 몸을 돌려 건들건들 교실 문 뒤로 사라졌다.

위저우저우는 손등으로 눈물을 닦고 고개를 들었다가 놀랍게도 원먀오도 눈가가 살짝 붉어진 걸 발견했다.

"너 마위안번이랑 이렇게까지 친했어?"

원먀오가 고개를 저었다. "그저 4개월 후의 내 모습을 떠올렸을 뿐이야."

14.

소리 없이 다가온 고입시험

장민은 위저우저우에게 꾸깃꾸깃한 시험지 두 장을 슬그머니 쥐여줬다.

"다른 애들한테는 말하지 마. 이건 출제위원회에 차출된 선생님이 남긴 비공개 기출 예상 문제인데, 수학 문제 출제 스타일이 이거랑 아주 비슷할지도 몰라. 몰래 가서 한 부 복사해놔. 절대로 밖에 소문내지 말고, 알겠지?"

비공개 기출 예상, 또 기출 예상 문제였다. 5월 말부터 갖가지 '족집게 반'이 우후죽순으로 생겨났다. 각 학교에서 문제 출제자로 차출된 선생님들이 남긴 시험지와 지도안은 죄다 『규화보전葵花寶典』*이 되었고, 학생들은 기출 예상 문제 삼천 세트를 몽땅 푸는 헛수고를 할지언정 한 세트도 놓치

---

* 김용의 무협소설 『소오강호(笑傲江湖)』에 등장하는 최고의 무공 비급.

지 않겠다는 마음으로 한 세트 풀면 또 한 세트를 기계적으로 꾸역꾸역 풀었다.

장민은 위저우저우의 생각을 눈치챘는지 강조했다. "이 시험지는 달라, 내 말 들어."

위저우저우는 힘껏 고개를 끄덕이며 아부하듯 웃었다.

"지금 가서 복사할게요, 당장 바로요. 감사합니다, 선생님!"

그러고는 반으로 돌아가 원먀오의 책상을 살살 두드렸다. "가자, 또 비공개 기출 예상 문제야. 이번에는 아주 믿을 만하대."

장민은 절대로 다른 사람에게 알리지 말라고 신신당부했다. 위저우저우는 장민이 줄곧 자신을 편애한다는 걸 알았지만, 자신에게도 편애하는 사람이 있었다. 예를 들면 원먀오라든지.

원먀오는 늘 문제 푸는 걸 귀찮아하긴 했어도 매번 위저우저우가 그를 끌고 다양한 버전의 『규화보전』을 복사하러 갈 때마다 기꺼이 따라 나섰다.

왠지 모르게 위저우저우는 신메이샹을 피했다.

신메이샹은 1차 모의고사에서 '깜짝 결과'를 선보인 후로 안정적으로 반 2등을 유지했다. 위저우저우는 다시금 1등을 되찾았지만 더는 조금의 기쁨도 느껴지지 않았다. 뒤에서 누군가 호시탐탐 지켜보는 느낌은 무척이나 불편했다. 이제껏 선선의 자리에 대해서는 이런 생각이 든 적 없었는데, 지금은 누군가 뒤에서 자신을 바라보는 눈빛 때문에 마음이 서늘해졌다.

3차 모의고사가 끝난 후, 위저우저우는 탕비실에서 물을 받아 신메이샹 자리 옆을 지나가다가 무심코 책상을 흘끗 봤는데, 신메이샹은 굉장히 예민하게 반응하며 팔꿈치로 자신이 풀고 있던 수학 시험지 제목을 가렸다.

이렇게 꽁꽁 감추는 행동은 이기적인 마음을 품어본 모범생들이라면 낯설지 않았다. 위저우저우도 무척 잘 알았다.

그래서 종종걸음으로 지나치며 신메이샹의 고의인지 아닌지 모를 작은 동작을 못 본 척했지만, 마음은 너무 아프고 아팠다.

어떻게 이렇게 변한 걸까.

그 후로 위저우저우는 여러 경로로 얻은 비공개 문제며 보충 자료 등을 다시는 먼저 나서서 신메이샹에게 공유하지 않았다.

상처를 받은 후 다시 예전 일을 돌이켜 보니, 신메이샹은 이제껏 그녀와 원먀오에게 그 어떤 학습 경험도 교류하지 않았고, 그 어떤 자료와 비급도 공유한 적 없었다. 항상 묵묵히 듣기만 했고, 그들이 하는 말이 맞든 틀리든 평가하지도 바로잡지도 않았다.

위저우저우는 원먀오의 '내가 진작에 말했잖아'라는 표정을 보고 저도 모르게 목소리가 높아졌다. "대체 나한테 뭘 말해줬는데? 그렇게 아리송하게 말하면 무슨 뜻인지 내가 어떻게 아냐고?"

위저우저우는 문득 5월 초, 입학 지원서를 내기 전날 저녁에 있었던 일이 떠올랐다. 그들 세 사람이 마지막으로 도서관에서 모였을 때일 것이다. 사대 부고 계약서가 이미 세 사람의 손에 들려 있었다. 가장 중요한 2차 모의고사에서 원먀오는 마치 사대 부고가 이번 성적을 기준으로 삼는다는 걸 미리 안 것처럼 반에서 3등을 했고, 시 전체 100등 안에 성공적으로 진입해 계약 자격을 얻게 되었다.

위저우저우는 오랫동안 책상을 두드린 끝에 숨을 깊이 들이마시고 조그맣게 말했다. "난 안 해."

신메이샹은 아주 침묵하고 침묵하며 아무 말도 하지 않았다.

그런데 줄곧 계약 자격을 받으면 꼭 계약할 거라고 떠벌리던 원먀오는 평소와는 다르게 아주 시원스럽게 말했다. "나도 안 해."

위저우저우가 놀라 두 눈을 휘둥그렇게 떴다. "뭐라고?"

"너랑 같이 전화고 시험 볼 거야."

위저우저우의 얼굴에 또다시 다섯 개의 초승달이 활짝 펴지며 눈썹과 눈과 입에 모두 놀라움과 기쁨이 담겼다. 그러나 그녀는 신메이샹의 침묵을 조금도 눈치채지 못했다.

그날 저녁, 세 사람은 함께 늦봄의 저녁 바람을 맞으며 걸었다. 하늘의 초승달은 유난히 조각배처럼 보였고, 위저우저우의 달콤하게 웃는 입술처럼 입꼬리가 위로 치켜 올라가 있었다.

"신메이샹, 넌 꿈이 뭐야?"

위저우저우가 기억하기로 그건 원먀오가 처음으로 먼저 신메이샹에게 말을 건 거였다.

신메이샹이 입을 열기도 전에 원먀오는 손을 내저었다. "전화고에 합격하는 건 꿈이라고 할 수 없어."

"좋은 대학 가는 것도 꿈이 아니고."

"돈을 아주 많이 버는 것도."

"내 말은, 네가 진짜로 하고 싶은 거 말야. 어쩌면 평생 해볼 기회가 없을지 몰라도 네가 진짜로 좋아하고 평생 마음에 두는 그런 거."

줄곧 각종 대화에서 질문을 회피하고 자신의 진짜 생각을 말하는 경우가 드물었던 신메이샹이 이번에는 평소와 달리 얼굴을 약간 붉힌 채 고개를 숙이고 한참 곰곰이 생각하더니 천천히 입을 열었다. "난 나중에 도쿄에 가서 만화 그리는 걸 배우고 싶어. 그런 다음 귀국해서 만화영화를 만들 거야. 아주 재미있는 만화영화를 아주 많이 만들고, 재미있는 얘기도 아주 많이 쓸 거야……. 나 혼자만 보더라도 말야."

위저우저우는 살짝 감동했다. 책 훔치는 것과 책 보는 걸 좋아하는 신메이샹의 마음속에 이렇게 동화 같은 꿈이 감춰져 있으리라고는 이제까지 전혀 모르고 있었다.

원먀오는 한참 말이 없다가 자신의 명치를 살살 찔렀다. 무슨 의미인지는 알 수 없었다.

"도쿄는 아주 멀어."

그는 조그맣게 말하며 기나긴 침묵에 빠져들었다.

신메이샹, 너의 도쿄는, 아주 멀어.

위저우저우와 원먀오는 후끈한 학교 복사실에서 후다닥 나오자마자 맞은편에서 오는 신메이샹과 선선을 딱 마주쳤다. 각각 다른 방향에서 달려온 그들은 각자 손에 시험지를 한 장씩 들고 있었다.

좁은 길에서 이렇게 딱 마주친 네 사람은 서로의 얼굴만 바라봤다.

위저우저우는 문득 이 상황이 참 시시하게 느껴져서 웃음이 나왔다.

선선은 오히려 아무런 가식 없이 달려와 물었다. "무슨 시험지야?"

위저우저우가 통 크게도 시험지를 펼쳐 보여주자 선선도 들고 있던 시험지를 펼쳤다. 두 사람은 서로 시험지를 교환해 쓱 훑어보고는 이구동성으로 외쳤다. "빌려줘."

"그럼 지금 다시 가서 한 부씩 더 복사하자." 원먀오가 옆에서 하품을 했다.

그들은 함께 복사실로 뛰어갔고, 한쪽에 내버려진 신메이샹은 손에 말아 쥔 시험지를 꽉 쥐고 입술이 하얗게 되도록 꾹 다물었다.

수요일 아침, 위저우저우는 아주 일찍 일어났다.

침대에서 뛰어 내려와 창문을 여니 밖에 있는 라일락의

서글픈 향기가 아침 바람을 타고 들어왔다. 텅 빈 책상 위에는 투명한 폴더 하나만 놓여 있고 그 안에는 필통과 수험표, 바코드와 학생증 등이 들어 있었다. 그리고 폴더 위에는 커다란 엽서 한 장이 놓였다. 위저우저우는 그걸 몇 번이나 자세히 살펴봤는지 모른다. 엽서 뒷면의 푸른 하늘과 푸른 물과 거대한 빙산은 아름답지만 비현실적인 화면을 이루고 있었다. 앞면에 적힌 낯선 글씨체는 뒷면의 빙산보다 더욱 비현실적으로 보였다.

"저우저우, 난 핀란드의 산타 마을에 있어. 원래는 회의에 참석하려고 핀란드에 온 건데, 사실 그보다 더 많은 시간을 이곳저곳 여행하는 데 쓰고 있어. 이 엽서가 크리스마스 전에 네 손에 도착할 수 있을지 모르겠네. 넌 내년 여름에 고입 시험을 보겠지? 이 응원이 늦게 도착하지 않았으면 좋겠다.

네 편지는 다 봤는데, 답장하고 싶지 않았어. 내가 답장하지 않아야 네가 자유롭게 쓸 수 있을 거라고 생각했거든. 난 네 편지를 보는 게 좋았는데 넌 벌써 1년이나 편지를 안 쓴 것 같아. 난 그 이유가 네가 편지를 쓸 필요가 없어졌기 때문이길 바라. 즐거운 아이가 되도록 해. 그건 전화고에 가는 것보다 훨씬 중요하니까. 게다가 넌 점점 가까이 다가가고 있고 말야.

늘 평안과 기쁨이 함께하길. 천안."

고입시험 사흘 전, 학교를 떠나기 전 각자 소지품을 챙기고 청소를 하던 오후, 우편함 청소를 맡은 당번이 얼마나 오래 깔려 있었는지 가장자리까지 약간 구겨진 이 엽서를 발견했다.

위저우저우는 특별히 기쁘거나 하지 않았다. 어쩌면 답장을 기대하지 않은 지 오래되어서일 수도, 어쩌면 자신이 더 이상 아득한 곳에 있는 신선에게 편지를 보낼 필요가 없어져서일지도 모른다. 그러나 그녀는 진심으로 천안을 위해 기뻐했다.

그가 앞으로 세계 각지의 엽서를 보낼 수 있기를, 그가 그때 얼음 놀이공원에서 말한 것처럼 진정으로 먼 곳으로 날아갈 수 있기를 바랐다.

고입시험 첫날 아침, 위저우저우는 책상에 엎드렸다. 마음속이 그렇게나 따스하고 안정적이었다. 마치 기쁨과 행복이 마침내 오리라는 걸 확신한 듯이.

"저우저우? 치 아저씨는 먼저 내려가셨어. 두유 다 마시면 우리도 내려가자. 마지막으로 수험표랑 2B 연필 챙겼는지 확인하고. 다 들어 있지?"

"다 있어. 가자."

15.

어쩌면, 난 너무 행복했나 봐

시험 볼 때 사소한 아쉬움을 조금도 남기지 않기란 굉장히 어려운 일인 듯하다. 위저우저우는 둘째 날 시험이 끝난후 내내 안절부절못했다. 물리 시험 OMR 카드 위에 수험번호를 마킹했는지 도통 기억이 나지 않았기 때문이었다. 수험번호만 쓰고 마킹을 깜빡한 걸까? 그럴 리 없어. 감독관선생님들이 일일이 검사하니까 그런 상황이 벌어질 리 없어, 절대로…… 하지만 만약에 누락한 거면 어쩌지?

그런 고민은 시험이 끝나고 성적이 발표되기까지의 기간에 수시로 튀어나와 위저우저우를 괴롭혔다.

이번 방학은 동창회와 노는 걸로만 시간을 보냈다. 위저우저우와 원먀오는 이 도시의 크고 작은 놀 만한 공원과 놀이공원을 죄다 돌아다녔고, 마침내 성적이 발표되는 날이되었다.

위저우저우는 전화기를 들고 점수 조회 번호의 첫 번째 버튼을 누를 때 자신의 심장 뛰는 소리까지 들을 수 있었다. 그 작은 심장이 금방이라도 밖으로 튀어나올 것만 같았다.

"엄마가 도와줄까?" 엄마가 옆에서 가만히 등을 토닥여 주었다.

"아니." 위저우저우는 고개를 저었다. "괜찮아, 내가 할게." 고개를 숙이고 두 번째 버튼을 눌렀다. 정중하게.

560점 만점에 542점을 맞았다. 전화고 역대 입학 커트라인보다 십몇 점이나 더 높았다. 위저우저우는 침착한 표정으로 전화기를 내려놓고 고개를 들어 살짝 떨리는 목소리로 말했다. "엄마, 시험 망쳤어."

그런 다음 엄마의 품으로 뛰어 들어가 우는 척하면서, 엄마가 다급하게 이것저것 물어볼 때 고개를 숙이고 슬며시 교활한 웃음을 지었다.

그날 오후, 위저우저우는 가장 좋아하는 연회색 반팔 셔츠와 멜빵 청치마 차림으로 책가방을 메고 성적표를 수령하러 학교로 달려갔다. 교실에 들어서자마자 원먀오에게 목을 잡혀 이리저리 흔들렸다.

"왜 이래……."

아까 위저우저우는 성적을 확인한 후 내내 전화기 옆을 지켰다. 원먀오에게 전화를 하고 싶었지만 한편으로 두렵기도 했다. 혹시 시험을 망쳤다면 전화를 받고 더 속상해하지 않을까? 그래서 기다리고 기다리다가 마침내 원먀오의 전화를 받았다.

원먀오는 평소보다 더 실력을 발휘했는지 524점을 맞았지만, 전화고 자비생* 커트라인을 겨우 넘었을 뿐이었다.

이런 명문고 자비생은 해마다 최소한 7천 위안의 학비를 내야 했다. 위저우저우가 수화기 건너편에서 오랫동안 침묵하고 있을 때 원먀오가 불쑥 말했다. "멍청아, 네가 무슨 생각 하는지 알아. 실은 나 사대 부고랑 계약했어."

"뭐?"

"내가 전화고에 지원한다고 했던 건 그냥 너랑 같이 있고 싶어서였어. 봐, 넌 합격했잖아. 그렇게나 좋은 성적으로, 얼마나 좋아. 우리 둘 다 좋은 결과를 얻었지."

위저우저우는 저도 모르게 웃음을 터뜨렸다. 원먀오는 전화고 자비생과 사대 부고 사이에서 후자를 선택한 사람이었다. 앞다퉈 빼앗는 걸 좋아하지 않고, 피곤하게 집착하는 것도 좋아하지 않았다. 하지만 고입시험을 앞두고 몇 개월간 그는 그렇게 괜히 자신을 힘들게 하며 그녀와 함께 전력투구를 했다.

"원먀오⋯⋯." 위저우저우는 불현듯 신메이샹과 자신은 모두 꿈에 대해 말했는데 원먀오만 입을 꾹 다물었던 게 생

---

* 自費生, 합격 점수에는 살짝 모자라지만, 비싼 학비를 내면 입학 자격을 얻을 수 있다.

각났다.

"원먀오, 네 꿈은 뭐야?"

"너 머리가 어떻게 됐냐? 왜 갑자기 그런 걸 물어?"

"말해봐!"

"내 꿈은 남들이 날 잘살게 해주는 거야!"

자신의 꿈이 농담으로 사용된 데 위저우저우는 화가 나서 얼굴이 새빨개졌다. "진지하게 대답하라구!"

원먀오는 전화 저편에서 한참을 말이 없었다. 말을 하려 다가 마는 듯하더니, 결국엔 원래의 장난스러운 말투로 돌아왔다.

"내 꿈은 이룰 수 없는 거야. 그러니까 역시 말하지 않을래."

위저우저우는 눈을 감고 가볍게 한숨을 내쉬었다.

"저우저우, 우린 가장 친한 친구지? 앞으로 못 만난다고 해도 가장 친한 친구지?"

"그래."

마치 전화로 하는 숙명적인 작별 인사 같았다. 위저우저우와 원먀오는 모두 서로의 표정을 보지 못했다.

원먀오, 고마워.

그런데 두 사람이 마지막으로 만나는 자리에서 가장 먼저 벌어진 일이 상대방에게 목이 졸려 이리저리 흔들리는 거였다니.

"너 미쳤어?" 위저우저우는 가까스로 벗어났다.

"내가 너 대신 기뻐하는 거야." 원먀오가 웃었다. "그거 알아? 네가 결국엔 전교 1등을 했다구!"

위저우저우는 조금도 기쁜 마음이 들지 않았고 그저 조용히 물었다. "선선은?"

원먀오는 그제야 어리둥절했다. "그러게, 안 물어봤어. 어쨌거나 장 선생님이 네가 1등이고 시 전체에서는 7등이라고 그랬어. 정말 대단해."

위저우저우는 두말없이 2반 쪽으로 달려가다가 테라스 앞을 지나면서 창문가에 있는 선선의 빼빼 마른 뒷모습을 봤다.

"선선?"

위저우저우는 부르고 나서야 지금 자신의 존재가 선선에게는 얼마나 큰 자극일까 하는 생각이 들었다. 하지만 몇 등이냐는 그렇게까지 중요하지 않았다. 점수라는 건 써먹을 수 있을 정도만 되면 되는 거 아닐까?

선선은 고개를 돌려 미소를 지었다. 그 스스럼없는 표정에 위저우저우는 훨씬 안심이 되었다.

"축하해."

"…… 고마워."

"너 내가 몇 점 맞았는지 알고 싶은 거 아냐?"

위저우저우는 고개를 저었다가 끄덕거리다가 다시 가로저었다.

"520. 의외지?"

선선은 놀랍게도 여전히 미소를 띠고 있었다. 그 차분한 표정을 보니 위저우저우는 마음이 쓰렸다.

"사실 넌 정말 질투의 대상이 되기 쉬운 사람이야. 그치만 난 널 질투하지 않아. 내가 노력해서 얻을 수 있는 것에 대해서는 질투하지 않거든. 설령 다른 사람이 쉽게 얻는 걸 나는 열 배 넘게 노력해서 얻어야 한대도 말야. 분명 난 집에서 나가는 돈을 아끼려고 노력한 건데, 결국에는 2만 위안 넘는 돈을 내고 전화고에 가거나 사대 부고 분교에 진학해야 할지도 몰라.

우리 집은 그렇게 큰돈을 부담할 수 없어. 어쩌면 그 망할 고모한테 돈을 내달라고 부탁해야겠지. 난 고모랑 그 사대 부중에 다니는 아들만 보면 목 졸라 죽이고 싶어. 내 말은 진짜로 목 졸라 죽이겠다는 거야. 그 사람들은 우리 아빠를 무시해. 아빠가 할아버지, 할머니 망신을 시킨다고 생각하고, 우리 집이 가난하다고 얼마나 얕보는지. 그때 고모가 내가 사대 부중에 들어갈 수 있도록 금전적으로 도와준다고 했을 때, 난 결사반대하면서 호적지에 따라 13중에 가겠다고 고집을 부렸어. 13중에 가서도 전화고에 합격할 수 있을 거라고 믿었거든. 고모랑 고모의 그 멍청이 아들한테 똑똑히 보여주고 싶었어!"

선선의 마지막 두 문장은 말이 굉장히 빨라서 공개수업 때 속사포처럼 말을 내뱉던 모습과 겹쳐 보였다.

"결국 난 우리 엄마, 아빠를 그 사람들 앞에서 쪽팔리게 만들어버렸지 뭐야. 사실 고모 아들도 시험을 엉망으로 보긴 했지만. 난 시험을 아주아주 잘 봐야 기를 펼 수 있었는데 그러지 못했어."

"학교 시험에서 1등을 얼마나 많이 했든 다 헛수고였어. 결정적인 순간에는 네가 1등이니까."

"진짜로 널 질투하는 건 아니니까 걱정 마."

"중점학교는 전화고만 지원했고 자비생 항목은 아예 체크도 안 했어. 난 일반고에 갈 생각이야."

위저우저우는 깜짝 놀라 고개를 들었다. 중점학교와 일반학교의 차이는 중학교보다 고등학교의 격차가 훨씬 컸다. 선선의 결정에 감정적인 성분이 얼마나 많이 들어 있는지는 모르겠지만 매우 위험한 결정임은 확실했다.

"그 사람들 돈으로 전화고 분교에 가면 뭐 어때서? 체면과 장래 중에 더 중요한 게 있는 거잖아." 마음이 격해진 위저우저우가 선선의 말을 끊었다.

"그건 체면 문제가 아냐." 선선이 고개를 돌려 그녀를 바라봤다. "존엄성의 문제라고. 장래와 존엄성은 비교할 수 없어."

위저우저우는 말문이 막혔다. 만약 자신이 선선과 같은 처지라면 아마 선선과 똑같은 선택을 했으리라.

"이번 3년은 실패했고, 내겐 또 3년이 있어. 난 안 믿어."

약간은 목이 멘 소리를 듣고 위저우저우는 고개를 들었으나 눈앞에 있던 선선은 이미 몸을 돌려 걸어가고 있었다.

그건 위저우저우가 마지막으로 본 선선의 옆모습이었다. 이마의 여드름은 아직 완전히 아물지 않았고 안경 렌즈에 빛이 반사되어 표정이 잘 보이지 않았다. 야위고 엄숙한 모습, 처음 봤을 때와 똑같았다.

위저우저우는 이제 막 손에 넣은 합격 통지서를 허둥지둥 가방에 넣고 곧장 집을 나섰다.

옷을 갈아입을 때 너무 늦장을 부리다가 정신을 차려보니 약속 시간까지는 고작 15분 남아 있었다.

그래서 필사적으로 달렸다. 강가에 다다랐을 때, 멀리서 하얀 티셔츠를 입은 키 큰 사람이 크로스백을 비스듬히 메고 햇살 아래에 서 있는 뒷모습이 보였다.

어젯밤에 전화를 받았을 때, 수화기 저쪽의 낯설고도 익숙한 목소리를 듣고 위저우저우는 잠시 넋을 잃었었다.

"안녕하세요, 위저우저우네 집인가요?"

위저우저우는 헤벌쭉 웃으며 숨을 깊이 들이마시곤 그에게로 성큼성큼 달려갔다.

그리고 그의 앞에 서서 일단 말없이 고개를 숙인 채 가방에서 그 조잡한 작은 종이를 꺼냈다. '합격 통지서'라는 커다란 금박 글씨가 표지에 박힌 것이 약간 낯부끄럽게 보였다.

"짠, 나 합격했어."

천안은 햇볕에 살짝 그을린 듯했고, 이목구비가 전보다 훨씬 또렷해져 있었다. 유난히 환하게 웃고 있는 그는 더는 아득하게 보이지 않았다.

"응, 여협께서 강호에 다시 모습을 드러낸 걸 축하해."

그 순간, 위저우저우는 문득 선선이 생각났다. 자신과 똑같이 절벽으로 몸을 날린 곤경에 빠진 여협이었으나 선선에게는 비급도, 운도 없었다. 선선은 그저 좋은 중학교에서는 좋은 고등학교에 가기가 쉽다는 말을 증명했을 뿐이었다. 위 선생님이 했던 말은 절대적으로 일리가 있었다.

그러나 선선을 언급하고 싶진 않았다. 자신은 운이 좋은 쪽이었고, 어떤 이유로도 동정하는 눈빛으로 선선을 애석해할 자격이 없었다. 그건 선선에겐 일종의 모욕이었으니까.

그녀는 더는 웃지 않고 재빨리 합격 통지서를 가방에 넣은 후 고개를 들어 천안을 자세히 뜯어봤다.

"오빠 예전만큼 멋있진 않네."

천안은 과장되게 가로등에 기대어 이마를 짚었다. "너도 참 솔직하구나."

위저우저우는 고개를 끄덕였다. "하지만 지금 이 모습이 훨씬 산 사람 같아."

"원래는 산 사람 같지 않았어?" 천안이 고개를 숙이고 웃으며 물었다.

"아니." 마침내 만나고 보니, 위저우저우는 비로소 자신이 천안 앞에서는 저도 모르게 이렇게나 명랑하고 자신감 있게 변한다는 걸 깨달았다. 더는 소심하고 나약하게 구는 모습이 아니라.

위저우저우가 고개를 갸웃하며 말했다. "내 말은, 예전엔 신선이 현신한 것 같았거든."

천안은 이상하게 웃으면서 위저우저우의 머리를 쓰다듬었다. "그렇게 생각한다니 아주 좋아."

위저우저우는 퍼뜩 기발한 생각이 들어 천안의 소매를 잡아당기며 수상쩍게 말했다. "나랑 어디 좀 같이 갈래? 원래 오후에 일이 있는데, 지금 오빠랑 같이 가고 싶어."

"무슨 일인데?"

"가보면 알아."

"우리 엄마 아주 예쁘지 않아?"

위저우저우는 거의 주접을 떠는 눈빛으로 아래층에서 웨딩드레스를 입고 있는 엄마를 내려다보고는 다급하게 천안에게 의견을 구했다. 천안이 부드럽게 웃었다. "응, 내가 본 엄마 중에 가장 예쁜 엄마야."

"정말 말도 잘하네." 위저우저우가 그를 흘겨봤다. "오빠네 엄마보다 예뻐?"

천안은 멈칫하더니 무슨 생각이 났는지 잠시 후에 고개를 끄덕였다. "그럴 거야."

그들은 스튜디오 2층 창가에 서서 스티로폼 부조로 유럽의 분위기가 한껏 조성된 아래층 풀밭 세트장을 내려다봤다. 엄마와 치 아저씨는 사진작가의 지휘하에 다양한 자세를 취하며 사진을 찍고 있었다. 샴페인색 치맛자락이 풀밭 위에 길게 꼬리를 늘어뜨렸다.

테라스에 딱 붙어 있던 위저우저우는 문득 저기서 치맛자락을 조심스럽게 들고 풀밭을 지나가는 여인이 자신의 엄마가 아닌 듯한 느낌이 들었다. 그저 부푼 꿈을 품고 새로운 인생을 내딛는 이십 대 여자처럼 보였다.

삶의 모든 것이 좋았다. 자신도, 엄마도, 친구도.

오후 3시에도 여전히 뜨거운 햇빛을 올려다보며 위저우저우는 별안간 울음을 터뜨렸다.

"왜 그래?"

위저우저우는 천안의 소맷자락을 쥐고 한참 후에야 천천히 입을 열었다.

"나 너무 행복한 것 같아."

과분한 행복, 감당할 수가 없었다.

실을 뽑듯
자라나네

소중한 추억 7 ──

1.
깨어나 보니 고2

위저우저우가 꿈속에서 차분하게 깨어나 눈을 뜬 순간, 꿈에서 본 장면이 마치 영화 엔딩처럼 서서히 막을 내리며 화면이 희미해졌고, 창백한 눈밭은 다시금 칠흑 같은 어둠으로 되돌아왔다.

방금까지 악몽을 꾸고 있었는데 이렇게 자연스럽게 잠에서 깨다니 좀 괴이하긴 했다. 악몽의 결말은 설령 비명을 지르지 않아도, 설령 벌떡 일어나 앉아 가슴을 쓸어내리며 땀에 흠뻑 젖은 채 거친 숨을 몰아쉬는 게 아니라도, 이렇게 소리 없이 조용히 끝나면 안 되지 않나.

위저우저우는 손등을 이마에 대고 깊은 한숨을 내쉰 후 베개 밑에서 휴대폰을 꺼냈다. 노키아의 익숙한 잠금화면은 이미 수백 번도 더 본 거였다. 커다란 손 하나가 작은 손을 잡은⋯⋯. 다만 오늘 이 화면은 위저우저우의 마음을 좀 아프게 했다.

화면에 표시된 시간은 '7:00'. 어젯밤에 다 준비해놓은 줄 알았는데 알람을 맞추는 걸 깜빡해서 고2 개학 첫날부터 지각하게 생겼다. 위저우저우는 허공에 대고 소리 없는 비명을 지르고는 즉시 침대에서 뛰어내려 이불을 개고, 잠옷을 벗어 침대 옆 의자에 가지런히 개어놓은 흰 티셔츠와 멜빵 청바지로 갈아입은 후 화장실로 달려가 세수를 했다. 그런 다음 주방 의자에 앉아 큰외숙모가 어젯밤에 미리 탁자 위에 둔 식빵을 집어 들어 대충 크림치즈를 발라 몇 입 먹고, 다시 벌떡 일어나 냉장고를 열어 차가운 우유 한 잔을 따랐다. 차가운 우유가 목구멍을 타고 내려갈 때 제대로 사레가 들렸지만, 꾹 참고 입안에 남은 우유를 모두 삼켰다. 혹시라도 아침의 고요함을 깨뜨릴까 봐 기침 소리를 최대한 조그맣게 내려고 애써 억눌렀다.

책가방과 의자에 걸어놓은 하얀 교복 상의를 들고 조용히 안전문을 열었다. 아직 깊은 잠에 빠져 있는 외삼촌 일가를 방해하고 싶지 않았다.

너무 급하게 먹은 데다가 찬 우유를 그대로 마셔서 아래 층으로 내려갈 때 위가 살살 아팠다. 교복을 둘둘 말아 배를 받치고 살짝 등을 구부리니 아까보다 조금은 편안해졌다. 입안에는 아직 버터와 빵이 섞인 느끼한 맛이 우유 맛을 감싸고 있었다. 차가운 우유는 마치 물처럼 풍미가 없었고, 오직 뒷맛을 음미할 때에야 비로소 느끼한 향이 느껴졌다.

원래 큰외숙모는 위저우저우에게 아침밥을 해주겠다고 고집했었다. 위차오가 대학에 입학하고 얼마 되지 않아 큰외삼촌은 재혼을 했는데, 재혼한 큰외숙모는 전형적인 현모양처였다. 다만 예전에 야간 당직이 잦은 일을 한 탓에 아침에 늦게 일어나는 습관이 있어서, 위차오가 방학이라 집에 돌아왔는데도 그저 전날 저녁에 남은 밥과 반찬을 대충 먹으라고 하거나, 밖에 나가 노점에서 두유와 유탸오를 사 먹게 했다.

　위저우저우는 큰외삼촌 집 앞에서 고개를 들고 큰 소리로 큰외숙모를 불렀을 때 그녀의 복잡했던 눈빛이 아직도 기억났다. 물론 결코 싫어하는 눈빛이 아니었다.

　재혼한 여자는 모두 상대방 집에 부담이 없기를 바란다. 그런데 큰외삼촌은 부담에서 벗어나자마자 다른 부담을 떠안게 되었다.

　큰외숙모는 좋은 사람이었다. 위저우저우에게 아침밥을 해주겠다고 고집을 부리는 것만 봐도 알 수 있듯이 말이다. 위차오에게 대충 유탸오를 먹일지언정 위저우저우에게는 그러지 않았다. 가끔 '누구나 차별 없이 대하는 것'은 좋은 의미가 아니기도 하다. 위저우저우는 큰외삼촌이 자신을 집으로 들인 건 의리와 열정 때문이지만, 그 열정이 다할 때 자신의 존재는 생활의 만성 고통이 되리라고 생각했다. 예를 들면 매일 아침 일찍 일어나는 것처럼.

더 고통스러운 건, 큰외숙모의 음식이 무척이나 맛이 없다는 거였다.

그리고 위저우저우는 미안해서 밥을 남길 수 없었다.

"저 아침마다 빵하고 우유 먹으면 안 돼요?"

"어떻게 그러니? 그런 건 간식이나 마찬가지잖아. 밥을 제대로 안 먹으면 수업 시간에 머리가 잘 돌아가겠어?" 큰외숙모는 목소리가 아주 컸고 눈을 부릅뜨면 약간 무섭게 보였다.

"하지만 식빵이 찐빵보다는 영양가 좋고, 우유는 칼슘 함량이 높잖아요……." 위저우저우는 잠시 생각하다가 말을 이었다. "키 크는 데 도움이 될 거예요."

"그래도 그럴 수는 없는 거야." 외숙모는 망설였다. "말도 안 되지."

때로는 말이 되느냐 안 되느냐가 영양보다 훨씬 중요했다. 그러나 외숙모의 반응도 이해할 수 있었다. 위저우저우는 조용히 의자에 앉아 발끝만 바라보면서 자신의 말하는 방식이 설득력 있으면서도 너무 강경하게 들리지 않도록 노력했다.

"예전엔 아침을 쭉 그렇게 먹었거든요. 제가 빵을 좋아해서 엄마도 아침 식사를 그렇게 차려줬고요. 그래서 습관이 됐어요."

외숙모는 그 말에 멈칫했다.

"그래, 그렇다면야……. 하지만 내가 아침에 일어나서 너한테 계란프라이랑 따뜻한 우유는 꼭 챙겨줄게."

"저 찬 우유 좋아해요. 계란은 싫어하는데." 고개를 숙인
위저우저우는 목소리도 살짝 차가워졌다.

"안 돼! 내 말대로 하렴."

그리고 이어진 침묵. "알겠어요, 큰외숙모. 매일 아침 고
생하시겠어요."

위저우저우는 그 말을 들은 큰외숙모의 눈에 스친 빛을
볼 수 있었다. 처음에 자신을 이 집에 들일 때처럼 똑같이 복
잡한, 열정과 애틋함 사이에 불안과 염려가 어렴풋이 도사
린 눈빛이었다.

어쩌면 눈앞의 이 덤덤한 표정의 아이가 이제껏 한 번도
친근하고 사랑스럽게 느껴지지 않아서인지도 모른다. 위저
우저우는 가끔 큰외숙모가 목소리를 낮추고 큰외삼촌에게
자신이 뭔가 잘못했냐고 묻는 걸 들을 수 있었다.

"마음대로 하게 둬." 큰외삼촌은 늘 차를 홀짝이며 텔레
비전에 시선을 고정한 채 대수롭지 않다는 듯 말했다.

위저우저우는 그래도 얌전한 아이여서, 간혹 의견이 맞지
않을 때도 고집을 부리지 않았다. 많은 걸 요구하지도 않았
고 제멋대로 굴지도 않았다. 다만 따뜻한 우유의 향기를 맡
으면 토하고 싶었고, 계란프라이를 먹을 땐 흰자만 먹었다.

"맛이 없니?"

"아뇨, 전 노른자는 안 먹어서요." 여전히 표정 없는 대답
이었다.

위저우저우는 외숙모 얼굴에 살짝 상처받은 표정이 떠오른 걸 보고 마음이 조금 아팠지만, 그래도 여전히 냉담한 얼굴로 꾹 참았다.

외숙모의 계란프라이와 따뜻한 우유가 며칠이나 계속됐는지는 이미 잊어버렸지만, 다만 어느 날 아침 일어나 보니 고요한 주방에 식빵과 따로 포장된 치즈가 있었다. 위저우저우는 식탁 앞에 앉아 천천히 먹기 시작했다. 마치 몇 년 동안 이렇게 해왔던 것처럼.

사실 어떻게 해야 사랑받는 아이가 될 수 있는지는 자신도 알고 있었다. 예전에는 줄곧 그랬으니까, 아주 순수하고 자연스럽게.

"천안 오빠, 난 늘 이렇게 믿었어. 진정으로 친밀하다는 건 자상한 포옹도, 마주 보고 미소 짓는 것도, 응석을 부리고 총애하는 것도 아냐. 오히려 인사치레하지 않고, 뭔가를 요구하는 것에 미안해하지 않고, '엄마, 나 컴퓨터 사줘', '그 치마 너무 이상하니까 사지 마'라고 큰 소리로 말하고, 나가서 유탸오를 사 먹고 남은 밥을 먹게 하고, 심지어 서로 싸우고 소리치면서 관계가 틀어질 걸 전혀 신경 쓰지 않고, 겉으로 보이는 화목함이 깨질까 봐 걱정하지 않는 거야……. 그래서 난 알아. 그럴듯하게 친절한 분위기가 일단 만들어지면 나랑 외삼촌, 외숙모, 모두 아주 어색해질 거라고. 오빠는 이해할 수 있겠지? 사람들은 다들 어색함과 냉담함에서 벗어나려고 감정을 뜨겁게 달구고, 잘못을 바로잡으려다가 역효과를 내곤 하잖아. 하지만 서로 정다워 보이는 가면은 언젠가는 어떤 일 때문에 찢기고 말 거야."

위저우저우는 다시금 천안에게 편지를 쓰기 시작했다. 전보다 더 빠르고 간편한 방법으로. 문자메시지는 실시간으로 전달되었기에 천안도 더는 편지 발송 지연 때문에 며칠 전, 심지어 한 달 전의 위저우저우를 읽을 필요가 없어졌다. 그러나 동시에 위저우저우는 펜 끝이 편지지 위를 사각거리는 소리가 가져오는 내면의 안정을 더는 얻을 수 없었다.

사실 위저우저우는 외숙모에게 거짓말을 했다. 어릴 때는 치즈와 식빵을 먹을 복이 없었고, 좀 커서 생활이 안정되었을 때는 엄마도 종종 아침밥을 차려줄 시간이 없어서 두유나 유탸오로 때우는 일이 흔했다. 그 영양과 습관 어쩌고 했던 건 다 외숙모를 설득하려고 아무렇게나 둘러댄 거였다.

심지어 아주 작디작은 소원을 이루기 위해서이기도 했다. 기억하기로는 네다섯 살 때부터 엄마가 출장 추나 치료를 하러 다니느라 생활 패턴이 불규칙했는데, 식사 시간을 놓치면 엄마는 위저우저우에게 식품점에서 뭐라도 사 먹으라며 1, 2위안을 줬다.

저우저우, 가서 빵 사 먹으렴.

립스틱 사탕은 사면 안 돼.

번번과 다른 아이들은 식품점 단골이 된 위저우저우를 무척이나 부러워했다. 그러나 위저우저우가 정작 부러워한 건 텔레비전에 나오는 홍콩 사람이나 외국 사람이었다. 그들은 기다란 식탁 앞에 앉아 우유를 마시고 토스트를 먹었다. 심지어 다 함께 소꿉놀이를 할 때도 다른 아이들은 축축한 건축용 모래로 만두와 교자를 빚을 때, 위저우저우는 한쪽에 쭈그려 앉아 사각형 식빵을 어떻게 만들어야 할지 연구했다.

그러나 생활 형편이 나아진 후에는 엄마에게 그런 요구를 하는 걸 잊어버렸다. 아마 물질과 정신 모두 부족함이 없어서였을 것이다.

지금은, 죄다 생각났다.

엄마에 관해서.

위저우저우는 문득 가슴이 꽉 막혀 숨을 쉴 수가 없었다. 그녀는 발걸음을 잠시 멈추고 깊이 숨을 들이마신 후, 다시 고개를 들고 정거장으로 성큼성큼 달려갔다.

위저우저우는 정거장에 서 있으면서도 여전히 매우 피곤했다. 어젯밤에 밤새 제대로 눈을 못 붙인 것처럼. 멀리서 8번 버스가 마치 너무 많이 먹어서 뒤뚱거리는 노인처럼 흔들흔들 다가왔다. 손을 들어 시계를 보니 7시 6분이었다.

오늘은 반드시 이 버스에 타야 해. 위저우저우는 어쩔 수 없다는 듯 한숨을 내쉬었다.

8번 버스에는 두 가지 종류가 있었다. 요금이 1위안인 일반 버스와 2위안인 에어컨 버스. 에어컨 버스는 배차가 적었고 비교적 한산했다. 매일 학교에 가려면 6시 50분쯤에 정거장을 지나가는 에어컨 버스를 타야 했다. 다만 오늘은 지각하지 않기 위해서는 반드시 일반 버스를 비집고 올라타야 했다.

위저우저우는 거의 매일 처참하게 붐비는 출근 대란을 목격할 수 있었다. 버스가 모퉁이를 돌아 모습을 드러내면 정거장은 곧장 술렁이기 시작했고, 버스가 정거장에 다가오면 모두는 버스가 정차할 예상 지점을 추측해 유리한 위치를 선점하려고 각자 방향과 발걸음을 조정했다. 위저우저우는 어느 날 8번 버스의 정차 거리가 너무 길어서 사람들이 버스를 따라 미친 듯이 달리다가, 한 중년 여성이 넘어지는 바람에 뒤따라오던 사람들에게 밟히는 것도 본 적 있었다.

버스가 멈추면 치열한 접전이 벌어졌다. 좁디좁은 승차문이 개미굴처럼 사람들로 새까맣게 들어찬 걸 보며 위저우저우는 그 비둔한 버스가 살짝 안쓰러웠다. 버스는 매일 각 정류장을 돌면서 이들 직장인들을 삼켜야 했고, 버스 안은 늘 숨 막힐 정도로 붐볐다. 사람들이 너무 많이 들어차서 앞문에서 한 명이 타면 뒷문에서 한 명이 떨어져 내릴 정도였다. 그런데도 아직 비집고 올라타지 못한 사람들은 앞문을 한사코 붙든 채 놓지 않았고, 차 안의 사람들이 큰 소리로 욕해도 입을 꾹 다물고 무시했다. 이제 막 올라탄 사람들도 뒤를 돌아보며 그들 때문에 시간이 지체된다고 질책하면서 다음 버스를 타라고 소리쳤다.

위저우저우는 매일 이런 광경을 묵묵히 바라보며 속으로 아무런 평가도 내리지 않았다.

고개를 들면 길 건너편에 새로 조성된 정원 단지가 보였다. 예쁜 유럽식 건물과 멋들어진 철문, 그곳을 드나드는 호화로운 차들은 전조등을 환하게 밝힌 채 붐비는 정거장을 쌩하니 지나갔다.

이 세상에는 두 개의 완전히 다른 신경이 흐른다.

사람은 저마다 생활의 고충이 있고, 각자의 진실이 있어. 엄마가 예전에 했던 말이다.

위저우저우는 그 어렴풋한 목소리가 엄마였는지 기억이 잘 나지 않았다. 하지만 자신의 머리 위에 놓였던 손의 온기는 여전히 남아 있었다. 위저우저우는 엄마가 무슨 말을 하려던 건지 끝내 이해하지 못했다. 어쩌면 엄마는 그저 술에 취한 거였을지도 모른다. 겨우 1년의 시간이 지났는데, 추억이 파도처럼 자꾸 밀려와 그녀를 덮쳤고, 그녀도 그저 이렇게 눈을 크게 뜨고 물밑에 잠겨 한마디도 할 수 없었다.

매일 6시 50분이 되면 텅 빈 에어컨 버스가 유령처럼 다가왔고, 위저우저우는 버스에 올라 치열한 승차 접전이 벌어지는 정거장을 스치고 지나갔다. 에어컨 버스에는 그녀 말고도 두 명의 단골 승객이 더 있었는데 역시 전화고에 다니는 여학생들이었다. 그들은 매번 정거장에서 벌어지는 실랑이를 볼 때마다 큰 소리로 웃으며 어깨를 으쓱하곤 비웃듯이 말했다. "정말 이해가 안 가. 고작 1위안 차이인데 저렇게까지 고생할 가치가 있나?"

위저우저우는 가치가 있는지 없는지는 몰랐지만 자신이

봄비는 차에 타는 데 전문가가 아니라는 건 잘 알았다. 한참이 지나도록 여전히 멍하니 사람들 바깥에 서서 버스 문 앞까지 다가가지도 못한 것이다. 몇 번이나 발을 밟히고 나서야 발끈한 위저우저우는 손을 들어 택시를 잡았다.

"아저씨, 전화고등학교요."

넌 말야, 아가씨 몸에 시녀 팔자구나. 엄마가 웃으면서 하는 말이 들리는 듯했다.

택시에 타자마자 위저우저우는 고개를 돌려 8번 버스 옆에서 벌어지는 교착 상황에서 시선을 뗐다. 회색 하늘과 회색 도시는 등 뒤에서 얽혀 흐릿한 그물을 만들어냈다. 살짝 한기를 느낀 그녀는 교복을 걸치고 오모OMO 세탁 세제 향기 속으로 고개를 파묻었다. 매번 세탁 세제 냄새를 맡을 때마다 안전한 느낌이 들었다. 안전해서 졸음이 몰려왔고, 졸음이 몰려오다가 고개를 들면 기쁨이 겹쳐 있다는 의미의 '囍희' 자가 어젯밤 꿈속에서 본 하늘에 높이 걸려 있는 게 보였다.

그 꿈.

전반부는 화려하고 경사스러운 분위기였다가, 후반부는 마치 저주와도 같이 생명의 선율이 급작스럽게 전개되면서 어느 순간 뚝 그칠 뻔했다. 마치 비루한 작곡가가 작품에 억지로 파란만장함을 표현하려다가 펜 끝을 과도할 정도로 세차게 돌린 것처럼.

위저우저우는 돌연 눈을 뜨고 고개를 돌려 창밖으로 멀어지는 건물들을 바라봤다.

"꼬마 아가씨는 전화고 학생이구먼."

택시가 교문 앞에 다다를 때쯤 기사 아저씨는 이제 막 잠에서 깬 듯이 말을 건넸다.

"네. 이제 2학년이에요." 그냥 대답만 하면 예의가 없는 것 같아서 뒤에 학년까지 붙였다.

"전화고에 합격하다니, 하, 정말 대단하네."

"헤헤."

정말 영양가 없는 대화였다. 그녀는 저도 모르게 웃음이 나왔다.

"내 딸이 올해 고등학교 입학시험을 쳤는데 붙은 곳이 없어. 어떻게든 좋은 학교에 넣어주고는 싶은데, 우리가 뭐 어디 학교 높으신 분을 아는 것도 아니고, 게다가 찔러줄 만한 돈도 많지 않아. 애가 공부할 재목이 아니라는 걸 아니까 아무 학교에나 보낼 수도 없고 말야. 하지만 이 사회에는 학생 같은 사람도 필요하지만, 우리 집 애 같은 사람도 필요하겠지, 그렇지? 좀 부족한 논리로 말하자면, 어쨌든 누군가는 이렇게 택시를 몰아야지, 모두가 사무실에만 앉아 있으면 안 되잖아, 그렇지?"

대학에 가서도 현실적인 이유로 어쩔 수 없이 돌아와 택시를 몰게 될 수도 있어. 아무도 앞으로의 인생이 빙 돌아서 원점으로 돌아오지 않으리라곤 확신할 수 없는 거야. 이건 천안이 한 말이었다.

"맞아요, 아저씨. 아저씨 따님은 분명 출세할 거예요. 아버님이 이렇게나 너그럽고 이렇게나 사리에 밝으시니까요."

기사 아저씨가 웃었다. "그럼 그 덕담 힘 좀 빌릴게, 학생."

차에서 내리던 순간, 위저우저우는 문득 방금 그 아저씨의 호쾌한 연설이 좀 이상하다는 생각이 들었다. 어쩌면 아저씨는 아침에 집에서 딸을 실컷 혼내고는 마음이 아팠지만, 체면을 내려놓을 수는 없어 위저우저우에게 털어놓으며 자기 위안을 삼았는지도 모른다.

"그래도 공부 안 할 거니? 고등학교 입학시험은 인생의 분기점이라는 걸 알아, 몰라? 그렇게 바보들처럼 빈둥거리다가 나중에 길거리 청소나 하게 될 때도 계속 그렇게 웃음이 나오는지 내가 두고 볼 거야!"

머릿속에 장민의 입버릇과도 같은 품위 없는 가르침이 떠올랐다. 소박하고 과격한 이치가 사실적이고도 잔혹했다.

위저우저우는 마지막으로 운전석의 아저씨를 돌아보며 어깨를 으쓱했다. 마음이 약간 슬펐다.

교문 앞에 붙은 '전화고등학교'라는 커다란 금빛 글씨는 듬직하고 함축적이었다. 위저우저우는 한쪽 어깨에 책가방을 메고 등교하는 인파 속으로 섞여 들어갔다.

2.
경기장

　학교의 교학동은 총 4층, 네 개 구역으로 나뉘어 각 학년이 한 구역씩 차지했고, 나머지 하나는 행정관리 구역이었다. 위저우저우는 B구역 2층으로 올라갈 때 문득 책가방에 신루이에게 가져다줄 정치 문제집이 있다는 걸 떠올리곤 방향을 돌려 3반으로 걸어갔다.

　마침 복도로 나오던 한 여학생이 위저우저우 대신 교실 안으로 신루이의 이름을 외치고는 아까 하던 전화 통화를 계속했다. "내가 교복을 책가방에 넣어달라고 했잖아. 우리 담임이 얼마나 변태 같은데. 개학 첫날부터 날 잘근잘근 다지려고 한다니까. 어젯밤에 내 말 들은 거 맞아? 국기게양식까지 30분도 안 남았단 말야……."

　"저우저우."

　위저우저우가 정신을 차려보니 신루이가 문 앞에 서서 무표정하게 바라보고 있었다. 살짝 거무스름한 얼굴은 윤곽이 또렷했고, 하얀 셔츠를 받쳐 입으니 꽤 멋져 보였다.

"머리 잘랐네." 위저우저우가 고개를 숙이고 책가방에서 문제집을 꺼냈다.

"응." 신루이는 한 손가락으로 어깨까지 딱 내려오는 머리카락을 돌돌 말면서 천천히 교실 뒷문으로 걸어갔다. "말총머리가 너무 질려서 바꿔보고 싶었어."

"자." 위저우저우가 문제집을 내밀었다.

"고마워. 응."

위저우저우는 그제야 신루이가 온통 교실 뒤쪽 창문에 신경이 쏠려 있다는 걸 깨달았다. 그런 모습이 좀 이상해서 그녀 뒤로 다가가 함께 교실 안을 들여다봤다.

"쟤는 누구야?" 위저우저우가 조용히 물었다.

"누구?" 신루이는 못 들은 척했다.

위저우저우는 어깨를 으쓱하더니 씩 웃고는 더는 캐묻지 않았다.

신루이는 고개를 숙인 채 살짝 난처한 듯 말했다. "링샹첸."

교실 안에 학생이라고는 십여 명뿐인데 신루이의 눈빛은 창가 첫째 줄에 단단히 고정되어 있었고, 거기에는 여학생 한 명만 덩그러니 앉아 있었다. 위저우저우는 곧장 목표를 고정했다. 신루이가 모르는 척하는 건 아주 옹졸해 보일 뿐이라는 건 서로가 뻔히 알았다.

위저우저우는 말없이 천천히 앞문으로 걸어가 대놓고 교

실 안을 들여다봤다.

"야, 너······." 신루이가 말리기도 전에 위저우저우는 어느새 활짝 열린 문 앞에 서서 조용히 관망했고, 신루이는 벽에 붙어 깐깐한 눈초리로 그런 위저우저우를 주시했다.

링샹첸은 책상 위가 아닌 다리 위에 책을 놓고 고개를 깊이 숙이고 있어서 위저우저우는 그녀의 얼굴을 제대로 볼 수 없었다. 고1 때 위저우저우와 신루이는 모두 1반이었고 링샹첸은 2반이었다. 1년 동안 옆 반이었는데도 위저우저우의 기억 속에 그들은 한 번도 전화고에서 마주친 적이 없었다.

링샹첸은 분홍색 티셔츠를 입고 겉에 하얀 나이키 상의를 걸치고 있었다. 곧게 뻗은 생머리가 아침 햇살을 받아 부드러운 광택을 띠었다. 누군가 자신을 주시하는 느낌이 들었는지, 그녀는 고개를 들었고 위저우저우와 눈이 마주쳤다.

4년을 못 본 사이에 링샹첸은 많이 변했다. 여전히 예쁘고 복숭아 같은 얼굴이었지만, 미간에 서려 있던 치기 어린 우쭐함은 사라졌다. 링샹첸은 위저우저우의 눈빛을 피하지 않고 오히려 스스럼없이 웃어주었다. 위저우저우도 똑같이 미소로 화답했다.

"정말 예쁘네." 위저우저우가 말했다. "문제집도 줬으니 그럼 이만 가볼게."

"쟤가 문과로 와서 학교가 완전 뒤집어졌잖아." 신루이는 감정이 느껴지지 않는 목소리로 말했다. "쟨 분명 문과 전교

1등이겠지."

"저녁때 집에 같이 가는 거지?" 위저우저우는 말꼬리를 잡지도, 고개를 돌리지도 않았다.

계단 앞까지 걸어왔을 때, 그녀는 저도 모르게 3반 팻말을 돌아봤다가 신루이가 여전히 벽에 기대어 멍하니 있는 걸 봤다.

"쟨 분명 전교 1등이겠지." 그 말에는 감탄도 축복도 담겨 있지 않았다.

위저우저우는 여러 번 원먀오의 말이 맞았다고 생각했다.

위층으로 올라갈 때 왠지 갑자기 마음이 급해진 위저우저우는 부랴부랴 뛰어 올라가다가 발이 미끄러져 하마터면 그대로 코방아를 찧을 뻔했다. 그나마 필사적으로 난간을 잡은 끝에 겨우 얼굴이 바닥에 닿지는 않았다. 마침 옆에 있던 남학생이 아주 동정심도 없이 큰 소리로 웃기 시작했다. 위저우저우는 거리낌 없이 웃는 남학생을 황당하게 바라봤다. 마른 체격에 소박한 교복, 그리고 창백하면서도 잘생기지 않은 얼굴. 웃음소리는 중학생처럼 아주 유치했다.

"미안." 남학생이 굉장히 민망하다는 듯 위저우저우에게 굽신거렸다.

"괜찮아……. 음, 좋은 아침." 위저우저우는 웃었다. 아침부터 우울하던 기분이 예상치 못한 곤두박질과 상대방의 거리낌 없는 웃음 덕분에 훨씬 명랑해졌다. 넘어지기 직전에 심장이 빠르게 뛰면서 큰 재난에서 살아남았다는 다행스러운 느낌이 들었다.

"좋은 아침." 남학생은 소리가 날 정도로 마늘 다지듯 빠르게 고개를 끄덕였다. "사실 나 너 알아. 너 위저우저우지?"

"어, 맞아. 넌?"

"난 네 짝꿍이야. 정옌이. 자리 배정할 때 네가 없었잖아. 우리 같은 책상에 앉게 됐어."

"정옌이? 옌이?" 위저우저우는 〈슬램덩크〉의 능남팀 '박경태'*가 떠올라 살짝 우스웠다. 항상 정보를 수집하느라 분주한 남자아이 말이다. 한편으로는 문득 슬픈 생각도 들었다. 왜냐하면 박경태는 항상 경기에 나가지 못하는 역할이었으니 말이다.

"응, 옌이라고 부르면 돼."

7반에는 여학생이 십여 명뿐이었고 위저우저우의 자리는 창가 쪽 뒤에서 세 번째 줄이었다. 창문은 거리를 향하고 있어서 위저우저우는 운동장 쪽으로 창문이 난 학급이 약간 부러웠다. 자신의 자리에서는 렌화쇼핑센터에 붙은 랑콤 향수 포스터만 보였기 때문이었다.

"이건 우리 과목 시간표. 그날 자리 배치 끝나고 칠판 위에 써뒀던 거야. 역사는 고1 중국 근현대사부터 다시 배워야

---

* 相田彦一, 일본 원작에서는 아이다 히코이치. '히코이치(彦一)' 한자를 중국식으로 읽으면 '옌이'가 된다.

하고, 지리는 지구 지도와 세계 지리부터 배워야 한대. 정치는 고2 철학 부분을 이어서 하고, 고1 경제학 부분은 방학 보충수업 때 다시 얘기한다네. 국어, 수학, 외국어는 다 정상적으로 진행하고. 이건 그날 회의 때 다 말해준 거야. 참, 넌 왜 안 왔어? 다들 자리 배치에 무척 관심이 많던데." 옌이가 눈을 휘둥그렇게 떴다.

아주 친절한 짝꿍이었고 공부도 아주 열심히 할 것 같았다. 위저우저우는 그의 손에 들린, 형광펜으로 알록달록하게 중요한 부분을 확실히 표시해놓은 역사 교과서를 보고 웃으며 말했다. "직접 컬러 페이지로 만든 거야?"

옌이는 쑥스러운 듯 머리를 긁적였다. "아니, 그냥 책을 이렇게 만드는 게 좋아서. 나름 내 스타일인 셈이지."

위저우저우는 자신의 책을 펼쳤다. 방금 서점에서 사 온 것처럼 깨끗했다.

"고1 때 역사, 지리, 정치 수업을 안 들었어. 어차피 학교 석차 낼 때도 그 세 과목은 포함되지 않았으니까." 위저우저우가 어깨를 으쓱했다. "다행히 문과에 왔으니 앞으로 다시 배울 수 있겠네."

"그럼 왜 문과로 온 거야? 이과 성적도 그렇게나 좋았으면서……."

"아, 맞다. 우리 오늘도 국기게양식 있어?" 위저우저우가 갑자기 물었다.

"당연하지. 7시 40분일걸, 아직 10분 남았어. 난 일단 역사책을 볼 생각인데, 넌?"

"어." 위저우저우도 새하얀 역사책을 펼치고 창밖으로 시선을 던졌다. 옌이는 문득 방금 세 가지 질문을 했는데 한 가지도 제대로 답을 듣지 못했다는 걸 깨달았다. 다시 물어보려다가, 한창 딴생각에 빠져 있는 위저우저우를 보고는 꾹 참고 고개를 숙여 아편전쟁 부분을 보기 시작했다.

창문 밑은 바로 전화고의 정문이었고 정문 앞 거리는 차들로 잔뜩 막혀 있었다.

그야말로 만국 모터쇼.

경적 금지 표시판은 효과라곤 전혀 없어서 매일 아침 이렇게 빵빵대는 차량 경적으로 한바탕 떠들썩했다. 벤츠, 아우디는 이미 흔하게 지나다녔는데, 방금 멈춰 선 하얀 캐딜락 리무진은 위저우저우를 깜짝 놀라게 했다.

"옌이, 저 차 좀 봐."

"저건…… 맙소사, 학교에 오면서 뭘 저렇게까지 힘을 준대?" 옌이는 꿍얼거리더니 다시 자리에 앉아 계속해서 책을 봤다. "네가 보기엔 어때? 너무 과하네."

"헛, 난 그냥 차가 예쁘다고만 느꼈지 별다른 생각은 없었어."

전화고 원래 교정은 이렇게 크지 않았고, 클 필요도 없었다. 성급 시범 고등학교의 선두주자였던 전화고는 매년 딱 500명의 신입생만 모집하며 놀라운 진학률을 유지했다. 그런데 3년 전 다른 성의 중점학교들처럼 분교를 설치하며 분교와 본교가 동일한 교사 자원을 누릴 것이라 약속했다. 선생님들은 분교와 본교의 교학 업무를 동시에 맡아야 했고, 분교 모집 정원은 본교의 두 배나 되어 학교는 거액의 학비를 받아 이 아름다운 새 교정을 지었다. 처음에는 지역 내에서도 논란이 끊이지 않았다. 특히 본교생 학부모들은 여러 번 진정서를 내기도 했지만, 결국 분교가 대대적으로 문을 열면서 학교 전체는 하루아침에 두 가지 체제를 받아들여야 했다.

그리고 분교 덕분에 전화고는 명문 고등학교로 성큼 나아갔고, 하얀 캐딜락을 불러왔다.

불현듯 한 남자아이의 뒷모습이 인파를 거슬러 나오는 게 보였다. 아는 친구를 만났는지, 네 사람은 어째서인지 함께 웃음을 터뜨렸다.

위저우저우는 가만히 그 낯설고도 익숙한 뒷모습을 바라봤다. 너무 오랫동안 쳐다봐서인지 왠지 약간 어지러움이 느껴졌다. 그녀는 눈빛을 거두고 옌이가 두꺼운 노트 위에 뭔가를 빠르게 휘갈기는 걸 봤다. 위저우저우는 무슨 필기인지 묻지도 않고, 필기를 잘한다고 칭찬하지도 않았다. 우등반에서 1년을 지내며 그녀는 많은 걸 배웠다. 옌이가 그런 조심스럽게 자잘한 걸 따지는 사람이 아니라 할지라도 그녀는 섣불리 나서고 싶지 않았다.

1학년 2학기 때 아파서 수업 빠졌을 때의 일이 아직도 잊히지 않았다. 위저우저우는 어쩔 수 없이 뒤에 앉은 여자아이에게 영어 필기를 빌려달라고 했는데, 그 아이는 내키지 않는다는 듯 노트를 꺼내 마지막 몇 페이지를 넘겨서 그녀에게 건넸다. 베껴야 할 내용이 너무 많아서 집으로 가져가서 베껴도 되냐고 묻자, 뒷자리 여자애는 그러라면서 그 뒤쪽 몇 장만 찢어가라고 했다. 어안이 벙벙해진 위저우저우가 눈치껏 다시 노트를 돌려주곤 머쓱하게 몸을 돌리는데, 옆에 있던 짝꿍이 웃으며 조그맣게 속삭였다. "그 노트 앞쪽에는 '정다융아카데미' 필기가 적혀 있다고. 한 타임에 50위안짜리 수업인데 그 귀한 걸 어떻게 너보고 집에 가져가라고 그러겠냐? 어리숙하게 굴지 마."

그 후로 다른 사람이 뭘 배우든지 무슨 문제집을 풀든지 위저우저우는 죄다 못 본 척했다. 더구나 중학교 때와는 다르게, 지금 그녀는 확실히 성적 올리기에 연연하지도 않았다.

역사책을 펼치니 아편전쟁 장에는 드문드문 키워드에 줄이 쳐 있었지만 뒤쪽은 아예 깨끗했다. 위저우저우는 처음엔 문과에 올 생각조차 없었다. 다만 천안의 "내 생각엔 넌 문과가 잘 맞을 것 같아"라는 한마디에 문과를 지원했고, 그 행동에 천안조차도 깜짝 놀라 경악한 표정의 이모티콘 메시지를 보내왔다.

"어차피 문과든 이과든 상관없어. 문과 갔으니 문과 하지 뭐."

거기에 대해 천안은 다시 답장하지 않았다.

펜을 들고 책 내용을 자세히 훑어보는데 갑자기 강단 위에서 불호령이 떨어졌다. "곧 7시 20분이야. 다들 얼른 내려가서 줄 서도록!"

말을 마친 담임선생님은 모호한 뒷모습만 남기고 나가버렸다.

"뭐가 급해서 저래. 줄 서는 것도 남들보다 일찍 서야 하나? 우리가 초등학생이야 뭐야." 등 뒤에서 여자아이들이 투덜거렸다.

옌이가 펜을 내려놓았다. "같이 갈래?"

말을 마치고서야 그는 짝꿍이 멍한 표정으로 정신이 어디론가 훌쩍 떠나 있는 걸 보고 말았다.

3.
세월은 네 몸에 무슨 흔적을 남겼는지

위저우저우가 몸을 돌려 떠나던 찰나, 신루이의 눈빛이 그녀의 뒷모습이 복도 끝에서 사라질 때까지 따라붙었다.

사실 그 말은 원래 링샹첸에게 하려던 게 아니었다. 신루이가 진짜로 하고 싶었던 말은 이거였다. 저우저우, 넌 분명 문과 전교 1등이겠지?

신루이는 말하지 않을 것이다. 예전의 위저우저우는 온화하고 열정적이어서 차마 대놓고 도전할 수 없었다면, 지금의 위저우저우는 마치 형체가 흐릿한 수증기 같았다. 도전장을 던져도 마치 짙은 안개 속으로 주먹을 날리듯이 서로 아프지도 간지럽지도 않으면서, 신루이가 주먹 휘두르는 동작만 유달리 미련하게 보이게 할 것이다.

이기든 지든 모두 혼자만의 투쟁이었다. 신루이는 그저 돈키호테처럼 완전한 무시를 꾹 참을 수밖에 없었다.

더구나 그녀는 자신의 유일한 친구 아닌가.

소위 유일한 친구란, 유일하게 자신의 비밀을 간직한 사람이다.

사람마다 손에 다른 사람의 과거를 움켜쥐고 있다. 그것은 어쩌면 그림자처럼 딱 붙어 다닌 긴 시간일 수도 있고, 그저 어깨만 스쳐 지나간 정도로 자잘하게 부서진 시간일 수도 있다. 신루이는 어느 날 갑자기 하늘에서 세상으로 뚝 떨어지지 않았다. 평범한 초등학교와 중학교의 어느 구석에서 조용히 자랐고, 어느 풍운아의 눈빛에 담겨 그 또는 그녀의 추억 기념책 속으로 편집되어 들어갔고, 어떤 사람들과 미적지근한 대화를 했고, 반에서 가장 잘생긴 남자아이에게 소심하게 지우개를 빌려줬다가 아직 돌려받지 못하기도 했다…….

물론 명예롭지 않은 흔적들이 더 많았다. 그녀는 자신의 예전 흔적들을 지우려 필사적이었으며 거의 성공했다. 그녀를 아는 사람들은 다른 곳으로 흩어져 그녀는 자랑스러운 전화고에서 새로운 시작을 할 수 있었다.

오직 위저우저우만이 예전의 그녀가 어떤 사람이었는지 알았다. 하지만 그녀는 위저우저우를 전화고에서 지울 수 없었다.

최소한 위저우저우는 그녀의 친구였다. 남들이 자신을 괴팍하고 냉담하고 인간관계가 형편없다고 말할 때, 그녀는 '위저우저우'라고 크게 쓰여 있는 증서를 내밀 수 있었다.

"신, 루이!"

신루이가 뒤를 돌아보니 아주 예쁘장한 여자아이가 있었다. 신루이는 상대방이 치장한 모습을 보고 저도 모르게 눈살을 찌푸리며 살짝 비웃는 각도로 입꼬리를 올렸다. 초등학교 동창 허야오야오였다. 어쩐지 이름을 부르다가 중간에 멈칫하더라니. '신루이'라는 이름은 중학교 졸업한 후에 개명한 거였다.

크게 앞선 야오야오.* 초등학교 때 선생님은 총애하듯 허야오야오를 그렇게 불렀고, 우상 숭배에 열중하던 학생들은 그녀 앞에서 앞다퉈 그 별명을 끝도 없이 불러댔다. 신루이는 득의양양하면서도 겸손하게 긴장하던 허야오야오의 표정이 여전히 눈에 선했다. 성적이 아주 좋은 여자 반장, 제8중학교에 지원하고 합격해서 모두가 한동안 부러워했었다. 자신이 다니던 그 형편없는 학교에도 역시 공주가 있었던 것이다.

"무슨 일이야?" 신루이는 그래도 친절하게 웃는 모습으로 표정을 바꿔 눈을 크게 뜨고 물었다.

"아, 그게 있지." 허야오야오는 고개를 살짝 옆으로 돌려 손으로 머리카락을 귀 뒤로 넘겼다. "올해 여름에는 사정이

---

* 중국어 발음으로는 '야오야오링셴(遙遙領先)'이며 '큰 점수로 앞서다'라는 뜻의 사자성어. 허야오야오의 이름과 발음은 같지만 다른 한자를 쓴다.

있어서 동창회를 못 했잖아. 다들 이제 막 개학해서 안 바쁘다고 하니까 이번 토요일에 같이 나가서 놀까 해. 너도 참석할 건지 물어보려고."

초등학교 동창회. 신루이는 그 찰나에 잠시 넋을 잃었다. 거의 참석해본 적 없는…… 아니, 그래도 한 번은 나갔었다. 초등학교를 갓 졸업했을 때, 신루이는 구석에 앉아 음료수를 마시며 모두가 각자 곧 입학하게 될 중학교가 얼마나 좋은지, 해마다 전화고에 몇 명이나 합격하는지 자랑하는 걸 들었고, 우인량펀*의 해체와 위취안의 인기와 의류 브랜드에 대해 떠드는 걸 들었다. 그리고 남들의 주목을 받을 때 얼굴에 비상 소집되는 환한 웃음과 상대방이 말을 걸 때 가볍게 입술을 열어 상대방이 가장 듣고 싶어 하는 아첨이나 가장 듣고 싶어 하지 않는 진실을 말하는 걸 봤다. …… 신루이가 특별히 입고 온 새 치마가 예쁘다고 칭찬하는 사람은 아무도 없었고, 누군가는 오히려 오렌지주스를 그 위에 쏟고도 사과조차 하지 않았다. 끝에 가서는 더치페이로 모두 똑같이 비용을 분담했다. …… 신루이는 굉장히 적게 먹었지만 그 돈과 오렌지주스를 쏟은 치마 때문에 엄마에게 뺨을 맞아야 했다.

동창회가 끝나고 신루이는 집으로 들어섰다. 한 걸음 내디디면 마음이 쿵 하고 가라앉는 그곳. 익숙한 곰팡이 냄새

---

* 無印良品, 말레이시아 화교 출신 남성 듀오 가수.

가 콧속으로 들어오며 갑자기 괜히 이유 없는 원망이 몸에 가득 차올랐다.

누구를 원망하고 뭘 원망하는지도 모른 채, 열두 살 신루이(그 시절에는 아직 '신메이샹'이라고 불렸다)는 그저 홀로 어둠 속에서 이를 악물고 울었다. 오렌지주스 때문이었지만 오렌지주스 때문이 아니기도 했다. 신은 일부러 그녀를 괴롭힌 게 아니었다. 그녀와 같은 처지인 사람은 아주 많았고, 보조 출연자 A, B, C, D는 똑같이 무시당하고 똑같이 구차했지만 해마다 즐겁게 동창회에 참석했다. 오직 신메이샹 자신만 알 수 없는 원한에 단단히 사로잡혔다. 한 번도 자신이 옹졸하다거나 지나치게 예민한 건 아닌지 생각해본 적 없었던 신루이의 눈빛에는 오직 어렴풋한 안개만 남아 있었다. 이건 그들의 청춘이었다. 많은 사람들이 추억하며 후회 없는 청춘, 우정 만세를 외치는 청춘. 하지만 그건 신루이의 청춘은 아니었다.

그 후로는 각종 이유를 대며 동창회 참석을 거절했다. 어차피 중요 인물도 아니고 미인도 아닌 데다, 동창회에 나오라고 거듭 권하는 사람도 없었다. 곧 아무도 그녀를 초대하지 않게 되었다. 아무도 신루이가 사실 얼마나 동창회에 참석하고 싶어 하는지 알지 못했다. 다만 시기가 오지 않았을 뿐.

아직 시기가 오지 않았다. 시기는 바로 열일곱 살도 되지 않은 소녀 신루이가 전화고등학교에 입학하던 그해 여름이었다. 7월의 작열하는 태양이 참담한 세월을 녹여주었다. 신루이는 마치 곧 출정을 떠날 전사처럼 호각 소리를 기다리고 있었지만, 아무도 그녀에게 전화를 걸어오지 않았다. 문득 자신이 지난 1년 동안 이사를 하고 전화번호와 이름을 바꾼 걸 아무도 모른다는 게 떠올랐다.

그 고통스러웠던 여름. 나른한 날씨는 신루이가 어린 마음을 달랠 때 함께 있어주었다. 그녀는 새로운 이름이 새로운 시작일 거라 믿으려 노력했다. 복수는 그저 과거에 대한 질척거림에 불과했다.

옛 이름과 만신창이가 된 과거는 그냥 내버려 두자.

"아, 난 안 갈래. 토요일에 일이 있어서." 그토록 바라던 동창회가 앞에 있는데도 신루이는 담담하게 웃으며 손을 놓기로 했다. 심지어 이런 달관한 태도에 약간의 자랑스러움과 즐거움도 느껴졌다.

그러나 더는 마음에 담아두지 않겠다고 결심할 때, 하늘은 우리가 멋진 뒷모습을 남길 기회를 주지 않는다. 이렇게 우리는 아마 영원히 속세에서 사례가 들려 죽을 것이다.

"뭐가 그렇게 바빠?" 허야오야오가 입꼬리를 살짝 올리는 표정이 갑자기 신루이의 심기를 불편하게 했다. "넌 이제껏 나온 적도 없잖아. 왕 선생님도 줄곧 이상하게 생각하셨어. 참, 선생님도 이번에 나오실 거래. 넌 어쩜 맨날 바쁘냐? 그렇게 틀어박혀서 죽어라고 공부만 할 거야? 뭐 그래서 전화고에 합격했겠지만 말야. 하지만 문과에 갔으니까 좀 여유롭지 않아? 다들 네가 왜 문과에 갔는지 이상하게 생각해. 이과가 너무 힘들었어?" 아무것도 모른다는 듯 유쾌한 미소, 천진난만하고 귀여운 목소리. 그러나 신루이는 멀리서 어렴풋이 들려오는 전장의 북소리를 들은 것만 같았다.

신루이가 느낀 진정한 즐거움은 딱 한순간, 바로 전화고 교무처에서 우연히 분교 학생이 학교 발전 기금을 내는 모습을 봤을 때였다. 허야오야오는 여전히 어릴 적 깜찍한 모습 그대로였다. 신루이는 깜짝 놀라 그녀에게 인사를 했다. 허야오야오는 신루이를 기억하지 못했지만, 신루이가 우등반인 1반 학생이라는 이야기를 듣고 얼굴에 떠오른 가식적인 웃음은 그녀의 씁쓸함과 낙담을 감춰주지 못했다. …… 그러나 그것도 한순간뿐이었다.

당시 신루이는 그녀 앞에서 대놓고 자랑하진 않았지만, 교무처를 떠나 혼자 계단을 올라갈 때 상상했던 것보다 훨씬 짙은 달콤함이 마음속에 퍼져나갔다.

분교, 허야오야오. 허야오야오, 분교.

늦게 도달한 즐거움은 비록 어둡긴 했지만 실재했다.

신루이는 개운함이 허야오야오에게 몽땅 휩쓸려 사라진 것 같은 기분이 들었다. 책벌레, 우등반에서 버티지 못한 이과생. 이렇게 노골적으로 도발을 하시겠다? 허야오야오는 아직 외유내강이 뭔지 모르는 듯했다. 신루이는 강하게 나가기로 마음먹었다.

    그리하여 얼굴에 더욱 환한 웃음을 띠고 몸을 살짝 앞으로 기울여 허야오야오에게 조그맣게 속삭였다. "죽어라고 공부만 하는 건 너한테 배운 거야. 초등학교 때 내가 널 얼마나 숭배했는데. 그래서 뭐든 널 따라 하려고 했지. 나중에야 그게 너무 맹목적이라는 걸 깨달았어. 자칫 잘못하다가 나도 뒷심까지 다 써버리면 어떡해?" 일부러 '나도'를 강조하며 어깨를 으쓱했다. "그래서 진작에 그럭저럭 살기로 했어. 문과반이든 이과반이든 지내는 건 다 똑같지. 그래도 나름 잘 지내고 있어. 설마 학년 등수표 아예 안 보는 건 아니지? 하긴, 너네 분교 자체 등수만 매기면 될 테니까. 어차피 우리랑은 딱히 교집합이 없잖아."

    허야오야오는 안색이 파랗게 질리더니 입술까지 바들바들 떨었다.

    "내가 이런 품위 없는 말 하도록 다시는 몰아붙이지 마. 도발하려거든 수준 있게 좀 해. 그렇게 노골적으로 말하는 건 초등학생한테나 통하는 방식이잖아. 난 너처럼 똑같이 해줄 시간 없어. 한 번만 더 그러면 내가 토할지도 몰라." 신루이는 무심한 눈길로 허야오야오를 바라봤다.

    위저우저우에게서 배운 표정이었다.

    청춘드라마에서처럼 몸을 돌려 달려가며 눈물을 훔치는 허야오야오의 모습은 신루이를 어이없게 했다.

    역겨워, 하나같이 역겨워. 이런 레퍼토리에 그녀 자신까지 덩달아 혐오스러워졌다.

신루이는 복도를 따라 햇살이 가득한 로비 방향으로 걸어가며, 위저우저우가 방금 건네준 문제집을 천천히 넘겨 봤다. 신루이는 예전에 위저우저우에게 끝없이 펼쳐진 참고서 코너를 둘러볼 때면 무슨 느낌이 드냐고 물어봤었다.

아무 느낌 없어. 위저우저우는 대수롭지 않게 앞만 바라볼 뿐이었다.

그래? 신루이가 고개를 숙이고 웃었다. 난 그냥, 난 저것들을 다 풀어버리고 싶어. 아주 강렬한 투지와 아주 강렬한 무력감이 느껴져. 저걸 죄다 풀어버리면 뭔가…… 뭔가를 얻을 수 있을 것 같아. 신루이는 약간 횡설수설했지만 위저우저우가 이해하리라 생각했다.

오직 위저우저우와 있을 때만 할 수 있는 말이었다. 만약 그 말을 다른 사람에게 했다면, 이미 널리 퍼져 겉으로는 숭배하는 것 같아도 실제로는 경멸하는 이야깃거리가 되었을 것이다. 그 수군거리는 사람들이 자신보다 공부를 열심히 하면 했지, 덜하지는 않더라도 말이다.

"그거 알아? 신루이 있잖아, 모든 문제집을 다 풀어버리는 게 목표래."

"어? 정말? 미친 거야?"

……

마치 그해에 자신과 중학교 막바지 대비반의 다른 학생들이 지나치게 노력하는 선선을 뒤에서 비웃은 것처럼.

신루이는 문득 이 아침이 특히나 견디기 힘들다는 걸 느끼곤 자신의 뒤엉킨 생각을 필사적으로 갈기갈기 찢었다. 돌이켜 보면 사실 그녀에게는 아무것도 없었다. 요 몇 년간 손에 쌓은 것이라고는 이제 막 깨어난 자존심뿐이었다. 그 조그마한 자존심은 지금 커다란 입을 벌리고 먹이를 달라며 아우성쳤고, 그녀 자신은 단지 배부르게 먹기 위해 필사적으로 빛과 찬사를 빼앗으려 하고 있었다.

갑자기 환호성이 들렸다. 밖에 비가 오기 시작했으니 국기게양식은 취소되겠지!

여름 내내 울적하게 기다려온 이번 비가 마침내 이 조급한 도시를 위풍당당하게 공격하기 시작했다.

"신루이, 왜 여기 혼자 있니?"

오늘 아침은 왜 이런 사람들만 만나는지, 멀지도 가깝지도 않은 사이가 뜻밖에도 사람을 참 불편하게 했다. 신루이는 속으로 툴툴거리면서도 웃는 얼굴을 짜내려고 노력했다.

위단은 좋은 담임선생님이라고 할 수 있었다. 나이는 사십 대 정도의 딱 사회 중견 역량에 속했고, 열정과 경험을 두루 갖췄으며, 학교에서도 명망이 높고 학생 관리에도 일가견이 있었다. 물론 1반은 사실 그다지 관리가 필요하지 않은 학급이긴 했다. 그녀에게 필요한 능력을 꼽자면 조율과 위로 방면일 것이다.

신루이가 다녔던 중학교의 각양각색의 학생들이 뒤섞여 시끄럽기 짝이 없었던 학급과는 다르게, 1반 우등생들은 또래 아이들보다 훨씬 철이 들었고 미래에 대한 계획도 훨씬 많았으며, 예의 바르고 다재다능했다. 하지만 그러면서도 은근한 압박감 속에서 생활하고 있었다.

"위 선생님." 신루이가 얌전하게 웃으며 인사했다.

"왜 혼자 창턱에 앉아 있어?" 위단이 책 한 묶음을 안고 다가왔다.

늦잠을 잤나, 화장이 좀 떴네. 파운데이션은 군데군데 뭉쳐 있고 눈 밑 살도 튀어나왔어. 신루이는 생각했다.

"좀 졸려서요. 복도는 너무 시끄러워서 로비로 왔어요."

"새로 옮긴 반에는 아는 학생 있니?"

신루이는 대화의 흐름이 약간 걱정되기 시작했다. 이 질문에서 그녀는 위단이 무슨 말을 하고 싶은 건지 예상할 수 있었다.

고1 끝 무렵, 성적이 좋지 않은 여러 여학생들이 위단을 찾아가 문과 진학에 대해 상담을 했었다. 그런데 최종적으로 신청서를 제출하고 문과반으로 옮겨간 학생은, 한 번도 그런 낌새를 보이지도 않고 성적도 아주 좋았던 신루이와 위저우저우였다.

"몇 명 있어요. 새 친구도 사귀었고요. 다들 괜찮은 애들이라 아주 좋아요." 신루이는 입에서 나오는 대로 거짓말을 늘어놓았다.

"위저우저우가 너랑 같은 반이 아니라서 정말 아쉽구나. 하지만 그것도 좋아. 새로운 친구들과 많이 어울릴 수 있으니까. 선생님이 1학년 때 보니까, 넌 누구하고도 깊이 교류하지 않는 것 같던데. 다른 애들과 관계가 좋긴 해도 위저우저우하고만 말을 많이 하는 것 같고. 아마 너희 둘이 중학교 때 같은 반이어서 그렇겠지."

선생님은 대체 무슨 말을 하고 싶은 거죠? 신루이는 무표정한 얼굴로 어떻게든 화제를 돌려야겠다고 결심했다.

"2반에서는 여학생 한 명만 문과로 옮겼다면서요?" 신루이가 말했다.

"아, 링샹첸 말이구나. 아주 뛰어난 학생이야."

신루이는 할 말이 없어졌다. 위단은 그런 그녀에게 온화하게 웃어주었다.

"아무래도 고민이 있는 것 같은데, 신루이. 선생님한테 말해주지 않을래?"

젠장, 왜 또 얘기가 이쪽으로 돌아온 거람. 신루이는 위단이 자신에게 심리적인 문제가 있다고 생각한다는 걸 모르지 않았다. 한번은 그녀의 무미건조한 주간 일기장에 "선생님은 네가 자신을 너무 몰아세워서 주변 사람들에게도 압박감을 주는 건 아닐까 싶은데, 선생님이랑 얘기 좀 해볼래?"라고 적어주기까지 했다. 그러나 신루이는 그에 대해 여태껏 아무런 대답도 하지 않았다. 어차피 중용의 도를 가장 잘 아는 위단은 끝까지 캐묻지 않을 것이다. 대청소를 하던 날, 많은 학생들이 공부한다고 책상 앞에 앉아 꼼짝도 하지 않자 화가 난 노동위원이 혼자 엉엉 울었는데도, 위단은 결국 모두에게 대청소하느라 다들 수고했다며 집으로 돌아가 푹 쉬라는 말만 했던 것처럼.

단지 그뿐이었다.

그런데 그 '고민 상담'을 끝내 피하지 못하게 될 줄은 예상치 못했다.

신루이는 웃었다. 아주 환하게 웃었다. 끝까지 고민이 없다고 잡아뗀다면 위단은 체면을 구겼다고 생각할 것이다.

"선생님, 저 정말 너무 걱정돼요. 이제까지 물리, 화학을 공부했는데 갑자기 역사, 지리 공부를 하려니 제 선택이 맞는 건지 불안해요. 원래는 상담을 해야 했는데, 이제껏 문과로 가야겠다는 생각도 한 적 없었거든요. 그저 시험 전에 갑자기 그러고 싶다는 충동이 들어서, 그래서……."

"후회하니?" 위단은 여전히 웃으며 말했다. "만약 후회하는 거면……."

"아니요." 신루이는 고개를 저었다.

위단은 그리하여 온화한 목소리로 이야기를 시작했다. 크게 보자면 사람은 살면서 갖가지 시련을 겪기 마련인데, 변화가 꼭 좋은 일이 아닐 수도 있다고. 작게 보자면 그녀는 아주 큰 잠재력을 가지고 있으며 고생도 마다하지 않으니, 굳건한 자신감만 있으면…….

신루이는 열심히 듣는 척하며 간혹 딱히 중요하지 않은 질문을 던지기도 하면서 수시로 고개를 끄덕였다.

위단은 자리를 뜨다가 불현듯 무슨 생각이 났는지 신루이를 다시 돌아봤다. "참, 신루이. 다들 너랑 저우저우를 무척 그리워하고 있어. 너희 둘에게 환송회를 열어주고 싶다고 하던데."

그래요? 신루이는 입꼬리가 살짝 냉혹한 각도를 이루는 걸 경계하면서 더욱 환하게 웃으려고 노력했다.

"저도 다들 보고 싶어요. 오늘 아침에는 층수도 잘못 올라가서 하마터면 1반으로 갈 뻔했지 뭐예요. 하하, 다들 고맙네요. 그리고 환송회 일은 제가 저우저우한테 의견을 물어볼게요. 다들 공부하느라 바쁜데, 괜히 시간을 뺏고 싶지는 않아요."

위단도 웃었다. "괜찮아, 가서 저우저우랑 의논해보렴. 우리 모두 너희에게 환송회를 열어주고 싶으니까. 추톈쿼도 그러더라. 너희 둘이 이렇게 훌쩍 가버려서 반 전체가 깜짝 놀랐다고, 어떻게든 너희를 이렇게 놓치면 안 될 것 같다고 말야. 우리 훌륭한 반장도 이렇게 말할 정도야. 생각해봐, 너희 행동이 얼마나 이상했니."

추톈쿼가 그렇게 말했다고? 신루이는 살짝 정신을 놓쳤다. 쏠쏠함 속에 의미를 알 수 없는 미미한 달콤함이 섞여 있었다.

그녀는 담담하게 웃으며 대꾸했다. "저희 둘의 행동이 반 전체에 충격이었나 보네요."

"왜 아니겠니. 이렇게 하자, 너희 둘이 의논해보고 직접 추톈쿼에게 연락해보렴!"

"네, 고맙습니다, 선생님. 저도 교실로 돌아갈게요. 안녕히 계세요."

신루이는 길게 한숨을 내쉬고 몇 걸음 걷다가 고개를 돌려 회색 옷으로 맞춰 입은 그림자를 바라봤다. 그런 다음 아까 얼굴에 비상소집 한 웃음을 조금씩 거두었다. 입꼬리가 칼자국 같은 직선이 될 때까지.

4.

대체 얼마나 멀까

신루이가 다시 교실로 돌아와 문을 열려는데 교실 안쪽에서 어떤 여학생이 정면으로 돌진해 나왔다. 신루이가 얼른 몸을 피하자 상대방은 그대로 맞은편 벽으로 달려들었다. 뒷모습을 보니 링샹첸이었다.

"미안, 놀란 건 아니지?" 링샹첸은 한 손으로 머리를 감싸고 다른 한 손으로는 서둘러 흐트러진 머리카락을 정돈했다.

"아니. 너 괜찮아?"

"응, 그럼 난 갈게."

평소라면 이렇게 덤벙거릴 애가 아닌데. 신루이는 링샹첸이 달려나가는 모습을 유심히 바라봤다. 허야오야오처럼 가식적으로 굴다니, 속으로 저도 모르게 약간의 혐오감이 들었다.

공주 전하.

신루이는 자기 자리에 앉아 위저우저우가 갖다준 정치 문제집을 펼쳤다.

각 단원 앞에는 암기 보조란이 있어서 중요한 부분을 학생이 직접 써넣게 되어 있었다. 회의 때 학교에서 통지한 수업 진도에 따르면 마르크스주의 철학부터 강의하고, 고1 때 배운 경제학 부분은 나중에 다시 복습한다고 했다. 신루이는 책가방을 뒤져 새로 나눠준 정치 교과서를 꺼낸 다음, 오른쪽에 세 가지 펜을 준비하고 중요한 부분을 표시할 준비를 했다. 그런데 이제 막 서문 세 줄을 봤을 때 스피커에서 갑자기 날카로운 목소리가 들려왔다.

"각 반 학생들은 지금 바로 국기게양 광장에 집합하기 바랍니다. 국기게양식이 원래대로 진행될 예정입니다."

아까 그 뜬금없이 내리던 비는 순식간에 왔다가 순식간에 사라졌다. 신루이는 살짝 짜증이 났다. 멀쩡한 아침이 그 신경질적인 비처럼 괜스레 황폐해졌기 때문이었다.

"같이 가자!" 갑자기 어느 키 작은 여자아이가 다가와 신루이에게 웃으며 말했다. 통통한 얼굴에 또렷한 보조개 한 쌍이 패여 있고, 작은 눈은 가느다랗게 뜨니 아예 눈동자가 보이지 않았다. 여자아이가 아주 자연스럽게 신루이의 손을 잡는 바람에 신루이는 살짝 놀랐다.

"난 천팅이라고 해. 넌?" 아주 간단한 인사말. 천팅의 목소리는 기억하기 어려울 정도로 평범하고 말이 살짝 빠른 편이었는데, 말투가 은근히 신루이를 불편하게 했다.

"신루이. 예리하다는 뜻의 '루이銳' 자를 써."

"들어본 적 없는데!" 천팅은 자신의 짐짓 의아해하는 목소리가 신루이의 머리 위에 먹구름을 잔뜩 펼쳐놓았다는 걸 전혀 알지 못했다. "고1 때 몇 반이었어?"

"1반."

1, 2반 학생들은 성 내 올림피아드 경시대회 1등 아니면 고입시험 성적이 지극히 좋은 학생들이었다. 신루이는 남들에게 뽐내거나 일부러 자랑하는 것처럼 보이지 않게 이 두 글자를 가볍게 말하는 방법을 일찍이 터득했다. 그저 5반, 6반, 14반을 말하듯 툭 던지면 되는 거였다. 평탄한 어조로, 위저우저우에게 "좋은 아침"이라고 말하는 것처럼.

남들이 그 두 글자에 호들갑 떠는 반응을 지겹도록 봐왔는데, 천팅의 아무런 반응 없는 태도에 신루이는 약간 난처했다. 마치 연예인이 거리에서 선글라스를 벗었는데 아무도 알아보지 못하는 것처럼 말이다.

"1반? 1반도 우등반이야? 저기 저 여자애 보여? 방금 교실에 들어와서 외투 집은 애." 천팅이 멀지 않은 곳에 있는 링샹첸을 가리켰다. 링샹첸이 그 말을 들었는지, 신루이는 그녀의 눈이 살짝 이쪽을 향했다가 고개를 숙이고 못 들은 척하는 걸 봤다.

"쟤가 링샹첸인데 2반 출신이야. 2반은 우등반이잖아, 이과 최강. 그런데도 문과로 오다니, 문과에서도 1등을 할 게 분명해. 집 부자지, 얼굴 예쁘지, 나름 우리 학교 여신 아니니?"

나한테 인사를 건넨 게 학교 여신을 소개해주기 위해서였어? 신루이는 살짝 미간을 찌푸렸다. 순간 링샹첸은 이과 성적이 너무 엉망이라 문과로 온 걸지도 모른다고 쏘아붙이고 싶었지만, 상대방이 소문과 이간질에 열중하는 표정을 흘끗 보곤 자신의 말이 혹시라도 링샹첸의 귀에 악의적으로 전해질까 봐 끝내 마음을 접었다.

"응, 나 쟤 알아. 정말 아주 못하는 게 없고 완벽하지. 우리 같은 평범한 사람은 그저 여신을 보며 한숨만 쉴 수밖에."

신루이는 약간 과장된 목소리로 맞장구를 쳤다. 어쨌거나 자신도 위저우저우 앞에서 링샹첸이 전교 1등을 할 거라고 했으니 말이다. 그러나 진심은 한마디도 없었다.

신루이는 링샹첸처럼 모두의 기대를 받고 싶지 않았다. 옆 사람들은 그저 과장되게 칭찬하는 말투로 기준을 정하고 족쇄를 채우면서, 당사자가 얼마나 큰 압박을 느낄지는 전혀 상관하지 않았다.

칭찬은 책임을 필요로 하지 않는다.

그러나 아무도 기대하지 않으면 더 쪽팔린다. 전자가 모두에 대한 것이라면, 후자는 자신에 대한 것이다.

신루이는 자신을 속일 줄 몰랐다. 그녀는 고의든 아니든 거울을 들어 자신의 구차한 면을 비추는 사람이라면 다 싫어했다. 그래서 허야오야오의 거울을 깨뜨렸지만, 링샹첸의 거울은 함부로 빼앗아 거칠게 깨뜨릴 수 있는 게 아니었다.

한 줄기 균열이 탁 하고 부서져 돌이킬 수 없게 되는 것이야말로 가장 완벽하고 마땅한 귀결이었다.

"넌 원래 몇 반이었어?" 신루이가 화제를 돌렸다.

"난 16반." 똑같이 분교 소속인데도 천팅에게는 허야오야
오의 열등감과 의식하는 눈치라곤 전혀 찾아볼 수 없었고,
그런 말투는 신루이가 "1반"이라고 말할 때 어떻게 해도 모
방할 수 없었다. "우리 반에, 너도 분명 알 거야. 무룽천장이
라고 저번에 처벌받았던 애 있잖아. 싸울 때 얼마나 상남자
같은지 몰라. 우리 반 여자애들 절반이 다 걔를 좋아한다니
까. 그리고 류렌 알아? 그 여자애는 아침에 하얀 캐딜락 리
무진을 타고 등교하지 뭐야. 아빠가 퍼시픽호텔 사장이래."

신루이는 말이 없었다. 그들은 어느새 학생들이 북적거리
는 복도에 이르렀다. 주변이 무척이나 시끄러웠고, 더는 천
팅을 상대할 기력이 없었던 신루이는 이 틈을 타 서로의 거
리를 벌렸다.

문득 옆에 있는 여자애들이 아침에 있었던 에피소드를 재
잘거리는 소리가 들렸다.

"진짜 미치겠어. 아까 딱 봐도 지각할 거 같은데 엄마가
내 셔츠 단추를 꼭 달아줘야겠다는 거야. 엄마가 나보고 단
추 좀 들고 있으라고 했는데, 난 손에 잼을 들고 있어서 하는
수 없이 입에 물었다? 그런데 아빠가 갑자기 신바람이 나서
내가 준비해놓은 교복을 다시 옷걸이에 거는 거야. 완전 일
을 더 번거롭게 만들지 않냐? 당황해서 아빠를 부르려다가

그만 단추를 삼켜버린 거 있지! 그렇게나 큰 플라스틱 단추를! 야, 나 어떡하면 좋냐?!"

신루이는 별안간 벼락을 맞은 것 같은 착각이 들었다. 이런 장면이 예전에도 있었던 것 같았다. 어떤 문구점에서, 그녀가 무심코 마음의 소리를 입 밖으로 냈는데 위저우저우가 그걸 듣고 그 단추의 행방을 집요하게 물어봤었다.

그 시절, 위저우저우는 그렇게나 부드럽고 온화하게 웃으며 작은 소리로 그녀에게 물었다. "너도 문구 좋아해?"

지금의 위저우저우는 책가방 속에 연회색 체크 필통 하나뿐이었다. 그 안에는 만년필과 연필, 볼펜 각 한 자루와 지우개, 0.5밀리미터 샤프심이 들어 있어 소박하기 짝이 없었다.

신루이가 한창 추억 속에 잠겨 있을 때, 천팅이 그녀의 팔을 잡아당겼다. "봤어? 봤어? 쟤가 바로 위저우저우야."

또 위저우저우였다. 위저우저우는 옆에 있는 창백하고 야윈 남자아이와 무슨 말을 나누고 있었는데, 보아하니 그저 서로 알아가는 중인지 둘 다 아는 학생과 선생에 관한 이야기뿐이었다. 위저우저우가 신루이를 발견하곤 생긋 웃었다.

"비가 그칠 줄은 몰랐네." 신루이가 말했다.

"위저우저우, 너 1반이었지? 나 천팅이야. 초등학교 때 5반이었는데 나 아직도 널 기억한다구! 네가 전화고에 합격했다는 얘길 듣고 네가 어떻게 변했는지 정말 보고 싶었는데, 1학년 내내 널 볼 기회가 없었네. 난 또 네가 맨날 틀어박혀 공부만 하느라 감쪽같이 사라진 줄 알았지 뭐야. 너도 문과로 옮겼다며? 왜 1반에 있지 않고? 혹시…… 설마 이과 공부가 어려워서 그런 거야?"

신루이는 미간을 잔뜩 찌푸렸다. 30분 동안 두 번이나 비슷한 말을 듣다니. 문과생에게 공통으로 적용되는 오해와 모욕은 신루이의 짜증이 격렬하게 반응하도록 촉진했다.

"정말 오랜만이다. 너도 문과야?"

위저우저우가 옅게 웃음 지었다.

신루이는 흥 하고 코웃음을 쳤다. 또 그 수법이었다. 위저우저우는 아무 대답도 하지 않고 그저 상대방에게 미적지근한 질문으로 받아칠 뿐이었다. 참으로 친절하고도 우호적인 '건곤대나이'였다.

"응, 엄마가 한사코 나보고 문과에 가라잖아. 난 정말 우리 16반을 떠나기 싫었어. 무릉천장이랑 류렌 모두 같은 반이었다구. 나 지난 학기 물리랑 화학 모두 40~50점이었는데, 이래서는 중산대에 합격할 수 없으니까 문과로 옮겨야만 했어. 어쩔 수 없지, 내가 아니면 누가 문과 공부를 하겠어!"

하하, 네 실력으로 중산대에 가겠다고? 신루이의 음침함이 이미 얼굴에 걸렸다.

"난 문과 공부가 참 좋던데." 옌이가 옆에서 조그맣게 맞받아쳤다. 신루이가 그에게로 시선을 옮겼다. 이 빼빼 마른 남자아이가 순간 단번에 커진 듯 느껴졌다. "저우저우랑 같은 반이야?" 그녀가 물었다.

"응, 우린 짝꿍이야."

"난 신루이. 예리하다는 뜻의 '루이'를 써."

"나 너 알아, 아주 대단하잖아. 너랑 저우저우는 고1 때 같은 반이었지? 난 정옌이라고 해. 원래는 15반이었고."

"아, 15반이구나. 알아, 알아. 루페이페이가 원래 너희 반이었지. 걔 민족 전통춤 대박 예쁘게 잘 추잖아. 우리 반에도 걔 좋다고 쫓아다니는 남학생이 두 명이나 있었어. 듣자 하니 걔네 엄마는 시 은행장인데, 우리 학교 입학할 때 교장선생님이랑 단독으로 만났대. 교장선생님 입장에서는 학교 대출금 문제 때문에 걔네 엄마랑 관계를 잘 맺어놔야 하잖아. 근데 걔도 문과를 선택해서 지금은 우리랑 같은 3반이야! 그리고 위량, 그날 말로만 듣던 걔 여자친구를 내가 봤잖아. 위량보다 아홉 살이나 더 많아. 농대 박사생인데, 집이 엄청 부자래." 천팅이 주변을 아랑곳하지 않고 계속해서 떠들었다.

"아홉 살?" 옌이가 깜짝 놀라 외쳤다. "아홉 살이나 많다고? 위저우저우, 넌 그게 믿어져?"

"어, 여자가 나이가 좀 많은 건 상관없어. 결혼할 때 여자가 세 살 많으면 금괴가 품에 들어온다잖아." 위저우저우가 하품을 했다.

"하지만 아홉 살이잖아, 아홉 살!"

위저우저우는 그의 반응에 의아해하며 느릿느릿 말했다. "그럼 금괴 세 덩이를 얻겠지."

신루이는 푸흡 웃음을 터뜨렸다. 방금 천팅의 링샹첸에

대한 분별없는 찬사가 가져온 압박감이 별안간 가벼워졌다. 유명한 인물에 대한 천팅의 차별 없는 열정과 서슴없는 묘사를 의식한 듯, 신루이는 아무래도 상관없다는 눈빛으로 천팅을 관찰하기 시작했다.

천팅은 여전히 쉬지 않고 주절거렸다.

"내가 오늘 아침에 신위가 말하는 걸 들었는데, 아, 구신위도 2반 애야. 우등반. 그 기집애는 성적이 엄청 좋은데 중학교 때도 굉장했어. 우리 둘은 말할 것 없이 아주 친한 사이고. 구신위가 그러는데 오늘 아침 국기게양식 때 시 낭송을할 거래. 쉬리양이랑 2반 린양. 완전 선남선녀지! 연설은 추텐쿼가 할 예정이고. 우리 학교 최고 남신, 너희도 알지? 1반반장. 1반은 우등반이라구!"

너 아까 나한테 1반도 우등반이냐고 묻지 않았어? 신메이샹은 한숨을 내쉬었다.

위저우저우는 더는 입을 열지 않았다. 신루이는 천팅이말하는 틈에 그녀에게 어쩔 수 없다는 표정을 지어 보였고, 위저우저우는 하품으로 대답했다.

"쟨 링샹첸에 대해서도 굉장히 높이 평가했어." 신루이는 자신이 왜 또 그 여자애를 언급했는지 이해할 수 없었고말을 마치자마자 조금 후회가 들었다. 위저우저우가 자신을옹졸하다고 생각하는 건 싫었기 때문이었다.

"쟨 입에는 평가가 없어. 소문만 있을 뿐이야."

"소문이 바로 모두의 평가 아니야?"

"소문은 영향력 있는 한 사람의 평가와 오지랖쟁이 한 무리의 재생인 거야." 위저우저우는 어젯밤 잠을 제대로 못 잤는지, 말하면서 연신 하품을 하느라 눈가에 눈물이 그렁그렁했다. "화장실 갈래. 너네 먼저 가."

"하지만 링샹첸은 소문이 아니야." 언급하고 싶지도 않으면서 굳이 시비를 가리는 데 집착하다니, 신루이는 자신이 미친 것만 같았다.

이때 옌이는 예의를 차리느라 천팅이 15반 유명인들에 대해 폭로하는 걸 어쩔 수 없이 들어주며 그녀와 함께 계단을 내려갔고, 신루이와 위저우저우는 모퉁이에서 조용히 서로를 바라보며 움직이지 않았다.

"걔가 이제 네 새로운 동력이 된 거야?" 위저우저우가 물었다.

"무슨 말인지 모르겠네."

"알잖아."

"마음대로 생각해."

"난 오히려 네가 그런 사람을 찾아서 무척 기뻐."

"내가 걜 찾아서 뭐 해? 귀찮게 굴기라도 할까 봐?" 신루이는 위저우저우가 마음속 금지구역을 건드리고 있다는 걸 어렴풋이 느낄 수 있었다.

"내가 그런 얘기 하는 게 아니라는 거 알잖아."

"그럼 뭔데?"

"신루이, 넌 혼자 살 수 없어." 위저우저우는 탄식했다.

"하지만 넌 그럴 방법이 있지."

신루이는 그 말을 하면서 자신도 깜짝 놀랐다. 그 말은 허야오야오의 거울보다 훨씬 날카롭고 냉혹하게 곧장 위저우저우의 가장 깊은 상처를 찔렀다. 당황한 그녀는 이 상황을 수습할 만한 말을 떠올려 보다가, 위저우저우 앞에서 이렇게 하는 건 딱히 의미도 없고 그저 계속 쪽팔리기만 할 거라는 생각이 들었다.

위저우저우는 그녀를 보며 조용히 웃었다.

"맞아. 난 확실히 방법을 알아. 그래서 난 미워하지 않아."

옆을 지나가는 사람들은 모퉁이에 서 있는 그들을 신경 쓰지 않았다. 조용히 신루이를 주시하는 위저우저우의 눈에는 물기가 자욱하게 끼어 있었다.

신루이는 문득 그와 똑같은 표정이 기억났다. 중학교 때 운동장 가장자리에서 자신을 주시하던 원먀오.

초여름의 잠자리가 등 뒤를 날아갈 때, 신루이는 살짝 얼굴을 붉히며 물었다. "도쿄는 아주 멀다니, 그 말 대체 무슨 뜻이야?"

"아주 멀다는 건 아주 멀다는 뜻이지." 자세히 말하고 싶지 않다는 게 원먀오의 표정에 역력했다.

도쿄는 아주 멀다고? 돈이 있으면 단지 몇 시간의 비행과 3만 피트의 고도에 불과했다.

그러나 가끔은 사실 자신도 그가 무슨 말을 하는지 안다는 느낌이 들었다.

왜냐하면 누군가 자신에게 또박또박 말하던 그 광경이 늘 뇌리에서 떠나지 않았기 때문이다.

도쿄는 아주 멀어.

5.
공주 전하

링샹첸은 국기게양 광장에 서서 멍을 때렸다.

방학 때 게으름을 부리다 갑자기 일찍 일어나려니 확실히
좀 무리였다. 아침 일찍 집을 나서는 아빠 차를 타기 위해 링
샹첸도 하는 수 없이 한 시간도 넘게 일찍 학교에 도착했다.

그런데 갑자기 옆에서 누군가 소곤거리는 소리가 들렸다.
"봐, 쟤가 바로 링샹첸이야."

링샹첸은 아무것도 못 들은 척하며 소리가 나는 쪽으로는
눈길도 기울이지 않고는, 얼굴을 들고 몸을 돌려 뒤에 앉은
리징위안에게 말을 걸었다. 사랑스럽고 환한 미소가 그 소
곤거리는 사람들 쪽으로 향했다.

"정말 예쁘네."

"그렇지, 공부도 엄청 잘해. 2반에서 문과로 옮겨왔으니
까 전교 1등을 할 게 분명해."

링샹첸의 입꼬리가 다시금 위로 살짝 올라갔다. 아직 정신이 몽롱하긴 했지만 느낌은 마치 이미 국기게양 광장 한가운데에 있는 것 같았다. 삶은 공연과도 같았다. 환하고 아름다우며, 남과 자신 모두 즐겁게 해주는. 학생 생활이 시작된 후부터 아득함 속에 어떤 힘이 줄곧 그녀를 받쳐주고 있었다. 유치원에서 빨간 꽃을 가장 많이 받은 링샹첸은 지금까지도 고개를 들고 하늘에서 떨어지는 달콤한 이슬을 받아마시며 모두의 놀라움과 부러움과 총애에 푹 젖어 헤어 나오지 못했다. 밤늦게까지 열심히 공부해 최고로 좋은 성적을 받았고, 자녀 성적 문제 때문에 골치 아파하면서도 자신을 '완벽'하다고 입에 침이 마르도록 칭찬하는 아저씨, 아주머니들 앞에 단정하게 앉아 겸손하면서도 온화한 미소를 지으며, 뒤로는 이렇게 남들이 띄워주는 건 싫다고 조그맣게 툴툴거렸다. 링샹첸은 어째서 매번 이런 광경이 벌어질 때마다 마음속에 행복이 넘쳐흐르는 건지 알 수 없었다.

아름다운 링샹첸은 가끔 손으로 이마 앞을 가리며 햇빛을 올려다봤다. 그 아스라함 속에 찬연하게 솟구치는 건 그녀 자신의 한량없는 인생이었다.

바로 그래서인지, 조그만 흠집만 있어도 풀이 죽곤 했다. 아침에 책을 다리 위에 올려놓고 고개를 숙여 봤던 것도 물기가 묻어서 쪼글쪼글해진 역사책을 남들이 볼까 봐서였다. 링샹첸의 집에는 노트가 무더기로 쌓여 있었다. 모두 품질 최상에 디자인도 세련된 것들이지만 하나같이 몇 페이지 쓰고 만 것들이었다. 대부분 쓰다가 글씨가 안 예뻐서, 또는 줄이 삐뚤어져서, 또는 이 역사책처럼 물이 묻어서 방치된 것들이었다. 초등학교 때는 예쁜 문구를 좋아했는데, 산 지 얼마 안 된 볼펜 겉면에 칠이 떨어지면 반드시 새 볼펜으로 다시 사야 한다고 고집을 부렸다. 이유는 아무도 몰랐다. 다만 나중에야 그런 낡은 펜이 쓰기에는 훨씬 편하다는 걸 깨달았지만.

아침에 기분이 살짝 초조했던 건 바로 한시바삐 새 역사책을 사고 싶어서였다. 단지 그런 사소한 이유 때문이었다.

링샹첸은 별안간 그 이상한 장촨이 예전에 그녀에게 완벽주의자는 좋은 결실을 맺을 수 없다며 아주 철학적으로 말했던 게 떠올랐다.

느릿느릿 교학동에서 나온 학생들이 국기게양 광장에서 잡담하며 떠들자, 교학 주임은 목소리를 한 옥타브 올려 각 반에 줄을 잘 서라고 재촉했다. 다이아몬드도 깨뜨릴 것 같은 날카로운 목소리였다.

앞에 멜빵바지를 입고 다급하게 교복 겉옷을 걸치는 여자아이는 위저우저우 같았다. 아침에 자신과 눈을 마주치고 미소를 지었던 위저우저우.

다시 만났을 때 링샹첸은 위저우저우가 대체 어떤 학생이었는지 거의 기억하지 못했고, 그저 어렴풋이 어릴 적 자신에게 큰 굴욕을 선사했다는 것만 기억했다.

하지만 다 과거일 뿐이었다. 과거의 자신은 삼가는 법을 너무나도 몰랐다.

위저우저우는 전화고에 합격했고, 고입시험 점수는 심지어 자신보다 2점이나 높았다.

그런데 위저우저우도 문과에 왔다.

링샹첸은 그 생각을 하자 갑자기 좀 두려워졌다. 칭찬을 받는다는 건 어느 정도 감당할 능력이 있어야 했다. 그런데나 링샹첸은, 전교 1등을 꼭 할 수 있을까?

링샹첸의 쾌청했던 마음에 순식간에 얼토당토않은 호우가 쏟아졌다.

그리고 한 사람, 신루이. 그 까맣고 차가운 여학생은 위저우저우와 마찬가지로 1반에서 문과로 왔다.

그러나 설령 그 두 사람에게 자신을 이길 실력이 없다 해도, 일반 학급에서 문과반으로 온 우등생들도 있었다. 그중에서 다크호스가 등장할지 누가 알겠는가? 만약 결국 자신이 모두의 기대에 못 미친다면, 다들 자신을 어떻게 바라볼까?

생각이 이렇게 뒤죽박죽으로 날뛰며 결국엔 마음이 뒤숭숭해졌다.

"전화고등학교 국기계양식을 지금 시작하겠습니다!"

천징사 목소리는 교학 주임이랑 완전 자매 같아.

고1 때 천징사가 국기계양식 진행자로 선발되자 장촨이 한 말이다. 당시 링샹첸은 그저 고개 숙이고 웃으며 맞장구치진 않았다. 그러나 속으로 그 말의 절묘함에 감탄하다가 고개를 들었을 때, 천징사의 싸늘한 미소를 보곤 단번에 얼굴이 확 달아올랐다. 장촨은 말투가 약간 여성스러웠고 외모도 별로였지만, 천성적으로 아무도 안중에 두지 않는 오만함과 뜨뜻미지근함이 있었고, 말할 때 종종 촌철살인을 하곤 했다. 천징사는 아주 지혜롭게도 장촨에게는 따지지 않으면서, 오히려 당시 애써 스스로를 보호하려던 링샹첸을 사사건건 난처하게 했다.

화가 난다면 그 화를 드러냈을 때 가장 만족스러운 반응을 보일 만한 대상에게 드러내야 했다. 링샹첸은 바로 그런 대상이었다. 모두와 사이좋게 지내고 인정받기를 더욱 갈망하던 링샹첸에게 천징사는 마음속 커다란 바위가 되어버렸다. 매주 월요일 아침마다 천징사의 마치 녹음테이프를 틀어놓은 듯한 목소리는 그녀에게 누군가 자신을 싫어한다는 걸, 아주, 아주 싫어한다는 걸 일깨워 줬다.

국기를 게양하고 국가를 부를 때면 학생들은 대부분 잡담을 나눴다. 그럴 때면 확성기는 천징사에게만 최고의 성능을 바친 것처럼 소리가 들쭉날쭉해졌다. 많은 학생들은 모자도 벗지 않은 채 국가도 제각각의 음정으로 나눠 불렀다.

"다음으로, '아름다운 9월, 전화인이여 돛을 올려라'라는 제목으로 2학년 2반 추톈쿼 학생의 연설이 있겠습니다."

우레와 같은 박수 소리. 기억 속에 이런 상황은 아주 드물었다. 대부분 멍을 때리거나 잡담을 나누는 게 일반적이었고, 특히 운동장 뒤쪽에 서 있는 학생들은 더했다. 그런데 이번에는 유달리 박수갈채가 쏟아졌다. 심지어 확성기마저도 아주 협조적이었다. 침착하고도 맑고 서늘한 목소리가 조용한 광장에 울려 퍼졌다.

링샹첸은 고개를 숙이고 웃었다. 모두들 목을 쭉 빼고 국기게양대 위쪽의 검은 점을 바라볼 때, 그녀의 눈빛은 먼 곳을 떠돌며 전혀 신경 쓰지 않는 것처럼 보였지만 그의 듣기 좋은 목소리를 들으려 귀를 쫑긋하며 긴장했다. 그렇게나 차분하고 맑고 서늘한 목소리는 그 자신과 똑같았다.

아침에 그를 찾아갔었다. 약속한 시간을 뒤로 미루고 또 미루면서 상대방으로부터 이유를 묻는 문자를 받기를 바랐다. 하지만 문자는 오지 않았다. 그래서 하는 수 없이 다급히 교실을 튀어나가 국기게양식 전에 1반에 도착했다. 1반 학생들은 교실 문을 드나들며 호기심 어린 표정으로 그녀를 바라봤다. 링샹첸은 남들의 눈에 띄길 바랐고 추톈쿼와의 스캔들이 퍼지길 바랐다. 하지만 자신이 적극적으로 쫓아다녔다는 말이 퍼지는 건 원치 않았기에, 추톈쿼가 그녀의 반으로 찾아와 "링샹첸 좀 불러줄래" 하고 말해주길 바랐다. 그럼 그녀는 주변 애들의 웃음기 어린 놀림 소리를 배경으로 살짝 얼굴을 붉히며 담담한 표정으로 문 앞으로 가서 그 잘생긴 남학생에게 이렇게 말할 것이다. "무슨 일이야?"

그래서 링샹첸은 추톈쿼에게 책을 빌렸고, 그가 직접 반으로 찾아와 책을 가져가길 바랐다. 그런데 매번 링샹첸이 책 가져가라고 문자를 보낼 때마다 추톈쿼는 늘 바빴다. 하는 수 없이 그녀가 직접 배려하는 모양새로 1반을 찾아가 책을 돌려주면서 진지한 표정으로 몇 마디 인사치레를 주고받곤 서둘러 돌아갔다.

어릴 때부터 좋아한다고 쫓아다니던 아이들이 많았기에 링샹첸은 남자아이의 눈에 감춰지지 않는 그 사랑이 어떻게 표현되는지 잘 알았다. 열정적으로 지극정성을 들이는 사람이 있는가 하면, 일부러 고약하게 굴며 꼬투리를 잡아 괴롭히는 사람도 있었다. 사실 이런 건 다 남자아이들의 서툰 애정 표현 방식으로, 모두 하나의 정보를 전달하고 있었다. 링샹첸, 나 너 좋아해.

그런데 지금 국기게양대 위에 서 있는 남자아이는 잘생겼으면서도 약간 생소한 미소를 짓고 있었다. 그 예의 바르고 지극히 정도를 지키는 배려는 링샹첸 학생을 푹 빠져들게 하면서 괴롭게도 했다.

이 남자아이의 마음은 마치 복권처럼 한참을 만지작거려도 확실한 답이 나오지 않았다.

어쩌면 그는 단지 자신을 마음에 들어 하는 것일지도 모른다.

혹은 어쩌면 마음에 들어 하는 것도 없이, 그저 예의를 차리는 것일지도.

링샹첸은 고개를 들어 9월의 맑은 하늘을 바라봤다. 어릴 때 생각이 났다. 어른들은 자신이 린양을 좋아하는 줄 오해하고 늘 놀려댔고, 그렇게 시간이 오래 지나다 보니 자신도 린양이 자기 건 줄 알고 나중에 린양과 결혼해서 평생 참견 해야겠다고 생각했었다. …… 나중에 두 사람은 이 '부모가 정한 혼사'에 대해 이야기하며 입을 다물지 못할 정도로 웃어댔다.

그 시절 린양이 살짝 딴생각에 빠지거나 자신에게 냉담하게 굴면 링샹첸은 울며불며 난리를 쳤고, 린양 주변의 남녀 학생들 중 마음에 들지 않는 사람들은 쫓아버렸다. 그렇게나 투명하고 제멋대로인 좋고 싫음이 지금 생각해보면 무척이나 그리웠다. 다만 안타깝게도 커서는 모든 게 착각이라는 걸 깨달았다.

왜냐하면 그녀는 추톈쿼를 만났으니까.

알고 보니 누군가를 좋아한다는 건 말이 나오지 않는 거였고, 위장술을 터득하게 하는 거였다. 링샹첸은 그에게 달려가 이렇게 외칠 수 없었다. 추톈쿼, 너 왜 나한테 인사 안해. 추톈쿼, 너 왜 그 여자애들이랑 얘기해. 걔네들 너무 짜증 나잖아…….

십 대 학생들의 마음은 마치 겹겹이 쌓인 구름과도 같았다. 어릴 때 하늘처럼 구름 한 점 없이 창창하던 마음은 더는 존재하지 않았다.

"전화인은 얼마 후 끝나는 대입시험에서 다시금 월계관을 쓸 것입니다. 그리고 이제 막 새로운 여정을 출발한 우리

후계자들은 반드시 사명을 완수해 전화고에 새롭고 찬란한 페이지를 써 내려갈 것입니다……."

학교는 진학률이 필요하고 학생들은 좋은 앞날이 필요하니, 사실 사명 따윈 없고 그저 일종의 협력에 불과했다. 학부모는 고객, 학생은 상품, 이렇게나 간단한 거였다. 링샹첸은 다시금 고개를 숙이고 불안하게 발끝으로 바닥 타일을 부비며, 아침에 추톈쿼와 나눴던 대화를 조용히 떠올려 봤다.

"새 학급에서도 회의 한번 했었지? 소감은 어때?"

"아주 좋아. 남자 담임선생님인데 역사 담당이래. 보기에는 아주 엄격한 것 같은데, 담임이니까 경험도 꽤 많겠지……. 이름은 우원루인데, 알아?"

"어, 알아. 고1 때 우리 반 학생들 데리고 공개수업 한 적 있어. 아주 뛰어난 선생님이셔."

"아…… 그래? 참 잘됐다."

평소 말솜씨 좋은 링샹첸은 할 말이 없어졌다.

추톈쿼와는 오랫동안 침묵한 적이 거의 없었다. 상대방에게는 늘 난처한 공백이 오기 전에 화제를 마치는 능력이 있었다.

"곧 국기게양식이니 얼른 돌아가 봐." 지나치게 황급한 작별 인사가 실례라고 느꼈는지, 그는 한마디 덧붙였다. "머리 푸니까 정말 예쁘다. 아쉽게도 학교에선 권장하지 않지만."

보기 좋은 미소, 자연스러운 말투. 애매모호한 말에는 애매한 뜻이 없었다. 추톈쿼가 깔끔하게 몸을 돌리는 모습이

링샹첸의 머릿속에서 한 번, 또 한 번 리플레이되었다. 링샹
첸은 손가락으로 머리카락 끝을 만지작거렸다. 한 번도 느
껴보지 못한 구차함이 마음속에서 끓어올랐다.

어느 책에서 봤는지는 모르겠지만, 한 사람을 사랑하는
건 아주아주 구차한 일이라고 했다. 특히 상대방이 자신을
사랑하지 않을 경우엔 더욱.

링샹첸은 마지막으로 눈을 들어 그 진지하게 연설 중인
사람을 바라봤다가 고개를 푹 숙였다.

너무 멀었다.

다시금 박수 소리가 울려 퍼졌다.

"우라질, 또 시 낭송이겠지. 이 망할 학교는 다른 건 할 줄
모르나."

뒤에 있는 여자아이가 약간 허스키한 낮은 목소리로 욕하
는 소리에 링샹첸은 미간을 찌푸렸다. 하지만 확실히 새로
운 게 없긴 했다. 시 낭송은 정해져 있었고, 달라지는 점이라
곤 쉬리양이 남자 파트너를 새로 바꾸느냐 뿐이었다.

"다음 순서는 '마음속에 묻은 이름'이라는 제목의 시 낭
송입니다. 2학년 6반 쉬리양과 2학년 2반 린양 학생을 박수
로 환영해주세요!"

링샹첸은 말문이 막혀 그 자리에 얼어붙었다. 린양이, 시
낭송을?!

운동장에 놀라우리만치 열렬한 박수와 환호가 터져 나왔

다. 린양은 남학생들 사이에서 인간관계가 말할 것도 없이 좋았다. 똑같이 깔끔하고 잘생긴 남학생인데, 추톈쿼와는 완전히 다른 기질이었다.

하지만 링샹첸은 린양이 임무를 원만하게 완수하리라는 걸 전혀 의심하지 않았다. 이렇게 시시껄렁하면서도 똑똑하고 기민한 남자아이는 문학이나 영상 작품에서는 보통 중요한 순간에 사람들을 놀라게 하는 대단한 역할로 나오고, 린양은 이미 그런 뻔한 상황을 아주 여러 번 연기한 바 있었다. 그러므로 오늘 그가 전문가 수준으로 시를 낭송한다 해도 링샹첸은 미간을 찌푸리지 않을 것이다. 다만 린양이 시 낭송이라는 이 어이없는 임무를 받아들였다는 데 놀라울 따름이었다. 풍부한 감정을 실어 그 닭살 돋는 시구를 낭독한다니, 아무리 생각해봐도 린양이 할 만한 행동은 아니었다.

쉬리양의 고운 목소리는 더는 새롭지 않았다. 달콤하고도 담백한 그 목소리는 신입생 사이에 오랫동안 울려 퍼졌고, 국기게양식이며 예술제 개막식에 빈번하게 등장하며 서서히 익숙해졌다.

그런데 오늘은 린양이 있었다.

"전화, 얼마나 많은 사람이 하늘가와 바다 끝에서 당신의 이름을 한 번, 또 한 번 부르고 있을까요."

"전화, 얼마나 많은 사람이 바다 끝과 하늘가에서 당신을 한 번, 또 한 번 그리워하고 있을까요."

린양의 목소리도 아주 듣기 좋았다. 추톈쿼의 깊이와 패기는 없었지만, 훨씬 친절하고 경쾌했다.

이 녀석, 꽤 진지하게 읽네. 전혀 몰입하고 있진 않지만.

링샹첸은 가끔 자신들이 그야말로 기적이라는 생각이 들었다. 장촨, 링샹첸, 린양, 이 세 사람은 초등학교 때부터 지금까지 같은 반 친구였다. 비록 자신이 린양을 진짜로 좋아하는 게 아니라는 걸 확실히 아는 지금도 링샹첸은 린양에 대한 독점욕을 여전히 제어하기가 어려웠다.

심지어 때로는 자신과 린양 사이의 애매모호함과 서로 손발이 척척 맞는 데서 자신감과 용기를 얻곤 했다.

기나긴 국기게양식이 마침내 끝났다. 대열을 따라 교학동으로 걸어가던 링샹첸은 국기게양대 옆을 지날 때 위에서 기구를 정리하던 추톈퀴를 곁눈질로 흘끔거렸다. 눈을 내리깐 소년의 진지하면서도 온화한 모습을 보니 링샹첸은 가슴이 꽉 조여드는 것만 같았다.

차라리 내가 저 기구들이었다면.

이런 삼류 청춘드라마 수준의 생각에 링샹첸은 자신이 경멸스러웠다.

린양과 한 무리의 남자아이들이 시시덕거리며 곁을 지나갔다. 링샹첸은 그가 누군가를 찾고 있다는 걸 민감하게 눈치채곤 속으로 웃으며 일부러 그와 멀지 않은 곳에 모습을 드러냈다.

"헤이, 링샹첸."

역시.

링샹첸은 고개를 돌려 환하게 웃었다. "대단하던데? 오늘 상당히 잘하더라!"

"아, 그래."

오늘 린양은 유달리 조심스러워하는 모양새였고, 웃고 있긴 해도 어딘가 정신이 팔린 것 같았다. 링샹첸은 살짝 얼굴을 찌푸렸다. "너 왜 그래? 괜찮아?"

주변의 여러 남자아이들이 짓궂게 웃으며 하나둘 그들에게서 멀리 떨어졌다. 링샹첸은 남자아이들의 이런 수군거림과 놀림에 전혀 반감이 들지 않았다. 특히 상대방이 린양일 때는 말이다.

"나 괜찮은데."

쓸쓸한 목소리에 링샹첸은 잠시 어리둥절했다.

"야, 이 돼지야, 어디서 우울한 미소년인 척이야!" 링샹첸은 콧방귀를 뀌면서도 속으로는 약간 두근거렸다. 이런 모습의 린양은 한 번도 본 적이 없었다.

"나 정말 괜찮은데 어디가 우울하다는 거야?" 린양이 고개를 돌려 링샹첸을 보며 웃었다. "난 그냥 두 선생님이 시 낭송을 시킬 때 왜 하겠다고 대답했는지 좀 후회할 뿐이야."

"왜? 아주 잘하던데!" 링샹첸은 자신이 생각해도 참 재미없는 말이라고 느꼈다.

"고마워." 린양은 담담하게 대꾸했다.

"린양 도련님은 이런 일로 고민할 사람 아니잖아. 언제부터 그렇게 본인 이미지에 신경 썼다고 그래?"

"하하."

린양이 건성으로 대꾸하는 모습에 링샹첸은 약간 화가 났고, 두 사람은 한참 동안 말이 없었다.

"됐다, 됐어. 시비 안 걸게. 난 화장실 갈 거니까 너 먼저 올라가." 링샹첸은 그를 흘겨보며 적절한 때에 대화를 끝내곤 굳은 얼굴로 린양을 돌아보지도 않고 복도 반대편으로 걸어갔다. "야, 너 화났어?" 하고 상대방이 묻는 말을 듣고 싶었지만, 아무 말도 들리지 않았고 그저 침묵만 이어졌다.

구불구불 돌아 3반 앞에 도착한 링샹첸은 교실 안으로 들어가는 순간 다시 얼굴에 환한 미소를 회복했다.

담임은 모두에게 조용히 하라는 눈짓을 했다. 이 구릿빛 얼굴의 남자는 교탁 앞에 서서 독수리 같은 날카로운 눈빛으로 학생들을 바라봤다.

"다들 자리에 앉아. 수업 시작하기 전에 몇 마디 할 얘기가 있다. 개학 전에 열었던 임시 학급 회의에서는 자리 배치하고 교과서 수령만 하고 급하게 마치느라 내 소개를 못 했다. 하지만 너희들도 다 알겠지. 이름은 우원루, 역사 과목 담당이다. 휴대폰 번호와 집 전화는 수업 끝날 때 옆에 게시판에 써놓을 거고, 사무실은 5층 역사 연구팀이다. 문과에 온 게 너희 자신의 선택이든, 어쩔 수 없어서였든지는 중요하지 않아. 중요한 건, 너희에게 새롭게 시작할 기회가 생겼다는 거다. 모두 남은 고등학교 2년 동안 성실하게 노력하길 바란다. 이를 위해서는 우리 반 전체가 함께 노력해야 해."

링샹첸은 빙그레 웃었다. 그녀도 자신이 직접 선택한 것인지, 어쩔 수 없어서였는지 알고 싶었다. 아니면 그 두 가지가 사실은 똑같은 의미 아닐까?

"우리 학교에는 문과반이 총 다섯 반이다. 두 반은 본교 소속, 그러니까 7반과 우리 3반이지. 나머지 세 반은 분교 소속으로 13, 17, 20반이야. 이런 얘기를 꺼내는 건 다들 상황을 똑똑히 알고 있으면 해서야. 우리 반과 나란히 경쟁하는 건 바로 7반이다. 전화고 역사상 이 두 문과반은 늘 그래왔지. 물론 난 모두에게 스트레스를 주려는 게 아냐. 우린 집단의 일원이고, 각자 자신의 성적을 올린다면 우리 학급도 자연스럽게 좋아질 거다. 본교 학생 중에는 문과를 선택한 학생이 적어서 학적이 없는 임시 학생*들도 우리 7반과 3반에 배정됐다. 물론 난 임시 학생들도 줄곧 본교, 분교의 정규 학생들과 똑같이 대한다는 게 원칙이야. 당연히 요구 사항도 무척 엄격할 거고……." 말이 끝나기도 전에 우원루는 또다시 문밖의 누군가에게 불려나갔다.

교실 안은 술렁이기 시작했다.

"젠장, 이 망할 포청천이 대체 무슨 말을 하려는 거야? 계속 빙빙 돌리기만 하니까 이 마님 머리가 터질 것 같잖아."

---

* 해당 지역 호적이 아니거나 입학하지 못한 학생이 추가 비용을 내고 기존 학교의 학적을 유지한 채 임시로 다니는 경우.

아주 간단했다. 사실 핵심은 딱 두 가지였다. 첫째, 성적이 7반보다 뒤처지면 안 된다. 둘째, 학적 없는 임시 학생들이 분수를 지키지 않으면 가만두지 않겠다. 링샹첸은 그렇게 생각하며 입가에 웃음을 띠고 고개를 숙여 다리 위에 놓인 역사책을 봤다.

"모두 조용." 우원루는 아까 하던 이야기를 계속하지 않고 다른 화제로 넘어갔다. "우리가 이제 막 새로운 학급으로 모여서 각자의 실력 수준을 파악할 순 없겠지만, 그래도 학급위원회는 조직해야 해. 그래서 일단 모두의 고1 때 서류를 바탕으로 내가 직접 학급 간부를 임명할 생각이다. 그런 다음 어느 정도 모두가 서로 익숙해지면 민주적인 선거를 통해 새로 뽑도록 하고. 이 방법에 대해 다른 의견 있는 사람?"

강단 아래쪽은 아무도 대답하지 않아 아주 조용했다.

"그래, 그럼 이제 명단을 부르겠다."

링샹첸이 고개를 들었다. 문득 약간 불안한 느낌이 들었다.

"먼저, 반장은 링샹첸."

역시.

우원루의 눈빛이 자신에게 멈추자, 링샹첸은 하는 수 없이 일어나 예의 바르게 웃으며 말했다. "안녕하세요, 링샹첸입니다. 2반에서 왔고요, 앞으로 많은 협조 부탁드립니다."

학생들도 예의 바르게 손뼉을 치며 밑에서 조금씩 소곤거렸다.

"그리고 학습위원은 어, 그 이름이, 신루이가 맡도록 하자."

링샹첸이 몸을 돌리자 그녀의 대각선 뒤쪽에 앉아 있던 여자아이가 자리에서 일어났다. 무표정한 얼굴, 균일하게 까무잡잡한 피부와 밋밋한 이목구비, 야윈 체격, 그리고 듣는 사람을 불편하게 만드는 냉담한 목소리.

"안녕하세요, 신루이라고 합니다. 1반에서 왔는데, 그렇다고 제 성적이 꼭 좋은 건 아니에요." 거기까지 말한 신루이가 갑자기 환한 미소를 짓자 그녀의 분위기가 확 달라졌다. 링샹첸은 교실 안의 강압적인 분위기가 순간 느슨해진 걸 느끼면서도 신루이의 그 미소가 은근히 불편했다.

"다만 학습위원으로서 여러분이 새 학급에 최대한 빨리 적응하도록 도와드리겠습니다. 그리고 새로운 과목 공부에 적용할 수 있는 좋은 학습 방법을 최대한 빨리 찾도록 노력하겠습니다."

링샹첸 때보다 훨씬 열렬한 박수 소리가 터져 나와서 링샹첸은 얼굴이 살짝 화끈거렸다.

신루이가 자리에 앉으며 미소 띤 눈빛으로 링샹첸의 얼굴을 꼿꼿이 바라봤다. 링샹첸은 그 눈빛을 곁눈질로 민감하게 느꼈지만, 이번에는 도무지 고개를 돌려 상대방의 미소를 똑바로 바라볼 수가 없었다.

점심때 식당은 인산인해였다. 링샹첸과 리징위안은 쟁반을 받쳐 들고 자리를 찾지 못해 우왕좌왕했다.

"어떡하지? 완전 짜증 나. 올해 고1 신입생을 우리 때보다

400명 넘게 받았대. 분교반이 일곱 개나 더 생겼다나."

넌 임시 학생이잖아? 차라리 시험 쳐서 분교로 들어온 개네들이 더 낫지. 링샹첸은 속으로 그렇게 생각하면서도 겉으로는 리징위안의 말에 동의한다는 듯 어쩔 수 없다는 표정으로 어깨를 으쓱했다.

"야, 링샹첸!"

고개를 돌려보니 장찬, 린양과 린양의 패거리들이 있었다.

그녀를 부른 사람은 장찬이었고, 린양은 시종일관 넋이 빠진 듯한 표정이었다.

"우리 거의 다 먹었어, 여기 앉아."

"고마워." 링샹첸은 불퉁한 얼굴로 린양을 상대도 하지 않고 그저 냉담하게 장찬에게 고개만 끄덕였다.

"너네 싸웠어?"

리징위안이 밥을 먹다가 불쑥 물었다.

"우리? 누구?"

링샹첸은 약간 안절부절못했다.

"너랑 린양이지. 중학교 때부터 다들 너희 둘 보고 사실은 커플일 거라고 했었어. 딱 전형적인 죽마고우라고."

"아냐, 죽마고우도 아니고 싸우지도 않았어." 링샹첸은 별안간 입꼬리가 시큰해지는 걸 느꼈다.

"내가 보기에도 그래." 리징위안이 밥을 우물거리며 말을 계속했다. "난 그래도 추톈쿼가 너랑 그나마 잘 어울리는 거 같아."

링샹첸의 심장박동이 한 박자 건너뛰었다.

"어?"

"오늘 두부가 왜 이렇게 짜냐, 소금을 들이부었나?"

"그러게."

리징위안은 그에 대해선 더는 말하지 않고 시시한 이야기만 주절거렸다.

왜 계속 얘기하지 않는 거야? 왜 나랑 추톈쿼가 어울리는데? 링샹첸은 마음이 붕 떠 있으면서도 시종일관 웃는 얼굴로 리징위안과 시시한 이야기를 주고받았다.

왜 나랑 추톈쿼가 어울리는데? 너 혼자만 그렇게 생각하는 거야, 아니면 많은 애들이 그렇게 말하는 거야? 걔네들이 뭐래? 추톈쿼가 이런 소문 들은 적 있을까? 걔는 뭐라고 생각할까?

넌 내 마음이 어떤지 알아? 내가 진짜로 추톈쿼를 좋아하는 거 알아?

링샹첸은 리징위안의 빵빵하게 부푼 볼과 마구잡이로 침을 튀기는 자태를 보며 코끝이 찡해졌다.

됐어.

오직 링샹첸 혼자만 알았다. 그녀에겐 친구들이 있었지만, 여학생들끼리 속마음을 털어놓을 사람은 한 명도 없었다.

어째서 이 세상엔 믿을 만한 사람이 없을까.

어째서.

6.
손발이 척척

위저우저우는 조용히 3반 문 앞에 서서 신루이를 기다렸다. 앞문 유리창을 통해 3반 정치 선생님이 자신의 반과 동일하다는 걸 알 수 있었다. 잔소리가 많고 수업을 늦게 마치는 중년 여성. 립스틱은 지나치게 진하게 발라서 수업 시간에 그녀의 벌렸다 닫혔다 하는 선명한 입술을 보고 있노라면 금방이라도 최면에 걸릴 것만 같았다.

복도에는 모든 수업을 마치고 집으로 돌아가는 학생들이 삼삼오오 지나갔다. 위저우저우는 마치 조각상처럼 인파 속에 굳어 있었다.

옆을 돌아봤을 때, 마침 린양이 친구들 몇 명과 시시덕거리며 계단 입구에서 걸어오고 있었다.

위저우저우는 아침의 국기게양식을 떠올렸다. 그 유쾌하지 않은 대화 이후에 그녀는 여자 화장실에 갔고, 나왔을 때

신루이는 이미 보이지 않았다. 혼자 운동장을 지나 국기게
양대 앞을 지날 때, 눈을 들었다가 순간 린양과 시선이 마주
쳤다.

방금 학생회 학생과 설전을 벌였던 소년의 얼굴에는 위저
우저우를 보자마자 남아 있던 웃음기가 싹 사라지며 당황함
과 불안함이 떠올랐다.

위저우저우는 인파 속에 서서 그를 잠시 묵묵히 바라보다
가, 학생회의 다른 사람들이 린양의 이상함을 눈치채고 위저
우저우가 서 있는 방향으로 하나둘 시선을 던지자 비로소 고
개를 숙이고 다른 학생들을 따라 광장으로 걸음을 재촉했다.

아침의 그 잔인한 꿈에 놀라 깨서인지, 꼬박 1년 동안 자
신만의 세계에 빠져 있던 위저우저우는 마침내 자신이 그때
무심히 던진 말로 상대방에게 준 상처를 직시하기 시작했다.

린양은 마치 슬픈 양바이라오*처럼 계속해서 눈빛으로
그녀에게 말하고 있었다. 내가 너한테 빚진 거 알아. 안다구.
하지만 나보고 어떻게 갚으라는 거야?

그러나 사실 그녀는 원래부터 황스런**도 아니었다.

린양이 친구들에게 인사하고 3반 문 앞으로 점점 다가오
는 걸 보며, 위저우저우는 고개 숙여 피하려던 생각을 접고
그를 똑바로 바라봤다.

---

*　중국 가극 〈백모녀(白母女)〉의 등장인물인 가난한 소작농.
**　중국 가극 〈백모녀(白母女)〉의 등장인물인 악덕 지주.

위저우저우는 어떻게 해야 할지 몰랐다. 석상처럼 거기 서 있는 건 마치 크나큰 상처의 그림자 속에 깊이 빠져 헤어 나오지 못하는 우울한 여학생처럼 보일 테니 아주 좋지 않 았다. 린양이 보면 괴로움만 더욱 커질 테니까. 물론 지난 잘 못을 바로잡으려고 과하게 행동하고 싶지도 않았다. 그가 마음을 놓을 수 있도록 자신이 개의치 않는다는 것과 너그 러움을 보여주면서, 몇 년을 헤어졌다 만난 남매처럼 상대 방을 보자마자 지나치게 열정적으로 군다든지 말이다.

위저우저우가 여전히 망설이고 있을 때, 린양이 어느새 탐색하듯 그녀 곁에 다가와 섰다.

"기다리는 사람 있어?" 위저우저우는 결국 아무렇지도 않게 인사말을 건네는 걸 선택했다.

그들이 고등학생이 된 후로 처음 나누는 말이었다. 기다 리는 사람 있어?

당황한 기색이 역력한 린양은 웃음을 짓더니 다시금 엄숙 한 표정을 회복했다. "어, 기다리는 중이야. 링샹첸 기다려."

위저우저우는 린양이 그 말을 마치고 별안간 얼굴을 붉히 는 걸 보고 절로 웃음이 나왔다.

"응. 듣자 하니 너넨 아직도 계속 친한 친구라며, 예전처 럼."

"아, 들었구나……. 누가 말해준 거야?"

위저우저우가 어리둥절해하자, 린양이 황급히 덧붙였다. "아니, 아니, 아니, 난 링샹첸 기다리는 게 아냐. 네가 어디서 들었는지 묻고 싶지도 않았어. 나, 난 먼저 갈게, 안녕."

린양이 도망가려던 순간, 위저우저우가 과감하게 손을 뻗어 그를 막았다.

역시 해야 할 말은 확실히 하자. 위저우저우는 생각했다. 이미 마음속에 온종일 품고 있던 생각이었다.

"린양, 난 그냥 너한테 말해주고 싶었어. 애초에 그 일은 다 우연이었을 뿐이야. 나도 그걸 아니까 널 탓하지 않아. 그땐 내가 너무 감정이 격해져서 너한테 생각 없이 말했는데, 부디 날 용서해줘."

이러면 된 거겠지?

린양은 아주 오랫동안 말이 없었다. 위저우저우는 그의 눈에서 뭔가 밝은 게 반짝이는 걸 봤다. 그가 무슨 말을 하려고 입술을 달싹이던 순간, 한 키 작은 남학생이 팔을 뻗어 린양의 목에 걸었다. "또 링샹첸 기다리냐?" 그러더니 눈을 가느다랗게 뜨고 위저우저우를 잠시 바라보다 말했다. "아니, 이쪽도 우리의 초특급 미녀 아니신가!"

남학생의 눈빛이 위저우저우에게 잡힌 린양의 소매 위에 뒤엉켰다. 갑자기 좀 민망해진 위저우저우는 손을 풀고 수습하는 말도 없이 그저 덤덤하게 웃으며 훌쩍 몸을 돌려 자리를 떠났다.

어렴풋이 등 뒤에서 남학생이 어리벙벙하게 말하는 소리가 들렸다. "나…… 혹시 쟤가 너한테 고백하는 걸 방해한 거야?"

위저우저우는 신루이에게 로비 창턱에서 기다리고 있겠다고 문자를 보냈다.

창턱 가장자리에 앉아 CD 플레이어를 틀자 나지막한 남자 목소리가 노래를 불렀다. "1995년, 우리는 공항의 정거장에 있었지."

휴대폰에 진동이 울렸다. 새로 온 메시지에 모르는 번호가 찍혀 있었다.

"나 린양이야. 루위닝은 나랑 친한 앤데, 원래 그 모양이니까 절대로 신경 쓰지 마."

내 휴대폰 번호를 알고 있었구나. 위저우저우는 고개를 삐딱하게 기울이며 그 짧은 메시지를 보다가 무슨 답장을 해야 할지 몰라 아예 외면해버렸다. 눈을 감으니 상상으로 빠져들어 갔다.

등 뒤 차가운 유리창의 촉감이 불현듯 네 살 때의 기억을 떠올리게 해주었다. 엄마와 교외 단층집에 살 때 집 앞에 흐르던 커다란 도랑은 종종 물이 많이 불어나곤 했는데, 어느 날 거기에 누가 커다란 나무판자를 버렸다. 낮에 집에서 혼자 심심하게 있던 위저우저우는 온 힘을 다해 문 앞에 세워둔 마당 쓰는 커다란 빗자루를 도랑으로 끌고 가서는 나무판자 위로 뛰어올랐다. 자신이 만화 속 허클베리 핀……의 여자친구라고, 지금 거센 파도가 넘실대는 바다 위에서 절망적으로 노를 젓고 있다고 상상하면서 기진맥진할 정도로 거대한 쇠빗자루를 흔들었다. 그러다 힘들면 나무판자 위에 앉아 텔레비전에서 본대로 양팔로 무릎을 꽉 안은 채, 이마를 무릎 위에 대고 중얼거렸다. "허크, 서두를 거 없어. 내가 널 구하러 왔으니까."

바람이 문을 닫아버려서 문밖에 갇힌 그녀는 외로이 떠있는 배에 앉아 엄마가 돌아오길 기다렸다. 늦가을의 저녁은 아주 서늘했고, 외로운 배의 차디찬 촉감에 그녀는 살짝 몸을 떨었다.

그러나 다행히도 허크가 있어서, 허크는 그녀의 용감한 행동에 감격해 마지않았다.

아주 오래, 오래되었다. 위저우저우는 속으로 공작과 자작, 허크, 턱시도 가면을 소환했지만, 그들은 더는 나타나지 않았다.

문득 또 아까 옌이와 인사하던 장면이 머릿속에 떠올랐다. 옌이는 온종일 구부정하게 책상 위에 엎드려서 보물 상자 같은 커다란 필통에서 색색의 형광펜을 꺼내 책 위에 열심히 줄을 치고 동그라미를 쳤다. 그러나 위저우저우는 성적 면에서 옌이가 대단한 역할을 할 거란 생각이 전혀 들지 않았다. 그의 눈에는 투지가 없었고 열정도 없었으며, 자신의 원대한 목표를 감추려는 경계심 같은 건 더더욱 없었다.

그저 피로함만 담겨 있었다. 눈동자에 실핏줄이 잔뜩 선 채로.

위저우저우는 이런 짝꿍의 진심 어린 열정을 아주 좋아

하긴 했지만, 여전히 그와 이야기를 나누는 경우는 드물었다. 반면, 뒷자리의 두 여자아이는 이미 인생에 대해, 그리고 그다지 중요하지 않은 서로의 은밀한 경험에 대해 논의하기 시작했고, 소곤소곤하더니 손을 잡고 함께 화장실에 갔다. 여학생들의 우정은 많은 경우 이렇게 시작되는 법이었다.

서로의 비밀을 공유한 다음, 다른 사람의 '절대로 말하지 않기로 맹세한 비밀'로 다른 사람의 비밀을 교환하면서, 그 취약하기 그지없는 절친의 우정을 얻었다.

그런 생각을 하고 있는데, 신루이가 어느새 그녀 곁으로 다가와 오래 기다렸냐며 가만히 말을 건넸다. 선생님이 수업을 늦게 끝내줬다고 툴툴거리지도 않았다.

휴대폰이 또 진동했다. 이번에도 그 번호에 똑같은 문자였다.

위저우저우는 순간 움찔했다. 린양의 집착은 어릴 때부터 변하지 않은 듯했다.

"신루이, 저우저우."

추톈쿼가 멀리서 서류를 한 뭉치 안고 달려왔다. 예쁜 걸 보길 좋아하는 위저우저우는 늘 그를 똑바로 바라봐서 상대방을 얼떨떨하게 만들었다. 여러 해를 살아오면서 그런 눈빛 앞에서도 여전히 침착하고 태연한 사람은 딱 두 명뿐이었다. 하나는 추톈쿼, 다른 하나는 오늘 아침에 본 링샹첸. 예전엔 린양조차 그렇게 하지 못해 늘 얼굴이 빨개졌는데.

"잘됐다, 마침 너희를 찾고 있었거든." 추텐퀴가 그들 앞에 서서 멋진 웃음을 지었다. "신루이, 위 선생님이 말해주셨지? 저우저우는 아직 모르겠구나. 우리, 음, 우리 반에서 너희 둘한테 늦었지만 환송회를 해주고 싶어서. 너네 정말 이렇게 사람 놀래기야? 우린 마음의 준비도 못 했잖아. 다들 얼마나 아쉬워하는데……."

신루이는 웃었다. 아주 비꼬는 듯한 미소였다.

추텐퀴는 잠시 말을 멈추더니 신루이를 흘끔 보곤 아주 엄숙하게 말했다. "분명 누군가는 섭섭해할 거라고."

뜨끔해진 신루이는 고개를 숙이고 입을 꾹 다물었다.

"비록," 추텐퀴가 위저우저우를 돌아보며 느긋한 말투로 말했다. "저우저우가 형식적인 걸 그다지 좋아하지 않을 수도 있지만."

위저우저우는 어깨를 으쓱하며 웃었다. 정말이지 미워할 수 없는 말이었다.

"하지만 가끔은 형식이 내용을 촉진할 수도 있지, 안 그래? 어쩌면 환송회를 하게 되면 다들 진짜로 너희를 그리워할 수도 있어." 추텐퀴는 아까보다 훨씬 환하게 웃었다. 신루이는 고개를 들어 그를 흘끔 봤다가 다시금 고개를 숙였다.

"걱정 마, 너희가 말하는 게 싫으면 내가 절대로 분위기 썰렁해지지 않게 진행할게. 날 믿어."

선을 넘지 않으면서도 아주 진솔하고 친절한 말. 전혀 능글맞게 느껴지지 않았다.

위저우저우는 고개를 끄덕였다. "학급 회의는 언제 열 생각이야? 그때 가서 다시 우리한테 알려줘. 반장이 고생이 많네."

추텐쿼가 웃으며 말했다. "나중에 보자. 하는 일 모두 순조롭길 바랄게."

위저우저우는 신루이의 침묵과 어색함을 눈에 담으며 아무 말도 하지 않았다.

정거장은 여전히 붐볐다. 위저우저우와 신루이는 사람들에게서 멀찍이 떨어져서 학교 주변의 잡지 가판대와 식품점을 모두 구경하고 나서야 비로소 어슬렁어슬렁 돌아왔다. 정거장에 있는 사람들은 서로 잡담하며 떠들고 있었다. 녹색, 하얀색, 파란색, 학년별로 세 가지 교복이 한데 섞였지만 하나같이 시끌벅적하게 보이지 않는 색깔이었다.

고1 때 신루이는 말이 없는 위저우저우를 끌고 8번 버스로 돌진하려고 노력했었다. 그러나 매번 신루이는 가까스로 버스 문 앞 계단에 섰다가 밖에서 자신을 빤히 바라보는 위저우저우를 돌아보며 어쩔 수 없다는 듯 한숨을 쉬었고, 다시 버스에서 내려 그녀와 함께 다음 버스를 기다렸다. 위저우저우가 견딜 수 있는 다음 버스는 항상 정거장에 사람들이 뜸해질 때야 오는 버스였다. 신루이는 버스에서 내린 후에는 꼭 무표정한 얼굴로 위저우저우의 엉덩이를 인정사정없이 무릎으로 찍었다.

위저우저우는 그 시절의 신루이를 좋아했다. 그 차가운

얼굴에, 눈에는 너그러움과 웃음기가 담긴 신루이.

뜻밖의 사고가 그녀에게 많은 사람을 제대로 볼 수 있게 끔 해줬다. 덕분에 그녀는 더는 그렇게 순수하지 않게 변해 버렸고, 그 때문에 더욱 너그러워졌다. 위저우저우는 중학교 때 그 마지막 시절 자신과 신메이샹 사이에 놓인 갖가지 장벽이 그들을 서로 남남처럼 만들었다고 생각했지만, 사고가 그녀를 슬그머니 변화시키며 한때 그렇게나 신경 쓰던 '1등', '최고로 뛰어난', '가장 진실하고 순수한 우정' 같은 건 모조리 곁다리로 밀려나게 되었다. 고1 때 신루이는 마치 중학교 때 아무 일도 없었던 것처럼, 마치 그들이 여전히 좋은 친구인 것처럼, 마치 그녀는 이제껏 한 번도 그 궁핍하고 가련한 신메이샹이 아니었던 것처럼 그녀에게 다가왔고…… 위저우저우는 태연하게 받아들였다.

어쨌거나 아무 상관없었다.

두 사람은 정거장 부근을 반시간 넘게 거닐다가 버스를 타고 집으로 가는 게 거의 습관이 되었다.

위저우저우는 신루이에게 먼저 가라고도 해봤지만 신루이는 동의하지 않았다. 같이 교실에 남아 자습하다가 사람이 좀 줄어들면 차 타러 나가자고도 제의했지만, 신루이는 그것도 동의하지 않았다. 좀 이상하긴 했지만, 위저우저우는 신루이에게 어째서 할 일 없이 정거장에 서서 기다리려고 하는지 물어보지 않았다. 교실에 남아 자습하는 것이야말로 신루이의 스타일일 텐데 말이다.

거의 일 년을 묵혀둔 이 질문에 대한 답은 나중에야 갑자기 깨닫게 되었다. 초여름 저녁, 두 사람이 멍하니 정거장 표지판 아래에 아무 말도 하지 않고 서 있을 때였다. 이미 생각이 우주 저편으로 날아가 있었던 위저우저우는 갑자기 곁에서 신루이가 아주 만족스럽게, 고양이처럼 기지개를 쭉 펴면서 하품하는 소리를 들었다.

"정말 좋다." 신루이가 말했다.

그리하여 위저우저우는 미소를 지으며 그녀에게 말했다. "그러게, 정말 좋다."

어쩌면 바로 이렇게나 간단한 이유였을지도.

정거장에 선 두 사람은 아침에 국기게양식 때 있었던 그 이상한 대화를 언급하지 않았다. 신루이는 위저우저우에게 낮에 있었던 일에 대해 있는 말 없는 말 늘어놓았고, 위저우저우는 조용히 들었다.

옛날과 비교하면 역할이 뒤바뀐 것 같았다.

버스에는 마침 자리가 있었지만 그녀와 신루이의 자리는 멀리 떨어져 있었다. 위저우저우는 지저분한 창문에 머리를 기댔다. 몽롱해서 눈을 뜰 수가 없었다. 황혼이 사방을 물들이고, 밖의 남색 하늘 아래 경치는 이미 모호하게 변해버렸다. 그녀는 무척 졸리고 피곤했지만, 여전히 고집스레 잠들려 하지 않았다.

위저우저우는 흔들릴 때면 졸음이 몰려왔다. 어릴 때는 늘 엄마 품에 안겨 사방으로 분주히 다녔다. 포대기에 둘둘 감싸인 위저우저우가 울며불며 자려고 하지 않으면, 엄마는 연신 그녀를 흔들며 말했다. "우리 아가 착하지, 아가 착하지."

그러나 버스에서는 아무리 졸려도 기어코 눈을 뜨고 풍경을 보려고 했다. 똑같은 노선을 다니며 이미 수백 번 본 풍경이라도 말이다. "어차피 집에 가서도 잘 수 있으니까 지금 많이 볼래. 그럼 더 많이…… 내 차지가 될 거니까."

위저우저우는 당시 어린 위저우저우가 큰 이득이라도 본 표정으로 얼토당토않은 이유를 주절거린 것과 엄마가 그 말을 듣고 푸흡 웃으며 "그래, 저우저우는 참 똑똑하구나" 하고 말한 걸 기억했다.

저우저우는 참 똑똑하구나.

위저우저우는 하품을 했다. 눈물이 눈꼬리에서 한 방울씩 새어 나왔다.

이렇게 흔들거리며 목적지에 도달한 위저우저우는 신루이에게 먼저 내린다고 인사했다.

외할머니 집 아래쪽에는 위저우저우가 초등학교 3학년 때부터 청과 시장이 들어섰다. 많은 교직원들이 퇴근 후 이곳에서 장을 보고 돌아가서 식사 준비를 했고, 매일 아침저녁으로 주변이 아주 북적거렸다.

정부에서는 한때 노점들을 상가 1층으로 옮기려고 노력했지만 결국 실패했다. 도시관리기구와 노점상들의 줄다리기는 1년 동안 계속되었고, 시장은 전전긍긍하며 다시금 번영을 회복했다. 어릴 때, 위저우저우는 길 아래 고깃집 할머니의 군고구마를 무척 좋아해서 매번 멀리서 도시관리기구의 차량을 발견하면 미친 듯이 구불구불 골목을 달려가 할머니에게 소식을 알려주곤 했다.

그 할머니는 재작년 겨울에 돌아가셨다. 할머니의 아들은 여전히 같은 곳에서 양고기 꼬치를 구웠지만, 위저우저우는 한 번도 먹어보지 않았다.

토요일 오후에 집에서 공부하고 있노라면 "레인지 후드 청소합니다!", "메밀껍질 왔어요!"라고 소리치는 걸 들을 수 있었다. 그 소리는 멀리서 가까워졌다가 다시 서서히 멀어졌다.

그 시절 고개를 들어 하늘을 보면 맞은편의 낡은 집 위쪽은 온통 새파랬다.

위팅팅과 위링링은 모두 이사를 나갔고, 큰외삼촌이 다시금 외할머니 집으로 이사를 들어왔다. 나름 위링링 엄마의 그 말이 이루어진 셈이었다. "아들딸이 알아서 노인을 보살펴야 한다며? 그럼 이사 들어와야겠네!"

위저우저우도 외할머니 집으로 돌아왔다. 엄마가 남긴 그 집은 팔리지 않은 채 하이청 단지에 그대로 남아 있었다. 위저우저우는 꼬박 1년 동안 그곳에 돌아가지 않았다.

외숙모는 이미 식탁을 차려놓은 후였다. 토마토계란볶음, 단콩, 완두닭볶음. 위저우저우는 손을 씻고 식탁 옆에 앉았다.

"외숙모가 만든 완두닭볶음 맛 좀 보렴. 처음 만들어본 거야."

"네."

"너무 큰 기대는 말고." 큰외삼촌의 말에 외숙모가 눈을 부라렸다.

"알아요." 위저우저우의 대꾸에 외숙모는 또다시 눈을 부라렸다.

밥을 먹을 때는 서로 말이 많지 않았다. 외삼촌은 노동조합 일에 대해 말했고, 외숙모는 사무실의 시시비비에 대해 말했다. 가끔 위저우저우도 끼어들어 몇 마디 하곤 했지만, 대부분 그저 고개 숙이고 먹는 데만 열중하면서 멍을 때렸다.

외숙모는 위저우저우에게 설거지를 못 하게 했기에 위저우저우도 이제껏 적극적으로 하겠다고 나서지 않았다. 식사 후 외삼촌은 〈집중 탐방〉을 보러 갔고, 위저우저우는 방으로 돌아와 숙제를 했다.

전화고의 전통은 숙제 대신 학생들에게 자체 제작한 문제집을 아주 많이 나눠주는 거였다. 학생들은 개인적으로 자신에게 맞는 문제집을 따로 사기도 했다. 비록 대부분은 다 풀 시간도 없지만 말이다. 이제는 중학교 때 신메이샹처럼 자신이 무슨 문제집을 샀는지 굳이 감추는 사람은 거의 없었다. 신루이도 더는 그렇게 하지 않았다. 전화고에 들어온 학생들은 모두 모범생들이라 이런 유치한 기술에 대해서는 이미 휘했다. 더구나 어차피 다들 무예의 기재였으니, 비급이 다른 사람 손에 들어가도 달라질 건 없었다.

밝은 시력 보호 스탠드 밑에 정치책을 펼쳐놓고 보고 있자니 약간 구역질이 났다. 위저우저우는 정치 수업 시간에 계속 잠만 잤다. 창턱에 기대어 왼손으로 턱을 받친 채 살짝 고개를 기대고 열심히 책을 보는 모습으로 말이다.

수업이 끝날 때 옌이가 그녀를 흔들며 서론과 제1장 제1과 설명이 끝났다고 조그맣게 알려줬다. 첫 번째 철학 원리는 '자연계는 객관적으로 존재한다'로, 답안을 작성할 때는 철학 원리, 방법론 및 '반대되는 오류 경향'을 순서대로 써야 하는데, 구체적인 내용은 자신이 노트에 베껴놓았다고 했다.

그러면서 또렷하고 앳된 글씨체의 노트를 위저우저우의 손 옆으로 밀었다.

위저우저우는 서론부터 보면서 자질구레하면서도 무척 중요해 보이는 문장에 줄을 쳤다. 의식이 있었던 마지막 순간, 그녀는 정치 선생님이 객관식 문제는 아마도 책의 짧은 문장들에서 주로 출제될 거라고 말하는 걸 들었기 때문이었다.

노트 필기를 쓱 훑어보며 대충 외웠지만, 문제를 풀기 시작할 때 그녀의 사고는 마치 멈춰버린 것만 같았다.

정치책에 담긴 철학은 역시나 호락호락하지 않았다. 나름 철학사와 철학개론서를 많이 봤다고 여겼던 위저우저우는 객관식 문제 40개를 푸는 데 30분이나 걸려서, 자신이 잠들었을 때 무슨 하늘의 비밀이라도 놓친 건 아닌가 의심스럽기까지 했다.

외숙모가 문을 열고 들어와 시원한 우유 한 잔을 건네며 평소처럼 잔소리를 했다. "차가운 걸 먹으면 위장에 좋지 않은데, 마음대로 하렴."

위저우저우가 웃으며 말했다. "고맙습니다, 외숙모."

10시 반쯤 외삼촌과 외숙모는 잠자리에 들었다. 위저우저우는 보통 11시까지 공부하다가 샤워를 하고 머리를 말린 후 이불 속으로 들어가 휴대폰 알람을 맞췄다.

위저우저우는 주소록을 열어 천안의 번호를 찾아 메시지를 보냈다. "굿나잇."

그녀는 더는 천안에게 생활 속 크고 작은 일에 대해 말하지 않았다. 그저 가끔 문자메시지를 보내 밑도 끝도 없는 감상을 보낼 뿐이었지만, 그래도 천안이 이해할 거라 확신했다. 굿나잇 인사를 하는 건 일종의 습관이었고, 심지어 천안도 종종 전화를 걸어왔다. 위저우저우는 천안이 반드시 "굿나잇"에 대한 답장을 하리라는 걸 안 후부터 늘 그가 답장하기 전에 휴대폰을 끄고 잠들었다. 그러면 다음 날 아침에 휴대폰을 켜면 안부 문자를 받을 수 있었다.

그러면 하루 종일 마음에 두고 지낼 수 있었다.

마치 삶의 유일한 힘의 원천인 것처럼.

그런데 오늘 밤, 또 린양에게서 문자가 왔다.

"너 내 전화번호 저장했어?"

심지어 그가 약간 집요하고도 막무가내로 구는 모습까지 상상이 되었다.

위저우저우는 좀 이상한 기분이 들었다. "저장했어, 굿나잇."

그런 다음 상대방의 전화번호를 주소록에 저장했다.

느닷없이 또 문자 하나가 날아왔다.

"오늘 아침에 시 낭송한 거, 혹시…… 아주 바보 같진 않았어?"

위저우저우는 깜짝 놀랐다.

린양이, 시 낭송을?

국기게양을 할 때 말고 위저우저우는 식이 진행되는 내내 이어폰을 끼고 있었다. 노래들은 모두 천안이 좋아하는 거였다. 리스트를 처음부터 끝까지 쭉 재생하면 하루가 끝났다.

그녀는 그가 좋아하는 노래를 매듭 삼아 날짜 가는 걸 기록했다.

"아주 잘했어." 위저우저우는 하는 수 없이 아무렇게나 거짓말로 답장을 보냈다.

답장은 오랫동안 오지 않았다. 그녀가 휴대폰 전원을 끄려던 찰나, 화면이 다시 밝게 깜빡였다.

"내일 점심때 혹시 별다른 일 있어?"

"아니, 왜?"

"수업 끝나면 너네 반으로 찾아갈게. 같이 밥 먹자."

위저우저우는 아주 오랫동안 아무래도 좋고 아무래도 상

관없다고 생각해왔다. 그러나 이번에는 그래도 은근히 거절하고 싶은 마음이 들었다.

"그래." 문자를 보낸 후 휴대폰을 끄고 잠자리에 들었다.

그녀는 오늘 아침에 자신은 그를 탓하지 않는다고 말했다. 그러므로 반드시 그가 죄책감에서 벗어나도록 보상을 함으로써 서로 빚진 게 없도록 해야 했다.

이건 그녀가 1년간 그를 잘못 탓한 데 대한 보상인 셈이었다. 진짜로 그를 탓하지 않는다는 걸 증명해 보여야지.

정말로 탓한 적 없었을까?

때로는 탓할 사람이 한 명은 필요한 법이겠지? 그가 아닌, 나 자신이.

한밤중, 위저우저우는 또 화들짝 놀라 깨어났다. 여전히 비명도 지르지 않은 채, 그저 눈을 번쩍 뜨고 멍하니 천장만 바라보다가 한참 후에야 비로소 자신이 깨어났다는 사실을 받아들였다.

침대에서 내려와 보니 커튼이 쳐 있지 않았다. 하얀 달빛이 바닥에 부드러운 빛을 드리워 손이 닿는 곳마다 차가운 몽환적인 세계였다. 위저우저우는 창가로 걸어가 너저분한 거리를 바라봤다.

사거리 모퉁이마다 잿더미가 잔뜩 쌓여 있었다. 오늘은 음력 7월 15일, 민간에서 말하는 '귀신의 날'인 중원절中元節이었다. 사람들은 이날 전후로 죽은 가족을 위해 지전紙錢을 태웠다. 어제, 그러니까 개학 전날 밤, 위저우저우는 큰외삼촌과 큰외숙모를 따라 이 사거리에 서서 엄마와 치 아저씨를 위해 지전을 태웠다.

날씨가 선선해지면서 밤바람이 서늘했다. 미신을 믿는 큰외숙모는 옆에서 계속 이게 다 지전을 가지러 온 귀신이 일으킨 바람이라고 중얼거렸다.

위저우저우는 큰외삼촌의 지시에 따라 막대기로 원을 하나 그리고 문을 하나 낸 다음, 원 가장자리를 따라 싸구려 백주를 뿌리고 그 한가운데에서 첫 번째 지전을 태웠다.

그녀는 울지 않고 그저 탁탁 튀어 오르는 주황색 불꽃만 무심히 바라봤다. 얼굴에 느껴지는 따스한 기운은 마치 엄마가 어루만져 주는 것만 같았다. 위저우저우는 고집스럽게 그 허구의 '문 앞'에 서서 그 잡을 수 없는 바람을 기다렸다.

큰외숙모는 관습에 따라 지전을 태우며 계속해서 주절거렸다. 아가씨, 와서 돈 가져가요. 딸도 출세했으니까 걱정 말고, 염려하지 말아요. 거기서 잘 지내야……

제발, 제발 그 입 좀 다물어주면 안 되나요.

위저우저우는 화가 난 게 아니라, 단지 이렇게 그럴듯하게 엄마와 대화하는 느낌이 좀 무서울 따름이었다. 그래서 시종일관 한마디도 하지 않았다.

오직 이럴 때만 자신이 살아 있다는 느낌이 들었다. 그 어떤 감정의 동요를 느껴보지 못한 지도 꼬박 1년이었다. 마치 내내 동면 상태였던 것처럼. 그런데 지금 이 지전을 태우는 온기에 다시금 깨어났다. 증오라고 불리는 감정이 온몸에 충만해져 그녀를 다시금 살아나게 했다.

증오는 사람에게 힘을 준다. 증오는 사람을 살아가고 싶게 해준다.

위저우저우는 차라리 자신이 한 사람을 증오하며 복수하려는 사람이 되길 원했다. 그러나 그녀의 증오 대상은 그렇게나 희박했고, 그것이 존재하는지조차도 고찰해볼 필요가 있었다.

그것은 위저우저우에게 가장 완벽하고 뜨거운 행복을 선사한 후, 그녀가 보는 앞에서 행복에 마침표를 찍었다.

"그분들은 가장 행복한 시간에 멈춘 거야, 저우저우."

천안이 한 말일까? 그 시기 위저우저우의 기억은 너무나도 혼란스러워서 돌이켜 봤을 땐 그저 조각난 단편적인 말만 남아 있었고, 심지어 앞뒤 순서도 말한 사람도 찾을 수 없었다.

마치 일부러 잊어버린 것만 같았다.

위저우저우 자신도 격한 혼돈 상태에서 무슨 말을 했을까? 무슨 극단적이고 단호한 말을 했을까? 운명과 모든 걸 저주하면서 살고 싶지 않다고, 살아봤자 의미가 없다고 했을까, 아니면 이게 다 자신 탓이라며 자신이 엄마와 치 아저씨를 그렇게 만들었다고 했을까, 아니면 잘못을 모두 린양에게 떠넘겼을까?

위저우저우는 매번 그때를 회상할 때마다 귓가가 온통 시끄러웠다.

"처음에 너만 아니었으면, 애초부터 너만 아니었으면……."

린양에게 그런 말을 했던 걸까?

무슨 말을 했는지 기억나진 않았지만, 처음에 전화 너머의 어쩔 줄 모르던 침묵은 기억났다.

위저우저우는 맨발로 차가운 바닥을 밟고 서서 고개를 들어 고요한 흰 달빛을 흠뻑 받았다.

린양은 처음부터 끝까지 아무런 잘못이 없었다. 여행 패키지는 17일 출발과 23일 출발 두 가지가 있었다. 다만 린양이 쭈뼛거리며 걸어온 만나자는 전화 한 통에 위저우저우는 엄마와 치 아저씨한테 23일에 출발하자고 했다.

우리 23일에 출발하자.

그때 무척이나 신이 난 위저우저우는 괜히 아닌 척 한마디 덧붙이기까지 했다. "사실 나도 나가고 싶진 않은데, 그애가 굳이 만나자고 해서……." 치 아저씨, 그녀가 이미 자연스럽고도 다정하게 '아빠'라고 부르던 남자는 뻔하다는 눈빛으로 웃음을 꾹 참으며 그녀의 머리를 쓰다듬어줬다. "그러게, 그 녀석도 참 성가시구나!"

그 순간에는 위저우저우의 눈빛이 닿는 곳마다 모두 행복이었다.

천안이 그랬다. 너희 누구도 잘못하지 않았다고, 이 모든 건 우연이라고.

위저우저우는 자신과 엄마의 행복을 위해 아주 여러 해를 발버둥 치며 살아왔다. 그런데 지금 천안은 그녀에게 이 모든 건 우연이라고 했다.

천안의 품에 안긴 위저우저우는 창백해진 얼굴로 눈물조차 나오지 않았다.

예전에는 불행이야말로 우연인 줄 알았다.

지금에야 알았다. 진정한 우연은 행복이라는 걸. 세상에서 가장 흔치 않은 우연.

위저우저우는 평소처럼 학교에 다니고 공부하고 시험을 쳤다. 생활은 일종의 기계적인 운동이었다. 왜냐하면 자신이 노력하든 말든, 뛰어나든 아니든, 즐겁든 아니든, 다 아무래도 상관없다는 걸 알기 때문이었다.

위저우저우는 끝내 침대로 기어 올라가 차가워진 발가락을 움츠리며 꿈나라로 깊이 빠져들었다.

아침에는 지각하지 않아 교문 앞에서 번번을 마주쳤다.

"안녕." 위저우저우가 웃었다.

번번은 키가 훌쩍 자랐다. 뽀얀 얼굴에 부드러운 외모, 멋진 척하는 기교는 나날이 자연스러워져서 옛날에 미인을 구하고 훌쩍 떠나는 영웅 행세를 하던 저단수에서 벗어난 지 오래였다. 그는 본교와 분교에서 굉장히 유명했으나 위저우저우는 그에 관해 묻는 경우가 거의 없었다. 그녀는 남들이 생각하는 무릉천장이 어떤 사람인지는 딱히 관심이 없었다. 어차피 그녀 앞에서 번번은 한 번도 멋진 척하지 않았으니 말이다.

"새로운 학급 소감은 어때." 번번의 질문은 늘 서술문 같은 말투였다.

"별다른 거 없어. 담임이 꽤 재미있어. 아주 꺼벙하고 덜렁대는 것 같아. 약간 우리 중학교 때 장민처럼. 아, 그리고 미인이 꽤 많더라."

"미인? 우리 나이에 진정한 미인은 아직 나오지도 않았어. 네가 본 애들은 그저 또래보다 몇 년 일찍 화장하고 헤어스타일이랑 옷에 좀 더 신경을 쓴 것뿐이라, 너 같은 말간 타입보다 예뻐 보이는 거야."

번번의 미인을 감상하는 능력은 갈수록 훌륭해졌다. 위저우저우도 그날 신루이의 같은 반 애가 재잘재잘 떠드는 걸 듣고서야 번번의 새 여자친구 류롄이 바로 그 하얀 캐딜락 리무진을 탄 미녀라는 걸 알았다.

위저우저우는 문득 떠오르는 게 있었다. "참, 나 진짜로 아주 예쁜 여자애 봤어. 정말 예뻐. 헤어스타일이랑 옷 때문이 아냐. 걘 우리 반은 아니지만 옛날 동창이야. 이름은 링샹첸."

번번은 문득 알겠다는 표정을 지었다. "알지, 우리 학교의 여신 동지잖아. 내가 고1 때 쫓아다닌 적 있어."

얼굴에 치기 어린 승부욕이 떠올랐다.

"오, 보아하니 실패했구나."

"딱히 괴롭진 않았어. 어차피 그땐 내가 동시에 여러 명을 쫓아다니고 있었으니까."

"하긴, 계란을 한 바구니에 모두 담을 순 없지."

"똑똑하네." 번번이 웃었다. "저우저우는 항상 날 가장 잘 이해한다니까."

번번은 부모가 돈을 써서 자신을 전화고 분교에 보내는 행위에 끝내 반항하지 않았다. 위저우저우도 전화고에 갔으니 자신도 가면 좋을 것 같았다. 비록 두 사람의 접촉은 갈수록 줄어들었지만 말이다.

위저우저우가 몸을 돌려 다른 길로 걸어가려고 할 때 번번이 별안간 그녀를 불러 세웠다.

"저우저우!"

"뭔데?"

번번은 잠시 침묵하다가 얼굴을 들고 활짝 웃었다. "아무것도 아냐. 저우저우, 평소 많이 웃도록 해."

위저우저우는 어안이 벙벙한 채 고개를 끄덕였다.

그러고는 뒤도 돌아보지 않고 자리를 떠났다.

교실로 들어가는데 별안간 큰 소리가 울려 퍼졌다. 험악하고 오만불손한 표정의 여자아이가 대야를 바닥에 내동댕이치더니, 리 주임을 가리키며 바락바락 소리치고 있었다. "젠장, 왜 자꾸 시시콜콜 참견이에요!"

7.
일렁이는 암조

링샹첸은 남에게 밉보이지 않는 건 정말이지 어려운 일이라는 걸 깨달았다. 대각선 뒤쪽에 있는 루페이페이를 벌써 몇 번이나 돌아봤는지 모른다.

루페이페이는 싸늘한 눈빛으로 자신을 거리낌 없이 바라보고 있었다. 링샹첸은 가볍게 한숨을 쉬곤, 수업이 끝나면 반드시 제대로 해명해야겠다고 생각했다.

새로 반장이 된 링샹첸은 해야 할 일이 아주 많았다. 학생들의 호적부 복사본을 통계 내고, 서류를 정리하고, 소수민족과 교민 인원수와 이름을 보고하고……

그래서 자습 시간에 "우리 반에 소수민족 학생 있어?"라고 물었을 때 루페이페이가 손을 들자, 링샹첸은 생각도 하지 않고 불쑥 대꾸했다. "분교 소속이랑 임시 학생은 제외야."

반 전체가 조용해졌다. 57명 학생 중에 28명이 분교에서 왔고, 임시 학생도 적지 않았다.

링샹첸은 등 뒤에서 식은땀이 나는 걸 느끼곤 당황해서 한 마디 더 보탰다. "내 말은, 분교는 따로 통계할 거라서……."

어떻게 말해도 잘못이었다. 링샹첸은 속으로 툴툴거렸다. 분교 소속 맞잖아. 애초부터 본교에 합격할 능력이 없었으면 남이 언급했다고 탓하지 말라구. 분교를 언급한 게 딱히 차별도 아닌데, 이렇게까지 과민 반응할 필요 있어? 이러니 저러니 해도 너희들조차 분교를 깔보고 있잖아.

그러나 어찌 됐든 링샹첸은 이 상황을 반드시 원만하게 마무리해야 한다는 걸 잘 알고 있었다. 개학하자마자 적을 만들고 싶지도, 단번에 28명의 화를 돋우고 싶지도 않았다.

수업 끝나는 종이 울리자마자, 링샹첸은 자리에서 일어나 웃는 얼굴로 루페이페이에게 다가가 조용히 물었다. "페이페이, 넌 무슨 민족이야?"

루페이페이는 자리에 앉아 조심스럽게 손톱에 매니큐어를 바르며 고개도 들지 않았다. "생각이 안 나네."

주변의 여학생들이 냉소를 지었다. 링샹첸은 얼굴을 붉히며 아예 이판사판으로 나섰다. "아까는 고의가 아니었어. 미안해."

중학교 때 남들이 뒤에서 자신을 헐뜯을 때는 다행히 린 양과 장찬이 감싸줬다. 링샹첸은 서서히 자신의 오만함과 솔직함을 숨기는 법을 배웠다. 많은 경우 절대로 "미안해"라고 말하지 않는 자존심을 지키느니 차라리 문제를 덜 일으키는 것이야말로 진리였다.

더구나 그녀는 진심으로 모두가 자신을 좋아하길 바랐다. 매번 자신에 관한 좋지 않은 평가를 들을 때마다 그녀는 반나절을 울적한 채로 고민에 빠졌다. 대체 자신이 잘못한 건지 아니면 상대방이 옹졸한 건지, 만약 상대방이 옹졸한 거라면 되돌릴 방법은 있을지…… .

링샹첸은 대체 무엇이 공주를 이렇게 비굴하게 변하게 했는지 생각하는 것도 거의 잊어버렸다.

"네가 방금 뭘 했는데? 뭐가 고의가 아니라는 거야?" 루페이페이의 말투는 점점 날카로워졌다. 링샹첸의 마음속에 아직 완전히 사라지지 않은 오만함이 그녀를 벌떡 일어나게 했다.

"내가 이렇게 와서 너한테 사과하는 건 아까는 내가 정말로 그럴 의도가 없어서고, 내 교양에 따라 결정한 거야. 너도 자중해!"

루페이페이는 살구씨 같은 눈을 부릅뜬 채 한참 동안 아무 말도 하지 못했다.

멋지게 몸을 돌린 링샹첸은 자리로 돌아와 앉아 괴로워하며 이마를 감쌌다.

그리고 고개를 숙이고 재빨리 문자를 보냈다. "장촨, 이 망할 자식아!"

곧 장촨이 웃는 이모티콘을 보냈다. ":)"

"또 누가 네 심기를 건드렸어?"

링샹첸은 짜증이 날 때마다 린양에게는 자신의 짜증 나는 점을 선택적으로 털어놓으면서, 장찬에게는 매번 똑같은 문자를 보냈다. "장찬, 이 망할 자식아!"

장찬은 그녀의 분풀이 대상이었다. 장찬의 말솜씨는 갈수록 신랄해졌다. 링샹첸이 미처 분출하지 못한 원망이 있어도 체면과 교양 때문에 한바탕 욕설을 퍼붓지 못할 때면, 장찬은 늘 그녀의 마음을 헤아려 통쾌하게 욕을 퍼부어 주곤 했다.

그 그림자 같은 장찬.

링샹첸은 눈치채지 못했다. 등 뒤에서 한 쌍의 눈이 그녀가 고민하다가 사과하고, 다시 분노해 일어났다가 결국 자리로 돌아가 계속해서 갈등하는 과정을 쭉 지켜보고 있었다는 걸.

그 이름처럼 예리한 눈빛이었다.

오전 마지막 수업 끝나는 종소리가 울렸는데도 위저우저우 뒷자리의 미차오는 돌아오지 않았다.

리 주임은 아침 자습 때 각 학급을 돌아보다가 미차오가 이제 막 책상 가득 붙여놓은 농구선수 앨런 아이버슨의 포스터를 발견했다. 그건 마치 알록달록한 책상보처럼 멀리서 보면 굉장히 눈에 거슬렸다. 원래부터 엄격하기로 소문난 리 주임은 두말없이 바로 다가가 포스터를 찢어버렸다.

리 주임은 사상이 아주 보수적인 선생님으로, 전화고에서 20년을 가르쳤고 지금도 여전히 7반 지리 선생님을 겸하고 있었다. 수업 시간에 가장 즐겨 하는 말은 이런 거였다. "옛날에 전화고에는 학년마다 학급이 여섯 개뿐이었다. 다들 단정하게 교복을 입고 수업 시간에는 적극적으로 생각을 펼쳤지. 수업이 끝나도 자리에 앉아 자습을 해서 선생님들이 순시를 돌 필요도 없었어. 교실 안은 너무 조용해서 바늘 떨어지는 소리까지 똑똑히 들릴 정도였고……."

그렇게나 뛰어난 전화고였으니, 사대 부고는 전화고의 꼬리 끝도 따라오지 못할 정도였다.

전국적으로는 베이징대, 칭화대가 나란히 이름을 떨쳤으나, 성 내에서는 오직 전화고, 전화고뿐이었다.

그래서 새로운 교정 같은 건 애초부터 필요하지도 않았다. 리 주임은 이 화려하고 커다란 건물과 함께 우르르 들어온 임시 학생들과 방대한 분교만 생각하면 마음이 아팠다.

임시 학생과 지금의 타락한 전화고 때문에 땅을 치는 리 주임과 갈기갈기 찢어진 앨런 아이버슨의 얼굴을 보고 원망에 사무친 임시 학생 미차오 사이의 전쟁이 일촉즉발의 상태였다.

위저우저우는 순간 리 주임이 입술이 허옇게 질린 채 숨이 넘어가는 줄 알았다.

다행히 20년간 교직에 있으며 크고 작은 풍파를 겪은 경험 덕분인지 리 주임은 결국 버텨냈고, 물렁물렁한 영어 담당 담임선생님은 소식을 듣자마자 교실로 달려 들어와 미차오를 거의 끌어내다시피 연행했다.

"제가 이 사람 좋아한다고요. 책상에 붙여놓으면 공부하고 싶어져서 그런 건데 무슨 상관이에요? 선생님이 참견할 거 없잖아요!"

미차오가 조금도 지지 않고 고함치는 소리가 복도에 오랫동안 메아리쳤다.

위저우저우도 만화영화나 무협, 탐정소설 속 남자 주연이나 조연을 좋아해보지 않은 건 아니었지만, 미차오처럼 교실 밖으로 끌려나가면서도 '감히 내 남자를 찢어? 너 죽고 나 죽자'라는 식으로 고래고래 소리치는 녀석은 처음 봤다.

저도 모르게 웃음이 나왔다.

이렇게 단순히 즐거운 느낌은 굉장히 오랜만이었다. 정말이지 건방진 젊음이구나. 젊음은 참 좋아.

코끝이 찡해졌다. 다만 아주 조금.

아침에 있었던 미차오의 쾌거에 대해 생각하다가 고개를 드니 린양이 멀리서 달려오고 있었다.

"미안, 미안." 그는 달려오느라 교복 옷깃까지 약간 삐뚤어져 있었다. "우리 반 담임이 계속 신체검사 일로 잔소리를 늘어놔서 수업이 늦게 끝났어. 그래서 늦어버렸네."

위저우저우는 고개를 끄덕이며 귀신에 홀린 듯 손을 뻗어 그의 옷깃을 반듯하게 정리해주었다. 린양은 이미 키가 너무 자라서 정말로 하늘 높이 솟은 백양나무 같았다. 위저우 저우의 키는 165센티미터에 머물러 있어서 이제는 그를 바라볼 때 고개를 들어야 했다.

어떤 일은 정신을 차렸을 땐 자신도 왜 그렇게 했는지 이해할 수 없는 법이다.

린양은 그대로 굳은 채 멍하니 서서 위저우저우가 손을 거두며 "음, 이러니 좀 보기 좋네"라고 말할 때까지 감히 꼼짝도 못 했다.

위저우저우는 그를 아랑곳하지 않고 계단 입구로 걸어갔다. 린양이 어색하고 수줍어하는 걸 아예 눈치도 못 챈 듯이 그렇게나 자연스러웠다.

린양의 방금 그 순간의 기쁨과 두근거림은 어느새 가라앉았다.

그는 위저우저우가 아무 거리낌 없이 차분하게 그의 옷깃을 정돈해주는 동작이 마음에 들지 않았다. 그는 그간의 틈을 넘어가기 위해 아주 많은 말을 준비했다. 꼬박 1년을 가슴속에 묵혀둔 채 움츠리고 나서지 못하다가, 마침내 위저우저우에게서 "난 널 탓하지 않아"라는 한마디를 들었고, 마침내 위저우저우가 자신을 똑바로 쳐다봤다. 그런데 문득 상대방은 그저 자신을 인형처럼 여긴다는 생각이 들었다. 옷깃을 정돈해주는 애매한 행동을 하면서 이렇게까지 무덤덤하다니.

린양은 태양혈을 문지르며 그 뒤를 쫓아갔다.

신루이가 식당에서 위저우저우를 발견했을 때, 위저우저우는 마침 붐비는 배식 창구 바깥에 멍하니 서 있었다.

위저우저우는 붐비는 곳이라면 다 싫어했다. 신루이는 저러다가 위저우저우의 차례가 되면 아마 야채탕국만 남아 있지 않을까 하는 생각이 들었다.

도움이 필요하냐고 물어보려고 발걸음을 떼려는데, 갑자기 사람들 속에서 남학생 하나가 빠져나오더니 반찬 그릇이 가득 담긴 쟁반을 들고 위저우저우 앞에 서서 바보처럼 웃었다.

린양? 신루이는 살짝 의문이 들었다.

린양은 2반 반장이었다. 성적 좋고 잘생기고 성격도 둥글둥글하고, 게다가 지역 물리, 수학 경시대회 1등상을 받았다. 하지만 이과 1등은 줄곧 추톈퀴가 단단히 쥐고 있었다. 추톈퀴는 린양보다 훨씬 잘생기고 성적도 린양보다 훨씬 좋고, 심지어 린양을 좋아하는 여학생보다 추톈퀴를 좋아하는 여학생이 훨씬 많았다. 신루이는 냉소를 금할 수 없었다.

세상에 주유를 내셨으면서 어찌 또 제갈량을 내리셨나이까.

저 린양은 사는 게 참 괴롭겠구나. 신루이가 입꼬리를 올리며 몸을 돌려 가려는데, 별안간 뒤에서 놀란 목소리가 들려왔다. "신루이, 너 혼자 먹는 거야? 어떻게 혼자 먹을 수 있어? 같이 먹을 사람이 없어?"

젠장. 신루이는 불쑥 나타난 천팅에게 웃으며 말했다. "평소에 같이 먹는 애한테 일이 있어서. 오늘은 혼자야."

사실 원래부터 쭉 혼자 먹었다. 위저우저우와는 밥을 같
이 먹는 경우가 드물었다. 위저우저우는 밥을 먹을 때 자주
멍하니 딴생각에 빠졌고 오랫동안 씹어 천천히 삼키는 편이
었지만, 신루이는 빨리 먹고 교실로 돌아가 자습을 하는 데
익숙했기 때문에 점심시간에는 줄곧 따로 행동했다.

그러나 신루이는 천팅 같은 수다쟁이에게 실상을 알게 하
고 싶지는 않았다. 혹시라도 자신이 아무도 원하지 않는 불
쌍한 사람처럼 보일까 봐.

"앗, 저기 위저우저우잖아? 린양도 나랑 같은 초등학교였
어. 쟤네들이 왜 같이 있지? 가자. 가서 구경하자!"

신루이는 미처 반응할 새도 없이 천팅에게 이끌려 위저우
저우와 린양 앞으로 갔다.

"야, 린양, 학교에서 마주치는 건 정말 오랜만이네. 어떻
게 위저우저우랑 같이 밥을 먹는 거야?"

신루이는 무척이나 웃고 싶었다. 현장에 있는 나머지 세
사람은 영원히 천팅처럼 솔직하게 자신의 호기심을 드러내
지 못할 것이다.

린양은 천팅이 누군지도 전혀 생각나지 않는지 어깨를 으
쓱하더니 웃음기 하나 없이 "안녕"하고 대꾸했다. 심지어
신루이와 천팅 쪽에는 눈길도 주지 않았다. 그리고 위저우
저우는 눈을 내리깔고 반찬과 밥을 쟁반에서 하나씩 테이블
위로 옮기더니 쟁반을 치웠다.

신루이는 문득 배척당하는 느낌이 들었다. 그 두 사람이 함께 있는 자태는 흡사…… 노부부 같았다.

예전에 같이 1반이었을 때는 위저우저우가 옆 반 린양과 가까이 지내는 걸 한 번도 본 적 없었다. 이런 이상한 분위기는 신루이에게 의혹을 불러일으켰고, 그녀는 더는 자리에 있을 수 없다는 생각에 자리에서 일어났다. "천팅, 난 2층에서 먹을래. 1층에는 바비큐 창구가 없거든."

천팅은 영문도 모른 채 신루이에게 손을 잡혀 끌려갔다.

오랫동안 잠잠하던 불쾌감이 다시금 신루이를 덮쳐들었다.

이 위저우저우가 소리 소문도 없이 잘생긴 학교 유명 인사와 친한 사이였다니.

난 남이 잘 지내는 걸 눈꼴셔하는 사람이 아냐. 난 질투 안 해. 조금도. 신루이는 고개를 저으며 마음속 불쾌감을 떨쳐내기 위해 계단을 오르는 데 집중했다. 한 걸음, 한 걸음, 더 높은 곳으로.

8.
시작해, 소년!

그 두 사람이 떠나는 순간, 위저우저우는 린양의 한숨 소리를 들었다.

"저 여자애는 누구래……." 그는 인상을 쓰며 중얼거렸다.

위저우저우는 고개를 저으며 테이블 앞에 앉아 고개를 숙이고 천천히 음식을 먹기 시작했다. 린양이 가져온 반찬들은 모두 담백한 거였다. 동갓볶음, 목이버섯계란볶음, 콩줄기볶음, 국화오트밀.

"넌 고기 안 좋아해?" 위저우저우는 이상하다는 생각이 들었다. 그녀가 알기론 남학생들은 하나같이 밥 먹을 때 고기가 없으면 안 되는 육식동물이었다.

"고기 좋아해? 난 네가 느끼한 걸 싫어할까 봐……. 잠깐 기다려, 내가 다시 가서……."

"그럴 필요 없어. 이것도 아주 좋아!" 위저우저우가 그를 불러 세워 앉아서 같이 먹자는 눈짓을 했다.

두 사람은 조용히 앉아 죽을 떠먹었다. 마치 이곳이 식당이 아니라 자습실인 것처럼, 각자 수학 문제를 푸는 것처럼.

린양은 먹으면서도 맛이 느껴지지 않았다. 어릴 때부터 지금까지 위저우저우를 알고 지내면서 처음으로 같이 마주 앉아 밥을 먹는 거였다. 어젯밤에 반은 심사숙고하고 반은 충동적으로 문자를 보냈다가, 한참 후에야 위저우저우의 답장을 받고는 감히 '보기' 버튼을 누르지 못해 꾸물거렸다.

심지어 자신이 대체 상대방의 수락을 바라는 건지 아니면 깔끔한 거절을 원하는 건지도 아리송했다.

추억들이 밤새 세차게 날뛰는 바람에 린양은 잠을 설쳤다. 오늘 아침에는 학교에 거의 지각할 뻔했다. 교복 안 하얀 셔츠 위에 겹쳐 입은 짙은 회색 캐시미어 조끼는 그가 가장 좋아하는 옷인데, 아침에 입으려고 보니 어찌 된 일인지 찾을 수가 없었다. 겨우 뒤진 끝에 찾아서 입고 나니 또 너무 꾸민 것 같아서 굉장히 부끄러웠다. 그래서 점심때 문을 나서기 전 얼른 교복 겉옷을 걸쳐 입고 7반으로 위저우저우를 찾아갔다. 그러다 보니 조끼가 가려져서 애써 찾아 입은 게 아무 의미 없게 되어버렸다.

문득 자신이 너무 여자애처럼 구는 것 같다고 느껴졌다.

린양은 먹을수록 열기가 후끈 올라와서 갈등하다가 결국 교복 겉옷 지퍼를 내려 안에 입은 캐시미어 조끼를 드러냈다.

그리고 곧 위저우저우의 웃음소리를 들었다. 고개를 들어

보니 맞은편의 여학생이 부드러운 미소를 짓고 있었다. 예상과 달리 평온한 기색이었다.

"옷 아주 예쁘다." 그녀가 말했다.

부끄러워진 린양은 당장에라도 벽으로 돌진하고 싶었다.

그는 숨을 깊이 들이마시고 젓가락을 테이블 위에 내려놓은 다음, 정색하고 그녀를 바라봤다. "저우저우, 나 너한테 할 말 있어."

등 뒤에서 갑자기 누군가 소리쳤다. "린양!"

누군지는 모르겠지만, 이 망할 자식아! 린양은 어두워진 얼굴로 자신을 부른 사람을 돌아봤다. 놀랍게도 추톈쿼였다.

"안 그래도 오후에 널 찾아가려고 했는데 잘됐다. 우리, 반 대항 농구 시합 시간 정하자. 공개수업 예선 시간도 확정됐잖아. 보니까 우린 수요일하고 금요일 오후에 자습 2시간 있는데, 마침 점심시간이랑 이어져 있으니까 시간 충분해. 계속 안 정하면 루위닝이 우리가 쫄려서 도전에 응하지 않는 거라고 비웃을걸."

린양은 한참을 생각하다가 고개를 끄덕였다. "어."

"어는 뭐가 어야. 정신 얻다 빼놨냐?" 추톈쿼는 그제야 고개를 들어 테이블 맞은편에 앉아 고개를 숙이고 느긋하게 죽을 떠먹고 있는 위저우저우를 발견하곤 살짝 놀랐다.

"위저우저우? 너 어떻게…… 아!" 그는 재빨리 화제를 돌렸다. "송별회 시간도 정해졌어. 목요일 오후 3교시. 마침 개학 첫 학급 회의 시간이야. 너희가 민망해할까 봐, 주제는 환송으로 하지 않았으니까 그냥 학급 회의에 다시 한번 참여하는 걸로 생각하면 돼."

"알겠어, 세심하게 신경 써줘서 고마워." 위저우저우가 고개를 들고 웃었다.

"신루이한테도 전해줘."

"네가 직접 가서 알려줘."

추톈쿼는 의아한 듯 눈썹을 치켜올렸다. "왜? 너네 싸웠어?"

"별생각을 다 한다." 위저우저우가 웃으며 말했다. "어쨌거나 네가 직접 알려주는 게 좋을 거야."

추톈쿼는 더는 캐묻지 않고 고개를 끄덕이더니 이만 가보겠다며 인사했다. 그러고는 떠나기 전, 린양에게 눈짓을 하며 조그맣게 말했다. "네가 남몰래 이런 일을 벌이고 있을 줄은 몰랐다야." 린양은 말없이 상대방을 팔꿈치로 푹 찔었다.

추톈쿼가 떠난 후, 린양은 목을 가다듬었다. 방금 심호흡을 한 후 용기를 내서 입 밖으로 내려던 말이 추톈쿼가 갑자기 끼어드는 바람에 흐지부지되어 버렸다. 그는 머리를 긁적이며 한참을 생각하다가 밑도 끝도 없이 초대의 말을 건넸다.

"내가 농구하는 거 보러 와."

위저우저우는 고개도 들지 않고 대꾸했다. "왜?"

당황한 린양이 뒤통수를 긁적이며 꾸물꾸물 말했다. "왜냐하면…… 난 농구를 잘하거든."

그는 하마터면 혀를 깨물어 버릴 뻔했다. 이게 무슨 이유람?

위저우저우의 머릿속에 불쑥 〈슬램덩크〉가 떠올랐다. 그건 마치 전생의 일처럼 아득했다. 초등학교 때 한동안 린양과의 국교가 회복되었을 때, 그때는 늘 그 앞에서 자신이 김수겸과 윤대협, 강백호, 정대만을 얼마나 좋아하는지 재잘거렸다…….

그러나 사실 위저우저우는 진짜 사람이 농구하는 걸 본 적은 한 번도 없었다.

또 앨런 아이버슨도 생각났다. 얼굴 절반이 찢겨나간 난처한 모습으로 책상 위에 누워 있는, 미차오의 남자.

그녀의 입가에 웃음기가 떠올랐다. "아, 그럼 구경하러 갈게. 언제야?"

자화자찬으로 쑥스러워하고 있던 린양의 얼굴에 순간 웃음꽃이 활짝 폈다. 위저우저우는 문득 자신이 강아지를 기르고 있는 듯한 착각이 들었다.

"시간 정해지면 알려줄게. 꼭 와야 해!"

위저우저우는 그를 바라보며 고개를 끄덕였다.

두 사람은 거의 배부르게 먹었다. 위저우저우는 더는 피하지 않기로 마음먹고 그를 똑바로 바라보며 물었다. "린양, 날 무슨 일로 불러낸 거야?"

린양은 위저우저우의 눈을 바라봤다. 마치 마음의 창을

통해 그녀의 영혼 안으로 들어가려는 듯이.

"별일 없어."

"뭐?"

"정말로 별일 없이 부른 거야." 린양은 결연히 고개를 저었다. "최소한, 지금은 아무 일도 없어."

그는 쟁반을 받쳐 들고 일어났다. "나 교복 옷깃이 비뚤어졌는데 지금 손이 없어서, 네가 좀 정돈해주라."

이제 막 티슈를 주머니에 넣던 위저우저우는 고개를 들어 의아한 표정으로 그를 바라봤다.

린양은 '네가 옷깃을 정돈해주지 않으면 안 갈 거야' 하는 막무가내 표정을 지으며 고집스럽게 그녀를 주시하고 있었다. 식당에는 오가는 사람들이 많았다. 위저우저우의 마음에 느닷없이 잔잔한 물결이 일었다.

그녀는 고개를 숙이고 계속해서 아무래도 상관없다는 척하며 손을 뻗어 그의 교복 옷깃을 가만히 당겨 반듯하게 폈지만, 손가락 끝은 살짝 떨리고 있었다.

"다 됐어."

"가자, 교실로!" 린양이 봄빛처럼 화사하게 웃음을 터뜨렸다.

식판 반납대에서 나는 달그락거리는 소리가 넓은 식당 안에 연신 울려 퍼졌고, 사람들이 오고 가며 웅성거렸다. 음식 냄새가 풍기는 봄비는 식당 구석에서, 일 년 내내 마음이 어지러웠던 린양은 불현듯 마음속 퍼즐이 빠르지도 느리지도 않게 제자리로 돌아가 완전한 화면을 이루는 걸 느꼈다.

"저우저우!"

위저우저우가 교실 문 앞에 다다랐을 때, 린양이 등 뒤에서 그녀를 불러 세웠다.

"뭔데?"

"…… 아무것도 아냐." 린양은 소리 없이 주먹을 꽉 쥐었다. 어떤 말은 나중에 해도 늦지 않았다.

해낸 후에 말해도 늦지 않았다.

"수요일 아니면 금요일 점심때 우리 반이랑 1반 농구 시합이 있어. 꼭 와!"

위저우저우가 뭐라 반응하기도 전에 린양은 몸을 돌려 달려갔다. 헐렁한 흰 교복 겉옷이 달리면서 바람에 붕 떠올랐다. 그는 자신이 한 마리의 새가 되어 곧 날아갈 것만 같았다.

지난 1년, 또는 지난 10년 동안은 줄곧 직감으로 흐리멍덩하게 이어 붙인 지도에 의지해왔다면, 지금은 지도가 아주 분명하게 그의 발밑에 펼쳐져 있었다.

이번에 그는 말하고 싶지 않았다. 해명이든 변명이든, 토로든 맹세든.

다시는 영원을 말하지 않으리라.

그러나 더는 현혹되지 않고, 더는 어색하게 굴지 않을 것이다.

"하, 나 다 들었지롱."

위저우저우는 린양의 뒷모습이 사라진 모퉁이에서 눈길을 거두었다. 문 옆에 기대어 서서 빙그레 웃고 있는 여학생은 바로 오전 내내 사라졌던 미차오였다.

"돌아왔구나." 위저우저우가 인사를 했다.

"말하는 게 꼭 새색시 같네. 쯧쯧, 넌 줄곧 이 어르신이 돌아오길 기다리고 있었느냐?"

미차오가 히죽거리며 검지로 위저우저우의 아래턱을 들어 올렸다. "자, 이 어르신에게 한번 웃어보거라."

위저우저우는 그 말을 듣고 가장 환한 웃음을 지어 보였다.

그저 미차오가 정말이지 너무 재미있게 느껴져서였다.

오히려 깜짝 놀란 미차오가 뒤로 성큼 물러났다. "헐, 너처럼 이렇게 잘 협조하는 애는 처음이야. 너너너, 넌…… 누구야?" 말을 마치고는 쑥스러운 듯이 헤헤 웃으며 머리를 긁적였다.

"위저우저우라고 해."

미차오는 그녀의 이름을 듣고 뭔가 떠올랐는지 살짝 눈썹을 치켜올리더니, 곧이어 웃음을 터뜨렸다.

"아, 난 미차오."

위저우저우가 고개를 끄덕였다. "안녕, 미차오."

미차오가 머리를 긁적였다. "뭘 이렇게 깍듯할 것까지야. 안녕, 있지……, 나 좀 도와줄 수 있을까? 나랑 같이 책상에 붙은 포스터 좀 떼어줄래?"

위저우저우는 이미 눈 뜨고 못 볼 지경이 된 앨런 아이버슨을 돌아봤다. "타협한 거야?"

미차오가 고개를 저었다. "아니, 다른 포스터로 바꾸려고."

위저우저우가 소리 내어 웃으며 대답했다. "그래, 내가 도와줄게."

그들은 함께 책상 앞에 쭈그리고 앉아 커터 칼로 투명 테이프를 찢어냈다. 문제는 미차오가 포스터를 단단히 고정하려고 양면테이프를 너무 많이 붙여놨다는 거였다. 떼어내기가 정말이지 쉽지 않아서 두 사람은 땀을 뻘뻘 흘리며 낑낑거렸지만, 오후 첫 교시가 곧 시작하는데도 책상 위는 여전히 눈 뜨고 못 볼 꼴로 남아 있었다.

"참아. 내일 새 포스터 붙이면 덮일 거잖아."

"응, 알아." 미차오는 손을 털더니 이마 위에 맺힌 땀을 닦았다. "고마워, 저우저우. 보답으로 내가 방금 들은 건 모조리 비밀 엄수할게."

"무슨 말을 들었는데?"

"아까 걔 네 남자친구 아냐?"

위저우저우는 어처구니가 없었다. "아니야."

"그럼 누군데?"

생각해보니 위저우저우는 문득 자신과 린양의 관계는 딱히 뭐라고 정의할 수 없다는 걸 깨달았다. 린양은 친구가 아니었고, 일반적인 학우도 아니었다. 그럼 린양은 대체 뭘까?

그녀는 고개를 절레절레 흔들었다. "걔는……."

"알겠다. 걔가 너 쫓아다니는 거지." 미차오는 헝클어진 짧은 머리를 탈탈 털었다. 밀색 피부는 방금 포스터를 뜯어내는 노동을 하는 바람에 약간 건강한 분홍색을 띠었고 재미난 걸 알아냈다는 듯 의미심장하게 웃었지만, 치켜 올라간 입꼬리에는 선의가 가득했다.

"아닌데⋯⋯."

"아이고, 너넨 꼭 일을 너무 복잡하게 만들더라. 이것저것 생각하면서 말야. 기억해, 태초의 순수함으로 돌아가야 한다고. 그걸 영어로 뭐라 그랬더라? 무슨 ground 어쩌고였는데⋯⋯."

"Down to the ground? 그건 그런 뜻이 아닌데⋯⋯."

"이 마님이 맞다면 맞는 거야! 지금부터 그 말은 바로 태초의 순수함으로 돌아가자는 뜻이야." 주변 학생들은 어느새 하나둘 자리에 앉아, 아침부터 끌려나간 미차오를 괴물 보듯이 바라봤다. 하지만 미차오는 전혀 개의치 않고 아랑곳없이 큰 소리로 자신의 관점을 떠들었다. "어쨌든 너 자신의 느낌을 똑바로 봐. 갠 널 좋아해서 쫓아다니는 거라고. 내가 딱 보고 알았다니까."

얼굴이 귀밑까지 새빨개진 위저우저우는 당장이라도 달려들어 미차오의 입을 틀어막고 싶었다.

위저우저우는 미차오와 린양 앞에서 자신의 기억과 감정이 조금씩 회복되는 걸 느꼈다.

증오 이외의 다른 감정이.

9.
소년일 때 경솔해봐야지

위저우저우는 농구 경기는 역시 현장에서 봐야 한다는 걸 인정할 수밖에 없었다.

만화영화에서는 안경 선배가 3점 슛을 날릴 때면 정지 화면이 네다섯 번이나 등장하면서 그때마다 짧은 회상이 끼어들어 긴박감이 너무나 부족했다. 지금처럼 남자아이들이 달릴 때 운동화와 바닥이 마찰하면서 나는 귀 따가운 소리며 거친 호흡과 볼 쟁탈, 그리고 드리블 할 때 농구공이 지면에 부딪히면서 나는 심장박동 소리와도 같은 쿵쿵 소리를 만화에서 어찌 느낄 수 있으랴.

남자아이들이 눈앞을 획획 달려갈 때마다 위저우저우는 왕성한 생명력이 자신 곁에서 힘차게 뛰고 있는 걸 느낄 수 있었다.

양쪽 응원단의 함성에 위저우저우도 무척이나 따라서 외

치고 싶었지만, 막상 입을 벌려보니 아무래도 열정이 부족했다.

옛날에 원마오 무리가 5반과 축구 시합을 했을 때, 장소는 시멘트 바닥이었고 경기는 조금도 격렬하지 않았으며 양팀 수준도 고만고만했는데도, 그녀를 포함한 남녀 학생들은 목이 터져라 외치며 응원했었다. 심지어 상대방이 약간의 허튼수작만 부려도 아니꼽게 보며 아주 예민하고 옹졸하게 굴기까지 했다. 양쪽 응원단은 응원에서 곧 서로 헐뜯고 비난하는 걸로 수위가 높아졌고, 결국에는 5반과 6반 전체 실력에 대한 PK 토론대회가 되었다. 전장은 축구장에서 관중석으로 옮겨갔고, 양쪽 선생님들이 나선 후에야 비로소 중재되었다.

왜냐하면 경기장의 선수들에 대한 동질감과 귀속감 때문에 그들을 지키고자 하는 마음이 자연스레 형성되었기 때문이었다.

지금의 위저우저우는 도무지 함성이 나오지 않았다.

그런데 놀랍게도 응원하는 사람들 속에 신루이가 있었다. 1반 학생들은 모두 위저우저우와 신루이가 특별히 원래 소속이던 1반으로 돌아와 응원하는 줄 알았고, 그리하여 그들은 자연스럽게 1반 진영에 끼어 서게 되었다.

놀라움이 가라앉은 후, 위저우저우는 경기장으로 시선을 돌렸다가 신루이가 어째서 점심 자습 시간을 포기하고 이제껏 전혀 흥미도 없었던 농구 시합을 보러 왔는지 퍼뜩 깨달왔다.

추톈취가 손을 들어 심판에게 타임을 외쳤다. 빨갛게 달아오른 뺨에 맺힌 땀방울은 그를 열정 가득하고 생기발랄한 평범한 소년처럼 보이게 했다.

위저우저우는 문득 천안이 농구를 한다면 어떤 모습일지 무척 궁금해졌다.

경기장 반대편은 2반 진영이었다. 모두 일렬로 늘어선 채, 정수기의 빈 물통까지 가져와서는 두 학생이 대걸레 자루로 힘껏 물통을 두드리며 커다란 소리를 내고 있었다. 엄청난 기세였으나 고상해 보이지는 않았다. 무리 중에서 환한 얼굴로 소리 높여 "2반 필승!"이라고 외치는 사람은 바로 링샹첸이었다.

위저우저우가 농구장 가까이 다가갔을 때는 시합이 이미 진행 중이었다. 주변 학생들에게 점수를 물어보니 대답이 다들 제각각이었다.

그녀는 고개를 절레절레 흔들었다. 점수는 중요하지 않았다. 어쨌든 시합 결과는 딱 두 가지뿐이었으니까. 이기든지, 지든지.

지금 앞서고 있는 건 2반이었다. 얼마나 앞서고 있는지에 대해 위저우저우는 관심이 없었다.

경기장에서 린양은 확실히 아주 눈부셨다. 위저우저우는 그의 실력이 자신에게 뽐낸 것보다 더 나은 것 같다고 생각했다. 경기장 근처에 막 도착했을 때는 유니폼을 구분할 새도 없었는데, 눈을 든 순간 연청색 유니폼을 입은 남자아이가 자신을 등진 방향에서 뛰어오르는 게 보였다. 아름다운 뒷모습이 최고 지점까지 올라갔다가 천천히 내려왔고, 손을 떠난 농구공은 뱅글뱅글 돌다가 슉 하고 바스켓으로 들어갔다. 단숨에 이어진 깔끔한 동작. 보는 사람에게는 슬로모션이 계속해서 맴도는 착각이 들었다.

남자아이는 슛을 성공시킨 후 곧장 몸을 돌려 환호성 속에서 눈부시게 웃었다.

그때 위저우저우는 비로소 알았다. 린양은 농구장에 있을 때 온몸에서 빛이 났다. 어쩌면 그는 줄곧 빛나는 발광체였으나 평소에는 그걸 감추고 자신과 다른 사람에게 충분한 여지를 남겨주는 걸지도 모른다.

얼마나 좋은 남자아이인가.

그 순간 위저우저우는 마침내 인정했다. 한때는 자기 마음 편하자고 그에게 책임을 떠넘기긴 했지만, 그 일말의 책망은 지금 정오에 쏟아지는 햇빛 아래 흔적도 없이 모두 증발해버렸다는 걸.

린양은 줄곧 이렇게 명랑하게 웃어야 하는 소년이었다. 이를 악물고 고개를 숙인 채 엄마에게 왜 이렇게 못났냐며 뒤통수를 맞아서도, 자신의 자제하지 못한 비난 앞에서 얼굴을 붉힌 채 침묵해서도 안 되는 소년이었다. 위저우저우의 시선은 차츰 경기장의 팽팽한 국면에서 멀어졌다. 9월

의 높고 푸른 하늘은 거대한 스크린이 되어 과거라는 이름
의 무성영화를 방영하고 있었고, 함성은 치지직거리는 아득
한 소음이 되었다. 그녀는 이 린양이라는 남학생의 모든 걸
회상하다가 문득 린양의 인생에서 자신이 끼어들 때마다 늘
변고가 생겼다는 걸 깨달았다. 그가 재수가 없거나 자신이
재수가 없었다. 반대의 경우에도 마찬가지였다.

위저우저우는 정신이 번쩍 들어 경기장으로 시선을 돌렸다.

내가 시합을 보러 와서 네가 지는 건 아니겠지?

경기장의 추텐취가 최대한 노력했음에도 1반은 확실히
지나치게 침묵하고 있었다. 1반 남학생들은 대체로 운동 소
질이 없어서, 성적과 체육의 균형 면에서 본다면 1반과 2반
은 신이 공평하다는 걸 아주 잘 증명해주었다.

2반이 큰 점수로 앞섰다. 시합 종료 시각이 다가오자 양
팀 모두 조바심을 냈다. 2반은 1반이 지고 있어서 혈안이 되
었다고 생각했고, 1반은 2반이 불명예스럽게 이기고 있다고
생각했다. 몇 번의 파울과 트래블링에 대한 페널티로 벌어
진 실랑이에서 심판이 또다시 2반에 자유투 두 개와 스로인
을 주자, 구경하던 1반 학생들은 다 같이 길길이 날뛰며 "안
해, 집어쳐! 쟤들 맘대로 하라지!"라고 욕하고 외치며 무리
지어 경기장 주변을 떠나 교학동 쪽으로 걸어갔다.

"지는 게 싫으면 시합을 하지 마!"

"우리가 지기 싫어서 억지를 부리는 거냐, 아니면 너네가

비열한 수단을 쓰는 거냐? 농구할 때 교묘하게 방해한 게 누군데? 심판이 장님이라고 우리까지 장님인 줄 알아? 이거 보라고, 우리 반장이 지금 어떤 꼴이 됐는데!"

1반 여학생들이 추톈쿼의 관자놀이에 방금 처치가 끝난 상처를 가리키며 흥분해서 외쳤다.

린양은 난처할 따름이었다. 추톈쿼의 관자놀이에 난 상처는 확실히 그가 점프하고 내려올 때 꺾은 팔꿈치에 부딪혀서 난 거였다.

"다들 진정해, 경기장에 심판도 있다고. 경기 잘하고 있는데 왜들 흥분하고 그래!" 추톈쿼가 상황을 통제해보려고 했지만 목이 잠겨 큰 소리가 나오지 않았고, 운동장에서는 많은 사람이 시끄럽게 떠들었다. 남학생들은 팔을 걷어붙이고 여학생들은 허리에 손을 짚고서, 양쪽 관중들이 이미 자기들끼리 뭉쳐 말다툼을 벌이고 있었다. 상황은 삽시간에 극도로 원초적으로 변했다.

초등학생들 같았다. 위저우저우는 괜히 말려들어 다칠까 봐 살짝 옆으로 물러났다. 싸움의 근본적인 이유는 농구 시합 때문이 아닐 것이다. 1반과 2반의 관계는 마치 문과반의 3반과 7반의 관계와 같았다. 아직 성숙하지 않은 아이들에게 경쟁 관계에서 불리해진다는 건 서로 적대시하고 헐뜯는 관계로 변할 가능성이 다분했다.

가장 먼저 주먹을 휘두른 사람이 누군지는 알 수 없었다.

어쩌면 중요하지 않았다. 모두가 난창봉기*의 첫 번째 총성을 기다리며 시시각각 준비하고 있었으니까.

위저우저우는 입을 벌린 채 운동장의 난투극을 지켜봤다. 이제껏 좀 지나칠 정도로 '반듯'하다고 생각했던 1반 학생들은 싸움이 시작되자 체면이고 나발이고 다 버리고 사력을 다해 뛰어들었다.

그야말로 톱뉴스에 날 만한 일이었다. 더구나 당사자가 1반과 2반 아닌가.

아무리 일찍 철이 들고 성적이 뛰어나도 따지고 보면 한 무리의 소년들에 불과했다. 사춘기에 교실에 갇혀 아침부터 저녁까지 공부만 하다 보니, 억눌린 호르몬은 그저 여드름의 방식으로 분풀이를 하며 울부짖을 수밖에 없었다. 그러다 마침내 이런 기회가 오자 통쾌하게 싸움을 벌였다. 그렇게 하는 게 정의든 아니든, 생각이 있든 없든 상관없이 말이다.

젊음에는 생각 없이 굴 자격이 있었다.

위저우저우는 잠시 벙쪘다가 이내 다급히 이리저리 뒤엉킨 무리 속으로 비집고 들어갔다. 그녀는 줄곧 사람이 붐비는 곳은 질색이었고, 다른 사람과 몸이 닿는 것과 남의 체취를 맡는 것, 발이 밟히고 밀치락달치락하는 걸 싫어했지만……, 그 순간에는 생각할 겨를도 없이 뛰어들었다.

반드시 린양을 끌어내야 했다.

비록 2반이 지진 않았지만, 일은 결국 이렇게 되어버렸다.

---

* 1927년 8월 1일 중국 공산당이 난창(南昌)에서 중국 혁명을 위해 일으킨 봉기.

만약 린양이 얻어맞기라도 하면 위저우저우는 자신이 전학이라도 가야 하나 진지하게 고민해봐야 할 것 같았다.

누군가 그녀의 말총머리를 힘껏 잡아당겼다. 위저우저우는 조그맣게 아프다고 소리치곤 불만스럽게 얼굴을 찌푸린 채 고개를 돌려 눈을 부라렸다. 모르는 여학생이 그녀를 쏘아보며 소리쳤다. "네가 뭔데 날 밀어?"

위저우저우가 얼떨떨하게 대꾸했다. "앗, 미안해."

그 여학생은 대대적으로 쏘아붙이거나 무력으로 교훈을 주기로 작정했다가 위저우저우의 반응을 보고 별안간 김이 빠졌는지, 마치 괴물 보듯 그녀에게 눈을 부라리곤 다시 몸을 돌려 다시금 싸움 무리 속으로 끼어들어 갔다.

위저우저우는 린양의 유니폼에 7번이 적혀 있었다는 걸 기억했다. 멀리서 7번이 보이자마자 곧장 상대방의 옷을 잡고 경기장 가장자리로 끌고 나왔는데, 막상 고개를 들어보니 눈앞에 있는 사람은 놀랍게도 추톈쿼였다.

"어," 추톈쿼가 어색하게 웃었다. "저우저우, 고마워."

"천만에." 위저우저우가 손을 내저었다. "내가 사람을 잘못 잡아당겼네."

말을 마치고는 계속해서 린양이 있을 만한 곳을 둘러봤다.

안 보였다. 아무리 샅샅이 살펴봐도 찾을 수가 없었다. 위저우저우는 손을 머리 뒤로 돌려 삐딱해진 말총머리를 정돈하다가, 아예 고무줄을 빼서 머리를 푼 후 다시 뒤통수 아래쪽에 잡아 묶었다. 누가 또 머리카락을 잡아당기는 걸 막기 위해서였다.

고무줄을 막 두 바퀴째 감았을 때, 위저우저우는 별안간 누군가의 두 손이 자신의 머리채를 덮더니, 고무줄을 받아 마지막 한 바퀴를 감고 다시 미리카락을 가만히 정돈해주는 걸 느꼈다.

"방금 나 찾고 있었어?"

위저우저우가 몸을 돌리자 눈앞에 린양이 마치 하늘에서 뚝 떨어진 것처럼 나타나 있었다. 다만 떨어질 때 얼굴로 착지한 게 분명했다.

눈가는 시퍼렇게 멍이 들고 광대뼈는 붉게 부어올랐는데도, 숯을 넣었을 때보다 훨씬 환하게 웃고 있었다.

링샹첸에게는 추톈퀴가 난투극을 벌이는 남학생들에게 파묻힌 것만 보였다. 그들이 휘두르는 주먹은 보는 것만으로도 겁이 났고, 심지어 그 주먹이 자신의 얼굴로 떨어지면 어떻게 될지 상상할 수 있을 정도였다.

그러나 여전히 포기하지 않고 바깥에 서서 목을 쭉 빼고 안쪽을 살피며 그의 종적을 찾으려 애썼다. 싸움판에 살짝 가까이 다가갔을 때 누군가 그녀의 팔을 잡았다.

"넌 멀리 떨어져 있어. 그러다 다치면 어쩌려고 그래?" 장촨이었다.

살짝 짜증이 난 링샹첸은 장촨의 손을 밀치고 계속해서 주변을 돌며 상황을 관찰했다. 그러다 무심코 신루이를 흘꼿 보게 되었다. 신루이는 사람들에게서 아주 멀리 떨어진 농구 골대에 기대어 서서 두 손을 주머니에 찔러 넣고 입가에는 웃음을 띠고 있었다.

무척 재미난 구경을 하는 것처럼 보였다.

변태. 링샹첸은 속으로 욕을 했다. 사실 시합을 보는 내내 마음이 복잡했고, 큰 소리로 "2반 파이팅"을 외치면서 추톈쿼의 시선을 끌려고 노력했다. 마치 상대방이 자신을 알아채길 바라는 것처럼, 심지어 그가 이 '상대편'에 화를 내주길 바라는 것처럼. 비록 자신도 이게 얼마나 유치하고 천진난만한 생각인지 모르지 않았지만 말이다.

심지어 그가 참패하길 바라기까지 했다. 무척이나.

별안간 링샹첸의 시선에 자신이 찾고 있는 하얀색 7번이 전장 한가운데에서 한 여학생에게 끌려 나오는 모습이 보였다. 놀랍게도 위저우저우였다.

그 두 사람은 눈이 마주친 순간 서로 깜짝 놀랐고, 위저우저우는 뭐라고 한마디 하고는 황급히 고개를 돌려 계속해서 사람들 사이에서 누군가를 찾았다. 링샹첸은 문득 위저우저우의 표정이 아주 자책하는 것 같으면서도 한편으로는 해난 사고가 발생해 실종된 남편을 사방으로 찾아다니는 어린 부인처럼 연약하면서도 굳세다고 느꼈다. 비록 사람을 잘못 봤지만.

싸움을 더는 지켜볼 이유가 사라진 링샹첸은 다른 학생들을 말리면서 교실로 돌아가는 추톈쿼에게 눈빛을 고정했다.

링샹첸은 수없이 되뇌었다. 자신은 그저 이제까지 커오면서 마침내 린양보다 더 눈부신 사람을 만난 것뿐이라고, 그래서 상대방의 빛을 좋아한다고 착각한 거라고 말이다. 그러나 방금 1반이 큰 점수차로 2반에게 뒤처지고, 추텐쿼가 비운의 영웅처럼 형편없는 선수들을 이끌고 필사적으로 뒤쫓으면서 포기하지 않는 모습을 보고 감동하고 말았다.

심지어 마음이 아프기까지 했다. 한편으로는 실패가 그의 완벽한 얼굴에 흠을 내길 바라면서, 한편으로는 그의 고고함이 손상되지 않기를 바랐다. 추텐쿼의 실패에 대해, 그것이 그저 작은 농구 시합이라 할지라도 그녀는 자신이 추텐쿼 본인보다 훨씬 더 신경을 쓰는 듯했다.

결국 용기를 낸 그녀는 그에게 다가가 주변에 아무도 없는 틈을 타서 조용히 물었다. "다친 곳은 없지? …… 이마에 상처는 괜찮아? 부딪히진 않았어?"

추텐쿼는 길게 말할 시간이 없는지 황급히 웃으며 말했다. "난 괜찮아, 걱정 마. 얼른 반으로 돌아가, 여긴 위험해."

그러고는 곧장 몸을 돌려 싸움을 말리는 일에 뛰어들었다.

링샹첸은 잠시 멍하니 서 있다가 살짝 울적해져 곧장 교학동을 향해 걸어갔다.

그 순간 느닷없이 또 누군가 자신을 대신해 추텐쿼를 한 방 때려줬으면 좋겠다는 생각이 들었다.

교실로 돌아오는 길에 링샹첸은 등 뒤에서 발걸음 소리를 듣고 살짝 망설이다가 고개를 돌려 먼저 외쳤다. "신루이!"

그런 다음 걸음을 늦추고 상대방을 기다리면서 웃으며 말했다. "같이 가자."

먼저 호의를 표시한 김에 동맹을 맺어 머릿수로 처벌을 피할 요량이었다.

"너네 반 오늘 상태가 그닥 좋지 않았나 봐." 링샹첸은 1반이 진 데 대한 변명거리를 찾았다.

"응, 사실 걔들은 원래부터 실력이 형편없었어. 추톈쿼가 이끄는 책벌레들이 지는 것도 당연하지."

링샹첸은 어안이 벙벙했다. "그렇게 말할 것까지야."

"추톈쿼는 원래부터 농구를 못했어. 너네 2반에서 아무나 끌고 와도 걔보단 잘할걸."

그런 말을 하면서도 신루이의 표정이 평온해서, 링샹첸은 순간 그녀가 객관적으로 평가하는 것인지, 아니면 진짜로 추톈쿼에게 편견이 있는 건지 판단할 수가 없었다.

둘은 잠시 말이 없었다.

노크하고 교실로 들어가자 학생들의 눈빛이 죄다 두 사람에게로 쏟아졌다. 우원루가 잔뜩 굳은 얼굴로 물었다. "어디 갔다 오는 거야?"

사실 담임의 역사 수업이 시작한 지도 벌써 30분이 지나 있었다. 대놓고 수업을 빼먹는 행위는 도가 지나치긴 했지만, 선생님들은 보통 우등생들에게 관대했기에 링샹첸은 그래도 믿는 구석이 있었다.

"저희는…… 원래 있던 학급에서 논의할 일이 있다고 저희 둘을 불러서요……." 우원루의 추궁하는 눈빛에 살짝 당황한 링샹첸은 일부러 모호하게 말하며 시간을 벌었다.

"그냥 농구 시합이었어요." 신루이가 갑자기 이어서 말했다. "원래는 금방 끝날 수 있었는데, 애들이 서로 싸우는 바람에 말리다가 이제야 왔어요. 선생님, 정말 죄송합니다."

"싸웠다고?" 우원루는 미간을 찌푸리며 신루이에게 고개를 끄덕였다. "일단 자리로 돌아가도록 해라. 다음엔 일이 있으면 꼭 미리 허락받고. 학급 간부면 간부답게 모범이 되어야지……. 설령 진짜로 논의해야 할 일이 있더라도 말이다."

말을 마치곤 링샹첸을 깊이 바라봤다.

당황한 링샹첸은 자신을 무너뜨린 신루이를 조용히 바라봤다. 어떻게 반응해야 할지 순간 아무 생각도 들지 않았다.

10.

일부는 맑음, 일부는 흐림

중간고사를 앞둔 저녁, 위저우저우는 옌이의 감정의 동요를 또렷하게 느낄 수 있었다. 책장을 넘길 때 큰 소음을 냈고, 그것도 굉장히 빠른 속도로 넘겼다. 머리는 과장되게 좌우로 흔들어 마치 그의 책 읽는 속도가 어느 경지에 이른 것 같다는 착각을 하게 했다. 그러나 종종 다시 그 몇 페이지를 다시 반대로 넘기는 걸 보면 아무것도 기억하지 못한 게 분명했다.

"있잖아, 형씨." 미차오가 뒤에서 옌이를 살짝 쿡 찔렀다. "우리 이러지 말자구. 좀 진정하면 안 될까?"

옌이가 뒤를 돌아보며 민망한 듯 웃었다. "미안해, 하하. 그치만 난 긴장하는 게 아냐."

"내가 너한테 긴장하냐고 물었냐?"

옌이는 살짝 얼굴을 붉히며 고개를 돌려 책장 넘기는 속

도와 소리를 자제하려고 애썼지만, 고개는 여전히 과장되게 좌우로 흔들렸다.

위저우저우가 그를 보며 말했다. "그럼 내가 물어볼게. 너 긴장했어?"

옌이는 얼른 고개를 저었다가 다시 끄덕였다.

"고작 시험 한 번이잖아. 대입시험도 아니고, 대단할 게 뭐 있어. 1년 지나면 넌 이번 시험 기억도 못 할 거야." 위저우저우는 그를 위로하려고 시도했다.

옌이의 눈동자에는 피로에 찬 붉은 실핏줄이 퍼져 있었다. 그는 건성으로 웃더니 고개를 숙이고 계속해서 책장을 넘겼다.

"어이, 형씨." 미차오가 계속해서 옌이를 쿡쿡 찔렀다. "너 그 속도는 다 외워서 그러는 거야, 아니면 외워지지 않아서 책에 화풀이하는 거야?"

옌이는 늘 부드러운 목소리로 조곤조곤 말하는 남학생이었다. 그런 그가 고개를 돌려 미차오를 진지하게 바라보는 눈동자에 담긴 힘과 위협에, 옆에서 보던 위저우저우도 살짝 간담이 서늘해졌다.

"내일 시험이잖아. 그만 좀 귀찮게 해."

미차오는 눈이 휘둥그레졌고, 위저우저우는 눈치껏 더는 그를 위로하지 않았다. 옌이는 다시금 책을 넘길 자유를 쟁탈했다.

위저우저우는 매번 수업 시간 때마다 옌이가 허둥거리며

색색의 펜으로 중요한 부분을 표시하던 모습과 선생님이 하는 말을 모조리 노트에 적는 신경질적인 모습을 떠올렸다. 위저우저우는 마치 저주에 걸린 것처럼 정치 수업 시간만 되면 잠이 들었고, 그럼 옌이는 수업이 끝나면 그녀에게 필기 노트를 빌려줬다. 정치 필기는 갈수록 많아져서 위저우저우는 혀를 내둘렀고, 그중에서 중요한 부분을 골라내려고 해도 도저히 맥락을 찾을 수가 없었다.

그러나 평소 쪽지 시험을 보든 문제집을 풀든, 위저우저우는 옌이의 성적이 그다지 좋지 않다는 걸 알 수 있었다.

옌이에게 말해주고 싶었다. 때로는 긴장이 지나치고 스트레스가 너무 크면 오히려 무너질 수 있다고, 노력한 만큼 거둔다는 말은 가장 큰 거짓말이라고 말이다.

그러나 아무 말도 하지 않았다. 지금의 옌이는 아무 말도 들리지 않을 테니까.

그런 생각을 하고 있는데 갑자기 휴대폰에 두 번 진동이 울리더니 문자 두 개가 동시에 도착했다.

"공부 잘돼가?"

린양과 신루이였다.

위저우저우는 린양에게 답장했다. "아주 좋아. 3등은 문제없을 거야."

그리고 신루이에게도 답장했다. "좋지도 나쁘지도 않아. 별 느낌 없네."

린양에게는 사실을 말하고 신루이에게는 상대방이 종종

자신에게 하던 말을 돌려줬다. 우등생들 사이의 소소한 암투나 언어유희를 딱히 즐기지 않는 위저우저우였지만, 여러 번 문자를 보내본 후 여기에도 규칙이 있다는 결론을 내렸다. 만약 자신이 공부가 잘된다고 보내면 상대방은 "짱 나네, 난 완전 엉망이야. 네가 1등 하길 기다릴게"라고 답장할 것이고, 만약 자신이 "엉망진창이야, 완전 망했어"라고 보내면 상대방은 "됐어, 엄살 좀 작작 부려"라고 답장할 것이다.

친해질수록 문자의 말투는 스스럼없어져도 기본적인 내용은 변하지 않았다. 위저우저우는 중3 때부터 고1 때까지 2년 동안 시험을 앞둘 때마다 항상 신루이와 아무런 의미 없는 입씨름을 벌여야 했고, 그러다 보니 서서히 '좋지도 나쁘지도 않다'는 표현을 즐겨 쓰게 되었다.

신루이는 예상대로 답장이 없었고, 오히려 린양이 빠른 답장을 보내왔다.

"3등?"

"응. 3등이라는 건 바로 앞에 1등과 2등이 있다는 뜻이지."

화가 나서 코가 삐뚤어진 린양의 모습을 상상할 수 있었다.

"네 생각엔 이번 시험에서 내가 추톈치보다 잘 볼 거 같아?"

위저우저우는 린양의 솔직담백함이 살짝 부러워졌다. 이제껏 한 번도 남에게 억압받은 적 없는 린양은 무척이나 추톈치를 뛰어넘고 싶겠지?

그녀는 웃으면서 답장을 보냈다. "2등이 얼마나 좋은데.

난 2등이 가장 좋아."

위저우저우는 진심으로 2등이 아주 좋은 위치라고 생각했다. 아무리 큰 비바람이 와도 1등이 막아주고, 더구나 떳떳하게 좀 더 앞으로 나아갈 수 있는 공간이 주어졌다.

더욱 중요한 건, 매번 전교 2등을 하던 그 시절이 바로 위저우저우의 짧은 인생에서 최고로 좋았던 시절이라는 것이다.

린양의 답장은 한참 후에야 왔다. 위저우저우가 정치 원리 부분을 끝까지 훑어본 후에야 주머니 속에 있던 휴대폰이 가볍게 진동했다.

"그럼 난 계속 2등 하지 뭐. 네가 한 말 꼭 기억하도록 해."

내가 무슨 말을 했지? 위저우저우는 무슨 영문인지 알 수 없었다.

링샹첸은 처음으로 시험을 앞두고 긴장을 느꼈다.

마지막으로 지리책을 훑어볼 때, 그녀는 뒤에 앉은 리징위안에게 경도와 위도 아무거나 말해보라고 하고는 머릿속으로 위치를 잡았다.

"북위 40도, 동경 115도는?"

"베이징 부근이겠지? 중국 화베이."

"응, 맞아."

이어진 긴 한숨. 마치 방금 자가 테스트가 아니라 폭탄을 들고 파란 선을 자를까 빨간 선을 자를까 선택이라도 한 것만 같았다.

오후 자습 시간 때는 안절부절못하기까지 했다. 심지어 역사책을 볼 때 아직 익숙하지 않은 지식이 나올 때면 부끄럽고 괴로우면서도 한편으로는 다행이라는 생각이 들었다.

링샹첸은 모두가 이번 중간고사를 주목하고 있다는 걸, 모두가 문과 전교 1등이 누구일지 추측하고 있다는 걸 무의식적으로 느낄 수 있었다. 링샹첸은 추톈쿼를 생각했다. 그도 혹시 문과의 첫 번째 훈련 결과를 무척이나 궁금해하지 않을까?

체면을 깎일 순 없어, 절대로.

더구나 링샹첸은 이번 시험에서 1등을 못 하면 쓸모없는 존재가 될 거라는 걸 깊이 체감하고 있었다. 지금 우원루는 그녀에게 살짝 불만을 품고 있고, 학급의 여러 임시 학생들도 루페이페이의 부추김에 따라 암암리에 계속해서 공격해 오는 상황이었다. 링샹첸은 이번 시험이 필요했다. 이번에 문과 전교 1등을 만병통치약으로 삼아 모든 상황을 잠잠해지게 할 필요가 있었다.

평소 정리해둔 국어 기초 문제 오답 노트에 있는 대량의 자음, 자형 문제는 다 볼 수 없을 듯했다. 링샹첸은 일찍 자서 내일을 위한 힘을 비축해야 할지, 아니면 밤새 오답 노트를 다 봐야 할지 고민이 되었다.

결정을 내리지 못하고 아직 멍하니 있을 때, 저녁 자습이 끝나는 종소리가 울렸다.

신루이는 책을 다 볼 수 없을 것 같아 저녁은 식당에 가지 않고 빵으로 때우며 시간을 절약하기로 했다. 컵을 들고 교실을 나와 뜨거운 물을 받으려는데, 탕비실에서 추톈춰와 린양이 나란히 창턱 옆에 서서 컵라면 스프를 뜯는 모습이 눈에 들어왔다.

두 사람의 동작은 굉장히 신속했다. 마지막에 린양이 하하 웃으며 "이번에도 네가 졌어"라고 말하며 컵라면을 들고 온수 수도꼭지 앞으로 갔다.

추톈춰가 놀라며 물었다. "넌 어떻게 매번 그렇게 빨리 끝내냐?"

린양이 검지를 살살 흔들어 보였다. "차라리 네가 어떻게 맨날 1등을 하는 건지 나한테 알려주지 그래?"

추톈춰가 웃음을 터뜨렸다. "잘 들어. 1등 너한테 넘겨줄 테니까 다음에 컵라면 대결은 나한테 넘겨주는 거야. 콜?"

린양이 고개를 저었다. "누가 1등 하고 싶대? 난 2등이 좋아."

추톈춰가 그의 곁으로 다가가 수도꼭지를 열어 뜨거운 물을 받았다. "왜?"

린양은 한참 동안 대꾸하지 않았다. 신루이가 그들의 대화가 끝났다고 여기고 있을 때, 린양이 느릿느릿 말하는 소리가 들렸다. "내가 2등 하는 걸 누가 좋아하거든."

약간은 몸 둘 바를 몰라 하면서 또 약간은 자랑하는 듯한 목소리였다.

추텐쿼는 더욱 호기심이 발동했다. "누구, 링샹첸?"

신루이는 컵 뚜껑을 가만히 닫았다.

"어떻게 걔냐? 지금 걔 눈에 내가 있기나 해? 네가 더 잘 알면서."

린양의 목소리에는 조금도 불만이 들어 있지 않았고, 오히려 야유가 가득 담겨 있었다. 신루이는 곁눈질로 추텐쿼가 긍정도 부정도 하지 않고 웃으며 생각에 잠기는 걸 볼 수 있었다.

"알겠다, 위저우저우지."

린양이 던진 야유는 순식간에 다시 반사되어 돌아왔다. 추텐쿼는 벽에 기대어 의미심장하게 웃으며 '짜식, 감히 나한테 덤비다니' 하는 자신만만한 표정을 지어 보였다. 린양이 그런 그를 멍하니 바라보는 사이 컵라면에 받고 있던 뜨거운 물이 어느새 넘쳐흘렀고, 그는 외마디 비명과 함께 컵라면을 손에서 떨어뜨렸다.

추텐쿼는 고소하다며 웃는 표정마저 온화하고 절제되어 있어 특별한 분위기가 감돌았다.

그들의 대화를 엿듣기 위해 신루이는 개수대 앞에서 컵을 대여섯 번이나 씻었지만 별안간 무척이나 재미없게 느껴졌고, 물컵은 뜨거워서 손바닥이 근질근질했다. 그녀는 고개를 숙이고 황급히 자리를 떴다. 더는 아무것도 듣고 싶지 않았다.

알고 보니 린양은 추텐쿼에게 밀려 2등을 했어도, 사실 자신이 상상했던 것처럼 괴롭고 난처해하지 않았다. 알고 보니 위저우저우는 겉으로는 냉담하고 차분해 보여도, 사실 남자아이를 챙겨주는 달콤한 말을 할 줄 알았다. 알고 보니 링샹첸은 그들이 모두 아는 여자아이였다. 알고 보니 자신은 그들 곁에 그렇게나 오래 서 있어도 투명 인간에 불과했다.

알고 보니 줄곧 괴로워한 사람은 자신 혼자뿐이었다.

신루이는 문득 내일 있을 중간고사에서 자신이 아무런 관객 없이 홀로 춤을 추게 되리라는 걸 느낄 수 있었다.

문과반 고사장 배치는 아주 간단했다. 3반과 7반 학생들은 서로 번갈아 가며 입구의 첫 번째 책상에서부터 차례로 앉았고, 자리 배치 순서 기준은 고입시험 입학 성적이었다. 그래서 당연하게도 위저우저우는 첫 번째 책상에 앉았고, 그 뒤로는 링샹첸, 신루이가 차례로 앉았다.

네 번째 책상에 누가 앉는지는 아무도 관심을 두지 않는 듯했다.

신루이는 링샹첸의 등을 주시했다. 교복 겉옷을 벗어서 안에 입은 예쁜 노란색 캐주얼 셔츠가 드러나 있었는데, 등 쪽에 나비 모양의 펀칭 무늬가 자꾸 아른거려서 신루이는 눈이 아플 지경이었다.

교복 좀 입으면 안 되겠어? 너 안 추워?

첫 과목인 국어 시험 감독관 선생님은 이미 예비종과 함께 교실로 들어와 있었다. 신루이는 책상 위에 엎드렸다. 차가운 촉감이 그녀의 오른쪽 얼굴을 식혀주었다.

곧 교실 안에는 볼펜이 종이 위를 스치고 지나갈 때의 사각사각하는 소리만 들려왔다.

신루이는 줄곧 고개를 깊이 숙이고 있어서 목이 약간 아팠지만, 그래도 고개를 들어 그 나비를 보고 싶지는 않았다.

국어 시험이 끝나고, 링샹첸은 안절부절못하며 위저우저우가 뒤를 돌아봐 주길 기다렸다. 왜 그런지는 설명하기 어려웠다. 그냥 상대방이 돌아보며 웃어주고 두 사람이 인사를 나누면 세상이 평온해지고 만사가 잘 풀릴 것만 같았다.

링샹첸은 자신이 갈수록 남들의 반응을 신경 쓴다는 걸 불안하게 느낄 수 있었다.

눈언저리에 담긴 호감과 미움, 아무리 보잘것없는 사람일지라도 자신에 대해 나쁜 평가를 하면 밤새 뒤척이며 잠을 이루지 못했다.

언제부터 이렇게 된 걸까? 얼굴을 찌푸리고 있을 때, 위저우저우가 그녀를 돌아봤다.

"오후 시험은 몇 시야?"

"1시 반."

"고마워."

"저우저우!" 위저우저우가 다시 고개를 돌리려 할 때, 링샹첸이 그녀를 불렀다.

"시험 잘 봤어?" 링샹첸은 그 질문으로 아무것도 알아내지 못하리라는 걸 모르지 않았다. 하지만 상대방의 대답이 진실이든 거짓이든, 그녀에겐 아무런 의미가 없었다.

위저우저우는 잠시 생각하다가 대답했다. "다들 국어 시험이 끝나면 기분이 좋은 거 같아. 왜냐하면 모르는 문제라도 대충 지어내서 채워 넣고 맞든 틀리든 신경 쓸 필요 없잖아. 난 시험 잘 본 것 같아."

링샹첸은 멀뚱히 있다가 문득 마음이 훨씬 편안해진 걸 느꼈다. "그래? 오후 수학 시험도 힘내!"

"응." 위저우저우가 고개를 끄덕였다. "너도."

위저우저우는 말을 마치고는 일어나서 밥을 먹으러 식당으로 향했다. 링샹첸은 등 뒤의 신루이가 오랫동안 인기척이 없는 걸 눈치챘지만, 어째서인지 고개를 돌려 말을 걸고 싶지는 않았다.

그 여자애가 교실의 모든 사람 앞에서, 우원루 눈앞에서 자신을 깎아내리면서 아무 잘못 없는 척한 걸 그녀는 여전히 기억하고 있었다. 냉담하고도 괴팍한 여자애가 왜 하필이면 반에서 가장 오지랖 넓은 천팅과 어울리는지 도무지 이해가 가지 않았다.

만약 자신이 1등을 못 한다면, 차라리 그 자리를 위저우저우에게 남겨줄지언정 신루이가 차지하게 해서는 안 되었다.

절대로.

위저우저우는 교실을 나가 몇 걸음 걷자마자 번번을 봤다. 주변에 사람이 아주 많아서 굳이 다가가서 인사를 건네진 않았다.

그 류롄이라는 여학생이 그의 소맷자락을 잡아당기며 애교를 부릴 때, 번번은 고개를 돌리더니 위저우저우에게 눈짓을 해 보였다.

위저우저우는 그런 그를 흘겨보는 걸로 대답을 대신했다.

가는 길에는 누군가의 대화를 듣고 빙그레 웃음이 나왔다.

"문언문文言文* 3번 문제 답 뭐라고 썼어?"

"3번 문제?"

"그 줄 친 문장에서 '란然'이랑 같은 용법으로 쓴 걸 고르라는 거 있잖아."

"아, 아, 그 문제. 내가 고른 건…… C인 거 같은데. 넌?"

"망했다, 그럼 내가 틀렸겠네. 난 B라고 했거든. 어떡해, 어떡해!"

"무슨 소리야, 내가 틀렸겠지……. 됐어, 됐어. 우리 답 맞춰보지 않기로 했잖아? 시험 끝났으면 됐지, 뭘 또 맞춰봐! …… 참, 기초지식 비문 문제는 뭐라고 썼어?"

바보같이 웃고 있을 때, 갑자기 누군가 그녀의 말총머리를 가볍게 잡아당겼다.

"왜 실실 웃고 있어?"

린양이었다. 위저우저우는 그가 이미 자신의 생활 속에 지나치게 빈번하게 등장한다고 느꼈다. 그들은 거의 하루도

---

* 고대 중국의 서면어.

빼놓지 않고 마주쳤고, 게다가 대부분이 식당에서여서 어쩔 수 없이 같이 밥을 먹어야 했다.

마치 사전에 약속이라도 한 것처럼.

린양은 아직 스캔들이 맹렬하게 퍼지지 않은 게 불만인 듯했다.

"린양······." 위저우저우는 나 혼자 밥 먹으면 안 되겠냐는 말을 하려다가 문득 오후에 곧 수학 시험이라는 걸 떠올렸다. 그의 체면을 이렇게 구기고 싶진 않았다. 혹시라도 감정이 요동쳐서 그가 시험을 망치면 다 자신의 잘못이 되니 말이다.

"뭔데?" 린양이 호기심 많은 아이처럼 바짝 다가왔다.

"그게······." 위저우저우는 순간 말이 막혔다. "······ 너······ 문언문 3번 문제 답 뭐라고 썼어?"

모두는 집념을
품고 살지

소중한 추억 8

1.
누구의 마음에 결정이 날까

"너 저우제룬 새 앨범 들어봤어? 완전 대박이야!" 천팅이 혼자 떠들며 신루이 옆에 앉아 청귤 껍질을 벗겼다. 청귤 과즙이 신루이 눈에 튀었는데도 그녀는 신루이의 왼쪽 눈에 흐르는 눈물을 전혀 눈치채지 못한 채, 여전히 아랑곳하지 않고 말을 계속했다.

"지금 링샹첸하고 위저우저우 점수가 아주 박빙이야. 링샹첸은 수학에서 145점, 위저우저우보다 5점이 높아. 하지만 위저우저우의 영어와 국어를 합산한 점수는 링샹첸보다 12점이 높지. 역사, 지리 과목에서는 두 사람 점수 차이가 거의 없는데, 위저우저우가 정치 시험을 망쳤지 뭐야. 완전히 제대로 망쳤어, 상상할 수도 없을 만큼. 링샹첸은 93점, 위저우저우는 고작 77점. 그걸로 끝났지 뭐. 이상하지 않냐? 선생님이 문과 종합 세 과목 중에 정치 과목이 가장 쉽다고 누누이 말했었잖아?"

신루이는 입을 꾹 다물고 아무 말도 하지 않았다.

요 며칠 신루이의 덧셈과 뺄셈 암산 실력은 빛의 속도로 단련되었다. 총점을 다 더한 후 점수차로 다시 계산해보고, 순서대로 계산했다가 반대로 계산했다가, 덧셈만 쭉 했다가 뺄셈만 쭉 했다가…….

어떻게 계산하든 그녀의 점수는 링샹첸을 뛰어넘을 수 없었다. 아무리 계산해도 최종 점수는 똑같았다. 수학은 망했고, 국어는 보통, 영어도 보통, 문과 종합 성적은 꽤 괜찮았지만 격차를 따라잡을 만큼은 아니었다.

그나마 유일하게 다행인 건 이제껏 한 번도 전교 1등 하는 걸 기대하지 않았다는 것이다. 그러므로 1등을 못 한 건 당연한 일이었고, 민망하거나 쪽팔릴 필요가 없었다.

신루이는 고개를 들어 링샹첸의 환하게 웃는 얼굴을 멀리서 바라보며 위저우저우에게 문자를 보내려고 휴대폰을 꺼냈다. 검정 유광 화면에 비친 자신의 얼굴은 가무잡잡하고 차갑고 딱딱했고, 입꼬리는 보기 흉하게 밑으로 처져 있었다.

고개를 돌리니 천팅의 귤즙이 또다시 눈에 튀었다.

린양은 요 며칠 신이 나서 어쩔 줄 몰랐다.

문과 전교 2등 위저우저우, 이과 전교 2등 린양.

그는 지나가는 사람마다 붙잡고 물어보고 싶은 마음이 간절했다. "어때, 아주 잘 어울리는 조합이지?"

모두의 기분은 아주 좋았다. 린양은 득의양양했고, 렁샹 첸은 한숨을 돌렸으며, 추텐쿼는 평소와 같았고, 위저우저우는 동요 없이 잔잔했다. 린양은 심지어 사실은 들어보지도 못한 〈햇살 가득한 우리의 생활〉이라는 노래가 생각나기도 했다.

매일 점심때 수업이 끝나면 그는 싱글벙글하며 7반 근처로 달려가 어슬렁거리다가, 위저우저우가 나오면 멀지도 가깝지도 않은 거리에서 뒤를 따라갔고, 식당에 곧 도착할 때가 되면 얼른 성큼성큼 다가가 그녀의 말총머리를 잡아당기면서 '이거 참 우연이네' 하는 표정을 지어 보였다.

오늘 작전은 평소처럼 아주 순조로웠다. 린양은 위저우저우의 약간은 피곤해 보이는, 이 우연에 대해 지극히 어이없다는 듯한 그 웃음을 만족스럽게 바라봤다. 예전의 린양은 이런 웃음을 볼 때면 상처를 받고 분노했지만, 마음속 지도를 똑똑히 본 지금의 그는 위저우저우를 수학 올림피아드나 물리 경시대회 문제처럼 엄청난 힘을 쏟아 공략해야 하는 고집스런 바윗덩이로 여겼다. 어쨌거나 그녀는 언젠간 그에게 익숙해질 것이다. 언젠가는 그를 가족이나 다른 어떤 사람으로 여길 것이다.

가족의 정 같은 건 딱히 신비로울 것 없었다. 아무것도 모르는 데서부터 시작해 계속해서 같이 있어주고 계속해서 따스함과 사랑을 주다 보면, 결국 그녀는 분명 그를 떠나지 못할 것이다.

그가 무심코 저지른 잘못 때문에 잃어버린 가족의 정을 채워주는 것. 이렇게 덤덤하고 나른해하는 위저우저우는 구원이 필요하다고, 린양은 그렇게나 굳게 믿었다.

그저 가족의 정 때문이었다. 그리고 다른 감정에 대해서는, 린양은 생각하기만 해도 얼굴이 주체할 수도 없이 달아올라서 일단 잠시 보류하기로 했다.

린양은 별안간 등 뒤로 두 손이 올라오는 걸 느꼈다.

루위닝이 린양 뒤쪽에서 유령처럼 튀어나오더니 위저우저우에게 히죽거렸다. "여어, 드디어 찾았네. 린양이 한 달 넘게 수업만 끝나면 형제들도 내팽개치고 쌩하니 달려나가더라고. 알고 보니 널 만나러 간 거였어······."

위저우저우의 표정은 물처럼 고요했고, 그런 말을 듣고도 아무런 반응이 없었다. 마치 방방 뛰는 루위닝이 그저 초보적인 수준의 정물 소묘라도 되는 듯이 말이다.

"우리 형제들을 대표해서, 네가 링샹첸과 장찬의 뒤를 이어 마침내 우리 셋째 첩실이 된 걸 축하해! 잘 들어, 화내지 말고. 사실 네가 가장 운이 좋다고 할 수 있어. 소설이나 드라마 보면 셋째 첩실이 가장 큰 총애를 받거든!"

린양이 놀라서 펄쩍 뛰며 냅다 루위닝을 걷어찼다. 루위닝은 비틀거리면서도 여전히 히죽거리며 위저우저우에게 말했다. "이거 봐, 이거 봐. 우리 도련님은 이게 문제라니까. 성질이 너무 안 좋아, 안 좋다구. 하지만 부잣집 도련님들이다 이렇지 뭐. 네가 좀 양해해줘."

위저우저우는 테이블 옆에 기대어 조용히 그들의 소란을 지켜보며 담담하게 웃었다. 린양은 불현듯 그런 웃음에는 딱 한 가지 의미만 있다는 걸 깨달았다. 그건 바로 귀찮음이었다.

"루위닝." 린양은 더는 웃지 않고 루위닝을 제압하던 동작을 멈춘 후, 엄숙한 표정으로 그의 이름을 불렀다.

루위닝은 움찔하더니 혀를 쏙 내밀고는 곧장 몸을 돌려 달려나갔다.

위저우저우와 린양은 마주 보며 말이 없었다. 너무나 민망해진 린양이 억지로 웃으며 화제를 돌리려는데, 위저우저우가 결심한 듯 입을 열었다. "린양, 나 이번 달에 식당 카드로 고작 20위안밖에 안 썼어."

린양은 위저우저우가 하려던 말이 이런 걸 줄은 생각지도 못해서 어색하게 머리만 긁적였다. "난 그냥 여자에게 돈 쓰게 하는 습관이 없어서. 아니면, 네 생각에 그게 안 좋은 거 같으면…… 이번에는 네가 쏠래?"

"내 말은 그게 아냐." 위저우저우는 어이가 없었다. "내 말은, 우리 밥 같이 먹지 말자고."

"일부러 같이 먹는 것도 아니잖아." 린양은 입에 침도 바르지 않고 거짓말을 늘어놓았다. "그냥 아주 우연히 마주친 건데 뭐. 나도 혼자 먹고, 너도 혼자 먹고, 그래서 같은 테이블에서 먹는 게 뭐 어때서!"

"우리 우연히 만난 거야?" 위저우저우는 단도직입적으로 그의 말을 끊었다.

말문이 막힌 린양은 난처한 듯 그녀를 바라봤다.

"린양, 내가 하고 싶은 말은······."

"알아." 린양은 살짝 다급해졌다. "날 탓하지 않는다는 말 하고 싶은 거 알아. 네가 진짜로 날 탓하는지 아닌지는 상관 없어. 그냥 너한테 말해주고 싶어. 죄책감이 날 일 년 동안 괴롭히긴 했지만, 지금의 난 더는 양심의 가책을 느끼지 않는다고. 그건 그저 우연일 뿐이었어. 난 나랑 만나는 것 때문에 너희 가족 여행 시간이 미뤄진 줄 몰랐고, 그분들이 그때 사고가 날 줄은 더더욱 몰랐어. 예상할 수도 없었고 막을 방법도 없었다고. 만약 꼭 보상해야 한다면 네가 잃은 모든 걸 내가 다시 찾아줄 수는 없겠지만, 내가 그분들 대신 널······."

그의 목소리는 갈수록 작아졌고, 결국엔 얼굴이 새빨개져서 '보살펴 줄게'라는 말도 끝내 입 밖으로 내지 못했다.

"린양, 난····· 넌 나한테 보상할 필요 없어." 위저우저우의 목소리는 린양의 머리에 찬물을 끼얹는 것만 같았다. "조금도 필요 없어."

"그땐 내가 전화에서 너무 충동적으로 굴었어. 그땐 충격이 너무 커서 말을 가리지 못했다는 걸 양해해줬으면 해. 저번에 내가 말했지, 그건 애초부터 네 잘못이 아니라고······.

그리고 내 잘못도 아냐. 난 이미 생각을 정리했고, 과거의 상처에 빠져 있지도 않아. EVA*에 나오는 마음에 상처를 입어서 자폐증에 걸린 이카리 신지랑은 다르게 말야……."

위저우저우는 미소를 지으며 농담을 하려고 했지만, 상대방 얼굴에는 웃음기가 전혀 없었다.

"난 아주 잘 지내. 어쩌면 예전과는 좀 다르겠지만, 예전처럼 아무 근심 걱정 없을 순 없단 걸 너도 알아줬으면 해. 하지만 그렇다고 내가 정신질환자는 아냐. 나한테 시간을 주면 천천히 회복될 거야. 난 아주 잘 살고 있고, 자포자기하지 않았고, 학업을 포기하지도 않았어. 넌 자책할 필요 없고, 날 감시하듯이 뭔가를 보상할 필요는 더더욱 없어."

린양은 고개를 숙인 채 오랫동안 말이 없었다. 위저우저우는 하고 싶었던 말을 했는데도 상상했던 것만큼 마음이 편하지 않았다.

"어쩌면 난 너한테 보상하고 있는 게 아닐지도 몰라." 린양이 고개를 들었다. "난 나 자신에게 보상하는 거야."

"린양……."

"이치를 따지는 걸로는 널 못 이기겠다. 하지만 넌 확실히 예전과 달라. 눈에는 열정이 사라졌고, 잘 웃지도 않고 활기도 없고, 또…… 꿈도 없고……. 난 널 다시 예전 모습으로 돌아오게 하고 싶어."

---

* 애니메이션 〈신세기 에반게리온〉.

위저우저우는 웃었다.

꿈이 이미 죽어버렸다는 걸 린양에게 어떻게 말해야 할까. 위저우저우가 어릴 때부터 품었던 유일한 집념은 바로 더 나은 모습으로 변하는 거였다. 이야기 콘테스트든, 수학 올림피아드든, 아니면 전화고든, 모두 단지 더 나은 모습으로 변하기 위한 일부분이었다. 예전에는 어째서 열심히 살려고 노력해야 하는지, 어째서 열심히 공부하며 착한 아이가 되어야 하는지 생각해본 적 없었다. 마치 번번이 어째서 빈둥거리는 불량소년이 되고 싶은지 한 번도 생각해본 적 없는 것처럼 말이다. 그저 그렇게 하는 게 옳다고 자신만만하게 생각했을 뿐이었다.

꿈이 서서히 또렷해진 후에야 그저 엄마가 행복하게 살기를 바랄 뿐이라는 걸 알았다. 엄마의 인생 전반은 이미 돌이킬 수 없고, 심지어 편모 자녀와 사생아라는 꼬리표가 상상도 못 한 방식으로 자신에게 낙인을 찍어놓지만, 그럼에도 엄마의 후반생을 자신은 바꿀 수 있을 테니까.

위저우저우는 그런 행복의 기회를 위해 환상 속 토끼 공작의 제안을 단호하게 거절하고 여왕의 부귀영화를 포기한 채, 온 마음을 다해 엄마를 따라 찬바람을 무릅쓰고 한 걸음, 한 걸음씩 나아가며 기나긴 여정을 마쳤다.

운명은 확실히 그들에게 기회를 주었다. 위저우저우는 자신이 그 기회를 낭비하지 않았다고 여겼다. 그녀는 그렇게나 애써 행복해지고자 했다. 그런데 엄마가 돌아가신 후로는 더는 힘써 버틸 필요가 없어졌다.

위저우저우는 지전을 태울 때 한 번도 "엄마, 와서 돈 받아"라는 말 따위는 중얼거리지 않았다. 그녀는 사람이 죽은 후에 영혼이 있다는 걸 믿지 않았기에 "엄마가 하늘에서 널 지켜보고 있을 거야" 같은 허튼소리도 믿지 않았다.

깊은 밤, 조용히 침대 위에 누워 자신에게 물었다. 만약 지금 내가 타락해서 불량소녀가 되었거나 학교를 그만두고 구걸하러 다닌다면 어떻게 될까? 만약 지금 순간 저우선란과 그의 엄마가 다시금 나타난다면 또 어떻게 될까?

그들이 참회하거나 계속해서 욕하고 비웃어도 엄마는 못 듣는다.

엄마가 못 들으니 그녀도 개의치 않았다.

위저우저우는 별안간 자신의 삶이 자유로워진 걸 느꼈다. 자유로워서 다음 순간 행낭을 들쳐 메고 먼 곳으로 유랑을 떠날 수 있을 정도였다. 그녀는 침대 위에 웅크린 채 두려움과 공허함에 깊숙이 싸였다.

일 년의 시간 동안 그녀의 생활은 온통 창백했다. 마치 모든 감각기관을 닫은 것처럼. 만약 천안이 줄곧 포기하지 않고 매일 그녀에게 전화를 걸고 문자를 보내고 수다를 떨면서 예전처럼 일상 이야기를 해달라고 요구하지 않았더라면…… 그랬다면 그녀는 혹시 두 번째 아야나미 레이*로 변

---

* 애니메이션 〈신세기 에반게리온〉의 등장인물.

하지 않았을까?

어떻게 다시 예전 모습으로 돌아갈 수 있을까? 그녀는 린양의 얼굴을 뚫어져라 바라봤다. 바라보다가 시선이 모호해질 때까지. 손을 뻗어 만져보니 놀랍게도 눈물이었다.

그녀는 맞은편 사람의 반응이 잘 보이지 않아서 아예 몸을 돌려 가버렸다.

링샹첸은 『인류의 빛나는 시간』*을 안고 1반 문 앞에 서서 조용히 기다렸다. 유쾌해진 그녀는 웃는 모습도 평안해서, 주변을 지나가던 학생들은 저도 모르게 그녀를 흘끔거렸다.

추텐쿼가 복도로 나왔다. 눈에 약간의 졸음이 담겨 있었다.

"이제 막 깬 거야?"

"응." 그는 약간 미안한 표정으로 얼굴에 자면서 눌린 자국을 문질렀다. "다 봤어?"

"다 봤어, 고마워." 그녀가 책을 그에게 건넸다.

"참, 축하해. 너 1등 했다며. 예상했던 거지만, 그래도 축하해."

링샹첸은 자기 마음속에 꽃이 활짝 피는 게 보이는 듯했다.

"그렇게 말하면 난 널 얼마나 많이 축하해줘야 하는데? 축하라니, 참 재미도 없다. 나중에 너도 한번 실수해서 우리

---

   * 원제 Sternstunden der Menschheit, 한국어판 제목은 '광기와 우연의 역사'.

같은 백성들한테 웃음거리 좀 보여줘 봐. 그때 되면 내가 꼭 와서 놀려줄게."

"실수? 좋아, 대입시험 앞두고 너한테 커다란 웃음거리를 보여주는 게 가장 좋겠다."

링샹첸의 안색이 살짝 변했다.

그는 화가 난 걸까?

"아니, 아니, 난 그런 뜻이 아냐."

"응?" 추톈쿼는 링샹첸이 갑자기 다급하게 부인하는 모습에 얼떨떨할 따름이었다. 잠시 후 다시 침착해진 링샹첸은 자신의 바보 같은 모습이 너무나 우스웠다.

"나…… 난 돌아갈게." 링샹첸은 고개를 숙이고 자신의 발끝만 뚫어져라 바라봤다.

"그래, 보고 싶은 책 있으면 다시 날 찾아줘."

그녀는 쓸쓸하게 웃으며 추톈쿼가 몸을 돌려 1반 문 안쪽으로 사라지는 뒷모습을 바라봤다.

그래, 안녕, 미스터 도서관.

2.
나의 건방짐에는 약이 없어

크리스마스이브 저녁, 위저우저우는 혼자 정거장에 서서 차를 기다렸다.

신루이는 중간고사 이후 반시간 넘게 멍하니 정거장에 서 있거나 거닐면서 시간 낭비하는 걸 원하지 않았고, 늘 혼자 교실에 남아 한 시간 정도 자습한 후에야 학교를 나섰다.

위저우저우는 가만히 양쪽 발을 번갈아 가며 짚고 서서 금방이라도 감각을 잃을 것처럼 얼어붙은 발을 녹였다.

그녀는 크리스마스를 앞두고 반의 몇몇 학생들과 카드를 교환했다. 미차오와 옌이는 흔쾌히 카드를 받아줬다. 그중 한 명은 그녀에게 글씨가 삐뚤어졌다며 놀려댔고, 한 명은 단지 위저우저우에게 왜 답장을 못 했는지에 대한 변명을 하느라 미안하다는 말을 열 번이나 했다.

위저우저우는 웃음 지었다. 어릴 때부터 지금까지 자신은 늘 사람 마음을 따스하게 해주는 짝꿍이나 뒷자리 친구를 만날 수 있었다.

옌이는 결국 두꺼운 노트 앞에 뻗고 말았다. 그가 책상에 엎드린 모습을 보고 위저우저우는 문득 그가 너무 힘들어서 다시는 일어나지 못할 것 같은 착각이 들었다.

옌이의 중간고사 성적은 좋지 않았다. 각 과목 성적이 나올 때마다 그의 안색은 조금씩 창백해졌다.

한번은 체육 시간과 생리 기간이 겹쳐서 위저우저우가 교실에 남아 있는데, 옌이도 체육 수업을 하러 나가지 않았다.

그녀는 그제야 옌이가 한 번도 체육 수업에 나간 적 없다는 걸 알게 되었다. 문과반에는 남학생이 적었고, 선생님도 딱히 체육 수업에 엄격하게 굴지 않았기에, 옌이는 줄곧 체육 시간을 자습 시간으로 쓰고 있었다.

위저우저우는 얼굴을 찡그리며 책상 위에 엎드렸다가 불쑥 물었다. "옌이, 넌 왜 이렇게 열심히 해?"

옌이는 살짝 경계하듯 위저우저우를 바라봤다. "난 너랑 달라서 열심히 공부하지 않으면……."

"그럼 넌 어째서 꼭 좋은 성적을 받아야 하는데?"

"왜냐하면…… 좋은 대학에 가고 싶거든."

"좋은 대학에는 왜?"

"좋은 대학에 가서 대학원까지 가고, 좋은 일자리를 찾으려고." 위저우저우의 무미건조하고 실없는 태도에 옌이의 경계심도 서서히 풀어졌다.

"돈 벌어서 좋은 마누라도 맞이하고?"

"…… 응." 어쩜 이렇게 느긋하게 말할 수 있을까……. 옌이는 살짝 얼굴을 붉히며 평소처럼 자연스러운 말투로 이야기하는 위저우저우를 흘끗 봤다.

"부인과 자식과 따뜻한 집이라." 위저우저우가 웃음을 터뜨렸다. "그럼 좋은 대학을 졸업한 성공한 사람들은 더 예쁜 부인과 더 건강한 자식과 더 따뜻한 집을 가지겠구나."

"……." 옌이는 벽에 머리를 박고 싶어졌다.

"하지만 있잖아." 위저우저우는 그를 아랑곳하지 않고 말을 계속했다. "네 아들은 어쩌면 똑똑하지 않을 수도 있고, 똑똑한데 열심히 공부하지 않을 수도 있고, 열심히 공부하는데 좋은 고등학교에 입학하지 못할 수도 있어. 그 애가 좋은 고등학교에 들어가서……."

그녀는 잠시 뜸을 들이다가 고개를 돌려 반짝이는 눈빛으로 옌이를 바라봤다. "그래서 지금의 너로 변하게 된 거야."

옌이는 문득 무력감을 느꼈다. 그는 위저우저우가 방금 한 말을 전부 머릿속에서 밀어내려고 노력하면서 고개를 숙이고 자신에게 최면을 걸듯 말했다. "네가 무슨 이치를 말하려는 건지는 모르겠지만, 난 그저 우리 부모님 돈을 낭비할 수 없다는 것만 알 뿐이야. 우리 집은 부자가 아닌데 날 전화고에 임시 학생으로 넣으려고 다른 사람에게 부탁하고 연줄을 대느라 5, 6만 위안을 써야 했어. 그래서 난 네가 말하는 이치 같은 걸 생각할 시간이 없어."

"난 너한테 아무런 이치도 말하지 않았는데." 위저우저우가 웃었다. "옌이, 넌 꿈이 있어?"

옌이는 수학 시험지에 눈빛을 고정한 채 그녀를 상대하지 않으려고 했지만 입에서는 한마디가 새어 나왔다. "부인이랑 자식이랑 따뜻한 집."

위저우저우는 크게 웃음을 터뜨렸고, 옌이도 정신이 번쩍 들었는지 쑥스러운 듯 코를 문질렀다.

"사실은……." 옌이가 잠시 멈췄다가 말을 이었다. "어렸을 때 그림을 배웠었어. 아주 오래 배웠거든. 약 5년 정도. 우리 선생님은 내가 스케치는 아주 잘하는데 채색이 약하다고, 하지만 구성 능력은 뛰어나다고 하셨어. 그런데 우리 부모님은 그림을 그려서는 제대로 생계를 꾸려나갈 수 없다고 했고, 그래서 중2 때부터 그만뒀지."

"그래서?"

"그래서…… 난 만화가가 되고 싶어. 도쿄에 가서 만화가 문하생이 돼 작업실에서 조수 노릇을 하다가, 어느 정도 실력을 쌓고 돌아오고 싶어……." 그는 말하면서 약간 격앙되었다가 멈칫하더니, 다시금 책상 위에 엎드려 해석기하학 문제에 몰두하며 더는 위저우저우를 상대하지 않았다.

위저우저우는 턱을 받치고 멀리 있는 파란 하늘을 바라봤다.

신루이와 아주 비슷한 꿈이었다.

어쩐지, 그래서 원먀오가 이렇게 말했구나. "도쿄는 아주 멀어."

3반의 영어 수업 원어민 선생님은 호주에서 온 영감님으로, 빼빼 말라서 바람이 불면 넘어질 것만 같은 인상이었다. 링샹첸은 때로 외국 사람들을 무척 부러워했다. 그들은 삶에 대한 부담이 없고 가고 싶은 곳이 있으면 어디든 가는 듯했다.

유럽, 북미, 브라질, 인도, 중국, 일본, 몽골……. 이 영감님은 전 세계에 발자국을 남겼다.

그는 중국 학생들이 수업 때 숙제를 하는 행위를 무척이나 어처구니없어 했지만 달리 방법이 없었다. 어쨌거나 대입시험 때 말하기 시험은 그저 겉치레일 뿐이었다. 시간이 촉박했기에 아무도 그와 함께 수업 시간에 시시콜콜한 이야기를 나누고 싶어 하지 않았다.

원어민 선생님을 만나면 쭈뼛거리며 "What do you like about China, do you like Chinese food(중국의 어떤 걸 좋아하세요, 중국 음식 좋아하세요)?"라고 묻던 유치한 시절은 지나갔다.

링샹첸이 깜짝 놀란 건, 잔뜩 가라앉은 수업 시간에 신루이는 몇 안 되는 적극적인 학생이라는 거였다. 신루이라는 음침한 여학생에 대한 인상은 처음부터 끝까지 '대입시험에 불필요한 건 공부하지 않을 거야'라는 수준이었기에, 지금 이렇게 적극적으로 발언하는 모습은 도저히 이해할 수가 없었다.

신루이의 회화는 아주 뛰어난 편이 아니었고, 중국식 영어 발음이 짙게 배어 있었다. 아마도 외국인과의 교류가 적어서 그럴 것이다. 유창하진 않아도 대화에는 문제가 되지 않았지만, 뛰어나다고 할 수준은 아니었다.

링샹첸은 따분하다는 듯 띄엄띄엄 수업을 듣다가, 문득 영감님이 버스에서 소매치기를 만나 본 사람 있냐고 질문하는 걸 들었다.

그녀는 손드는 걸 좋아하지 않았다. 영감님은 예전에 학생들이 뭔가 생각나면 바로 일어나 말하길 바란다며 모두를 격려하기도 했다. "일단 처음 일어나고 나면 두 번째는 아주 쉽고 자연스러워져요. 여러분은 이렇게 용감하게 일어나 하고 싶은 말을 시원하게 하는 느낌을 좋아하게 될 거예요. I promise(내가 보장해요)."

그리하여 링샹첸은 경기를 일으키듯 생각할 겨를도 없이 벌떡 일어나 어렸을 때부터 디즈니 잉글리시, 쉬궈장 영어, 케임브리지 어린이 영어로 단련한 미국식 발음으로 자신이 버스에서 소매치기를 만난 경험을 술술 말하기 시작했다. 그런데 한창 말하고 있는데 영감님의 표정이 좀 이상해지는 걸 느꼈다. 주변 학생들도 하나둘 펜을 내려놓고 그녀와 그녀의 뒤쪽을 번갈아 가며 쳐다봤다.

링샹첸은 말을 멈추고 뒤를 돌아봤다가 신루이도 일어서 있는 걸 발견했다.

방금 그녀가 고개를 숙이고 있을 때 신루이가 손을 들었다. 영감님은 오늘 수업 시간에 벌써 다섯 번째로 발언하는 여학생을 대충 손가락으로 가리켰는데, 신루이가 입을 열기도 전에 그녀의 왼쪽 앞에 있던 여학생이 별안간 벌떡 일어나 유창한 영어로 질문에 대답하기 시작한 것이다. 입을 반쯤 벌린 신루이의 표정은 놀라움에서 암울함으로 변했고, 몇 번이나 중간에 끼어들려고 했지만 상대방의 유창한 공세 때문에 어쩔 수 없이 난처하게 입을 다물고 서지도 앉지도 못하고 엉거주춤한 채로 있었다.

입술이 차츰 굳게 닫혀 일직선이 되었다.

링샹첸은 가볍게 손으로 입을 막았다.

가식.

링샹첸이 혀를 쏙 내밀었다.

가식.

"Sorry." 링샹첸이 말했다.

가식.

신루이의 마음속에는 오직 이 단어 하나만 남은 듯했다. 링샹첸은 재빨리 솜씨를 발휘해 온 교실에 놀라움을 선사한 후, 황급히 자리에 앉아 이 모든 건 단지 별 뜻 없이 저지른 실수인 척했다.

신루이 혼자만 거기에 서 있었다. 영감님은 신루이에게 계속해도 된다고 눈짓했지만, 링샹첸의 영어 발음을 들은 신루이는 문득 자신이 입을 열 수 없다는 걸 깨달았다.

입을 열 수 없게 되자 갑자기 두려움이 몰려왔다. 눈앞에는 또다시 중학교 때 국어 선생님의 그 냉담한 얼굴이 떠올랐다. 머릿속이 웅웅 어지럽게 울렸고, 아무 말도 들리지 않았고 아무 말도 나오지 않았다. 눈을 들자 그때의 위저우저우가 동정하듯 격려하는 눈빛이 보였고, 다시 서서히 흐릿해졌다.

3.
태초의 순수함으로 돌아가

집 전화가 울렸다. 큰외숙모는 물을 끓이는 중이고 큰외삼촌은 화장실에 있었다. 위저우저우는 만년필을 내려놓고 거실로 가 전화를 받았다.

"네, 여보세요."

"여보세요……, 거기 위저우저우 집 맞습니까?"

"전데요, 누구세요?"

"…… 아빠야."

위저우저우는 몇 초간 잠잠히 있다가 차분한 목소리로 다시 말을 이었다.

"아, 안녕하세요."

……

그해 겨울, 천안은 고향에 돌아오지 않았다. 그의 직장은 머나먼 상하이에 있었고, 너무 멀어서 위저우저우는 그가 이미 또 다른 세계로 가버린 건 아닌지 의심스러울 정도였다. 마치 얼음으로 뒤덮인 고향을 멀리 떠나 남쪽으로 날아간 철새처럼 말이다.

조심스럽게 그가 남긴 전화번호에 전화를 걸었는데, 벨소리가 두 번 울리자마자 천안은 전화를 끊어버렸다. 위저우저우가 전화기를 내려놓고 30초도 지나지 않아 전화가 다시 울렸다. 생각할 것도 없이 천안이 걸어온 거였다.

천안은 무슨 일을 하든 아주 센스가 있었다. 그는 위저우저우가 큰외삼촌 집에 산다는 걸 알고, 전화비를 아낄 수 있도록 통화를 할 때면 늘 자신이 전화를 걸어왔다.

위저우저우는 마음을 가라앉혔다.

"여보세요?"

"저우저우, 새해 복 많이 받아."

"…… 새해 복 많이 받아." 위저우저우는 어색하게 웃었다.

"최근 학교생활은 어때? 외할머니 상황은 좀 좋아지셨어?"

"응, 다 좋아."

"그럼 나한테 전화한 건 뭔가 일이 있어서지?"

"맞아." 위저우저우는 창문에 두껍게 쌓인 서리꽃을 바라봤다. "방금 나…… 아빠한테서…… 전화가 왔어. 날 만나고 싶대."

새해가 지나고 다시 일주일간 수업을 하면 바로 기말고사였다.

린양은 결국 루위닝과 장찬 무리의 점심 한솥밥 대열에서 퇴출당했다.

"너 지금 누구한테 종규* 얼굴을 하는 거냐?! 네가 가야 할 곳으로 가서 밥이나 먹어!"

그는 식판을 받쳐 들고 뭘 찾아야 하는지도 모른 채 목적 없이 식당을 어슬렁거렸다. 빈자리가 한 줄, 한 줄 눈앞에서 지나쳐 갔지만, 린양은 여전히 만족스러운 자리를 찾지 못했다.

고1 여학생 두 명이 투닥거리며 그의 곁을 지나가다가, 그중 한 명이 실수로 토마토계란볶음을 바닥에 쏟고 말았다. 그 바람에 린양의 흰 교복에도 토마토 국물이 잔뜩 튀었다.

익숙한 기억이 덮쳐와 린양은 바닥에 쏟아진 토마토계란볶음을 한참 동안 멍하니 바라봤다. 옆에 있던 여학생이 몇 번이나 사과했지만 그는 냉랭한 얼굴로 아무 반응도 없었고, 여학생이 거의 울음을 터뜨리려고 할 때 그는 별안간 벌떡 일어나 문밖으로 달려나갔다.

한 달 전 위저우저우의 그 말은 구세주의 열정으로 가득했던 그의 마음을 차가운 돌멩이로 만들어버렸다. 린양은 자신에게 말했다. 위저우저우는 확실히 날 필요로 하지 않아.

위저우저우에게는 자신만의 풍부한 세계가 있었다. 그녀는 그렇게나 차분하게 지냈고, 시간이 지나면 서서히 아픔도 잊게 될 것이다. 마치 초등학교 졸업 후, 링샹첸과 장찬

---

* 鍾馗, 중국에서 전설로 내려오는 역귀를 물리치는 신.

에게서 저우저우네 집안 사정을 들은 그가 한동안 무척이나 가슴 아파했던 것처럼 말이다. 그는 그녀를 동화 속 성냥팔이 소녀처럼 사랑과 보호가 필요한 사람으로 여겼다. 그런데 중학교 때 우연히 만났을 때, 그녀는 또 다른 세계에서 또 다른 친구와 그렇게나 환하고도 자유롭게 웃고 있었다.

위저우저우는 보상을 필요로 하지 않았다.

린양은 그제야 비로소 깨달았다. 어쩌면 그녀에겐 자신이 필요하지 않겠지만, 자신에겐 그녀가 필요하다는 걸.

그는 7반 문 앞까지 미친 듯이 달려갔다. 한겨울의 찬바람을 맞으며 전력 질주하듯 사백여 미터를 달려 마침내 멈춰 선 그는 벽을 짚고 거의 토할 뻔했다.

"위저우저우 오늘 학교 안 왔는데, 너 괜히 왔구나." 문에 기대어 서 있던 짧은 머리 여학생은 눈에 다크서클이 짙게 껴 있었고, 아편 중독 환자처럼 무척이나 야위어 있었다. 교복 겉옷은 등 부분이 앞으로 오게 반대로 걸쳐서 두 개의 텅빈 소맷자락을 쌤통이라는 듯 흔들었다.

"…… 내가 누굴 찾는지 어떻게 알고……."

"너 개 쫓아다니는 거 아냐? 한동안 안 보이길래 난 또 네가 포기한 줄 알았지. 마침 남자의 근성을 애석해하고 있었는데 이렇게 또 나타나다니, 훌륭해, 아주 훌륭해."

린양은 사레가 들릴 뻔했다. 2분 전에 갓 결심한 건데, 이 여자애는 어떻게 진작 알고 있다는 듯이 구는 걸까? 게다가 이렇게나 직설적으로…….

"너 어떻게 알았…….." 그는 잠시 생각하다가 눈동자를 빛냈다. "위저우저우가 너한테 말했어?"

여학생은 의미심장하게 씨익 웃었고, 린양은 별안간 등 뒤가 서늘해지는 걸 느꼈다.

"아냐, 쓸데없는 말은 작작 하고. 내가 도와줄까?"

린양은 고개를 절레절레 흔들었다. 여학생들이 놀려대는 수단을 모르지 않았다. 중학교 때 지금까지도 얼굴을 보지 못한 다른 반 여학생이 그를 쫓아다녔을 때, 그는 체면 때문에 그 여학생에게 뭐라고 하진 않았지만, 그 여학생의 소위 자매라는 애들이 오히려 날뛰는 바람에 하마터면 반강제로 건물에서 뛰어내릴 뻔했었다.

"이 책사 나리는 그런 바보 같은 여자애들과는 다르시다는 말씀." 그녀는 신비롭게 손가락을 흔들었다. "딱 보니까 넌 결심만 있고 계획은 없구나. 갑자기 가슴이 끓어올라서 고백하려고 여기까지 미친 듯이 달려온 거야? 쯧쯧, 아이큐가 그것밖에 안 되다니 참으로 걱정스럽구나. 그래, 네 원래 책략대로, 하아, 천천히 쫓아다녀 봐. 아마 너희 둘이 손을 잡을 때쯤이면 난 죽어서 땅에 묻혔을 거고, 만약 나중에 아이까지 낳는다면 난 저승에서 주택 대출금도 다 갚았을 거야. 그때 가서 애 이름 지으면 나한테도 보여줘. 흰 종이에 써서 태우면 될 거야!"

여학생의 호들갑 떠는 말에 린양은 하마터면 그 자리에서 코피를 쏟을 뻔했다.

"어때, 고려해보지?"

린양은 거의 직감적으로 그 여학생을 믿었다.

"그, 그럼 부탁해. 고마워⋯⋯." 진지한 표정이었다.

"그런 겉치레 말은 듣기 싫고." 여학생은 삐딱하게 웃고
는 몸을 돌려 교실로 들어갔다가, 몇 초 후 수학 시험지 세
장과 역사 시험지 세 장을 들고 나왔다.

"저녁때 다 풀어서 가져와. 내일 제출해야 하거든."

린양의 안색이 창백해졌다. "역사 시험지도 풀어야 해?"

"아니아니아니, 우리 그 우원루 역사 선생님은 머리가 그
다지 좋지 않아. 여기 이 연대별 정리 문제라는 건, 실은 이
걸 처음부터 끝까지 베끼는 거야." 여학생은 말을 마치고는
그에게 또 다른 역사 답안지 세 장을 건넸다. 거기에는 빽빽
한 글씨가 가득 적혀 있었다. "이거 대로 베끼면 돼."

"그냥 베끼는 것도 귀찮은 거야? 답안이 다 있다며?"

"당연히 귀찮지. 내가 게으름 부릴 거 아니면 왜 널 돕겠
어? 위저우저우 뒷자리에 앉는 사람으로서, 난 아직 네가 마
음에 안 든다구. 그래도 마지못해 도와주겠다는데 불만이
야? 지금 번복하고 싶다면 말리지 않을게. 하지만 날 믿어.
내가 있는 한, 넌 아마 진짜로 내가 죽은 후에야 걔랑 사귈
수 있을 거다."

린양은 머릿속이 온통 혼란스러웠다. 그는 자신이 어쩌다
식당에서 이곳까지 건너와 노무자가 된 건지 기억도 나지

않았다.

"그러니까 그 포청천이 온종일 날 괴롭히지 않도록 얌전히 그 시험지를 베껴 써서 달라구. 지금 네 손에 들린 답안지 세 장이 누구 건지 알아?"

린양은 그제야 답안지를 들고 옆의 이름 칸을 봤다.

위저우저우, 청초하고 단정한 글씨가 답안지 왼쪽 상단 귀퉁이에 도장처럼 찍혀 있었다.

"내가 개 책상 서랍에서 훔친 거지롱."

여학생의 목소리는 허약했지만 목청은 아주 컸다. 이런 일을 당당하게 외치다니, 린양은 저도 모르게 복도 양쪽에 아는 사람이 없는지 흘끔거렸다.

"잊지 마. 학교 끝나기 전, 가장 좋은 건 첫 번째 저녁 자습 시간 끝날 때까지 다 해다 주는 거야. 늦으면 절대 안 돼!"

린양은 빠르게 고개를 끄덕였다.

"참, 내 이름은 미차오야. 위저우저우의 가장 친한 친구지. 아, 아직은 아니고, 며칠 지나면 그렇게 될 거야. 명심하라구, 날 따라다니면 절대 손해는 안 본다는 거!"

미차오는 말을 마치고 기침을 하더니 나지막하게 "복도 참 더럽게 춥네" 하고 욕을 하곤 건들건들 교실로 들어갔다.

린양은 손에 시험지 아홉 장을 들고 꿈꾸듯 계단을 올라가 자기 반으로 돌아갔다.

별안간 그의 입꼬리가 둥글게 말려 올라갔다. 마치 삶에 마침내 달콤한 목표가 생긴 것처럼 말이다.

그런 다음 비로소 생각났다. 미차오는 자신의 이름도 모르는데 어떻게 돕는다는 걸까?

설마…… 낚인 건 아니겠지?

위저우저우가 휴대폰 진동음을 듣고 꺼내 보니, 린양에게 문자가 와 있었다.

"너 어디 아파?"

"감기일 거야. 열이 나는데, 심각한 거 아니니까 걱정 마."

"약 잘 챙겨 먹어. 따뜻한 물 많이 마시고, 따뜻하게 입어. 책은 보지 말고. 잠을 많이 자야 빨리 나아. 내 말 들어!"

위저우저우는 날벼락을 맞은 듯한 느낌이 들어 생각도 않고 곧장 답장을 보냈다. "너 관세음보살이 왜 삼장법사의 목을 졸랐는지 알아?"

그녀는 린양이 분명 〈서유기 선리기연〉을 봤으리라 믿었다.

린양의 답장이 빠르게 날아왔다. "하지만 끝내 손을 쓰진 못했잖아."

위저우저우는 눈을 희번덕거리며 침대 위로 엎드렸다.

어째서인지 어제 아빠의 전화를 받은 후로 밤부터 알 수 없는 고열이 나서 정신이 몽롱했고, 오늘 아침에야 겨우 열이 가셨다.

몸에서는 술 냄새가 풀풀 났다. 아마도 큰외숙모가 밤새 곁에 앉아서 알코올로 몸을 닦아준 듯했다. 이마, 귀, 목, 손바닥, 발바닥…… 한 번, 또 한 번, 가장 오래된 방법으로 열을 내리려고 하면서. 위저우저우는 어렴풋이 엄마가 다시 돌아온 느낌이 들었다. 중학교 3학년 때 수두에 걸렸을 때는 일주일간 고열이 났었다. 그때도 이렇게 어둑어둑한 한밤중이었고, 침대 옆에 있는 사람의 모습은 흐릿했지만 한 쌍의 부드러운 손이 있었다. 그 손을 잡고 다시는 풀고 싶지 않았다.

위저우저우는 자기도 모르게 밤새 울었다.

아빠는 전화로 위저우저우가 그들과 함께 설을 보냈으면 한다고 말했다. 그녀는 천안에게 전화를 걸기도 전에 그 제안을 멋대로 거절했다. 아빠는 전화 너머에서 한참 침묵하다가 말했다. "내가 설 전에는 출장을 가야 해서, 설 연휴에나 여유로울 것 같구나."

위저우저우는 갑자기 웃고 싶어졌다. "그래요? 하지만 설 연휴 때는 제가 시간이 없어요."

전화 저편에서 잠시 침묵이 흘렀다. "그래, 그럼 설 지나고 다시 연락하마. 공부 열심히 하고, 건강 조심하렴."

"고맙습니다. 안녕히 계세요."

한밤중에 꿈에서 돌아온 위저우저우는 자신이 기뻐했다는 걸 마음속으로 인정했다.

복수를 갈망하는 흥분감에 그녀 자신도 깜짝 놀랐다. 심지어 열이 내리지 않은 상황에서도 어떻게든 일어나려고 했다. 비록 일어나서 뭘 하려고 했는지는 모르겠지만. 이런 것들을 천안에게는 말하지 않았다.

알고 보니 자신에겐 아직 집념이 남아 있었고, 여전히 뭔가를 하고자 했다. 설령 그것이 고작 뺨을 한 대 때리는 것이든, 모진 말을 퍼붓는 것이든, 아니면 가장 세속적인 방식으로 모욕하고 뽐내는 것이라 할지라도 말이다.

그와 그들을 만나고 싶다는 생각이 들었다. 지금 그녀는 물러날 곳 없는 배수의 진을 치고 있었고, 자신을 제외하면 걱정하거나 신경 쓸 사람 하나 없었다.

그들을 만나는 순간, 자신은 기꺼이 자살 폭탄이 되리라.

그녀는 도화선에 불이 붙는 그 순간을 기다렸다.

버스에서 거의 꽁꽁 얼어붙은 신루이는 어쩔 수 없이 좌석을 포기하고 일어나 두어 번 점프를 하며 추위를 몰아내려 애썼다.

창밖의 현란한 네온사인이 유리창에 두껍게 맺힌 서리꽃을 비추며 광채를 발산했다. 오늘의 원어민 수업 시간에 그녀는 해석기하학 문제 한 세트를 다 풀어서 좌표축만 보면 구역질이 나올 정도였다.

음악과 미술 시간, 선생님이 커다란 화면에 감상할 곡을 틀어줄 때, 그녀는 줄곧 사자성어와 영어 단어와 구문을 적어놓은 메모장을 들고 고개 숙여 암기하는 데 열중했다. 마치 선선이 빙의한 것만 같았다. 종종 빼먹던 체육과 중간 체조 시간은 더 말할 것도 없었다. 오직 원어민 수업 시간에만 적극적으로 발표를 했다. 왜냐하면 그녀가 느끼기에 영어 회화는 아주 중요한 스킬이자 체면이기 때문이었다.

체면. 자신의 수준을 높여주고, 위저우저우와 링샹첸 같은 여학생처럼 변하게끔 해주는 체면.

다른 사람으로 변하기 위해 얼마나 많은 노력을 쏟는지는 오직 신루이 자신만 알았다. 처음에 위저우저우는 높은 곳에서 굽어보듯이 그녀를 도와주면서, 그녀가 그저 열등생 대우를 벗어나기 위한 좋은 성적을 원한다고만 여겼다.

사실 신루이가 원하는 건 그뿐만이 아니었다.

중학교 시절, 수업 시간에 입을 꾹 닫고 바위처럼 꼿꼿이 서 있다가 한참 후에야 앉는 게 허락될 때마다 신루이는 눈을 감고 상상으로 방금의 기억을 덮었다. 암흑의 상상 세계에서 그녀는 방금 청산유수처럼 발표를 마치고 주변의 요란한 박수 소리를 받았다. 심지어 답을 제대로 말하지 못한 위저우저우가 곤경에서 벗어나도록 도와주기까지 했다.

자리에 앉을 때는 원먀오가 던진, 자신을 피하는 눈빛을 볼 수 있었다.

신루이의 이런 상상은 실로 다양했다. 음악 시간에는 무대의 여왕이 되는 상상을 했고, 미술 시간에는 모두 앞에서 고흐와 라파엘로를 도도하게 평가했고, 심지어 체육 시간에는 자신의 비대한 두 다리를 멍하니 바라보며 눈빛으로 다리를 쭉 펴서 곧고 가느다랗게 만들기까지 했다…….

위저우저우가 어떻게 알겠는가. 공부 말고도 신루이는 상상을 현실로 만들기 위해 매일 달리고, 다이어트하고, 역사와 예술 지식을 미친 듯이 외우고, 영어 리스닝 하듯이 유행가를 듣고, 연예계 이슈를 파악해 남들과 대화할 때 외계인처럼 보이지 않도록 하고, 심지어 인간관계가 아주 좋은 중심인물이 될 수 있도록 노력했다⋯⋯.

신루이는 줄곧 자신의 인생에서 가장 큰 비극은 자신이 신메이샹인 거라고 생각했다.

다른 사람도 아닌, 그저 신메이샹.

예쁘고 전교 1등을 하는 링샹첸은 원어민 수업 시간에 정확한 미국식 발음으로 술술 이야기를 늘어놓았다. 제자리에 얼어붙은 신루이는 머릿속이 새하얘졌다. 문득 자신이 조요경에 비쳐 원래 모습으로 돌아간 것 같은 두려움이 엄습했다.

처음 만났을 때부터 그녀의 직감은 이런 날이 오리란 걸 알았다. 허야오야오의 거울은 산산조각 냈지만, 링샹첸의 이 얼굴은 어떻게 해야 균열을 낼 수 있는 걸까?

새로 이사 온 좁은 집에 들어선 신루이는 열쇠를 꺼내려다가 안에서 그릇들이 와장창 쏟아지는 소리를 들었다.

"병 걸려서 그 꼬라지를 하고 또 나가서 술을 마셔? 육시랄, 차라리 술 마시다 뒈져버리지?!"

가난, 무능함, 끊임없는 말다툼.

이러면서 왜 이혼을 안 해, 왜 나가 죽지 않고.

신루이는 이마를 문 위에 딱 붙였다. 이런 대역부도한 생각이 부끄러우면서도 통쾌했다.

위저우저우는 분명 모를 것이다. 위저우저우가 엄마를 잃긴 했지만, 자신은 마음에 걸릴 것 없는 그녀의 자유로움을 무척이나 부러워한다는 걸.

안에서 한창 상대방을 삿대질하며 차마 입에 담지 못할 욕을 퍼붓는 두 사람은 자신이 가장 사랑하는 사람이자 자기 삶의 가장 큰 오점이었다.

"아빠는 오늘 바빠?"

"아빠는 서재에서 손님 만나고 계셔. 내가 보기엔 금방 끝나지 않을 거 같아서 너한테 먼저 택시 타고 오라고 전화한 거야. 자, 외투 벗고 손 씻고 와. 부엌에서 밥 먹자."

링샹첸은 두 손을 따뜻한 물줄기 밑에 평평하게 폈다. 뽀얀 손등, 건강한 핑크빛 손톱. 그녀는 엄마가 부엌에서 빨리 나오라고 소리칠 때까지 보고 또 봤다.

"곧 기말고사지?" 엄마는 그녀에게 갈비를 집어주었다. "공부는 어떻게 돼가니?"

"휴, 그냥 그렇지 뭐."

"뭐가 그냥 그렇지야?"

링샹첸은 고개를 들었다가 엄마가 또 흥분하려는 조짐을 봤다. 왼쪽 뺨의 근육이 미세하게 부르르, 부르르 떨리면서 눈꺼풀에서부터 입꼬리까지 퍼져나갔다.

아직 세 마디도 나누지 않았는데, 1초 전만 해도 아무렇지 않았는데.

"아주 잘되고 있어. 내 말은, 아주 순조롭다고." 링샹첸은 속으로 가볍게 한탄했다.

베이징에서 수술을 받고 한 달 보름을 요양하면서 안면 경련은 다 나은 듯했지만, 곧 다시 재발했고 갈수록 심해졌다.

의사는 엄마를 흥분시키지 말라고 했다.

링샹첸은 정말이지 의사에게 물어보고 싶었다. 안면 경련이 있는 중년 여성들은 다들 지극히 예민한 신경을 세트로 가지고 있는 거냐고, 유리 덮개 씌우는 것 말고 그들이 자극을 받지 않도록 하는 방법이 있긴 하냐고 말이다.

삶은 그 자체가 자극이고 괴로움이었다. 더구나 엄마는 창문을 열 때 모기장이 막지 못한 파리 한 마리, 모기 한 마리 때문에 벼락같이 화를 냈고, "그냥 그렇지 뭐"라는 한마디에 떨리는 목소리로 눈을 부라리면서 왼쪽 뺨을 탕산대지진*처럼 부르르 떨었다. 대체 어떻게 해야 엄마를 흥분시키지 않을 수 있을까?

링샹첸은 밥 먹는 데 열중하다가 별안간 피로감이 몰려와 살짝 눈을 감았다.

사람은 어둠을 마주할 때 유난히 정신을 차리지 못하고 더욱 솔직해지는 듯했다.

링샹첸이 가만히 물었다. "엄마, 만약 내가 이번에 1등 못 하면 어떡해?"

식탁 맞은편에서는 오랫동안 대답이 없었다. 링샹첸이 눈을 떠보니 맞은편의 여인은 복잡한 눈빛으로 그녀를 바라보

---

* 1976년 중국 탕산시에서 일어난 대지진.

고 있었다. "내가 지난주에 너희 선생님과 통화를 했는데, 네가 저번에 전교 1등 했다고 우쭐했는지 수업 끝나기만 하면 밖으로 튀어나간다고 하더라. 마음이 붕 떠서 가만히 있지 못한다고 말야. 쳇쳇, 엄마랑 아빠는 한 번도 너한테 1등 해라, 2등 해라 강요한 적 없어. 하지만 넌 노력해야지. 쓸데없는 이상한 생각은 하지 말고. 네가 떳떳하다면 엄마한테 그런 걸 묻겠니?"

링샹첸은 눈을 감고 고개를 숙인 채 더는 말하지 않았다.

또 이래.

무슨 말을 해도 소용없어.

링샹첸은 눈을 반쯤 감은 채 계속해서 입으로 흰쌀밥만 떠 넣었다.

감정이 항상 격해진 상태에 뺨은 언제나 부들부들 떨리고, 밖을 나갈 땐 반드시 선글라스를 껴야 하고, 아빠와 함께 농촌에서부터 한 걸음씩 성쉥 문학예술계연합회 부주석 자리에까지 올랐고, "너랑 네 아빠를 위해 내 반평생을 바쳤다"는 말을 달고 살면서, 불륜녀와 머리채를 잡고 치고받고 싸운 다음에도 여전히 웃으면서 자기 집 남자에게 넥타이를 매주는 여자가, 바로 그녀의 엄마였다.

링샹첸은 불현듯 작가 장아이링이 했던 말이 떠올랐다. 원문이 뭔지는 기억이 잘 나지 않지만, 대충 삶이란 이가 잔뜩 기어 다니는 화려한 옷이라는 뜻이었다.

그녀는 서둘러 밥을 다 먹고 방으로 돌아가 문을 닫았지만 감히 잠그지는 못했다. 이따가 엄마가 문을 열었다가 잠긴 걸 알면 또 야단날 게 분명했다.

링샹첸은 휴대폰을 꺼내 한참을 망설이다가 추톈쿼에게 문자 하나를 썼다.

"그거 알아? 사실 난 내가 참 피곤하게 사는 거 같아."

엄지를 발송 버튼 위에 올려놓고 차마 누를 수 없어 오랫동안 망설였다. 몇 초 후, 팟 하고 시력보호등을 켰다. 눈부신 흰빛에 정신을 차린 링샹첸은 얼른 방금 썼던 문자를 한 글자, 한 글자씩 모두 지웠다. 휴대폰을 끄려다가, 갑자기 또 그러고 싶지 않아서 다시 천천히 메시지를 입력했다.

"시험 준비 잘돼가?"

휴대폰을 책상 모서리에 둔 채, 그녀는 역사 연대표를 보면서 기다렸다. 답장은 20여 분 후에야 왔다. 휴대폰 밑에 책상보가 깔려 있어서 진동은 마치 바들바들 떨며 구원을 요청하는 것처럼 미약하게 울렸다.

"그럭저럭이지 뭐. 열심히 힘내."

이런 답장은 "넌 어때"라는 질문조차도 없이 그녀가 다시 답장 보낼 기회를 바로 끊어버렸다.

링샹첸은 난처한 쓴웃음을 지으며 한편으로는 다행이라고 생각했다. 아까 그 문자를 보내지 않았기에 망정이지, 안 그랬으면 상대방에게 정신병자라고 오해받았을 것이다.

링샹첸은 책상 위에 엎드렸다. 겨울은 늘 사람을 졸리고 우울하게 만들었다. 갈수록 짜증이 난 그녀는 휴대폰을 집어 들어 린양의 전화번호를 눌렀다.

"여보세요?"

린양의 목소리는 날아갈 듯 가벼웠고 약간의 기쁨까지 담겨 있었다.

"뭐가 그렇게 즐거워?" 링샹첸의 말투는 친절하지 않았다.

"내가 즐거운 게 너랑 무슨 상관인데? 왜, 넌 안 즐거워?"

"난 기분이 안 좋아."

"뭣 때문에 기분이 안 좋은데? 말해봐, 내 기분 좋아지게."

"린양!" 링샹첸은 감히 큰 소리를 낼 수가 없어 나지막하게 전화에 대고 으르렁거렸다.

"야, 넌 온종일 뭣 때문에 그렇게 괴로워하는 거야? 넌 전교 1등이잖아. 게다가 예쁘지, 다재다능하지, 집안 화목하지, 사랑운은…… 아직 없지만, 그래도 널 쫓아다니는 사람은 빗자루로 쓸어서 버릴 만큼 많잖아. 대체 왜 기분이 안 좋은 건데?"

링샹첸은 휴대폰을 쥐고 한참 동안 아무 말도 할 수 없었다.

린양, 왜 너까지 이렇게 말해.

다른 사람의 생활 속 시시콜콜한 것까지 유심히 관찰하고 싶어 하는 사람은 없는 듯하다. 링샹첸은 어릴 때부터 함께 자라온 린양과 장촨, 이 두 단짝에게 자기 집의 진짜 상황을 조심스럽게 숨기면서도, 한편으로는 그들이 사소한 것을 통해 그녀의 마음을 억누르고 있는 고통을 알아주길 바랐다.

그녀는 곧장 전화를 끊고 휴대폰을 한쪽에 던져놓은 채, 고개를 숙이고 미친 듯이 책장을 넘겼다.

린양은 다시 전화를 걸어오지 않았다. 그제야 링샹첸은 괜스레 심술을 부린 것 같아 한참을 눈물을 글썽거리는데, 갑자기 침대 위에 놓인 휴대폰이 울렸다.

황급히 휴대폰을 낚아챈 후에야 발신인이 장촨이라는 걸 알았다.

"린양한테 들었는데 너 기분이 안 좋다며? 또 무슨 일이야? 스트레스 너무 받는 거 아냐? 1등 못 하겠으면 그냥 다른 사람한테 기회를 줘. 덕을 쌓는 셈 치고."

링샹첸은 입을 삐죽거리며 웃었고, 눈물이 마침내 떨어져 내렸다.

이런 자상함이 그녀는 무척 감동스러웠다.

하지만 그 감동이 장촨에게서 왔다는 사실에 실망하지 않을 수 없었다.

전화 저편의 장촨은 여전히 계속해서 콧물을 훌쩍거렸다. 링샹첸은 느닷없이 진짜로 심술을 부리고픈 충동이 들어 조용히 말했다. "장촨, 허구한 날 그렇게 코흘리개 애처럼 굴지 좀 말아줄래?"

그녀는 그렇게 남에게도 자신에게도 상처를 입히는 잔인하고도 파렴치한 말이 어떻게 이렇게나 통쾌하게 느껴지는지 설명할 수 없었다.

4.

누가 청춘에 조급증을 선사했나

엔이가 가만히 위저우저우의 팔꿈치를 밀었다.

"위저우저우, 너 왜 그래?"

"내가 뭐?"

엔이는 무슨 말을 해야 할지 몰라 고개를 절레절레 흔들었다.

예전의 위저우저우는 항상 축 늘어진 모습이었다. 자리에 앉아서 고개를 숙이고 문제를 풀거나 소설이나 만화를 봤고, 수업 시간에도 종종 멍을 때리거나 잠을 잤다. 예전에 모범생들은 남들 앞에서는 노력하지 않는 척하면서 집에서는 필사적으로 밤새워 공부하는 걸 즐긴다는 이야기를 들어본 적 있었지만, 위저우저우의 상태는 정말이지 포부를 가진 모범생 같지 않았다.

그런데 지금은 달랐다. 위저우저우는 하루 결석계를 낸

후로 마치 뭔가에 빙의된 것처럼 하루 종일 정치 철학 원리를 정리하는 데 열중했다. 모든 시험지의 주관식 문제를 죄다 섞어 답안 작성 요령을 처음부터 다시 정리했고, 시험지를 뚫어져라 바라보는 눈빛에서는 금방이라도 불꽃이 뿜어져 나올 것 같았다.

"어이, 왜 갑자기 이렇게 격하게 불타오르는데? 정치 선생님을 사랑하게 되기라도 한 거야?"

미차오는 평소처럼 말에 거침이 없었다. 위저우저우는 뒤를 돌아보며 마지못해 대답했다. "그래, 자꾸 보다 보니까 정이 들지 뭐야."

위저우저우는 전교 1등을 하고 싶었다. 딱 이번에만 하면 되었다. 그 사람을 만나러 가기 전에.

저우선란이 분교 소속이니 자신에 대한 소식도 분명 귀에 들어갈 것이었다. 그러므로 반드시 문과 전교 1등을 해야 했다.

반드시. 위저우저우는 불현듯 선선 생각이 났다. 그녀의 눈을 보며 "난 기필코 전화고에 합격해야 해"라고 말하던 여자아이.

그 순간 위저우저우는 비로소 자신이 얼마나 행운아였는지를 깨달았다. 그녀의 엄마는 한 번도 그녀 앞에서 "넌 엄마를 위해 분발해야 해", "내가 의지할 사람은 너뿐이야", "이번 생에서 넌 엄마의 유일한 희망이야" 같은 말을 하지 않았다. 설령 불공정한 대우를 받았더라도 그 말이 필요 없는 탄탄한 사랑에 의해 마음이 저절로 풀렸다. 엄마는 늘 명

랑하고 독립적이었다. 엄마의 일거수일투족은 위저우저우
에게 원한이 뭔지 한 번도 보여준 적 없었기에 위저우저우
도 이제껏 선선처럼 행동할 필요가 없었다.

아무도 복수하라고 하지 않았기에 그녀는 원한을 갖지 않
았다. 아무도 강해지라고 하지 않았기에 그녀는 열등감을
갖지 않았다.

'기어코'라는 말을 하게끔 만드는 집념도 없었다.

위저우저우는 갑자기 마음이 살짝 흔들렸다. 지금 이 모
습은 과연 엄마가 원하는 걸까?

위저우저우의 눈빛이 '객관적인 규율과 주관적인 능동성'
이라는 굵은 글씨에 찰싹 달라붙어 있을 때, 미차오의 만년
필이 인정사정없이 그녀를 쿡 찔렀다.

"무슨 일이야?"

"기말고사 끝나면 우리 애니부에서 머릿수 맞추려고 임
시 부원을 모집할 건데, 코스프레 해볼래?"

위저우저우는 약간 흥미가 생겨 책을 내려놓고 몸을 돌려
미차오의 책상에 엎드렸다. "근데 나 처음인데……."

미차오는 순간 표정이 굳었다가 다음 순간 깔깔 웃음을
터뜨리더니 책상을 쿵쿵 두드렸다. 그녀의 주먹이 한 번, 또
한 번 그녀의 남자 앨런 아이버슨의 얼굴을 가격했다.

"그런 말은 함부로 하는 게 아냐……. 비록 난 네가 사실
을 말한다는 걸 알지만……."

위저우저우는 족히 1분간 어리둥절하게 있다가 비로소 미차오의 말뜻을 깨닫고 새빨갛게 달아오른 얼굴로 눈을 휘둥그레 뜬 채, 망설임 없이 손을 뻗어 미차오의 책상 위에 문제집으로 쌓은 탑을 모조리 무너뜨렸다.

링샹첸은 겨울이 싫었다.

겨울이 유독 사람을 게으르게 만드는 건지, 마음은 불이 붙을 것처럼 조급하고 봐야 할 책은 끝이 없는데, 생각은 어디를 둥둥 떠다니고 있는지 알 수가 없었다.

컵에 물이 가득 담겨 있는데도 링샹첸은 컵을 들고 천천히 탕비실로 물을 받으러 갔다. 신루이가 자리에 앉아 꼼짝도 하지 않고 집중해서 공부하는 모습을 보니 깊은 죄책감과 두려움이 몰려왔다.

엄마와 아빠의 '신뢰', 다른 아저씨, 아줌마들의 칭찬, 학교에서 자신의 유명세와 추톈쿼가 자신에게 예의를 갖춰 웃는 모습. 이 모든 것들은 금방이라도 무너질 것 같은 위태로운 탑을 세웠다. 구름 위로 높이 뻗어 올라간 탑이었지만, 조그만 일격도 견디기 어려울 정도로 지반이 약했다.

어릴 때 어른들이 우스갯소리로 크면 뭐가 되고 싶냐고 물으면 린양과 장환은 모두 그럴듯한 꿈을 대답했다. 지금 생각해보면 아주 웃긴 꿈일지언정 말이다. 링샹첸은 어렸을 때부터 그 누구에게도 자신의 꿈을 말한 적 없었지만, 그 꿈은 줄곧 변하지 않았다.

모두가 자신을 훌륭하다고 말하고, 모두 자신을 부러워하고, 모두 자신을 좋아하는 것.

앞으로 뭘 하든 중요하지 않았다. 링샹첸이 원하는 건 그저 그 눈부심과 총애였다.

링샹첸은 탕비실 창문에 몸을 기대어 가만히 눈을 감았다. 줄곧 모르지 않았다. 이런 총애는 마치 뜬구름과도 같아서 높이 올라가려고 열심히 노력해야만 볼 수 있었고, 설령 남들보다 열 배는 많은 땀을 흘린다 해도 손을 뻗으면 그저 바람 불면 흩어지는 한 줌의 수증기만 붙잡을 수 있는 법이었다.

마치 그녀의 아버지처럼. 시골의 가난한 청년은 분투하며 도시로 올라와 부유한 집안의 어머니와 결혼했지만, 평생 조심스럽게 살며 서로를 괴롭혔다.

그녀는 깊이 한숨을 내쉬었다가 별안간 등 뒤에서 웃음소리를 들었다. "뭐 해? 뛰어내리고 싶어서?"

그 목소리는 링샹첸을 무척이나 당황하게 했다. 얼굴에 웃는 표정을 긴급 소집한 그녀는 컵을 들고 있는 추텐퀴를 보며 고개를 끄덕였다.

"시험까지 사흘 남았네. 준비는 어때?"

링샹첸은 정신을 차리곤 다시는 그 예의 바르고 상냥한 연기를 하지 않기로 결심했다.

"안 좋아, 아주 안 좋아."

추텐퀴는 그녀의 말투에 담긴 진실함과 원망을 듣지 못

했는지 아랑곳하지 않고 물만 받았고, 모락모락 피어오르는 열기 속에서 가볍게 대꾸했다. "괜찮아, 어차피 넌 시험 볼 땐 초인적인 힘을 발휘할 테니까."

어릴 때부터 그들은 이렇게 따분한 대화에 잠겨 있었다. 마치 어릴 때 린양, 장찬과 함께 피아노를 배울 때와 같았다. 링샹첸은 피아노 연습하기 싫어서 늘 숙제해야 한다는 핑계를 댔다. 그래서 엄마는 하굣길에 데리러 올 때마다 늘 가장 먼저 이 질문을 했다. "오늘 숙제 많니?"

"안 많아"라고 대답하면 엄마는 자연스레 이렇게 대답했다. "그럼 오늘 피아노 연습할 시간이 많겠구나"라고.

"아주 많아"라고 대답하면 엄마는 경계하듯 눈을 부릅떴다. "많아도 피아노 연습은 해야 하니까 집에 가자마자 얼른 숙제해!"

그럼 왜 굳이 물어보는 거야.

링샹첸은 아주 어릴 때부터 엄마에게 그 말을 하고 싶었고, 자신을 포함해 서로 "시험 어떻게 봤어?", "공부 잘돼가?" 하고 떠보는 학생들에게도 말하고 싶었다. 서로 진실을 말하지 않는다는 걸 뻔히 알면서, 왜 굳이 이런 쓸데없는 대화를 해야 해?

"난 네가 아냐." 링샹첸이 나지막하게 말했다. "너도 나한테 그런 말 할 필요 없어."

그녀는 물을 받지 않고 묵직한 보온컵을 품에 안은 채 그의 옆을 비집고 지나갔다.

추텐쿼가 뒤에서 그녀의 이름을 불렀지만, 링샹첸은 눈물을 머금고 돌아보지 않으려 애썼다.

기말고사 날 아침, 하늘에서 눈이 펑펑 내렸다.

위저우저우는 접시에 놓인 빵과 치즈를 깨끗이 다 먹고 우유를 단숨에 들이켰다. 목이 꽉 막혀 힘들어하며 살금살금 밖으로 나가려는데, 갑자기 외할머니의 노쇠한 외침 소리가 들렸다. "저우저우, 저우저우!"

위저우저우는 아무 기척 없는 큰외삼촌 방을 바라봤다가 그들이 아직 잠에서 깨지 않았을 거라 생각하곤 조용히 문을 열어 외할머니 방으로 들어갔다.

외할머니는 어찌 된 일인지 혼자 일어나 앉아 있었다. 머리카락은 온통 하얬다. 위저우저우가 곁으로 다가갔다. "왜 이렇게 일찍 일어나셨어요. 화장실로 부축해드릴까요?"

"괜찮아."

오늘 외할머니는 정신이 유달리 맑아서 위저우저우는 문득 불길한 예감이 들었다.

"오늘 시험 보러 가지?"

"네." 아주 멀쩡했다. 회광반조처럼. 마음이 쿵 하고 내려앉았다.

"시험 잘 보거라."

"네. 오늘 밖에 눈이 많이 와요. 요 며칠 난방기가 제대로 안 돌아가서 추우니까 이불 속에 좀 더 누워 계세요. 이렇게 일찍 일어나지 마시고요."

외할머니는 담담하게 웃었다. "그래, 저우저우가 다 컸구나. 네 엄마는 요 며칠 뭐가 그렇게 바쁘다니?"

위저우저우는 심장이 철렁했지만 이내 안도하곤 웃으며 대답했다. "지사가 다른 지역으로 이전한다고 재고 정리하느라 한창 바빠요."

"아, 아, 그럼 바쁘겠네, 바쁘겠어." 외할머니는 말하며 다시 눈이 살짝 감기기 시작했다. 위저우저우는 그녀를 부축해 침대에 누인 후 폭신한 작은 베개를 목과 등허리에 받쳐 편안하게 누울 수 있도록 했다.

"그럼 전 시험 보러 갈게요. 무슨 일 있으면 큰 소리로 큰 외삼촌 부르세요."

"그래, 어서 가렴." 외할머니는 눈을 감았다. "시험 잘 봐서 대학은 다른 도시로 가야지. 이곳을 떠나서 잘 살아야 해. 잘 살아야 해……."

외할머니는 또다시 알 수 없는 말을 중얼거리기 시작했다. 코끝이 찡해진 위저우저우는 고개를 숙인 채 책가방을 집어 들고 문밖으로 나섰다.

고사장 자리 배치는 중간고사 때와 똑같았다. 위저우저우, 링샹첸, 신루이.

신루이는 문제를 무척 빨리 풀었다. 작문을 쓰기 시작했을 때는 국어 시험 종료까지 1시간 10분이나 남아 있었다.

작문 주제는 '삶 속의 평범함과 위대함'이었다. 그녀는 논거에 '중국을 감동시킨 인물'로 뽑힌 평범한 사람의 사연을 대량으로 집어넣어 쓰다 보니 웃음이 절로 나왔다.

사마천의 가장 위대한 공헌은 『사기史記』가 아니었고, 에디슨의 가장 위대한 발명은 전구가 아니었으며, '중국을 감동시킨 인물'의 핵심은 감동이 아니었다.

신루이에게 있어서 그들의 가장 큰 의의는 병렬 방식으로 생기 없는 시험용 작문을 채워 넣는 용도에 불과했다. 저번에 전교생에게 나눠준 중간고사 우수 작문은 총 스무 편이었는데, 백이면 백 모두 사마천이 언급되어 있었다. 수많은 고등학생의 손에 들린 펜은 사실을 왜곡하며 이들 인물이 죽어서도 편히 눈을 감지 못하게끔 했다.

신루이는 고개를 들어 링샹첸의 뒷모습을 바라봤다. 링샹첸의 머리카락은 부드럽고 윤기가 자르르 흘러 진줏빛으로 반짝이고 있었다. 신루이는 불현듯 자신에 대해 쓰고 싶어졌다. 각자의 삶은 모두 평범한 몸부림이었다. 신루이의 위대함은 그녀가 다른 사람으로 변하려고 몸부림치는 데 있었다.

이런 용기는 남들에게 드러낼 수도, 더욱이 찬양할 수도 없는 거였다.

신루이는 한숨을 내쉬며 고개를 숙이고 계속해서 감동적인 인물들을 써 내려갔다.

링샹첸은 사무실 안에 앉아 고개를 숙였다.

우원루가 자신을 불러 무슨 말을 하려는 건지 짐작이 갔다.

만약 이 세상에 링샹첸의 성적과 재능과 외모를 보고도 그녀를 높이 평가하지 않는 사람이 있다면 그건 바로 우원루일 것이다.

링샹첸은 심지어 우원루의 눈에서 상대방이 속으로 자신을 어떻게 평가하는지도 볼 수 있었다.

경망스럽고 거만하고, 크게 될 인물이 아니다.

이 고지식한 남자 선생님이 즐겨 내주는 숙제는 하나같이 아무런 의미 없이 기계적으로 베껴 쓰는 거였다. 마찬가지로, 그가 좋아하는 학생 또한 이런 베껴 쓰기를 군말 없이 완수하는 신루이 같은 학생이었다.

"너 같은 학생은 마음속에 다 계산이 있는 부류겠지. 너희 어머니도 늘 나한테 너 좀 잘 보살펴 달라고 전화하신다. 어쨌든 네 나이 때는 생각이 좀 들뜰 수 있어. 아직 많이 미성숙하니까……."

링샹첸은 결국 전교 1등을 놓쳤다. 그 결과 우원루는 "네가 계속 이렇게 굴다가 큰코다칠 줄 내 진작 알았다"라고 말할 기회가 생겼다.

역사 숙제를 제출하지 않고, 정치 시간에 수학 문제집을 풀고, 국어 시간에 영어 시험지를 풀고, 체육 수업은 빼먹고, 저녁 자습은 하기 싫으면 안 하고, 책을 들고 계단에 앉아 다른 학생들과 멀리 떨어져 공부하고……, 그리고 2반에 빈번하게 출입하며 린양, 장촨과 어울리고.

링샹첸은 생각했다. 어떤 과목 선생님들은 끝없이 잔소리를 늘어놓으며 시간만 낭비하는데, 그 시간에 다른 과목 문제집을 푸는 게 왜 안 된다는 걸까? 자습 시간에는 신루이만 보면 짜증이 나고, 루페이페이가 작은 입을 확성기처럼 다다다다 쉬지 않고 떠들어서 따로 밖에 나가서 공부한 건데 그것도 안 된다는 걸까?

그리고 2반을 빈번하게 드나든 건…… 사실 그저 린양 등을 이용해 눈가림을 하는 것뿐이었다. 2반 옆에 있는 1반 뒷문을 통해 추톈쿼의 뒷모습이 마치 손에 잡힐 듯 보이기 때문이었다.

"내 말은 귓등으로도 안 듣겠지. 하지만 옛말 틀린 거 없다. 달이 차면 기울고, 물이 차면 넘친다고, 너처럼 해서는 더는 발전할 수 없어. 넌 그저 잔꾀만 부릴 뿐이야……."

"선생님, 다음엔 1등 할 거예요."

링샹첸은 엄마의 떨리는 왼쪽 얼굴과 루페이페이 등의 비아냥과 우원루의 편견과 공허하고 막연한 자신을 이미 질리도록 겪었다.

말대꾸를 들은 우원루는 대번에 얼굴이 굳어졌고, 링샹첸은 의자 등받이에 기댄 채 노출된 철제 막대에서 전해지는 절망적인 서늘함을 느꼈다.

대체 언제부터 남의 환심을 사는 크고 작은 일이 이렇게나 불쾌하게 변한 걸까?

5.

사랑의 예술

겨울방학 보충수업 통지서가 금방 나왔다.

위저우저우는 자신을 바라보는 옌이의 눈빛에 약간의 질투가 담겨 있긴 해도 악의는 없다는 걸 알고 있었다.

옌이 입장에서는 자신이 그토록 오랜 시간 노력하는데도 성적이 조금도 나아지지 않는 반면, 위저우저우는 고작 시험 사흘 전부터 분발했을 뿐인데도 전교 1등을 차지했다. 이 세상에는 공평함이란 애초부터 존재하지 않았다.

"어차피 난 아무리 노력해도 소용없어. 하지만 그래도 반드시 노력해야 해."

절망적으로 성질부리는 아이 같았다.

위저우저우는 펜을 내려놓고 잠시 멍하니 있다가 머릿속에 번쩍 기발한 생각이 떠올라 웃으며 말했다. "옌이, 나 그림 하나 그려줘."

엔이는 괴물을 보듯 위저우저우를 오랫동안 바라보다가, 마침내 펜을 내려놓고 종이 위에 뭔가를 끄적거리기 시작했다. 약 10분 후, 그는 그 시험지 뒷면에 그린 스케치를 위저우저우 앞에 펼쳤다.

그림 속 여학생은 말총머리를 높이 올려 묶고 고개를 최대한 숙인 채, 손톱을 깨물면서 다리 위에 올려둔 만화책을 집중해서 보고 있었다. 오직 표정은 희미해서 분명하게 보이지 않았다.

"너야." 엔이가 웃었다.

"나?"

미차오가 뒤에서 한마디 끼어들었다. "그러니까 네 평소 행실이 이렇다는 얘기지."

거칠면서도 생생한 그림. 미차오는 꽤 오래전부터 엔이를 애니부로 끌어오려고 열심히 설득해왔다. 동아리 홈페이지 작업에도 그림 실력이 뛰어난 부원이 필요했기 때문이었다. 엔이는 아무 말도 하지 않았지만, 줄곧 그들을 빈둥거리는 동아리라고 치부했다.

위저우저우는 조심스럽게 그 그림을 폭이 넓은 영어책 사이에 끼워 넣었다.

"너 진짜 잘 그린다."

"아무리 잘 그려도 쓸데없는 거야."

엔이는 성적에 대해서는 굉장히 신경질적이고 좀스럽게 굴었다. 위저우저우는 신메이샹의 변화를 본 이후로 직접 나서서 남을 위로해주는 경우가 드물었지만, 잠시 생각한 끝에 그래도 입을 열었다.

"난 세상 사람들은 저마다 타고난 재능이 있다고 믿어. 다만 평생 살면서 발견하지 못하는 사람들이 아주 많을 뿐이지."

옌이의 창백한 얼굴에 약간 비아냥거리는 웃음이 떠올랐다. 그는 교과서를 바라보며 위저우저우의 말을 끊었다. "넌 그냥 사람은 각자 장점이 있다고 말하고 싶은 거지? 하지만 어떤 장점은 이 사회에서는 쓸모가 없어. 난 차라리 이 그림 대신 수학 점수 10점 더 맞는 편을 택하겠어."

"신이 사람들에게 타고난 재능을 분배할 때는 아주 공평했을 거야. 다만 인류가 선택적으로 특정 재능만 중요시하고 다른 재능을 경시하리라곤 예상치 못했겠지. 그래서 어떤 진귀한 재능은 한 푼의 가치도 없게 돼버린 거야. 예를 들어 이과적인 사고가 아주 특출나서 어쩌면 컴퓨터 천재가 될 수 있는 사람이 암흑의 중세시기에 태어났다면 사는 게 아주 괴로웠겠지. 하지만 우리는 최소한 옛날 사람들보다는 행운인 셈이야. 뭐가 쓸모 있는지 없는지는 우리한테 결정권이 있는 게 아냐. 넌 그게 쓸모없다고 하지만, 어쩌면 네가 그 재능을 발휘할 배짱이 없기 때문일 수도 있어."

위저우저우의 말은 어느새 혼잣말이 되었고, 그녀는 책상에 엎드려 서서히 잠에 빠져들었다.

뒷줄의 미차오는 하품을 했다. 옌이의 역사책이 한참 전부터 한 장도 넘겨지지 않았다는 건 아무도 눈치채지 못했다.

린양은 무척 속이 상했다.

문과 2등 위저우저우가 그를 내버려 두고 혼자 훌쩍 뛰어올라가는 사이, 자신은 여전히 제자리에 머물러 있었던 것이다.

그는 한 번도 자신이 추톈퀴보다 약세라고 생각해본 적 없었으나, 추톈퀴가 어떻게 그런 모진 마음을 먹고 살짝 쥐어짜면 물이 나올 것 같은 그런 찡한 작문을 써서 매번 자신보다 훨씬 높은 국어 점수를 받는 건지 도저히 이해가 가지 않았다.

잔뜩 찌푸린 얼굴로 짜증을 내고 있을 때, 느닷없이 휴대폰에 문자 하나가 날아왔다.

"과학기술관 가는 얘기 들었어? 내가 아무도 개랑 같이 못 가게 막아줄 테니까, 나머지는 네가 알아서 해! 나한테 고마워할 건 없고. 근데 저번에 부탁한 영어 시험지는 왜 아직이냐?"

미차오의 문자에 린양은 어리둥절할 따름이었다. 그는 공연히 미차오 대신 정치 시험지 세 장과 역사 시험지 두 세트를 풀어줬지만, 미차오는 아직도 그에게 실질적인 도움을 주지 않았다. 그래서 영어 시험지를 볼모로 잡고 펜 드는 걸 질질 끌고 있었다.

그가 의아해하고 있을 때, 담임이 교실로 들어와 책상을 두드리며 학생들을 잠시 주목시켰다.

"공지사항 있다. 방금 교사 회의 때 내려온 거야. 공청단 창단 기념일을 맞이해서 각종 시설에서 중고등학생들에게 무료로 개방하는 대대적인 이벤트를 진행하는데, 학교마다 필수로 한 곳을 선택하게 됐다. 어, 우리 학교가 선택한 곳은 과학기술관이야. 무료로 관람하면 되고, 다녀와서는 두세 명이 한 조로 참관 감상문 같은 걸 써서 제출하도록. 내용은 공청단 창단을 축하하는 주제와 연관이 있어야 한다. 그래서 이번 주 목요일 오전에는 원래대로 보충수업을 한 다음, 오후에는 차편으로 다 함께 베이장취에 새로 개관한 과학기술관으로 이동할 거야. 도착해서는 조별로 자유롭게 활동을 마치고 그대로 귀가하면 된다. 보고서는 다음 주 월요일에 제출하고, 분량은 1500자 이상이어야 해. 그럼 수업 끝나고 각자 알아서 조를 나누고 명단은 린양에게 제출하도록."

린양은 어안이 벙벙했다. 방금 그 문자가 암시해준 핵심 내용이 그의 마음속에서 반짝반짝 빛났다.

"선생님, 다른 반 학생이랑 조 짜도 돼요?" 생각할 겨를도 없이 바로 질문이 튀어나왔다.

담임은 그저 엉뚱한 질문이라고 생각했을 뿐, 오히려 주변 학생들이 야릇한 표정으로 린양을 바라봤다.

루위닝이 음흉하게 웃었다. "왜 안 돼, 다른 반이면 어때서. 어쨌거나 조만간 한집안 사람이 될 텐데 말야."

백일몽에 빠진 린양은 심지어 루위닝에게 칭찬하듯 웃기까지 했다. "맞는 말이야."

그러더니 책상 위에 놓인 미차오의 영어 시험지를 집어들고 히죽거리며 풀기 시작했다.

"위저우저우, 너 누구랑 같은 조야?"

옌이가 질문하자마자 뒤에 있던 미차오가 곧장 끼어들었다. "너 아직 조 안 짰어? 괜찮아, 내가 보니까 우강도 아직 조를 안 짠 것 같던데 걔랑 같은 조 하면 되겠다." 옌이가 거절하기도 전에 미차오가 몸을 돌려 크게 외쳤다. "우강! 옌이가 너랑 같은 조 하고 싶대!"

옌이의 안색이 순간 가지색으로 확 변했다.

수업이 끝나자, 미차오는 누구의 문자를 받았는지 싱글벙글 달려나갔다가, 잠시 후 시험지 한 장을 들고 천천히 교실로 돌아와 위저우저우의 책상을 툭툭 쳤다. "어이, 누가 찾아왔어!"

위저우저우는 펜을 내려놓고 교실 밖으로 나갔다. 문 앞에서 의기양양하게 반 팻말을 보며 바보처럼 웃는 사람은 딱 봐도 린양이었다.

"린양?"

위저우저우는 고개를 들었다가, 문득 관세음보살이 삼장법사를 목 졸라 죽이지 않은 이유가 어쩌면 삼장법사의 키가 너무 커서 힘이 들어가지 않아서는 아닐까 하는 생각이 들었다.

"나…… 너 감기 다 나았어? 열은 안 나지? 참, 공청단 창단 기념일이잖아!" 린양이 어색하게 웃으며 말했다.

위저우저우는 눈썹을 치켜올렸다. 눈앞에서 연신 침을 삼키는 남학생을 보고 있자니, 이 상황이 조금 믿기지가 않았다.

"공청단 경축일을 같이 축하하자고 날 찾아온 거야?"

"맞아." 린양이 힘껏 고개를 끄덕였다. "우리 같이 공청단 생일을 축하하자!"

이어 멀지 않은 곳에서 눈을 흘기는 미차오와 시선이 마주쳤다.

린양은 자신도 이해가 가지 않았다. 예전에 위저우저우와 같이 다닐 때도 흥분되고 어색하긴 했지만, 자신의 진심을 깨달은 뒤부터는 그녀 앞에 설 때마다 유달리 긴장되었다. 심장이 허공에 대롱대롱 매달린 것처럼, 걸음을 내디딜 때마다 텅 빈 가슴속에서 이리저리 흔들렸다.

위저우저우가 손을 내저었다. "난 안 갈래. 생일에 축의금도 내고 선물도 줘야 한다니, 너 혼자 가서 축하해!"

린양은 순간 말문이 막혔다. 결국 더는 그냥 보고 있을 수 없었던 미차오가 종이 한 장을 들고 다가왔다. "위저우저우, 너만 아직 조 안 짰어. 다들 파트너 정했다구."

위저우저우가 미간을 찌푸렸다. "어떻게 이렇게 빨리 다 끝났대?"

미차오는 눈썹 하나 까딱하지 않고 태연히 대꾸했다. "당연하지. 너 오케이? 나 오케이, 바로 짝짜꿍해서 결탁 끝!"

미차오의 입에서는 한 번도 진지한 말이 나온 적 없었다.

위저우저우는 한숨을 내쉬었고, 미차오가 미친 듯이 린양에게 눈짓을 하는 건 보지 못했다.

"…… 우리 반도 나만 남았는데, 아니면 우리 같은 조 하는 게 어때?" 린양이 마침내 말을 꺼냈다.

위저우저우는 어리둥절해하다가 갑자기 뭔가 깨달았다는 듯 미차오와 린양을 번갈아 쳐다보며 의미심장한 미소를 지었다.

어떤 말은 일단 입 밖으로 나오면 다시 하기가 훨씬 쉬워지고, 그렇게 시간이 오래 지나다 보면 습관처럼 입에 붙게 된다. 예를 들면 '사랑해' 같은 말.

물론 린양이 지금 상대에게서 듣고 싶은 말은 자신과 똑같은 말이었다. 그는 심호흡을 하고 다시 말했다. "난 너랑 같이 과학기술관에 가고 싶어."

"그래."

그렇게나 평온한 목소리였다.

린양은 두 눈을 휘둥그레 떴다. 눈앞에서 평온하게 미소 짓는 위저우저우는 자신과 미차오의 얄은수를 꿰뚫어 본 듯했다. 그리고 그런 태연자약한 태도는 마치 그에게 아무리 애를 써도, 그 어떤 수작을 부려도 그녀에겐 아무 소용없다는 걸 암시하는 것 같았다.

방금 수업 시간 내내 영어 시험지를 풀며 고민했었다. 만약 상대방이 망설인다면 결정을 내릴 때까지 조용히 기다려야 할까, 아니면 그 틈을 타 설득해야 할까? 설득해야 한다면 무슨 이유를 대야 할까? 왜 같이 가야 하냐고 이유를 물으면 어떻게 해야 할까?

위저우저우 앞에서 자신은 세상 물정 모르는 바보 꼬맹이와도 같았다. 자신의 모든 잔꾀를 꿰뚫어 본 그녀는 그저 알겠다는 듯 웃으며 어린애 달래듯 대답했다. "그래."

별안간 좀 억울했다.

"위저우저우, 너 가기 싫으면…… 그냥 솔직하게 말해. 강요하진 않을게."

린양의 발그레해진 귀는 아직 원래대로 돌아오지 않았지만, 그는 이미 침착함을 되찾았다. 미차오는 팔짱을 낀 채 두 사람을 흥미진진하게 구경했다. 린양은 심호흡을 하며 위저우저우를 똑바로 바라보더니 순간 또 다른 린양으로 변신을 마쳤다.

위저우저우는 눈을 살짝 크게 뜨곤 영문을 모르는 초등학생처럼 머리를 왼쪽으로 갸웃했다.

린양은 몸을 곧게 세우고 진지하게 말했다. "난 내가 이렇게 노력하지 않았으면 좋겠는데, 넌…… 넌 늘 이렇지. 처음부터 쭉 이랬어."

어릴 때부터 지금까지, 그 즐거움과 추억들은 모두 그 자신만의 착각일까? 눈앞에 있는 이 녀석의 눈에 비친 자신은 아무래도 상관없는 사람이었다. 그저 자신만 줄곧 지나치게 긍정적으로 착각했던 거였다.

린양은 어떤 감각이 조용히 변하고 있다는 걸 자신조차

느끼지 못했다. 어느 눈 내리던 날, 그는 눈밭에 편안하게 누워 곁에 있는 여자아이의 안정적인 숨소리를 들으며 단호하게 "응" 하고 말했었다.

그 시절 린양은 자신이 좋아한다는 걸 쉽게 인정했고, 심지어 위저우저우에게서 동등한 사랑으로 보답받지 못한다 해도 무척이나 즐거웠다. 좋아한다는 건 일종의 감각일 뿐이었고, 다른 그 어떤 의미도 없었다.

그런데 지금, "난 널 좋아해"라는 말이 그렇게나 씁쓸하게 변했다. 상대방의 마음을 가늠해야 했고 자신의 분량을 따져봐야 했다. 그는 소유하고 싶어졌다.

린양은 원망을 퍼부은 게 정말이지 남자답지 않은 것 같아 민망해져서, 수업 시작 예비종이 울리자마자 황급히 몸을 돌려 계단으로 달려갔다.

위저우저우는 뭐라고 생각할까? 날 미워하고 유치하다며 비웃겠지, 아니면 아예 마음에 두지도 않고 문에 기대어 늘 그렇듯이 멍하니 딴생각에 빠져 있을까?

항상 이런 결과였다. 자신이 얼마나 긴장하고 기대하든 상관없이, 결과는 늘 똑같았다. 조심스럽게 준비한 서프라이즈와 일부러 일으킨 전쟁은 모두 시시한 일인극이 되었고, 그의 공연장의 유일한 관객은 귀빈석에 앉아 웅크리고 단잠에 빠진 지 오래였다.

위저우저우가 대체 눈앞에서 무슨 일이 벌어진 건지 반응하기도 전에 린양은 이미 멀리 달아나 버렸다. 파란색 셔츠 바깥에 그녀가 칭찬했던 짙은 회색 캐시미어 조끼를 입은 그는 이번에는 바람에 부풀어 오를 교복 겉옷을 걸치고 있지 않았다. 그래서 뒷모습이 마치 날개가 부러진 채 고개를 푹 숙인 새처럼 보였다.

내가 방금 "그래"라고 대답하지 않았나?

"가기 싫으면 그냥 솔직하게 말해. 강요하진 않을게."

확실히 위저우저우는 특별히 좋아하는 사람이 없었기에 누구랑 한 조가 되든 다 똑같았고, 가능하다면 과학기술관에 가지 않고 오후 시간에 집으로 돌아가 잠을 자는 것이야말로 가장 완벽한 선택이었다. 그러나 그 남자아이는 긴장한 듯 얼굴을 잔뜩 붉힌 채 자신 앞에 서서 이렇게 말했다. "난 너랑 같이 과학기술관에 가고 싶어." …… 그 말에 어떻게 대답을 망설일 수 있을까? 혹시라도 그에게 찬물을 끼얹을까 봐 거의 생각지도 않고 바로 대답했다.

위저우저우는 자신을 억울하게 만드는 경우가 매우 드물었다. 다른 사람에게 잘 보이고 하늘에 잘 보이려고 온갖 노력을 다한들 결국엔 득보다 실이 더 많다는 걸 아주 오래전 깨달았기 때문이었다. 자신이 진정으로 잘 대해주고 사랑해줘야 할 사람은 바로 자신이었다. 그래서 하기 싫은 일을 더는 억지로 하지 않았고, 깔끔하고 명쾌하게 "아니"라고 말해 상대방의 반응을 바로 차단해버렸다.

그녀의 세계에 수학 올림피아드는 더 이상 존재하지 않았다.

그녀는 누구에게도 빚을 지지 않았고, 누구에게도 잘 보이려 하지 않았다.

그런데 눈앞의 린양은 위저우저우를 대할 때와 다른 사람을 대할 때의 태도가 하늘과 땅 차이만큼 컸다. 그녀 앞에서는 마치 괴롭힘을 당한 어린애처럼 늘 분하고 답답해했고, 종종 아주 운이 나쁘기까지 했다. 그녀의 덤덤함과 알겠다는 표정은 그에겐 상처를 받았다는 증거가 되었다. 온 천지를 뒤덮을 것 같은 상대방의 가책과 보상하고자 하는 마음 앞에서 그녀는 차마 거절할 수가 없었다. …… 대체 누가 누구에게 보상하는 건지는 모르겠지만. 아무튼, 만약 '속죄'를 받아들이고 삶이 차츰 햇살로 가득 차는 척을 한다면 그의 마음이 좀 편해지려나? 자신이 상대방의 눈에 '완치'된 걸로 보인다면, 그들은 각자 원래 속한 궤도로 돌아가 조용히 멀어지게 될 것이다.

그녀는 뭘 잘못한 걸까?

미차오는 폐암 환자처럼 구부정하게 자리를 떠나며 연신 고개를 저었다.

정말 형편없는 녀석들이야, 둘 다.

린양은 물리 시간 내내 창밖만 멍하니 바라봤다. 딱히 구체적으로 뭘 생각하는 게 아니라, 머릿속은 온통 뒤죽박죽이었고 정신은 풀려 있었다. 유일하게 긴장한 부위는 왼손이었다. 휴대폰을 꽉 쥔 채, 방금 진동이 온 것 같은 착각이 들어 흘끗 내려다보면 아무것도 없었다.

미안하다고 문자를 보내야 할까?

아니. 절대로 그럴 순 없어.

그럼 계속해서 상대방의 성의 없는 대꾸를 비난하는 문자를 보내서 심각성을 일깨워 줄까?

안 돼, 그렇게 하는 건 정말 남자답지 않아.

젠장! 린양은 속으로 거칠게 욕을 내뱉었다. 창밖 운동장에서 두 여자아이가 서로 쫓고 쫓기면서 신나게 웃는 소리가 들려오며 어렴풋이 하늘도 얼굴을 찌푸리는 것만 같았다.

가장 아름다운 나이에 그들은 수학, 국어, 물리, 화학을 공부해야 했지만, '사랑의 예술'이라는 과목은 없었다.

위저우저우는 정치 시간 내내 잤다. 중간에 한 번 깨기도 했다. 옌이의 팔꿈치는 무척이나 효과가 좋았고, 위저우저우는 옌이가 가리키는 위치가 문제집의 32번 문제라는 걸 확인했다. 앞자리 사람이 앉자마자 위저우저우는 일어나 32번 문제의 정답은 D라고, 이 예시는 주로 주관적인 능동성을 보여주므로 규칙을 준수해 주관적인 능동성을 발휘한다는 원리를 선택해야 한다고 말했다.

그런 다음 앉아서 왼손으로 머리를 받치고 고개를 숙여 책을 보는 척하며 계속해서 졸았다.

수업이 끝날 때 옌이의 팔꿈치가 다시 한번 파고들었다. 위저우저우가 고개를 홱 들어보니 정치 선생님이 지극히 싸늘한 표정으로 뒷자리의 미차오와 이야기 중이었다.

선생님이 고개를 돌려 위저우저우에게 말했다. "깼니?"

위저우저우가 웃었다. 보아하니 진작 들킨 것 같았다. "네, 놀라서 깼어요."

"여어, 위저우저우가 무서워할 줄도 아는구나." 정치 선생님이 의미심장하게 말했다. "너희 반 다음 수업이 체육이지? 내 사무실로 와라. 너희 둘에게 할 얘기가 있으니까."

미차오가 위저우저우를 바라보며 눈짓을 했다. "정말 영광이지 뭐야. 내가 전교 1등이랑 같이 선생님한테 불려가다니."

그들은 따로따로 들어가 선생님과 면담을 했지만, 문이 활짝 열려 있었기 때문에 문밖에서 기다리는 사람도 안에서 오가는 말을 똑똑히 들을 수 있었다.

정치 선생님이 미차오에게 한 훈계는 주로 미차오가 아버지 덕분에 겨우 전화고에 입학했으니 아버지의 기대를 저버리지 말라는 내용이었다.

그런데 위저우저우에게 하는 말은 훨씬 지루했다. 사실 말은 몇 마디 없었고, 정작 지루한 건 정치 선생님이 느릿느릿 홍차 상자를 열어 티백을 꺼내고, 정수기에서 뜨거운 물을 받고, 티백을 물에 넣고 위아래로 흔드는 일련의 동작이었다……. 위저우저우는 기다리면서 저도 모르게 선생님 앞에서 하품을 해버렸다.

그녀는 문득 자신이 건방지게 변하고 있다는 걸 깨달았다. 그 하품이 귀찮은 일을 초래할 줄 뻔히 알면서도 예전과 달리 귀찮아지는 걸 피하려 하지 않았다.

"너희 집 사정은 나도 다 알아."

너희 집 사정. 위저우저우는 그런 서두를 듣는 게 이미 익숙해서 아무렇지도 않은 표정으로 선생님의 말을 들었다.

"너 같은 아이일수록 더욱 출세하는 경우가 많지. 생각도 많고. 그래서 다루기도 어렵지. 네가 내 수업에 대체 무슨 불만이 있는지 모르겠구나. 아니면 진지하게 들을 가치도 없다는 거니? 넌 전체 과목 중에서 정치 성적이 가장 낮잖아. 너 같은 학생이 늘 이런 방식으로 불만을 표출한다는 걸 모르진 않지만, 그래도 우리가 좀 솔직해졌으면 좋겠구나."

위저우저우는 웃었다. "선생님, 너무 심각하게 생각하시는 것 같아요. 전 아직 제게 맞는 공부법을 못 찾았을 뿐이거든요. 전 노력할 거예요."

정치 선생님은 여전히 자신의 사고방식에 푹 파묻혀 있었다. "아마 넌 전화고에서 1등을 하면 베이징대나 칭화대는 문제없을 거로 생각하겠지. 물론 이건 단지 시험일 뿐이고, 앞으로 네가 계속 이 수준을 유지할 수 있을지는 나도 장담할 수 없어. 어쨌거나 난 너처럼 잠깐 우쭐거리다 마는 학생을 너무 많이 봤거든."

티백이 떠올랐다 가라앉기를 반복했다. 정치 선생님의 손가락이 티백 실을 잡고 위아래로 흔들었다.

"하지만 넌 너랑 3반 링샹첸, 신루이의 다른 점이 뭔지 알고 싶지 않니?"

위저우저우는 창밖의 아득한 회색빛을 바라보다가 불현듯 마음속에서 뭔가가 꿈틀거리는 걸 느꼈다.

그녀는 정치 선생님을 보며 미소 지었다. "선생님, 전 알고 싶지 않아요."

정치 선생님의 안색이 살짝 바뀌더니 티백을 흔들던 손가락을 멈추고 위저우저우에게로 다시 시선을 돌렸다.

"선생님 말씀이 맞아요. 제가 이번에 1등을 한 건 운이 좋아서고, 벼락치기로 열심히 했기 때문이에요. 저는 링샹첸, 신루이랑은 분명 다를 거예요. 어쩌면 걔네들이 저보다 똑똑하고, 저보다 더 공부에 대한 동기가 강렬할지도 몰라요. 하지만 전 정말로 알고 싶지 않아요. 더구나…… 선생님은 저희의 차이를 진짜로 안다고 확신하실 수 있으세요?"

정치 선생님은 멍하니 얼어붙었고, 위저우저우는 문밖에서 미차오의 요란한 웃음소리를 들었다.

"돌아가 봐. 내가 쓸데없는 일을 한 것 같구나."

말투는 여전히 온화해도 이미 한기가 뿜어져 나오고 있었다. 위저우저우는 정치 선생님이 앞으로 그녀의 인품과 성격에 대해 편견을 가지리라는 걸 알았다. 만약 미차오라면 정치 선생님에게 욕을 해도 제대로 사과만 하면 선생님은 이해해줄 것이다. 왜냐하면 미차오는 원래부터 그렇게 건들건들하고 성적도 좋지 않기 때문이었다. 그러나 만약 그게 위저우저우라면 자칫 잘못하면 스승의 존엄성에 심각한 타격을 입힐 수 있었다. 모든 결점은 위저우저우가 똑똑하긴 해도 인성은 글렀다는 결론으로 귀결될 것이고, 영원히 용서를 받거나 잊히지 않을 것이다.

위저우저우는 이렇게 해서는 안 되었다. 원래는 제자리에 서서 무표정하게 웃으며 적절할 때 고개를 끄덕이거나 한숨을 쉬고, 대충 "선생님, 앞으로는 주의하겠습니다"라고 말한 후, 사무실을 나오는 순간 자신의 생활을 계속할 수도 있었다.

그녀는 천안에게 약속했었다. 잘 살 거라고, 당연히 말썽도 일으키지 않을 거라고.

자신이 왜 이러는지 알 수 없었다.

위저우저우가 허리를 숙이며 말했다. "선생님, 그럼 가보겠습니다." 정치 선생님이 쌀쌀맞게 말했다. "미차오한테 다시 들어오라고 해."

위저우저우가 사무실 문 앞에 서서 미차오가 나올 때까지 기다려야 하나 반으로 돌아가야 하나 망설이며 멍하니 있는데, 별안간 모퉁이에서 시험지 뭉치를 안고 등장한 린양이 보였다.

그는 왼손에 여전히 휴대폰을 쥐고 있었다. 원래는 일부러 교실에 두고 오려다가 잠시 생각 끝에 다시 들고 나온 거였다.

그런데 이렇게 직접 위저우저우를 마주칠 줄이야. 그가 제자리에 우뚝 서서 어찌할 바를 모르고 있을 때, 위저우저우가 갑자기 씨익 웃었다.

마치 그가 왜 안절부절못하는지 알고 개의치 않는다는 걸 웃음으로 알려주는 것처럼.

최소한 린양은 그 웃음을 이렇게 이해했다.

"미안, 아까는 고의가 아니었어. 나도 내가 왜 이렇게 옹졸하게 구는지 모르겠네. 나 신경 쓰지 마."

린양은 오른손으로 시험지를 안고 왼손으로 휴대폰을 쥐고 있어서 머리를 긁적일 수가 없었다.

"시험지 제출하러 가?" 위저우저우는 방금 그의 사과를 못 들은 것 같았다.

"응."

할 말이 없었고, 사과도 했다. 과학기술관도 갈 필요 없어 보였다. 린양은 쏩쏠하게 웃었다.

여기까지였다.

그는 고개를 끄덕이며 복도 반대편으로 걸어가려고 했다.

"린양."

"왜?" 그가 고개를 들었다.

긴장되었다. 무척이나 긴장되었다.

"과학기술관 같이 가자."

"어?"

"모르는 척하지 마. 가기 싫으면 그냥 솔직하게 말해. 강요하진 않을게." 위저우저우가 그의 말을 그대로 돌려줬다.

린양은 놀라서 입을 쩍 벌렸다. 위저우저우가 그를 바라보고 있었고, 웃음 속에는 아주 약간의 교활함이 담겨 있었다.

아주 생기발랄한 웃음이었다.

린양은 위저우저우가 그랬던 것처럼 아주 진지한 말투로 대답했다. "그래."

아주 여러 해가 지난 후 린양은 그 일을 회상할 때면 그 찰나 한 줄기 햇살이 구름 사이로 쏟아지며 창문을 통해 그들의 몸을 비췄던 기억이 났다. 마치 드라마 속 흔한 클리셰처럼 햇살은 그들을 남김없이 물들여주었다. 그런데 그 부드러운 빛깔에는 적절한 타이밍까지 있었다. 평생에 다시는 없을 것처럼 말이다.

누구에게나 그런 순간이 있을 것이다. 온 세상이 들러리가 된 듯 느껴지는 순간.

위저우저우는 오랫동안 생각에 빠졌다. 자신이 대체 왜 이러는 걸까. 시험 전에 미친 듯이 공부하고, 말이 거침없어지고, 린양에게 바보같이 웃었다.

위저우저우의 침묵을 눈치챈 미차오가 왼쪽 팔을 그녀의 목에 걸치며 말했다. "명심해, 선생님 앞에서 폼 잡는 데는 대가가 따르는 법이라구."

"폼 잡는 거 아니거든? 난 줄곧 아주 멋있었다구." 위저우저우는 굉장히 진지했다.

미차오가 거리낌 없이 큰 소리로 웃기 시작했다. 아까 사무실 밖에서 그랬던 것처럼.

"솔직히 말해서 나도 모르겠어. 어쩌다 이런 말썽을 자초

한 걸까. 난…… 내가 고1 때처럼 그럴 줄 알았거든. 그 어떤 것도…… 어쨌거나…….” 위저우저우는 더는 농담하지 않고, 웬일인지 아무것도 모르는 친구 미차오에게 주절주절 설명하기 시작했다.

말이 매우 모호하긴 했지만, 미차오는 위저우저우가 대체 무슨 말을 하는 건지 아예 관심도 없는 듯했다.

“말썽이라니 얼마나 좋아.” 미차오가 웃음을 터뜨렸다.

“말썽부리는 건 젊음의 특권이지. 위저우저우, 넌 아름다운 젊은 여인이야.”

미차오는 다시 한번 폭소했다. 당혹스러워진 위저우저우는 고개를 들어 천장을 바라보면서 가볍게 한숨을 내쉬었다.

“젊을 땐 결과를 고려하지 않고 사랑하는 사람을 찾아 신나게 살면 되는 거야.”

위저우저우는 미차오가 왜 이런 말을 하는지, 말투에 왜 약간 절망적인 느낌이 담겨 있는지 알지 못했다. 그저 햇살이 미차오에게 내리쬐며 가장 젊은 빛을 반짝거리는 것만 보였다.

6.

리레이가 한메이메이를 사랑할 때

"이건 플라스마 볼이야. 과학기술관의 진귀한 보물이지. 거의 모든 과학기술관에서 볼 수 있는 아주 전형적인 건데, 너 안 만져봤어?"

린양은 전혀 거리낌 없이 위저우저우의 손목을 잡아 그녀의 손을 빛이 번뜩이는 커다란 유리볼 위에 올려놓으려고 했다.

"싫어!" 위저우저우는 움츠리며 린양의 손아귀에서 빠져나오려고 했지만 아무리 해도 힘으로는 그를 이길 수 없었다.

무척이나 기분이 좋아진 린양은 간사한 웃음을 지으며 능청스럽게 살살 달랬다. "무서워할 것 없어, 안 아파. 그냥 네 머리카락이 쭈뼛 서는 정도일 뿐이야. 진짜로 안 아프다니까. 전류가 아주 약하거든. 스웨터 벗을 때 정전기 느껴본 적 없어?"

그러나 속마음은 이랬다. 짜식, 나한테 약점을 잡혔겠다?

그래, 마음껏 비명을 질러라! 목이 터져라 소리쳐도 아무도 널 구하러 오지 않을 거니까…….

이런 느닷없는 생각에 그는 깜짝 놀라 얼굴을 붉힌 채, 이런 이상하고도 불건전한 생각을 떨치려 고개를 저었다.

그는 딴생각을 하느라 몸부림치는 위저우저우를 제어하기가 어려워졌고, 혼란 속에서 어쩌다 그의 손이 먼저 플라스마 볼에 올려졌다.

손가락 끝에 경미한 통증이 일면서 귓가에 파지직하는 소리가 울리는 것만 같았고, 머리카락 모근 쪽이 저릿저릿한 느낌이 들었다. 위저우저우는 옆에서 눈을 휘둥그레 뜨고 그의 머리카락을 주시하고 있었다.

그런 다음 까치발을 하고 조심스럽게 손을 뻗어 손가락 끝으로 그의 바짝 곤두선 머리카락 끝을 한 올 한 올 가만히 스치고 지나갔다.

위저우저우는 마치 이제 막 엄마 품에서 걸어 나와 세상을 탐색하는 아기 표범 같았다. 린양은 그녀의 맑고 까만 눈동자에서 자신의 바보 같은 모습을 볼 수 있을 정도였다.

머리카락 끝에서 전해지는 찌릿찌릿한 느낌이 위에서부터 아래로 척추를 타고 온몸에 퍼져나갔다. 마음이 이상하리만치 편안해지는 게 정전기 때문인지 그녀 때문인지 알 수 없었다.

그리하여 그저 난처하게 서서 감히 움직이지도 못한 채,

두 손을 플라스마 볼 위에 놓은 자세를 유지하며 그녀가 진지하게 탐구하도록 내버려 뒀다. 긴급 소집된 감각기관은 그녀의 시선을 따라 출렁였다. 플라스마 볼만 뚫어져라 바라보던 린양은 문득 전자기 유도 법칙을 발명한 패러데이에게 찬양의 시를 쓰고 싶은 충동이 들었다.

과학기술의 근본은 사람이다.

린양은 살짝 고개를 돌려 어색하게 헛기침을 했다.

위저우저우, 너, 너 나랑 너무 가까워.

그러나 그걸 그녀에게 소리 내어 일깨워 주지는 않았다.

링샹첸은 길을 잘못 들어 거울의 숲으로 들어갔다. 마음이 뒤숭숭한 그녀는 일찌감치 리징위안을 따돌렸다. 어쩌다 길이 어긋난 척했지만, 실은 가는 곳마다 파트너를 일부러 피하고 있었다.

방금 1반 학생들도 2층을 구경하고 있는지 확인하려고 한 바퀴 유심히 둘러봤지만, 눈에 익은 1반 학생은 어디서도 보이지 않았다. 문득 자신의 이런 마음이 아주 우스웠다. 예전에는 하루가 멀다 하고 추톈쿼에게 문자를 보냈었다. 매번 상대방의 냉담함과 자신의 진중함 때문에 두 라운드를 버티지 못했지만 말이다. 분명 포기하자고 결심했는데도 여전히 전전긍긍했다. 어떤 순간에는 심지어 탕비실에서 했던 충동적인 말에 대해 추톈쿼에게 사과하고 싶다가, 아예 고백하면 그만이라는 생각이 들기도 했다.

링샹첸은 노트를 안고 중앙의 가장 큰 거울 앞에서 고개를 들었다가, 여러 개의 거울에 무한 반사되어 자신이 무수히 많은 링샹첸 가운데에 서 있다는 걸 깨달았다.

옆모습, 뒷모습, 정면, 갖가지 각도로 빽빽하게 그녀를 에워싸고 있었다. 링샹첸은 문득 약간의 두려움과 감동을 느꼈다. 그녀는 검지를 뻗어 거울 속 여자아이의 손가락에 맞댔다. 정말이지 묻고 싶었다. 진짜 링샹첸은 대체 어느 거울 뒤에 숨어 있는 걸까?

링샹첸은 이마를 거울에 살짝 기댄 채 지친 듯 눈을 감았다.

이번에는 1등을 하지 못했다. 심지어 쓸데없는 의심으로 괜히 걱정을 사서 하는 것 같기도 했다. 남들이 자신을 보거나, 자신을 보며 수다 떠는 걸 보면 자꾸 그들이 자신의 실패에 대해 쑥덕거리는 것만 같았다.

방금 멀리서 린양과 전교 1등 위저우저우가 무중력 체험기 옆에서 실랑이를 벌이는 걸 보고 링샹첸의 마음속에는 깊은 탄식만 남았다.

눈앞이 온통 캄캄해서 눈을 뜨고 싶지도 않았다.

린양이 예전에 좋아하던 그 노래는 어떻게 불렀더라?

"The innocent can never last. Wake me up when September ends(순수함은 영원히 지속될 수 없어. 9월이 끝나면 날 깨워줘)."

누구든 좋으니 와서 날 깨워주면 안 될까?

별안간 누군가 어깨를 가만히 두드리는 느낌이 들었다. 링샹첸은 고개를 돌렸다가 추톈쿼의 눈빛과 딱 마주쳤다.

거울 속에서 수백 수천 개의 추톈쿼가 그녀를 포위했다.

링샹첸의 눈물이 순간 솟구치듯 터져 나왔다.

추톈쿼가 쓴웃음을 지었다. "너 요즘 굉장히 속상하지?"

똑같은 말을 장촨도 했었지만, 링샹첸은 추톈쿼의 말밖에 들리지 않았다. 그녀의 세계에는 그 말만 메아리치며 이른 봄의 따스한 기운을 발산하고 있었다.

"1등 하는 건 진짜로 그렇게 중요하지 않아. 다음엔 나도 2등을 해볼까."

링샹첸은 이 말에 거만함이 얼마나 담겨 있는지 더는 고려하지 않았고, 추톈쿼가 무의식적으로 린양의 능력을 낮잡아 보는 걸 따지지 않았다. 그저 이 남학생이 자신을 위로하기 위해 일부러 1등 자리를 포기하겠다는 것만 들었을 뿐이었다.

그녀는 고개를 저었다. "등수 때문이기도 하고, 등수 때문이 아니기도 해. 잘 모르겠어."

"잘 모르겠어?"

링샹첸은 그가 모처럼 말을 돌리지도, 일찍 끊지도 않은 기회를 조심스럽게 잡아 한 마디 한 마디 신중하게 대답했다. "난 너무 많은 곳에서 스트레스를 받고 있어. 진짜 내가 누군지도 이젠 못 찾겠어. 남은 건 허영뿐이야."

추톈쿼가 겨드랑이에 노트를 끼운 채 두 손을 주머니에

넣고 거울에 기대어 미소를 지었다. "설마 내가 아는 건 진짜 네가 아냐?"

링샹첸은 고개를 숙이고 오랫동안 생각한 후 비로소 결심했다. "아니야."

수많은 추텐쿼가 함께 웃는 게 보였다.

"그럼 가짜인 부분도 아주 예쁘구나."

링샹첸의 마음은 롤러코스터를 탄 것처럼 곧장 급강하했다. 그녀는 애써 마음을 다잡았다. 침착해야 해, 이건 그의 습관일 뿐이야. 아무런 의미도 없이 사람 착각하게 애매하게 구는 거. 내가 잡아야 하는 건 확실한 태도야.

고개를 들었다. 머릿속은 온통 새하얬고, 자신이 뭐라고 말하는지도 거의 들리지 않았다.

"추텐쿼, 나 너 좋아해. 알아?"

1초가 평생처럼 길게 느껴졌다. 추텐쿼는 더는 웃지 않고 그녀에게서 시선을 돌려 전생과 현생과 후생이 지나갈 정도로 오랜 시간 후에야 비로소 대답했다.

"그래서 내가 널 피한 거야." 그가 말했다.

링샹첸은 진짜로 꽃이 피는 소리를 들었다.

"난 내가 널 좋아하게 내버려 둘 수 없어. 링…… 첸첸." 그는 살짝 조심스럽고도 친근하게 그녀의 이름을 불렀다. "알잖아. 우린 지금 함께할 수 없어."

링샹첸은 슬퍼해야 할지 기뻐해야 할지 판단이 서지 않았다. 추텐쿼의 솔직함을 순간 받아들일 수가 없어, 그저 제자리에 서서 수많은 인영人影에 둘러싸인 채로 어찌할 바 모를 뿐이었다.

지금은 안 된다면, 그럼 나중에는?

그러나 지금 추궁했다가는 이 모처럼의 분위기가 깨질 것이다. 추텐쿼 성격에 이 정도까지 말한 건 이미 최대치였다.

그러니 어찌 그 은혜에 감사하지 않을 수 있을까?

그녀에게 남은 건 가장 소박하고도 진실한 한마디뿐이었다. "우리, 너랑 나, 같이 열심히 해서 같은 대학에 가지 않을래?"

가장 제멋대로 굴고 떠벌리기 좋아하는 청춘 시절, 가장 철이 들고 이성적인 아이는 그 모호한 설렘마저도 자발적으로 열심히 공부할 수 있는 동력으로 바꿔버렸다.

링샹첸은 눈물을 닦고 고개를 숙이고는 살짝 얼굴을 붉히며 그의 곁을 달려나갔다.

그녀가 지금 가장 하고 싶은 건 바로 리징위안과 팔짱을 끼고 가장 달콤한 비밀을 품은 채, 아무 일도 없던 것처럼 계속해서 과학기술관을 돌아보는 거였다.

린양과 위저우저우는 거울 뒤에 서서 감히 숨도 크게 내쉬지 못했다.

남녀 주인공이 모두 그 구역을 떠났다는 걸 확인한 후에야 린양은 길게 한숨을 내쉬었다. "알고 보니 추텐쿼가 진짜로 젤 좋아했네."

위저우저우가 웃었다. "진짜야?"

린양이 머리를 긁적였다. "사실 나도 잘 몰라. 하지만 링상첸이 추텐퀴를 좋아한다는 건 알고 있었어. 여자애가 좋아하는 남자애가 생기면 눈빛만 봐도 알 수 있잖아. 감춰지지 않지."

말을 마치고는 살짝 실망한 듯 위저우저우의 눈을 바라봤다.

"하지만 장촨이…… 휴, 어쨌거나 내가 봤을 땐 링상첸이 손해야. 우리 엄마가 그랬어. 믿음직한 남자는 나무 위를 올라가는 돼지처럼 흔치 않다고."

위저우저우가 웃었다. 그녀의 눈은 또 다른 야윈 뒷모습이 순식간에 거울 구석으로 사라지는 걸 포착했다.

그들은 다시 여러 시설들을 체험했다. 주변 학생들이 속속 과학관을 떠나자, 린양은 그제야 위저우저우의 재촉에 따라 아쉬운 듯 과학기술관을 떠났다.

입구의 버스 정거장은 사람들로 바글바글했고, 과학기술관은 아주 외진 곳에 있어서 택시 잡기도 힘들었다. 위저우저우가 걱정하자, 린양이 불쑥 제안했다. "우리 걸어가자. 번화가까지는 걸어서 30분 정도 걸릴 텐데, 거긴 차가 많은 편이니까."

위저우저우가 망설이자, 그가 조금 더 덧붙였다. "가는 길에 택시 잡을 수 있는 곳이 있는지도 살펴볼 수 있고."

그녀는 고개를 끄덕였다. "그래, 가자."

이제 겨우 5시 반인데 하늘은 검푸르게 변해 있었다. 오늘은 특히나 추웠다. 위저우저우는 모자와 장갑 챙기는 걸 깜빡해서 귀가 새빨갛게 얼어붙었다. 린양은 두말없이 자신의 귀마개를 벗어 그녀에게 씌워주고 장갑을 벗어 그녀에게 끼워주었다. 사실 손을 따뜻하게 할 다른 방법도 있었지만, 린양은 그럴 배짱이 없었다.

"너무 춥지?" 그가 말할 때 내뿜는 하얀 입김에 시선이 흐릿해졌다. "이렇게 하자. 내가 아빠한테 차로 데리러 올 수 있냐고 전화해볼게……."

위저우저우는 즉시 본능적으로 거절하려고 했지만, 잠시 후 생각해보니 자신이 우스웠다. 이제와서 두려울 게 또 뭐가 있을까? 린양은 벌써 이렇게나 컸으니 다시 자신 때문에 엄마에게 맞지는 않을 것이다.

기껏해야 오늘 이후로 또다시 왕래가 끊기는 거겠지.

린양은 휴대폰을 꺼냈다가 중얼거렸다. "이런, 곧 꺼지겠네." 그러더니 신속하게 아빠의 휴대폰 번호를 찾아 전화를 걸었다.

텅 빈 거리에서 위저우저우는 고개를 숙이고 웃음을 참았다. 린양의 휴대폰에서는 여자의 부드러운 목소리가 계속해서 반복해 나오고 있었다. "죄송합니다. 고객님의 계좌 잔액이 부족합니다. 충전해주세요."

그러더니 휴대폰 화면이 온통 까맣게 변했다. 배터리가 완전히 나가버린 것이다.

"내 휴대폰으로 너네 아빠한테 전화해."

위저우저우가 휴대폰을 꺼냈지만 린양은 더욱 난감한 표정을 지었다.

"왜 그래?"

"우리 부모님이 GSM 요금제 번호로 바꿨는데 내가 아직 번호를 못 외웠거든. 연락처를 뒤져야 전화를 걸 수 있는데…… 두 분 다 오늘 밤에 각자 일이 있으셔서 집으로 전화해봤자 소용없을 거고……."

위저우저우는 눈빛으로 '난 널 경멸해'라는 뜻을 똑똑히 전달했다.

"그럼 이렇게 산책하는 것도 좋지."

린양은 아주 낙천적으로 위저우저우의 눈빛을 무시했다.

그러나 가는 길은 정말 너무나도 조용했다. 온 세상에 오직 그들이 눈길을 밟을 때 나는 뽀드득뽀드득 소리만 울려 퍼졌다. 두 사람은 마치 나란히 가는 작은 생쥐 두 마리 같았다.

린양은 아무리 머리를 짜내도 무슨 말을 해야 할지 생각나지 않았다. 그래서 한참 후에야 어수룩하게 제안했다. "우리 게임하자. 그러면 걷는 것도 그렇게 힘들지 않을 거야. 노래 이어 부르기? 숫자 맞추기? 이야기 이어 말하기? 역시 이야기 이어 말하기가 낫겠다. 너 어릴 때 이야기 대왕이었잖아. 너 기억해? 그때 우리 엄마, 아빠가 너한테 사진 찍어줬는데!"

린양은 말을 하고 나서야 살짝 뜨끔했다. 그 사진은 현상하고 나서 자신이 꼭꼭 숨겨놓고 위저우저우에게는 한 장도 주지 않았기 때문이었다.

다행히 위저우저우는 그 일에 대해 깊이 물어보지 않았다. "그래, 이야기 이어 말하기."

"좋아. 어, 남녀 주인공 이름은 뭐로 할까?"

"남녀 주인공도 있어?" 위저우저우는 어안이 벙벙했지만 그래도 대답했다. "그럼 리레이랑 한메이메이로 하자."

린양이 그녀를 흘겨봤다. "어, 그래. 누가 먼저 시작할까? 네가 먼저 해."

위저우저우는 사양하지 않고 바로 입을 열었다. "일요일 아침, 리레이가 집에서 늦잠을 자고 있는데 별안간 전화벨이 울렸어."

"끝이야?"

"응, 네 차례야."

린양은 미간을 찌푸리고 잠시 생각에 잠겼다. "리레이는 전화 목소리를 듣고 한메이메이에게서 걸려온 거라는 걸 알았어. 그의 여자친구 한메이메이."

위저우저우는 "사실 난 리레이가 좋아하는 건 릴리인 거 같은데"라는 말을 뱃속으로 삼키고 계속해서 이야기를 이어 나갔다. "한메이메이가 소리쳤어. 리레이, 리레이, 얼른 텔레비전 켜봐! 너에 대한 뉴스가 나와!"

위저우저우가 이야기의 난이도를 훌쩍 높이자, 린양은 그

부분을 에둘러 가기로 했다. "리레이는 한메이메이가 괜한 호들갑을 떤다고 생각하곤 전화를 끊고 계속 잠을 청했어."

그러나 상대방은 끝까지 물고 늘어졌다.

"하지만 리레이는 잠이 오지 않았어." 위저우저우가 형형한 눈빛으로 그를 바라봤다.

린양은 하는 수 없이 리레이를 침대에서 일으켰다. "그래서 텔레비전을 켜보기로 했지……."

위저우저우가 그제야 웃었다. "〈모닝 뉴스〉에서 무단횡단을 하던 남자를 치고 뺑소니를 친 사건이 보도되고 있었어. 카메라가 피 웅덩이에 쓰러진 사람을 확대해서 보여줬는데, 리레이는 그게 자신이라는 걸 똑똑히 보게 됐지."

린양은 지금도 여전히 귀신 이야기를 무서워했다. 기억하기론 초등학교 1학년 때 위저우저우는 늘 하굣길에 그에게 '고양이 얼굴의 할머니', '계단실의 흰옷 입은 여인' 같은 이야기를 해줬었다. 지금 생각해보면 아주 엉성한 미신과 전설인데도 그 당시에 그는 너무나도 무서워서 혼자 계단을 못 올라갈 정도였다.

린양은 하는 수 없이 침을 꿀꺽 삼키고 위저우저우의 구상에 따라 이야기를 이어갔다. "리레이는 깜짝 놀라서 얼른 전화를 들고 한메이메이의 전화번호를 눌렀어. 하지만 전화 저쪽에서 들리는 건 낯선 여자의 목소리였지. 그 여자가 말했어……."

그러고는 위저우저우에게 눈짓을 했다. 그가 지어낼 수

있는 건 여기까지였다.

위저우저우가 갑자기 웃음을 터뜨렸다. 그것도 아주 사악하게. 린양은 순간 초등학교 시절의 그 못된 꼬마 여우가 떠올랐다. 위저우저우가 이렇게 웃는 모습을 못 본 지 얼마나 오래되었을까?

"그 여자가 뭐랬냐면……." 위저우저우는 의미심장하게 린양의 주머니를 흘낏 봤다. "죄송합니다. 고객님의 계좌 잔액이 부족합니다. 충전해주세요. 죄송합니다. 고객님의 계좌 잔액이 부족합니다. 충전해주세요……."

"…… 위, 저우, 저우!"

정신을 차린 후 바짝 약이 오른 린양은 두말없이 위저우저우의 말총머리를 잡아당기려고 손을 뻗었다. 그런데 마침 상대방이 고개를 숙이는 바람에 헛손질을 했고, 하필이면 발밑이 미끄러워 균형을 잃고 그대로 그녀의 등으로 넘어지고 말았다.

쫘당 한 후에 위저우저우를 잡고 가까스로 몸을 일으켜보니, 최종적으로는 위저우저우를 품에 꽉 안은 자세가 되어버렸다.

린양은 피가 태양혈을 콸콸 흐르는 소리를 들으면서도 꾸물거리며 손을 풀지 않았다.

오히려 고개를 숙여 입술을 그녀의 차디찬 정수리 머리카락 위에 가볍게 붙인 채 팔을 더욱 꽉 감았다.

겨울 저녁의 거리는 고요하기만 했다.

빈 라덴*, 부탁인데 이 도시를 당장 폭파해줘요. 시간이 지금 여기서 멈출 수 있게.

---

* Osama bin Laden, 미국 9.11 테러를 일으킨 국제 테러 조직 알 카에다의 수장.

7.
진실한 거짓말

위저우저우는 머릿속이 새하얘졌다.

그가 그녀를 품에 꽉 안은 그 순간, 길가의 가로등이 약속이라도 한 듯이 일제히 불을 밝혔다. 주황색 불빛이 자그마한 무대를 만들어주었고, 두 주인공은 그 중앙에 서서 연극에 푹 빠져 돌아갈 길을 알지 못했다.

"린양……." 그녀는 결국 멋쩍은 듯이 조그맣게 그의 이름을 불렀다.

"움직이지 마." 맑고 부드러운 린양의 목소리가 조심스럽게 간청했다. "저우저우, 움직이지 말아줘. 잠시만 안고 있을게. 잠시만. 응?"

겨울이라 두 사람은 모두 두껍게 껴입은 상태였다. 위저우저우의 얼굴이 린양의 가슴에 닿았고, 그의 패딩 점퍼 지퍼가 얼음처럼 차가워서 살짝 불편했지만, 그래도 피하지 않고 꼼짝도 하지 않았다. 그런데 이상하게도, 조금 있으니 두 사람의 겉옷이 맞닿은 부분이 신속하게 따뜻해지기 시작했다.

포옹의 힘은 참으로 신기해서 완전함과 안전감을 느끼게 해주었다. 위저우저우는 문득 마음속에 뚫린 그 커다란 구멍이 갑작스럽게 메워진 것 같은 느낌이 들었다. 단 몇 분의 짧은 시간일지라도 말이다.

그녀는 꿈속에 푹 잠긴 듯한 기분이었다. 따스하고 든든해서 깨어나고 싶지 않았다.

조금씩 조금씩, 손을 들어 그의 허리를 감았다.

린양은 가볍게 몸을 떨더니, 더욱 확신한 듯 그녀를 자신에게로 끌어당겨 젊은 가슴 안에 단단히 잠갔다.

어쩌면 그들은 진작에 서로를 안았어야 했는지도 모른다.

시간이 얼마나 흘렀을까. 위저우저우는 살짝 쑥스러워하며 말했다. "린양, 나 다리 저려."

그는 이렇게 용감하고 겁도 없이, 한편으로는 얼떨떨하게 자신의 오른손을 그녀가 왼손에 낀 장갑에 집어넣어 그녀의 손을 꽉 잡았다.

그는 고백해야 한다고 생각했다. 하지만 그 말을 함으로써 이 아름다운 평온을 깨뜨리고 싶지도 않았다. 고개를 숙이고 한 걸음 한 걸음 발밑만 보고 걸었지만, 곁눈질로 상대방의 모든 미세한 표정을 잘 접어 마음속에 고이 담았다.

행복은 느닷없이 찾아온다. 린양은 갑자기 잠에서 깨어 이게 그저 꿈이라는 걸 깨닫게 될까 봐 두려웠다.

위저우저우가 먼저 조용히 입을 열었다.

"린양, 네 품에 있으니까 우리 엄마 생각이 나더라."

순간 린양은 웃지도 울지도 못한 채 희비가 교차했다.

위저우저우는 린양의 이제 막 형성된 남자의 존엄성이 그녀의 한마디에 찔려 만신창이가 되었다는 걸 눈치채지 못하고 자못 진지하게 말했다. "정말로 우리 엄마처럼…… 아주 따스했어."

그녀의 손을 쥔 그 커다란 손에 힘이 꽉 실렸다.

방금 가슴속에서 터질 것만 같았던 기쁨이 서서히 가라앉았다. 위저우저우의 생각은 뒤죽박죽이었고, 심지어 자기가 어떻게 생각하는지도 알지 못했다. 아까는 그저 머릿속이 새하얘져서 본능적으로 그 따스하고 든든한 품을 탐냈던 거였다. 결과는 생각지도 않은 채.

이 따스함은 너무나도 갑작스러워서 위저우저우는 깨어날 필요도 없이 그것이 꿈이라는 걸 알았다.

주머니 속 휴대폰에서 진동이 울렸다. 꺼내 보니 링샹첸에게서 걸려온 전화였다. 그녀는 예전에 링샹첸과 휴대폰 번호를 교환했다는 것도 잊고 있었다.

"여보세요?"

"여보세요, 위저우저우? 린양이랑 같이 있어?"

위저우저우는 살짝 도둑이 제 발 저린 것처럼 당황해서

몇 초간 침묵하다 대답했다. "응."

"걔네 부모님이 린양을 찾으시는데 휴대폰이 꺼져 있어서. 아마 배터리가 없어서 꺼진 것 같은데, 내 생각엔 너희 둘이 같이 간 것 같아서 너한테 전화했어. 린양 좀 바꿔줄 수 있어?"

"알았어."

위저우저우가 휴대폰을 린양에게 건넸다. 그런 다음 한 손으로 가만히 귀마개를 벗고 다른 손은 그의 손 안에서 벗어나려고 했지만, 상대방은 그녀의 손을 더욱 꽉 쥐었다.

린양은 전화를 끊고 그녀를 의아하게 바라봤다. "왜 벗었어? 안 추워?"

위저우저우는 대답하지 않았다. "너네 부모님이 너 찾으셔?"

"응. 링샹첸이 우리 부모님한테 우리 둘이 같이 난궈루南國路 따라서 시정부 방향으로 걸어가는 걸 봤다고 얘기했대. 차 몰고 앞쪽 길목에서 날 기다리실 거야. 우리 그 방향으로 걸어가자. 마침 가는 길에 널 먼저 집에 데려다줄 수도 있고."

위저우저우는 그럴 줄 알았다는 듯이 벗어놓은 귀마개와 장갑을 린양의 손에 쥐여주고는 단호하게 그의 손에서 벗어나 장갑을 마저 벗어 그에게 건넸다.

"어차피 많이 걸어온 것도 아니니까 난 정거장으로 돌아가서 버스 탈게. 가다가 택시 보면 택시 타고. 넌 얼른 부모님께 가봐." 그녀가 말했다.

린양의 어깨가 서서히 축 처졌다.

어느새 잔잔한 표정을 회복한 위저우저우는 손을 주머니에 넣고 대충 고개를 끄덕여 작별 인사를 하고는 몸을 돌려 가려고 했다.

"저우저우, 가지 마."

린양이 내뱉은 하얀 수증기가 두 사람 사이의 거리를 갈랐다.

"알아, 우리가 함께하고* 싶어도 아주 많은 장애물이 있다는 거. 나도 감히 큰소리치지는 못하겠어. 그래서…… 어쩌면 지금은 아니겠지. 하지만 난 기다릴 거야. 언젠가 내가 충분히 강해져서 그 장애물들을 없애버릴 수 있게 되면, 난……." 린양의 말투는 살짝 다급하게 들렸다.

"린양!" 위저우저우가 그의 말을 잘랐다. "난 너랑 함께하고 싶다는 생각 한 번도 해본 적 없어. 아까는 그저…… 잠깐 머리가 어떻게 됐나 봐. 앞으로는 날 찾아오지 마. 진짜로 찾아올 필요 없어. 넌 네 삶을 잘 살면 되고, 난 내 삶을 잘 살면 되는 거야."

그녀는 말을 마치자마자 곧장 걸어가며 감히 뒤를 돌아보지 못했다. 그러나 등 뒤의 사람이 그녀를 따라왔다.

---

* 중국어로 '함께하다(在一起)'라는 말에는 '사귀다'라는 의미도 있다.

"내가 무슨 말을 하는 건지 모르겠어?" 위저우저우의 안색이 싸늘해졌다.

린양은 더는 당황하지 않고 오히려 웃음을 지었다.

"벌써 여러 해가 지났고 그 많은 일을 겪었어. 그래도 내가 아직 네 말을 믿으면," 그는 고개를 저었다. "내가 돼지 꿀꿀이지."

"린양……."

"우리 엄마, 아빠 차에 타고 싶지 않아도 괜찮아. 내가 정거장까지 데려다줄게. 네가 타는 거 보고 가지 뭐."

"부모님이 길목에서 너 기다리시잖아. 이러면 또 30분은 길에서 고생해야 하실 텐데."

"차에 히터 틀어놓으면 따뜻해."

그는 귀마개를 위저우저우에게 씌워주고 다시금 그녀의 손을 잡았다. 이번에 손을 내미는 동작은 아까보다 숙련되고 자신만만했다. 그렇게나 제멋대로여서 위저우저우는 피하려고 해도 소용없었다.

하지만 린양, 위저우저우는 속으로 말했다. 난 좋아하는 사람이 있어.

어릴 때부터 항상 이랬다. 위저우저우는 대체 어째서 매번 진실은 그녀 자신만 아는 건지 알고 싶었다. 린양에게 말하든 말하지 않든, 모두 심각한 상처를 입히게 될 것이다.

입술을 달싹이다가, 곁에 있는 남자아이가 어느새 남자로 성장해 있는 걸 봤다. 그는 옅은 미소를 띠며 주황색 불빛의 세례를 받고 있었다. 마치 한 걸음 한 걸음 그가 행복이라고 여기는 곳을 향해 걷는 듯했다.

그녀는 결국 말하지 않았다. 자신은 아무것도 신경 쓰지 않은 지 오래라고 생각했다.

손바닥에서 끊임없이 전해지는 온도에 그녀는 하마터면 눈물을 흘릴 뻔했다.

봄바람에 기분 좋은 말이 질주하듯, 린양은 겨울방학을 지극히 충실하게 보냈다.

위저우저우를 만나고 싶었지만 '조기 연애'라는 방식으로 만나고 싶지는 않았기에, 그는 한겨울에 아침 일찍 일어나 조깅을 시작했다. 마음속에서 불이 활활 타올라서 추위도 느껴지지 않았다. 그의 집에서 곧장 위저우저우 외할머니네 집 앞까지 달려가 잠시 서 있다가, 아무거나 손에 잡히는 걸로 문 앞의 낡은 검은 나무문 위에 '바를 정正' 자를 그린 다음 다시 달려서 돌아갔다.

또는 전화를 걸어, 그 어떤 상황에서도 문제 외에 다른 말을 하지 않도록 자제하면서 아주 정색하고 그럴듯하게 수학 문제에 관해 토론했다.

이렇게 가식적으로 행동하는 것마저도 즐거웠다.

새 학기가 시작되자, 루위닝을 비롯한 친구들은 차츰 린양이 이상하다는 걸 느꼈다. 놀랍게도 린양은 자발적으로 다시금 점심 고정 멤버에 끼워달라고 요청했다. 다들 린양이 차였다고 오해할 때, 그는 늘 행복에 겨워 실없이 웃기만 했다.

"설마…… 돌아버린 건 아니겠지?" 루위닝은 몹시 가슴 아파하며 사랑은 절대로 가까이해선 안 될 것이라고 자신에게 경고했다.

린양에게 사랑은 기묘한 느낌이었다. 그는 자신의 마음의 소리를 알았고 위저우저우의 느낌이 어떨지 확신했다. 비록 상대방은 그를 좋아한다고 하지 않았지만 최소한 그의 손을 뿌리치진 않았고, 얌전히 그와 그 먼 길을 걸었던 것이다. 물론 어쩌면 그녀의 일관적으로 뜻뜻미지근하며 개의치 않는 성격 때문일지도 모르지만, 린양은 이번에는 그런 가능성을 고려하지 않기로 결심했다.

어쨌거나 그는 한순간 더욱 강해져야겠다고 결심했다. 이제는 국어 시험지조차 무척 사랑스럽게 느껴졌으며, 작문을 쓸 때는 신들린 것까진 아니어도 최소한 전보다는 많이 유창해졌다.

어쩌면 역사 속 영웅들이 그의 펜 밑에서 약간은 오글거려도 살뜰한 마음을 얻어서일지도 모른다.

고등학교 2학년 2학기 중간고사. 린양은 무슨 영문인지 전교 1등에 올랐고, 추톈쿼는 뜬금없이 전교 6등으로 미끄러졌다.

확실히 빅뉴스였다. 그 파급력 때문에 링샹첸은 꼬박 이틀 동안 추톈쿼에게서 문자를 받지 못했다.

링샹첸은 자신과 추텐춰가 무슨 사이인지 끝내 알지 못했다. 그는 그녀에게 "굿나잇, 일찍 자, 착하지" 같은 문자를 보내면서도 낮에는 묵묵부답이었다. 그녀가 무슨 문자를 보내든 답장이 없었다. 아무도 없을 때 그는 심지어 가볍게 그녀를 안고 관자놀이 부근에 입을 맞추기도 했지만, 다른 사람들이 있는 곳에서 마주쳤을 때는 예전보다 훨씬 쌀쌀맞게 굴었다.

그럴싸하게 냉랭한 태도에 링샹첸은 한때 관자놀이에 느껴졌던 따스함과 그 순간 미친 듯이 뛰던 심장이 모두 환상이 아니었을까 의심이 들기도 했다.

"너 나한테 충고했었잖아, 1등은 그다지 중요하지 않다고. 린양 같은 애는 잠깐 반짝할 뿐이지, 너처럼 안정적이지 않아."

그녀가 보낸 문자는 모두 바닷속으로 가라앉았다.

링샹첸은 이번에도 2등이었다. 다만 1등이 그녀가 가장 원하지 않았던 신루이로 바뀌었을 따름이었다. 그러나 이런 불쾌한 상황에 미처 반응하기도 전에, 그녀의 모든 걱정은 추텐춰에게 가 있었다.

이번에도 탕비실이었다. 그녀는 물병을 안고 입구로 걸어갔다가 안에서 익숙한 두 사람의 목소리가 새어 나오는 걸 들었다.

"이번에 어떻게 된 거야? 국어 과목에서 깨달음이라도 얻었냐?"

"그건 아니고…… 아마도…… 하핫." 린양은 행복해서 입만 뻐끔거리는 게 뻔했다.

"축하해."

추톈쿼의 목소리는 전처럼 시원스럽지 않았다. 그가 자화자찬한 태연자약한 모습은 링샹첸의 마음속에서 돌이킬 수 없을 정도로 산산이 조각나 버렸다. 그러나 링샹첸은 여전히 집요하게 핑계를 찾아 되뇌었다. 내가 생각이 많은 거야, 그 허무맹랑하고 대단치 않은 말투보단 그가 린양을 축하해 줬다는 게 더 중요해. 그는 여전히 아주 도량이 넓어.

그는 여전히 내가 아는 추톈쿼야.

그녀는 환하게 웃으며 다가가 대화에 끼어들었다.

"어, 너희 둘 다 여기 있었구나."

린양이 손을 들고 씩 웃으며 인사를 했다. 링샹첸도 한동안 그를 만나지 못했기에 얼른 이 기회를 틈타 슬쩍 놀려댔다. "사랑도 성적도 풍년이네?"

그가 얼굴을 붉히는 걸 보고 링샹첸은 무척 웃겼지만, 추톈쿼가 몸을 돌려 뜨거운 물을 받으러 간 걸 보고서야 자신이 방금 무슨 말을 했는지 깨달았다.

상황을 무마할 말을 찾고 있는데, 그는 어느새 다시 이쪽을 보며 흠잡을 데 없는 미소를 짓고 있었다.

"그러게, 나도 루위닝이 말하는 거 들었거든? 얼른 네 입으로 털어놔."

여학생은 자신이 관심 있는 남학생에 대해 늘 유난히 민감한 법이었다. 링샹첸은 추톈퀘가 자신의 감정을 극도로 감추려 한다는 걸 느낄 수 있었다. 그가 얼마나 거만한 사람인지 그녀는 줄곧 모르지 않았지만, 지금에야 진정으로 깨달았다.

린양은 물컵을 들고 마치 그들 사이에 꼽사리로 끼는 걸 일부러 피하려는 듯 링샹첸에게 눈을 깜빡인 후 곧장 탕비실을 나섰다.

"난 일이 있어서 먼저 간다…….."

탕비실에는 그들 두 사람만 남았다. 링샹첸은 물이 뚝뚝 떨어지는 수도꼭지를 바라보며 한참 후에 용기를 내어 말했다. "너 괜찮지?"

"아주 좋아. 넌 왜 꼭 날 위로하려는 거야? 내가 이 일을 무척이나 신경 쓰는 것처럼 말야. 링샹첸, 넌 날 참 난감하게 만들어."

더 이상 조용히 속삭이던 "첸첸"이 아니었다.

링샹첸은 입술을 깨물었다. "그래서 내 문자에 답장도 안 한 거야?"

"경시대회 준비로 곧 합숙 훈련에 들어가야 해. 난 한눈팔고 싶지 않아."

"린양도 합숙 훈련 있어. 내가 모를 줄 알고? 합숙 훈련까지는 아직 많이 남았잖아."

추톈퀘의 얼굴에 처음으로 비꼬는 웃음이 떠올랐다. "그럼 이렇게 말해야 할까? 네 생각이 자꾸 나서 도저히 정신을 집중할 수가 없었다고, 그래서 더는 타락하지 않으려고 답장을 보내지 않은 거라고?"

링샹첸은 멍하니 그를 바라봤다. 이렇게 매몰차고 예의 없는 사람이 바로 추톈퀘라는 걸 도저히 믿을 수가 없었다.

그녀는 천천히 가슴을 펴고, 유일하게 남은 고고함으로 추톈퀘의 눈을 똑바로 바라보며 말했다. "넌 정말 겁쟁이야."

그런 다음 물병을 안고 성큼성큼 자리를 떠났다.

몇 걸음 가다가 조심스럽게 뒤를 돌아보니, 그 소년은 여전히 그대로 서서 자신을 바라보고 있었다. 그렇게나 아름다운 윤곽에, 봄날의 햇살이 푸른 나무들을 투과해 그의 등쪽에서부터 탕비실 안을 비추고 있었다. 그는 마치 시멘트 바닥에서 자라 꽃을 피운 나무처럼 여전히 그렇게나 완전무결해 보였다.

링샹첸의 마음은 칼로 찢기는 것만 같았다.

그저 시험 한 번일 뿐인데, 생각해보니 웃겼다.

그는 어떻게 이런 사람일까.

그는 어떻게 이런 사람일 수 있을까.

8.
넌 예전보다 즐거워야 해

신루이는 원래 기뻐해야 마땅했다.

천팅 같은 늘 유명 인사만 주목하는 '가십걸'조차 그녀에게 달려와 아부를 떨며 축하를 건넸다.

하지만 그녀가 가장 반응을 보고 싶었던 두 사람은 완전 무반응이었다.

위저우저우의 얼굴에는 막연한 고통과 갈등이 떠올라 있었다. 이유는 몰랐다.

링샹첸의 얼굴에는 의혹과 아픔만이 가득했다. 역시 뭣 때문인지는 알 수 없었다.

자신이 갖은 애를 써서 정교하게 만든 무대 앞에서 두 VIP 관객은 모두 넋이 나가 있었다. 신루이는 모욕을 당한 것 같은 분노를 느꼈다.

링샹첸은 정치 시험지의 주관식 답안지 뭉치를 안고 책상

마다 나눠주고 있었다. 그녀는 신루이의 책상을 지나칠 때 곁눈질을 하지도 얼굴에 미소를 짓지도 않았다. 신루이는 허야오야오처럼 깊숙이 숨겨도 드러날 수밖에 없는 실의와 울분을 볼 수 있길 기대했지만 그런 기색도 전혀 없었다.

경멸이었다. 신루이가 해낸 전교 1등에 대한 경멸이었다. 그녀는 차라리 자신이 생각이 많은 거라고 여기고 싶었지만, 그런 느낌은 좀처럼 머릿속에서 떠나지 않았다.

무슨 내숭을 떠는 거야. 신루이는 분연히 일어나 문밖으로 나갔다.

상상했던 것과는 전혀 달랐다. 각 과목 성적이 나올 때마다 그녀는 조심스럽게 링샹첸과 위저우저우의 점수를 물었고, 속으로 더하고 빼면서 곧 나올 다른 과목 성적을 추측했다. 그런데 그녀의 뜻대로 결과가 나왔는데도 다른 사람들은 속상해하지 않았다.

신루이는 목적 없이 복도를 배회했다. 복도를 오가는 학생들은 2년이라는 시간 동안 차츰 얼굴이 익숙해져 있었다. 그녀는 그런 사람들의 얼굴을 집요하게 주시했다. 이들은 자신을 알아볼까? 이들의 생활은 정말 얼굴에 드러난 것처럼 그렇게 즐거울까? 이들은 계속해서 이렇게 패거리를 만들까? 곁에서 웃으며 말하는 그 사람은 정말 친구일까?

사실, 처음부터 끝까지 아무도 날 신경 쓰지 않았던 거겠지?

그녀는 전교 1등인데 아무도 신루이가 누군지 알려고 하

지 않았다. 고심 끝에 바꾼 이름이었다. 신루이. 신예新銳*,
아무도 맞설 수 없을 만큼 날카로운 기세. 그러나 신메이샹
같은 촌스러운 이름처럼 아무도 기억하지 않았다.

어느 반 앞에 발걸음을 멈춰선 그녀는 문득 허야오야오가
문 앞에서 어떤 여학생과 신나게 장난치는 걸 봤다. 그 모습
을 멀리서 조용히 지켜보자니 약간 서글퍼졌다. 봐, 쟨 분교
소속인데 저번에 나한테 그런 비아냥을 들었는데도 아주 즐
겁게 지내고 있어.

가장 즐거운 삶은 다른 사람의 삶이다.

신루이는 노력을 거듭했지만 결국 다른 누구로도 변하지
못했다.

그냥 내려놓자. 한번 내려놓으면 모든 것이 자유로워져.
신루이는 몸을 돌려 돌아가려고 했다. 그 순간 심지어 해방
감까지 느꼈다. 다른 사람에게 인정받는 걸 바라지 않게 되
자 비로소 진정으로 자신을 긍정하게 된 것 같았다.

"어라, 메이샹?" 허야오야오가 뒤에서 큰 소리로 외쳤다.

신루이가 멈춰 섰다.

듣기조차 싫은 그 이름. 허야오야오는 복수하려고 이를
간 게 틀림없었다.

신루이는 정말이지 웃고 싶었다. 매번 허야오야오를 마

---

* 중국어로 발음이 '신루이'와 같다.

주칠 때마다, 매번 겉으로 그럴싸하게 초연해지려고 할 때마다 그녀는 늘 상대방에게 격노해서 다시금 그 고통스러운 악순환으로 돌아갔다.

그녀는 돌아보며 미소를 지었다. "너구나." 그리고 다가가 물었다. "시험 잘 봤어?"

허야오야오는 그저 순간적인 충동으로 그녀의 옛날 이름을 불러 놀리는 쾌감을 얻었을 뿐, 그녀와 딱히 대화를 나눌 생각은 없었고 성적에 관해서라면 더욱 그랬다.

"그냥 그래." 허야오야오가 어깨를 으쓱했다. "항상 그렇지 뭐, 신경 안 써."

신루이는 여전히 웃는 얼굴로 대꾸했다. "그럴 줄 알았어. 나도 그냥 물어본 거야. 예의상."

허야오야오는 그녀가 인정사정없이 날카롭게 대꾸하자 눈을 붉히며 불퉁하게 맞받아쳤다. "너네 문과는 문제가 쉽잖아."

신루이가 고개를 끄덕였다. "맞아. 문과 문제는 확실히 쉽지만, 나한테만 그래. 사실 나한텐 고입시험 문제도 엄청 쉬웠거든."

허야오야오는 자신의 고입시험 점수를 떠올렸는지 입술을 꽉 깨물었다. "그래. 난 말로는 널 못 이겨. 그치만 넌 성적만 좋을 뿐이지 아무것도 아니잖아. 평생 시험 점수만 바라보고 살 수 있을 거 같아? 너네 문과 링샹첸이나 위저우저우를 봐. 다들 너보다 얼굴도 예쁘고 성적도 좋잖아? 능력이 없으니까 날 괴롭히는 거지? 자랑질에 맛들렸니? 초등학교 때 트라우마가 아직 안 나았어?!"

허야오야오는 통쾌하게 쏘아대는 데만 집중하느라 말을 마치고서야 신루이의 얼굴이 창백해진 걸 봤다. 신루이는 여전히 무표정한 얼굴로 그녀를 죽도록 노려보고 있었다.

갑자기 두려움을 느낀 허야오야오는 뒤로 한 걸음 물러나 본능적으로 소리쳤다. "뭐 하려는 거야?"

분교 쪽 복도는 매우 어수선해서 아무도 그들의 실랑이에 주의를 기울이지 않았다. 신루이가 별안간 참담한 웃음을 터뜨렸다. "링샹첸? 위저우저우? 예쁘고 성적이 좋아? 내가 널 괴롭혀? 자랑질? 트라우마?"

허야오야오는 그제야 자신이 상처 주는 말을 했다는 걸 깨닫고 고개를 숙였다. "아까는 내가 좀 흥분했어. 너도⋯⋯."

아니, 네 말이 다 맞아. 모두 사실이야.

신루이가 눈을 가늘게 뜨고 허야오야오를 바라보고 있을 때, 곁을 지나가던 키 작은 남학생이 느닷없이 비웃더니 욕지거리하듯 한마디 내뱉었다. "위저우저우? 아빠도 없는 사생아 주제에, 염병할 그 엄마도 비명횡사했다지."

허야오야오와 신루이 모두 깜짝 놀랐다. 신루이가 잽싸게 그 눈이 작은 남학생을 잡아챘다. 자신도 왜 이러는지 몰랐다.

"내가 위저우저우랑 가장 친한 친구거든? 너 무슨 헛소리야?"

신루이 자신조차 확실히 설명할 수 없었지만, 그 말에는 약간의 분개와 약간의 흥분이 담겨 있었다.

　미차오는 종종 수업을 빠졌다.

　위저우저우가 왜 하루가 멀다고 결석계를 내는 거냐고
물으면, 미차오의 대답은 늘 한결같았다. "애니부 일이 너무
바빠서."

　위저우저우는 자신이 미차오를 부러워한다고 생각했다.
많은 학생들이 미차오의 대범함과 솔직함을 부러워했다. 가
장 아름다운 시절에 자신이 가장 좋아하는 일을 하고, 설령
대역부도하게 들릴지언정 하고 싶은 말을 큰 소리로 말하기
때문이었다. 그러나 한편으로는 그러면 안 된다고 경고하면
서, 그렇게 오늘만 사는 것처럼 제멋대로 굴다가는 결국 대
가를 치르게 될 거라고 생각했다.

　인생은 아직 길었다. 좋은 것들과 좋은 시간은 나중을 위
해 남겨둬야 했다.

　위저우저우를 비롯한 학생들에게 나중이라는 건 그저 대
학에 합격한 이후를 가리킬 뿐이었다. 다른 건 아직 보이지
않았다.

　옌이는 시험이 끝난 후로 온종일 책상에 엎드려 꼼짝도
하지 않았다. 위저우저우가 그의 곁에 바짝 다가가 물었다.
"너 어디 아파?"

　옌이는 더욱 창백해진 얼굴로 살려달라는 듯이 말했다.
"저우저우, 나 공부를 해도 도통 머릿속에 들어가질 않아.

어떡하지?"

말이 채 끝나기도 전에 눈물이 먼저 책상 위로 떨어졌다. 옌이의 두려움은 위저우저우가 손을 뻗으면 닿을 수 있는 거리에 있었다.

"옌이?"

"난 아무리 공부해도 성적이 이 모양이야. 지금은 글씨랑 숫자만 봐도 토 나올 거 같아. 책도 못 건드리겠어. 책상 앞에 새벽 한두 시까지 앉아서 역사책을 노려봐도 한 페이지도 넘어가지 않아. 저우저우, 어쩌지? 나 어떻게 해야 해? 지금은 전화고 교문만 봐도 무서워서 온몸이 떨려. 학교 오기 싫어……."

혹시라도 다른 사람에게 들릴까 봐 목소리는 매우 작았고, 눈물은 무료 증정품처럼 후두둑 떨어졌다.

"…… 그럼 학교 안 가면 되지."

위저우저우가 가볍게 그의 등을 두드렸다. "학교 오지 말고 집에서 일주일간 쉬어. 텔레비전도 보고 게임도 하고, 그림도 그리고 실컷 잠도 자고!"

옌이는 팔에 고개를 파묻더니 잠시 후 주눅 든 목소리로 말했다. "일주일만 수업 빠져도 못 따라갈 거야."

"어차피 여기 앉아 있어도 소용없잖아. 너 벌써 이틀 연속 이러고 있다구."

옌이는 오랫동안 아무 말도 없었다. 위저우저우가 고개를 숙이고 계속해서 문제를 풀려는데, 그가 비로소 옹얼거리며 말했다. "위저우저우, 넌 크면 뭘 하고 싶어?"

위저우저우가 고개를 저었다. "나도 몰라."

하나도 모르겠어.

그녀는 그저 매일매일을 특별할 것 없이 평범하게 보낼 줄만 알았다. 어쩌면 가장 큰 즐거움이라곤 미차오의 헛소리를 듣는 것과 린양의 재롱을 구경하는 것일지도 모른다.

린양. 위저우저우는 그가 생각나자 망연자실하게 눈을 들어 4월 말의 하늘을 바라봤다. 구름이 사방에 가득했다.

과학기술관 이후로 그들은 서로 만나는 경우가 드물었고, 위저우저우는 이로써 한시름 덜었다. 린양은 더는 포위하고 추격하고 길을 막는 걸로 자신의 마음을 확인할 필요가 없었고, 그저 전심전력으로 더욱 뛰어나고 더욱 강해지겠다는 맹세를 실현하기만 하면 되었다. 위저우저우는 어렸을 적 학교를 마치고 집에 가던 길에 신이 나서 자신만만하게 자신에게 말하던 그의 모습을 떠올렸다. 만약 아직 뭘 하고 싶은지 모른다면 뭐든 가장 잘하도록 노력하면 된다고, 그러다 어느 날 뭔가를 얻고 싶다는 생각이 들 때면 밑천이 달려서 그 방향을 좇을 수 없다는 후회가 들지 않을 거라고 말이다.

아마도 그는 이런 감정과 약속 모두 이러한 인생철학의 정확성을 증명한다고 느낄 것이다. 그는 노력했고, 그녀의 손을 잡았다.

위저우저우는 얼떨떨하게 그의 꿈을 이루어주었다. 그녀는 후회해야 할지 말지 판단이 서지 않았다.

천안은 그녀와 함께 뼛속까지 시린 여름을 보냈고, 그의 성숙함과 따스함을 발휘해 옛날에 그 결정적인 순간들처럼 마치 신처럼 그녀 곁에 등장했다. 다만 이번에는 그 신이 울기도 하고 웃기도 하고 농담도 할 따름이었다. 위저우저우는 그가 그녀를 위해 인간 세상에 내려온 것 같다고 느꼈다.

천안은 떠나기 전 가볍게 그녀의 머리를 다독이며 말했다. "저우저우, 한 사람을 만나서 사랑하거나 증오해봐."

서로 엇비슷한 감정과 동력은 너에게 잘 살아갈 수 있는 힘을 줄 거야.

사랑은 사람을 뛰어나게 변화시키고, 증오는 사람을 꼭대기까지 밀어 올린다. 위저우저우는 천안 때문에 공부를 포기하지 않았고, 아빠의 전화 한 통 때문에 1등을 하려고 했다.

린양은 이해하지 못할 것이다. 세상에 어떤 것들은 아무리 열심히 노력하고 밑천이 충분해도 얻을 수 없다는 걸.

설령 얻었어도 잃을 수 있었다.

그녀는 잃었다. 그래서 아픔이 무엇인지 이해했다.

신루이는 고개를 숙이고 속사포처럼 몇 마디 쏟아낸 후, 천팅의 경악한 눈빛을 피했다.

소문을 듣고 흥분한 그 눈빛은 신루이의 마음을 죄책감으로 들끓게 했다.

"어쨌든 깜짝 놀랐어. 그런데 걔도 나한테 그런 얘길 한 적 없으니까……. 어쩌면 그 저우선란이라는 애가 괜히 허튼소리를 하는 건지도 몰라. 하지만 세부적인 것들이 정말 진짜 같았어. 사실 중학교 때 위저우저우는 이렇지 않았거든. 성격이 엄청 변해서 나도 정말 놀랐고 걱정도 많이 했었어. 하지만 왜 그런지 모르니까…….”

신루이는 말을 마치고는 당황한 척 고개를 들었다. “참. 너 절대로 다른 애들한테 말하면 안 돼!”

천팅은 연신 고개를 끄덕였다.

비밀 보장을 약속하는 건 세상에서 가장 쉬운 일이었다. 비밀을 유출하는 것보다도 훨씬.

“사실 나 요즘 무척 우울했거든.” 신루이는 천팅에게 바짝 붙어 상대방이 늘 하듯이 원래부터 친한 절친처럼 굴었다. “링샹첸이 날 이상하게 보는 것 같아. 저번에 화장실 앞을 지나가는데, 걔가 나보고 1등 할 실력이 아니라고 커닝한 거 아니냐고 하더라. 그 말을 들으니까 마음이 정말 좋지 않더라. 사실 난 정말 걔 좋아하거든. 걘 뭐든지 완벽한 앤데, 내가 뭐 오해할 만한 행동을 한 건 아닌지 모르겠어.”

천팅이 즉시 비분강개하며 말했다. “걔도 참 뻔뻔하다! 니가 걔보다 떨어지는 게 뭐 있어서, 무슨 근거로 말을 그렇게 해? 내가 봤을 땐 널 질투하는 거야. 1등 하고 싶어서 돌아버린 거라구! 우리 반 애들이 자길 어떻게 생각하는지 알지도 못하나 봐. 나 그리고 루페이페이, 우리 다 걔를 얼마나 한심하게 생각하는데. 매일 교복도 안 입고, 자기가 무슨 여신이라도 되는 줄 아나. 남들 깔보기나 하고, 정말 형편없어."

신루이는 다시 몇 마디 하며 자연스럽게 화제를 돌려 마치 아까 아무것도 불평하지 않은 것처럼 굴었다.

결백하고 억울하고 도량 넓고, 친구를 챙기고 친구를 신경 써주고, 어찌할 바 모르는 듯이.

그 순간에는 신루이 스스로도 자신의 연기를 믿었다.

우원루가 교실로 들어오자, 천팅은 눈치 빠르게 자리로 돌아갔다. 신루이는 그제야 자신이 줄곧 몸을 떨고 있었다는 걸 깨달았다.

9.
칼을 뽑아 물을 끊어도 물은 다시 흐른다

소문이 사방에 퍼졌다.

위저우저우는 책상 앞에 앉아 『중국 국가 지리』의 아름다운 컬러 페이지를 넘기며 접시 위에 놓인 포도를 집어 먹었다. 방금 천안과의 통화를 마치고 나니 머릿속이 온통 혼란스러웠다.

그녀는 웃으며 천안에게 물었다. 예전에 자신은 저우선란을 비롯한 사람들의 어두운 그늘과 수학 올림피아드에서 벗어나기 위해 '제13중학교'라는 낭떠러지를 선택해 전심전력으로 수행에 힘썼는데, 어째서 이 여협이 다시금 강호에 나와서도 똑같은 악순환에 빠지는 거냐고 말이다.

아마도 아빠의 그 전화와 "함께 설을 보내자"라는 초대가 불러일으킨 화일 것이다. 줄곧 분교에서 성실하게 본분을 지키던 저우선란은 돌연 다시금 공격에 나섰다. 이번에 그의 신분은 그저 내막을 아는 신비로운 사람이었지, 위저우저우의 이복동생이 아니었다. 다만 위저우저우는 자신도 똑같이 응수해서 그 애까지 끌어내리는 데는 정말이지 흥미가 없었다.

천안은 웃었다. "초등학교 땐 이런 일로 눈물, 콧물 쏙 빼더니 지금은 안 그러네. 이게 바로 다른 점이지."

위저우저우는 어리둥절했다. "아마도 이제는 우리 엄마가 없어서일지도 몰라."

전화 저편에서는 한참 침묵이 이어졌다.

"저우저우, 넌 왜 그렇게 너 자신을 중요하게 생각하지 않아?"

그녀는 뭐라고 대답해야 할지 몰랐다.

위저우저우는 확실히 신경 쓰지 않았다. 어떤 여학생이 이제 막 학교로 돌아온 미차오를 비밀스럽게 이끌어 소문에 대해 수군거리려고 하자, 미차오는 대번에 손을 뻗어 그 여학생의 뺨을 내리쳤다. "다른 사람 씹는 거 빼면 할 줄 아는 게 없냐? 씨부럴, 진짜인지 거짓인지도 모르면서 사방팔방 퍼뜨리면서 '다른 사람한텐 말하지 마'? 너부터 지키고 그런 말을 하라고!"

나중에 미차오는 위저우저우에게 사과했다. 자신의 충동적인 행동으로 일이 더욱 커졌고, 맞은 여학생이 더욱 분노해서 '시비를 가린다'는 명목으로 소문이 더욱 멀리 퍼져나갔다고 말이다.

위저우저우는 웃었다. 그녀는 미차오의 머리를 부드럽게 쓰다듬으며 속으로 말했다. '잘 때렸어. 난 널 탓하지 않아.'

"저우저우?" 천안이 조용히 그녀의 이름을 부르자 생각에 잠겨 있던 위저우저우는 퍼뜩 정신을 차렸다.

"사실 그런 건 아냐." 위저우저우가 느릿느릿 말했다. "난 오빠가 걱정하는 것처럼 그렇게 자포자기하지 않았어. 다만 초등학교 때 나한테 아빠가 없다는 사실이 날 견딜 수 없게 괴롭혀서, 혹시라도 다른 사람이 알까 봐 계속 피하고 싶었을 뿐이야."

"그리고 난 확실히 피했어." 그녀는 잠시 멈췄다가 말을 이었다. "오빠의 비호 아래에서."

"나중에야 당시 내 감정에 영향을 주던 아이들과 선생님은 이미 진작에 내 삶에서 흐려졌고, 그들이 더 이상 날 기억하지도 못한다는 걸 깨달았어. 설령 날 기억하는 사람이라도 링샹첸, 장촨 같은 애들이지. 걔네도 성장하고 있으니까 뭐가 맞고 뭐가 틀린지 알 거야. 그래서 이번에는, 다시 찾아온 이번 같은 상황에서는 차라리 아무것도 모르는 척하는 게 낫다고 생각한 거야. 어쨌거나 나랑 같은 교실에 앉아서 날 가십거리로 씹어대는 사람들은 언젠간 내 삶에서 사라질 거니까. 마치 존재하지도 않았던 것처럼."

위저우저우는 순간적으로 지어낸 이유에 자신도 설득될 지경이었다.

그러나 천안이 고개를 젓는 소리가 들리는 것 같았다.

"저우저우, 난 차라리 네가 아무것도 받아들이지 못했으면 좋겠어. 나한테 울면서 어떻게 해야 하냐고 하소연하면 내가 위로해줄 수도 있고. 그럼 적어도 네가 자신의 명예를 아끼고 있다고, 그 일에 대해 신경 쓰고 있다고, 아직도 아이 같다는 걸 증명할 수 있잖아. 나한테 말해봐. 너 정말 그렇게 생각하는 거야? 아니면 그냥 뭐든 상관없어졌어?"

아니, 그래도 신경 쓰이는 게 있긴 했다. 그녀는 그 추웠던 여름날, 천안의 따스한 품이 생각났다.

위저우저우는 수화기를 붙들고 한참을 꾹 참다가 하려던 말을 목구멍 뒤로 삼켰다.

"천안 오빠." 그녀는 화제를 돌렸다. "일은 바빠?"

그녀가 말을 끊으려 해도 줄곧 아랑곳하지 않던 천안이 이번만큼은 잠시 말을 멈추고 갑자기 쾌활하게 웃기 시작했다.

"힘들어 죽겠다. 배워야 할 게 너무 많아서 진이 다 빠졌어. 참, 저우저우, 나 설에 휴가 못 쓴 걸 다 여름으로 몰아버렸어. 태국에 사는 친척이 있어서 방콕에 가서 놀다 올 생각이야. 너도 같이 갈래?"

위저우저우는 떨리는 마음으로 생각할 겨를도 없이 대답했다. "좋아, 좋아!"

아이처럼 기뻐 날뛰었다.

그런 다음 침착해졌다. "천안 오빠, 나 돈 없어."

위저우저우에 대한 소문이 극도로 무성하게 퍼졌을 때, 린양은 동쪽 연해도시에서 물리, 수학 경시대회 합숙 훈련에 참가 중이었다.

그가 전화를 걸어도 그녀는 한 번도 받지 않았다. 그러나 그는 매일 저녁마다 의례적인 문자를 받았다. "굿나잇, 잘 쉬고, 힘내."

처음에는 감동이었지만, 그 문자는 차츰 의례적인 위로처럼 느껴졌다. 린양은 불현듯 자신이 혼자서만 열을 올리는 사랑에 빠진 건가 의심이 들었다.

그러던 어느 날 아침 루위닝이 전화를 걸어왔다. "여보세요, 도련님. 너네 집 그분 있잖아……."

"뭐가 우리 집 그분이야?" 린양이 머리를 긁적거렸다. "지금은 아직 아니라고……. 몇 년 후에나 그렇게 부르도록 해."

"알았어. 쓸데없는 소리는 그만두고, 너네 집 미래의 그분 큰일 났다구. 소식 들었어?"

린양은 누군가 자신의 심장을 꽉 쥐는 것 같았다.

"무슨 일인데?"

루위닝이 자세히 이야기하며 마지막에 한마디 덧붙였다. "다 오지랖쟁이들의 하찮은 소문일 뿐이야. 너무 심각하게 여기진 말고. 나도 한참 고민했어. 네가 거기서 괜히 마음 심란할까 봐 말하지 않는 게 좋을 것 같았는데, 그래도…… 휴, 네가 알아서 해."

린양은 전화를 끊고 곧장 위저우저우의 휴대폰으로 전화

를 걸었지만, 그녀는 평소처럼 전화를 받지 않았다.

마음이 복잡해서 그를 상대도 하기 싫은 걸까?

아니면 원래부터 다른 사람의 관심을 필요로 하지 않은 걸까?

린양은 휴대폰을 내려놓고 씁쓸하게 웃었다. 결국 따지고 보면 그 역시 다른 사람일 뿐이겠지.

그렇게 여름이 왔다.

링샹첸은 손을 들어 눈앞에 이글거리는 빛을 막았다. 그러고 오래 있자니 팔이 시큰거렸다.

아침의 국기게양식이 이제 막 절반쯤 진행되었는데 햇빛이 그들의 얼굴을 향해 정면으로 쏟아지고 있었다. 날이 밝아지는 시간이 점점 빨라지면서 아침에 일어났을 때는 종종 하늘이 이미 환하게 밝아진 후였고, 초봄의 애매한 느낌은 다시 나타나지 않았다.

강단 위에 서서 국기게양식 연설을 하는 1학년 남자 후배는 목소리가 단조롭고 말투가 딱딱했다. 링샹첸은 추톈춰를 떠올렸다. 그가 합숙 훈련에 간 지도 벌써 한 달이었다.

기억하기로 그들은 저녁 자습 시간에 어두컴컴한 행정구역 꼭대기 층에서 함께 손을 잡고 이야기를 나눴다. 그녀는 그에게 고민을 털어놓으면서도 말할 때 여지를 남겨두려고 항상 조심했다. 아주 우아하게 불평하면서, 아주 도량이 넓고 분수를 지키는 것처럼 굴었다. 그는 뒤에서 그녀를 안고 그녀의 부드러운 머리카락에 가볍게 얼굴을 부비며 사실은 그녀도 잘 아는 대단한 이치를 들려줬었다. 그러나 그런 뻔한 이치들은 그의 입에서 나오니 매우 색다르게 느껴졌다. 아주 달랐다.

링샹첸은 문득 참 아이러니하다는 생각이 들었다.

그녀는 여러 번 자신에게 말했다. 만약 그의 얼굴이 망가진다면, 그리고 그의 마음가짐과 도량을 떠올린다면 넌 분명 그를 좋아하지 않을 거야. 그렇지? 그렇지?

그러나 도저히 끊을 수가 없었다. 그 모호한 윤곽이 떠오를 때면 무의식적으로 그 가식적이고 빈틈없는 미소를 짓고 싶었다.

연애라고 할 수 없는 연애와 이별이라고 할 수 없는 이별.

그래도 그리웠고, 그리워서 잠이 오지 않았다. 밤에는 마음이 아파 울면서 잠에서 깨기도 했다.

광장에 학생들이 새카맣게 모여 있는 와중에 링샹첸은 불현듯 참 외롭다는 느낌이 들었다. 그녀는 리징위안이 자신과 함께 점심을 먹으면서도 한편으로는 다른 사람들과 자신에 대해 쑥덕거리는 걸 모르지 않았다. 그런 소문들에 대해 그녀도 대강은 알고 있었다. 굳이 화풀이할 건 없다고 생각하면서도, 그들이 무슨 말을 하는지 알고 싶어 견딜 수 없었다.

적과 친구가 협력하면 우리를 완벽하고 철저하게 쓰러뜨릴 수 있다. 한 사람은 헛소문을 퍼뜨려 비방하고, 한 사람은 헛소문과 그로 인한 파괴적인 효과를 하나하나 알려줄 테니 말이다.

리징위안은 모든 소문들을 조금도 남김없이 크고 작은 것 모두 그녀에게 전해주며 몹시나 비분강개한 말투를 연기했다.

링샹첸은 리징위안을 상대하고 싶지 않았다. 하지만 그녀가 점심을 먹으며 침묵하는 건 오히려 리징위안의 생각이 맞다는 걸 증명해주었다. 링샹첸이 추톈쿼에게 차였는데도 아직 미련이 남아 있다고, 그래서 입맛도 없고 말수도 줄어들었다고. 게다가 또 1등을 노렸는데도 뜻대로 되지 않아 더욱 우울해한다고.

국기게양식이 끝나고 모두가 학교 건물을 향해 걸어갈 때, 링샹첸은 자신과 멀지 않은 곳에 위저우저우가 있는 걸 발견했다.

"날이 더워지기 시작했네." 그녀가 말했다.

"그러게."

"국기게양식 때 햇빛이 너무 강해서 머리가 아프더라."

"정말 너무 따가웠어."

링샹첸은 웃었다. "나 정말 재미없지?"

위저우저우는 고개를 저었다.

"너 린양 보고 싶어?"

위저우저우가 의아한 듯 눈썹을 치켜올렸다. 링샹첸은 그 표정이 무슨 의미인지 분간할 수 없었다. '왜 그렇게 묻는 건데'일까, '내가 왜 린양을 보고 싶어 해?'일까?

링샹첸과 위저우저우는 서로 잘 아는 사이는 아니었지만, 요 며칠 쌓인 답답함에 링샹첸은 미친 듯이 자신의 속마음을 털어놓고 싶었다.

"하지만 난 보고 싶은 사람이 있어." 링샹첸은 거침없이 입을 열고는 처참한 웃음을 지었다.

위저우저우는 링샹첸이 무슨 생각을 하는지 아는 것처럼 조용히 말했다. "걔는 곧 돌아올 거야."

"너도 그 소문을 들었구나." 링샹첸은 계속해서 웃었다.

"무슨 소문?"

위저우저우의 표정은 조금도 거짓말을 하는 것 같지 않았다. 링샹첸은 잠시 당황했다가 고개를 저었다. "아무것도 아냐."

"나한테도 소문이 있어." 위저우저우가 웃었다. "그리고 그 소문은 다 사실이야."

링샹첸은 고개를 돌렸다.

자신과 관련된 소문들 역시 거의 모두 사실이었다. 자신은 여전히 조심스럽게 추톈쿼에게 문자를 보내고 있었고, 자신도 1등을 다시 차지하고 싶었다. 비록 추톈쿼와의 관계 때문에 이미 그 위치에 대해 생리적인 혐오감이 들긴 했지만, 그래도 1등을 해야만 했다. 그걸 유일한 증서로 삼아 자신과 주변의 구역질 나는 소문에서 격리되고 싶었고, 엄마의 왼쪽 빰에 일어나는 경련을 치료하고 싶었다.

지금처럼 자신을 혐오했던 적은 이제껏 한 번도 없었다.

"저우저우." 링샹첸이 고개를 숙이고 살짝 떨리는 목소리로 말했다. "아무도 몰라. 사실 난 사는 게 아주 힘들어."

기말고사 때 신루이는 또 1등을 했다. 신루이는 등수라는 건 가끔씩 주인을 알아보기 때문에, 그 등수에 딱 달라붙으면 이변이 없는 한 관성에 따라 보호를 받을 수 있다는 걸 깨달았다.

여론은 그녀를 즐겁게 했지만, 이런 기쁨이 지나간 뒤에는 더 큰 공허함이 찾아왔다. 다른 사람의 고통과 질투 — 설령 그 질투가 그녀 자신이 소문으로 만들어낸 것이라 할지라도 — 는 자신의 존재가 더 의미 있고 성공적이라는 생각이 들게 했다.

그러나 위저우저우와 링샹첸은 더욱 그녀를 무시할 뿐이었다.

위저우저우가 하굣길에 그녀와 함께하지 않은 지도 아주 오래되었다. 신루이는 때로는 혼자 정거장에 서서 예전에 둘이서 어깨를 나란히 하고 멍을 때리던 시절을 회상하곤 했다. 다만 문득 고개를 돌렸을 땐 그들이 도대체 왜 다시는 함께 집에 가지 않게 된 건지 기억나지 않았다.

문자를 보내서 같이 가자고 물어볼까도 생각했지만……마음 한구석으로는 약간 감히 위저우저우를 똑바로 바라볼 수가 없었다.

신루이는 자신이 위저우저우를 두려워한다는 걸 누구에

게도 말한 적 없었다. 허야오야오를 제외하면 위저우저우는 전화고에서 유일하게 그녀가 신메이샹이라고 불렸던 걸 아는 사람이었다. 위저우저우는 그녀가 책을 훔쳤다는 걸 알았고, 그녀의 집이 식품점을 한다는 것과 그녀의 엄마가 그녀의 아빠를 쫓아다니며 때린다는 걸 알았다. 위저우저우는 그녀가 예전에 수업 시간에 일어나 입을 열지 못했던 것과 쉬즈창에게 옷깃을 붙잡혀 괴롭힘을 당했다는 걸 알았다……

위저우저우가 입을 열기만 하면 그녀는 영원히 회복될 수 없는 처지에 빠질 것이다.

위저우저우는 새로운 세계의 유일한 옛 친구였다.

저우선란이 모든 걸 알려줬을 때, 신루이는 심지어 사실 확인을 할 생각도 없이 듣는 순간 바로 믿어버렸다. 비록 저우선란은 키가 작고 어깨가 굽었고 다리까지 떨었지만……, 그래도 그녀는 그의 말이 사실이라고 믿었다.

또는 그의 말이 사실이기를 바랐다.

신루이는 위저우저우의 배경이 자신처럼 볼품없기를, 그 아름답고 달콤하게 웃는 공주의 혈통이 순수하지 않기를 바랐다. 예전에 위저우저우가 자신을 구해주고 보호해주긴 했지만, 심지어 그런 도움에 대해서도 신루이는 늘 자신에게 그건 위저우저우의 공로가 아니라고, 그저 자신이 충분히 노력하고 충분히 용감하게 굴었던 결과이지 외부의 그 어떤 도움도 받지 않았다고 되뇌었다.

비록 위저우저우는 그녀를 다치게 한 적 없지만 말이다.

공주들의 가장 큰 잘못은 그들이 공주라는 데 있다.

신루이는 고개를 들어 대각선 앞에 있는 링샹첸의 뒷모습을 바라봤다.

그리고 웃었다.

링샹첸은 심한 모욕을 당한 기분이었다.

식탁 앞에서 엄마는 신경이 잔뜩 곤두선 말투로 물었다. "다시 피아노를 연습해야 하는 거 아니니? 얼른 중학교 1학년 때의 10급 수준을 회복해야 예술 특기생으로 뽑히지 않겠어?"

"왜?" 그녀는 밥그릇을 내려놓았다.

"가산점 받을 수 있잖아." 엄마의 미소는 좀 이상했다. "몇십 점이나 되는 가산점인데, 유비무환이지."

링샹첸은 서재에서 희미한 말소리를 들었다. 엄마가 불륜녀 일로 난리를 친 이후로 아빠는 집에 있는 시간이 점점 늘어났고, 평소에 외부 식사 자리에서 할 만한 대화들도 서재로 옮겼다.

하지만 이건 그저 일종의 위로에 불과한 거였다. 그녀의 직감은 아빠가 연기를 하면서까지 눈속임을 할 정도로 엄마를 싫어한다고 말해주었다.

"가산점이 왜 필요해?" 링샹첸은 부들부들 떨었다. 그저 이번에는 실력 발휘를 못 했을 뿐이었다. 전교 11등. 수학 주관식 두 문제를 풀 때 아무 생각도 나지 않은 건 그저 컨디션이 정상이 아니어서였다.

정상이 아닌 건 날까, 아니면 엄마일까?

링샹첸이 일어나 방으로 돌아가려는데 엄마에게 팔을 붙들렸다.

"네가 학교에서 무슨 상태인지 내가 모를 것 같니? 너희 선생님한테 다 들었어. 너랑 그 남학생 일……. 네가 변변치 못하니까 우리라도 너 대신 방법을 생각해야지. 이것도 나름 방법이야. 최소한 하한선을 보장할 수 있으니까."

링샹첸은 냉소를 지었다. 우원루와는 이미 면담을 했다. 대체 누가 담임한테 제보한 건지는 알 수 없었다.

링샹첸은 자신과 추톈쿼 사이를 한사코 부인하면서, 추톈쿼도 이런 질문을 들으면 분명 아무 말도 하지 않으리라 믿었다.

하지만 그녀는 틀렸다. 추톈쿼는 우원루가 "누가 너희가 자주 같이 있는 걸 봤다던데"라고 말했을 때 가볍게 둘러댔다. "그냥 좀 친한 학우일 뿐이에요. 하지만 걔가 다른 생각을 품고 있는지는 전 모르죠. 전 이미 걔랑 거리를 두고 있는걸요. 아주 중요한 시기잖아요. 선생님도 아시다시피 저도 우선순위는 구분할 줄 알아요."

하지만 걔가 다른 생각을 품고 있는지는 전 모르죠.

하지만 걔가 다른 생각을 품고 있는지는 전 모르죠.

우원루가 그 말을 전해줄 때, 링샹첸의 얼굴에 찬란하다

못해 처참한 웃음이 피어났다.

"전 정말 다른 생각 같은 거 없어요."

지금부터 말이다.

"난 예술 특기생 안 해. 난 아무 문제없다구. 엄마는 엄마 얼굴이나 잘 보호해, 맨날 이것저것 신경 쓰지 말고. 나 좀 그냥 내버려 둬."

엄마가 뒤에서 무슨 말을 하는지는 들리지 않았다. 그녀는 방으로 돌아가 문을 잠그고 MP3 볼륨을 최대로 키웠다.

헨델의 어느 교향곡이 흘러나왔다. 어느 교향곡.

링샹첸은 클래식 음악을 좋아하지 않았다. 비록 피아노를 배우긴 했어도 급수 시험곡만 아주 능숙하게 연주할 수 있을 뿐, 지금까지도 멘델스존이 누군지 잘 몰랐다.

단지 추텐퀴 때문에, 단지 추텐퀴 때문에 그녀는 드보르작의 〈신세계로부터〉를 듣기 시작했고, 〈사계〉에서 어느 계절의 표현력이 더욱 풍부한지 따져보기 시작했다. 단지 대화의 주제를 계속 이어가기 위해서였다.

그들의 삶은 조금도 우아하지 않은데, 무슨 고상한 음악을 듣는단 말인가?

린양은 혼자 복도의 창턱 그늘에 앉아 자신의 손 둘레를 완벽하게 비추고 있는 햇빛을 바라봤다.

미차오가 그의 어깨를 두드렸다. "걘 그냥 놀러 간 것뿐이야. 왜 차인 것처럼 죽을상을 하고 있어? 기분이 안 좋으니까 가서 기분 전환을 하고 오려는 거겠지. 이상할 것 없잖아."

린양이 웃었다. "걔는 기분이 안 좋을 때 나한테 입도 뻥긋 안 했어."

"네가 집중 못 할까 봐 그랬겠지. 너 합숙 훈련 중이었잖아. 그게 얼마나 중요한 일이냐, 네 미래가 달린 일이라고. 네가 위저우저우를 모르는 것도 아니고, 걔가 우선순위도 구분 못 하고 남들 고충을 이해 못 하는 애야? 걘 널 위해서 그런 거잖아. 그건 널 신경 쓴다는 표현이라구."

린양이 고개를 돌려 그녀를 바라봤다. "그런 말을 넌 믿어?"

미차오는 흠흠 헛기침을 했다. "아니."

"소문이란 건 걔 출생에 관한 거지?"

"어, 그리고 걔가 너무 충격을 받아서 성격이 변해버렸다는 둥, 제정신이 아니라는 둥, 최소한 우울증환자라는 둥 수군거리더라고."

"미친 개소리!"

흥분한 미차오가 손뼉을 쳤다. "어쭈, 얌전한 외모에 이렇게 거친 상남자가 숨어 있었다니, 욕 정말 시원하네!"

린양은 고개를 돌리고 침묵했다.

미차오가 그를 토닥였다. "너도 너무 신경 쓰지 마. 본인조차 조금도 신경 안 쓰는데 네가 왜 흥분해. 연애하는 인간들은 다 엄살쟁이라니까. 걔가 슬퍼하면 네가 걱정하고, 걔가 슬퍼하지 않으면 넌 실망하고. 이게 무슨 난리냐!"

린양이 고개를 돌렸다. "미차오, 넌 왜 날 도와주는 거야?"

미차오는 잠시 멀뚱히 있다가 씨익 웃었다. "어차피 한가한 마당에 중매 한번 잘 서면 7층 불탑을 세우는 것보다 훨씬 낫잖아.* 날 위해 공덕을 쌓는 중이야."

"진짜?"

미차오는 대답을 하려다가 갑자기 숨을 쉬지 못하고 격렬하게 기침을 하며 몸을 잔뜩 웅크렸다. 마치 필사적으로 뭔가를 밖으로 토해내려는 것처럼 얼굴이 눈물범벅이 된 채 새빨갛게 달아올랐다.

당황한 린양이 창턱에서 뛰어 내려왔다. 미차오의 목소리가 점점 작아졌고, 그의 품에 쓰러졌을 땐 깃털처럼 가벼웠다.

미차오는 너무나 야위어서 견갑골이 린양의 명치를 찔러 아팠다. 조용히 쓰러진 그 모습은 이미 죽은 것처럼 보였다.

---

* '사람 목숨 살리는 것이 7층 불탑 세우는 것보다 훨씬 낫다'라는 중국 속담에서 차용한 말.

10.
인간 세상에 내려온 신선

린양이 학교로 돌아와 보충수업을 받고 있을 때, 위저우저우는 모든 수업을 빠지고 상하이로 향하는 비행기에 앉아 있었다. 큰외삼촌과 큰외숙모는 당연히 동의하지 않았지만, 천안이 그들에게 무슨 말을 했는지 결국 외삼촌은 길게 한숨을 쉬며 위저우저우에게 말했다. "가서 놀고 와라. 그것도 괜찮겠지."

큰외삼촌은 호적부를 위저우저우에게 건넸고 같이 가서 여권을 만들었다. 천안은 혼자 두 사람의 비자를 해결했다. 그의 친구가 졸업 후 태국 대사관에서 일하고 있어서 편의를 봐줬다고 했다.

게다가 위저우저우의 모든 비용도 그가 부담했다.

천안을 생각할 때마다 위저우저우는 자신도 빨리 어른이 되기를 바라면서, 자신도 그처럼 신과 같은 존재가 될 수 있을지 무척 궁금했다.

큰외숙모는 그녀의 짐을 꾸려주며 굉장히 많은 물건을 넣었다. 여행 중에 불편한 일이라도 생길까 봐 걱정되는지 거의 집 전체를 캐리어에 넣을 기세였다. 그리고 그녀가 공항 검색대로 들어가려고 하자, 큰외숙모는 놀랍게도 울음을 터뜨렸다.

위저우저우는 당황했다. "고작 오 일이에요. 왜 우세요?"

큰외숙모가 나지막하게 웅얼거렸다. "난 왜 이렇게 비행기가 안전하지 않은 것 같니. 네가 하늘에서 떨어지기라도 하면 어떡해……."

위저우저우는 어이가 없어 실소했고, 큰외삼촌은 미간을 찌푸렸다. "네 외숙모의 정신 나간 말은 듣지 마. 저런지 벌써 며칠째다. 내가 예전에 비행기 탈 때마다 항상……. 어쨌든 알아서 조심하고 잘 놀다 와. 유쾌하지 않은 일들은 다 거기 버리고 가져오지 말고."

위저우저우는 힘껏 고개를 끄덕였다. 맞은편 두 어른의 눈에 담긴 걱정과 관심에 코가 살짝 찡해졌다. 그녀는 큰외숙모의 손을 꽉 쥐었다. 그 두 손은 예전 한밤중에 그녀의 이마를 여러 번 알코올로 닦아줬었다.

때로는 가끔 의지하는 느낌도 그렇게 나쁘지 않았다.

그녀는 몸을 돌려 뒤도 돌아보지도 않고 검색대 안으로 들어갔다.

위저우저우는 비행기 창문 덮개를 올리고 고개를 숙여 짙 푸른 바다에 그려진 반도의 또렷한 윤곽을 봤다.

지리책에 그려진 것과 똑같았다. 코를 창문에 바짝 붙이고 구경하다가 문득 어렸을 때 본 〈징다종이正大綜藝〉*가 생각 났다. 그 프로그램에 '세계는 참 신기해'라는 코너가 있었다.

그 시절 그녀는 엄마에게 나중에 크면 〈징다종이〉의 야외 진행자가 될 거라고, 그래서 전 세계를 돌아다니며 각지의 맛있는 음식을 먹고 지구 구석구석에 발자국을 남길 거라고 말했었다.

그러나 그녀가 아직 다 크지도 않았을 때 〈정다종이〉는 폐지되었다. 어쩌면 폐지된 건 아니지만 그녀가 더 이상 시 청하지 않은 걸 수도 있다.

상전벽해. 발밑의 반도를 내려다보니 살짝 탄식이 나왔다.

그녀는 다른 사람들처럼 수많은 꿈을 품고 있었다. 눈을 감으면 자신은 바로 쉬라였고, 하늘에서 받은 힘으로 검을 뽑으면 깨뜨리지 못할 어둠이 없었다.

소리 소문도 없이 구석으로 밀려나 인간 세상에 갇혀 취 사선택하는 법을 배우고, 그러다 자신이 어쩌다 이런 모습 으로 변했는지 기억하지 못할 때가 되어서야 우리는 비로소 인정하게 된다. 넌 수커가 아니고 나도 베이타**가 아니라

---

* 중국 중앙텔레비전방송국의 종합 예능 프로그램.
** 중국 애니메이션 〈수커와 베이타(舒克和貝塔)〉의 주인공.

545

는 걸, 우리는 그저 바쁘게 살아가는 두 마리 생쥐일 뿐이고 삶은 그저 먹이를 찾는 과정이라는 걸.

창밖의 풍경이 별안간 안개가 잔뜩 낀 것처럼 수증기에 흐릿해졌다. 몇 초 후, 시야가 갑자기 탁 트이더니 끝없이 펼쳐진 순백의 구름이 발밑에서 넘실거렸다. 전혀 가려지지 않은 눈부신 햇살 때문에 눈물이 흘러내렸다.

수없이 상상했던 천국의 모습을 이 순간 마침내 보게 되었다.

엄마와 치 아저씨는 여기에 있을까?

위저우저우가 웃었다.

그럼, 엄마, 선크림 꼭 듬뿍 바르도록 해.

햇빛에 더욱 눈이 시려서 눈물이 끊임없이 흘러내렸다.

"이거 오빠 캐리어지?" 위저우저우는 컨베이어벨트를 따라 천천히 그들에게 다가오는 검정 가죽 캐리어를 가리켰다. 천안이 다가가 캐리어를 집어 들고 그녀의 어깨를 끌어안으며 말했다. "이제 다 됐다. 가자."

그들은 함께 상하이에서 방콕으로 갔다가 항공편을 환승해 푸껫에 도착한 참이었다. 줄을 서서 입국신고서를 작성하고 세관을 통과했고, 이제는 캐리어를 찾았으니 공항을 떠날 차례였다.

위저우저우는 자신이 이 여름날 고3 첫 번째 보충수업을 빼먹고 이 먼 길을 날아온 게 대체 뭣 때문인지 알 수 없었다.

천안은 남들 눈에 비치는 중요한 일을 전혀 신경 쓰지 않는 것 같았다. 그녀가 고3이라든지, 아니면 자신의 일이라든지.

"공부만 하면 바보가 돼."

들어본 적 있는 듯한 말이었다. 다만 그때는 눈과 얼음으로 뒤덮여 있었다.

천안은 살짝 길게 자란 머리카락을 짙은 갈색으로 염색했다. 위저우저우는 상하이 공항에서 그를 만났을 때 그를 한참 동안 유심히 훑어봤고, 그는 머리를 긁적이며 웃었다. "왜 그래?"

"김수겸 머리 같아." 그녀가 웃었다. "원래는 정대만을 닮았었는데……. 내 말은, 이를 끼워 넣고 머리를 짧게 잘랐을 때의 정대만 말야."

천안은 그녀의 말총머리를 잡아당기며 말했다. "넌 하나도 안 변했구나. 어릴 때부터 지금까지."

에어컨이 빵빵한 공항 로비를 나서자, 위저우저우는 습하고 더운 공기가 얼굴을 확 덮쳐오는 걸 느꼈다. 고가도로 아래에는 어렸을 때 달력에서 봤던 야자나무가 있었다. 너무 푸르러서 가짜 같았다.

구릿빛 피부의 공항 직원들은 그녀가 알아듣지 못할 말을 외치며 왔다 갔다 컨테이너 하역을 지휘했다. 천안이 멀리서 그녀를 부르면서 공항버스를 가리키며 그녀에게 타라고 손짓했다.

옷장 속으로 잘못 들어가서 걷고 걷다가 마법 세계로 들어간 작은 소녀처럼 위저우저우는 달려갔다. 그녀의 얼굴에는 오랫동안 보이지 않던 순수한 웃음이 터져 나왔다.

그들은 푸껫의 오성급 호텔에 묵었다. 위저우저우가 상상한 것처럼 하늘을 찌를 듯이 솟은 호텔 빌딩이 아니라, 십여 개의 4층짜리 건물로 이루어져 있었다. 삼면이 정원 한가운데의 노천 수영장을 에워싸고 다른 한 면은 해변으로 바로 이어져 있어서, 창문을 통해 비스듬히 바라보면 수영장에서 곧장 바다로 통하는 푸른 수로가 있는 것 같은 착각이 들었다. 아름다운 옷을 입은 두 여성이 그들을 방으로 안내했고, 떠날 때는 두 손을 합장하고 코에 댄 채, 살짝 고개를 숙이며 눈을 감고 "사와디카"라고 말했다.

위저우저우도 그들이 하는 대로 따라서 합장을 하며 답례했다.

그러고는 고개를 들어 천안에게 물었다. "오빠 도대체 무슨 일을 하는 거야? 밀수라도 해?"

천안은 그 말에 웃음을 터뜨렸다. "어째서 밀수야?"

"여기 엄청 비싸잖아, 그렇지?"

천안이 고개를 갸우뚱하며 말했다. "내가 집에서 20만 위안을 가지고 나오면서 그분들과는 완전히 절연하기로 했어. 괜찮아. 내 돈 쓰는 게 아니니까 겸사겸사 너랑 같이 써버리려고. 사양할 거 없어."

위저우저우는 경악했다. 천안이 처음으로 자신의 집에 대해 언급한 거였다.

하지만 그녀는 더는 물을 수 없었다. 여행을 시작하는 지금, 그런 이야기를 하는 건 적절하지 않았다.

그들은 현지의 작은 절에 갔다. 관광업이 극도로 발달한 지역 사람들은 언제 어디서나 모든 기회를 활용해 돈을 벌었다. 절에 들어선 순간 위저우저우는 '찰칵' 하는 소리를 들었지만 별생각 없이 천안과 웃고 떠들며 앞으로 걸어갔다. 한참 후 두 사람이 절에서 나오자, 잡상인들이 그들을 둘러싸고 아무 말도 없이 그저 빙그레 웃으며 사진 한 장과 동그란 배지 두 개를 내밀었다.

사진 속 위저우저우와 천안은 마침 절 입구의 간판을 지나치고 있었다. 태양 아래에서 광택을 번쩍이는 거대한 구리 불상의 눈이 아래로 처져서 마치 그 두 사람을 가엾다는 듯 주시하는 것처럼 보였다. 그리고 위저우저우는 환하게 웃으면서 천안과 이야기를 나누고 있었다. 서로를 바라보는 그들의 눈빛은 산뜻하고 자연스러웠다.

배지에는 두 사람 각자의 얼굴이 박혀 있었다.

삶에는 이렇게 많은 순간이 눈 깜빡할 사이에 지나가 버린다. 그것을 포착할 수 있는 사람은 아마도 신뿐이겠지만……, 물론 사람도 그 순간을 스냅사진으로 찍을 수는 있다. 그걸 팔면 돈을 벌 수 있는데, 한 장에 800밧, 위안화로 환전하면 100위안* 좀 넘는 돈이다.

위저우저우는 그 돈이 아까워서 사진을 노려보며 몇 초간 망설였지만, 천안은 어느새 돈을 꺼내 상인에게 건네고 있었다.

상인에게 받은 사진을 가방에 집어넣은 천안은 위저우저우의 얼굴이 찍힌 배지를 자신의 가슴 앞에 달고, 자신의 얼굴이 찍힌 배지를 그녀의 가슴 쪽에 달아줬다.

위저우저우는 고개를 숙여 가슴 앞 그 배지를 바라봤다. 저도 모르게 부드럽게 웃음이 나왔다.

그녀는 성큼 앞으로 걸어가 가볍게 천안의 손을 잡고 열 손가락을 깍지 꼈다. 자신조차 왜 그랬는지 설명하기 어려웠지만, 조금도 망설임 없었다.

그리고 고개를 숙여 천안의 생각에 잠긴 눈길을 일부러 피했다.

심지어 천안이 손가락을 빼려는 걸 느끼곤 손을 더욱 꽉 쥐며 아무 말도 하지 않았다.

열대의 습한 공기는 사람의 마음을 촉촉하고 말랑말랑하게 만들었다.

위저우저우는 어려서부터 지금까지 늘 분수를 알고 행동했다. 그러나 이번만큼은 아무런 거리낌 없이 불나방처럼 뛰어들고 싶었다.

미차오가 그랬다. 젊음에는 모든 걸 추구할 자격이 있다고, 그 시절이 지나면 기다려주지 않는다고.

---

* 한화로 약 18,000원 정도.

"트렌스젠더 쇼는 보러 가지 말자." 이튿날 일정을 고민하면서 위저우저우가 조용히 말했다.

"그것도 좋지." 천안이 웃었다. 어려서부터 계속 여성 호르몬 주사를 맞아 성별이 바뀌고 수명이 짧은 사람들이 하는 쇼를 보면 기분이 그리 좋을 것 같지 않았다.

푸껫에서의 마지막 날, 그들은 함께 해변에서 스노클링을 했다. 노란색과 초록색이 섞인 아름다운 열대어들이 무리를 지어 위저우저우의 종아리 사이를 헤엄쳐 지나가 손을 내밀면 만질 수 있었다. 그 순간의 매끄럽고 부드러운 느낌은 마치 환각과도 같았다.

노란 호스를 꽉 물고 있던 위저우저우는 경이롭다는 듯 넓은 물안경 뒤로 놀라 눈을 휘둥그렇게 떴다.

그런 다음 탐색하듯 물고기 떼에 손을 내밀었다. 마치 처음으로 먹이를 낚아채는 아기 고양이 같았다.

하마터면 잊을 뻔했다. 이 세상은 과거부터 지금까지 이렇게나 아름다웠다는 걸. 단지 인류 자신이 고뇌에 싸여 고통스러워하면서 문을 나서지 않으려 했다는 걸.

물속으로 완전히 잠겨 들어가 고개를 들어보니 햇살이 해수면을 사이에 두고 있어 마치 일렁거리는 액체 상태의 크리스털처럼 보였다.

그 순간, 그녀는 자신의 이름을 잊어버렸다.

저녁 무렵, 그녀와 천안은 길게 이어진 하얀 백사장을 맨발로 산책했다. 위저우저우가 한 걸음 내디딜 때마다 발가락이 모래 속으로 빠졌고, 다시 발을 들어 앞으로 향할 때면 하얀 모래가 일었다.

해안이 서쪽으로 뻗어 있어서 태양이 비스듬히 바다로 잠겨 들어갔다. 그 경계선은 애매모호했고 극도로 따스함이 느껴졌다.

"나흘간 재미있게 놀았어?"

위저우저우는 힘껏 고개를 끄덕였다. "재밌었어. 정말 재밌었어. …… 내가 누군지조차 잊을 뻔했다니까."

그들은 더는 말이 없었다. 위저우저우는 매번 천안을 만날 때마다, 겨울이든 여름이든, 가야 할 길이 마치 영원히 종점에 다다르지 못할 것처럼 유난히 길게 느껴졌다.

"천안 오빠, 왜 집을 떠난 거야?" 그녀는 결국 궁금증을 참지 못했다.

천안이 웃었다. "그럼, 처음부터 얘기해줄게."

"좋아."

"우리 엄마는 아주 예뻤어. 젊었을 때 한 외국 남자랑 도망쳤지. 그때 난 대여섯 살이었을 거야."

위저우저우는 그 커다란 집에서 봤던 냉담한 표정의 여자를 떠올렸다. 아름다움과는 그다지 연결되지 않았다.

"우리 아빠는 아주 부자였지만 엄마는 아빠를 싫어했어. 다들 우리 엄마에게 침을 뱉었지만 난 엄마가 참 좋았어. 엄마가 좋은 여자는 아니야. 돈과 지위 때문에 아빠랑 결혼했다가 나중엔 결국 견디지 못한 거지. 하지만 엄마는 돈을 싸 들고 집을 떠날 때 날 데리고 갔어. 엄마와 그 남자는 나한테 아주 잘해줬어. 둘 다 참 재밌고, 아는 것도 많았지. 다들 그들이 나쁘다고 욕해도 난 그들이 좋은 사람들이라고 생각했어."

"어쩌면 그냥 나한테 잘해줬기 때문이어서일지도 몰라."

"그러고는 인과응보의 법칙 때문인지, 두 분 다 교통사고로 죽었어."

천안의 "죽었어"라는 구절에는 구연동화를 할 때처럼 약간 장난스러운 어조가 담겨 있었다.

"당시에 슬프지 않은 건 아니었는데 내가 너무 어렸지."

"그리고 난 다시 집으로 보내졌어. 아빠는 재혼했고, 새엄마도 괜찮은 사람이라 나에 대해 그다지 간섭하지 않았어. 나중에 동생이 생겼고, 난 대학에 갔고, 일을 시작했지. 동생은 성적이 그다지 좋은 편이 아니었어. 세상일에 무관심하던 새엄마도 갑자기 위기의식을 느꼈는지 몇 번 나한테 눈치 주는 말을 하더라. 그래서 난 그분들에게 말했어. 유산은 필요 없다고, 아무것도 필요 없다고, 다만 일시불로 20만 위안을 달라고. …… 근데 난 한 푼도 받지 말고 떠났어야 했을까? 그게 좀 더 쿨했겠지? 그래도 돈을 좀 달라고 했어. 너무 놀러 가고 싶어서. 내가 번 돈으로는 집을 구해야 하니까, 그래서…… 알아들은 거지?"

"끝이야?"

"끝이야."

위저우저우는 "난 대학에 갔고, 일을 시작했지"라고 말하던 그때의 천안을 영원히 기억했다. 그 한마디로 십여 년의 세월을 스치듯 가볍게 묘사했다.

일부러 회피한 게 아니었다. 진짜로 스치듯이 묘사한 거였다.

위저우저우는 천안이 일부러 그 과정을 숨기는 게 아니라고 생각했다. 어쩌면 천안은 자신 앞에서 그런 복잡한 마음의 여정을 해부하고 싶지 않았을지도 모른다. 사람들은 크리스털 계단을 오르듯 매끄럽게 성장하는 게 아니다. 위저우저우는 그가 웃으면서 간략하게 넘어간 이야기 속에서 당시 천안이 필사적으로 집을 떠난 이유를 추측할 뿐이었지만, 추측은 결국 추측일 뿐이었다.

어쩌면 그는 숨기려던 게 아닐지도 모른다. 다만 그가 기억하지 못하는 것일 뿐. 그는 얼음 놀이공원에서의 그 포부와 동경을 품은 말투와 살짝 분노를 띤 표정을 기억하지 못했다. 그것들을 가슴에 담아두지 않았기에 자유로워졌으며, 그래서 고치에서 실을 뽑듯이 계속해서 꺼낼 필요가 없어졌다.

위저우저우는 그에게 다시 물어볼 필요가 없어졌다. 그 시절에 오빠의 가정환경에 대해 아는 동급생이 있었는지, 아빠와 새엄마가 상처 주는 말을 하지는 않았는지, 분노하며 불공평하다고 느끼진 않았는지…….

끊임없이 변화하는 해안선 위로 순식간에 태양이 종적을 감췄다. 하늘가는 애매모호한 주황색과 옅은 보라색이 자욱하게 감돌았다.

"있지, 나도 6년 후에 나 자신을 돌아보면서 오빠처럼 이렇게 간략하게 얘기할 수 있을까?"

위저우저우가 진지하게 물었다.

천안이 미소로 대답했다. "넌 지금도 할 수 있어."

위저우저우는 순간 머릿속이 멍해졌다.

마음에서 털어내는 건 시간에 맡길 수도, 자신에게 맡길 수도 있다. 사람에게는 저마다 자신을 해방시킬 수 있는 능력이 있다.

천안의 격려가 담긴 눈빛에 위저우저우는 목을 가다듬고 천천히 말하기 시작했다.

"우리 엄마랑 아빠는 젊었을 때 아마 서로 사랑했을 거야. 다만 결혼을 하기도 전에 아빠가 여러 가지 다른 이유로 다른 사람과 결혼하게 된 거지. 엄마가 아빠를 싫어하는지는 모르겠어. 하지만 어렸을 때 이런 떳떳하지 못한 신분 때문에 고생을 좀 했지. 그러다 나중엔 생활이 꽤 좋아졌어. 엄마가 드디어 좋은 사람을 만났거든. 나도 진정한 아버지를 갖게 된 거야. 그분들이 가장 행복한 순간에 교통사고가 났지만…… 아주 순식간의 일이라 고통을 느끼지도 못하셨을 거야. 그래서 만약 그분들한테 기억이 남아 있다면 가장 아름다운 순간에 머물러 있을 거라고 생각해. 그리고 난, 아주 잘 살고 있어. 외숙모와 외삼촌이 나한테 엄청 잘해주셔. 난 언젠가 대학에 갈 거고, 집을 떠나 일을 하고, 결혼도 하고, 그러다 죽어서 그분들과 다시 만나겠지."

천안은 가볍게 위저우저우의 머리를 다독였다. 암묵적인 격려와도 같았다.

"저우저우, 나도 예전에는 어떤 외부적인 이유들 때문에 살았어. 하지만 봐, 바다 저쪽에는 끝이 없어. 이곳의 해가 지면 다른 곳에서는 해가 힘차게 솟아올라. 너희 엄마는 네가 푸껫에 왔다는 것과 열대어가 네 곁을 헤엄친 걸 영원히 모르실 거야. 하지만 그런 즐거움들은 너에게 속한 거고, 그 누구에게도 증명할 필요가 없어. 하루하루를 살면서 넌 항상 더 멀리 갈 수 있고, 더 즐겁고 근사하게 지낼 수 있는 쪽을 선택해야 해. 그 누구도 아닌 널 위해서."

위저우저우는 하늘과 땅이 맞닿은 먼 곳을 바라보며 손을 뻗었다. 손가락 사이에 끼워진 눈부시게 아름다운 저녁놀은 금방이라도 손에 닿을 것만 같았다.

"응." 그녀가 정중하게 고개를 끄덕였다. "그럴게."

푸껫을 떠나는 날 아침, 위저우저우는 일찍 잠에서 깼다. 옆 침대의 천안은 아직 깊은 잠에 빠져 있었다. 그녀는 그의 침대 옆을 지나가면서 조용히 잠들어 있는 그의 얼굴을 자세히 관찰했다.

어젯밤, 천안이 말했다. "저우저우, 사실 난 신선이 아냐.

그저 너보다 여섯 살 더 많을 뿐이라구."

위저우저우가 미소 지었다. "나도 알아."

그녀는 이제껏 천안이 대체 뭘 하는지 이해하지 못했고, 아마 앞으로도 영원히 이해하지 못할 것이다. 그는 항상 그녀의 먼 앞쪽에서 걸어가면서 편지와 전화로 그 약간의 온도를 유지하는 호의를 베풀어주었다. 그녀는 그의 삶을 알지 못했지만, 그는 그녀의 세계를 한눈에 꿰뚫어 봤다. 왜냐하면 그녀가 과거의 그와 같았기 때문이었다.

위저우저우는 줄곧 알고 있었다. 천안이 그녀에게 잘해주는 건 타임머신을 타고 빠르게 지나버린 세월을 거슬러 소년이었던 자신을 위로하는 것과 비슷한 거였다.

그는 그녀가 자신처럼 냉담하고 과격한 청춘을 보내지 않도록 인도하고 도와줬으며, 거의 성공했었다. 그녀가 엄마의 웨딩드레스를 가리키며 "우리 엄마가 세상에서 제일 예쁜 엄마지?"라고 물었을 때, 그는 떠날 준비를 하면서 속으로 묵묵히 자신에게 말했다. '안녕, 옛 시절.'

그런데 예상치도 못하게, 마지막 결말 부분에 그녀는 다시금 그의 인생 궤적과 또 한 걸음 가까워지고 말았다.

집과 가족을 잃고 혈혈단신이 된 건, 틀림없는 현실이었다.

위저우저우는 가만히 고개를 숙이고 살짝 떨면서 천안의 이마에 입을 맞췄다.

그가 깨는 건 두렵지 않았다. 설령 지금 천안이 깨어 있다하더라도, 그는 가짜로 자는 척을 할 것이다.

위저우저우는 발코니에 서서 수영장으로 이루어진 수로를 바라봤다. 짙푸른 생명은 결국 바다로 세차게 흘러들어가 차츰 평온해지고 포용하면서 강해진다.

그녀는 혼자 비행기를 타고 고향으로 돌아갔다.

공항 검색대 앞에서 위저우저우는 평온히 서 있는 천안을 돌아봤다. 그 나무는 언젠가 그녀가 모르는 어떤 곳에서 뿌리를 내릴 것이다.

천안이 입술을 달싹였지만 위저우저우는 고개를 저었다.

"아무 말도 할 필요 없어. 난 다 알아." 그녀는 미소를 지었다.

너무나도 복잡한 의미가 담긴 천안의 미소를 위저우저우는 굳이 읽어낼 생각 없었다.

"근데, 그 절 앞에서 찍은 사진은 나한테 주면 안 돼?"

천안이 웃으면서 고개를 갸우뚱했다. "난 네가 또 이렇게 말할 줄 알았는데. 거울 있으니까 그거 보면서 이렇게 활짝 웃으면 된다고. 그러니 사진은 나보고 가지라고."

위저우저우는 고개를 끄덕였다. "내가 거울을 보면서 활짝 웃을 수 있는 건 확실해."

하지만 거울 속에는 오빠가 없잖아.

결국, 이 길에서 오빠가 나랑 있어줄 수 있는 건 여기까지니까.

그녀는 말없이 사진을 받아 들고 천안에게 손을 흔들었다. 안녕이라고 말하지도, 천안의 표정을 보지도 않았다.

3만 피트 고도에서 위저우저우는 마침내 자신의 세계로 돌아왔다.

11.
너의 자격, 나의 시험

"일주일에 한 번씩 찾아올 거 없어." 미차오는 병상에 기대어 사과를 깨물었다. 그녀는 마침내 상태가 안정되어 더는 먹자마자 토하지 않았다.

10월의 하늘은 항상 청명했다. 위저우저우의 사과 깎는 기술도 갈수록 더욱 숙련되어 이제는 처음부터 끝까지 중간에 껍질이 끊어지지 않게 깎을 수 있었다.

"훌륭해." 미차오가 평가를 내렸다. "그렇게 연습한 다음에 밤 12시에 거울을 마주 보고 사과를 깎아봐. 사과 껍질이 끊어지지 않도록 깎으면 거울 속에 네 미래 남편의 얼굴이 나타난대."

위저우저우가 그녀를 흘겨봤다.

"근데 너네 지금 엄청 바쁠 때 아냐? 월례고사에, 1차 복습에. 그런데도 왜 매주 찾아와?"

"아우 짜증 나. 혹시 미안하다고 느끼는 건 아니지?" 위저우저우가 미간을 찌푸렸다.

미차오는 위저우저우가 여행을 다녀오고 나서 변했다는 걸 눈치챘다. 더 활발해졌고 더 유쾌해졌다.

물론 공부도 더욱 열심히 했다. 미차오는 속으로 위저우저우가 고3이 되더니 부지런해질 줄 안다며 역시 생각이 바르게 박힌 학생이라고 생각했다.

"나도 그렇게 오래 살지는 못할 거야. 혹시 날 볼 때마다 만날 횟수가 줄어든다는 생각으로 오는 거 아니지? 너도 참 날 아쉬워한다니까."

위저우저우 손의 사과 껍질이 툭 하고 끊어졌다.

"망했네." 미차오가 혀를 쯧쯧 찼다. "거울 속 남편을 못 보게 생겼어."

위저우저우는 끊어진 곳에서부터 다시 껍질을 깎았다. "일부러 그런 거야."

미차오는 정말로 오래 살 수 없었다. 구체적으로 얼마나 살지는 위저우저우도 알지 못했다. 〈가을동화〉처럼 말도 안 되는 스토리가 어느 날 자신의 친구에게 일어날 수도 있다는 걸 처음으로 알았다. 학교로 돌아간 후, 그녀는 옌이로부터 그 일을 듣고 5분이나 넋이 나가 아무런 반응도 할 수 없었다.

미차오의 평소 제멋대로 굴던 행동과 창백한 얼굴, 눈가의 다크서클, 활짝 웃던 얼굴을 떠올릴 때면 위저우저우는 가슴이 욱신거렸다.

그러나 그녀는 현실에 지나치게 슬퍼하지 않았다. 담임의 부름에 응해 수십 명의 사람들과 그녀를 보러 가지도 않았다.

위저우저우는 위팅팅 생각이 났다. 그녀의 어린 언니는 병실에 만연한 공기가 구역질을 일으킨다고, 고독은 사람을 바꿔놓는다고 말했었다.

그들은 하루에 한 번 오고,

일주일에 한 번 오고,

한 달에 한 번 오고,

일 년에 한 번 오고,

더 이상 오지 않아.

위저우저우는 혼자 매주 토요일 오후에 아무것도 하지 않고 미차오와 함께 해가 질 때까지 수다를 떨었다.

위저우저우는 예전에 원먀오와 함께 서로 놀려댈 때의 영감이 다시 샘솟아 신랄하게 떠들어댔고, 미차오는 사람은 역시 겉으로 봐선 모른다며 감탄을 연발했다.

린양도 가끔 찾아왔지만 위저우저우에게는 한마디도 하지 않았다. 그는 아주 바빴다. 수학 올림피아드와 물리 경시대회를 준비하는 동계 캠프가 곧 시작이었다. 경시대회 성적은 그와 추톈쿼 등이 고3 하반기를 계속해서 견뎌야 하는지를 결정할 것이다. 예전에 천안이 그랬던 것처럼 말이다.

위저우저우는 그에게 행운을 빈다는 문자를 보냈다.

하지만 답장은 없었고, 감감무소식이었다.

린양이 가자마자, 미차오는 어깨를 으쓱하며 말했다. "내 중매쟁이 생활은 완전 실패야, 아주 철저하게."

위저우저우가 웃었다. "내가 잘못한 거야."

"조금도 안 슬퍼? 걔가 이렇게 가버렸는데?"

위저우저우는 대답하지 않고 그저 고개를 기울이며 쓸쓸하게 웃었다.

신루이는 교실 분위기가 아주 미묘해진 걸 눈치챘다.

11월의 어느 이른 아침, 우원루는 칠판 앞에 서서 베이징대와 칭화대 자율 모집과 추천입학 학교 추천 인원 선발이 이번 주부터 시작된다고 발표했다.

이 두 학교 전에 다른 여러 '211'* 중점대학도 연이어 자율 모집과 추천입학 인원을 선발했다. 신루이는 뜨거운 물을 받으러 탕비실에 갔다가 한 여학생이 큰 소리로 투덜거리는 걸 들었다. "걘 어떻게 그럴 수 있냐? 재수생이 어떻게 염치도 없이 우리 정원을 빼앗냐고!"

일촉즉발의 기이한 분위기가 고3 교실을 뒤덮었다.

"문과 쪽은, 베이징대 학교 추천 인원은 한 명뿐이다. 물론," 우원루는 잠시 멈췄다가 다시 말을 이었다. "각자 인터넷으로 자기추천을 할 수도 있지."

---

* 21세기 100대 명문대 육성 프로젝트.

그러나 다들 알다시피 학교 추천을 받아야만 바로 필기시험 단계로 넘어갈 수 있었다. 자율 모집 인원에게 주어지는 가산점 20점이 얼마나 유혹적인지 마음이 동하지 않는 사람이 없었다.

많은 학부모들의 요구에 따라 최종 평가 기준은 상당히 균형적이었다. 평소 성적 비중은 60프로로, 경시대회에만 치중하느라 과목 쏠림 현상이 심각한 이과생의 경우, 그 두 학교의 추천입학 자격을 반드시 획득하리란 보장이 없었다. 나머지 40프로는 11월 24에 실시하는 자격시험 성적에 달렸다. 이 밖에 성省급 과목 경시대회 수상, 성 및 시 단위 모범 학생 및 우수 간부 수상 시에도 각각 가산점을 받을 수 있었다.

평소 성적에는 고1 때 이과반 성적도 포함되어서 총점을 계산해보면 링샹첸, 위저우저우, 신루이가 박빙의 대결을 벌이고 있었다.

이번 자격시험이 결정타를 날릴 것이다.

신루이는 턱을 괴고 링샹첸이 극도로 감추고 있는 이글거리는 눈빛을 싸늘하게 주시했다.

링샹첸은 이미 세 번이나 연속으로 월례고사에서 제 실력을 발휘하지 못했다. 기본은 탄탄해도 상태가 좋지 않다는 건 자타가 공인하는 사실이었다.

위저우저우는 여전히 뜨뜻미지근하게 2등의 자리를 지켰다. 중학교 때와 똑같았다. 신루이는 어느 정도 높이에서 위저우저우를 '동정'하기 시작한 이후로 위저우저우가 더는 두렵지 않았다.

그녀와 그녀들은 죄다 그 정도에 불과했다.

신루이는 미소 지었다.

바로 그때, 링상첸이 느닷없이 고개를 돌려 신루이와 눈을 마주쳤다.

신루이는 그 눈길에서 막다른 골목에 처한 사람의 경멸을 읽어냈다.

그리고 즉시 몸을 곧게 세웠다.

감독관 선생님이 시험지를 들어 올려 밀봉 상태를 확인한 후, 첫째 줄부터 답안지를 나눠주기 시작했다.

고사장의 고요함마저 예전과는 약간 달랐다.

감독관은 살짝 졸렸지만, 시험장을 순시하는 부교장이 복도를 왔다 갔다 하고 있었기에 예전처럼 대놓고 신문을 읽을 수 없었다. 전화고 문과에서 가장 우수한 학생들에게는 사실 시험 감독관도 필요가 없었다.

다만 이번에 감독관은 벽 쪽의 앞에서 세 번째 줄 여학생이 계속해서 앞에 앉은 여학생의 책상 서랍을 흘끔거리며 뭔가 발견했는지 미간을 찌푸리는 걸 보고 말았다.

그 여학생은 눈을 들어 감독관과 눈이 마주치자 황급히 다시 고개를 숙였다.

감독관은 미심쩍은 얼굴로 다가가 세 번째 줄 여학생의 주변을 살폈다. 책상 위는 깨끗했고 답안지도 아주 빨리 작성한 편이었다.

그런 다음 천천히 두 번째 줄로 다가갔다. 세 번째 줄처럼 별다른 특이사항이 없었다.

단지 그 예쁜 여학생이 굉장히 긴장한 것처럼 보였다. 감독관이 곁에 서 있으니 여학생은 계속해서 글자를 틀리게 썼다.

감독관은 몸을 돌려 교탁으로 돌아가려다 갑자기 무언가 생각난 것처럼 고개를 숙여 책상 서랍을 들여다봤다.

"…… 이게 뭐지?"

링샹첸이 교실을 나갈 때, 한때 위저우저우가 마음속으로 떠올린 그 '복숭아 같은 얼굴'은 이미 창백하게 질려 있었다.

그녀는 위저우저우의 책상 옆을 지나갔다. 고사장에 소곤거리는 소리는 없었지만 모두가 고개를 들어 그녀를 바라보고 있었다.

링샹첸은 위저우저우를 흘끗 보며 떨리는 입술로 조용히 말했다. "나 아냐, 나 안 그랬어."

"나머지는 계속해서 시험 문제 풀도록!" 리 주임이 문 앞에 서서 복잡한 눈빛으로 링샹첸을 노려봤다. "일단 내 사무실에 가 있어."

감독관 선생님은 자신이 큰 공을 세운 것처럼 더는 졸려하지도 않고 형형한 눈빛으로 학생들을 주시했다.

위저우저우는 마음이 어지러웠다. 링샹첸의 마지막 눈빛

은 뼈가 시릴 정도로 서늘했다.

어째서인지 그녀는 문득 고개를 돌려 신루이를 흘끗 봤다.

신루이도 그녀의 눈길을 느낀 듯했다. 그들은 링샹첸이 떠난 빈자리를 사이에 두고 말없이 마주 봤다.

위저우저우가 신루이와 말을 나누지 않은 지도 이미 오래였다. 그 거리감은 뭐라 분명하게 말하기 어려웠지만, 사실 중학교 3학년을 마칠 무렵부터 지금까지 줄곧 신루이의 눈에서 사라지지 않았다. 마치 과거의 그 신메이샹은 완전히 사라져버린 것처럼. 불의를 참지 못하고 몰래 쉬즈창의 의자 위에 압정을 뿌려두었던 그 여자아이는 이번에는 링샹첸의 등 뒤에 칼을 꽂았다.

비록 그녀의 눈빛은 참으로 무고해 보이지만 말이다.

"거기 학생! 시험 볼 때 왜 맘대로 고개를 돌리지? 아까 그 상황을 보고도 얻은 교훈이 없니?"

위저우저우는 고개를 돌렸다. 온몸이 떨렸다.

눈앞의 칠판, 칠판 위 빨간 글자로 붙어 있는 교훈, 앞쪽의 교탁, 옆면의 밝은 창문, 창밖의 구름……. 세상의 여느 교실처럼, 초등학교 때 첫발을 내디뎠던 그 교실처럼 다를 바 없어 보였다.

학교는 늙지 않는 괴물이다.

하지만 여기 앉아 있는 이 사람들에게 대체 무슨 일이 벌어진 걸까?

링샹첸은 문득 권태를 느꼈다. 두려움과 당황스러움이 밀물처럼 그녀를 덮쳤다가 썰물처럼 물러간 후, 마지막으로 남은 건 바로 권태였다.

그녀는 엄마가 교장실에서 자신의 뺨을 때리고는 기절해 버릴 줄 생각지도 못했다.

정말이지 드라마를 너무 많이 본 것 같았다.

우원루의 표정은 '내 이럴 줄 알았지'라고 불러야 할까?

이 한 무리의 상관없는 사람들은 링샹첸에 대해 전혀 알지도 못하면서, 놀랍게도 그녀가 '부정행위'를 하게 된 동기와 심리 과정을 세세하게 분석할 수 있었다. 그녀는 일찍부터 조기 연애를 했고, 이해득실에 민감하고, 교만하고 안하무인이며, 게으르고, 교우관계가 좋지 않다. 여러 차례 시험에서 실력 발휘를 하지 못하자 자율 모집 추천 인원에 선발되고 싶은 마음에 잘못된 길로 들어서게 되었다는…….

링샹첸은 소파에 버티고 앉아 잘못을 인정하길 거부했다.

처음부터 끝까지 그녀의 말은 똑같았다.

"전 그런 적 없어요. 저 아니에요."

이건 그녀의 마지막 자존심이었다.

심지어 엄마가 바닥에 쓰러져 선글라스가 한쪽으로 날아가 연신 떨리는 눈가가 드러났는데도 링샹첸은 일어나지 않았다.

그들이 복잡한 눈빛으로 이 불효녀를 보도록 내버려 뒀다.

그녀는 고개를 숙이고 허리를 굽히지 않을 것이다. 절대로.

"추천입학 자격은 취소다. 이건 다시 논할 여지없어!" 부교장도 링샹첸 아버지의 신분을 아는지라 원칙을 지키기 위해 노력했다. "이 일은 크다고 하면 크고 작다고 하면 작은 일이야. 하지만……."

링샹첸은 별안간 몸을 일으키더니 책가방과 외투를 들고 곧장 문 앞으로 향했다.

"제 자격을 취소하셔도 되고 퇴학 처분을 내리셔도 돼요. 상관없어요."

그녀는 눈물을 가득 머금고 우원루를 뚫어져라 노려봤다. "하지만 제가 하지 않은 일에 대해선 절 죽이신다 해도 인정하지 않을 거예요."

링샹첸은 뒤도 돌아보지 않고 교장실을 나섰다.

거대한 피로감과 절망감이 다시금 덮쳐와 그녀를 철저히 집어삼켰다.

12.

평범한 사람들 사이로 사라진 행복

시험 종료 벨소리가 울리자, 위저우저우는 자리에서 벌떡 일어났다. 신루이는 그 순간 위저우저우가 달려들어 자신을 갈기갈기 찢을 것만 같았다. 위저우저우가 이렇게까지 분노한 모습은 이제껏 본 적이 없었다.

아니, 아마 봤을 것이다. 다만 당시 신루이는 몸을 웅크리고 감히 고개도 들지 못한 채, 쉬즈창이 욕을 퍼붓는 것과 위저우저우가 분개하며 비난하는 목소리를 들었다.

원먀오가 위저우저우는 맞아도 죽지 않는 세인트 세이야라고 했었다. 위저우저우의 마음속에는 영원히 아테나가 존재했고, 어느 순간에는 신루이가 바로 그녀의 아테나였다.

하지만 지금, 위저우저우는 그저 한없이 슬픈 눈길로 신루이를 바라볼 뿐이었다.

"너라는 거 알아. 분명 너라는 거 안다고."

신루이는 본능적으로 변명하려 했다. 변명이라는 행위는 늘 진실과는 전혀 상관없는 자기 보호다.

그러나 위저우저우는 듣지도 않고 말하지도 않았다. 마치 그녀를 쳐다보는 것도 귀찮은 듯 책가방을 들고 밖으로 나갔다.

이제 겨우 첫 과목 시험을 마친 거였고, 자격시험이 끝나려면 아직 많이 남아 있었다.

그러나 이 고사장에는 그녀 혼자만 남았다.

신루이의 마음이 무겁게 바닥으로 떨어졌다.

"린양?"

"…… 저우저우?" 린양의 목소리에 놀라움과 함께 자신도 알아차리지 못한 기쁨이 드러났다.

그는 휴대폰을 꽉 쥐고 머리를 긁적였다. "그, 국어 문제가 좀 어렵더라. 완전 어디 구석에서 찾은 망할 문제들만 나와서……."

그는 일찍이 결심했었다. 걔가 날 거절한 이상 다시는 상대하지 말자. 다시는.

그리고 이건 밀당하려는 게 아냐, 절대로. 그는 그렇게 속으로 말했었다.

"잔말 말고," 위저우저우의 목소리는 초조했지만 린양에게 익숙하면서도 생소한 투지와 박력이 담겨 있었다. "링샹첸한테 문제가 생겼어. 너 어느 고사장이야? 내가 지금 바로 같게."

린양은 멍하니 위저우저우의 간략한 설명을 듣고 전화를 끊은 후 곧장 링샹첸에게 전화를 걸었다.

전원이 꺼져 있었다.

그는 살짝 당황했다. 장찬의 휴대폰도 꺼져 있었다. 아무래도 이제 막 시험이 끝나서 아직 켜지 않은 듯했다.

"시험 잘 봤어? 국어 문제 좀 어렵던데." 추텐퀴는 몇 차례 시험에서 다시 1등을 되찾았고, 린양을 대할 때도 여전히 너그럽고 침착했으며 미소도 아주 상냥했다.

린양은 추텐퀴에게 어떻게 말을 꺼내야 할지 난감했다. 링샹첸과 추텐퀴는 그 후로 아무 관계도 아닌 듯했지만, 그는 링샹첸의 체면을 생각해 한 번도 알아보려고 하지 않았다.

결국 그는 말해버렸다. "위저우저우가 그러는데, 링샹첸이 부정행위를 했다는 누명을 쓰고 고사장을 나가버렸대."

추텐퀴는 고개를 갸웃했다. "뭐? 누명?"

두 사람이 대화하고 있을 때, 위저우저우가 어느새 그들 쪽으로 달려왔다.

"방금 우리 담임한테 전화해봤는데, 처분에 대해 논의하기도 전에 링샹첸이 책가방 들고 학교 밖으로 나가버렸대."

"…… 별일 없겠지?" 린양은 조금 불안했다. 그는 링샹첸의 성격을 훤히 알았다. 커서는 얌전한 척했어도 본질적으로는 어렸을 때와 별 차이가 없었다.

위저우저우가 고개를 저었다. "나도 몰라. 예감이 아주 안 좋아."

린양은 거의 즉시 결단을 내렸다. "가자. 내가 짐 챙길 테니까 우리 같이 나가서 찾아보자."

추톈퀴는 어색하게 제자리에 서 있다가, 린양이 책가방을 들고 돌아오자 경악하며 처음으로 솔직하게 자신의 생각을 말했다. "미쳤어? 시험 안 볼 거야?"

린양이 웃었다. "있잖아, 추톈퀴. 잘해봐."

위저우저우는 그를 의미심장하게 보더니 린양의 손목을 잡아끌고 갔다.

추톈퀴는 문에 기대었다. 아무리 생각해도 도무지 이해할 수가 없었다. 그는 잠시 멍하니 있다가 생물책에 아직 훑어보지 못한 몇 페이지가 남은 걸 떠올리곤 자리로 돌아가 책을 꺼내 천천히 펼쳤다.

그러나 머릿속에는 그 두 사람이 가방을 쥐고 시험도 포기한 채 달려가는 모습이 잔상처럼 남아 오랫동안 지워지지 않았다. 추톈퀴는 줄곧 자신은 잘못한 게 없다고 생각했다. 그는 늘 우선순위를 구분할 줄 알고, 무엇이 옳은 일인지 아는 학생이었다.

다만, 그 두 사람의 뒷모습이 생물책 페이지마다 그의 판단력을 어지럽히고 당황케 하는 발자국을 쭉 남겨놨을 뿐이었다.

링샹첸은 사무실을 나오자마자 갑자기 터무니없는 자유

를 느꼈다.

가는 길에는 천징사를 마주쳤다. 상대방은 여전히 한 옥타브 높은 목소리로 국어 시험에 대해 투덜거리다가, 링샹첸을 보고 입가에 비아냥거리는 미소를 지었다.

"시험 어땠어, 아가씨?"

링샹첸은 갑자기 웃음을 터뜨리며 천징사의 눈을 똑바로 바라봤다. 이 아이의 퉁명스러움은 꼬박 2년 동안 띄엄띄엄 그녀를 괴롭혔는데 이제야 드디어 벗어나는구나.

"천징사, 그 입 좀 닥칠 수 없어? 난 네 그 고양이 꼬리 밟힌 것 같은 목소리를 들으면 머리가 아파."

링샹첸은 처음으로 숨 쉬는 게 이렇게나 편안하다는 걸 느꼈다.

막상 교문을 나섰지만 어디로 가야 할지 몰랐다. 대충 아무 버스나 올라타서 종점까지 갔다가, 다시 다른 버스를 타고 또 종점까지…….

한 종점에서 또 다른 종점으로, 그녀는 계속해서 맨 뒷자리 구석에 앉아 창밖에서 계속 바뀌는 풍경을 멍하니 바라봤다. 겨울의 땅바닥은 온통 거무튀튀한 잔설로 덮여 있어 회색 도시는 꾀죄죄하고 냉담해 보였다.

마지막으로 고개를 들었을 때, 그녀는 뜻밖에도 교외의 음악대학 앞에 서 있었다.

기억하기로 어릴 때 자신과 린양, 장환, 세 사람은 거의 매년 여름 이곳에 와서 피아노 급수 시험을 봤다. 2년을 배운 후에는 5급이었고, 그로부터 1년 후에는 6급, 2년 후에는 8급, 4년 후에는 린양과 자신은 10급에 도전했고, 장환은 여전히 정직하게 9급 시험을 봤다.

마지막 해 여름에는 음악대학 증축 건설을 하느라 건물 주변에 드넓은 잡초밭이 끝없이 펼쳐졌다. 그 황무지는 그들 세 사람이 호흡조차 잊게끔 했다.

누가 그랬더라, 음악가는 자연에 가까워져야만 천상의 진리를 깨달을 수 있다고. 그러나 로비에서 급수 시험을 앞두고 긴장하며 초조해하는 아이들은 마치 공장에서 양산된 기계처럼, 그들에게서 흘러내리는 음표 속에서는 한 가닥의 영혼도 들어 있지 않았다. 자신들이 연주하는 게 대체 뭔지 그들 자신도 이해하지 못했기 때문이었다.

링샹첸은 그 황무지를 찾을 수 없었다. 당시의 황무지가 있던 곳에는 새로 교학동이 지어졌고, 새 교학동은 다시 낡은 교학동이 되었다. 마음껏 자라나던 하늘은 자잘한 조각조각으로 나누어져 그녀가 고개를 들어봐도 어린 시절은 보이지 않았다.

좋은 아이가 되는 것. 급수 시험에서는 반드시 '우수'여야 하고, 시험에서는 반드시 1등을 해야 했다. 식사 모임에서 아이들이 끌려 나와 노래를 부르고 듣기 좋은 말을 던지며 분위기를 띄우면 어른들은 하나둘 암묵적으로 누구 집 애가 가장 활달하고 가장 얌전하고 가장 어른스러운지 평가했는데, 이때 그녀는 적어도 하나 정도는 '최고'라는 말을 들어야 했다.

그러나 좋은 아이의 좋은 점은 사실 그 마음을 가리킨다
는 걸 아무도 기억하지 못하는 듯했다.

가장, 가장 중요한 순간에 "난 네가 부정행위 하지 않았다
는 걸 믿어"라고 말해주는 사람은 아무도 없었다.

아무도 믿지 않았다. 그녀는 엄마가 바닥에 쓰러질 때 자
신의 마음이 산산조각 났던 건, 대체 엄마 때문에 속상해서
인지, 아니면 그저 자신의 체면이 떨어져서 당황해서인지
몹시 궁금했다.

링샹첸은 그리 특별히 슬프지 않다는 걸 깨달았다. 마치
진작에 이렇게 무감각해진 것처럼, 그녀는 건물들로 둘러싸
인 광장 한가운데에 서서 찬바람을 맞으며 아무 생각도 하
지 않았다.

몇 분 후, 그녀는 교정을 나와 택시를 잡아타고 기사에게
말했다. "성정부 유치원으로 가주세요."

창밖의 풍경이 휙휙 바뀌었다. 그러나 성정부 유치원은
여전히 옛날 모습 그대로, 낡았으면서도 친근했다. 링샹첸은
도시락을 따뜻하게 데우는 일을 맡았던 나이 지긋한 할머니
가 생각났다. 아마 이미 세상을 떠나셨을 것이다. 그 시절 그
들은 밥을 먹을 때마다 누가 더 빨리 더 깨끗하게 먹나 시합
을 했고, 알루미늄 도시락통의 빛나는 바닥을 선생님에게
내보이며 서로 칭찬을 받으려고 다퉜다. 그러나 장촨은 항

상 먹는 속도가 굉장히 느렸다. 링샹첸이 장촨에게 "네가 우리 조 발목을 잡고 있잖아"라고 한마디 하면, 장촨은 느릿느릿 대꾸했다. "너무 급하게 먹으면 소화가 잘 안 돼."

그리고 그네가 있었다. 모두들 항상 그네 때문에 싸웠지만, 일단 링샹첸이 그네를 차지하면 남자아이들은 그녀를 둘러싸고 누가 그네를 밀어줄지로 다퉜다. 그러면 그녀는 눈을 부릅뜨며 큰 소리로 말했다. "나 혼자서도 엄청 높이 올라갈 수 있거든? 니들은 필요 없어!"

그 시절 저녁 하늘은 포도 아이스크림 색깔이었다. 그들은 얼굴 모양 막대 아이스크림을 먹었고, 팝핑캔디를 씹으며 앞으로는 어떻게 어떻게 될 거라는 이야기를 나눴다.

어떻게 어떻게 된다는 게, 결국 지금의 이런 꼴로 변했다.

추워서 더는 견딜 수가 없던 링샹첸은 근처 한 백화점 안으로 몸을 피했다. 1층의 화장품 판매대는 언제나 밝고 부드러운 색채로 가득했다. 백화점 안에는 사람이 매우 적었고, '제29중'이라고 새겨진 흰 교복 차림의 여학생 네다섯 명만 어슬렁거리고 있었다. 구경하면서 아무것도 사지 않는 걸 보니 아마도 그녀처럼 따스함을 찾아 들어온 듯했다.

갑자기 한 여학생이 호들갑을 떨었다. "잔옌페이, 잔옌페이, 빨리 와봐. 이 목걸이 네 거랑 비슷하지 않아?"

링샹첸은 깜짝 놀라 여학생 쪽으로 시선을 향했다. 그 통통하고 평범한 얼굴의 여자아이는 미간에 희미하게나마 어릴 적 모습이 남아 있었다. 그녀가 자기를 부른 여학생 곁으로 달려가더니, 스와로브스키 매장에서 반짝이는 펜던트를 보며 성격 좋게 웃었다. "내 건 고작 20위안짜리야. 황룽黃龍에 놀러 갔을 때 산 짝퉁이라고. 어떻게 이거랑 비교하냐?"

"잔옌페이?"

잔옌페이는 돌아보며 그녀를 관찰하듯 쳐다봤다. "넌…… 우리 아는 사이야?"

링샹첸이 고개를 저었다. "아니, 미안. 내가 착각했나 봐."

잔옌페이가 웃었다. 얼굴에는 여전히 두 개의 옅은 보조개가 남아 있었다. 머리카락을 짧게 자른 그녀는 평안하고 만족스러운 표정으로 친구들에게 이끌려 에스컬레이터를 타고 천천히 2층으로 올라갔다. 반쯤 올라갔을 때, 미심쩍은 듯 링샹첸을 흘끗 보며 고개를 갸웃하는 모습에는 어릴 때 무대에서 짐짓 귀여운 척하던 꼬마 제비의 모습이 아직 남아 있었다.

다만 이제는 아무도 그녀를 꼬마 제비라고 부르지 않았다.

예전에 링샹첸이 득의양양하게 굴던 때, 수학 올림피아드 문제를 풀지 못하는 잔옌페이와 위저우저우를 어떻게 비웃었더라? 또, 장환에게는 뭐라고 큰소리쳤더라? "쟤네들 앞날은 참 험난할 거야. 어릴 때 똑똑하다고 커서도 잘된다는 보장이 없는데, 쟤넨 장기적인 계획도 없잖아. 두고 봐, 장환. 저러다 나중엔 그저 평범한 사람이 될걸……."

위저우저우는 먼 길을 돌아 그녀와 나란히 똑같은 출발선으로 돌아왔다.

그리고 잔옌페이는 시험에서 물러나 편한 마음으로 친구들과 함께 추운 겨울날 오들오들 떨면서 이 백화점으로 들어와 온기를 느끼며 웃고 떠들었다.

평범한 사람이 되는 것. 그녀는 잔옌페이가 평범한 사람이 될 거라고 웃었지만, 행복은 영원히 평범한 대다수에게 속해 있다는 걸 잊고 있었다.

위저우저우는 린양에게 신루이에 관한 그 어떤 일도 말하지 않았다. 그저 링샹첸이 부정행위를 하지 않았다는 걸 믿는다는 의견을 고수할 뿐이었다.

린양은 고개를 끄덕였다. "나도 알아."

링샹첸의 집에 전화를 걸었지만 아무도 받지 않았다. 린양은 엄마, 아빠에게 전화해서 링샹첸 아빠의 전화번호를 물어보려다가, 미처 상황 설명을 다 하기도 전에 엄마의 고함 소리를 들었다.

"지금 시험을 포기했다는 거야?!"

린양은 급히 전화를 끊으며 위저우저우에게 쑥스럽다는 듯 웃었다. "우리 엄마가 요즘…… 갱년기야."

위저우저우는 가볍게 린양의 소맷자락을 잡아당겼다. "너 시험 포기해도 정말 괜찮은 거야?"

린양이 웃었다. "대단할 거 뭐 있어, 추천입학 가망이 없으면 내 힘으로 시험 보면 되지. 너도 문제없는데, 내가 문제 있을 리 없잖아!"

위저우저우는 고개를 저었다. "우린 달라."

넌 그렇게나 많은 기대를 받고 있잖아.

또 그 익숙한 말이 나왔다. 하지만 린양은 위저우저우의 단언에 다시는 속지 않을 것이었다.

"넌 쓸데없는 말이 너무 많아." 그의 키는 위에서 그녀를 내려다보며 머리를 쓰다듬을 정도로 컸다. 이렇게나 익숙한 동작에 위저우저우는 문득 마음속에 따스함이 느껴졌다. 이번에는 천안 때문이 아니었다.

"린양?" 위저우저우는 무의식적으로 그의 이름을 불렀다.

"왜?"

그녀가 웃었다. "아무것도 아냐."

이 사람은 린양이다.

장환은 자신이 나가서 링상첸을 찾아보겠다고 고집을 부렸다. 위저우저우와 린양은 함께 먼저 학교 주변을 샅샅이 찾았다. 마지막으로 찾아간 신문 가판대에서, 예쁜 꼬마 아가씨에게 말 거는 걸 좋아하는 주인장은 린양의 뒤죽박죽인 묘사를 듣더니 이마를 탁 쳤다. "아, 어떤 꼬마 아가씨가 외투도 안 입은 채로 책가방을 들고 여기서 버스를 타고 갔는데. 어떤 버스였는지는 나도 정말 모르겠구나……."

린양은 위저우저우에게 두 손을 펴 보였다. "이제 어떡하지?"

위저우저우는 정거장 표지판을 바라봤다. "만약 나라면 아무 버스나 탔을 거야. 그러니 논리적으로 추리해도 아무 소용없어. 우린 걜 못 찾을 거야."

린양이 머리를 긁적였다. "지금 돌아가서 시험 봐도 이미 늦었어. 우리 이게 다 뭐 하는 거야?"

그러나 말투에는 근심이나 의혹이 조금도 없었다.

위저우저우는 고개를 삐딱하게 기울이며 그에게 말했다. "소용없어도 찾아보고, 황당해도 찾아봐야지. 만약 네가 아까 고사장에서 가식적으로 걱정하는 척하면서 꼼짝도 하지 않았으면, 넌 아마 평생 자신을 용서하지 못했을 거야. 게다가 이 일은 링샹첸에게도 아주 중요해."

그녀를 믿고 있는 사람이 있다는 것과 그녀의 존재를 자신의 추천입학 자격보다 훨씬 중요하게 여기는 사람이 있다는 걸 알려줘야 한다.

후광이 사라져 아무것도 남지 않은 링샹첸도 똑같이 사랑받고 있다는 걸.

위저우저우와 린양은 오후 내내 린양이 떠올린 링샹첸이 갈 만한 모든 곳을 돌아다녔지만 아무런 수확이 없었다.

엄마가 죽어라고 걸어오는 전화를 피하려고 린양은 휴대폰 전원을 껐다. 한참 후, 여러 사람을 거쳐 한 낯선 전화번호가 위저우저우의 휴대폰에 전화를 걸어왔다.

"여보세요." 위저우저우가 전화를 받았다.

"안녕. 나 린양 엄마야."

목소리에 담긴 묵직하게 가라앉은 노기에 위저우저우는

저도 모르게 살짝 당황했다.

"위저우저우니? 너 혹시 걔랑……."

위저우저우는 즉시 조용히 그녀의 말을 끊었다. "잠시만
요." 그러고는 휴대폰을 린양에게 건넸다.

린양 엄마가 누구를 거쳐 어떻게 위저우저우라는 실마리
를 찾아냈는지는 알 수 없었다. 린양은 딱 걸려버렸다. 시험
을 포기한 일이든, 위저우저우든.

그는 줄곧 설렁설렁 대답했고 성질도 그다지 부리지 않았다.
"네."

"어쩔 수 없잖아요. 난 반드시 걜 찾으러 나와야 했어요.
안 그럼 내가 사람이게요."

"엄마한테 화 안 냈어요. 지금 내 태도 아주 좋잖아요. 그
리고 지금 다시 가봤자 시험 치러 들어갈 수도 없어요. 그냥
걜 찾는 데만 집중하게 해주세요."

"엄마, 엄마는 링샹첸네 엄마나 좀 잘 설득해줘요. 링샹첸
이 나랑 장촨 앞에서 아무리 아닌 척해도 우린 다 안다니까
요. 걔네 엄마는 정신병 걸린 것처럼…… 알았어요, 알았어.
어른 공경해요, 공경한다니까요. 어쨌거나 링샹첸이 그렇게
큰 스트레스를 받은 건 다 걔네 엄마 때문이라고요……. 네,
허튼소리도 안 하고 어른 공경할게요……."

옆에서 듣고 있던 위저우저우는 웃음이 나왔다. 린양의
시시껄렁한 모습을 보는 게 좋았다. 마치 어렸을 때로 돌아
간 것 같은 느낌이었다.

갑자기 린양이 오랫동안 침묵하더니 차츰 엄숙한 표정을 지었다.

이런 침묵은 그들이 길 끝에 당도할 때까지 오랫동안 이어졌다.

"엄마, 이건 내 일이에요. 내 선택이기도 하고요. 그게 맞든지 틀리든지, 내가 책임져요."

그는 전화를 끊고 다시 한번 가볍게 위저우저우의 머리를 쓰다듬었다. 위로하고 보호하는 느낌이 가득한 손길이었다. 이렇게 오랜 시간을 지나오면서 위저우저우는 처음으로 진지하게 편견 없이 그를 관찰했다. 줄곧 부모와 주변 사람들로부터 큰 기대를 받으며 순탄한 길만 걸어온, 자기 잘난 줄 알고 한없이 해맑은 남자아이인 줄로만 알았는데, 지금 보니 그의 말투에서는 무언가가 싹을 틔우고 있었다. 뛰어난 것과는 상관없는 세월의 무엇이었다.

"무슨…… 무슨 얘기 했어?"

린양이 하얀 이를 드러내며 씨익 웃었다. "너."

너. 이건 내 일이고, 내 선택이야. 그게 맞든 틀리든 내가 책임져.

바로 그때, 위저우저우는 갑자기 걸려온 미차오 아빠의 전화를 받았다.

미차오는 오늘 아침 갑자기 혼수상태가 되어 지금까지도 응급처치 중이었다.

린양과 위저우저우는 오후 내내 저녁까지 병원에서 보냈다. 또다시 기다란 복도의 차가운 플라스틱 의자. 위저우저우는 벽에 머리를 기대었다. 문득 병원이 그다지 무섭게 느껴지지 않았다.

한때 그녀는 병원에서 최초의 죽음을 목격했고, 가장 슬픈 추억을 들었고, 가장 절망적인 소식을 들었다.

어쩌면 이곳은 그저 환승역일지도 모른다. 그들의 시야가 충분히 멀지 않아서 환승역 다음 세계를 못 보는 것이겠지만, 그곳이 반드시 아름답지 않으리라는 법은 없었다.

위저우저우에게 미차오는 기적이었다. 미차오는 삶의 마지막 몇 년을 아무 일도 없다는 듯 모두를 속인 채 즐겁게 학교에 다니고, 사고를 치고, 코스프레를 하고, 욕을 퍼붓고, 선생님과 말싸움을 했다. 병원에서도 건들건들 사과를 우적거리며 위저우저우에게 사과 껍질 깎는 걸 가르쳤고, 위저우저우의 굼뜬 모습에 화가 나서는 버럭하며 수간호사에게 베개를 던지기도 했다. 위저우저우는 잘못은 자신이 했는데 왜 수간호사에게 베개를 던졌냐고 물어보니, 미차오가 히죽거리며 대답했다. "몇 년 전에 그 간호사랑 우리 아빠 사이에 뭔가 좀 있는 것 같았거든. 그래서 우리 아빠한테 기회를 만들어주는 거야. 사과하라고. 중매 한번 잘 서는 게 7층 불탑 세우는 것보다 훨씬 낫잖아······."

위저우저우는 미차오가 우는 모습도, 남들처럼 슬퍼하고 원망하고 한탄하며 사방에 그 별것 아닌 고민과 좌절을 사방에 떠벌리는 것도 본 적이 없었다. 다 같이 코스프레를 할 때, 그녀는 자신의 움푹 들어간 무시무시한 눈두덩이를 가리키며 〈데스노트〉의 L을 하겠다며 자청하고 나섰다. 마치 병세가 그녀에게 천혜의 기회를 준 것처럼 말이다.

꿋꿋하게 낙관적으로 구는 건 위장할 수 있겠지만, 미차오의 즐거움에는 조금의 가식도 없었다.

린양은 가만히 위저우저우의 손을 잡았다.

"내가 걔 대신 시험지를 얼마나 많이 풀어줬는데. 괜히 그랬나 봐. 걘 아직 나한테 약속한 일을 하지도 않았거든. 걔가 도망친대도 내가 절대 허락하지 않을 거야." 린양이 간신히 아무렇지도 않은 척하며 말했다. "날 믿어."

바로 그때, 의사가 문을 열고 밖으로 나왔다. 위저우저우가 벌떡 일어나 굉장히 TVB*스러운 대사를 했다. "의사 선생님, 상황이 어떤가요?"

의사는 그녀의 간절한 눈빛에 웃으며 대답했다. "괜찮아."

세상에서 가장 아름다운 세 글자는 '사랑해'가 아니라 '괜찮아'였다.

린양의 침착함이 효과를 발휘했는지, 밤 12시에 미차오는 평온하게 이튿날을 맞이했고 위험한 고비를 벗어났다.

위저우저우가 가슴을 쓸며 안도하고 있을 때, 갑자기 복도 끝에서 번번이 나타났다.

---

* 홍콩 민영 텔레비전 방송국.

그는 다급하게 달려와 대충 위저우저우와 린양에게 인사를 건네고는, 문에 딱 붙어서 초조하게 안을 들여다봤다.

위저우저우는 그에게 물어보고 싶은 말이 많았지만 그를 방해하고 싶지 않았다. 유리창에 붙어서 안쪽을 들여다보는 번번은 그렇게나 초조하고 불안해 보였고, 낯설면서도 따스해 보였다.

그녀와 린양은 조용히 미차오 아빠에게 인사를 했다.

이때, 린양이 장찬의 전화를 받았다. 그가 링샹첸을 집까지 데려다줬다는 소식이었다.

"내가 생각했던 것보다 개가 아주 평온하더라. 진짜야." 장찬이 웃었다. "날 믿으라구. 다 잘됐어."

린양은 전화를 끊고 나서야 깨달았다. 장찬은 대체 언제부터 말할 때 코를 훌쩍거리지 않은 걸까, 자신은 전혀 기억에 없었다.

모든 건 좋아졌다. 모든 건 세월을 따라 끊임없이 앞으로 나아갔다.

병원은 비교적 외진 곳에 있었다. 그들이 밖으로 나왔을 때 거리에는 주황색 가로등만 남아 있었고, 차는 한 대도 지나가지 않았다. 넓은 사거리에는 외로운 횡단보도와 신호등뿐이었다.

마음속 팽팽한 긴장감이 마침내 풀린 위저우저우는 피곤한 듯 웃음을 지었다. 사방에 아무도 없는 한밤중, 온 세상에 그들 두 사람만 남은 것 같았다.

"그거 알아? 나 어렸을 때 〈도라에몽〉 보면서 가장 좋았던 회차가 바로 진구랑 친구들이 스몰라이트로 자신들을 아주 작게 만들어서 집 뒷마당에 작은 도시를 만든 거야. 그들을 위한 작은 도시가 된 거지. 그 도시에서 그들은 원하는 대로 할 수 있었고, 평소에 할 수 없었던 소원을 이뤘어. 진구는 만화 대여점에서 주인장에게 쫓겨날 걱정 없이 신작 만화를 공짜로 볼 수 있었고, 나퉁퉁은 실컷 가츠동을 먹었고, 도라에몽은 공짜로 아주 많은 도라야끼를 샀고, 이슬이도 자기만의 장난감 가게를 가지게 되었지……."

린양이 웃었다. "다 아주 끝내주는 소원이었네."

"하지만," 위저우저우는 그를 바라봤다. 주황색 가로등 불빛 아래 빛나는 위저우저우 눈에 눈물이 고인거죠? "내가 가장 좋아한 건 그 안의 이름 없는 조연의 꿈이야. 그저 딱 한 장면뿐이라 슬쩍 지나가 버리지만."

"뭔데?" 린양은 마치 백주를 몰래 마시다 취해버린 꼬맹이를 달래듯이 다정하게 그녀를 바라봤다.

"그 꼬마는 텅 빈 넓은 도로에 대자로 누워서 하늘에 대고 크게 외쳤어. '내가 마침내 큰길에 자유롭게 누웠어!'"

위저우저우도 그 찰나에 아이에게 빙의된 것처럼 큰 소리로 외쳤다.

린양이 별안간 그녀의 손을 잡더니 사거리 교차점을 향해 달려가기 시작했다.

"뭐 하는 거야?"

"당연히 대로에 누우려고 그러지!"

린양은 어리둥절해하는 위저우저우를 사거리 교차로 한 가운데로 데려갔다. 사방의 신호등은 마치 정신착란이라도 일으킨 것처럼 모두 빨간불로 변하며 교차로를 안전한 사각 지대로 에워쌌다. 황량하고 끝이 없는 네 갈래 길 모두 끝없는 어둠으로 뻗었다.

그들은 함께 교차로에 대자로 누웠다. 그 모습은 마치 어렸을 때 종이를 잘라 만든 가장 원시적인 형태의, 서로 손을 잡은 사람 형태의 종이인형 같았다.

흐린 밤하늘은 온통 찌뿌둥한 핏빛 붉은빛으로 보였다. 상상했던 것처럼 위험한 장난으로 인한 짜릿함은 없었다.

위저우저우는 다시금 고요한 대지로 돌아간 듯한 기분이었다.

이런 하루도 마침내 끝이 났다.

이번 성대한 시험에서 모두는 저마다의 선택을 했다.

미차오까지도 계속해서 살아가기로 선택을 했다.

그들은 갈림길을 하나하나 지나며 매번 각자 갈 길을 간다. 어쩌면 돌고 돌아 다시 만나거나, 어쩌면 서로 양극단으로 멀어질 것이다. 하지만 지금, 네 갈래 길은 각자의 방향이 있을지라도 위저우저우는 나중을 생각하고 싶지 않았다. 그들은 결국 이별할 것이고, 성장하고, 진부해질 것이다.

위저우저우는 어려서부터 지금까지 너무도 많은 꿈을 꿨

지만, 어느 것 하나도 진정으로 실현되지 않았다.

그녀는 백 낭자도, 여협도, 쉬라도, 크리미 마미도 아니었고, 그 누구도 아니었다.

그녀는 그저 큰길에 누워보고 싶었던 이름 없는 작은 조연일 뿐이었다.

커가는 과정은 바로 위저우저우 자신이 결코 무슨 여협이 아니라는 걸 깨닫는 과정이었다.

그녀는 돌고 도는 과정에서 끝내 성수를 잃어버렸고 블루 워터를 포기했다.

하지만 또 뭐 어때?

그녀는 가볍게 린양의 손을 쥐고 하늘을 향해 큰 소리로, 주변을 의식하지 않고 큰 소리로 외쳤다.

"마침내 큰길에 누울 수 있게 됐어!"

그녀는 린양의 품에서 목이 멜 때까지 울었다.

13.

결국 흘러갈 옛 시절

위저우저우는 오랜 시간이 지난 후에야 번번이 더는 번번이 아니고 아직 무릉천장도 아니었던 시절, 그의 정식 이름이 지시제였다는 걸 알게 되었다. 아마 그 술주정뱅이 양부가 지어준 이름일 것이다. 지시제라는 신분의 번번이 두 주먹을 써서 그 혼란스러운 초등학교에서 자신의 영역을 구축했을 때, 반에서 성적이 가장 좋은 미차오는 그의 절친이었다.

그 후 그는 친아버지 곁으로 돌아갔고, 계속해서 불량소년으로 지냈고, 전화고에 진학했으며, 많은 여자친구를 사귀었다.

위저우저우가 아는 그는 어릴 때의 얕은 기억뿐이었다.

그러나 위저우저우와 마찬가지로 번번의 삶에는 다른 사람들에게 속한 궤적이 너무도 많이 섞여 있었다.

위저우저우에게 번번은 영원히 번번인 반면, 미차오는 지시제는 영원히 지시제라고 굳게 믿었다.

그 구역에는 공백이 너무나도 많았다. 위저우저우는 미차오에게도, 번번에게도 묻고 싶지 않았다.

이러는 게 좋았다.

중3 때 그랬듯이 위저우저우는 고3 때 다시금 짝꿍을 잃었다.

옌이가 학교를 떠나던 날, 그의 얼굴은 혈색이 좋아져 있었다. 눈빛도 전보다 훨씬 활기가 돌았다.

"그럼 다시 만날 땐 내가 어쩌면 네 후배가 되겠네." 그가 웃었다.

옌이는 무슨 이유에서인지 결국 한 학년 유급하고 전화고를 떠나 원래 학적 소재지의 고등학교에서 다음 해 예술계 입시를 준비하기로 결심했다.

어쩌면 미차오가 했던 말 때문인지도 모르겠다. "너 계속 그렇게 주저하다간 폭삭 늙어."

그 창백한 그림자가 문가에서 사라질 때, 위저우저우는 문득 지금 한창 싱가포르에서 공부하고 있는 원먀오에게 말해주고 싶었다. 그거 알아? 사실 우리가 충분히 용감하기만 하다면 도쿄는 정말로 멀지 않아.

그저 마음속에 임전무퇴의 용기만 있다면.

미차오는 그게 바로 청춘이라고 했다. 단순하면서도 마음

쓰라린 말이다.

지나가면 기다려주지 않는 청춘.

신루이는 결국 교무처로 달려가 링샹첸 대신 사정을 설명했다. 진실을 말할 용기는 없었지만 그래도 거듭 보장했다. 링샹첸은 그저 시험 전에 자료를 책가방 안에 넣는 걸 깜박한 것뿐이라고, 자신은 그 뒷자리에 앉아서 링샹첸이 그 자료에 손도 대지 않는 걸 똑똑히 봤다고.

비록 아무 소용없었지만. 비록 충분히 용감하지 않았지만.

그러나 이 세상에 백프로 확실한 일은 너무 적었다.

링샹첸은 다시는 학교에 오지 않았다. 집에서 대입시험을 준비하면서, 듣기로는 아직 많은 일을 고민 중이라고 했다. 학교에서 나눠주는 시험지는 위저우저우가 잘 정리해서 린양이나 장촨을 통해 집으로 보내줬다.

위저우저우와 린양, 링샹첸은 모두 학교 추천 자격을 잃었다. 추톈퀴 등 학생들이 베이징에 가서 면접을 보는 동안, 그들 셋과 장촨은 함께 얼음 놀이공원으로 놀러 갔다.

위저우저우는 이 상황이 무척 웃겼다. 그녀는 이 길이 정말로 천안의 발자취를 따라 걷는 것만 같았다. 심지어 가장 중요한 순간 가장 중요한 기회를 놓치는 것까지 포함해서 말이다.

3월 초, 위저우저우는 또 아빠의 전화를 받았다.

작년에 지키지 못한 약속에 대해서는 일언반구도 없었고,

위저우저우도 추궁하지 않았다. 그녀는 선뜻 시간을 정하고 일찌감치 호텔 앞에서 기다렸다.

이 남자는 항상 쉽게 약속을 하고 쉽게 약속을 어겼다. 그러면서 지난 일에 대해서는 언급조차 없이, 여전히 온화한 말투로 전화를 걸었다. 예전에 엄마한테든, 지금의 자신에게든.

위저우저우는 자신이 어떤 면에선 그를 매우 닮지 않았나 궁금해졌다. 어쩌면 린양을 괴롭힐 때?

맞은편에서 걸어오는 바바리코트를 입은 남자는 머리를 새로 염색할 필요가 있어 보였다. 모근 부분에 새로 나타난 새치는 기품을 더해주면서도 한편으론 나이 들어 보였다. 위저우저우는 그를 뚫어져라 바라보면서도 속으로는 전혀 특별한 느낌이 일지 않았다.

너무 낯설었다.

"저우저우? 벌써 이렇게나 컸다니. …… 갈수록 엄마를 닮아가는구나."

위저우저우는 미소를 지으며 고개를 끄덕였다.

"들어가자. 같이 밥이나 먹자……. 참, 오늘은 학교 보충수업 없지?"

"배 안 고파요." 그녀는 고개를 저었다.

위저우저우의 아빠는 산전수전 다 겪어본 사람이었다. 위저우저우가 자신 앞에서 아이처럼 투정을 부리는 걸로 생각하곤 손을 내밀어 그녀의 머리를 토닥이려는데, 그 순간 위저우저우가 홱 고개를 들어 맑고 잔잔한 눈빛으로 허공에 들린 그의 손에 시선을 고정했다.

그는 살짝 민망해져 손을 내렸다. "그럼…… 좀 걷자."

공부가 너무 힘들지는 않은지, 어떤 학교에 지원할 건지, 최근에 시험은 또 없었는지, 매일 저녁 몇 시까지 공부하는지……. 질문 하나에 대답 하나, 냉담했지만 꽤 평화로웠다.

위저우저우는 인정할 수밖에 없었다. 지금 곁에 있는 이 사람에 대해 자신은 정말 조금의 기억도 없는 것 같았다. 단지 궁금할 뿐이었다. 엄마는 왜 그를 그렇게나 오랫동안 사랑했을까.

아마 자신은 답을 찾을 수 없을 것이다. 아무래도 60, 70년 후에 엄마에게 직접 물어봐야겠지……. 만약 엄마가 여전히 그 이유를 기억한다면 말이다.

질문에 설렁설렁 대답하다가 이제 핑계를 대고 떠나려는데, 문득 길가 작은 슈퍼마켓 창문 안쪽으로 묶음으로 포장된 작은 음료수병 네 개가 눈에 들어왔다. 미황색 병에 입구를 은박지로 밀봉한 '시러喜樂, 희락'라는 이름의 요구르트였다.

그 새콤달콤한 맛을 그녀는 기억하고 있었다. 그 시절엔 항상 하나씩만 사서 가느다란 빨대를 꽂은 후, 다 마시는 게 아쉬워서 한 모금씩 아껴 마셨다.

위저우저우는 멈춰 서서 곁에 있는 남자를 바라보다가 다시 슈퍼 안쪽의 요구르트를 바라봤다.

아마 서너 살 때였을까. 아빠에 대한 첫인상은 엄마가 감정을 자제하지 못하고 이 '불청객'을 집 밖으로 쫓아내다가 팔뚝에 찰과상을 입었을 때였다. 이 남자는 엄마를 병원으로 데려간 다음, 아직 밥을 먹지 못한 위저우저우를 데리고 나가 간식을 사 먹였다.

위저우저우는 그가 몸을 숙이며 한 말을 기억했다. "저우저우, 내가 네 아빠야."

그리고 그녀에게 한 줄에 네 개짜리 시러 요구르트를 사줬다. 비닐로 묶음 포장된 요구르트를 보고 위저우저우는 정말이지 최고의 선물이라 생각하며 과분한 대우에 몸 둘 바를 몰라 했다.

아까워서 포장을 벗기지도 않은 그 요구르트는 집으로 돌아간 후 엄마가 곧장 창밖으로 던져버렸다.

위저우저우는 감히 울 수 없었다.

심지어 나중에는 엄마 앞에서 시러 요구르트를 마실 수도 없었다. 왜냐하면 그녀들의 생활에 희락이 없었기 때문이다.

까맣게 잊어버렸다고 생각했던 일이 다시 이렇게 생각났다.

"아빠." 위저우저우는 처음으로 그렇게 부르며 그 남자의 눈동자에 떠오른 기쁨을 일부러 외면했다. "저 시러 요구르트 한 줄 사주세요. 저거요."

그녀가 슈퍼 창문을 가리켰다. 아빠는 고개를 끄덕이며 아이를 어르듯이 말했다. "여기서 잠깐 기다려라, 금방 다녀오마."

위저우저우는 만약 엄마라면 분명 한마디 덧붙였을 거라고 생각했다. "누가 널 데려가려고 해도 절대 따라가면 안 돼!"

코가 살짝 찡했다.

아무도 날 데리러 오지 않을 거야. 내 길은 내가 직접 갈 거야.

그거면 충분했다.

위저우저우의 아빠가 시러 한 줄을 사 들고 슈퍼마켓을 나왔을 때, 문 앞에 이미 위저우저우는 사라지고 없었다.

그날, 위저우저우는 마침내 용기를 내어 차를 타고 자신과 엄마가 살았던 그 작은 집으로 돌아갔다. 집으로는 올라가지 않고, 그저 밖을 한 바퀴 돌면서 예전에 엄마와 함께 식사 후 산책했던 길을 따라 걸었다. 만화 대여점, 정자, 그리고 식품점.

메이샹식품점.

위저우저우는 모퉁이를 돌다가 마침 구시가지 철거 인부가 '메이샹식품점' 간판을 떼어 바닥에 던지는 걸 봤다. 떨어진 간판 주변으로 먼지가 잔뜩 피어올랐다.

고개를 드니 놀랍게도 신루이가 보였다.

"결국 철거됐어." 신루이가 말했다.

위저우저우는 고개를 끄덕였다.

"우리 같이 집에 가지 않은 지도 오래됐다."

위저우저우는 빙그레 웃었다.

"넌 아직도 나랑 말하고 싶지 않은가 보구나. 괜찮아. 중학교 때 내가 너한테 많은 말을 빚졌으니까, 지금 이렇게 갚으면 되지."

위저우저우는 고개를 저었다. "신루이, 넌 나한테 빚진 거 없어."

"아니." 신루이의 웃는 얼굴은 평화로웠다. "내가 너에게 많이 빚졌어. 하지만 나도 어쩔 도리가 없어. 어떻게 갚아야 할지도 모르겠고. 난 지금도 여전히 널 질투해. 내가 그런 일을 벌인 것도 링샹첸을 질투해서였을 거야. 왜냐하면……왜냐하면 난 추톈퀴를 좋아하거든."

위저우저우가 별안간 웃음을 터뜨렸다.

"신루이, 넌 아직도 여전히 솔직하지 않구나."

신루이는 더는 웃지 않았다.

"난 네가 눈치챈 줄 알았는데."

"넌 추톈퀴를 좋아해서 링샹첸을 질투한 게 아냐. 넌 링샹첸을 질투해서 추톈퀴를 좋아한 거라고. 사실 넌 누구도 질투하지 않고 누구도 좋아하지 않는데 말야. 넌 너무 불쌍해."

위저우저우가 느릿느릿 말했다. 목소리가 크진 않았지만 신루이는 들을 수 있었다.

중학교를 졸업할 때 원먀오가 위저우저우에게 말했다. 신루이는 고맙다는 말을 못 하는 게 아니고, 웃지 못하는 것도 아니라고. 심지어 애매모호한 말투로 은근히 도발할 줄도 안다고. 그러나 이 모든 건 단둘이 있을 때 원먀오에게만 그랬고, 그녀의 진정한 은인인 위저우저우에게는 그러지 않았다.

"우리 아빠가 그러는데, 오랫동안 큰 은혜를 빚지면 오히려 원수가 된댔어." 원먀오는 위저우저우의 말총머리를 잡아당기며 조용히 말했다. "신메이샹 조심해. 걔 좀 이상해."

시끄럽게 철거하는 소리도 아주 멀리서 들려오는 듯했다. 신루이는 한동안 아무 말도 하지 않았다.

"실은 넌 원먀오도 좋아한 게 아니었어. 넌 그저 날 미워했던 것뿐이야."

위저우저우의 말 한 마디 한 마디는 마치 스냅사진처럼 그녀의 최악의 모습을 한 장, 한 장 드러냈다.

신루이는 그 작은 식품점이 조금씩 허물어지는 모습을 뚫어져라 바라봤다. '메이샹식품점'이라는 간판은 세 조각으로 부서졌다.

그녀는 땅바닥에 쭈그리고 앉아 소리 없이 흐느꼈다.

그녀는 마침내 더 이상 메이샹이 아니었다.

짧은 겨울방학 이후, 린양과 위저우저우 모두 빠듯하게 복습에 몰두하느라 거의 만나지 못했다. 그들이 다시 식당에서 같이 밥을 먹은 건 린양이 다시금 예전에 썼던 '우연한 만남'을 이용했을 때였다.

절반쯤 먹다가 린양이 우물쭈물할 때, 위저우저우는 어느새 주머니에서 작은 포켓북을 꺼냈다.

두꺼운 종이로 표지를 만든 아주 단순한 그림책. 표지와 내용 모두 흑백 실루엣으로 그려져 있었는데, 가히 애들 그림이라고 할 정도의 수준이었다.

"이건……."

"오늘 너 생일이잖아. 맞지?"

린양은 계략이 현장에서 발각된 것 같은 난처함을 느꼈다가 이윽고 달콤한 기분이 온몸에 퍼져나가기 시작했다. 위저우저우가 일부러 기억해줬던 것이다.

린양이 그 수제 그림책을 받아 들고 펼쳐보니, 첫 페이지에는 유치원 꼬마들이 하나둘 달력 종이를 들고 달려가는 모습이 그려져 있었다. 앞장선 두 꼬마는 남자아이와 여자아이였고, 석양을 향해 달려가는 뒷모습만 보였다.

두 번째 페이지에는 아무것도 없이 그저 엉망진창이 되어버린 바닥에 도시락 하나가 엎어져 있었다. 그림 작가는 그가 혹시라도 알아보지 못할까 봐 화살표로 바닥의 그 난장판을 가리키며 일곱 글자를 덧붙였다. '토마토계란국물'.

그림을 너무 못 그려서 유일한 독자가 알아보지 못할까 봐 염려한 듯했다.

린양은 별안간 심장이 멈출 것만 같았다. 그는 한 페이지씩 조심스레 넘겨 봤다. 마지막 페이지에는 아무것도 그려져 있지 않고, 그저 세 개의 영어 단어가 쓰여 있었다.

To be continued(다음에 계속).

위저우저우는 그가 웃는 걸 보고 고개를 갸웃하며 물었다. "어때?"

그는 입을 벌렸다가 뭐라고 말해야 할지 몰라 결국 그냥 웃었다. "정말 못 그린다."

위저우저우가 테이블 밑에서 그의 발을 세게 밟았다. 린 양은 온몸에 감각이 없어 통증조차 달콤했다.

그는 묻고 싶은 말이 있었지만 결국엔 가슴속에 묻어두었다.

나중에 하자. 우리에겐 아직 화창하고 기나긴 나중이 있으니까.

전화고의 졸업식은 전통적으로 대입시험을 치르기 전인 5월 말에 열렸다.

듣기로는 선대 교장이 세상일과 사람 마음은 예측하기 어려운 법인데 대입시험이 끝나면 결과에 따라 학생들이 고단한 모습으로 변할 수 있다며, 가장 아름답고 순수해야 할 졸업식은 모든 결과가 나오기 전 꽃다운 소년 시절에 하는 게 마땅하다고 했다고 한다.

위저우저우는 무척 놀라웠다. 역대 전화고에 이런 낭만주의 교장이 있었을 줄이야.

졸업식에 참가하러 가는 길에 그녀는 길모퉁이에서 한 남자아이와 마주쳤다. 그는 여전히 그렇게 키가 작았고 얼굴에는 경계심이 역력했다.

그들 모두 순간 얼어붙었다. 학교에서 3년을 보내면서도 그동안 서로 마주친 적 없던 그들이었다. 위저우저우는 그 순간 왠지 그에게 우호적인 인사를 건네고 싶었다.

그러나 저우선란은 그렇지 않은 게 분명했다. 그가 싸늘하게 웃으며 입을 열려고 할 때, 위저우저우가 먼저 큰 소리로 말했다. "제발, 그 입 좀 다물어줘."

저우선란은 어안이 벙벙했다.

위저우저우는 굉장히 정중하게 뒷짐을 졌다. 어렸을 적 뭔가를 진지하게 말하려고 할 때와 같은 표정과 자세였다.

"난 어릴 때부터 지금까지 너한테서 아빠를 빼앗을 생각 전혀 없었어."

"그러니까 걱정할 필요 없어."

"난 내가 어두운 그림자 속에 살게 된 건 줄곧 너희 일가족 때문이라고 생각했었어."

그녀는 잠시 말을 멈추고 웃었다.

"하지만 이제야 알겠어. 사실, 이제껏 네가 내 그림자 속에서 살았던 거야. 그건 내 잘못이 아냐. 너 자신의 선택이라고."

링샹첸과 위저우저우, 신루이는 함께 문과반을 대표해 국기게양식에서 국기 수호수 역할을 맡았고, 기수는 바로 린양과 추톈쿼였다.

당연히 남들의 이상하다는 듯한 시선을 받았다. 추톈쿼도 포함해서 말이다.

그는 링샹첸을 돌아보며 살짝 조심스럽게 웃었다.

"오랜만이야."

"응. 오랜만."

링샹첸은 집에서 마지막 시간을 아주 흡족하게 보냈다.

집안 문제는 여전히 해결되지 않았지만, 아예 완전히 무너지고 나자 엄마의 얼굴은 기적적으로 더는 떨리지 않았다.

추톈쿼는 추천입학이 완전히 확정된 후, 마침내 자신감이 생겼는지 링샹첸에게 처음으로 문자를 보냈다.

"잘 지내?"

링샹첸은 답장하지 않았다.

결국 이 남자아이를 또 보게 되네. 그녀는 문득 격세지감을 느꼈다.

햇빛 아래에서 링샹첸의 웃음이 눈부시게 빛났다.

추톈쿼는 어리둥절해서 말했다. "넌 역시 그렇게 웃는 게 훨씬 예뻐."

조금 닭살 돋는 말이었지만 링샹첸은 흔쾌히 받아들였다. "사실 난 계속 예뻤어."

그녀는 거만하게 고개를 들었다. 그러고는 고개를 숙여 재빨리 문자를 하나 보냈다.

"장촨, 이 망할 자식아!"

　

신루이는 손을 뻗어 눈앞의 지나치게 밝은 햇살을 가린 채, 눈을 가늘게 뜨고 인파 속을 바라봤다. 그러나 끝내 위저우저우를 찾지 못했다.

신루이는 결국 마지막에 가서야 자신의 마음속에 건드릴 수 없는 딱딱한 응어리가 있다는 걸 알았다. 언제쯤 그 비밀을 풀 용기가 날지는 그녀도 알지 못했다.

그래서 그녀는 계속해서 이런 고독한 태도로 구차하고 교만하게 굴 수밖에 없었다.

하지만 그래도 그날 크진 않아도 꿋꿋한 목소리로 말했다. "어찌 됐든, 그때는 고마웠어."

위저우저우는 빙그레 웃었다. "그땐 나도 고마웠어, 메이샹."

너의 『17세는 울지 않아』에 고맙고, 너의 압정, 짤그락봉, 그리고 유리벽 바깥에서 수두에 걸린 나를 쳐다볼 때의 따뜻한 그 미소, 고마웠어.

아주 오랜 시간이 지나면 그녀는 신루이를 기억하지 못하겠지만, 이런 사소한 것들은 기억할 것이다.

우리의 기억은 늘 당시에는 그다지 중요하지 않다고 여긴 일들만 골라 고이 간직하니까.

쓸데없이 긴 졸업식이 마침내 끝났다. 단상 뒤쪽에 서 있던 위저우저우는 햇빛에 너무 달궈져서 곧 기절할 것만 같았다.

어렴풋이 사람들 속에서 번번의 얼굴이 보이는가 싶더니 눈 깜빡할 사이에 다시 보이지 않았다.

그 어린 그림자들은 서서히 흩어졌다. 마치 그녀의 어린 시절처럼 흔적도 없이 자취를 감췄다. 그러나 매번 따스함과 힘이 필요할 때면 추억이 있었고, 번번도 줄곧 함께 있었다.

미차오가 마지막으로 히죽거리며 그녀에게 말한 것처럼

말이다. "지시제가 나한테 그러더라. 네가 기분이 울적한데, 우린 같은 반이니까 내가 널 잘 보살펴야 한다고 말야. 하지만 사실 나도 질투를 안 한 건 아냐. 그래서 너한테 남자친구를 찾아줘야 했지……. 나 원망하는 거 아니지?"

실은 처음부터 끝까지 줄곧 이렇게나 깊이 사랑받고 있었다.

사랑받는 사람은 원망할 권리가 없다.

갑자기 누군가 그녀의 어깨를 두드렸다. 고개를 들어보니 놀랍게도 그 호주 출신 원어민 선생님이었다. 영감님이 그늘 속에 피해 있던 선생님들 사이로 어렵사리 작은 공간을 만들어 그녀에게 와서 햇빛을 피하라고 부른 것이었다.

위저우저우는 대단히 감격해하며 달려갔다.

그들은 함께 조용히 확성기에서 흘러나오는 지도자 연설을 들었다. 위저우저우는 이번이 평생 마지막으로 듣는 축사는 아닐 거라고 믿었다.

웃기는 건, 호주 영감님은 뻔히 무슨 말인지 알아듣지도 못하면서 진지하게 미간을 찌푸리며 경청했다는 것이다.

마침내 끝났다. 그는 손뼉을 치며 위저우저우에게 말했다. "Congratulations(축하한다)!"

위저우저우는 웃으며 고맙다고 답했다.

"So what's your future plan(앞으로의 계획이 어떻게 되니)?"

나의 미래? 위저우저우는 얼굴을 돌리고 생각에 잠겼다. 그 순간, 흰 비둘기 떼가 일제히 새장에서 풀려났다. 푸드덕

날개 치는 소리는 마치 갑작스럽게 몰아치는 파도 소리와도 같았다.

1517명의 졸업생과 1517마리의 비둘기.

미차오는 이미 세상에 없지만, 그래도 한 마리의 비둘기가 있었다.

미차오는 심지어 위저우저우에게 마지막 말을 남길 때도 눈물을 머금거나 "행복해야 돼"라는 말 따위는 결코 하지 않았고, 오히려 정의롭고 늠름하게 말했다. "내가 먼저 가서 땅 차지하고 집 사서 대출 갚고 있을게. 나중에 너희 둘이 와서 내 집에 세 들어 살 수 있도록 말야!"

린양이 눈을 흘겼다. "약이나 잘 드시죠, 집주인 아줌마!"

아무도 예상치 못했다. 미차오가 기다릴 수 없었는지 그다음 날 바로 저승으로 떠나 토지 사유화 운동을 시작한 것이다.

위저우저우는 그런 생각을 하다가 갑자기 눈물이 핑 돌았다.

호주 영감님은 선의가 가득 담긴 눈빛으로 앞의 여자아이를 쳐다봤다. 여자아이는 눈물을 머금은 채 눈이 휘도록 웃었다.

"My future plan(제 앞으로의 계획이요)?"

그녀는 드넓게 날개 치며 날아가는 흰 비둘기 떼를 가리켰다.

"Fly free(자유롭게 나는 거요)."

해마다 풍요롭고, 돌고 돌며 다시 시작하길
年年有余, 周周復始

"착하지, 이리 와. 아빠 신경 쓰지 말고 작은고모랑 놀자!"

위저우저우가 손뼉을 치자, 위스야오는 그녀의 아빠 위차오를 흘겨보곤 엉덩이를 실룩거리며 그녀의 품으로 뛰어들었다.

"너무 오냐오냐하다 버릇 나빠져!" 위차오는 눈을 부릅뜨면서도 어쩔 수 없다는 듯 한숨을 쉬며 비켰다.

당시 걸핏하면 위차오에게 형벌을 내리던 큰외삼촌은 갑자기 성격이 유난히 좋아졌고, 줄곧 아이를 예뻐하던 큰외숙모와 사고뭉치 위저우저우, 이 세 사람 덕분에 다섯 살 위스야오는 허리를 아주 꼿꼿이 세우고 자기 아빠에게 감히 대드는 것도 서슴지 않았다.

"증조할머니가 또 잠드셨어."

"착하지. 우리 증조할머니 깨우지 말고 거실 가서 놀자."

위저우저우는 위스야오를 데리고 외할머니 방에서 나오면서 문을 닫을 때 잠시 동작을 멈추고 침대 위 외할머니를 돌아봤다. 방금 수액을 다 맞은 외할머니는 깊은 잠에 빠져들어 이불 가장자리에 흰머리만 빼꼼히 나와 있었다.

늘 누구보다 깨어 있고 모든 걸 꿰뚫어 보던 외할머니는 치매 때문에 지금은 거의 아무도 알아보지 못했다. 외할머니의 세상에서 위저우저우는 아직도 '낚시 게임'을 하다가 잃은 돈 때문에 외할머니 동전 박스에서 돈을 훔치던 어린 소녀였지만, 위저우저우의 엄마는 이미 치 아저씨와 결혼했고, 위차오도 대학 졸업 후 결혼해서 아이까지 낳았다.

외할머니의 세상에는 시간의 굴레가 없었다. 그녀가 사랑하는 모든 사람은 가장 아름다운 시간에 머물며 그녀 주변에서 행복하게 살고 있었다.

위스야오는 비밀스럽게 그녀의 작은고모를 끌고 자신의 작은 책상 앞으로 데려가 분홍색 그림책을 꺼냈다.

그리고는 마치 보물을 바치듯이 들어 올려 위저우저우에게 보여줬다.

위저우저우가 그림책을 펼쳐보니, 거기에는 삐뚤빼뚤 그림이 그려져 있었다. 둥글둥글한 윤곽과 구불구불한 선을 보아하니 양인 듯했다.

위스야오는 옆에서 열심히 침을 튀겨가며 설명했다.

"이건 대초원이고, 초원 위에 아주 특별하고 용감한 양들이 살고 있어."

그녀는 두 번째 페이지를 펼쳤다. "이건 시양양*."

세 번째 페이지, "이건 란양양**."

네 번째 페이지, "이건 페이양양***." 다섯 번째 페이지, "이건……."

위저우저우가 웃었다. "알겠다. 이건…… 기다려봐, 잠깐 생각 좀……. 아, 맞다. 이건 메이양양****이구나."

"아냐!" 위스야오가 갑자기 흥분해서는 허리에 손을 올리고 크게 소리쳤다. "그거 아니거든? 이 양은 초원에서 가장 똑똑하고, 가장 착하고, 가장 예쁘고, 가장…… 가장…… 가장 순수해. 애는, 애는 샤오쉐*****야!"

위저우저우는 기절할 뻔했다.

어째서 'X양양' 형식이 아니고? 더구나 '가장 순수'하다는 건 뭔데?

여전히 분노에 찬 위스야오는 계속해서 설명했다. "그리고 시양양 걔네는 모두 샤오쉐를 좋아해!"

말을 마치자, 그녀의 작은고모가 교활한 웃음을 터뜨렸다.

위스야오는 작은고모가 사실 아빠보다 더 무섭다는 걸 예

---

* 喜羊羊, 중국 유명 애니메이션 〈시양양과 후이타이랑〉의 주인공 캐릭터. 뜻은 '기뻐하는 양'. 다른 캐릭터도 보통 각자 특징을 붙여 'X양양' 형식으로 이름이 붙는다.

** 懶羊羊, 게으른 양.

*** 沸羊羊, 불같은 성격의 양.

**** 美羊羊, 아름다운 양.

***** 小雪, 작은 눈송이.

전부터 쭉 알고 있었다.

"야오야오," 위저우저우가 눈을 가늘게 뜨고 웃으며 그림책에 그려진 그 삐뚤빼뚤한 양을 가리켰다. "이 샤오쉐가 실은 너지?"

위스야오가 깜짝 놀라 기겁하며 새빨개진 얼굴로 반박했다. "나 아냐. 어떻게 그게 나야? 내가 아니고, 아닌데……." 목소리가 점차 기어들어 갔다. "…… 어떻게 알았어?"

위저우저우는 위스야오의 코끝을 손가락으로 가볍게 톡 두드리며 계속 웃다가 문득 눈가에 눈물이 맺혔다는 걸 알았다.

"왜냐하면," 그녀는 가볍게 눈물을 닦았다. "왜냐하면 이건 다 네 작은고모가 옛날에 놀고 남겨둔 거거든!"

이 여름의 가장 무더운 날, 저녁 무렵이 되자 사람들은 모두 집에서 베이징 올림픽 개막식을 보려고 대기 중이었다. 위저우저우는 꽃다발 세 개를 안고 고향 교외의 묘지를 찾아갔다.

구 할아버지, 미차오, 그리고 엄마와 치 아저씨에게 줄 꽃다발이었다.

위저우저우는 차츰 사후 세계를 믿기 시작했다. 믿어서 더 안심이 되는 건지는 알 수 없었다. 지전을 태우며 린양의 말투를 따라 미차오에게 주절주절 말을 늘어놓았다. "집주인 아줌마, 이건 계약금이니까 잘 받아둬. 내가 앞으로 해마다 와서 대출금 갚을 테니까……."

마지막 한마디는 마음속에 묻었다. …… 나중에는 번번이 집주인 아저씨가 되겠지?

봐봐. 모두 결국엔 함께할 거야.

영원히 헤어지지 않고.

위저우저우는 엄마의 묘비 옆에 앉았다. 엄마와 치 아저씨의 묘비는 붉은 비단 끈으로 이어져 있었다. 비바람을 맞으며 좀 더러워지긴 했어도, 여전히 꽉 묶여 있었다.

위저우저우는 엄마에게 무슨 말을 해야 할지 몰랐다. 만약 엄마의 영혼이 있다면 자신에 대한 모든 걸 이미 알고 있을 것이다.

"엄마, 난 늘 잘 지내고 있어."

늘.

"비록 영원히 즐거울 순 없을 거고, 즐겁지 못한 일들도 겪겠지만……." 위저우저우는 잠시 말을 멈추고 장학금과 해외 교류 선발 인원을 둘러싼 교내 다툼을 생각했다. 초등학교 때부터 이런 일은 끊이지 않았던 것 같았다.

훗날 그녀는 여러 선선과 여러 신루이, 여러 링샹첸, 심지어 여러 쉬옌옌을 만났다.

"때로는 우리 삶이 팽이 같다는 생각이 들어. 돌고 돌다가 가끔은 원점으로 돌아와 있다는 걸 깨닫지."

"조금씩 자랄 때마다 예전과는 사뭇 다른 것 같지만, 사실

상 결국엔 그저 업그레이된 복사판에 불과하다는 걸 깨닫게
돼."

도도히 흘러간 옛 시절은 사실상 한 바퀴 돌고 돌아 다시
그들 각자를 씻겨냈다.

하지만.

"하지만 난 그래도 내가 아주 멋지게 살고 있는 것 같아."

세상은 완벽하지 않지만, 우리에게는 아직 선택하고 변화
시킬 능력이 있다. 정 안 되면 손을 뻗어 새로운 세상을 만들
어내면 된다.

어렸을 때처럼.

온갖 어려움을 극복해 마침내 코스모를 폭발한 그날, 그
녀는 자신의 아테나를 영원히 포기하지 않을 것이다.

"엄마, 거긴 어때? 내가 60년 후에 만나러 갈게."

그녀는 생각하다가 다시 고개를 갸웃하며 웃었다.

"아니, 아니, 아니, 그래도 70년이 낫겠다. 난…… 좀 더
오래 남고 싶어."

왜냐하면 삶이 지나치게 아름다워서 그래.

안녕, 우리들의 시간 2

你好,舊時光

초판 1쇄 발행 2021년 11월 30일

지은이	바웨창안
옮긴이	강은혜
펴낸이	조미현
책임편집	황정원
디자인	나윤영
펴낸곳	(주)현암사
등록	1951년 12월 24일 · 제10-126호
주소	04029 서울시 마포구 동교로12안길 35
전화	02-365-5051
팩스	02-313-2729
전자우편	dalda@hyeonamsa.com
홈페이지	www.hyeonamsa.com
블로그	blog.naver.com/hyeonamsa

ISBN 978-89-323-2169-1 04820
ISBN 978-89-323-2167-7 (세트)